d

Anatoli Afanassjew

Alle meine Frauen

Roman

Aus dem Russischen von
Barbara Heitkam

Diogenes

Titel der 1988 bei Sovremennik, Moskau,
erschienenen Originalausgabe:
›O čëm gorevat'‹

Umschlagillustration: Tamara de Lempicka,
›Portrait d'homme inachevé‹, 1928

50/92/8/1
ISBN 3 257 01912 2

Abschied von der Liebe
ist wie der Tod.
Unbekannter Verfasser

Erster Teil

I

Vor dem Fenster die Dämmerung, seltsam, lila-grau.

Gerade diese Farbverbindung ist es, die mich auf geheimnisvolle Weise zur Erinnerung an die erste Liebe zurückführt. Vor kurzem bin ich fünfzig geworden, und der Gedanke, daß ich mit neun, zehn Jahren zum erstenmal verliebt war, hat jetzt etwas besonders Reizvolles. Wieviel Wasser ist seitdem den Berg hinabgeflossen?

Es ist Unsinn, wenn man behauptet, Kinderliebe sei lediglich die harmlose Neigung junger Herzen, sie ist ganz dieselbe wie bei den Erwachsenen, nur daß sie natürlich nicht zu endgültiger Intimität führt. Wir vergessen, wenn wir erwachsen sind, einfach wesentliche Einzelheiten und erinnern uns nur an die allgemeine Handlung, den süßen nebelhaften Schleier des Geheimnisvollen. Doch mein Gedächtnis ist so beschaffen, daß ich sogar froh wäre, einige Dinge zu vergessen, es aber nicht kann, und so ziehen sie mich denn, wie ins Grab, zurück in die Vergangenheit, zu dem, was unwiederbringlich dahin ist.

Verotschka Rostozkaja war ein fröhliches, herausgeputztes Mädchen, schon daran gewohnt, immer die erste Geige zu spielen. In sie war nicht nur ich allein verliebt, alle Jungen von unserem Hof suchten ihre Freundschaft, jeder auf seine Weise. Die Rivalität zwischen uns ging bis zum äußersten. Doch während alle anderen sie bloß heimlich umwarben, machte ich ihr, ohne mich lange zu besinnen, eine Liebeserklärung. Ich sagte so etwas wie: Es hat keinen Sinn, Vera, wenn wir wie die Katze um den heißen Brei herumgehen, laß uns lieber beizeiten alles abmachen und, wenn wir ein bißchen älter geworden sind, sofort heiraten. Die junge Kokette sagte weder ja noch nein, sondern ließ mir die Hoffnung. Mit ihren dämonischen Augen sah sie mich durchdringend an und bemerkte: »Komisch bist du, Petja!« Innerlich frohlockte ich. Warten konnte ich, soviel sie wollte, nahm aber auch nicht an, daß ich allzulange würde warten müssen. Seitdem verging kein Tag, an dem ich nicht eine endgültige Antwort von ihr verlangt hätte, wobei ich an Orten auftauchte, wo sie es am wenigsten erwartete, und ihr den Weg verstellte. Sie nahm das Spiel an, die kleine Hexe, und beschenkte mich einmal zum Zeichen ihrer besonderen Gunst mit der Hälfte einer großen Praline, wie man sie in unserer Gegend noch nie gesehen hatte. Der Krieg war erst vor kurzem zu Ende gegangen, und jede Näscherei, nicht nur Pralinen, war für uns etwas ganz Außergewöhnliches.

Nächtelang träumte ich von Verotschka Rostozkaja. Die quälenden Visionen brachten in meine Kindheit viel Verwirrung hinein, Fieberwahn beinahe, doch um nichts auf der Welt hätte ich auf sie verzichten mögen. Übrigens schlug mir auch niemand einen solchen Tausch vor. Verotschka zog eines Tages fort aus unserem Haus. Nun, mein Kummer war nur von kurzer Dauer – das stimmt. Die kindlichen Regungen der Seele währen nicht lange, aber, ich wiederhole es, unterscheiden sich im Grunde genommen kaum von den Gemütsbewegungen der Erwachsenen, übertreffen sie in einigem sogar, und sei es dadurch, daß die Hoffnungen noch aussichtsloser sind.

Vor zwölf Jahren etwa traf ich Verotschka auf der Straße. Ich hätte sie gewiß nicht erkannt, sie war es, die mich erkannte und freudig anrief. Sie gab sich zu erkennen und plapperte munter drauflos, wobei sie flink die gezupften Augenbrauen hochzog, ich aber sah sie entsetzt an. Eine Hopfenstange, ein richtiger Dragoner! Sie gewahrte das Entsetzen in meinem Gesicht und begriff es vollkommen, und schon wurde sie noch häßlicher, verzog das Gesicht und wäre um ein Haar in Tränen ausgebrochen. Wir gingen auseinander, ohne uns nähergekommen zu sein.

Oh, nicht damit hätte ich meine Aufzeichnungen beginnen dürfen, in denen ich ausführlich darauf eingehen möchte, was in der letzten Zeit mit mir geschehen ist, welche seelischen Erschütterungen mir Vernunft und Herz verwirrt haben. Wozu soll ich das erzählen und wem? Ist das nicht gleich?! Und sei es nur mir selbst, um so mehr, als ich vorläufig nichts weiter zu tun habe.

Am besten beginne ich mit der Beschreibung der großen Zweizimmerwohnung in Moskau, wo ich meine Tage verbringe. Das heißt, wo ich schon an die zwanzig Jahre lebe. Als Mascha und ich diese Wohnung erhielten, waren wir, wie ich mich erinnere, lange wie im Fieber. Eine feine Wohnung, das muß man schon sagen, und mitten im Zentrum, wie ein Geschenk des Himmels. Im Grunde genommen war es natürlich kein Geschenk, sondern einfach ein seltenes Zusammentreffen von Umständen auf Maschas und meiner gemeinsamen Arbeitsstelle. Andrej war damals etwa vier, ein goldiger Knirps, das ist jetzt ... nun ja, zu ihm lieber später ... Also die Wohnung. Sie bestand aus zwei separaten Zimmern, eines vierundzwanzig, das andere siebzehn Quadratmeter groß. Plus eine große Diele, von recht eigentümlicher Architektur. Tritt man ein, hat man das Gefühl, ein Stockwerk tiefer hinabgestiegen zu sein. Der große Raum ist das Wohnzimmer und zugleich auch Andrejs Zimmer, mit der seltsamen Einrichtung, die zustande kommt, wenn man Jahr für Jahr bald das eine, bald das andere Stück kauft, es aber nicht übers Herz bringt, sich von den alten Sachen zu trennen. Hier gibt es von allem etwas: zwei Kredenzen, vollgestopft mit Geschirr und Nippsachen, einen Tisch aus Nußbaum, ein teures, mit Elfenbein eingelegtes Schachtischchen, einen Fernseher, drei bunt zusammengewürfelte Sessel, Stühle, ein Riesensofa, das, wenn man es auseinanderklappt, einer ganzen Kompanie Platz bietet. Und dann noch eine Menge von allem möglichen Krimskrams. Bei einigen, wie zum Beispiel bei dem bis fast unter die Decke reichenden kunstvoll gearbeiteten Blumenständer mit den wunderlichen Schnörkeln, ist es mir überhaupt ein Rätsel, was sie hier zu suchen haben. Außerdem finden sich hier noch ein massiver Bücherschrank und Dutzende von Bücherregalen, die in den überraschendsten Positionen an den Wänden aufgehängt sind, alle vollgestellt mit Büchern. Mit einem Wort, für ein fremdes Auge herrschen hier eine fürchterliche Enge und schreckliche Unordnung, wir aber haben uns daran gewöhnt, und ich fühle mich in diesem staubigen Zimmer wie ein Fisch im Wasser. Hier, und dann noch in der Küche, wo eine bequeme Liege und eine vorsintflutliche Stehlampe steht, verbringe ich einen Großteil meiner Zeit. Ich lese, schlendere von einer Ecke in die andere, sehe fern, rauche dann und wann, arbeite – alles hier. Der zweite Raum ist Maschas und mein Schlafzimmer. Hierher komme ich nur zum Übernachten. Hier ist es still und friedlich, und alles ist noch so wie zu ihren Lebzeiten. Das Fenster geht auf einen ruhigen, begrünten Hof hinaus. Im Schlafzimmer stehen zwei breite, von dunkelbraunen Decken verhüllte Holzbetten, ein deutscher Kleiderschrank, zwei Bücherregale am Kopfende, Maschas Trumeau und ihre Nähmaschine – das wäre wohl alles.

Mascha ist vor zwei Jahren gestorben, an einem Herzanfall. Im Schrank hängen ihre Kleider, auf dem Trumeau liegen verstreut Döschen mit eingetrockneter Creme und sonstiger Tand herum: ein kleiner Kamm, ein Spiegelchen – irgendwie habe ich mich noch nicht dazu aufraffen können, es wegzuräumen.

Erst als Mascha tot war, merkte ich, wie sehr sie mir fehlte. Früher war sie mir zuweilen lästig gefallen, war vor meinen Augen gealtert, hatte alle möglichen Krankheiten bekommen, während ich mich als kraftstrotzender Mann gefühlt und zur Krankenschwester überhaupt nicht getaugt hatte. Daß ich abends oft lange ausblieb, nahm sie mir nicht übel, sondern zeigte Verständnis dafür. Selbst wenn ich – auch das kam vor – nachts nicht nach Hause zurückkehrte, sah sie mich nur mit stummem Vorwurf an, doch auch dieser stumme Vorwurf brachte mich in Rage, wofür ich mich jetzt besonders schäme. »Ich brauche eine Frau!« schrie ich dann. »Ich brauche wenigstens ein bißchen Häuslichkeit und Fürsorge. Ich schufte wie ein Pferd. Warum starrst du mich so an mit deinen großen Augen, warum? Glaubst du, ich weiß nicht, warum du mich so anstarrst? Ich würde dir nicht raten, näher zu untersuchen, wer von uns dem anderen gegenüber mehr schuldig ist!«

Sie hörte dann auf, vorwurfsvoll zu schauen, und flüchtete sich in die Küche. Von dort kehrte sie mit roten Augen zurück, aber fröhlich wie immer. Bis zu ihrem letzten Tag hielt sie sich tapfer, war ruhig, ließ sie jedenfalls, im Gegensatz zu mir, ihre Wut nie an mir oder an unserem Sohn aus. Und trotzdem fand zwischen uns in der letzten Zeit ein erbitterter Kampf ums Überleben statt. Aus diesem Kampf ging ich als Sieger hervor. Ich sah sie nicht sterben. Andrej rief mich auf meiner Arbeitsstelle an und sagte mit dumpfer Stimme: »Papa, komm schnell her!« Ich kam gegen Abend, wütend, im voraus den Beleidigten spielend – wie denn, immerhin war ich aus einer wichtigen Besprechung herausgerissen worden –, doch man hatte sie schon fortgeschafft. Gestorben war sie zu Hause, in ihrem eigenen Bett.

Ich bekam große Sehnsucht nach ihr, alle früheren Zerstreuungen und Freuden hatten mit einmal ihren Wert verloren, und meine letzte Affäre mit der noch recht jungen Krankenschwester Tamara, zu der ich – jedenfalls war es mir so vorgekommen – eine ernsthafte Zuneigung gefaßt hatte, hörte ganz von selbst auf. Nun gewann die Wohnung, wo Mascha und ich jahrelang gelebt hatten und wo wir glücklich und taub gegen die ganze übrige Welt gewesen waren, eine neue Bedeutung, allerdings mit einem schrecklichen Beigeschmack.

Die Wohnung zog mich mit fieberhafter Macht in ihren Schoß, und wenn ich nach einem Arbeitstag in sie zurückkehrte, schien es mir stets, als sei ich immer noch nicht angekommen und immer noch auf dem Weg zu ihr. Andrej fand sich meistens nicht vor Mitternacht zu Hause ein, ich hingegen kam gleich nach der Arbeit. Ich kam angelaufen, stellte in aller Eile irgendeine Suppe auf den Herd, machte es mir in der Ecke im Sessel bequem – wurde still und musterte meine Umgebung aufmerksam und voller Neugier. Die vertrauten Gegenstände hatten auf einmal eine mir bis jetzt unbekannte, bezaubernde Bedeutung. Stundenlang konnte ich irgendeinen hölzernen, in Form eines Ahornblattes gestalteten Aschenbecher betrachten und lächelte dazu. Jeder Gegenstand hatte seine Geschichte, die nur ich kannte und die mich mit Mascha verband.

Zum erstenmal erwachten die Dinge vor meinen Augen gleichsam zum Leben, wie Bäume im Wald zum Leben erwachen, und begannen eine hörbare Unterhaltung. Es tat so gut, ihr zu lauschen und mit irgendeinem ganz gewöhnlichen Stuhl schelmische Bemerkungen auszutauschen. Die Stühle entpuppten sich überhaupt als lustige Gesellen, und gleich nach ihnen gab sich auch der alte, auf einem Fuß ›hinkende‹ Tisch mit dem von Andrjuschka zerkratzten Lack redliche Mühe, mich zu zerstreuen. Er machte düstere Scherze – sie kosteten ihn sichtliche Anstrengung, waren aber doch fehl am Platze.

Mir tat das Herz weh, aber gerade in diesen Stunden ging die Sehnsucht nach Mascha zurück, meine Frau war gleichsam neben mir oder wanderte hinter meinem Rücken auf und ab; dafür hatte ich früher wohl nie so intensiv über das eigene gelebte Leben nachgedacht. Was hatte ich geschafft? Wozu mich angestrengt? Was erwartete mich in der Zukunft? – All das lohnte sich, in Ruhe zu bedenken, trotzdem war nicht das die Hauptsache. Qualvoll war es, die seltsame Zwiespältigkeit meines Wesens zu empfinden: das eine ›Ich‹, das den ganzen Tag in einer Institution arbeitete, ein imposanter Mann, der, wie ich zu glauben wage, den Frauen gefällt, ein bekannter Soziologe, der – aufrichtig! – um das Schicksal der Welt besorgt ist, und das zweite ›Ich‹, fast ein dummer Junge und ein halber Trottel, der leblosen Sachen zulächelt und zublinzelt und bei diesem seltsamen Treiben Vergnügen empfindet. Beide vereinten sich in mir und störten einander nicht im geringsten. Wie ist das zu erklären? Sind denn die Gewichtigkeit der Stellung, die Begeisterung für ernsthafte Dinge wirklich nur ein Trugbild, und hat man das Wesen des Lebens und seine Erklärung in der erstaunlichen Instabilität des menschlichen Bewußtseins, in seinem spielerischen Moment zu suchen?

Eines Tages rief die Krankenschwester Tamara an und erklärte mit erstickender Stimme, sie müsse sofort herkommen und mich sehen. Es tat mir wohl, sie zu hören, und die Vorstellung, daß sie bis jetzt in jener Anspannung der Gefühle lebte, in der wir beide uns vor so und soviel Monaten befunden hatten, war schmeichelhaft. Dennoch sagte ich, wobei ich meiner Stimme eine dramatische Nuance verlieh, sie brauche nicht herzukommen. Nichtsdestoweniger klingelte sie eine halbe Stunde später an der Tür. Ich öffnete und führte sie schweigend in die Küche. Es war, glaube ich, erst Anfang März, Tamara aber trug schon einen leichten Mantel und hatte ein Kopftuch um das üppige flachsblonde Haar gebunden. Eine hochgewachsene, stattliche Frau um die Dreißig mit breiten Hüften und elastischem Gang. Noch vor ganz kurzer Zeit hatte ich bei einem einzigen Blick auf sie mit den Hinterfüßen ausgeschlagen wie ein junger Hengst (natürlich bildlich gesprochen). Und auch jetzt regte sich in mir der Wunsch, sie zu berühren, mit der Hand über ihre zarten Hüften zu fahren. Tamara hat ein feines, gut geschnittenes Gesicht mit strengen blauen Augen darin, in denen in diesem Augenblick ein ganzes Meer von Mitgefühl und Traurigkeit plätscherte. Ich machte eine entsprechende Grimasse und bemerkte kühl:

»Du hättest doch lieber auf mich hören sollen.«

»Petja, so geht es nicht, so nicht!«

»Was geht nicht?«

»Man darf sich nicht in seinem Kummer abkapseln. Verstehst du? Das ist gefährlich. Das kann nicht wiedergutzumachende Folgen haben. Geschehenes läßt sich nicht ungeschehen machen. Warum quälst du dich so? Bist du etwa schuld an irgend etwas?«

»Was habe ich denn für einen Kummer?« fragte ich unsicher.

Tamara verschluckte sich und steckte sich nervös eine Zigarette an. Sie schien vergessen zu haben, mit wem sie es zu tun hatte.

»Schön, du kannst mich beleidigen ... Aber glaubst du wirklich, daß wir beide ...« Auf ihren bleichen Wangen lag eine Spur von Verwirrung.

»Ist das alles, was du zu sagen hast?«

Mein eisiger Ton rief prompt eine Gegenreaktion hervor. Sie schmollte und richtete sich gekränkt auf. Früher hatte ich sie oft bewußt in eine derart starke Erregung versetzt, um mich dann, hatte ich sie durch Zärtlichkeit und inständiges Bitten wieder besänftigt, an ihren Tränen der Liebe zu erfreuen. Es waren doch unvergeßliche Zeiten gewesen.

»Deinen Charakter, Petja, kenne ich ja, aber warum zeigst du ihn gerade jetzt? Wozu benimmst du dich wie ein dummer Junge? Das ist so unklug wie grausam. Ich bin als dein Freund hergekommen ...«

»Etwa um mir zu kondolieren?«

»Na – und darf ich das nicht? Erlaubt dir dein Stolz nicht, meine Beleidsbezeigungen entgegenzunehmen?«

»Geh, Tamara! Schämst du dich denn nicht, dich überhaupt in diesem Haus blicken zu lassen. Da lehrt und lehrt man euch, und alles umsonst.«

Sie erbleichte noch mehr, und ich sah nun ihr wahres Gesicht. Das Gesicht einer starken, leidenschaftlichen, aber unglücklichen Frau, die stets bereit ist sich zu verteidigen und die Hoffnung, ihr Schicksal in die Hand zu nehmen, noch nicht aufgegeben hat. Dieses verborgenen Gesichts wegen liebte ich sie. In meinem Alter eine solche Frau an sich zu binden – das kommt teuer zu stehen.

»Bitte, laß mich allein, Tamara.«

»Du brauchst mich nicht mehr?«

»Ich brauche niemanden.«

»Ich frage, ob du mich brauchst.«

»Dich – erst recht nicht.«

Sie glaubte es nicht, aber sie ging. Tamara ist nicht eben weitsichtig und handelt oft zu ihrem Nachteil. Gerade das habe ich ihr zum Dank für ihre Liebe zu erklären versucht, doch einen Charakter kann man anscheinend nicht umkrempeln. Während der Zeit unserer kurzen Liebesbeziehung habe ich sie ziemlich gequält, wie es auch die übrigen taten, denen sie vor mir begegnet ist. Sie war auch einmal verheiratet. Gleichfalls irgendwie spontan und unpraktisch. Nichts Gutes ist bei dieser Heirat herausgekommen und konnte auch nicht herauskommen. Sie war an einen widerlichen Ehemann geraten, der sie schon bald verprügelte, wenn er betrunken war. Das kommt in Ehen häufiger vor, als man denken sollte. Ihr Mann war, ihren bruchstückhaften Erzählungen nach zu urteilen, ein schwächlicher Intellektueller mit einem Napoleonkomplex; er war so begeistert von seinem unverhofften Sieg über ein weibliches Wesen, daß sie nicht einmal dazu kamen, sich ein Kind anzuschaffen. Aus einer Art endgültigen Triumphes heraus ließ er es nicht zu. Später, glaube ich, bereute er das nicht Wiedergutzumachende. Das Interessanteste an Tamaras Mentalität und Charakter ist, daß sie, trotz der ständigen Demütigungen, denen sie ausgesetzt ist, bei ihrer Meinung über sich selbst bleibt – sie hält sich für eine geheimnisvolle, von einem einzigartigen Zauber erfüllte Natur. Ich fand an den Beziehungen zu ihr ein Vergnügen wie am Spielen mit einem schönen großen Tier, das fortwährend zum Spaß beißen will, sich aber nie entschließen kann, wirklich zuzuschnappen.

Zu ganz ungewohnter Zeit kehrte Andrej heim und fand mich

im Sessel unter den Bücherregalen schlummernd vor. Nicht im geringsten verwundert, ging er mit kluger Miene in der Wohnung hin und her, ließ sich, ohne ein Wort gesagt zu haben, in den Sessel mir gegenüber fallen und streckte seine langen Beine derart aus, daß er sie mir fast unter die Nase hielt. So saßen wir denn wohl an die zehn Minuten schweigend da, und ich betrachtete ihn, soweit es die Beleuchtung zuließ. Doch es dürfte auch keine besondere Beleuchtung erforderlich sein, wenn es sich um den leiblichen Sohn handelt. Ein stattlicher Bursche, alles, was recht ist. Was seine Schönheit ausmacht, ist nicht einmal die Tatsache, daß er hochgewachsen, gut gebaut und blond ist, sondern eine gewisse fließende, fast animalische Grazie in seinen Bewegungen, aber auch die hohe Stirn und der auf dem jungen Gesicht erstarrte stolze, traurige und zugleich ein wenig ironische (hat er den von mir?) Ausdruck. Andrej war in ein Institut eingetreten, nachdem er die festgesetzte Zeit bei der Armee abgedient hatte. Weder er noch ich bedauerten diese scheinbar unnütz verlorenen Jahre sonderlich, doch aus irgendeinem Grund sah er hartnäckig mich als den dafür Verantwortlichen an. Er hatte, wenn man sich so ausdrücken kann, einen ausgeprägten Schuldkomplex, dergestalt, daß er mir nicht nur die Schuld daran gab, daß er bei der Armee hatte dienen müssen, sondern auch an vielem anderen. Sogar an der Tatsache seiner Geburt. Nach langem, aber nicht drückendem Schweigen sagte er träge:

»Gib mir zehn Rubel, Papa.«

»Wozu brauchst du sie?«

»Ich brauche sie eben.«

»Sag schon – wozu?«

In solchen Fällen, wenn er um irgend etwas bitten oder irgend etwas erklären mußte, spannte er sich innerlich an und erstarrte, wie vereist vor ingrimmiger Wut. Mir war in solchen Augenblicken nicht wohl zumute, dennoch ließ ich mir keine

Gelegenheit entgehen, auf diese Weise meine Macht über den Sohn zu erproben. Genauer gesagt, sie einmal mehr formal sichtbar zu machen.

»Und einfach so kannst du sie mir nicht geben?«

Merkwürdig: Maschas Tod hatte nichts an unseren Beziehungen geändert. Er ließ die Verdammnis und Unvergänglichkeit unserer Blutsbande nur noch deutlicher zutage treten. In den ersten Tagen, nachdem wir allein zurückgeblieben waren, bemühten wir uns freilich, Grobheiten und Auseinandersetzungen um Bagatellen zu vermeiden. Doch die Gewohnheit, mit gespannter Aufmerksamkeit auf jedes Wort zu achten, das der andere von sich gab, war zu tief in uns beiden verwurzelt. Nichtsdestoweniger liebe ich meinen Sohn und hoffe, auch er hat kein schlechtes Verhältnis zu mir und wird in der Zukunft, wenn ich einmal alt und krank bin, liebevoller zu mir sein und aufhören, eine mögliche Aggression von meiner Seite zu befürchten.

Auf seine Frage, ob ich ihm das Geld nicht einfach so geben könnte, blieb ich ihm die Antwort schuldig.

»Aha«, sagte Andrej freudig und setzte sich bequemer hin. »Du hast dich verraten, Papachen, hast dich wieder mal nicht beherrschen können ... Du weißt doch genau, wenn ich dich bitte, geht es nicht anders.«

»Wen könntest du denn sonst noch bitten, einen Passanten vielleicht?«

Er stand auf und machte Licht. Ich stand auf und löschte es wieder.

»Und auf den Gedanken, daß mich deine Verschlossenheit ganz einfach kränkt, kommst du wohl gar nicht, Andrjuscha?«

»Und du kommst wohl nicht auf den Gedanken, daß ich mich um dich und deine Ruhe sorge?«

»Wie das denn, erkläre es mir.«

Andrej seufzte schwer:

»Papa, ich muß noch ein bißchen lernen. Später ... Schön, angenommen, ich erkläre es dir jetzt und auch ein zweites Mal. Aber es kann der Fall eintreten, daß ich aus verschiedenen persönlichen Gründen nicht imstande sein werde, es dir zu erklären ... Was dann? Gibst du mir dann kein Geld?«

»Ist jetzt gerade dieser Fall eingetreten?«

»Nehmen wir's mal an ... Nebenbei gesagt, erinnere dich, du selbst hast mich überredet, ein Direktstudium aufzunehmen.«

»Brauchst du das Geld sofort?«

»Ja, ich werde unten erwartet.«

»Wer erwartet dich?« Ach, da hatte ich einen Bock geschossen.

Andrej kniff spöttisch die Augen zusammen und stieß einen Kehllaut aus, der eine ganze Skala von Gedanken und Empfindungen ausdrückte. Kurzum: Da ist es wieder mit mir durchgegangen, alter Nörgler! Es war aber nicht mit dir durchgegangen. Gebückt, als schleppte ich eine Last auf meinen Schultern, ging ich mein Portemonnaie holen und händigte meinem Sohn einen Zehnrubelschein aus. Er sagte: »Danke.« Ich nickte. Ich versuchte nicht, ihn zurückzuhalten, so, als wüßte ich, was mir an diesem Abend bevorstand. In all jenen melancholischen Tagen hatte ich eben die Vorahnung, daß irgendein physischer Nackenschlag unvermeidlich sein würde, wußte ich, daß ich nicht so einfach davonkommen würde. Mascha rief mich, und an diesem Abend unternahm ich den ersten Versuch, sie einzuholen, wobei ich denselben Pfad entlang eilte, auf dem sie fortgegangen war.

Ungeschickt, im Sitzen, streckte ich die Hand nach einem Buch auf dem Regal aus, stieß einen Seufzer aus – ich verspürte ein leichtes Stechen in der Herzgegend, und auf einmal schwoll meine Brust zu unerträglichen Ausmaßen an. Langsam und behutsam kehrte ich in meine Ausgangsstellung zurück und atmete flach. Unter den Rippen war es auf beiden Seiten wie verknöchert. In meinem Kopf dröhnte es. Im selben Augenblick klingelte das Telefon. Ich schaffte es, den Hörer abzunehmen und ihn ans Ohr zu halten. Tamaras Stimme rief:

»Hallo, hallo!«

»Tamara!« sagte ich halblaut. »Du bist doch Krankenschwester?«

»Ja. Was ist mit dir?!«

»Ruf die ›Erste Hilfe‹.«

»Was ist mit dir, Petja?!«

»Ein Infarkt.«

Behutsam legte ich den Hörer auf. Irgend etwas Feuchtes, Dunkles trübte mein Sehvermögen. Ich schloß die Augen und saß willenlos und endgültig erstarrt da. Sonderliche Angst empfand ich nicht, dazu tat es zu weh.

Ich hatte es erraten: Es war ein Infarkt. Nach Hause kehrte ich erst nach Ablauf von vier Monaten, nach einem Sanatoriumsaufenthalt, zurück und begann auf neue Weise zu leben, als Invalide.

2

In das Abenteuer mit der Datscha zog mich natürlich Boris Sacharowitsch Gned hinein, der Freund, kann man sagen, meiner Jugend- und Erwachsenenjahre. Obendrein tat er es auf die teuflischste, das heißt auf die für ihn charakteristischste Art und Weise. Als ich aus dem Sanatorium zurückkehrte, wieder ein bißchen zu mir gekommen war und mir vornahm, nun ruhig und bescheiden zu leben, begann Boris mich unentwegt und konsequent zu umschmeicheln. Alle Unterhaltungen lenkte er jetzt auf dasselbe Thema, was für ein Glück es doch für einen Städter, besonders einem mit krankem Herzen, sei, in der Natur zu leben. Variationen gab es hier eine Menge. Bald erzählte er von Imkern, die er als berufsbedingte Langlebige bezeichnete, bald spottete er stundenlang über verpestete Städter meines Typs. Alle diese Themen hieß ich bereitwillig und zum Teil aus Gewohnheit gut, immerhin war ich aus einer Institution zurückgekehrt, wo Fragen der Physiologie und Gesundheit für die Menschen von allergrößter Bedeutung waren. Ich ahnte nicht, daß Boris mich psychologisch vorbereitete, obwohl ich sehr wohl wußte, daß sich mein Freund selten aus einer gewöhnlichen Laune heraus, ohne ein bestimmtes Ziel zu verfolgen, auf irgend etwas konzentriert. Boris Sacharowitsch war natürlich über meine finanziellen Angelegenheiten auf dem laufenden, und es dürfte wohl nur wenige Dinge auf der Welt geben, in denen er, mitunter völlig überraschend, nicht eine große Beschlagenheit an den Tag gelegt hätte. Und das, obwohl er seinem gutmütigen, rotwangigen Äußeren und seiner Beschäftigung nach (Gned betätigt sich auf dem Arbeitsfeld des öffentlichen Verkehrswesens) den Eindruck eines Nichtstuers und Schwätzers macht. Viele, darunter auch alle seine Frauen, eine nach der anderen, insgesamt fünf, sind ihm auf den Leim gegangen, haben sich von dem Gedanken verlocken lassen, daß nichts leichter sein könne, als diesen Mann an die Kandare zu legen. Sie tun mir aufrichtig leid. Besonders seine jetzige Ehefrau, eine nette gutmütige Dicke, die alle Enttäuschungen und Verluste noch vor sich hat, sich einstweilen jedoch noch in einem Zustand zauberhafter Versöhnlichkeit befindet, meint sie doch, diesem fünfzigjährigen rosigen Ferkelchen Wohltaten zu erweisen, wenn sie ihn mit wunderbarem ukrainischem Borschtsch und Piroggen überfüttert. Ich aber sehe, wie von Boris allmählich seine gewöhnliche alltägliche Schwermut Besitz ergreift, wie er hastig hin und her läuft und ihm die Piroggen nicht bekommen. Dreißig Jahre kenne ich ihn nun, und er hat sich in nichts verändert, weder im Charakter noch im Äußeren, die einander so widersprechen. Der aufmerksame gütige Blick seiner grauen Augen, seine abgerundeten Bewegungen mit dem herrschaftlichen Gehabe – und die ihn von innen her verzehrende Unersättlichkeit, die wohl keineswegs intellektueller Natur ist. Auf seine Weise ist er ein schrecklicher Mensch. Erst im reiferen Alter habe ich begriffen, daß Boris, um sich mehr oder weniger über Wasser zu halten, fremde lebensspendende Säfte und fremde Energie aufsaugen und in sich aufnehmen muß, und er verschafft sich diese mit immer größerer Findigkeit, ebenso wie manche unserer notorischen Schlauköpfe auf dem Feld der Wissenschaft vom ›Auskratzen‹ fremder Ideen und Meinungen existieren und um sich her ungeheure, für die Welt unsichtbare Verwüstungen anrichten. Auch die Tatsache, daß er und ich bis heute freundschaftliche Beziehungen unterhalten und ich noch heil und ganz bin, verblüfft mich. Einmal, in einem günstigen Augenblick bei einem Glas Wein, habe ich zu ihm gesagt: »Du bist doch eine Spinne, Borja! So eine riesige, rosa Spinne!« Er war nicht beleidigt und stimmte lauthals zu: »Eine Spinne, ja. Glaubst du, mir ist davon leicht ums Herz?«

Der Gedanke an die Datscha, die ich kaufen sollte, schien ihm in einer der Perioden erzwungenen Lebensstillstandes gekommen zu sein, gerade dann, als er eben erst Katja, ebenjene Dicke, geheiratet hatte und nun überlegte, wo er seine Zähne hineinhauen sollte, um sich an ihrer Wärme, ihrer Aura möglichst gütlich zu tun und sie dann, wie üblich, auf den Müll zu werfen. Es könnte den Anschein haben, als sei ich übermäßig streng gegen einen Menschen, den ich nach wie vor meinen Freund nenne – das stimmt nicht. Boris' schlechte Angewohnheiten entbehren nicht eines gewissen natürlichen Charmes, seine gierige Unerschöpflichkeit ist mitunter anziehend, und glücklich ist er, glaube ich, nie gewesen. Und wie käme ich dazu, mich als seinen Richter aufzuspielen?

Eines schönen Tages, am Morgen, kam Boris Sacharowitsch über die Maßen erregt zu mir. Ich hatte gerade erst mein fades Frühstück, bestehend aus einem Teller Hafergrütze, Käse und einer Tasse ziemlich dünnen Tees (wie lächerlich erscheint es mir jetzt, da ich diese Zeilen schreibe, mich an alle diese unnötigen nichtigen Sorgen um meine Gesundheit zu erinnern), beendet und mich auf einen eintönigen, quälenden Tag eingestellt, darum freute mich die Ankunft meines Freundes. Boris Sacharowitsch machte es sich auf der Couch bequem, indem er ein Kissen zwischen Lehne und Rücken stopfte, und richtete lächelnd den neugiererweckenden Blick seiner jugendlich-grauen Augen auf mich.

»Nun denn, teurer Invalide«, sagte er und rieb sich mit wahrhaft professoraler Gebärde die Hände. »Du wirst dich bei mir bedanken müssen. Mir ist es, glaube ich, gelungen, ein kleines Geschäft für dich unter Dach und Fach zu bringen.«

»Danke«, entgegnete ich. »Aber was für ein kleines Geschäft, Borja?«

»Was denn, was denn, alter Schlauberger?« tönte Boris wohlwollend. »Tu nicht so begriffsstutzig. Um die Vermittlergebühr kommst du sowieso nicht herum. Und weißt du was – du solltest die Sache nicht auf die lange Bank schieben. Es ist ein wunderschöner Tag, die Sonne scheint, wir fahren auf der Stelle los. Bis zum Bahnhof bring ich dich mit einem Taxi, und von dort sind es anderthalb Stunden Fahrt mit der Vorortbahn. Ein Ausflug ins Grüne wird dir gut tun.«

»Wohin fahren wir, Borja?«

Er schnitt mit seiner aufgedunsenen Visage eine Grimasse, als hätte ich ihn in seinen heiligsten Gefühlen verletzt. Gned hat zwei, drei Grimassen für alle Gelegenheiten seines Lebens. Das ist eine von ihnen. Als sei nicht er persönlich beleidigt, sondern als gräme er sich für die ganze Menschheit.

»Also, Petetschka, für diese Datscha verlangen die Besitzer zwanzigtausend. Aber sie ist dreißigtausend wert, wenn nicht mehr. Ich vermute, dort sind irgendwelche familiären Umstände im Spiel, und es wird dringend Geld gebraucht. Die Familie ist sehr gebildet, sie wollen nicht an den erst besten verkaufen, haben nicht mal ein Inserat aufgegeben. Das ist ein wichtiges Moment. Wenn du ihnen gefällst, lassen sie, glaube ich, noch ein-, zweitausend vom Preis ab.«

»Du hast nicht etwa schon am frühen Morgen zu tief ins Glas geguckt, Borja?«

Gned blieb unerschütterlich.

»Die Bedingungen sind folgende: Ganz in der Nähe ist Kljasma, es gibt einen Strand, und man kann angeln. Die reinste Ministerdatscha, und ein altes Haus. Das Grundstück hat sechzehnhundert Quadratmeter. Kannst du dir das vorstellen? Das Haus werden wir uns an Ort und Stelle ansehen. Doch zu der Zeit, als diese Datscha gebaut wurde, hat man keine Baubaracken aufgestellt, das weißt du selbst.«

»Boris Sacharowitsch«, sagte ich, »aber ich brauche ja gar keine Datscha.«

Gned lächelte verständnisvoll.

»Wieviel Gutes ich in meinem Leben anderen Menschen getan habe – gar nicht zu sagen. Und größtenteils mußte ich ihnen dieses Gute aufdrängen. Warum ist das so? Kannst du es mir erklären, Petja? Warum fallen die Leute so gern auf jeden Ramsch herein, während sie das, was sie wirklich brauchen, nicht zu bemerken scheinen? Das ist eine philosophische Frage, meinst du nicht auch?«

Ich stellte den Teekessel auf den Herd. Boris entflammte mein passiver Widerstand nur noch mehr. Jetzt war er gar nicht mehr zu bremsen und redete mit immer größerem Eifer auf mich ein. Einige seiner Argumente waren vernünftig. In der Tat, dachte ich, Geld, das ist nur Papier, eine Datscha aber ist eine Datscha. Andrej wird heiraten, Enkel werden kommen, was kann besser sein, als dann etwas zu haben, wohin man sie im Sommer bringen kann? Und ich hätte einen Zufluchtsort. Wer weiß, was alles geschehen kann. Ganz zu schweigen vom Nutzen eines ständigen Aufenthalts an frischer Luft und von der beruhigenden und zweifellos heilsamen Wirkung friedlicher gärtnerischer Betätigung auf die Psyche. Nicht gar so viel war mir zu wünschen übriggeblieben. Ein eigenes Fleckchen Erde in der Natur, in der Umgebung Moskaus, die ich so liebe, zu haben, war einer dieser Wünsche. Und vielleicht, dachte ich, während ich den hypnotischen Beschwörungen des Freundes lauschte, ist es nicht ein Wunsch, sondern der einzige, der letzte Zufluchtsort! Wo mich, wenn nötig, niemand finden und erreichen wird. Was kann besser sein. Es scheint zwar niemanden zu geben, vor dem ich mich verstecken muß, aber trotzdem. Eine Höhle mehr kann dem Bären nicht schaden. Und dann – alles, was mit der Datscha verbunden ist, wird mich ablenken und auf lange Zeit beschäftigen.

Es gab hier auch noch eine weitere Nuance, von der Boris nicht wissen konnte. Nicht er drängte mir eine Datscha auf. Mascha und ich hatten seit langem von einer Datscha geträumt. Im Grunde genommen hatten wir gerade für sie gespart. Viele Jahre lang gespart. Jetzt war Mascha tot und brauchte nichts mehr. Aber ich? Wie wäre es, wenn ich die Datscha allein kaufen würde? Zugegeben, nicht allein, sondern zusammen mit meinem Sohn, doch was hatte der damit zu tun? Natürlich würde er seinen Vorteil sofort erkennen – er hätte dann etwas, wo er mit seinen Mädchen die Zeit verbringen konnte. Mascha aber war tot, und sie würde nichts mehr sehen.

Ich hörte Boris nicht zu Ende an, sondern unterbrach ihn bei der interessanten Betrachtung über die Invaliden, die lieber verrecken, obwohl sie auf einer Sparbüchse voll Geld hocken, und darüber, welchen abscheulichen Eindruck diese Invaliden auf geistig vollwertige Menschen machen.

»Hast mich überredet«, sagte ich. »Laß uns hinfahren, machen wir einen Ausflug. Letzten Endes verpflichtet das zu nichts.«

»Geh nicht mit so einer Einstellung heran. Eine Datscha muß man schnell und entschlossen kaufen. Sonst geht sie einem durch die Lappen.«

»Ich verstehe nicht, warum du so besorgt bist.« Gerade das verstand ich nur zu gut.

Boris Sacharowitsch wurde nicht verlegen; das war typisch für ihn.

»Ich, Petja, sorge mich, wie du weißt, mein Leben lang um

anderer Leute Wohl, und mein Leben lang stoße ich auf Mißtrauen. Daran bin ich gewöhnt.«

Ich zog mich warm an, band einen Wollschal um, obwohl der Tag sonnig und windstill war. Zum erstenmal nach meiner Krankheit machte ich mich zu einer kleinen Reise auf; ich fühlte mich nicht recht wohl und hatte ein bißchen Angst. So stopfte ich mir denn die Taschen mit den notwendigen Medikamenten voll, das wirkte irgendwie beruhigend. Auf Boris war nötigenfalls kein Verlaß, man konnte schon froh sein, wenn er es schaffte, die ›Erste Hilfe‹ zu rufen.

In der Vorortbahn begann Gned, sich an eine alleinreisende Dame heranzumachen, die sich ein Modeheft ansah, und das um so lieber, als nur wenige Leute im Frühzug waren. Die Dame war etwas überreif, aber sonst nicht übel – sie trug einen eleganten Mantel und war geschickt zurechtgemacht. Boris versäumte selten eine Gelegenheit, seinen männlichen Charme spielen zu lassen. Er flirtete forsch drauflos, aber hinterlistig und schmeichlerisch.

»Sie sind, entschuldigen Sie, nicht zufällig im medizinischen Bereich tätig?« wandte er sich mit liebenswürdigem Lächeln an seine Nachbarin. Die riß sich von ihrem Heft los und sah ihn mit ernstem Blick an.

»Nein. Warum?«

»Schade. Sie haben ein so gutes, intelligentes Gesicht. Und ich dachte, vielleicht sind Sie Ärztin.«

»Haben Ärzte unbedingt gute Gesichter?«

Die Dame lächelte kokett und schien einem Flirt nicht abgeneigt zu sein. Doch wie eine, die auf Abenteuer aus war, kam sie mir nicht vor. An ihrer deutlichen und zugleich abgerundeten Sprechweise erkannte man unschwer die gebildete Frau. Ich sah zum Fenster hinaus, auf die vorbeihuschenden, noch kahlen Wäldchen, auf die Gestalten der Menschen auf den Bahnsteigen – was für schmerzlich vertraute Bilder. Und auch sie hätte ich, wie vieles andere, nie mehr gesehen, wenn das Schicksal eine etwas andere Wendung genommen hätte. Verluste über Verluste. Was für eine unzählbare Menge von Verlusten erwartet uns zusammen mit dem Tod. Abgesehen von dem, was wir schon zu unseren Lebzeiten verlieren. In meiner Brust stach und schmerzte etwas dumpf, doch nicht allzu stark. Der helle Märztag fand Widerhall in meiner Seele, schlug neue helle Funken, und ich hatte auf einmal das seltsame Gefühl, daß ich mit dieser Vorortbahn irgendwoher, aus weiter Ferne, zurückkehrte, aber gewiß den unbekannten Bestimmungsort erreichen würde. Es war eine flüchtige Empfindung, so, als hätte ich nur geträumt, und sie hinterließ einen süßlichen Nachgeschmack im Mund.

Boris hatte unterdessen beim Flirten rapide Fortschritte gemacht, die Dame die Zeitschrift beiseite gelegt...

»Verstehen Sie«, sagte er zu ihr, »für einen kranken Menschen in mittleren Jahren ist, so meine ich, die Liebe die beste Medizin. Leider wenden wir sie nicht immer richtig an.«

»Was wenden wir nicht richtig an? Die Liebe?«

»Ganz recht! In der Jugend bringt die Liebe nichts als Aufregung und Unruhe und richtet den Menschen mitunter zugrunde. Sie, als eine schöne Frau, müssen mich verstehen. In der Jugend wird die Liebe in zu großen Dosen eingenommen, hieraus entstehen auch die Folgen. Keine Arznei hilft, wenn man sie gläserweise schluckt. Doch wenn man sich der Liebe gegenüber behutsam verhält, mit Sinn und Verstand, sie in maßvollen Dosen, bedächtig einnimmt – dann ist das ein Geschenk, das den Menschen zu ihrem Wohl gesandt ist. – Bis zu welcher Station fahren Sie?«

»Bis Walentinowka.«

»Leider müssen wir früher aussteigen. Aber wenn Sie mir Ihre Telefonnummer geben würden, könnten wir diese anregende Unterhaltung in anderer Umgebung fortsetzen.«

»Wollen Sie mir Liebe in maßvollen Dosen vorschlagen?«

Die Dame stellte ihre Frage mit todernstem Gesicht. Ich registrierte vergnügt, daß sie zu denen zu gehören schien, denen mein Freund bei aller Gewandtheit nicht gewachsen war. An solchen Frauen, die komische und absurde Dinge ernst nehmen, scheitert er stets.

Boris fuchtelte im Überschwang der Gefühle mit den Händen und stieß mir sehr schmerzhaft mit dem Ellbogen in die Seite.

»Glauben Sie mir, ich bin keiner, der Reisebekanntschaften sucht, aber Ihr Äußeres hat mich beeindruckt. Mir scheint, Sie haben in Ihrem Herzen irgendeine alte Wunde. Und die stört Sie.«

»Wir haben alle alte Wunden im Herzen. Im mittleren Alter«, entgegnete die Dame.

Boris begann energisch zu nicken.

»Gewiß, gewiß. Aber Männer sind derber beschaffen, primitiver. Das, was für einen Mann ein gewöhnlicher Kratzer ist, eine Kleinigkeit, kann eine Frau ins Grab bringen. Ich kenne solche Geschichten ... Wie heißen Sie, verzeihen Sie?«

»Wozu wollen Sie das wissen?«

»Wir müssen auf der nächsten Station aussteigen«, erinnerte ich Boris, während ich mir die Seite rieb.

Ärgerlich riß er sich los. Dieses kleine Duell, das ergebnislos endete, hatte ihn erregt. Er war drauf und dran, sowohl mich als auch die Datscha zu vergessen und seiner Reisegefährtin zu folgen. Diese Unbefangenheit, mochte sie auch schlechter Natur sein, war an ihm sehr sympathisch.

»Sie haben mich wahrscheinlich falsch verstanden«, wandte er sich hoffnungsvoll an die Dame. Aber sie hatte ihn schon richtig verstanden. Sie war in den Jahren, da man einen Mann eindeutig versteht und sich nur manchmal irrt, doch auf keinen Fall diesmal. Ich dachte, ich an Boris' Stelle hätte anders gehandelt. Die Frau lächelte freundlich und mit einem Anflug von Entsagung. Mir gefiel ihre wohlwollende Ruhe. Doch die Tatsache, daß sie ihren Namen nicht genannt hatte, verriet ihre Zugehörigkeit zu einem bestimmten, bei weitem nicht aristokratischen Milieu. Ein wohlerzogener Mensch würde seinen Namen unter allen Umständen, ohne zu zögern, nennen.

Boris wartete keine Antwort ab, sondern machte einen letzten, den entscheidenden Schachzug.

»Mein Freund und ich fahren eine Datscha kaufen, stellen Sie sich das vor«, sagte er treuherzig. »Könnten Sie nicht, sozusagen als Gefälligkeit, mit uns kommen? Wissen Sie, ein Frauenauge ist bei einer Besichtigung äußerst wichtig. Wir wären Ihnen sehr verbunden.«

»Ein andermal«, gab die Frau zur Antwort.

Auf einer kleinen Station stiegen wir aus und begannen umherzurätseln, in welcher Richtung wir weitergehen sollten. Die nötigen Auskünfte holte natürlich Boris ein; die Vorliebe für jede Art von Kommunikation ist bei ihm sehr ausgeprägt. Auf dem Bahnsteig fing er zwei ›Ureinwohner‹ ab und unterhielt sich wohl zehn Minuten lang wichtigtuerisch mit ihnen. Es stellte sich heraus, daß wir ziemlich weit zu gehen hatten: durch die Siedlung, dann etwa zwei Kilometer durch den Wald, und dann erst kamen die Datschas.

»Wirst du's schaffen?« fragte Boris besorgt.

Ich machte selbstbewußt ›hmm‹. Mir schwindelte leicht, doch das war halb so schlimm.

Wir gingen sehr langsam, fast wie Greise; der Tag war ganz frühlingshaft – mit einer hellen kühlen Sonne und bläulichem Dunst in der Luft. Vom Erdboden stieg der schwere Geruch des Erwachens auf und ließ die Füße kalt werden. Ich bedauerte, daß ich keine Überschuhe mitgenommen hatte. Ein ärgerlicher Fehler, der den ganzen Ausflug verderben konnte.

Boris Sacharowitsch konnte und konnte sich nicht beruhigen.

»Eine schöne Geschichte, das in der Vorortbahn, was, Petja? Wie geschickt sie mich Dummkopf abgewimmelt hat. Und warum? Weil du mit einem Gesicht wie sieben Tage Regenwetter neben mir gesessen hast. Ohne dich hätte ich sie im Handumdrehen herumgekriegt.«

»Was habe ich damit zu schaffen?«

»Das, daß du dich nicht im Spiegel siehst. Leben muß man, Petja, wie lange kann man Trübsal blasen? Die Zeit wird kommen, wo wir alle in die Grube fahren, dort können wir uns ausschweigen. Versteh mich recht, ich fühle mit dir. Aber man darf nicht versauern, schon gar nicht als Mann. Du benimmst dich, als hättest du allein Kummer. Und als würden alle anderen im Glück schwimmen. Wenn jeder sein Unglück hätscheln wollte, würde die Welt einstürzen, Petja, und in Tränen zerfließen. Wieviel Unglück ist mir widerfahren, aber hast du mich auch nur einmal weinen sehen?«

Wir gingen schon einen Waldweg entlang, wo traurige Birken, als schämten sie sich ihrer Blöße, Halt suchend, vergebens zueinander strebten und einander mit ihren spröden leeren Zweigen doch nicht erreichten. Ein trostloser und rührender Anblick. Am liebsten wäre ich zum Wegrand abgebogen, hätte mich mit dem ganzen Körper an einen Stamm geschmiegt und lange die Augen geschlossen, wie ich es früher gern getan hatte.

Der Wald war zu Ende, und da sahen wir auch schon die Datschas; eine lange schmale, mit Steinen gepflasterte Straße, die sich mit Mühe und Not zwischen zwei Reihen hoher, blinder Zäune, Bretterzäune größtenteils, gequetscht hatten, war da. Die zweigeschossigen Villen, die in großem Abstand voneinander zerstreut waren, waren offenbar vor dem Gartenboom errichtet worden. Jede hatte, wie ich nach Augenmaß bestimmte, mindestens acht, neun Zimmer. Die Grundstücke waren gleichfalls riesig und höchstens zu einem Drittel kultiviert. Natürlich. Welche Stadtfamilie konnte auch so viel Land bewirtschaften? Dafür waren die Parzellen reich an Wald – prachtvolle Tannen gab es da, gigantische pfeilgerade Kiefern und Linden. All das konnte man eingehend betrachten wie in einem Panoramakino. Ein wunderschönes Fleckchen Erde! Ich erstickte fast vor Begeisterung, als ich mir vorstellte, wie schön es hier erst sein würde, wenn alles grün war. Doch auch jetzt schon rief die in dumpfer Stille versunkene, verloren im Raum daliegende Siedlung ein Gefühl angenehmer einschläfernder Zärtlichkeit und Sehnsucht in mir wach.

Wir kamen an mehreren Häusern vorüber – nirgends ein Namensschild. Auch Menschen waren nicht zu sehen, wie oft wir auch an die Ritzen in den Zäunen und an die Gartenpforten herantraten. Die Saison hatte zwar noch nicht begonnen, doch die Datschas waren, soviel ich davon verstand, winterfest und hatten Gasheizung.

Es gelang uns, von einer alten Frau, die irgendwoher aus einer Nebengasse kam, die nötigen Informationen zu erhalten. Die Datscha der Michailows war ganz in der Nähe, zwei Parzellen weiter. Sie war von einem undurchdringlichen zwei Meter hohen Zaun mit Eisentor umgeben, seitlich vom Tor entdeckten wir eine kleine Pforte mit einer Klingel, die kokett von einem Blechteufelchen überdeckt wurde. Lange und ergebnislos drückten wir auf die Klingel und wollten schon verzweifeln, als auf dem betonierten Fußweg ein alter Mann in grünen Manchesterhosen und kurzem weitem Mantel, ein leuchtendes orientalisches Käppchen auf dem Kopf, auftauchte. Mit unzufriedener Stimme rief er von weitem: »Es ist offen!« Boris stieß die Pforte auf, sie quietschte laut, und wir traten ein.

Der Alte deutete eine Verbeugung an und erkundigte sich, was wir wünschten. Boris erklärte höflich, wir seien wegen der Datscha gekommen, weil wir gehört hätten, sie stehe zum Verkauf. Der Alte zeigte äußerstes Befremden, hüllte sich abrupt in seinen Mantel ein, setzte eine finstere Miene auf, und seine Augen blitzten auf wie die eines Raubvogels.

»Da sind Sie bei mir an der falschen Adresse«, sagte er giftig. »Das betrifft jene beiden Idioten.«

»Welche?« vergewisserte ich mich.

»Fedka und Ninka.«

»Sind sie zu Hause?«

»Folgen Sie mir.«

Der Alte ließ uns in einer Veranda mit bunten Scheiben stehen, während er selbst hinter einer mit Kunstleder bezogenen Tür verschwand, die er fest hinter sich zumachte. In der Veranda standen ein Tisch und Korbsessel und in einer Ecke ein Farbfernseher.

»Wie gefällt dir das Haus?« fragte Boris gespannt.

»Nicht übel. Groß ist es.«

»Groß ist es«, äffte mich Boris nach. »Das ist doch ein Palast, bist du etwa blind? Und das Grundstück erst! Hast du wenigstens darauf geachtet? Das reinste Gut. Allein Erdbeerbeete gibt es dreißig.«

»Wer ist dieser Alte?«

»Unwichtig. Vater, Großvater. Unzufrieden ist er, daß die Kinderchen die Datscha verkaufen. Hat sich hier eingelebt. Aber ihn wird man nicht fragen.«

Gned war bereit, alle Hindernisse zu überwinden, sein Eifer übertrug sich allmählich auch auf mich. Ich fühlte ein schwaches Brennen in der Brust, wie ich es immer verspürte, wenn es eine schwierige, aber vielversprechende Aufgabe zu lösen galt.

Nach einer Weile kam auf die Veranda ein Mann mittleren Alters heraus, wohlbeleibt, ziemlich kahlköpfig und mit einem traurigen Blick, wie ihn ein Kaninchen hat. Der Besitzer. Er stellte sich vor – Fjodor Innokentjewitsch. Auch wir nannten unsere Namen. Schon nach den ersten Sätzen, die wir wechselten, war uns klar, daß wir es mit einem Waschlappen und Tolpatsch zu tun hatten. Doch gerade solche Leute haben es, das wußte ich, oft faustdick hinter den Ohren, und wenn sie sich auf etwas versteifen, meistens auf Unsinn, ist es leichter, einen Berg von der Stelle zu bewegen als sie. Auf welche Weise er wohl in den Besitz dieser Datscha gelangt war? Boris hatte nicht gelogen: Dieser Mann wollte wirklich wissen, was der etwaige Käufer vorstellte. Und so schilderte mein

Freund mich denn im vorteilhaftesten Licht – bekannter Wissenschaftler – Soziologe –, Liebhaber des Schönen und der Natur und überdies vor kurzem Witwer geworden (eine Grimasse des Mitgefühls auf Fjodor Innokentjewitschs Gesicht) – und so weiter und so weiter. Dann kam Gned zur Sache.

»Wir würden gern alles besichtigen, wissen Sie . . .«, sagte er.

Der Besitzer wollte schon aufspringen, ließ sich aber sofort wieder im Sessel nieder.

»Ich verkaufe die Datscha für fünfundzwanzigtausend«, bemerkte er niedergeschlagen.

»Erlauben Sie, aber man hat mir gesagt, es handele sich um zwanzigtausend.«

»Ja, ja«, antwortete der Besitzer in traurigem Ton. »Doch die Umstände haben sich grundlegend verändert . . . Aber diese Datscha ist ja auch dreißigtausend wert, das ist Ihnen doch klar.«

Boris Sacharowitsch blies wichtigtuerisch die Wangen auf und verlegte sich aufs Feilschen.

»Bei derartigen Geschäften gibt es, soviel ich weiß, keine festen Preise. Von Bedeutung ist nur das beiderseitige Einvernehmen«, begann er philosophisch.

Fjodor Innokentjewitsch warf einen schnellen Blick zur Tür und rückte näher zu uns heran.

»Die Sache ist die. Ich wäre bereit, auch für fünfzehntausend zu verkaufen – ich brauche das Geld dringend. Doch ich habe nicht allein zu entscheiden.«

»War das Ihr Vater?« fragte Gned, wobei er in den Tonfall ein klein wenig Mitgefühl und zugleich Verachtung hineinlegte.

»Der Vater meiner Frau, Ninas Vater . . . Sie haben richtig vermutet. Er ist kategorisch dagegen.«

»Aber die Datscha gehört Ihnen?«

»Ja. Und natürlich Nina. Doch er hat leider Einfluß auf sie. In allem. Das ist das reinste Familiendrama. Mich mag er nicht, hält mich für eine Null und hetzt Nina fortwährend gegen mich auf. Er ist Oberst a. D. – können Sie sich das vorstellen?«

Es war beschämend, zu hören, wie ein erwachsener Mann unbekannten Leuten gegenüber seine Schwäche eingestand, noch dazu in einem Ton, als wollte er jeden Augenblick in Tränen ausbrechen, dennoch flößte er mir Sympathie ein. Seine Aufrichtigkeit zeugte von einer in unseren Tagen seltenen Offenherzigkeit. Bestimmt hatte er sich ernstere Verfehlungen vorzuwerfen als Charakterschwäche, vielleicht war er Alkoholiker oder Schürzenjäger: Er schielte ja mit solcher Furcht zur Tür, als erwartete er von dort das Erscheinen des Satans.

»Eine derartige Summe habe ich nicht«, sagte ich.

»Eine derartige Summe können nur Gauner und Hochstapler haben«, fügte Boris belehrend hinzu. »Aber Sie wollen das Haus doch nicht in die Hände von Gaunern geben?«

»Keinesfalls!« Fjodor Innokentjewitsch errötete und wurde mir noch sympathischer. »Das ist die Datscha meiner Eltern. So etwas würden sie mir nicht verzeihen.«

»Sie leben bei Ihnen?«

»Sie sind tot.«

Gned und ich wechselten unauffällig einen Blick.

»Ich habe eine einzige heikle Bedingung«, fuhr Fjodor Innokentjewitsch verlegen fort. »Ich würde mir gern das Recht vorbehalten, manchmal hierher zu kommen. Sehen Sie, mit dieser Gegend sind bei mir eine Menge teurer Erinnerungen verbunden. Und überdies – mein Vater ist auf dem hiesigen Friedhof begraben.«

Erst in diesem Augenblick verspürte ich, ich weiß nicht warum, tatsächlich den Wunsch, dieses Haus zu kaufen, und erklärte entschlossen:

»Wenn Sie mir die Datscha verkaufen, werden Sie Ihr eigenes Zimmer haben. Sie können darin wohnen, so oft Sie wollen. Ich habe im Grunde genommen keine Familie, da sind nur ich und mein Sohn.«

»Danke.«

»Aber ich habe nicht so viel Geld.«

Fjodor Innokentjewitsch begann schwer zu atmen und rückte ganz nahe heran.

»Schön. Ich bin im Prinzip einverstanden. Wir können es so einrichten, daß sie glauben, ich hätte für fünfundzwanzigtausend verkauft, in Wirklichkeit werde ich nur zwanzig nehmen. Das heißt auf dem Papier wird es das eine sein, faktisch aber... Wie schnell, meinen Sie, werden wir alles rechtskräftig machen können?«

Ich lächelte ihm beruhigend zu:

»Lassen Sie uns trotzdem, bevor wir etwas entscheiden, uns erst ein wenig umsehen. Wir möchten Haus und Grundstück besichtigen, wie es üblich ist. Sie haben doch nichts dagegen?«

Im Erdgeschoß gelangten wir zunächst in das nach westlicher Manier eingerichtete Wohnzimmer, mit dekorativem Kamin, einem dicken flauschigen Teppich auf dem Fußboden und dunklen Möbeln: Von außen konnte man unmöglich annehmen, daß sich hier ein so geräumiges Zimmer befand. Aus einer Art Halle führten drei Türen in kleinere Zimmer. Die kleine Küche war an der Stirnseite angebaut und durch eine halbrunde Nische mit dem Wohnzimmer verbunden. Ins Obergeschoß führte eine Wendeltreppe mit hölzernem Geländer. Dort gab es noch vier Zimmer; aus dem Eckraum mit dem gemütlichen kleinen Balkon könnte man, so dachte ich, ein wunderbares Arbeitszimmer machen, jetzt saß gerade der Alte darin, mit dem Rücken zur Tür, finster dreinblickend und unversöhnlich. Als wir einen Blick ins Zimmer warfen, wandte er nicht einmal den Kopf zu uns um. Im großen und ganzen war in diesem Haus alles so eingerichtet, wie ich es auch selbst getan haben würde. Hin und wieder stöhnte ich innerlich vor Behagen, ließ es mir aber nicht anmerken. Im Gegenteil, ich schaute finster drein und klopfte mit besonderem Eifer die Wände ab, ob sie auch nicht verfault waren. Fjodor Innokentjewitsch beeilte sich zu versichern, daß diesem Haus noch mindestens hundert Jahre Leben sicher seien: Die Wände seien hier mit einer ungewöhnlichen Lösung durchtränkt und das Fundament für Jahrhunderte gelegt. Ich schenkte dem Glauben, weil ich ein besonderes Gespür für gute Qualität besitze und fast von jedem Gegenstand sagen kann, ob er gewissenhaft angefertigt oder nur so zusammengepfuscht ist. Während wir das Haus besichtigten, zerbrach ich mir den Kopf darüber, was diesem äußerlich glücklichen Mann wohl widerfahren sein mochte. Bestimmt etwas sehr Ernstes, wenn er es derart eilig hatte, eine so prächtige Datscha loszuwerden, und derart leicht Zugeständnisse machte. Aus mir sprach gewöhnliche Neugier, doch ich hielt mich nicht für berechtigt, sie zu befriedigen, indem ich taktlose Fragen stellte. Sollte die Sache klappen, würde sich später auch diese Seite aufklären.

Dann unternahmen wir einen Spaziergang über das, höchstwahrscheinlich dank der Bemühungen des Obersten a. D., gepflegte Grundstück. Der Besitzer erzählte trocken, wie viele und was für Apfel-, Pflaumen- und Kirschbäume es hier gab, streichelte zärtlich, wie selbstvergessen, die Johannisbeersträucher und bemerkte plötzlich mit ingrimmigem Kummer:

»Himbeeren haben wir im vorigen Jahr unwahrscheinlich viele gepflückt. Eine Ernte, wie sie noch nie da war.«

Am liebsten hätte ich ihm die Hand gedrückt oder ihn doch wenigstens freundschaftlich an der Schulter berührt.

Er lud uns in die Küche zum Teetrinken ein. Ich willigte mit Freuden ein, verspürte ich doch plötzlich eine eisige Müdigkeit. In der Küche standen ein vierflammiger Gasherd und ein alter Kühlschrank der Marke *Saratow*. Genau denselben hatte ich zu Hause. Den Tee tranken wir aus verschnörkelten Porzellantassen. Der Gastgeber stellte eine Schale mit selbstgemachtem Gebäck und ein Glas mit duftender Kirschkonfitüre auf den Tisch. Boris zündete sich eine Zigarette an und sagte, es werde keinen Rauch geben, weil ringsum Ritzen seien. Fjodor Innokentjewitsch warf ihm einen kläglichen gehetzten Blick zu.

»Erlauben Sie, hier gibt es keine Ritzen.«

»Aber gewiß doch«, parierte Boris selbstzufrieden. »Ich spüre ja, daß es überall zieht.«

»Ich verstehe Ihren Schwiegervater durchaus«, wandte ich mich an Fjodor Innokentjewitsch. »Für ihn ist der Verkauf der Datscha bestimmt ein schwerer Schlag.«

»Nicht nur für ihn«, gab der Hausherr bedrückt zur Antwort. »Auch meiner Frau und mir fällt es schwer. Und die Kinder haben sich daran gewöhnt – jeden Sommer verbringen wir hier. Doch, wie man so sagt, die Umstände sind stärker als wir.«

Nie hatte ich an diese kleinmütige These geglaubt.

»Die Umstände haben die Eigenschaft, sich bald zur einen, bald zur anderen Seite zu verändern.«

»Die meinen können sich nicht mehr ändern.«

Gned mißfiel die Wendung, die das Gespräch genommen hatte, und er beeilte sich, wieder die Initiative an sich zu reißen.

»Also, was ist denn nun, Genossen? Können wir davon ausgehen, daß wir uns im Prinzip einig sind? Und nur noch die Formalitäten zu erledigen sind?«

»Wie Sie wollen«, entgegnete Fjodor Innokentjewitsch, als ginge ihn das jetzt am allerwenigsten an.

Einen Augenblick lang kamen mir Zweifel, ob das wirklich seine Datscha und er berechtigt sei, diese Frage allein zu entscheiden. Wird hier, dachte ich, nicht irgendeine Intrige gesponnen, bei der wir nur Statisten sind? Auch Gned schien ein ähnlicher Gedanke gekommen zu sein, denn er fragte plötzlich:

»Vielleicht sollten wir auch mit Ihrer Frau reden?«

»Nein, nein«, widersprach Fjodor Innokentjewitsch erschrokken. »Das ist ganz und gar nicht nötig. Ich werde selbst alles mit ihr regeln.«

Er sah uns fast flehentlich an. Offen gestanden, ich habe nie einen Mann in der Blüte seiner Jahre gesehen, der so niedergeschlagen und gebrochen gewesen wäre und dies noch dazu nicht im geringsten verheimlicht, sondern sogar betont hätte. Und wieder kam mein Entschluß ins Schwanken, ich beschloß aber, meine Zweifel Boris auf dem Rückweg mitzuteilen.

Doch kaum hatten wir uns von dem gastfreundlichen Besitzer verabschiedet, da überkam mich ein starkes Schwindelgefühl, und ich war nicht mehr zu Gesprächen aufgelegt. Mein Organismus, der sich an das Mikroklima der Moskauer Wohnung angepaßt hatte, schien zu sehr mit Sauerstoff übersättigt worden zu sein. Mitten im Wald blieb ich stehen und begann wie ein Fisch nach Luft zu schnappen. Das Schlimmste war, daß man sich nirgends hinsetzen konnte, längs des Weges verlief ein Graben, und dann kam tiefer grauer Schnee. Boris fragte besorgt:

»Was hast du, Petja, bist ja auf einmal bleich wie der Tod.«

Nach diesen Worten war es mir unangenehm, ihn anzusehen. Hastig warf ich zwei Tabletten Nitroglyzerin in den Mund. Gleich fühlte ich mich ein bißchen besser, und mit Mühe und Not schleppte ich mich bis zur Siedlung. Dort ließ ich mich auf die erste beste feuchte Bank fallen. Boris nahm neben mir Platz, eine Zigarette zwischen den Zähnen.

»Rauch nicht«, bat ich.

»Ich werde zur Seite rauchen.«

Nach kurzem Schweigen fragte er:

»Kannst du vielleicht irgendwie bis zur Vorortbahn kommen?«

»Halt den Mund!« fuhr ich ihn an.

Die Wut gab mir meine Kraft zurück, und ruhig schaute ich auf die sonnenüberfluteten zweigeschossigen Ziegelhäuser, die mit ihren schmutzigen Fenstern wie mit Glotzaugen in die Gegend starrten. Ich war sogar zu träge, den Kopf zu drehen, so müde war ich. Vor lauter Sonne und Müdigkeit konnte ich nur undeutlich sehen, die Häuser verschmolzen zu einer ununterbrochenen Linie, und die orangefarbene Mütze über ihnen stach mir in die

Augen. Die wenigen Leute, die vorübergingen, schwammen wie Schatten an uns vorbei. Trotzdem gefiel es mir hier sehr. Den ganzen Tag schon hatte ich das Gefühl, als sei ich endlich dort angelangt, wohin ich seit langem gewollt hatte. Dieses Gefühl war für mich nicht neu, und es hatte mich noch nie getrogen. Wäre Boris nicht gewesen, ich wäre wahrscheinlich auf dieser Bank süß und selig eingeschlummert. Doch er redete und redete in einem fort und blies mir dabei Rauch ins Gesicht.

»Gehen wir, Petja, gehen wir. Wir dürfen hier nicht sitzenbleiben, es ist zu feucht. Ehe man sich's versieht, haben wir uns erkältet. Das fehlte dir gerade noch.«

»Was meinst du, ist dieser Fjodor Innokentjewitsch nicht ein Psychopath? Steht er nicht unter Aufsicht?«

»Er ist so wenig ein Psychopath wie du und ich.«

Wir setzten unsere Unterhaltung in der Vorortbahn fort. Wie sich herausstellte, wußte Gned mehr, als er zunächst gesagt hatte. Er hatte Auskünfte eingeholt: Fjodor Innokentjewitsch Michailow stammte aus einer bekannten Familie, die sowohl durch den Krieg als auch durch gewisse finstere Jahre von Grund auf vernichtet worden war. In dieser Familie gab es einen berühmten Anwalt und einen verdienten General. Fjodor Innokentjewitsch selbst arbeitete als Ingenieur in einem wissenschaftlichen Forschungsinstitut. Der Zweig seiner Gattin reichte mit seinen Wurzeln ins Gouvernement Rjasan zurück und hatte einen kräftigen ländlichen Kern. Sie hatten drei Kinder; die älteste Tochter hatte in diesem Jahr mit dem Universitätsstudium begonnen. Sein Unglück war, daß sich seine Frau als Verschwenderin und Müßiggängerin entpuppt hatte, ungeachtet ihrer bäuerlichen Herkunft. Und man weiß ja: Wenn eine gewöhnliche russische Frau über die Stränge schlägt und sich Gott weiß was einbildet, kann kein Mann es mit ihr aufnehmen. Sie lebte auf großem Fuß, und Michailow war es nicht mehr möglich, wenigstens ihre materiellen Ansprüche zu befriedigen – ein schönes Leben ist, wie zu allen Zeiten, ziemlich teuer. Michailow mußte sie wohl sehr lieben, wenn er eingewilligt hatte, seine ererbte Datscha zu verkaufen, an der seiner Frau nicht das mindeste lag – dafür hatte sie vor kurzem ein Auge auf einen gebrauchten Botschaftswagen, einen *Ford*, geworfen. Möglich, daß das zur Hälfte Gneds Erfindungen waren, doch kamen sie der Wahrheit sehr nahe.

Vom Jaroslawer Bahnhof gelangten wir mit einem Taxi ohne weitere Abenteuer nach Hause. Boris wollte mir nachstürzen, aber ich ersuchte ihn, mich in Ruhe zu lassen. Zu Hause trank ich Tee, nahm dann alle möglichen Tropfen ein, duschte und legte mich ins Bett. Ich fühlte mich leidlich. Ich lag da und dachte, wie sonderbar das auch scheinen mag, nicht an die Datscha, nicht an den heutigen Tag, sondern immerzu an diese unbekannte Nina, so, als ob ich unsere baldige Begegnung voraussähe. Ich dachte, wie unsinnig die Welt doch eingerichtet ist, wenn Frauen dieser Sorte, vor denen, dem gesunden Menschenverstand nach, jeder zurückschrecken müßte wie vor Pestkranken, todsicher die treuesten Ehemänner finden, die glücklich sind, für sie den Laufburschen spielen zu dürfen.

3

Ich schlief in dieser Nacht nicht besonders gut: Gegen halb zwölf war ich gerade eingeschlummert, als Andrej zurückkehrte und in der Küche mit Geschirr zu klappern anfing. Ich wurde wütend: Er weiß doch, der kleine Teufel, daß ich, wenn man mich im ersten Schlaf aufweckt, danach garantiert nicht mehr einschlafen kann. Ist nicht gewöhnt, auf irgend jemanden Rücksicht zu nehmen, der verfluchte Egoist, doch auch das kann man niemandem zum Vorwurf machen, schließlich haben wir selbst ihn so erzogen. Übrigens, wenn eine Familie nur ein Kind hat, wächst das fast immer zu einem Egozentriker heran.

Wie gewöhnlich, wenn ich schlaflos dalag, hing ich Erinnerungen nach, in dieser Nacht aus irgendeinem Grund besonders sentimentalen. Ich dachte an die Frau zurück, die ich in meiner Jugend geliebt hatte. Sie hieß Ljuda Komarowa. Viele Jahre sind seither vergangen, und jetzt bin ich fast sicher: Das war meine einzige wirkliche Liebe, eine stille und zugleich unbesonnene Liebe. Sie war achtzehn, ich fünfundzwanzig – die glücklichste Verbindung. Ljudotschka Komarowa hat mich nie verlassen, sie hat sich für immer in irgendeinem souveränen Teil meines Bewußtseins festgesetzt, und wenn es mir schlecht ging, habe ich mich oft genug hilfesuchend an sie gewandt. Stets tauchte sie dann, dunkeläugig, lachend, zuverlässig, aus dem Dunkel der Jahre auf. Niemandem habe ich je von ihr erzählt, nicht einmal Mascha. Wir trennten uns nicht aus freien Stücken, was uns auseinanderbrachte, waren die Städte und, wie ich jetzt erkenne, meine jugendliche Dummheit und Eile. Aber so schön wie mit ihr war es trotzdem mit niemandem.

1950, gleich nach Beendigung des Instituts, wurde ich auf einen dreimonatigen Armeelehrgang in die Stadt Swansk geschickt. Dort lernten wir uns denn auch kennen, dort verbrachten wir ein paar wunderschöne, verrückte Tage. Diese Tage verteilten sich auf Ausgang und zwei unerlaubte Entfernungen von der Truppe, für die ich um ein Haar vor Gericht gekommen wäre, doch in meiner heutigen Phantasie sind alle jene Stunden, die wir zu zweit verbrachten, zu einem einzigen berauschenden Stelldichein verschmolzen. Wenn ich die Möglichkeit hätte, irgend etwas aus meinem Leben nochmals zu erleben, würde ich ohne Zögern zu jenen leuchtenden Sommerabenden zurückkehren, auf die Tanzfläche, wo ich sie zum erstenmal erblickte, zu dem Baum, der den Sternenhimmel durchbohrte, unter dem ich zum erstenmal ihren schlanken biegsamen Körper an mich preßte.

Es zog uns sofort unwiderstehlich zueinander hin. So etwas hat sich in meinem Leben nicht wiederholt. Ich kann mich nicht für sie verbürgen, doch ich war damals wie aus der Zeit herausgefallen, und alles, was nicht mit ihr in Zusammenhang stand – die Übungen, die Exerzierausbildung, die Gesichter der Kameraden, irgendwelche schrecklichen Gewaltmärsche –, kann ich mir heute nur noch als formlosen, langweiligen und ermüdenden Fleck vorstellen.

Schon am ersten Abend wurde sie mein, und das geschah so leicht und freudig, daß wir beide ganz verdutzt waren. Doch wenn ich ehrlich bin, dann war diese Schnelligkeit auch einer der Gründe, warum wir uns so bald wieder trennten. Voller Vorurteile, boshaft und mißtrauisch, wenn auch bis über beide Ohren verliebt, konnte ich nicht ernsthaft an eine Heirat mit einem Mädchen denken, das sich von Anfang an so freizügig benommen hatte. Die niederträchtige, typisch männliche, herablassende Verachtung für eine Frau, die widerstandslos nachgab, war bei mir voll ausgeprägt. Inzwischen haben sich viele meiner Ansichten abgeschliffen, sind nicht mehr so orthodox wie damals, wenigstens ist mir klar geworden, daß keine Situation der anderen gleicht, aber die Vergangenheit kann man nicht zurückholen.

Ljuda, Ljudmilotschka, Füchslein ... Wie deutlich ich sie vor mir sehe, wie sie da am Gartentor steht, in einem ganz einfachen Kleidchen mit weißem Kragen, und unschlüssig die Hand auf die Türklinke sinken läßt. Sie ist nur einen Schritt von mir entfernt und schon unendlich weit weg. Es ist eine erstaunliche Eigenschaft der Liebe: Man entfernt sich für einen Augenblick, tritt zu einem Strauch in der Nähe, und schon scheint alles unwiederbringlich dahin zu sein, das Herz bebt vor Entsetzen, und die Hände hängen herab, als wären sie mit Blei gefüllt. Unwiederholbar heilige Augenblicke. Am ersten Abend fragte sie zum Abschied: »Werden wir uns jemals wiedersehen, mein Liebster?!« Und in diesem Satz schwang soviel erwachsene Traurigkeit mit, daß sie bis heute meine Phantasie trübt. Zwei Tage danach entfernte ich mich, da ich die lange Trennung nicht aushielt, zum erstenmal eigenmächtig von der Truppe. Wir irrten durch irgendwelche Sträucher, stachen uns bis aufs Blut, und später – es ging schon auf die Nacht zu – gingen wir an den schlafenden Fluß. Ljuda hatte es sich in den Kopf gesetzt, daß wir ein Bad nehmen müßten. Das wurde zum Ritual unserer Trauung. Völlig entkleidet und stumm geworden vor stillem Entzücken, faßten wir uns bei den Händen, gingen in das dunkle, langsam strömende Wasser hinein und tauchten unter. Unsere Umarmung war so unauflösbar, daß wir hätten ertrinken können, ohne es zu merken. Wahrscheinlich wäre das auch das Beste gewesen. Sein Leben im Fieberwahn eines starken Liebeserlebnisses jäh zu beenden – was kann schöner sein! Am Ufer, als ich ihr, die ganz erfroren war und zitterte, half, sich anzuziehen, preßte ich sie, um sie zu wärmen, so fest an mich, daß es mir schien, als gebe es sie nicht mehr, als sei sie ganz in mir aufgegangen, in mich eingedrungen und verschwunden; nur die zusammenhanglosen Worte, die wir wechselten, bestätigten, daß sie hier war, wir beide hier und lebendig waren, erstaunlich lebendig.

Ungefähr einen Monat lang trafen wir uns, liebten wir uns unersättlich und gaben wir einander die unglaublichsten Schwüre, doch dann, beim zweiten eigenmächtigen Entfernen von der Truppe, wurde ich erwischt und saß die Woche bis zu meiner Abreise auf der Hauptwache. Wir konnten uns nicht einmal richtig voneinander verabschieden, wenn ich ihr auch ein Briefchen zukommen lassen konnte; sie kam auf den Bahnhof, als sich unser Zug schon in Bewegung setzte. Zwei Burschen hielten mich von einem wahnwitzigen Sprung ab. Ljuda lief den Bahnsteig entlang und rief etwas; die Worte konnte ich nicht verstehen, dafür sah ich ihr trauriges, von den Tränen gleichsam himmelblau verwaschenes Gesichtchen.

Ich wußte genau, ich würde nach Moskau fahren, daheim meine Angelegenheiten regeln und sofort zurückkehren. Bestimmte Absichten in bezug auf Ljuda hatte ich nicht, doch daß ich zurückkommen mußte, das begriff ich. Die Fahrt nach Moskau dauerte drei Tage und drei Nächte, denn der Zug stand immer wieder lange auf Abstellgleisen, und diese ganze Zeit über lag ich auf dem oberen Liegeplatz und ließ behutsam und genau auch die kleinsten wonnigen Einzelheiten unserer Begegnungen vor meinem inneren Auge vorüberziehen.

Nach meiner Rückkehr erwarteten mich zwei niederschmetternde Neuigkeiten. Erstens lag mein Vater mit einem Schlaganfall im Krankenhaus, und auf die Fragen nach seinem Befinden zuckten die Ärzte nur mit den Achseln. Zweitens hatte ich mich sofort auf meiner Arbeitsstelle einzufinden, von Urlaub, und sei es auf eigene Rechnung, konnte überhaupt keine Rede sein, denn, wie man mir in der Kaderabteilung erklärte, sollte ich lieber nicht aufmucken und mich möglichst unauffällig verhalten, weil die Nachricht über meine ›Heldentaten‹ vor mir bei ihnen eingetroffen war. Ich schrieb Ljuda einen langen Brief voller konfuser Bekenntnisse, in dem ich die Umstände zu erklären versuchte, gegen die ich einstweilen nicht ankönne. Ein paar Tage danach erhielt ich eine Antwort, die beherrscht und zu meinem Erstaunen in ziemlich ruhigem Ton gehalten war. Sie schrieb, daß sie alles sehr gut verstehe und mit mir fühle, und sie wünschte meinem Vater baldige Genesung. Erst am Ende waren die Worte hinzugefügt, nach denen meine Seele so lechzte, sie versicherte, sie denke jede Minute an mich und liebe mich. Doch auch das war irgendwie alltäglich ausgedrückt, ohne besonderes Feuer. Ich weiß nicht, was ich erwartet hatte, aber es kränkte mich. Wie hätte ich damals ahnen können, wie schwer jungen Mädchen im allgemeinen Briefe fallen.

Nach anderthalb Monaten kam mein Vater aus dem Krankenhaus, erschöpft, abgemagert, halbtaub und zugleich seltsam verjüngt. Ich erinnere mich an den blaßrosa Hauch auf seinen Wangen und an das schwache kindliche Lächeln, wenn er sich mit einer Frage oder einer Bitte an jemanden wandte. Er hatte sich nicht nur äußerlich verändert, bei ihm, der früher mürrisch und in sich gekehrt gewesen war, zeigte sich naives Entzücken, er freute sich über jede Kleinigkeit. Meiner Mutter und mir jagte das Schauer über den Rücken. Wir begriffen, er hatte nicht mehr lange zu leben, helfen aber konnten wir ihm nicht. Das Gefühl der verhängnisvollen Unabwendbarkeit, die über unserer Familie schwebte, hat sich seit jener Zeit für immer in meinem Bewußtsein festgesetzt wie Rost. Mit nichts läßt sich der wieder abkratzen. Dieses schreckliche Gefühl hat auch seine Vorteile. Spätere seelische Erschütterungen in meinem Leben nahm ich mir nicht so sehr zu Herzen, als sei ich im voraus darauf gefaßt gewesen. Selbst der Tod erscheint dem Menschen nur einmal ungewöhnlich.

Mit Ljuda unterhielt ich noch etwa ein halbes Jahr lang einen regen Briefwechsel. Auf ihre Briefe wartete ich voller Ungeduld, begann aber selbst nach und nach träge zu werden, antwortete seltener und mußte mich regelrecht aufraffen, um anderthalb Seiten hinzuschmieren. Die Liebe erwähnten wir kaum noch, wie im gegenseitigen Einvernehmen. Und alle übrigen Themen waren für uns natürlich langweilig. Ich dachte: Wenn Ljuda beim Schreiben eines Briefes dieselbe Langeweile empfindet wie ich, dann ist das das Ende. Also ist das, was zwischen uns geschehen ist, nur ein süßes Mißverständnis der Jugend, ein Trugbild der Liebe. Ich dachte das ohne sonderliches Bedauern, aber voller Wehmut und Dankbarkeit ihr gegenüber, die mir ermöglicht hatte, einzigartige Augenblicke zu erleben. Ihr letztes Schreiben war abstrus. Sie schrieb, sie heirate einen guten Menschen, ohne zu erklären, wen und warum, und bat mich um Verzeihung, ebenfalls wer weiß wofür. Sie hatte mich zu guter Letzt doch tief getroffen. Meine ganze männliche Natur bäumte sich auf, um ein Haar wäre ich zu ihr geeilt, aber ich wurde unversehens krank, überstand die Krankheit indessen, durchlitt sie buchstäblich. Ein paar Tage lang hatte ich hohes Fieber, und mein Zustand hatte Ähnlichkeit mit Malaria. Ich brauchte sie mir nur vorzustellen, wie sie, zart und zerbrechlich, in den Armen eines Fremden stöhnte, schon wurde ich geschüttelt, krümmte ich mich wie in einem Epilepsieanfall. Später ließ der Schmerz nach, und nach einer gewissen Zeit sandte ich ihr einen kurzen, höflichen Glückwunsch. Damit war die Geschichte denn auch beendet.

Das heißt, ich dachte zunächst, sie sei zu Ende, als der Schmerz nachgelassen hatte und ich mich für neue Pläne begeisterte, die überhaupt nichts mit Ljuda zu tun hatten. In Wirklichkeit dauert sie jedoch bis heute an. Wie ich schon sagte, Ljudotschka Komarowa ist nie aus meinem Leben verschwunden, die Sehnsucht nach ihr hat mit der Zeit erstarrte, abgeschlossene Formen angenommen und ist in gewissem Sinne wohltuend geworden. Ich glaube, es geht nicht um Ljudotschka selbst, sondern um das innere Bedürfnis vielleicht jedes Menschen, in der Vergangenheit, wie in einem Fundament, ein gewisses ›Eichmaß‹ für makellose Treue und Redlichkeit zu haben, als Bestätigung dessen, daß sich dir das Leben nicht nur von der trüben, schäbigen Seite gezeigt hat. Ljudotschka selbst aber war vermutlich ein ganz gewöhnliches, nicht sehr schönes und gewiß nicht allzu kluges Mädchen. Solche gehen zu Hunderten auf den Straßen und in der Metro an dir vorüber. Du brauchst bloß die Hand auszustrecken – bittesehr, da ist die nächste Ljudotschka. Doch alle diese Mädchen waren im Vergleich mit ihr ohne Gesicht und ohne Stimme ...

Am Sonntag überstürzten sich vom frühen Morgen an die Ereignisse: Das Telefon klingelte, und eine unbekannte, melodische Frauenstimme erkundigte sich, ob ich Pjotr Jewdokimowitsch Kalifornow sei. Ich bestätigte das bereitwillig. Die Frau stellte sich als Nina Petrowna vor und verlangte ein sofortiges Treffen. Aus irgendeinem Grund war mir sofort klar, daß das die Frau von Fjodor Innokentjewitsch, dem Besitzer der Datscha, sein mußte. Ich fragte, woher sie meine Telefonnummer habe.

»Sie haben sie doch meinem Mann gegeben.«

»Ach ja. Und was wollen Sie?«

»Das läßt sich nicht am Telefon besprechen. Kann ich jetzt gleich zu Ihnen kommen?«

Ihr Ton ließ ein beneidenswertes Selbstvertrauen erkennen. Meine erste Regung war, sie kurz abzufertigen, doch dann dachte ich, daß sich ein Treffen wahrscheinlich doch nicht umgehen ließ, wenn ich die Datscha tatsächlich kaufen wollte.

»Kommen Sie in einer Stunde«, sagte ich gleichgültig. Sie ließ sich die genaue Adresse geben und hängte ein. Ich rief Gned an und gab ihm unsere Unterhaltung wieder. Er wurde unruhig, riet mir, auf der Hut zu sein, und versprach, sich spätestens um zwölf persönlich einzufinden.

Andrej und ich frühstückten in der Küche in friedlicher Atmosphäre, und wie beiläufig teilte ich ihm meine Pläne mit. Die Neuigkeit, daß ich die Absicht hätte, eine Datscha zu erwerben, nahm er, wie erwartet, wohlwollend auf.

»Kluge Leute haben schon längst die Migration in den Schoß der Natur angetreten. Eine Kuh werden wir kaufen und Schweine züchten. Werden von unserem Selbstgezüchteten leben. Nimmst du mich mit? Obwohl – wozu frage ich, du wirst ja sowieso nicht ohne Knechte auskommen können.«

»Die Datscha ist sehr teuer, Söhnchen.«

»Wie teuer?«

»Sie wollen zwanzigtausend.«

Andrej stieß vor Verwunderung einen Pfiff aus, und seine Unterlippe klappte herunter wie bei einem Säugling. Ich freute mich über sein Erstaunen.

»Ich kann mir vorstellen, was das für eine Datscha ist... Aber hast du denn soviel Geld?«

»Ich werde es gerade so zusammenbekommen. Alle meine Ersparnisse und das Geld, das deine Mutter viele Jahre lang zurückgelegt hatte. Ein bißchen werd ich mir borgen.«

Über das Gesicht meines Sohnes huschte ein leiser Schatten, doch schon im nächsten Moment lächelte er zustimmend:

»Geld – das ist doch nur Papier, Papa.«

»So urteilen die, die sich nur aufs Ausgeben verstehen.«

Ich konnte nicht anders, ich mußte sticheln, doch warum? Aus der Gewohnheit der entstandenen Beziehungen heraus? Diesmal aber zeigte mein Sohn Geistesgröße – er reagierte nicht auf die Stichelei. Und schon stieg Zärtlichkeit für ihn in mir auf.

Ich verzichtete bewußt darauf, mich zur Ankunft der Besucherin zurechtzumachen und umzukleiden, und empfing sie im Morgenrock und Pantoffeln. Nina Petrowna sah so aus, wie eine moderne Herzensbrecherin auszusehen hat. Eine tadellose, sportliche Figur, eingeschnürt in einen hochmodischen purpurroten Cordhosenanzug, eine jugendliche, betont lässige Frisur, ein zartes angenehmes Gesicht mit weit auseinanderstehenden, schmalen, hellen Augen. Ein Minimum an Schminke, doch als sie ins Zimmer trat, nahm ich deutlich den herben, leichten Duft französischen Parfüms wahr. Eine Frau von unbestimmtem Alter, sie konnte zwanzig, vielleicht aber auch vierzig sein.

»Sie scheinen Wissenschaftler zu sein?« fragte sie, nachdem sie es sich ungeniert in einem Sessel bequem gemacht hatte. Mein schmuddeliges Äußeres entmutigte sie nicht im geringsten.

»Zum Teil.«

»Mein Mann befaßt sich auch zum Teil mit der Wissenschaft. In praktischen Dingen ist er hilflos wie ein Kind. Verstehen Sie, was ich meine?«

»Nein, ich verstehe nicht.«

Ich nahm ihr gegenüber Platz und schlug den Morgenrock dicht übereinander, als sei ich ein Greis. Nina Petrowna hörte auf, mich unverwandt zu betrachten wie ein Bild auf einer Ausstellung, anscheinend hatte sie sich bereits eine gewisse Meinung über mich gebildet. Aus ihrer wildledernen Handtasche angelte sie eine Packung *Marlboro* und knipste, ohne um Erlaubnis zu fragen, ein Feuerzeug an. Mit den Augen suchte sie nach einem Aschenbecher und richtete einen erstaunten Blick auf mich; sie war es gewöhnt, bedient zu werden, ohne erst bitten zu müssen.

»In meiner Wohnung wird nicht geraucht.«

Das Blut schoß ihr ins Gesicht, aber sie hatte sich sofort wieder in der Gewalt und lächelte aufreizend:

»Sie sind nicht allzu höflich, Pjotr Jewdokimowitsch.«

Ich tat gekränkt und schwieg. Ihr ganzes Benehmen ließ Unverfrorenheit billigster Sorte ahnen, sie verließ sich allzu sehr auf ihre weiblichen Reize. Ich hatte den starken Wunsch, sie vor die Tür zu setzen.

Ohne abzuwarten, daß ich ihr einen Aschenbecher gab, zog sie eine kleine chinesische Schale zu sich heran und streifte dort die Asche ab; sie zögerte einen Augenblick und drückte auch die Zigarette darin aus. Ins Zimmer trat Andrej, grüßte, nahm das *Philosophische Wörterbuch* vom Regal und entfernte sich.

»Ist das Ihr Sohn?«

»Ja.«

»Ein sympathischer Junge. Studiert bestimmt an einem Institut?«

»Ja.«

Nina Petrowna maß mich mit einem vernichtenden Blick, lehnte sich in ihren Sessel zurück und brach plötzlich in ein fröhliches, übermütiges Gelächter aus, wobei sie sich mit dem ganzen Körper verführerisch reckte und dehnte wie eine satte Katze.

»Ich gefalle Ihnen nicht, Pjotr Jewdokimowitsch? Aber Sie meinen, daß das nicht so wichtig ist, nicht wahr? Ärgern Sie mich lieber nicht. Wenn Sie ernstlich die Absicht haben, unsere Datscha zu kaufen, dann glauben Sie mir – von mir hängt vieles ab.«

»Ich verstehe nicht.«

»Sie verstehen sehr gut. Auf welchen Preis hatten Sie sich mit meinem Mann geeinigt?«

»Wir haben uns noch nicht endgültig festgelegt.«

»Ich hoffe, es handelt sich um nicht weniger als dreißigtausend?«

»Vielleicht auch mehr«, gab ich tiefsinnig zur Antwort.

Die Besucherin brachte mit einer eleganten Gebärde ihr Haar in Ordnung und zog eine kokette Grimasse. Meine Worte schienen ihr eine Last von der Seele genommen zu haben, und schon kamen in ihrem Gesicht die Züge einer ganz normalen, verstörten und müden Frau zum Vorschein.

»Mein Mann ist eine Schlafmütze«, sagte sie vertraulich. »Er denkt nur an seine Vergnügungen. Aber daß wir drei Kinder haben, das interessiert ihn nicht. Übrigens sind die Männer heutzutage alle so.«

»Tja, leider!«

»Ihre Ironie ist fehl am Platze, Sie können sich ja nicht einmal vorstellen, wie viele reine Männerfragen eine Frau lösen muß. Natürlich nur, wenn sie an das Wohlergehen der Familie denkt. Bedauerlicherweise sind auch die Frauen oft nicht auf der Höhe. Daher die endlosen Scheidungen und alles übrige. Sie als Soziologe wissen das besser als ich.«

Sie hat sich gut auf die Begegnung vorbereitet, dachte ich mit einem Anflug von Respekt.

Betrübt beugte sich Nina Petrowna näher zu mir herüber und erlaubte mir so, die Vertiefung zwischen ihren hohen Brüsten, in die neckisch ein goldenes Kreuzchen eintauchte, zu betrachten.

»Es ist uns nicht leicht gefallen, uns zu diesem Schritt zu entschließen. Eine so herrliche Datscha. Aber wir stecken bis über beide Ohren in Schulden. Da beißt die Maus keinen Faden ab. Und dann – die Kinder wachsen heran, die Wohnungsfrage muß gelöst werden. Wir sind ja nicht auf Rosen gebettet.«

»Sie erwarten etwas von mir?« fragte ich.

Sie streckte mechanisch die Hand nach einer Zigarette aus, besann sich aber und sah mich mit Verzeihung heischendem Lächeln an. Augenscheinlich hatte sie die offensive Taktik gegen die abwartende vertauscht, und hier kamen natürlich alle Waffen einer Frau ins Spiel; übrigens schien ihr Arsenal nicht sehr reichhaltig zu sein: Brüste, Knie, schelmische Teufelchen in den Augen, ein schmachtend halbgeöffneter Mund. Vermutlich wollte sie mich in irgendeine unsaubere Sache hineinziehen.

»Eine verflixte Angewohnheit«, sagte sie und meinte das Rauchen. »Es beeinflußt die Gesichtsfarbe und ist überhaupt... unästhetisch. Gefällt es Ihnen, wenn eine Frau raucht?«

»Wenn Sie etwas von mir wollen, fragen Sie, genieren Sie sich nicht.«

»Wahrscheinlich sollte ich lieber mit Ihrer Frau sprechen.«

»Ich habe keine Frau.«

Nina Petrowna nickte, als hätte sie diese Antwort erwartet; sie rutschte unruhig in ihrem Sessel hin und her, strich die Hosen an den Hüften glatt und bedachte mich mit einem leidenschaftlichen Blick. Endlich entschloß sie sich.

»Sie sind ein intelligenter Mensch, Pjotr Jewdokimowitsch, und werden mich hoffentlich richtig verstehen. Ich möchte Ihnen einen kleinen Vertrag zu unser beider Vorteil vorschlagen. Ich habe Ihnen nicht alles über meinen Mann erzählt, die Zunge sträubt sich, gewisse Dinge beim Namen zu nennen, besonders Fremden gegenüber. Aber was soll man machen, die Sonne bringt es an den Tag. Mein Mann ist leider einer verhängnisvollen Leidenschaft verfallen.«

»Welcher?«

»Man weiß ja, welcher. Er trinkt, Pjotr Jewdokimowitsch, trinkt unmäßig. Haben Sie es denn nicht bemerkt?«

»Nein, als er sich mit mir unterhielt, war er nüchtern.«

»Sie haben Glück gehabt. Er ist der typische heimliche Alkoholiker. Können Sie sich das vorstellen? Ich dulde ihn nur um der Kinder willen. Alle sagen, ich hätte den Charakter eines Engels.«

»Wird er im Rausch etwa gewalttätig?«

Ich glaubte ihr kein einziges Wort, aber sie hatte mich doch neugierig gemacht. Menschen, die wenigstens bei irgend etwas zielstrebig vorgingen, hatten mich immer interessiert. Wen, so sollte man meinen, könnte sie schon täuschen, die Ärmste, wenn sie doch durch und durch, von Kopf bis Fuß, aus Betrug und Hinterlist bestand. Keine Stelle, wie man so sagt, wo man ein Gütesiegel anbringen könnte. Dennoch gab es Menschen, die ihr glaubten, sie sogar liebten; einen hatte ich gesehen – ihren Mann.

»Gewalttätig? Das ist nicht das richtige Wort. Wenn er gewalttätig würde – na schön. Einen Zügellosen zu bändigen ist nicht schwer. Dafür ist die Miliz da. Was er sich erlaubt, ist schlimmer. Ich habe Angst, die Kinder auch nur einen Augenblick lang bei ihm zu lassen.«

»Wieso?«

Sie errötete, wurde lebhaft und – hübsch. Meine Langeweile war auf einmal wie weggeblasen.

»Stellen Sie sich vor, in der einen Woche, auf der Datscha ... Da hat er sich doch mit einer Flasche in seinem Zimmer eingeschlossen. Antwortet nicht aufs Klopfen. Brabbelt nur irgendwas. Auch zum Abendessen kommt er nicht heraus. Vater und ich schenken dem keine Beachtung, soll er sich vollaufen lassen. Wir gehen schlafen. Am Morgen läßt er sich wieder nicht blicken. Wir klopfen, rufen – Stille. Natürlich geraten wir in Panik, es ist schon Zeit zum Mittagessen. Wir brechen die Tür auf, und was ist?!« Sie machte eine effektvolle Pause, und ich mimte Interesse. »Er ist nicht da! Irgendwie hat er es in der Nacht fertiggebracht, aus dem Fenster im Obergeschoß zu steigen – und sich aus dem Staub gemacht. Wahrscheinlich ist er zu seinen Zechkumpanen gelaufen. Das war am Sonnabend. Ich rufe in der Stadtwohnung an, dort ist er auch nicht. Erst am Sonntag gegen Abend taucht er wieder auf. Die Haare stehen ihm zu Berge, das Jackett ist zerrissen, und er sieht aus wie ein Toter. Ihn auszufragen ist zwecklos, er spielt den Idioten. Höchstwahrscheinlich war er bei Prostituierten, aber darum geht es nicht. Kann man so einem Menschen Geld anvertrauen?!«

»Was für Geld?«

»Die dreißigtausend, für die Datscha.«

Mit Vergnügen stellte ich fest, die Dame war nicht kleinlich, sie holte zum großen Schlag aus. Wie es aussah, gehörte es zu ihren Plänen, ihren armen Mann bis aufs Hemd auszuplündern, und dann würde man schon sehen, was man weiter mit ihm machte, dem armen Teufel. Ein einziger Umstand wollte so gar nicht zu dem von mir gezeichneten Porträt passen: die drei Kinder. Wozu schaffte so eine sich drei Kinder an? Wozu brauchte sie die? Hier war ein weites Feld für rein psychologische Schlußfolgerungen.

»Natürlich ist es unvernünftig, einem Alkoholiker Geld anzuvertrauen«, gab ich zu. »Andererseits gehört die Datscha, soviel ich weiß, ihm. Was kann man da ändern?«

»Nichts braucht man zu ändern«, rief Nina Petrowna aus. »Sie machen alles mit ihm ab, und im letzten Augenblick übergeben Sie die Banknoten gegen Quittung mir. Ich werde es dann so einrichten, daß niemand zu kurz kommt.«

Ich machte eine protestierende Gebärde, und sie fügte hastig hinzu:

»Sie werden es nicht bereuen... Mir ist klar, daß ich Sie um einen großen Gefallen bitte. Wieviel wollen Sie dafür? Tausend, zweitausend? Wir sind erwachsene Menschen, lassen Sie uns offen reden.«

Mit verschwenderischem Lächeln ließ sie durchblicken, daß sie bereit sei, bei Gelegenheit und mit beiderseitigem Einverständnis nicht nur mit Geld zu bezahlen. Eine lächerliche Szene.

»Mit fünftausend würde mir wohl gedient sein«, sagte ich nachdenklich.

Sie schlug die Hände zusammen.

»Fünftausend?! Aber erlauben Sie – wofür?«

Das Feilschen, das begonnen hatte, wurde durch die Ankunft

Gneds unterbrochen. Ein wenig zu früh hatte ihn der Teufel hergeführt. Ich stellte ihn Nina Petrowna förmlich als meinen besten Freund und als Kenner aller möglichen juristischen Weisheiten vor. Nina reichte Gned kokett ihr Händchen, das dieser, gekrümmt wie ein Fragezeichen, küßte. Auf ihn machte sie vom ersten Augenblick an einen starken Eindruck. Ich hatte gewußt, daß es so kommen würde. Diese Frau war ganz nach seinem Geschmack. Nina witterte in ihm gleichfalls sofort einen möglichen Verbündeten und erhob ein Gezwitscher wie ein Vögelchen auf einem Zweig. Lange konnten sie die erregten Blicke nicht voneinander losreißen. Ich kam mir überflüssig vor und ging den Teekessel aufstellen. In der Küche saß Andrej, in ein Buch vertieft, mürrisch da.

»Werden sie noch lange da sein? Ich muß arbeiten.«

»Ich werd sie gleich hierher verfrachten.«

»Und wer ist die Alte?«

»Gefällt sie dir?«

»Ich würde nicht sagen, Papa, daß du bei deinen Bekanntschaften übermäßig wählerisch bist.«

Mir kamen seine Worte außerordentlich bedeutsam vor, und einen Augenblick lang empfand ich Stolz, daß ich einen erwachsenen und scharfsinnigen Sohn hatte.

»Das ist die Besitzerin der Datscha, die ich kaufen will.«

Andrej verzog das Gesicht.

»Paß bloß auf, daß sie nicht irgendein Buch mitgehen läßt.«

Als ich ins Zimmer zurückkehrte, zog sich Gned allzu eilig von Ninas Sessel zurück. Er verliert keine Zeit, der alte Schwerenöter... Ich betrieb den Umzug unserer Versammlung in die Küche, und Andrej ging, undeutlich etwas in seinen Bart brummend, ins Zimmer, um zu arbeiten. Beim Tee herrschte eine recht zwanglose Atmosphäre. Nachdem Nina Petrowna einen so raschen Sieg über Gned errungen hatte, war sie völlig in ihrem Element. Sie benahm sich ganz reizend. Sie schenkte Tee ein, füllte

Konfitüre in Schälchen und machte sich gutmütig über die Nichtsnutzigkeit von uns Männern lustig. Gned schmolz förmlich dahin und verfolgte gierig jede ihrer Bewegungen.

»Hörst du, Borja«, wandte ich mich an ihn. »Wie sich herausstellt, ist Fjodor Innokentjewitsch, bei dem wir gestern waren, Alkoholiker.«

»Mein Beileid, Madame«, entgegnete Boris. »Aber das ist nicht das Schrecklichste, was es auf der Welt gibt. In gewissem Sinne ist es sogar bequemer, mit einem Alkoholiker zu leben.«

»In welchem Sinne denn?«

»In dem Sinne, daß man frei über seine Zeit verfügen kann. Ein Alkoholiker braucht ja so wenig, um glücklich zu sein. Wenn nur Geld da ist.«

»Ach, sagen Sie das nicht«, Nina bedeckte Gneds riesige Pranke vertraulich mit ihrem kleinen Patschhändchen. »Sie können das nicht verstehen. Nur eine Frau kann das verstehen. Man lebt wie auf einem Vulkan. Und wie ist es mit den Kindern? Zu wissen, daß ihr leiblicher Vater in den Augen normaler Leute zum Gespött wird. Kinder reagieren sehr empfindlich auf solche Dinge.«

»Dann verlassen Sie ihn doch«, riet Gned forsch. Jetzt bedeckte er ihre Hand mit der seinen und streichelte ihre zarten Finger. Sein Gesicht erstrahlte vor Gutmütigkeit. Er war im siebenten Himmel.

Ich entschied, daß es an der Zeit sei, dieses abgeschmackte Idyll zu zerstören.

»Nina verläßt ihren Mann gerade wegen der Kinder nicht«, sagte ich besorgt, »Nina, vor Boris Sacharowitsch braucht man nichts zu verheimlichen. In Dingen des Alltags ist er erfahrener als Sie und ich ... Siehst du, Boris, Nina ist der Meinung, daß es unvernünftig wäre, das Geld ihrem Mann zu geben. Er könnte es nach seinem eigenen Gusto verwenden. Und die Kinder müßten dann auf Schuhe und Kleidung verzichten. Ich teile ihre Befürchtungen ... Aber ist Ihr Mann denn wirklich fähig, so einfach dreißigtausend zu verprassen? Irgendwie kann ich das doch nicht ganz glauben.«

Gned, als er von den dreißigtausend hörte, wollte schon den Mund öffnen, doch dann kreuzten sich unsere Blicke, und er schlug die Augen nieder.

»Er würde auch hunderttausend vertrinken«, sagte Nina Petrowna. »Und wenn er es allein nicht schafft, werden ihm schon seine Freunde dabei helfen. Sich mit fremdem Geld zu amüsieren, dafür finden sich immer genug Interessenten. Er ist ja nicht zurechnungsfähig. Wenn er nüchtern ist, bringt er sich um wegen einer Kopeke, im betrunkenen Zustand aber gibt er das Geld mit vollen Händen aus. Er wird schon irgendsoein Flittchen finden, das ihm alles abluchst.«

Gned bemerkte streng:

»Wie kann man bloß! Sich mit einem Flittchen einzulassen, wenn man eine solche Schönheit zur Frau hat. Das will mir nicht in den Kopf. Da muß man schon ein ausgemachter Kretin sein. Entschuldigen Sie, Ninotschka!«

Nina Petrowna nickte wohlwollend. In ihrem Lächeln lag eine Verheißung. Sie war sich ihres Sieges über meinen ruhelosen Freund schon ganz sicher, doch hier irrte sie, wie viele vor ihr.

»Man muß sich etwas einfallen lassen«, erregte sich Gned.

»Ich habe Pjotr Jewdokimowitsch gebeten, das Geld mir zu übergeben«, Nina Petrowna brachte es fertig, uns beide gleichzeitig mit einem unschuldigen und doch verbrecherischen Blick zu mustern.

»Ach ja? Das wäre ein Ausweg!« rief Boris freudig aus.

Wir erörterten noch eine gewisse Zeit die Details, in der Hauptsache waren wir zu Einvernehmen gelangt. Gned bestand aus irgendeinem Grund darauf, daß das Geld an einem neutralen Ort übergeben werden müsse, am besten in einem Hauseingang, doch unbedingt in seinem Beisein als Zeuge. Das unter den gegebenen Umständen unangebrachte Wort machte auf Nina einen deprimierenden Eindruck, doch ich beruhigte sie, indem ich erklärte, Boris Sacharowitsch besitze einen besonderen Sinn für Humor. Nina Petrowna drohte ihm schelmisch mit dem Finger, und er erhaschte dieses manikürte rundliche Fingerchen und bedeckte es mit leidenschaftlichen Küssen. Auf einmal hatte sie es eilig, fortzukommen – dringende Angelegenheiten. Gned erbot sich, sie zu begleiten, doch sie lehnte seine Dienste höflich ab und sagte, sie hoffe, daß das nicht unsere letzte Begegnung war.

»Du hättest dich wenigstens ein bißchen zurückhalten können«, sagte ich wütend zu Boris, als die Besucherin gegangen war. »Schließlich ist der Junge zu Hause.«

»Ein Junge war dein Söhnchen vor vielen Jahren«, parierte er gelassen. »Hör mal, Petja, die Frau ist doch Klasse!«

»Gerade passend für dich.«

»Und was interessant ist, Petja. Sie verkauft ihren armen Mann an jeder Ecke, en gros und en detail, er aber, der Engel ohne Flügel, hat, scheint's, einen Narren an ihr gefressen. Wie ist sowas bloß möglich?«

Komisch, Gned dachte dasselbe wie ich. Und sogar mit denselben gemischten Gefühlen, einer Mischung aus Verachtung und Entzücken.

»Das kann nur einen Hintergrund haben«, sagte ich. »Wenn sie spitz kriegt, daß ihr Mann die Datscha für zwanzigtausend verkauft, reißt sie ihm den Kopf ab.«

»Natürlich, der arme Teufel wird nichts zu lachen haben.«

»Aber die Datscha kaufe ich trotzdem. Auch Andrjuscha hat nichts dagegen.«

»Was sollte er denn gegen ein solches Erbe einzuwenden haben? Er ist schließlich kein Dummkopf.«

Gneds Zynismus verblüffte mitunter durch eine gewisse entwaffnende familiäre Alltäglichkeit.

»Ich bin dafür, die Sache nicht auf die lange Bank zu schieben.«

»Gott bewahre!«

Meine schlechte Gesundheit vorschützend, überredete ich Boris, alles weitere zu übernehmen. Er sträubte sich anfangs, doch als ich durchblicken ließ, sonst könnte ich es mir mit dem Kauf anders überlegen, gab er nach. Die Datscha schien es ihm ebenso angetan zu haben wie mir. Bestimmt verband er irgendwelche persönlichen Pläne mit ihr. Nun, was seine Pläne anbetraf, das würde die Zukunft zeigen, einstweilen aber war ich froh, die anstrengende Prozedur der Erledigung von Formalitäten und der Behördengänge auf ihn abwälzen zu können. Überdies war ich sicher: Gned würde sich nicht die Butter vom Brot nehmen lassen. Er war nicht der Mann dazu. Herr der Lage aber würde bei jeder beliebigen Übereinkunft ich bleiben – denn wie man so sagt: Wer bezahlt, bestellt auch die Musik.

Nach einer Woche führte mich Gned in ein Notariat, wo ich mit Fjodor Innokentjewitsch zusammentraf und die notwendigen Schriftstücke unterzeichnete. Nach einem weiteren Tag überwies ich das Geld auf sein Sparbuch und war somit Besitzer eines wunderschönen Grundstücks geworden. Nur Mascha würde nie davon erfahren.

4

Ich hoffte, daß sich, wenn sich erst beständiges Wetter eingestellt hätte, mein Gesundheitszustand bessern und ich allmählich wieder der Alte sein würde. Diese Hoffnung machte die träge verstreichenden Tage erträglicher, in die sogar ein so außerordentliches Ereignis, wie es der Erwerb einer Datscha ist, ehrlich gesagt nur eine unwesentliche Abwechslung brachte. Diese ganze Episode war wie der vielversprechende Einleitungsakkord zu irgendeinem originellen Musikstück, doch eine Fortsetzung folgte leider nicht, es trat wieder Stille ein, angefüllt mit Langeweile und den belanglosen Dingen des Alltags. Am meisten beunruhigte mich, daß ich das Interesse an meiner früheren Arbeit verloren hatte. Bevor Mascha starb, hatte ich die umfangreichsten Pläne gehabt, eine meiner Ansicht nach sehr aussichtsreiche futurologische Konzeption erarbeitet und gehofft, ein Buch zu schreiben, das eine Sensation hervorrufen und mich endlich berühmt machen würde. Die Träume von Ruhm und einem Leben in irgendeiner anderen, glänzenden Dimension hatten mich von klein auf verwirrt und nun auf einmal, in einem einzigen Augenblick, ihre ganze Prägnanz und Anziehungskraft eingebüßt. Es tat weh, mir eingestehen zu müssen, daß vielleicht schon das Alter mit drohendem, gemächlichem Schritt herannahte. Oh, wie ungern wollte ich alt werden, wie empörte sich alles in mir gegen das bevorstehende Untertauchen in den Sumpf altersschwacher halber Wünsche, halber Eindrücke und halber Taten. Wie alle anderen auch näherte ich mich dieser Schwelle, ohne mich auf dem tollen Fest des Daseins auch nur im geringsten gesättigt und berauscht zu haben. Und nun klimperten schon die Glöckchen, und es schien an der Zeit zu sein, sich zur letzten Reise zu rüsten.

Es kam mir sehr gelegen, daß an einem dieser Tage Tamara anrief. Ich freute mich über ihren Anruf, wenn ich es mir auch nicht anmerken ließ. Es hatte den Anschein gehabt, als hätte ich sogar vergessen, an sie zu denken, doch als ich nun ihre Stimme hörte, die voller gespannter Aufmerksamkeit war, begriff ich plötzlich, daß es gerade das war, was ich jetzt brauchte.

»Ich wollte mich nach deiner Gesundheit erkundigen«, sagte Tamara in offiziellem Ton.

»Meine Gesundheit ist sehr gut. Aber die Jahre fordern ihren Tribut. Ich werde bald sterben.«

»Ist das bei dir Galgenhumor?«

Sie schlug keinen koketten Ton an, mich aber juckte es schon in den Füßen, so sehr wünschte ich, auf der Stelle in ihre Einzimmerwohnung zu stürzen, wünschte ich, daß der bläuliche Wandleuchter mattes Licht verbreite und daß ganz leise Musik spielen sollte, wie in alten Zeiten. Ich sehnte mich nach dem verlorenen regelmäßigen körperlichen Genuß, der an und für sich schon fast eine Rettung ist.

»Treffen wir uns doch«, schlug ich vor.

Nach einer Pause gab sie offenherzig zur Antwort:

»Hast du vergessen, wie du mich beim letzten Mal behandelt hast?«

»Was dich so behandelt hat, war mein Kummer, nicht ich. Seit wann bist du so nachtragend, Tomotschka?«

»Es gibt Dinge, die Frauen nicht vergeben dürfen.«

Ich pfeife auf deine Vergebung, dachte ich.

»Was sind denn das für Dinge?« fragte ich besorgt.

»Verstell dich nicht, Petja. Ich kenne dich in und auswendig. Du willst etwas von mir, und da spielst du den Einfaltspinsel. Und dann wirfst du mich wieder weg wie einen Putzlappen ... Glaubst du nicht, daß ich auch meinen Stolz habe?«

»Hast du dir vielleicht einen neuen Kavalier zugelegt?«

»Bei dir läuft alles nur auf das eine hinaus.«

Ich fühlte, daß ich einen falschen Ton angeschlagen hatte.

»Können wir unsere Probleme nicht woanders besprechen als am Telefon, Tamara?«

»Meinst du, es gibt was, das wir zu besprechen hätten?«

Ach, warum mußte sie nur zu so ungelegener Zeit derart abweisend sein?!

»Tamara, Liebste«, begann ich mit süßlicher Stimme, die mir selbst widerwärtig war, die jedoch bei ihr nie die Wirkung verfehlte. »Ich muß mich wirklich mit dir beraten. Es hat gewisse Ereignisse gegeben, die auch dich betreffen. Sprichst du von der Arbeit aus?«

»Ja.«

»Kann ich gegen acht bei dir vorbeikommen?«

Ihrem Schweigen entnahm ich mit einer Art siebentem Sinn, daß sie sich hatte erweichen lassen und eine günstige Antwort folgen würde. Mir wurde angst und bange. Gleich würde sie Ja sagen, und dann gab es kein Zurück mehr.

Tamara erbarmte sich auch wirklich und hörte auf, die große Dame zu spielen, was zu ihr paßte wie der Sattel zur Kuh. Dafür mußte ich mir, wie als Bezahlung für die rasche Verzeihung, eine unglaubliche Geschichte anhören, die ihr gestern in der Metro passiert war. Tamara war auf ihrer Haltestelle ausgestiegen – es war Hauptverkehrszeit, eine Menschenmenge strömte ihr durch die Wagentüren entgegen, und eine schon ältere Frau mit Einkaufstasche stach sie mit irgend etwas in die linke Hüfte. Und zwar so schmerzhaft, daß mein Mädchen aufkreischte. Sie kam nach Hause, entkleidete sich, und auf der Hüfte war ein roter Fleck mit einem Pünktchen in der Mitte wie von einer Spritze. Heute war der Fleck verblaßt, das Pünktchen aber noch deutlich zu sehen.

»Was vermutest du?« erkundigte ich mich, fürchtete ich doch, den zustande gekommenen Kontakt durch einen unvorsichtigen Kommentar wieder zu zerstören.

»Und du?«

»Ich weiß gewiß mehr, als ein Mensch gemeinhin wissen muß, doch diesen Vorfall kann ich nicht erklären. Hast du dir das auch nicht bloß eingebildet?«

»Du wirst es ja selbst sehen.«

»Also, wenn ich es sehen werde, dann werd ich auch ...«

»Petja!«

»Ja, meine Liebe?«

»Vielleicht hat man mich mit jemandem verwechselt?«

»Wer?«

»Na, vielleicht ist man hinter jemandem her und hat mich mit dem verwechselt.«

»Das kommt vor«, sagte ich, mir nur mit Mühe das Lachen verbeißend. »Doch wenn du nicht gleich gestorben bist, kann es ja nichts Schreckliches sein.«

»Du findest das komisch, aber weißt du, wie weh das getan hat!«

»Mein Kind, solche Wunden heilt man mit Zärtlichkeit.«

Sie zögerte und stieß dann ihr hinterlistiges, gedehntes und schmachtendes »Jaaaa?« hervor. Ich liebe ihre kurzen, von Zärtlichkeit erfüllten Wörtchen, in ihnen war stets mehr Sinn als in den weitschweifigsten Reden. Wir machten aus, daß ich nicht um acht, sondern um halb neun zu ihr kommen würde, damit sie das Abendessen vorbereiten konnte.

Von zu Hause brach ich kurz nach sieben auf und hatte so eine große Zeitreserve. Ich war nervös wie ein junger Mann vor dem ersten Rendezvous und konnte nicht allein in der Wohnung bleiben. Der Abend war frisch, aber nicht kühl. Ich begab mich zu Fuß zum *Metropol* und riskierte es sogar, ein paar Minuten am Springbrunnen gegenüber dem Bolschoi-Theater zu stehen. Dieser Ort ist einer meiner Lieblingsplätze. Jetzt war es hier menschenleer, nur hin und wieder bogen Pärchen hierher ab, traten unschlüssig von einem Fuß auf den anderen, durchquerten die Grünanlage und verschwanden in der Menge, die als dünne Bächlein vom Kinderkaufhaus *Detskij Mir*, vom ZUM und den Theatern dem Eingang der Metro zuflossen. Während ich auf der Bank saß, ausgestoßen aus der allgemeinen Bewegung, empfand ich auf einmal ganz stark die Zerbrechlichkeit meines Daseins an diesem sich dem Ende zuneigenden Tag. Eine Stimme schien mir zuzuflüstern: »Mensch, besinne dich, wohin du eilst! Lohnt es sich für dich noch, irgendwohin zu eilen?« Ich wollte mich erheben und fortgehen, doch da wandte sich ein alter Mann an mich, der sich, die Brust auf einen Stock gestützt, auf einem Eckchen meiner Bank niedergelassen hatte und den ich nicht gleich bemerkt hatte. Er sagte mit launischer, heiserer Stimme:

»Mein Lieber, ich möchte mir von dir eine Zigarette leihen, wenn du eine hast.«

»Ich habe keine, ich rauche nicht.«

»Rauchst du wegen der Gesundheit nicht oder aus Geiz nicht?«

»Wegen der Gesundheit, Väterchen.«

Der Alte machte mitfühlend »hm« und rückte, erfreut über den zufälligen Gesprächspartner, näher.

»Ich seh's, du machst keinen sehr erfolgreichen Eindruck. Was ist dir denn zugestoßen, wenn man fragen darf?«

»Das Herz hat was abbekommen...« Und ich erkundigte mich nun meinerseits: »Und warum sitzen Sie hier, ist Ihnen denn nicht kalt?«

»Natürlich ist mir kalt. Trotzdem sitz ich da. Warte, daß irgendwas passiert. Ist immer noch besser, als zu Hause die Wände anzustarren.«

»Und passiert oft etwas?«

»Kein Tag vergeht, ohne daß was passiert. Neulich haben sie einen Flüchtling erwischt. Die Miliz ist ganz unverhofft aufgetaucht – blitzschnell. Hin und her gerannt sind sie wie die Verrückten. Haben sich auch an mich gewandt. Und ich hab ihnen, wie sich's gehört, den Flüchtling guten Gewissens beschrieben, ganz gründlich.«

»Was war das für ein Flüchtling? Ein Gauner etwa? Haben Sie ihn gesehen?«

»Nein, gesehen hab ich ihn nicht. Wozu auch? Ich weiß es auch so. Ein gewöhnlicher Flüchtling, wie du und ich.«

Mit Vergnügen hätte ich noch länger mit dem Alten geplaudert, die Unterhaltung gab mir neue Kraft, aber ich befürchtete, mich zu erkälten. Zum Abschied versprach ich, das nächste Mal ganz bestimmt Zigaretten mitzunehmen. Der Alte bemerkte betrübt:

»Ein nächstes Mal wird es vielleicht nicht geben. Du siehst ganz elend aus. Und warum gehst du zu einer Frau, das ist doch nichts für dich. Kehr lieber um und mach, daß du nach Hause kommst.«

Ich wunderte mich nicht, daß er erraten hatte, wohin ich ging. Auch ich hatte viel über den Alten begriffen und wußte, warum er nirgendwohin eilte. Die Zeit würde kommen, wo ich, unauffällig auf den ersten Blick, ebenso irgendwo auf einer Bank hocken und lernen würde, die Vorübergehenden zu beobachten.

In der Metro wurde mir übel, mit Mühe und Not arbeitete ich mich an der Haltestelle ›Profsojusnaja‹ wieder an die Oberfläche; Tamara wohnte ganz in der Nähe. Das Herz hämmerte unbarmherzig und bedrohlich. Taumelnd schleppte ich mich bis zu einem Prellstein, ließ mich auf ihm nieder und nahm eine Dosis Nitroglyzerin ein. Ein hämisches Lachen sprudelte in mir. Fremden bot ich wahrscheinlich einen komischen Anblick: bleich, zitternd vor jäher Furcht, ein ältlicher Kretin. Und wohin eilt er? Auf den Friedhof, glauben Sie? O nein, der feine Liebhaber eilt zum Rendezvous mit der Dame seines Herzens! Und wenn schon, mochte es so sein, mochte das spaßig und absurd sein, aber ich hatte nicht die Absicht, zu kapitulieren. Überdies war es bis zu dem Haus, in dem Tamara wohnte, nur ein Katzensprung, und der Rückweg kam mir in jener Minute beinahe wie eine Weltreise vor.

Tamara öffnete mir die Tür, kaum daß ich den Klingelknopf berührt hatte. Für einen Augenblick leuchtete ihr lächelndes Gesicht auf, und schon fiel sie mit ihrem ungeduldigen, sündigen Leib über mich her und schmiegte sich, wonnevoll etwas murmelnd, an mich. Ich empfand nichts. Gehorsam streichelte ich ihr mit kalten Händen Rücken und Schultern, verwundert und zurückschrekkend vor einem so offenen Liebesausbruch.

»Schon gut, schon gut. Laß mich erst mal ins Zimmer gehn und mich ein wenig verpusten.«

»Bist du müde, ist dir nicht gut? Oh, wie blaß du bist«, gurrte sie.

»Halb so schlimm. Es ist nur die Beleuchtung.«

Ich fiel in einen Sessel, entspannte mich erleichtert und betrachtete sie endlich richtig. Tamara hatte sich eine neue Frisur gemacht – vorn das Stirnhaar aufgekämmt und die Locken an den Seiten und hinten bis auf die Schultern gelöst. Sie glich jetzt der Gretchenpuppe, die ich meiner Frau vor langer Zeit zum Geburtstag geschenkt hatte. Tamara trug ein eng anliegendes dunkles Kleid mit Glockenrock. Ihre Augen blickten klar und erwartungsvoll. Sie schleppte ihr Lieblingsbänkchen zu meinem Sessel, ließ sich darauf nieder und blickte mich, an meine Beine geschmiegt, schelmisch an.

»Soll ich dir etwas sagen?«

»Nur zu, rede.«

»Ich habe so große Sehnsucht nach dir gehabt. Ist das schlecht, ja?«

»Was sollte wohl Gutes daran sein.«

»Weißt du, nach dem Vorfall neulich hatte ich mir geschworen, dich nie mehr anzurufen...« Ein schwerer Seufzer. »Aber ich konnte nicht anders. Freust du dich, daß ich angerufen habe?«

»Natürlich freue ich mich.«

»Aber man merkt es dir nicht an... Und wenn schon. Ich dränge mich ja nicht auf.«

»Ich bin es, der sich aufdrängt, ich alter Narr.«

Sie rieb sich die Wange an meiner Hand.

»Danke, Liebster... Erzähle, wie geht es dir? Und dann werden wir zu Abend essen. Ich hab ein Huhn gebraten, so wie du es gern magst.«

Am liebsten wäre ich jetzt allein in meinem Schlafzimmer gewesen. Ich könnte, in die Decke gehüllt, ein Buch in der Hand, bequem im Bett liegen, seitlich die Schnur von dem Lämpchen ziehen – und wohltuendes Dunkel, angefüllt mit willkommenen Visionen, würde sich ausbreiten. Und ich brauchte mir keinen Zwang anzutun. Es war kaum zu glauben, daß ich auch nur für einen Abend aus freien Stücken darauf verzichtet hatte. Es ist schon wahr: Den Klugen leitet das Schicksal, den Dummen zerrt es hinter sich her.

»Tamara, ich habe eine Datscha gekauft. Ich werde dich bald dorthin mitnehmen, es soll nur noch ein wenig abtrocknen.«

»Eine Datscha?«

»Das ist nicht das richtige Wort. Ein ganzes Gut. Ich habe fünfzigtausend dafür bezahlt.«

Tamara, statt sich zu freuen, wurde traurig. Sie legte mir den Kopf auf den Schoß und schloß die Augen.

»Was hast du, Tam?«

»Nichts.«

»Habe ich irgend etwas Falsches gesagt?«

»Du wirst mich nicht auf die Datscha mitnehmen. Du wirst mich überhaupt nirgends hinbringen, das weiß ich.«

Ich wunderte mich über ihre Worte, weil sie die Wahrheit enthielten.

»Warum, Tamara?« Ganz sacht strich ich ihr über das weiche, leichte Haar.

»Du meinst es nicht ernst mit mir. Ich bin nur ein Zeitvertreib für dich. Wenn dir danach ist, streichelst du mich, und wenn dir danach ist, jagst du mich fort. Nein, ich bin nicht gekränkt, Petja. Du hast ja von vornherein nichts versprochen. Ich habe auch nichts erwartet. Ich hab einfach einen schlechten Charakter. Ich verliere mein Herz zu schnell, und ich kann nicht mit mir fertig werden. Es tut so weh. Petja. Die Welt ist ungerecht eingerichtet, nicht wahr? Erklär es mir, du bist doch klüger als ich. Und ich bin schwächer. Du kannst dir nicht einmal vorstellen, wie schwach. Erklär mir, was zwischen uns vorgeht! Liebst du mich wenigstens ein bißchen?«

Ich vermied es, auf die von einer braunen Decke verhüllte Liege, auf die ich mich offensichtlich bald legen mußte, zu blicken.

»Ich bin dir sehr dankbar, Tamara, für alles, was du mir gegeben hast«, begann ich behutsam. »Aber was dich anbetrifft, da irrst du dich. Du kannst kein starkes Gefühl für mich empfinden, und sei es nur, weil ich zu alt für dich bin.«

»Darüber hast du nicht zu befinden«, gab sie dumpf zur Antwort.

»Unsere Beziehungen sind höchstwahrscheinlich nicht von langer Dauer, aber gerade darin liegt ihr Reiz. Man muß das nur richtig begreifen ... Ja«, erinnerte ich mich, »was ist mit deinem Bein? Zeig mir, wohin dich die Spionin gestochen hat!«

Sie stand auf und hob mit wirkungsvoller Gebärde den Rock hoch. In gebückter Haltung, mit dem Rascheln ihres Kleides und dem Duft ihres Parfüms gleichsam über mich schwebend, deutete sie mit dem Finger auf das Bein: da. Dort war ein winziges Pünktchen, einem kleinen schwarzen Floh vergleichbar.

»Wirklich, es sieht aus wie ein Einstich«, sagte ich. »Tut es denn nicht weh?«

»Nein.«

»Na, dann vergiß es.«

Sie wartete. Ich beugte mich nieder und berührte mit den Lippen ihre Haut. Mir wurde schwindlig – ein schlechtes Zeichen.

Wir gingen in die Küche hinüber und setzten uns an den Tisch. Appetit hatte ich nicht, der Anblick des weißen Hühnerfleisches erregte in mir leichte Übelkeit. Tamara stellte eine kleine Karaffe mit ihrem geliebten Kirschlikör auf den Tisch.

»Du darfst nicht?«

»Ich werd wohl drauf verzichten müssen.«

»Vielleicht trinke ich für uns beide?«

Sie leerte das Glas und lief rosig an vor Vergnügen. Dann warf sie eine fetttriefende Hühnerkeule auf meinen Teller und schob mir eine Kristallschüssel mit Fleischsalat, übergossen mit saurer Sahne und Mayonnaise, hin. Wir begannen zu essen – bedächtig und schweigend. Zwischen uns hatten sich bereits eigene kleine Rituale herausgebildet. Wenn wir in ihrer Küche aßen, hatte das immer eine Bedeutung, nur habe ich vergessen, welche. Ich kostete ein paar Löffel voll Salat, da ich wußte, wie lecker der war, und begriff plötzlich, daß ich schon lange keine wohlschmeckende, von geschickten Frauenhänden zubereitete Hausmannskost gegessen hatte. Ich bin stets der Ansicht gewesen, daß eine

Frau, die schlecht kocht und keine Freude am Essen findet, nur eine halbe Frau ist. So eine ist aller Wahrscheinlichkeit nach auch in allem übrigen wenig anziehend. Dieser Gedanke war, wie ich mich viele Male hatte überzeugen können, falsch, aber er gefiel mir ob seiner natürlichen Überzeugungskraft. Tamara leerte mit nachdenklicher Miene das zweite Glas. Ihre Norm sind drei, vier Gläser; danach wird sie schnell beschwipst. Aber sie bekommt keinen abstoßenden, sondern einen netten Schwips, sie wird fröhlich, ausgelassen und folgsam wie ein Schoßhündchen. Sie bemüht sich dann, es einem in allem recht zu machen, ihr Gesichtsausdruck wird schüchtern, doch es kommt der Moment, da ihr Blick unverhüllt einen dunklen, verlegenen Wunsch verrät. Früher habe ich sie absichtlich betrunken gemacht. Früher, nicht jetzt.

»Koch mal Tee«, bat ich und warf mit gespielter Besorgtheit einen Blick auf die Uhr. »Oh, schon neun!«

»Mußt du irgendwohin?«

»Ich erwarte jemanden. Ich wollte ihm absagen, bin aber nicht dazu gekommen.«

Tamara geriet in Verwirrung, und das äußerte sich in einer kläglichen Grimasse, der Grimasse einer alten Frau. Obwohl schon alles klar war, fragte sie:

»Und du bleibst nicht über Nacht?«

»Ich kann nicht, Tamara. Es kommt ein für mich sehr wichtiger Mann zu mir.«

»Ja, natürlich.«

»Er kommt von weit her, und ich bin nicht zu Hause, stell dir das mal vor. Wie würde das aussehen?«

»Ja, ja, ich verstehe.« Sie streckte die Hand nach dem Teekessel aus, stellte ihn aber wieder fort, schenkte sich einen Likör ein und trank ihn, mir traurig in die Augen blickend, in einem Zug aus.

»Ich hatte heute einen Alptraum. Soll ich ihn dir erzählen?«

»Nur zu.« Wieder warf ich einen Blick auf die Uhr und hielt sie ans Ohr.

»Ich gehe über ein Feld, und plötzlich beginnt die Erde einzustürzen. Ich will einen Schritt machen – und kann nicht, sinke ein. Ich bücke mich – der Lehm ist feucht wie Sülze, und kleine Würmer sind darin. Sie kriechen hin und her – abscheulich! Und sie haben herausgequollene, schlaue Äuglein. Sie pirschen sich an mich heran. Mich schaudert! Ich ...«

»Ich glaube«, unterbrach ich sie, »meine Uhr geht nach. Wie spät ist es auf deiner?«

Sie wandte sich ab und sagte in den Raum:

»Geh fort. Geh auf der Stelle!«

Mit einer für einen Herzkranken erstaunlichen Behendigkeit stürzte ich los. Im Korridor zog ich den Mantel über und warf vorsichtig wie ein Kundschafter einen Blick in die Küche. Tamara saß mit dem Gesicht zum Fenster da. Auf dem fast unberührten festlich gedeckten Tisch stand, rot schimmernd wie ein Blutfleck, die Karaffe mit dem Likör. Da ich mich in Sicherheit wähnte, murmelte ich von der Tür aus: »Du machst sinnlose Szenen, meine Liebe. Man darf nicht so eine Egoistin sein.«

»Geh, ich hasse dich!«

»Das ist aus Lermontow. Aus *Die Fürstin Mary*. Sei du selbst, Tamara. Wir brauchen die Literatur nicht.«

Ich hatte den Bogen überspannt, ich hätte ganz heimlich fortgehen müssen. Diese meine ewige Vorliebe für Schlußstriche. Tamara fuhr hoch wie eine Tigerin und stürzte sich auf mich, mit der unverkennbaren Absicht, ihre Nägel in mein Gesicht zu krallen. Wie zwei blendende Streifen funkelten die Reihen ihrer Zähne. Wie schön sie in diesem Augenblick war!

»Wer bist du?!« fing sie an zu keifen wie ein Marktweib. »Glaubst du, du darfst alles? Du kannst dich über mich lustig machen, ja?!«

»Ich mache mich nicht lustig.«

»Wer braucht dich außer mir, du Wrack? Sieh dich doch an! Was bildest du dir ein? Geh! Geh für immer.«

Ich wich zur Tür zurück, wagte aber aus irgendeinem Grund nicht, ihr den Rücken zuzudrehen, um das Schloß aufzusperren.

»Genug, Tamara! Warum bist du so aus dem Häuschen geraten? Ich habe dich nicht beleidigt.« Versöhnlich streckte ich ihr die Hand hin, sie schlug kraftvoll mit der Faust darauf, der Schmerz machte sich in meinem Herzen bemerkbar.

»Du hast mich genug gequält. Du bist ein Jesuit. Dir gefällt es, wenn andere leiden. Du brauchst kein Brot, wenn du nur jemanden quälen kannst. Deine unglückliche Frau. Du hast sie umgebracht. Und wirst alle umbringen, die sich mit dir einlassen. Eine dumme Gans bin ich, eine richtige dumme Gans!«

Für einen kurzen Augenblick erstarrte alles in mir.

»Du bist mir gegenüber nicht ganz gerecht«, sagte ich leise.

Sie weinte. Stand da, mit unschön gespreizten Beinen, und große Tränen entströmten ihren Augen. Ihr Gesicht war wie eine Gipsmaske. Ich drehte mich um und ließ das Schloß einschnappen.

Ich wußte, sie würde mir nachlaufen, und so versuchte ich, meine Schritte zu beschleunigen, konnte es aber nicht, nur mühsam vermochte ich mich fortzuschleppen. Trotzdem dachte ich, daß solche seelischen Erschütterungen vielleicht nützlich sind, sie bringen in den gewohnten Kreislauf des Lebens das Bewußtsein zurück. Und führen einen aus dem Zustand schädlicher, träger Beschaulichkeit heraus.

Etwa hundert Schritte vom Haus entfernt holte mich Tamara ein. »Ich geh ein Stück mit dir«, sagte sie müde, während sie sich bei mir einhakte.

Schweigend machte ich meinen Arm los.

»Sei nicht böse, Petja. Verzeih mir!«

»Du begreifst eins nicht, ich muß so schnell wie möglich zur Arbeit zurückkehren. Wie ich mich benehme, ist nicht wichtig. Du bist eine Frau, du könntest mich verstehen. Ich bin einfach krank.«

»Verzeih! Verzeih, Petja!«

»Und dann, wie wütend du auch sein magst, es gibt Dinge, an die darf man nicht rühren. Wer hat dich bloß erzogen.«

»Ich will, daß du mich erziehst. Ich werde eine gelehrige Schülerin sein.«

Nachdem ich ihr die Leviten gelesen hatte und da ich ihre Demut sah, ließ ich mich erweichen. Ich legte ihr den Arm um die Schultern und küßte das bleiche Gesichtchen, um so mehr, als niemand in der Nähe war. Gehorsam erwiderte sie den Kuß.

»Komm wieder, wenn der Mann gegangen ist«, flüsterte sie voller Hoffnung und Sehnsucht.

»Du bist nicht bei Trost, Tomka. So ein Finale ist vorläufig nichts für mich.«

Ich verabschiedete mich von ihr am Eingang zur Metro, ohne mir darüber klar zu sein, ob für immer oder nur bis zur nächsten Anwandlung von Männlichkeit.

5

Andrej hatte eine große Überraschung parat. Am Morgen brüllte er aus der Küche: »Papa, komm doch mal für einen Augenblick her!«

Ich leistete dem Ruf Folge, neugierig gemacht durch die neue Äußerung der allgemein verbreiteten Rohheit. Andrej stürzte den heißen Tee nur so hinunter, er kam zu spät ins Institut – das war natürlich ein triftiger Grund, seinen invaliden Vater herumzuscheuchen wie einen dummen Jungen.

»Entschuldige, Papa, als ich gestern nach Hause kam, hast du geschlafen. Ich hab eine Neuigkeit. Ich werde heiraten, Papachen.«

»Wann?«

»Ist morgen Sonnabend! Nun, dann werden wir uns morgen auch trauen lassen.«

»Also hat es noch Zeit damit. Wozu mußt du dann deinen Vater aus dem Bett holen? Ich bin keine sechzehn mehr. Rücksichtslos bist du, Andrjuscha. Das wird dir im Leben sehr schaden, denk an meine Worte.«

Fröstelnd hüllte ich mich in meinen Schlafrock und machte Anstalten zu gehen.

»Papa!« Er legte das Butterbrot beiseite, in seinen Augen stand Verwunderung.

»Ist noch was?«

»Interessiert es dich denn nicht, wer sie ist? Und ist dir die Tatsache selbst überhaupt gleichgültig? Ein feiner Vater bist du!«

»Was für eine Tatsache?«

»Ich hab doch gesagt: ich hei-rate!«

»Ich flehe dich an, junger Mann, störe mich nicht mehr in aller Frühe wegen irgendeinem Unsinn.«

Mit diesen Worten schlurfte ich wirklich zu mir ins Schlafzimmer. Mein Sohn hinterher. Ich legte mich ins Bett und zog die Decke bis zum Kinn hoch. Er aber stand seitlich in seiner Lieblingspose, mit der Schulter an den Türpfosten gelehnt, da. Allmächtiger, wie oft hatte er so vor uns gestanden, als Mascha noch lebte und wir, nicht selten zum Schreien übergehend, seine Verfehlungen oder Forderungen untersuchten. Mascha war gewöhnlich auf seiner Seite gewesen. Jetzt war sie tot, aber er brauchte auch niemanden mehr, der ihn in Schutz nahm.

»Was für eine Idiotin hat sich denn entschlossen, dich zu heiraten?« fragte ich schon milder.

»Es hat sich eine gefunden, aus dem dritten Studienjahr... Papa, bei Gott, du benimmst dich seltsam.«

»Worum handelt es sich?«

»Worum, worum?!« Mein Sohn ereiferte sich und war wütend, daß er gezwungen war, sich zu ereifern, und das tat mir wohl. »Ich wollte euch heute abend miteinander bekannt machen, sie hierher bringen...«

»Ich sehe keine Veranlassung dazu.«

Andrej wurde ernst.

»Papa, was ist mit dir? Verstehst du, wovon ich spreche? Ich heirate, morgen ist die Hochzeit. Nun, keine richtige Hochzeit – wir werden nur ein bißchen mit Freunden im Café sitzen ... Aber sie wird schließlich hier wohnen!«

»Wo hier? In meiner Wohnung?«

Mein Sohn machte soldatisch auf dem Absatz kehrt und schoß aus dem Zimmer. Nach zwei Minuten kam er zurück, doch ich stellte mich schlafend. Andrej fiel es schwer, in normalem Ton zu sprechen.

»Papa, bitte, du hast lange genug Komödie gespielt. Die Sache ist vollkommen ernst, du verstehst doch. Wenn du irgendwelche Einwände hast, laß uns darüber reden.«

Ich tat, als ob ich gähnen mußte, und drehte mich auf den Rücken.

»Du brauchst wahrscheinlich Geld? Aber ich hab keins. Hab alles für die Datscha ausgegeben. Es ist nur soviel übriggeblieben, wie wir zum Leben brauchen, für das Allernotwendigste.«

»Darf ich sie am Abend herbringen?« Schon lange hatte mein Sohn nicht mehr mit so schmeichlerischer Stimme gesprochen. Also war es wirklich ernst, also war er, was denn – verliebt? Lieber Andrjuscha, nun verläßt auch du mich.

»Bring sie her, wenn du willst«, sagte ich gleichgültig. »Aber denk dran, ich hatte vor kurzem einen Infarkt.«

Bald darauf eilte er davon – ins Institut. Zum Abschied hatte er noch die Bemerkung fallenlassen, er hätte auf keinen Fall angenommen, daß ich aus einem solchen Ereignis ein Affentheater machen würde. Ich ließ mich nicht erst auf einen Streit darüber ein, wer von uns ein Affentheater veranstaltete, sondern mußte ihm zum Teil recht geben. Gott allein weiß, warum ich mich in den gewöhnlichsten, alltäglichsten Situationen so oft derart streitsüchtig und herausfordernd gebärde. Ob das eine Schutzreaktion ist, die durch die schwierigen Jugendzeiten entstanden ist, oder die beständige Äußerung eines schlechten Charakters – ich weiß es nicht. Worauf es ankommt, ist etwas anderes – jetzt kann ich das nicht mehr abstellen; eine gewisse böse Logik, die stärker ist als mein Wille, leitet mich. Ich kann jeden beliebigen Menschen mühelos beleidigen und mich daran berauschen, daß es schwerlich irgend jemandem gelingen dürfte, meine Eigenliebe zu verletzen. Es ist ein anhaltender Dummerjungenzweikampf – aber mit wem und wozu?

Da ich meinem Sohn schmeicheln wollte, zog ich abends meinen dreiteiligen Galaanzug an, bevor ich in einen Laden ging und eine Torte und eine Flasche Champagner kaufte. Interessanterweise beunruhigte mich der Gedanke, daß jeden Augenblick ein unbekanntes, fremdes Wesen in meine Wohnung, was heißt in meine Wohnung, in mein Leben treten würde, nicht im geringsten, anscheinend hatte ich die Realität dessen, was da vorging, noch nicht richtig begriffen. Sie kamen Punkt acht, der Kuckuck in der Uhr würgte noch an seinem metallischen Adlerschrei.

Das Mädchen verblüffte mich. Ich weiß wirklich nicht, wen ich als Braut meines einzigen Sohnes zu sehen erwartet hatte, doch das, was da kam, war außerhalb jeder Vorstellungskraft. Auf der Schwelle stand etwas Schwächlich-Kränkliches, Krummes, mit einer riesengroßen Brille und von kleiner Gestalt – so war mein erster Eindruck. Alle Worte, die ich mir zurechtgelegt hatte, waren wie weggeblasen. Mißmutig brummte ich:

»Treten Sie, bitte, näher. Sehr erfreut!«

Gott sei Dank entblößte sie beim Lächeln gesunde weiße Zähne.

»Anetschka!« – und sie machte einen Knicks.

Das gab mir den Rest. Ich hatte den Verdacht, daß Andrej mir etwas vormachte, daß er dieses kränkliche und gebrechliche Mädchen überredet hatte, die Rolle seiner Braut zu spielen, um mir Geld für etwas, das er brauchte, abzuluchsen. Im Zimmer, als wir gesittet in den Sesseln Platz genommen hatten, fragte ich sie direkt:

»Haben Sie wirklich die Absicht, meinen Sohn zu heiraten? Ist das nicht nur ein Spiel?«

Anetschka sah verständnislos erst mich, dann Andrej an.

»Ja, wir werden morgen zum Standesamt gehen. Aber warum wundert Sie das? Glauben Sie, ich passe nicht zu ihm?«

»Ich habe dich ja gewarnt«, sagte Andrej. »Du, mein Kleines, wirst Zeit brauchen, um dich daran zu gewöhnen. Papachen hat einen eigenartigen Sinn für Humor. Gut, unterhaltet ihr euch, ich geh in die Küche und werd mich ums Abendessen kümmern.«

Als er hinausgegangen war, meinte Anetschka:

»Ich verstehe, warum Sie das gefragt haben. Mein Äußeres gefällt Ihnen nicht, stimmt's?«

»Die Hauptsache an einer Frau sind für mich ihre seelischen Eigenschaften«, log ich.

Während ich sie aufmerksam betrachtete, wurde mein Erstaunen, ja Befremden immer größer. Schmale, kaum entwickelte Schultern, kleine Brüste, ein niedergeschlagener und zugleich konzentrierter Ausdruck im Blick – in alledem lag etwas vogelhaft Hilfloses, das Langeweile einflößte. Vermutlich war sie anständig bis zum Fanatismus. Aber irgend etwas an ihr mußte meinen Lümmel doch derart angezogen haben, daß er den Kopf verloren hatte. War mein Sohnemann überhaupt fähig, den Kopf zu verlieren? Höchstwahrscheinlich war der verantwortungsvolle Schritt, zu dem er sich entschlossen hatte, vom gesunden Menschenverstand diktiert worden. Ganz bestimmt hatte er Argumente, um seine Wahl zu verteidigen, die ich nicht kannte. Ich entschuldigte mich und ließ Anetschka eine Minute allein.

»Hör mal, Andrjuscha, sie sieht ein bißchen schwächlich aus«, wandte ich mich unsicher an meinen Sohn. Er war mit der Zubereitung seines Lieblingssalates aus Dosenkrabben beschäftigt. »Glaubst du, sie wird einen Enkel gebären können?«

Andrej warf mir einen scharfen, vergnügten Blick zu.
»Frag sie doch.«
»Mir scheint, sie würde die Entbindung nicht mehr erleben.«
»Papa, benimm dich anständig. Du hast es doch versprochen.«
Ich kehrte ins Zimmer zurück; Anetschka saß noch in derselben Haltung da, in der ich sie zurückgelassen hatte: Kerzengerade hockte sie unbequem auf einer Ecke ihres Sessels. Sie lächelte, und wieder bemerkte ich, daß sie ausgezeichnete Zähne hatte.

»Erzählen Sie mir, bitte, ein wenig von sich«, brach ich das schon zu lange andauernde Schweigen.

»Was denn?«

»Nun, zum Beispiel, wer sind Ihre Eltern? Heutzutage hat das allerdings nicht viel zu sagen.«

»Das hat immer etwas zu sagen«, widersprach sie mir. »Ich habe wunderbare Eltern. Sie unterrichten beide an einer Schule. Papa – Mathematik, Mama – Geschichte. Mama leistet auch noch eine enorme gesellschaftliche Arbeit. Man hat sie sogar zur Deputierten gewählt. Ich bin keine Moskauerin, wissen Sie?! Ich komme aus Prochorowsk.«

»Hab ich noch nie gehört.«

»Oh, das ist eine große Stadt. Wir haben dort ein Chemiewerk von Unionsrang.«

Da hat dich also die Nähe zur großen Chemie so schief gemacht, dachte ich mitfühlend.

»Wissen Ihre Eltern, daß Sie vorhaben, zu heiraten?«

»Ja, ich hab's ihnen geschrieben ...« Sekundenlang versank sie in Nachdenken, als wollte sie ihre Gedanken sammeln, und platzte dann heraus:

»Pjotr Jewdokimowitsch, ich habe neulich Ihren Artikel gelesen, in dem Sie mit Bshesinski polemisieren.«

»Ach, ja?«

»Der Artikel ist hervorragend. Aber ich bin nicht in allem mit Ihnen einer Meinung ...« Sie geriet in Verlegenheit und wurde rot, genauer gesagt grau. Du liebe Güte, dachte ich, sie ist ja eine Intellektuelle reinsten Wassers, natürlich.

»Es wird mir ein Vergnügen sein, mich gelegentlich mit Ihnen darüber zu unterhalten«, murmelte ich. »Entschuldigen Sie, Anja, vielleicht klingt meine Frage brutal, aber ich... verstehe nicht ganz, warum Andrjuscha und Sie es so eilig haben. Wäre es nicht vernünftiger, zunächst das Institut zu beenden?«

Sie schenkte mir noch ein Lächeln, und diesmal bemerkte ich, daß ihr Lächeln reizend und ungewöhnlich war, daß etwas von Wald und Natur, etwas schwindelerregend Sinnliches darin zu erkennen war. Das Lächeln paßte weder zu ihrem Äußeren noch zu ihrer geschraubten Redeweise.

»Ich wollte mich auch nicht damit beeilen, aber Andrej besteht darauf... Schließlich werden wir ein Kind haben.«

»Wie ein Kind? Wann?«

»In sieben Monaten. Wundert Sie das?«

Das Gefühl, das von mir Besitz ergriff, hatte mit Verwunderung am wenigsten Ähnlichkeit. Am liebsten hätte ich sie gebeten, die Brille abzunehmen, damit ich sie besser betrachten konnte.

»Sind Sie sicher?« fragte ich töricht.

»Nicht nur ich, sondern auch der Arzt.«

Sie sprach davon so einfach und mit solcher sympathischen Nachsicht ihrem begriffsstutzigen Gesprächspartner, das heißt mir, gegenüber, daß ich Unheil witterte. Irgend etwas nicht mehr physisch, sondern seelisch Krankes glaubte ich in ihr zu erkennen. Ihr gutmütiger, vielleicht auch zurückhaltend koketter Ton, als die Rede auf ein derart heikles Thema kam, geriet an und für sich in einen ungeheuren Gegensatz zu all meinen Vorstellungen von normalen menschlichen Reaktionen.

Sie schien meine Verwirrung bemerkt zu haben, deutete diese jedoch auf ihre Weise.

»Pjotr Jewdokimowitsch, seien Sie, bitte, unbesorgt, ich werde Ihnen nicht zur Last fallen. Ich verstehe ja, Sie brauchen Stille,

Ruhe. Wir werden nur ein Weilchen hier wohnen, dann nehmen wir uns eine Wohnung. Ich habe bereits die notwendigen Maßnahmen ergriffen.«

»Die notwendigen Maßnahmen?«

»Nun ja. Ich habe eine Freundin, die ist furchtbar geschäftstüchtig! Sie wird im Handumdrehen eine Wohnung finden.«

»Irgendwie haben wir dafür, daß wir uns gerade erst kennengelernt haben, nicht das richtige Thema, meinen Sie nicht auch, Anja?«

»Ich weiß nicht...« Sie seufzte leicht. »Lieber gleich Klarheit schaffen, damit nichts die Beziehungen belastet.«

Sie redete wie ein ausgebuffter Pragmatiker, doch man brauchte sie nur anzusehen, um das zu bezweifeln. Sie glich einem besorgten, aufgeplusterten Vogeljungen, ganz und gar nicht aber einem Menschen, der fähig ist, schwerwiegende Entscheidungen zu treffen. Und alle ihre auf den ersten Blick vernünftigen Worte schafften keine Klarheit, sondern verwirrten mich im Gegenteil noch mehr. Eines begriff ich in jenem Augenblick ganz deutlich: In mein Leben war tatsächlich etwas Unabwendbares getreten, über das ich mich nicht hinwegsetzen konnte.

Andrej meldete vergnügt, der Tisch sei gedeckt. Er nahm seine Braut bei der Hand und führte sie ins Badezimmer, wo sie sich etwa zehn Minuten lang einschlossen. Von dorther drangen Wasserplätschern, Anetschkas Kreischen mit unverkennbar erotischen Modulationen und das lebensfrohe Gewieher meines Tunichtguts – und ich saß wie ein Idiot in der Küche und wartete. Die Ereignisse in der Wohnung, wo ich gewohnt war, mich in Sicherheit zu fühlen, waren meiner Kontrolle entglitten, und ich konnte nicht begreifen, was mir das ankündigte.

Beim Abendessen fühlte ich mich nicht recht wohl in meiner Haut, dafür empfanden weder Andrej und seine Braut Verlegenheit. Andrej machte sich wie üblich ein wenig lustig über mich, meinte es aber nicht böse, und Anetschka begann nach kurzer Zeit vorsichtig ins gleiche Horn zu stoßen wie er. Sie pflichtete jedem seiner Sätze bei, nicht so sehr verliebt als vielmehr mit einer Art unbekümmerter Ergebenheit. Zwischen ihnen fand eine andere, geheime Unterhaltung statt, die nichts mit dem gemein hatte, was am Tisch vor sich ging. Für mich war sie hörbar, ich suchte sie voller Demut und Mitgefühl zu begreifen und stellte mir vor, wie verwundert Andrej wäre, wenn er das wüßte. Die geheime Sprache der Liebe, in der sie sich verständigten, rief bei mir so etwas wie ein leichtes Hautjucken hervor.

Ich benahm mich anständig: Zu meinem Sohn war ich ausnehmend höflich und erlaubte mir als Antwort auf seine dreisten Eskapaden keine einzige Anzüglichkeit, Anetschka gegenüber gab ich mich zuvorkommend und ein wenig gönnerhaft, wie es sich für einen kultivierten Vater geziemt.

»Wie schön es bei Ihnen ist!« rief sie auf einmal aus und wandte mir ihr strahlendes Gesichtchen zu. »Und ich hatte solche Angst, zu Ihnen zu kommen, Pjotr Jewdokimowitsch, Ehrenwort!«

»Hat Andrjuscha Ihnen Angst eingejagt?«

»Nein, wo denken Sie hin! Er spricht von Ihnen immer mit solcher Achtung. Aber ich habe Sie mir aus irgendeinem Grund finster und ungesellig und nur von der Wissenschaft in Anspruch genommen vorgestellt. Und jetzt sehe ich – Sie sind ein prächtiger, guter Mensch.«

Sollte das wirklich wahr sein, dachte ich, er spricht voller Achtung von mir? Ich empfand plötzlich so etwas wie Sympathie für dieses merkwürdige Mädchen, das, wie sich herausgestellt hatte, schon ein Teilchen meines Lebens, meines Blutes in ihrem Leib trug.

Andrej streichelte mit etwas dümmlichem Lächeln ihren schmächtigen Rücken.

»Gib dich keinen Hoffnungen hin, Anjuta. Papa versteht es, Eindruck zu schinden, wenn er will.«

»Aber nein«, widersprach ich. »Du, mein Lieber, bist es, der sich von klein auf darauf verstand, das Unschuldslamm zu spielen, wenn er irgend etwas herausschlagen wollte. Wissen Sie, Anetschka, ich hatte sogar die Befürchtung, er würde zur Bühne gehen.«

Andrej entgegnete mit unerwartetem Ernst:

»Ich hätte Schauspieler werden können, da hat Papa den Nagel auf den Kopf getroffen. Aber ein guter Schauspieler zu sein, das heißt, in fremden Persönlichkeiten, in Rollen aufzugehen. Im Grunde genommen für immer auf seine geistige Unabhängigkeit zu verzichten.«

»Schauspieler ist immerhin ein Beruf«, zweifelte ich, »wenn auch ein besonderer. Man wird geistige Unabhängigkeit wohl kaum mit einem Beruf verbinden können.«

»Und wie man das kann, Papa! Und nicht nur mit dem Beruf des Schauspielers.«

»Mit welchem denn noch?« fragte Anetschka.

»Mit jedem, Anja, mit jedem, bei dem Fertigkeiten in Heucheln und Mimikry erforderlich sind. Solche Berufe gibt es viele. Die Politik zum Beispiel oder der Bereich der Verwaltung. Für Frauen, gib gut acht, Anjuta, die Prostitution. Menschen, die sich mit all dem beschäftigen, ist geistige Unabhängigkeit kontraindiziert, sie steht dem Erfolg im Wege. Für sie ist Geistigkeit schlechthin, glaube ich, ein abstrakter, ein spekulativer Begriff. Bist du etwa anderer Meinung, Papa?«

Ich wunderte mich nicht so sehr über den Gedanken selbst als vielmehr darüber, daß er von meinem eigenen Sohn geäußert worden war, noch dazu mit dieser beneidenswerten Deutlichkeit und Bestimmtheit, die vorhergehende Überlegung voraussetzt. Das Thema ist natürlich interessant, aber ich hatte keine Lust, hier, an diesem Tisch, näher darauf einzugehen. Das erklärte ich denn auch klipp und klar.

»Papa ist, wie seine ganze Generation, dem Charakter nach ein Abweichler«, verkündete mein Sohn in Siegerpose.

»Die Generation hat absolut nichts damit zu tun«, widersprach ich. »Ich ziehe doch auch nicht nur anhand deines Beispiels den voreiligen Schluß, daß eure ganze Generation arrogant und ungebildet ist.«

»Weshalb ungebildet?«

»Zum Beispiel deshalb, weil du gern mit Worten um dich wirfst, ohne ihren Sinn zu verstehen. Ein Abweichler – das ist ganz und gar nicht das, worauf du anspielst.«

Andrej wurde augenblicklich wütend:

»Aber du hast begriffen, worauf ich anspiele?«

»Ich hab's begriffen, andere Leute würden es nicht begreifen.«

Anetschka bemerkte das Wölkchen, das im Begriff war, unsere friedliche Tafelrunde zu überschatten, zur rechten Zeit und versuchte, es auf rein weibliche Weise zu vertreiben.

»Wieviel Zucker soll ich Ihnen in den Tee tun, Pjotr Jewdokimowitsch?« fragte sie schlau. »Andrjuscha trinkt ihn mit zwei Teelöffeln Zucker. Und Sie?«

»Ich trinke ihn ohne Zucker«, gab ich stolz zur Antwort.

Bald darauf ließ ich sie allein und zog mich ins Schlafzimmer zurück. Die durch Anetschkas Erscheinen hervorgerufene nervöse Erregung hatte sich gelegt, und ich war müde. Es war ein schwieriger Tag gewesen. Eine Zeitlang lag ich angezogen auf dem Bett und horchte auf mein Herz. Es benahm sich korrekt, das heißt erwies sich durch nichts als verdächtig, höchstens daß es etwas schnell schlug. Doch ich wußte: Ich brauchte mich nur darauf zu konzentrieren, schon würde es sich ganz bestimmt melden – irgendwo unter den Rippen stechen oder so tun, als ob es stillstand. Schon bei dem bloßen Gedanken an dieses niederträchtige Stillstehen trat mir klebriger Schweiß auf die Stirn. Ich erhob mich, zog mich aus, band mir erleichtert den Schlips ab, der mich am Atmen hinderte, und legte mich wieder hin.

Es war traurig, auf die dunkle Fensteröffnung zu starren und zu begreifen, wie allein ich war. Bald würde die Zeit kommen, wo ich niemanden mehr hatte, mit dem ich ein Wort wechseln konnte. Wenn Mascha neben mir gelegen hätte, würde ich ihr, wie in alten Zeiten, keine Beachtung geschenkt haben, doch ihre Abwesenheit empfand ich mit jedem Tag immer schmerzlicher. In der verspäteten Sehnsucht nach ihr zeigte sich natürlich einmal mehr mein Egoismus, doch, wenn man es genau bedenkt, ist ja auch die Liebe selbst nichts anderes als die dauernde Grimasse gerade dieser sympathischen Eigenschaft. Wir lieben eine Frau größtenteils um ihrer Liebe zu unserer Person willen, wenn man einmal die erotische Hysterie beiseite läßt. An unerwiderte Liebe glaube ich nicht und habe ich nie geglaubt. Dieses Märchen ist etwas für Grünschnäbel. Solange Mascha lebte, hätte ich sie für jede Kleinigkeit, in der ich einen Mangel an Aufmerksamkeit mir gegenüber witterte, umbringen können. Ich gebe gern zu, daß Frauen in dieser Hinsicht edelmütiger sind als Männer.

Selbst in freundschaftlichen und geschäftlichen Beziehungen sind Frauen zuverlässiger und treuer, wenn man einmal von ihrem Hang, ständig aus einer Mücke einen Elefanten zu machen, absieht. Bei mir zählte fast die halbe Abteilung zu meinen Freunden, und, als man mich nach der Krisis besuchen durfte, kamen in der ersten Zeit viele, wie es Sitte ist. Blumen brachten sie, Obst. Als meine Kollegen indessen die Überzeugung gewonnen hatten, daß meine Krankheit nicht mit der üblichen Zeit auskam, ließen sie sich seltener blicken, und wenn sie kamen, schauten sie weg und saßen wie auf Kohlen. Bis zum heutigen Tag halte ich den Kontakt nur zu zwei Kollegen aufrecht – beide sind Frauen: Nadja Kustopolowa, mit der ich schon ein paar Jahre lang erfolglos und unermüdlich flirte, und Katherina Wassiljewna, eine Dame in vorgerücktem Alter, mit vielen Kindern und Enkeln behaftet und in wissenschaftlichem Sinne eine völlige Null; auf einer Versammlung habe ich sie einmal mit einer vernichtenden Kritik bedacht, die schon deshalb ungehörig war, weil Katherina Wassiljewna ein außergewöhnlich sanftes Geschöpf ist. Danach grüßten wir uns ein Jahr lang nicht. Doch dann erkrankte ich, und sie eilte mir zu Hilfe. Anfangs sah ich in ihrer aktiven Aufmerksamkeit mir gegenüber nur den Wunsch, sich am Anblick des besiegten Feindes zu weiden. Nichts dergleichen, sie ist bis heute zu Gefälligkeiten bereit, zeigt in unseren neuen Beziehungen sehr viel Takt und benimmt sich so, als sei ich ihr Abgott und nach wie vor im Institut tätig ...

Unerwartet trat Andrej ein und schaltete ohne vorherige Ankündigung die Deckenlampe ein, was mir stechende Schmerzen in den Augen verursachte.

»Bist du völlig verrückt geworden, du Bräutigam?« Und ich bedeckte die Augen mit den Händen. »Ich schlafe doch.«

»Verzeih, Papa! Brauchst du nichts?«

Eine überaus seltene, vielsagende Liebenswürdigkeit. Und die Augen glänzten wie bei einem satten Kater. Schon lange hatte ich ihn nicht mehr so gesehen.

»Du bist es, der etwas von mir braucht. Na, rede schon.«

»Wie gefällt dir Anetschka, Papa?«

»Mir – gar nicht. Und dir?«

»Du hast doch nichts dagegen, wenn sie über Nacht bleibt?«

»Warum sollte ich.«

Andrjuscha wunderte sich über eine so rasche Zustimmung und schaute verständnislos drein. Er schien nicht zu ahnen, daß ich keine andere Wahl hatte.

Mein Sohn setzte sich auf ein Eckchen von Maschas Bett. Sein umherirrender Blick war erloschen, und als grauer Fleck trat auf dem jungen Gesicht die Müdigkeit hervor. Armer Junge! Ihm war jetzt wohl und beklommen in einem zumute, ich verstand ihn vollkommen.

»Dir kommt das alles seltsam vor, Papa?«

»Daß du heiratest?«

»Sie ist ein guter Mensch, du wirst sehen.« Es hatte den Anschein, als suche er nicht mich, sondern sich zu überzeugen. »Aber ehrlich gesagt, ich werde mich mit ihr langweilen. Wie bitte?«

»Ich höre dir zu.«

»Wir werden ein Kind haben, Papa.«

»Ich weiß.«

Er grinste weise:

»Ja, sie ist nun mal so, macht aus ihrem Herzen keine Mördergrube. Teufel, schwindlig kann einem werden. Sie ist irgendwie unwirklich, Papa. Lebt in einer erdachten Welt. Sie tut mir leid, vom ersten Tag an war es so. So, wie Mama mir leid tat, als sie krank wurde. Man kann ihr leicht etwas vormachen, aber das ist, als würde man ein Kind betrügen. Ich fühle mich wohl bei ihr, ruhig. Doch ich bin nicht sicher, ob ich sie liebe.«

»Ich habe nicht gemerkt, wie du erwachsen geworden bist, Söhnchen«, sagte ich gerührt. Eine seltene Minute der Offenheit zwischen uns war gekommen. Und im voraus war bitter, daß diese Minute jeden Augenblick dahin sein, spurlos verschwinden würde. Festhalten müßte man sie, verlängern, aber wie?

»Habt ihr wirklich die Absicht, euch eine Wohnung zu suchen?«

»Ich bin noch zu keinem Entschluß gekommen. Vielleicht ist es besser, wenn wir allein leben, was meinst du?«

»Vielleicht«, pflichtete ich ihm bei.

Ich war gekränkt. Ihn kümmert es nicht, daß ich noch krank bin, dachte ich, daß es gefährlich ist, mich allein zu lassen. So etwas kommt ihm nicht in den Sinn.

»Soll ich dir den Tee hierher bringen?«

»Danke, nicht nötig. Ich leg mich ein Stündchen aufs Ohr, dann steh ich auf.«

Aber ich stand nicht auf; gleich nachdem er gegangen war, sank ich in einen tiefen Schlaf, ruhig und traumlos.

6

Am Morgen ging ich in die Küche, dort machte sich Anetschka am Herd zu schaffen, und sie hatte Maschas Kittelschürze an, dieselbe, die Mascha bis zu ihren letzten Tagen getragen hatte, eine ganz einfache, blaugeblümte Kittelschürze. Mein Sohn schien völlig den Verstand verloren zu haben. Anetschka war die Kittelschürze fünf Nummern zu groß, sie hing an ihr herunter wie an einem Kleiderständer. Sie hatte sie mit einem Gürtel ganz fest um ihre Wespentaille geschnürt.

Ich grüßte. »Und der da schnarcht wohl noch?« fragte ich.

»Ja«, piepste Anetschka. »Soll ich Ihnen etwas zum Frühstück machen, Pjotr Jewdokimowitsch?«

»Nein. Das besorge ich selbst.«

Ich drehte mich um und ging. Von meiner gestrigen Rührung und Milde war keine Spur geblieben. Ich spielte sofort verrückt, weil ich, wie sich jetzt herausstellte, nicht in der Wohnung herumlaufen konnte, wie es gerade kam, in Unterhosen zum Beispiel, und mich in Bad und Toilette würde einschließen müssen. Für andere mochte das eine Bagatelle sein, für mich war es eine Naturkatastrophe. Ich kann auf vieles verzichten, ohne mit der Wimper zu zucken. Wohnung und Datscha würde ich hergeben und die Arbeit meines ganzen Lebens mit fremdem Namen unterzeichnen, doch die Notwendigkeit, irgend jemandem zuliebe auch nur die kleinsten Gewohnheiten zu ändern, hat mich stets in Rage gebracht... Ein fremder Mensch im Haus. Die Bedeutung dieser Worte ging mir erst so richtig auf, als ich um ein Haar mit Anetschka zusammengeprallt wäre...

Doch wie groß war meine Empörung, als ich, nachdem ich Jeans und einen Pullover übergestreift hatte, in die Küche zurückkehrte und meinen Sprößling dort nur spärlich bekleidet vorfand: Er war mit den Füßen auf die Couch gestiegen und bot ein Bild seligen und von sich selbst entzückten Idiotismus.

»Hurra! Papachen ist aufgewacht! Hurra!«

Ich blieb ihm die Antwort schuldig, holte meinen Kochtopf mit dem Haferbrei aus dem Kühlschrank und stellte Milch aufs Feuer.

»Warum bist du so schlechter Laune, Paps?«

»Laß mich in Ruhe.«

Anetschka zog sich furchtsam ans Fenster zurück. In einer großen Pfanne brutzelte und schmurgelte ein Omelett mit Schinken.

»Hast du etwa die Absicht, in diesem Aufzug zu frühstücken?« fragte ich. »Du solltest dich wenigstens waschen gehn.«

»Mach ich gleich. Was ist los, Paps, bist wohl mit dem linken Fuß zuerst aufgestanden? Sieh doch bloß, was für ein schöner Tag draußen ist!«

Ich setzte mich hin und begann schweigend meinen Brei hinunterzuschlingen und Milch nachzutrinken. Auch ohne hinzuschauen, wußte ich, was für ein Gesicht Anetschka jetzt machte. Und wenn schon, mochte sie sich gleich daran gewöhnen. Ich hatte nicht die Absicht, nach ihrer Pfeife zu tanzen.

Andrej verschwand im Badezimmer.

»Habe ich irgend etwas falsch gemacht?« fragte Anetschka mit bebendem Stimmchen.

»Ich habe morgens oft schlechte Laune«, erklärte ich. »Mach dir nichts draus. Stört es dich, wenn ich dich duze?«

»Natürlich nicht! ... Möchten Sie Tee trinken? Soll ich welchen aufbrühen?«

»Nicht nötig. Überhaupt, eines laß uns gleich abmachen: Wenn ich etwas brauche, werde ich mich von allein an dich wenden.«

»Einverstanden.«

»Setz dich hin und iß.«

»Ich ... vielleicht ...«. Nach einigem Zögern nahm sie mir gegenüber Platz. Sie wollte auf Andrej warten, wagte aber nicht, sich mir zu widersetzen. Das gefiel mir.

»Er kommt jetzt eine Stunde lang nicht aus dem Bad heraus«, sagte ich. »Wozu sollst du alles kalt essen, stimmt's?«

»Natürlich. Danke.«

Jetzt, am Morgen, sah sie ganz anders aus. Ein reines, zartes, wie gedrechseltes Gesicht, ein treuherziger Blick – ein nettes Mädchen. Unbegreiflich war nur, warum ich mit ihr in derselben Wohnung leben sollte und warum sie Maschas Kittelschürze anhatte.

»Werden Sie am Abend mit uns ins Café kommen?«

»Mich hat niemand eingeladen.«

»Ich lade Sie ein«, sagte sie fest.

»Aber nein, Anetschka, solche Strapazen sind vorläufig nichts für mich. Hat dir Andrej gesagt, daß man mich erst vor kurzem aus dem Krankenhaus entlassen hat?«

»Er hat. Aber Sie sehen sehr gut aus.«

»Hoffentlich. Ich bin ja noch nicht gar so alt. Mit der Zeit werde ich vielleicht selbst noch ein junges Ding heiraten.«

»Oh, Sie würde jede nehmen!« sagte sie leidenschaftlich und rückte verwirrt die Brille zurecht. Für diese Worte verzieh ich ihr sofort Maschas Kittelschürze.

Nach dem Frühstück liefen die Kinder (Kinder!) ins Institut, während ich mich auf meinen üblichen Morgenspaziergang begab, da ich beschlossen hatte, an der frischen Luft gründlich über alles nachzudenken. Am meisten bewegten mich zwei Dinge: das erste – wie ich mein Leben unter den neuen Umständen mit dem geringsten Nervenaufwand einrichten sollte, und das zweite – wie und womit ich Andrej helfen konnte. Meinen Berechnungen zufolge fiel die Geburt des Kindes und das mit diesem Ereignis unvermeidlich verbundene Tohuwabohu mit der angestrengten Zeit des Vordiplompraktikums und der Verteidigung der Diplomarbeit zusammen. Ich schalt ihn wegen seines bodenlosen Leichtsinns. Selbst Anetschka mit ihren unschuldigen Manieren und ihrer gespielten Unterwürfigkeit, die im Grunde genommen ganz nüchtern mit der Absicherung nur ihres Frauenschicksals beschäftigt war, war ich bereit, zu verdammen. Gerade Frauen ihresgleichen verstehen es irgendwie, den Mann, der ihnen ins Netz gegangen ist, so geschickt einzuspannen, daß er, der arme Teufel, wie ein gut abgerichtetes Pferd sein Leben lang nur die Furche pflügt, die ihm das zarte Frauenhändchen weist, und sich dabei noch ewig in ihrer Schuld fühlt. Der vernünftigste Ausweg aus der Lage wäre, sich ganz zurückzuziehen, den jungen Leuten einen kleinen Geldbetrag auszusetzen und selbst auf die Datscha zu übersiedeln. Ich konnte dort den Sommer verleben und Kräfte sammeln, und dann würde man weitersehen. Die Ärztekommission würde, wie anzunehmen war, meinen weiteren Weg festlegen. Solche Überlegungen stellte ich an, als ich noch nicht wußte, daß Ereignisse auf mich zukommen würden, mit denen verglichen mir meine heutigen Sorgen als die reinste Bagatelle erscheinen sollten.

Nach und nach besserte sich meine Stimmung, wozu der milde Maientag mit den umherfliegenden Spinnweben und der orangefarbenen liebkosenden Sonne nicht wenig beitrug. Ich stieg zur Uferstraße hinunter und rief von einer Telefonzelle aus Tamara auf ihrer Arbeitsstelle an; ich wollte nicht, daß sie sich unnütz quälte.

»Tomotschka, mein liebes Häschen«, sagte ich zu ihr, »ich lade dich morgen auf die Datscha ein. Fahren wir?«

»Wir fahren«, erwiderte sie, »wenn du es dir nicht noch hundertmal anders überlegst.«

»Ich habe eine unglaubliche Neuigkeit. Andrjuscha heiratet. Kannst du dir das vorstellen? Ohne jede vorherige Ankündigung. Das ist der letzte Schrei.«

»Ja? Wen? Wohl eine Generalstochter?«

»Er hat irgendein Mädchen mit Brille hergebracht. Dafür ist sie schwanger.«

»Jetzt wird dir fröhlicher zumute sein, Liebster«, bemerkte Tamara geistreich, und damit endete unsere Unterhaltung.

Unterwegs ging ich in ein Geschäft und kaufte Lebensmittel ein. Neben der Metrostation erwarb ich, nachdem ich ein wenig gefeilscht hatte, von alten Dorfweibern zwei Sträuße gelber Narzissen. Zur Ankunft der Jungverheirateten hieß es, die Wohnung mit Blumen zu schmücken. Ich hätte noch bei der Sparkasse vorbeischauen müssen, doch ich war müde und zog es vor, nach Hause zurückzukehren. Auf der Sparkasse hatte ich nur noch etwas mehr als tausend Rubel, aber es standen noch zwei Broschüren aus, für die ich ein ganz anständiges Honorar zu erhalten hoffte.

Ich war noch nicht dazu gekommen, in der Küche Ordnung zu schaffen, als das Telefon klingelte. Aus dem Hörer tönte mir ohrenbetäubend eine vor Wut pfeifende Frauenstimme entgegen, nicht ohne Mühe erkannte ich Nina Petrowna. Sie redete eine Menge Gemeinheiten zusammen, bevor ich auch nur ein einziges Wort einflechten konnte. Sie kündigte mir an, daß mir diese Gaunerei nicht ungestraft durchgehen würde, ich sollte mir keine falschen Hoffnungen machen. Unsere Abmachung sei null und nichtig, weil ihr Mann schwachsinnig und Alkoholiker sei und seine Unterschrift keine Rechtskraft habe. Endlich gelang es mir, die Initiative an mich zu reißen.

»Sie unterschätzen Ihren Mann, Nina«, sagte ich gekränkt. »Er hat auch mich gewaltig getäuscht. Im Grunde genommen hat er mich unter Androhung physischer Gewalt gezwungen. Und mir nicht einmal Zeit gelassen, Sie in Kenntnis zu setzen. Wenn ich nicht, durch Sie, wüßte, daß er Alkoholiker ist, ich hätte es nie geglaubt. Eine kolossale Energie.«

»Sie machen sich wohl lustig über mich? Und zwanzigtausend statt dreißigtausend zu bezahlen, hat er Sie dazu auch gezwungen?«

»Den Preis hat er wirklich selbst festgesetzt. Ich hab mich gar nicht erst aufs Streiten verlegt. Bin froh, mit heiler Haut davongekommen zu sein.«

»Aber Sie hatten doch versprochen. Wo ist denn Ihre Ehre? Na, macht nichts, um der Kinder willen lasse ich es auf alles ankommen. Nehmen Sie sich in acht!«

Wir droschen leeres Stroh, und von ihren Drohungen wurde mir fröhlich zumute. Es tat gut, einer so reizenden Räuberin wenigstens ein bißchen zu nahe zu treten. Zum Schluß verlangte sie aus irgendeinem Grund die Telefonnummer von Gned, und ich gab sie ihr mit Vergnügen.

Zum Mittagessen wärmte ich mir die Fleischbrühe von gestern auf und verzehrte ein großes Stück gekochtes Fleisch und Radieschensalat. Um den faden Beigeschmack im Mund zu vertreiben, aß ich danach ein Schälchen Kirschkompott. Irgend etwas an diesem Mittagessen kam mir spanisch vor, und vor lauter Kummer legte ich mich aufs Ohr, obwohl ich es gewöhnlich vermeide, gleich nach dem Essen zu schlafen. Als ich gegen fünf vom Bett aufstand, hatte ich den unwiderstehlichen Wunsch zu arbeiten, worüber ich mich sehr wunderte, so selten hatte ich in der letzten Zeit diesen Wunsch verspürt. Ich setzte mich an den Tisch, breitete mit einem gewissen Zittern und Beben die vorläufigen Entwürfe zu dem Buch aus, mit dem ich die Welt zu verblüffen gedachte, und vertiefte mich ins Lesen. Hingerissen arbeitete ich etwa eine Stunde lang ruhig vor mich hin und entwarf die geistreiche Disposition eines Kapitels, dann aber trat plötzlich der schlimmste aller mir bekannten Zustände ein: stumpfe Gleichgültigkeit all und jedem gegenüber.

Diese Gleichgültigkeit erinnert an den Tod. In der Jugend und im reiferen Alter war sie mir unbekannt, jetzt aber stellt sie sich immer häufiger ein, nimmt mich restlos in Anspruch und lastet wie ein viele Tonnen schwerer Koloß auf meinem Gehirn. Ich schnappte gierig nach Luft wie ein Fisch, den ein unheimlicher Angler ganz fest an der Angel hat. Um mich vor der plötzlichen widerwärtigen Schwäche zu retten, nahm ich sofort zwei Tabletten Seduksen und ging früh zu Bett, hörte nicht einmal, wie die jungen Leute zurückkehrten.

Am Morgen setzte ich mich telefonisch mit Tamara in Verbindung und machte mit ihr aus, daß wir uns auf dem Jaroslawer

Bahnhof treffen würden. Als ich wegging, konnte ich nicht anders: ich mußte einen Blick in das Zimmer werfen, wo die Kinder schliefen. Mir bot sich ein reizendes Bild. Mein Andrej hatte sich auf dem breiten Sofa quer ausgestreckt, sein zurückgebogenes, im Schlaf wie versteinertes Gesicht schimmerte in einem dämmerigen Blau; Anetschka, in die Bettdecke eingewickelt wie in einen Kokon, lag fast parallel zu ihm da, hatte ihm den Kopf in die Achselhöhle gesteckt, und ihr helles Haar bedeckte seine Schulter und den weit zur Wand zurückgeschobenen Arm. Ich bedauerte, daß ich kein Maler war und dieses scheue lebendige Kunstwerk, das jeden Augenblick verschwinden konnte, nicht festzuhalten vermochte. Von einem großen Regisseur war diese Szene erschaffen worden, und ich seufzte nur kläglich, als ich behutsam die Tür hinter mir schloß.

Tamara schleppte eine riesige Tasche mit Lebensmitteln an, ein Huhn hatte nur noch halb darin Platz gefunden und ragte mit den toten Beinchen traurig heraus. Tamara kam sieben Minuten zu spät, was sonst gar nicht ihre Art war. Ich beobachtete, wie sie mit der Tasche, die sie zur Seite bog, über den Bahnhofsvorplatz lief. Dieses Laufen war beredter als jedes Eingeständnis.

»Warum hast du soviel eingepackt?« Mit dem Finger deutete ich in die Tasche. »Hast du etwa vor, eine Woche dort zu bleiben?«

Tamara ließ sofort den Kopf hängen.

»Ich hab gedacht ... Du brauchst doch einen Vorrat. Hier sind Graupen, Zucker. Ein paar Konservengläser. Nichts Besonderes.«

»Ich darf nicht mehr als ein Kilo heben. Du wirst es allein schleppen müssen.

»Natürlich.«

Nachdem wir uns so gewählt ausgesprochen hatten, stiegen wir in die Vorortbahn. Der Wagen war überfüllt, aber wir schafften es trotzdem, ein Plätzchen am Fenster zu ergattern. Als die

Vorortbahn sich in Bewegung setzte, schmiegte sich Tamara an mich und begann ganz leise zu lachen.

»Was hast du?«

»Nichts ... Ich hab einen Badeanzug mitgenommen. Kann man dort irgendwo baden?«

»Wer badet denn jetzt?«

»Alle! Ich hab früher sogar im April gebadet. Ich kenne nichts Schöneres, als im Wasser herumzuplantschen. Und du?«

»Ich weiß nicht. Früher vielleicht einmal.«

Immer noch sah ich meinen schlafenden Sohn vor mir, seine friedliche, schamlose Pose. Andrej war erwachsen geworden und würde bald Vater, ich Großvater werden. Was verhieß das, welche Veränderungen? Die letzten Veränderungen vielleicht.

Tamara legte mir den Kopf auf die Schulter. Mit hochmütiger Mißbilligung musterte uns ein Bürger ungefähr meines Alters. Anfangs hatte er vorgehabt, die Zeitung zu lesen, sie sogar schon aufgeschlagen, doch durch irgend etwas nahmen wir seine Aufmerksamkeit offenbar stark in Anspruch. Eigentlich betrachtete er nicht so sehr mich als vielmehr Tamara.

»Was schreibt man dort Neues?« fragte ich.

Der Mann zuckte zusammen, als sei er bei etwas Ungehörigem ertappt worden. Ich sah uns auf einmal mit seinen Augen – ein verdächtiges Pärchen: ein alter Mann, bleich wie der Tod, und ein junges blühendes Weibchen, das sich an ihn schmiegt. Vielleicht versetzte er sich in Gedanken an meine Stelle, und vielleicht fand er, daß er sich an meiner Stelle besser ausgenommen hätte.

»Und was interessiert Sie?« gab er nach kurzem Zögern zur Antwort.

»Politik«, sagte ich freundlich. »Außen- und Innenpolitik. Wer dort gegen wen kämpft – das ist das eine. Und das zweite – was für Vorteile für uns dabei herauskommen werden.«

Tamara machte ›hm‹ und lehnte sich bequemer an meine Schulter an. Der Mann verzog das Gesicht.

»Was für Vorteile erwarten Sie und für wen?«

»Für Sie und mich, für alle Werktätigen.« Verwundert sah ich ihn an. »Vor kurzem hat man den Lehrern das Gehalt erhöht. Und einigen die Rente. Da macht das Leben gleich mehr Freude, stimmt's? Was bist du selbst von Beruf? So wie du aussiehst – Pädagoge.«

»Nein, kein Pädagoge.«

»Also Flieger?!«

»Wie kommen Sie darauf?«

»Hab's am Blick erkannt«, bemerkte ich fröhlich. »Du hast so einen fliegenden Blick.«

»Was für ein Unsinn...«

Der Mann war ob einer so unerwarteten Attacke sichtlich in der Klemme. Und wennschon, dem sollte die Lust vergehen, fremde Frauen anzustarren, noch dazu mit solcher unfreundlichen, mißbilligenden Miene. Bescheidener muß man sein, Genosse. Ich kenne kein größeres Vergnügen, als so einen heimlichen Ankläger in Verlegenheit zu bringen. Es gibt Menschen, die nicht schauen, sondern einen belauern. Mit der Absicht, einen zu ertappen. Der hier war einer von ihnen, doch im Leben bekleidete er eine bescheidene Stellung. Mitunter bringen es solche freilich sehr weit.

Ich sprach laut, und man blickte sich nach uns um. Dem Mann gefiel das gar nicht. Um mich loszuwerden, reichte er mir die Zeitung.

»Lesen Sie selbst.«

»Ich kann nicht lesen«, sagte ich gekränkt. »Das Schicksal hat es so gewollt. Hab mich in Gefängnissen und Lazaretten rumgetrieben, zum Lernen blieb keine Zeit. Mein Los wünsche ich niemandem. Alle Neuigkeiten erfahre ich von guten Leuten und aus dem Fernsehen. Du mußt schon entschuldigen.«

Der Mann begann sich verstohlen nach allen Seiten umzusehen, dafür rückten andere, die in der Nähe saßen, noch näher heran. Ich verspürte einen ungewöhnlichen Zustrom von Kraftfülle, so süß atmete mir Tamara, mein Herzchen, ins Ohr.

»Schade, daß du kein Flieger bist! Schade ... Ich muß dieses Mädchen hier an den Mann bringen. Sie ist für mich wie eine leibliche Tochter. Aber man gibt sie ja nicht dem ersten besten, nicht wahr? Doch einem Flieger oder Pädagogen – warum nicht. Sie ist eine gehorsame, haushälterische Frau, hab sie selbst erzogen. Auf Männer ist sie freilich ganz versessen, aber wer ist heutzutage ohne Sünde. Hör mal, Bürger, du kannst es mir ruhig glauben. Wenn du willst, nimm sie, wenn nicht, ist unser Gespräch beendet. Aufdrängen werd ich sie niemandem. Tomka, reib dir die Äuglein, von dir ist die Rede. Wie gefällt er dir selbst? Ist nichts für dich, was? Wie lange willst du dich noch zieren, ich hab nicht die Absicht, dich mein Leben lang durchzufüttern.«

Der Mann erhob sich, peinlich berührt, und entfleuchte ans Zugende. Aber die Zeitung nahm er mit.

»Zufrieden?« flüsterte Tamara, ohne den Kopf zu heben.

Von der Station gingen wir, immer wieder Pausen einlegend, los und quälten uns mit der schweren Tasche leidlich ab – wir trugen sie zu zweit. Ich genoß im voraus, wie Tamara staunen würde, wenn sie die Datscha sah, und fühlte mich wie der Weihnachtsmann. Der Weg war abgetrocknet, der Wald neigte sich gleich einem sauberen grünen Bettvorhang darüber, und das Wetter begünstigte unseren Spaziergang: Es war nicht heiß und nicht kalt, ein wenig windig, leichte Wölkchen am Himmel versprachen, sich bald als Regen zu entladen. All das wäre wunderschön gewesen, hätte Tamara nicht alle Augenblicke gefragt, ob ich nicht müde sei und ob ich keinen Hunger hätte. An einer Stelle bogen wir vom Weg ab und ließen uns auf einem Baumstumpf nieder, um auszuruhen. Tamara schlug sich für kurze Zeit in die Büsche und kehrte mit einem Sträußchen bläulicher Blumen zurück.

»Sieh nur, Petja, wie reizend! Nimm, riech mal!«

»Du willst wohl, daß man uns eine Geldstrafe aufbrummt«,

sagte ich vorwurfsvoll. »Alle Blumen stehen längst unter Naturschutz. Man darf sie nicht pflücken.«

Sie lachte, trieb Possen und hielt mir immerzu ihr Sträußchen unter die Nase. Ich hatte noch genügend Kraft, um sie ins Gras zu werfen. Wir küßten uns ganz sacht, wie in einem betäubenden Schlaf, ihr Körper war geschmeidig, ihre Lippen dufteten nach Milch – wie jung sie doch war!

»O weh, du Schlimmer, Schlimmer«, besann sich Tamara. »Was wird jetzt mit dem Kleid? Man kann es ja nicht waschen.«

Sie trug ein von einem Gürtel fest zusammengehaltenes helles Kleid mit leuchtenden bunten Bordüren am Saum.

»Wenn man ins Grüne fährt, zieht man sich etwas Einfacheres an«, sagte ich belehrend. »Erst recht, wenn man mit einem Mann fährt. Du kennst meinen Charakter, beim nächsten Mal gibt's für mich kein Halten mehr.«

»Ja-a?«

Unsere Unterhaltung nahm eine gefährliche Wendung, und ich beeilte mich, weiterzugehen. Und nun schritten wir schon zwischen den hoch aufragenden Datschazäunen hindurch – die rechte Zeit, zu staunen und in Rufe der Begeisterung auszubrechen, Tamara aber wurde aus irgendeinem Grund traurig.

»Nun, wie ist es?« fragte ich.

»Ich finde keine Worte.«

»Hast du gedacht, ich hätte mir irgendeinen Hühnerstall gekauft?«

»Nichts hab ich gedacht, Petja.«

Während ich mich mit dem Schloß an der Pforte abmühte, stellte ich verwundert fest, daß der Riegel von innen vorgeschoben war. Fjodor Innokentjewitsch hatte vorgestern telefonisch mitgeteilt, daß sie ausgezogen seien. Merkwürdig.

»Ist dort jemand?« Tamara schaute mich erschrocken an.

»Das werden wir gleich haben.« Ich drückte auf den Klingelknopf.

Es öffnete uns kein anderer als Gned. Er trug Shorts und einen Panamahut, und sein Gesichtsausdruck war so, als sei er ein Diversant. Doch dieser Ausdruck wurde sofort von einem gutmütigen Grinsen abgelöst.

»Mich hast du nicht erwartet, Petro?«

»Ich hätte mich gewundert, wenn ich dich nicht hier angetroffen hätte«, gab ich kühl zur Antwort.

Wir gingen hinein, und ich schloß die Pforte ab. Ich hatte keine Fragen an Gned, doch er selbst beeilte sich, eine Erklärung zu geben.

»Aber ich bin hier nicht allein, Petja. Auch Nina ist hier.«

»Was für eine Nina?«

»Die ehemalige Besitzerin, weißt du nicht, Petro? Stell dir vor, sie ruft gestern an und bittet mich, mit ihr hierher zu fahren, um irgendwelche Sachen zu holen ... Warum machst du mich nicht mit der Dame bekannt?«

Frechling, dachte ich.

»Hat diese Nina außer dir vielleicht keine Angehörigen mehr? Und überhaupt, mit welchem Recht habt ihr euch hier eingenistet? Das ist meine Datscha!«

»Gewiß, gewiß, beruhige dich«, und er schenkte Tamara ein, nach seiner Meinung natürlich, bezauberndes Lächeln. »Mir scheint, der gnädige Herr sind heute schlechter Laune.«

Sollte Gned, der alte geile Bock, dieser Nina zuliebe irgendeine Intrige eingefädelt haben? Ich nahm Tamara die Tasche ab und übergab sie Gned.

»Nimm, schaff das ins Haus, Gentleman ... Und wo ist denn nun deine Liebste?«

Bevor er noch antworten konnte, stand Nina Petrowna, auch schon wie aus dem Erdboden gewachsen, gleich einer Fee, da. Sie hatte einen erstaunlichen Sarafan an. Ich erwartete, daß sie mich, gleichsam in Fortsetzung des Telefongesprächs, mit Vorwürfen überhäufen würde, doch nichts dergleichen geschah.

»Welche Freude, der neue Herr ist da«, begann sie kokett zu zwitschern. »Sie müssen schon entschuldigen, Pjotr Jewdokimowitsch, daß ich ohne vorherige Ankündigung hergekommen bin. Aber Fedja sagte, Sie hätten uns ein Zimmer vorbehalten?«

»Ich?«

»Natürlich, Petja, hast du das etwa vergessen?« hatte Gned es eilig, sich einzumischen. »Das ist ausgemacht worden.«

»Und dir hab ich auch ein Zimmer versprochen?«

Gned brach in schallendes Gelächter aus, so, als ob er einen gelungenen Witz würdigte.

»Mein bester und einziger Freund!« sagte er stolz, an die Frauen gewandt. »Ich liebe ihn wie einen Bruder. Und er liebt mich, stimmt's, Petja? Doch wenn Petro schlechter Laune ist, kommt man ihm besser nicht in die Quere. Iwan der Schreckliche war im Vergleich zu ihm das reinste Wickelkind ... Gehn wir, Alter, wir müssen unter vier Augen über einiges reden. Die Mädchen werden ohne uns schneller Freundschaft schließen.«

Er hakte mich unter und zog mich zum Haus. Das alles war komisch, wenn es sich auch nicht mit meinen Plänen vertrug. Ich hatte gehofft, in Gesellschaft Tamaras einen ruhigen Tag zu verbringen, stattdessen war Unruhe zu erwarten.

Im Wohnzimmer nötigte mich Gned in einen Sessel und stopfte mir fürsorglich ein schmutziges Kissen in den Rücken. Das Zimmer kam mir noch größer vor als beim ersten Besuch. Wahrscheinlich deshalb, weil von der früheren Einrichtung nur dieser einzige Sessel, ein paar Stühle und ein schäbiger Tisch übriggeblieben waren. Und dann noch ein Kaminschutz, der schon beim erstenmal meine Aufmerksamkeit gefesselt hatte: offensichtlich kein Stück aus der Serienproduktion, sondern mit einer wunderlichen Mosaikverkleidung. Wrubel hätte seine Freude daran gehabt.

»Gleich werd ich dir alles erklären, Petja.« Gned ließ sich auf einem Stuhl nieder, der unter der Last seines Körpers knarrte.

»Aber hör bitte auf, die beleidigte Leberwurst zu spielen. Das ist unhöflich.«

»Du hättest mir Bescheid sagen können.«

»Ich konnte nicht, ich konnte ja nicht. Meine Frau hat sich ständig neben dem Telefon herumgedrückt... Aber nicht darum geht es.« Er schnitt solche Grimassen, als hätte er die Absicht, mir ein Staatsgeheimnis anzuvertrauen. »Weißt du, Petja, mir scheint, diese Dame hat sich bis über beide Ohren in mich verliebt.«

»Wer?«

»Wieso wer? Nina natürlich. Schläfst du, oder was ist los?... Ich bin selbst überrascht. Ein solcher Elan, weißt du, eine solche Freimütigkeit... Ruft an und sagt: Könnten Sie nicht mit mir auf die Datscha fahren? Ich frage – wozu? Aber sie – nein, denk dir nur – antwortet: Lädt Sie, Boris Sacharowitsch, wirklich zum erstenmal eine Frau auf eine Datscha ein? Und lacht dabei so, weißt du. Mich hat's erwischt, ich sag's ehrlich, erwischt! Das ist ja so ein appetitliches Weibchen. Sie selbst hat mich ausgewählt... Verliebt hat sie sich, ich sag dir's, wie es ist!«

Ich wußte nicht, ob ich lachen oder weinen sollte. Was für eine lüsterne und zugleich klägliche Miene machte mein Freund.

»Ein Dummkopf bist du, Boris, und es ekelt mich, dich anzusehen«, sagte ich. »Altersschwachsinn ist doch eine gefährliche Sache.«

Gneds Gesicht verfinsterte sich.

»Das hättest du nicht sagen sollen, Petja. Mag ich auch an Altersschwachsinn leiden, aber wenn sich eine Frau mit ganzem Herzen zu mir hingezogen fühlt – das kann ich doch noch erkennen. Deiner Meinung nach kann man sich in mich also nicht mehr verlieben?«

»Darum geht es nicht, mein Lieber. Die reizende Nymphe will ganz einfach mit deiner Hilfe irgendwelche schmutzigen Geschäfte deichseln. Hast dich hinters Licht führen lassen, Borja.«

»Armer Freund«, bemerkte Gned traurig. »Du hältst mich, wie

ich sehe, wirklich für einen Esel. Natürlich will sie was von mir, und ich ahne sogar – was. Sie will sich an dir wegen des unsauberen Geschäfts mit der Datscha rächen. Das ist doch nicht weiter schlimm!«

»Mag sein«, pflichtete ich ihm bei. »Aber warum schwatzt du dann immerzu von irgendeiner Verliebtheit?«

»Hartherzig bist du geworden, Petja, und wie. Und kein bißchen romantisch mehr.«

Ich hatte nicht die Absicht, die nichtssagende Unterhaltung fortzusetzen, ich wollte allein sein – offenbar hatten mich die Reise und der Weg hierher doch sehr mitgenommen. Ich bat Boris, die Damen zu unterhalten, während ich ein Nickerchen hielt.

Ich machte es mir im Sessel bequem und bereute plötzlich, hierher gekommen zu sein. Wahrscheinlich hätte ich heute lieber zu Hause bleiben, den jungen Leuten das Frühstück zubereiten und, nicht zuletzt, ihnen gratulieren sollen, wie es sich gehört. Andererseits fühlten sie sich sicher wohl allein in der großen Wohnung, wie auf einer unbewohnten Insel ...

Ich mußte wohl eingeschlafen sein, weil ich nicht hörte, wie Tamara eintrat. Sie ließ sich auf dem Boden neben meinen Füßen nieder.

»Petja, du hattest eben ein so gutes, friedliches Gesicht. Woran hast du gedacht?«

»Wo ist dieses saubere Pärchen?«

»In den Wald gegangen ... Mir gefällt diese Frau nicht besonders. Sie lispelt, und ihre Augen sind böse. Sie hat mich irgendwie so merkwürdig gefragt, in welchem Verhältnis ich zu dir stehe.«

»Und was hast du geantwortet?«

»Was kann ich antworten? Ich hab gesagt, ich sei eine Bekannte ...«

»Pfeif auf sie. Ich werd sie im Handumdrehen vor die Tür setzen.«

Wir begaben uns in die Küche, um Tamaras Lebensmittel auszupacken. Die früheren Besitzer hatten den Kühlschrank vorläufig noch nicht fortgeschafft, und ich dachte, man müßte ihnen den abkaufen, falls sie ihn nicht brauchten. Dagelassen hatten sie auch eine Menge alter Teller und Tassen mit angeschlagenen Rändern sowie einen rußigen Teekessel mit verbogener Tülle, doch Wasser konnten wir darin immerhin kochen. Nachdem wir in aller Eile Tee mit Konfitüre getrunken hatten, gingen wir das Haus besichtigen. Die Zeit floß sorglos dahin. Zweimal hatten wir besonderen Grund zur Freude: als wir im Arbeitszimmer auf einen ganzen Stoß Vorkriegszeitschriften stießen – darunter war zum Beispiel ein Bündel mit Nummern des *Ogonjok* von 1930 – und als wir in einem Zimmer des Obergeschosses ein Holzbett entdeckten. Tamara ließ sich sofort darauf plumpsen, doch das Bett zerbarst mit schrecklichem Krach, und Tamara wurde unter der Seitenlehne begraben. Unter den Trümmern zappelnd, kreischte sie so urkomisch, und ich liebte sie in diesem Augenblick so, daß ich mich vor lauter Lachen auf den Fußboden setzen mußte und lange nicht wieder zu Atem kommen konnte.

»Schuft! Das hast du absichtlich so arrangiert!« schrie sie und stürzte sich auf mich ...

Völlig erschöpft lagen wir auf dem Boden und sahen einander verwundert von der Seite an. Mein Herz schlug laut und deutlich, und ich fürchtete nichts mehr. Nur war ich nicht sicher, ob ich würde aufstehen können.

»Du bist eine Bestie«, sagte Tamara respektvoll. »Du spielst den Kranken, um mich herumzukriegen. Gibst du's zu?«

»Mhm«, brummte ich; ich begriff nicht gleich.

Von unten drangen Stimmen herauf, das zweite verliebte Pärchen war ins Haus zurückgekehrt.

Wir aßen alle gemeinsam in der Küche zu Mittag. Unter meiner Anleitung hatten die Frauen das Huhn in der Backröhre braun gebacken und einen Salat aus Lauch, Käse und grünen Erbsen angerichtet. Nina Petrowna benahm sich tadellos, die Blicke, mit denen sie mich von Zeit zu Zeit bedachte, waren ganz unschuldig. So als ob eine von ihrem Lehrer hingerissene Schülerin der zehnten Klasse versuchte, vorsichtig mit diesem zu flirten.

»Pjotr Jewdokimowitsch, Boris hat mir viel Bemerkenswertes über Sie erzählt. Ich wußte gar nicht, daß Sie so ein berühmter Wissenschaftler sind.«

»Und er ist ein berühmter Schwätzer.«

Gned nagte mit Genuß an einer Hühnerkeule.

»Spiel nicht den Bescheidenen, Petja, spiel nicht den Bescheidenen. Alle wissen, in allernächster Zeit wirst du Preisträger.«

»Preisträger?!« Gekünstelt schlug Nina die Händchen zusammen.

»Den Staatspreis wird er ergattern. Vielleicht aber auch den Nobelpreis«, erläuterte Gned ernst. »Er sieht nur so bescheiden und umgänglich aus, in Wirklichkeit ist mit ihm nicht gut Kirschen essen. Auf seinem Gebiet ist er ein Genie. Aus ganz Europa kommen sie angereist, um ihn zu konsultieren. Stimmt's etwa nicht, Petja?«

»Sie kommen. Aus Europa und aus Tschertanowo.«

Meine Zunge wurde schwer. Die Müdigkeit stellte sich, wie so oft nach meinem Krankenhausaufenthalt, ganz plötzlich ein und war wie ein dichter Rauchschleier, sogar mit einem brandigen Beigeschmack im Mund. Ich hatte nur noch einen Wunsch – mich sofort irgendwo aufs Ohr zu legen. So ist es mit kleinen Kindern: Während eines geräuschvollen Spiels beginnen sie auf einmal zu stolpern und bleiben mit hängender Zunge und blöde aufgerissenen Augen wie versteinert stehen.

»Du mußt dich ausruhen, nicht wahr?« Tamara bemerkte meine klägliche Verfassung als erste, die Schulung der Krankenschwester machte sich bemerkbar.

»Ich wäre nicht abgeneigt.«

»Oh, Sie werden es in meinem Schlafzimmer bequem haben«, schlug Nina Petrowna liebenswürdig vor. »Dort gibt es eine

Couch, und ich werde Ihnen irgend etwas zum Zudecken bringen.«

»Danke, Ninotschka. Ich brauche nichts.«

Ich stand auf, ein wenig schwankend. Tamara hakte mich unter.

In meinem Schlafzimmer! registrierte ich im nachhinein. Was für eine Intrige diese reizende Schöne wohl einfädelt?

Kraftlos ließ ich mich auf die Couch fallen.

»Soll ich mich ein Weilchen zu dir setzen, Petenka?« fragte Tamara besorgt. Lieber legen ... wollte ich sagen, kam aber nicht mehr dazu, konnte es nicht mehr sagen; ich schloß die Augen und entschwebte, entschwebte ... Wohin? Gott weiß ...

Das Erwachen war seltsam. Ich sah, daß ich mit einer ziemlich alten Bettdecke zugedeckt war und an meinem Fußende nicht Tamara, sondern Nina Petrowna saß.

»Sie grunzen so komisch im Schlaf«, sagte sie. »Und bewegen die Lippen. Ich wollte Sie küssen, habe es aber nicht gewagt.«

»Wozu mich küssen? Nicht nötig.«

Nina bemerkte selbstgefällig:

»Die Männer sind alle gleich. Zuerst bekommen sie es mit der Angst, dann muß man sie mit Gewalt losreißen ... Pjotr Jewdokimowitsch, wir beide sollten uns aussprechen.«

»Aussprechen? Worüber?« Ich zog die Beine ein, weil sie sich mit dem Ellbogen schmerzhaft darauf gestützt hatte. »Und wo ist Tamara?«

»Ihre Tamara und Boris graben ein Beet um. Gurken wollen sie setzen ... Pjotr Jewdokimowitsch, ich möchte mich bei Ihnen für jenes Telefongespräch entschuldigen. Ich bin Ihnen nicht mehr böse. Aber Sie müssen auch meine Lage verstehen. Ich bin Mutter!«

»Ich verstehe sie.«

»Nein, Sie verstehen nicht alles. Sie denken vielleicht falsch von mir. Sagen Sie offen, denken Sie schlecht von mir?«

»Spielt das eine Rolle?«

»Es spielt eine, Pjotr Jewdokimowitsch, es spielt eine. Wenn ich Ihnen mein ganzes Leben erzählen würde, würde ich Ihnen leidtun. Man darf einen Menschen nicht nach dem ersten Eindruck beurteilen ... Ich möchte, daß wir Freunde sind.«

Eine selbstbewußte Katze, dachte ich. Glaubst du wirklich, du könntest es mit mir aufnehmen?

Im Zimmer roch es nach altem Holz, am liebsten wäre ich ans Fenster getreten, das ein zartrosa Licht ausstrahlte; wunderschöne, lang zurückliegende Bilder tauchten vor meinem geistigen Auge auf, doch sie richtig zu genießen, daran hinderte mich die Anwesenheit dieser Frau. Was will sie letzten Endes, dachte ich. Wenn sie es auf typisch weibliche Art darauf abgesehen hat, mich an die Kandare zu nehmen wie Gned, dann geht sie allzu geradlinig vor. Schließlich hat sie sich schon einmal die Finger verbrannt, und sie sieht mir nicht so aus, als ob sie einen Fehler zweimal macht. Und wenn nichts anderes, aber die Fähigkeit, ihr Leben zu steuern, hat sie, sollte man annehmen, gelernt. Sieh mal an, mit welcher Demut sie gurrt, das Liebchen. Geradezu die personifizierte Tugend mit einem Rock, der ihr fortwährend hochrutscht. Ich muß mit Gned, diesem Idioten, Klartext reden. Ich habe nicht die Absicht, ständig dieses Pärchen um mich zu dulden.

»Nehmen Sie meine Freundschaft an?« wiederholte Nina, nachdem sie vergeblich auf Antwort gewartet hatte.

Ich ließ die Beine auf den Boden herab.

»Sie, Nina, sind eine schöne Frau. Ich möchte Ihnen einen Rat geben. Halten Sie sich von Boris fern.«

»Warum? Er ist so amüsant, macht mir so drollig den Hof.«

»Später wird Ihnen nicht mehr zum Lachen sein. Ihr neuer Freund, Nina, leidet bedauerlicherweise an Paranoia.«

»Wie ist das zu verstehen?«

»Folgendermaßen. Sollte er Sie zufällig erwürgen, wird ihm nichts geschehen. Zur Zeit hat er gerade eine Remission, einen lichten Moment, aber niemand weiß, wie lange. Gewissen Anzeichen zufolge – und ich habe ihn gründlich studiert – ist der nächste Anfall nicht mehr fern ... Ich warne Sie, weil Sie mir sympathisch sind. Sie haben viel durchgemacht, ich habe Angst um Sie.«

All das sagte ich, während ich zu Boden starrte, als falle mir das Geständnis nicht leicht, und dann warf ich einen Blick auf sie. Sie lächelte übers ganze Gesicht – ein herausforderndes Lächeln, sie glaubte mir kein einziges Wort, das kluge Kind.

Im großen und ganzen verging der Tag ohne besondere Reibereien. Ich hatte mit dem Gedanken gespielt, mit Tamara über Nacht hierzubleiben, dann aber doch davon abgesehen – das Wetter war unbeständig, die Nächte kalt, und dann – wie würde man an einem neuen Ort schlafen. Und es zog mich auch schon nach Hause, um nachzusehen, wie es den jungen Leuten dort erging.

Tamara und ich unternahmen, eingehakt wie Mann und Frau oder Vater und Tochter, einen Spaziergang durch die Datschasiedlung. Die Wölkchen am Himmel, die am Morgen gedroht hatten, ihre Schleusen zu öffnen, waren zu faul gewesen, das auch wirklich zu tun, die Luft war frisch und von etwas bitterem Rauch getränkt: Auf vielen Grundstücken hatte man Feuer angezündet, das Gäßchen aber war menschenleer, und die Anwesenheit von Menschen hinter den hohen Zäunen konnte man nur vermuten. Es herrschte hier eine himmlische Ruhe, jeder Laut fiel in sie hinein wie ein Stein auf den Grund eines tiefen Brunnens. Gerührt preßte ich Tamaras Arm fest an mich, und gern hätte ich ihr irgend etwas Angenehmes gesagt.

»Na also«, ließ ich mich vernehmen. »Und du wolltest nicht herfahren. Siehst du, wie wunderschön es hier ist. Bist sogar ein bißchen braun geworden, Kleines. Hast ein rosiges Gesichtchen wie ein Ferkelchen.«

Tamara freute sich nicht sonderlich über das geschickte Kompliment.

»Ich habe Angst, wenn du so bist.«

»Wie?«

»Na, so vernünftig ... Ich bin es gewöhnt, daß du wütend bist und mich kränkst. Das bist du, wie du leibst und lebst. Aber wenn du gut bist, kommt es mir so vor, als ob gleich irgend etwas Schreckliches passiert.«

»Danke«, sagte ich, ein wenig verletzt, im tiefsten Innern jedoch zufrieden. »Du verstehst mich gut. Wann habe ich dich denn gekränkt?«

»Zum Beispiel vor einer Stunde. Du hast wegen dieses Flittchens völlig den Kopf verloren. Ich hatte dich um Wasser gebeten, und du hast ein Gesicht gezogen, als hätte ich hundert Rubel verlangt.«

Nun war ich sprachlos.

»Bist du tatsächlich eifersüchtig auf Nina?«

»Ach, mach doch, was du willst!«

»Tamara, Tamara, nimm Vernunft an! Diese Dame bereitet irgendeine Gemeinheit vor, zu etwas anderem ist sie nicht fähig. Aber ich kann partout nicht begreifen, was für eine.«

»Was gibt es da zu begreifen. Sie träumt davon, dich ins Bett zu bekommen und dir dann die Datscha abzuluchsen. Los, lauf zu ihr. Ich halte dich nicht.«

»Aber auf welche Weise könnte sie mir die Datscha abluchsen?«

»Nicht alle sind so dumme Gänse wie ich«, entgegnete Tamara unbestimmt. »Methoden gibt es viele.«

»Zum Beispiel?«

»Zum Beispiel könnte sie dich veranlassen, ein Testament zu ihren Gunsten zu machen, und dich dann umbringen. Niemand könnte ihr etwas anhaben.«

»Nun, Tomotschka, du öffnest mir die Augen.« Ich machte mich von ihrem Arm los. »Aber das will ich dir sagen, meine Liebe. Du hast mir den wunderschönen Spaziergang verdorben, und das werde ich dir nie verzeihen.«

Tamara begann irgend etwas zu ihrer Rechtfertigung zu murmeln. Mir schmeichelte, daß ich eine solche Macht über sie hatte, doch ihr weh tun wollte ich nicht. Gerade darauf aber lief es hinaus. Tamara, das naive Kind, schien sich endgültig in gewissen Plänen in bezug auf mich bestätigt zu sehen, besonders nach dem, was heute zwischen uns geschehen war. Sie irrte sich. Sie glaubte vielleicht, daß ich sie liebte. Und warum sollte sie das auch nicht glauben? An ihr gab es nichts auszusetzen, der miese Kerl war ich. An der Stelle, wo das Gedeihen zarter Gefühle vermutet wird, gähnte bei mir ein tiefer Schlund. Eine tote Zone war dort. Wie sollte ich Tamara erklären, daß es nicht an ihr lag, sondern daran, daß ich innerlich wie ausgebrannt war? Im übrigen hatte ich ihr nie etwas versprochen, das ist nicht meine Art. Es steht ihr schließlich frei, Luftschlösser zu bauen. Ich ärgerte mich und dachte, letzten Endes könne es ihr nicht schaden, wenn sie meinetwegen ein wenig litt. Leiden veredelt. Junge Frauen haben den Kopf ständig voll mit Phantastereien, nichtsdestoweniger finden sie sich in alltäglichen Verhältnissen sehr gut zurecht und nehmen es darin mit dem spitzfindigsten Mann auf. Aller Wahrscheinlichkeit nach würde ich viel früher krepieren als Tamara, und sie hätte dann noch Zeit genug, sich mit Liebe und Nachkommenschaft zu umgeben.

Bevor wir aufbrachen, tranken wir an der frischen Luft, im Garten, Tee. Mit meinen Gedanken war ich schon zu Hause, bei meinem Sohn, und lauschte gelangweilt dem schwülstigen Gerede Gneds, der aus irgendeinem Grund in der Stimmung war, sich über die Gefahr eines Atomkrieges zu verbreiten. Er sprach mit solchem Aplomb, daß man denken konnte, er allein kenne sich in allem aus und jetzt hänge es nur von ihm ab, ob es Krieg gäbe oder nicht. In seinen aufgeplusterten Worttiraden, gespickt mit Zahlen, in den unnützen Prognosen lag kein echter Schmerz, deshalb klangen sie widerwärtig. Er redete wie ein ausgebuffter Zeitungskommentator und stiftete doch nur Verwirrung. Allmächtiger, wenn man wirklich begreifen könnte, woher und wie die höllische Gefahr eines Krieges auf die Menschheit zukommt! Jene, denen alles klar ist, solche wie Gned, werden mich auslachen, aber ich sage ehrlich: Je länger ich lebe, desto nüchterner denke ich darüber nach, desto bestürzter werde ich. Manchmal sehe ich deutlich eine Sackgasse am Ende des menschlichen Weges – und eisiges Entsetzen ergreift mein Herz. Natürlich würde ich selbst Gned meine Überlegungen mit Vergnügen mitteilen, aber nicht an diesem Tisch, wo für ihn nicht die Wahrheit wichtig ist, sondern was für einen Eindruck er auf die Damen macht. Nachdem ich mit dem Finger einen Grashalm aus der Tasse herausgeklaubt hatte, fragte ich:

»Ninotschka, Sie werden mir doch nichts in den Tee geschüttet haben? Einen merkwürdigen Beigeschmack hat er. Riecht nach Mandeln.«

Nina Petrowna sah mich entzückt an.

»Pjotr Jewdokimowitsch, was sind Sie doch für ein Spaßvogel!«

Ihre Worte berührten mich unangenehm, aber ich dachte, unter gewissen Umständen könnte ich eine gemeinsame Sprache mit ihr finden. Tamara schmollte den ganzen Rückweg über, doch das hatte keine Bedeutung mehr. In der Vorortbahn döste ich vor mich hin, und auf dem Bahnhof in Moskau war ich immer noch ganz schlaftrunken, ich erinnere mich nicht einmal richtig, wie ich mich von allen verabschiedete. Ich stieg in ein Taxi – und ab ging's nach Hause. Im Briefkasten lag ein Brief an mich – Adresse und Absender waren mit einer unbekannten akkuraten, aller Wahrscheinlichkeit nach weiblichen Handschrift geschrieben.

Ich stieg zu meiner Wohnung hinauf. Die jungen Leute waren ausgeflogen. In der Küche sah es aus, als hätte eine Bombe eingeschlagen: Essensreste auf dem Tisch, schmutziges Geschirr in der Spüle. In Windeseile räumte ich auf, dann duschte ich, wickelte mich in meinen Morgenrock und schlurfte mit dem Brief in der Hand ins Schlafzimmer. Ich legte mich hin, riß den Umschlag auf, und auf zwei, aus einem Schulheft gerissenen Blättchen, las ich:

»Sehr geehrter Pjotr Jewdokimowitsch! Lieber Papa! Es schreibt Ihnen Ihre unbekannte Tochter, die Jelena heißt... Uff, das Schwerste hätte ich hinter mir, ich habe gestanden und mich erklärt, jetzt werden Sie Ihr Gedächtnis anstrengen und sich an dreißig Jahre zurückliegende Ereignisse erinnern müssen, als Sie in der Stadt Swansk beim Militär waren. Haben Sie sich erinnert? ... Ich bin die Tochter von Ljudmilla Anatoljewna Komarowa, mit der Sie damals befreundet waren. Mein Vatersname ist nicht der Ihre, überhaupt habe ich die Tatsache, daß ich Ihre Tochter bin, erst vor fünf Jahren erfahren.

Mama hat noch eine Fotografie aufbewahrt, auf der Sie mit ihr unter Pappeln zu sehen sind. Dort sind Sie so blutjung, in Feldbluse und Käppi, viel jünger, als ich heute bin. Komisch, nicht wahr?

Doch als ich das Geheimnis meiner Geburt erfuhr, war mir nicht zum Lachen, das versichere ich Ihnen. Und mit welchen Gefühlen ich diese Fotografie betrachtet habe, läßt sich mit Worten nicht beschreiben. Vor zwei Jahren war ich in Moskau, habe Ihr Haus gefunden und bin dann später noch in Ihre Vorlesung im Haus der Wissenschaft geraten. Papa, Sie haben so unglücklich ausgesehen! Einmal stockten Sie, und im Saal war es laut, und ich wäre vor lauter Mitgefühl mit Ihnen fast in Tränen ausgebrochen. Erinnern Sie sich noch an die junge Frau im Jerseykostüm, die Ihnen nach der Vorlesung einen Strauß Nelken schenkte? Sie müssen sich erinnern, nur ich allein habe Ihnen Blumen geschenkt. Sie wollten mir, glaube ich, noch die Hand küssen, aber ich bin verlegen geworden und weggelaufen ...«

Ich hielt im Lesen inne – irgend etwas Graublaues schwamm auf einmal in meinen Augen. Ich trank ein wenig Wasser aus dem Glas, das auf dem Nachttisch stets griffbereit stand. Ich versuchte mich zu erinnern, was für eine Frau mir vor zwei Jahren einen Strauß Nelken überreicht hatte – und konnte es nicht. Einen Augenblick lang kamen mir Zweifel an der Wahrhaftigkeit des Briefes. Vielleicht erlaubt sich jemand einen schlechten Scherz mit mir? Aber nein, was für einen Scherz zum Teufel! Ljuda Komarowa, Ljudmilotschka, das dunkelblonde Sternbild meiner Jugend, wer außer mir konnte von ihr wissen ...

»Du (ich kann dich nicht mehr mit ›Sie‹ anreden) wirst vielleicht fragen, warum ich mich erst jetzt an Dich gewandt und das nicht schon früher getan habe und ob es nicht überhaupt besser gewesen wäre, alles zu lassen, wie es war – wozu die unnötige, verspätete Unruhe. Eines laß Dir von mir sagen: Ich persönlich brauche nichts von Dir, das heißt, nichts im materiellen Sinne. Vor vier Jahren habe ich das medizinische Institut beendet und bin als Kinderärztin tätig. Ich war verheiratet und habe mich vor nicht allzu langer Zeit scheiden lassen. Ich habe ein reizendes sechsjähriges Töchterchen – deine Enkelin Olenka. Ich lebe in einer eigenen Einzimmerwohnung. Wie du siehst, habe ich mich also durchaus im Leben eingerichtet. In meiner Ehe habe ich bisher kein Glück gehabt, aber das kann man, wie man so sagt, noch ändern.

Glaub nicht, dieser Brief sei mir so leicht gefallen. Ich habe ihn viele Male angefangen, weggeworfen und wieder neu geschrieben. Ich weiß, Du lebst jetzt allein mit Deinem Sohn, Deine Frau ist gestorben. Keinesfalls möchte ich Dir auch nur den geringsten Verdruß bereiten. Du sollst wissen: Sowohl Mama als auch ich sind der Meinung, daß Dich keine Schuld trifft. Ich bin bald dreißig, und ich verstehe sehr gut, wie kompliziert das Leben ist, und kann nicht den Stab über Dich brechen. Ich habe lange einen Menschen gehaßt und jetzt bezahle ich teuer dafür ...

Du bist mein Vater, und ich sage: Grüß Dich, Vater! Ich werde vom 28. bis 30. Mai in Moskau sein und bei einer Freundin absteigen, hier ihre Telefonnummer ... Wenn Du willst, ruf an. Rufst Du aber nicht an, verstehe ich schon, was los ist und werde es Dir nicht übelnehmen.

Erlaube mir, Dich zu küssen, Papa! Deine Tochter Jelena.«

Verwirrt legte ich den Brief beiseite und konnte mich partout nicht sofort erinnern, was für ein Datum wir heute hatten. Ich mußte aufstehen und die Zeitung holen. Heute war der 28. Mai.

Zweiter Teil

I

Vorwort zum Buch: »Die Frau in der heutigen Gesellschaft«
Anfangs hatte ich diese Arbeit als ausgesprochen wissenschaftliche Abhandlung geplant und die Absicht gehabt, eine Menge sowjetischer und ausländischer Quellen einzubeziehen, insbesondere eine große Anzahl statistischer Angaben, die ich gesammelt hatte. Doch recht bald stellte ich fest, daß der dogmatische Rahmen pseudowissenschaftlicher Schlußfolgerungen zu eng für mich war und nicht einmal stilistisch meinem Vorhaben entsprach. Das Phänomen der weiblichen Persönlichkeit erforderte eine freiere Darstellung, die wenigstens nicht durch die Notwendigkeit gehemmt war, irgendwelche scholastischen Schlüsse zu ziehen. Mir schien, daß das Wesen des Forschungsgegenstandes besser zutage treten würde, wenn ich über die Frau in Form gewisser Essays schrieb, die sich mehr auf Intuition und Beobachtung stützten als auf wissenschaftlich begründete Tatsachen. Andererseits mußte ich, damit eine derartige Arbeit wenigstens eine relative typologische Harmonie bekam, das Verfahren der Formulierungen erlernen, die mehr für den Künstler als für den Wissenschaftler charakteristisch ist. Ich war beileibe nicht sicher, ob meine Kräfte und Fähigkeiten dafür ausreichen würden. Ich hatte das Gefühl, daß ich ein Attentat auf mich selbst beging, wenn ich meine ganze eigene, in langen Jahren gesammelte Erfahrung soziologischer Untersuchungen verschmähte und einen völlig neuen Weg ging, der Enttäuschungen parat hielt.

Doch die Versuchung, einmal im Leben ein Buch zu schreiben, das die Menschen nicht nur voller Interesse, sondern auch mit

Vergnügen lesen und von dessen Lektüre sie nicht nur einen praktischen Nutzen, sondern auch etwas für die Seele bekommen würden – war so groß, daß ich zum erstenmal eine Arbeit in Angriff nahm, von deren Endergebnis ich nur eine vage Vorstellung hatte. Ich genoß im voraus, wieviel Freude mir die Befreiung von der starren methodologischen Vorprogrammierung, die das Hirn so ausdörrt und sich auf geheimnisvolle Weise auf mein ganzes Leben erstreckt, bereiten würde. Im Grunde genommen besteht das Problem der Frau meiner Meinung nach in der Unmöglichkeit einer sinnvollen Kopplung der irdischen Realität und jener sonnigen, sinnlich-emotionalen Auffassung der Welt, die sie von Jahrhundert zu Jahrhundert in sich speichert ...

Das Rendezvous mit meiner Tochter fand am Eingang zum Polytechnischen Museum statt – den Ort hatte sie bestimmt. Die Unterhaltung am Telefon war kurz und befangen gewesen. Kein Wunder – wir waren beide zu aufgeregt. Meine Aufregung war so groß, daß ich beim Frühstück versehentlich zwei Eier statt des mir zukommenden einen aß. Anetschka, die zusammen mit mir frühstückte (Andrej schnarchte noch), versuchte, mich durch ein höfliches Gespräch zu zerstreuen, ließ aber den Kopf hängen, nachdem sie ein paarmal mein einsilbiges ›Ja, natürlich‹ zu hören bekommen hatte. Ich dachte an Ljudotschka Komarowa. Wie mochte sie heute aussehen? Sie war jetzt wahrscheinlich um die fünfzig. In meiner Erinnerung war sie jung und graziös geblieben – eine Najade mit verwundert-entzücktem Lächeln, die dem Schaum entstieg. Nichts Sinnliches, Trügerisches – ein beklemmender Traum, weiter nichts. Doch von diesem Traum hatte ich, wie sich herausgestellt hatte, eine Tochter, die ohne mein Zutun erwachsen geworden war. War das nicht erstaunlich?

Der Blick, den ich mechanisch auf Anetschka richtete, war wahrscheinlich nicht von dieser Welt, denn sie geriet in Verlegenheit und zupfte das Krägelchen ihres Morgenrocks zurecht.

»Was haben Sie, Pjotr Jewdokimowitsch?«

»Nichts. Warum?«

»Sie haben so einen Gesichtsausdruck ... Habe ich irgend etwas Falsches gesagt?«

»Was hast du denn gesagt?«

»Ich habe gefragt, ob es möglich ist, daß man uns aus dem Kosmos beobachtet?«

»Ja, natürlich«, erwiderte ich und vergaß sie.

Am Polytechnischen Museum kam ich etwa zwanzig Minuten zu früh an und sah sofort, wie sich eine hochgewachsene Frau im legeren Sommermantel mit einer Ledertasche über der Schulter vom Geländer löste und auf mich zusteuerte.

»Guten Tag, Pjotr Jewdokimowitsch!« Sie neigte den Kopf ein wenig zur Seite und atmete schwer wie nach einem Lauf.

»Lena?!« Mit qualvoller Anstrengung starrte ich ihr ins Gesicht, ein ganz gewöhnliches, nettes Gesicht mit klarblickenden grauen Augen und naiven Sommersprossen auf den geröteten Wangen. Die Stimme des Blutes sagte mir nichts, diese Frau war mir unbekannt, und doch wollte ich sie berühren und mich überzeugen, daß unsere Begegnung im Wachen und nicht im Schlaf stattfand. Die Frau lächelte freudig und vertrauensvoll.

»Ich wollte dich sofort Papa nennen, habe es aber nicht gewagt. Darf ich dich so nennen?« Eine schwache, brüchige Stimme; mir gefallen solche Frauenstimmen.

»Ach, Lena, ehrlich gesagt, das ist erschütternd! Erst gestern habe ich deinen Brief erhalten und kann mich bis jetzt nicht daran gewöhnen. Du lebst, bist kein Phantom.«

Und nun tat sie etwas, was sich nur eine Frau erlauben darf, ich hätte mich nicht dazu entschließen können. Sie trat ganz dicht an mich heran, warf mir die Arme um die Schultern und schmiegte sich an mich wie ein kleines Mädchen.

»Papa!« flüsterte sie. »Lieber Papa!«

Ich streichelte ungeschickt ihre Schultern und spürte seltsam die heiße Geschmeidigkeit ihres Körpers. Meine Tochter! Mein Gott! Meine Beine wurden verdächtig schwach. Ich führte sie zur nächsten Bank, doch das war weit weg, neben einem Antiquariat, dort ließ ich sie Platz nehmen und begann sie gierig zu betrachten. Sie wandte sich nicht ab und wurde nicht im geringsten verlegen. Ich konnte in ihren Gesichtszügen keinerlei Ähnlichkeit mit mir oder Ljuba entdecken.

»Zuerst siehst du dich an mir satt«, sagte sie humorvoll, »und dann unterhalten wir uns, ja?«

Die Befangenheit zwischen uns war rasch verflogen, aber ich wußte nicht, was wir weiter tun sollten. Ich bekam keine Luft, holte ein Taschentuch hervor und wischte mir das Gesicht ab. Ich wollte nicht, daß sie mich alt und krank sah. Irgend etwas sehr Wichtiges hatten wir einander mitzuteilen, doch dafür war die Zeit noch nicht gekommen.

»Andrjuscha hat in diesen Tagen geheiratet«, sagte ich das erste, was mir in den Sinn kam. »Hat ein Mädchen mit Brille angeschleppt und erklärt: Das ist meine Frau.«

»Papa, wie fühlst du dich?«

Von den mit rührendem Ernst gesprochenen mitfühlenden Worten wurde etwas in meiner Brust weich. Ich quetschte mich fester auf die Bank. Ihre Hand legte sich zärtlich auf die meine.

»Du siehst nicht sehr fröhlich aus, Papa!«

Das hat mir gerade noch gefehlt, dachte ich. Aber wozu muß sie das wissen?

»Es war ein schweres Jahr«, sagte ich. »Alles mögliche ist zusammengekommen. Doch jetzt liegt alles Schlechte hinter mir ... Und du, bist du dienstlich in Moskau?«

»Ja. Ich muß einiges für die Poliklinik durchsetzen ... Ich möchte dich etwas fragen. Aber wenn du nicht willst, brauchst du nicht zu antworten. Hast du Mama geliebt?«

»Warum ›hast du geliebt‹, Lenotschka? Ich liebe sie auch heute noch.«

Sie wunderte sich nicht, doch nicht darum ging es. In jenem Augenblick, als mir diese Worte entfuhren, fühlte ich, daß ich, ohne es selbst zu begreifen, eine ungeheuerliche Wahrheit ausgesprochen hatte. Nun ja, ich hatte mein Leben lang nicht aufgehört, Ljudotschka Komarowa zu lieben, und sie gegen niemanden eingetauscht; aber ich liebte auch Mascha und Andrej und eine Menge anderer Menschen; ich liebte diese Stadt, in der ich, zwar schlecht und ärmlich, doch Jahrzehnte gelebt hatte, liebte die rosa Sonne, die mich blendete, und den einsamen Wanderer, der sich irgendwo in der Wüste zum Ort ewiger Ruhe schleppt... Dieser Überfluß an Liebe, der gerade in diesem Augenblick plötzlich zutage trat, verhieß nichts Gutes, Eis kroch mir unter die Rippen, und ich fühlte, daß ich vielleicht bald den Verstand verlieren würde.

Mir kam es so vor, als ob sich die auf den Bänken sitzenden Menschen alle auf einmal erhoben und, Begrüßungsworte rufend, an uns vorübermarschierten. Ich sagte meiner Tochter nichts davon, um sie nicht unnötig zu erschrecken.

Zum Mittagessen verschlug es uns in den Gorki-Park, in ein Schaschlikrestaurant. Ich hatte sie zu mir einladen wollen, doch das lehnte sie rundweg ab. Ansonsten aber verstanden wir uns sehr schnell. Mit Vergnügen lauschte ich den reizenden Nichtigkeiten, die Lena, entzückt von Moskau, mit tiefsinniger Miene von sich gab. Ihr gefiel alles: das Gedränge in der Metro, die breiten Asphaltflächen und die Vergnügungseinrichtungen im Park ebenso wie der peitschende Regen, der ohne jede Vorwarnung vom tristen Himmel niederging. Doch besonders gefiel ihr, wie sich der etwas angeheiterte Kellner im Schaschlikrestaurant an uns wandte: »Also, ihr jungen Leute, wollt ihr jetzt herumrätseln oder was bestellen?«

Im Grunde genommen gab es für mich nichts herumzurätseln, von dem, was auf der Speisekarte angeboten wurde, durfte ich mir nur Käse und Salat erlauben, doch, um Lena nicht stutzig zu machen, bestellte ich für sie und mich Chartscho und Schaschlik, je eine Portion Kaviar und dann noch eine Flasche Sekt. Der Kellner war zufrieden. Er notierte sich die Bestellung nicht, sondern gab sich den Anschein, als habe er sich alles gemerkt. Ich kenne diese neue Manier in Moskauer Restaurants der Mittelklasse, diese intellektuelle Forschheit des Kellners, wenn er sich alles merkt und Ihnen hinterher eine bombastische Rechnung präsentiert. Lena trank etwas von dem Sekt, während ich nur zum Schein nippte. Ich bat sie, mir von ihrer Mutter zu erzählen, doch Lena wich aus einem mir unbegreiflichen Grund einer Antwort aus. Dafür begann sie unversehens von ihrem Stiefvater zu sprechen, das heißt von dem Mann, der ihr im Grunde genommen der wahre Vater gewesen war. Bis zu ihrem fünfundzwanzigsten Lebensjahr hatte sie nicht daran gezweifelt. Es hatte dem Schicksal gefallen, daß sie die Wahrheit so spät erfuhr. Lena redete leidenschaftlich, als müsse sie irgend etwas in sich überwinden, und ich ließ ein feinfühliges, aber gesteigertes Interesse erkennen. Jeder Bissen blieb mir in der Kehle stecken, sogar am Butterbrot mit Kaviar erstickte ich fast. Und fortwährend dachte ich daran, wann ich mich endlich von ihr verabschieden und ich es mir zu Hause in meinem behaglichen Bett bequem machen würde. Ich liebte es, mitten am helllichten Tag die Vorhänge zuzuziehen, die Lampe anzuknipsen und, träge in einem Buch blätternd, es wieder weglegend und träumend, stundenlang dazuliegen. Im warmen Bett, ganz für mich allein, empfand ich die gelebten Jahre nicht so schmerzlich.

»... dem Charakter nach ist er ein sanfter, schüchterner Mensch, doch manchmal überkommt es ihn ... Oh, wie schrecklich das immer war!«

»Hat er euch geschlagen?«

»Wo denkst du hin?!« Sie bedachte mich mit einem spöttischen Blick. »Er ist so ein ... Hüne. Wenn der mal zuschlägt, schlägt er einen tot. Wo denkst du hin, kein Haar hat er uns gekrümmt. Aber, weißt du, er kommt näher – und starrt einen an. Besonders, wenn er betrunken ist. Zuerst sitzt er da, umschlingt den Kopf mit den Armen, schaukelt hin und her und brummt sich etwas in den Bart, dann beginnt er im Zimmer auf und ab zu gehen. Man sieht dann schon, daß es jetzt wieder losgeht. Wanetschka und ich hokken zitternd in den Ecken. Mama aber geht hinter ihm her und wartet. Er dreht sich zu ihr um: ›Was willst du?‹ Sie fleht ihn an, sich hinzulegen, obwohl sie weiß, es ist vergeblich. Man kann nichts machen, bis er sich von allein beruhigt. Auf einmal geht er auf die Wand zu und schlägt mit der Faust dagegen, mit voller Wucht. Und dann haut er mit der Stirn immer gegen diese Stelle an der Wand und schaukelt hin und her. Wenigstens eine Stunde steht er so da. Du kannst dir das nicht vorstellen! Oder er greift sich einen von uns, Wanetschka oder mich! O je! Er kommt näher, preßt uns mit den Händen an den Schultern zusammen und starrt einen an. In seinen Augen ist ein Abgrund. Mama steht hinter ihm auf dem Sprung, um zu helfen, und ihr Gesicht ist noch schrecklicher anzusehen als seins. Seins ist schwarz, ihres weiß ... So läuft er hin und her, torkelt schweigend herum, leert vielleicht noch ein Glas und fällt aufs Bett. Und dann ist es vorüber, bis zum Morgen. So etwas passiert mit ihm einmal in zwei, drei Monaten. Danach ist er, als sei nichts gewesen. Als ich erwachsen war, redeten Mama und ich ihm zu, zum Arzt zu gehen. Aber er lachte bloß: ›Hab ich euch etwa was getan, ihr Libellen?‹ – ›Nein, das nicht.‹ – ›Also, dann laßt mich in Ruhe!‹«

»Und passiert das auch jetzt noch?«

»Sehr selten. Ich habe die verschiedensten Vermutungen angestellt. Irgend etwas lastet auf ihm. Ich dachte, vielleicht hat er einmal ein Verbrechen begangen, und das Gewissen quält ihn. Aber das sieht ihm nicht ähnlich. Höchstwahrscheinlich hat er eine Psychose, eine Krankheit. Schaden hat niemand davon. Viel Angst, ja, aber keinen Schaden. Mir war es sogar von Nutzen. Als ich ins medizinische Institut eintrat, glaubte ich, ich würde ihn ganz bestimmt heilen können. Ihm habe ich es zu verdanken, daß ich

Ärztin geworden bin. Allerdings träumte ich davon, Psychiaterin zu werden, bin dann aber Kinderärztin geworden.«

»Und als was arbeitet er?«

»Als Bauarbeiter, Bauleiter... Darf ich mir eine Zigarette anzünden, Papa?«

»Rauch nur.«

»Als ich klein war und noch zur Schule ging, hab ich ihn nicht gemocht. Er tat mir leid, aber ich hab ihn nicht geliebt, bin ihm aus dem Weg gegangen. So ein richtiger plumper Bär ist er, und sein Leben lang war er von rauhen, starken Leuten umgeben. Eines Tages aber hab ich begriffen: Er ist ein unglücklicher Mensch, der unter irgend etwas leidet. Ich habe vieles zu spät begriffen... Du lächelst, du glaubst, zu spät könne es nur im Alter sein?«

»Im Alter fängt gerade alles erst an!« Ich sagte die Wahrheit, aber sie verstand sie natürlich nicht. Der Kellner brachte das Schaschlik, doch wir rührten auch den Chartscho kaum an.

»Wünschen Sie vielleicht einen Kognak?« fragte er liebenswürdig.

»Nein, danke.«

Das Schaschlik war nicht richtig gar, dafür aber außen angekohlt. Ich schämte mich, daß ich meiner Tochter nichts Besseres zu bieten hatte. Immerhin war das unser erstes gemeinsames Mahl. Würde es noch andere geben? Das hing wohl in vielem von mir ab.

»Ist es für dich nicht uninteressant, mir zuzuhören?«

Sie kniff die Augen zusammen, ganz feine Fältchen spannten sich um ihre Augen. Gar so jung war sie nicht mehr, meine Tochter, etwas jünger als Tamara.

»Und wie interessant das ist. Aber was hat es zwischen dir und deinem Mann gegeben?«

»Du ißt ja gar nichts. Warum nicht?«

»Dieses Essen ist zu hart für meine Zähne.«

»Du siehst gut aus, Papa«, sagte sie aufrichtig und schaute mir ohne jede Verlegenheit offen ins Gesicht. »Du hast schöne, traurige Augen. Auf der Fotografie hab ich mich sofort in dich verliebt, Ehrenwort!«

»Warum hat dir deine Mutter so lange nicht von mir erzählt und sich dann plötzlich doch dazu durchgerungen?«

Lena blieb mir die Antwort schuldig und beschäftigte sich eifrig mit ihrem Schaschlik.

»Du möchtest nicht mit mir über deine Mutter sprechen?«

»Lieber später einmal.«

»Und über deinen Mann?«

»Was gibt es da zu sagen ... Ich hatte einen guten Mann, aber er hat sich in eine andere Frau verliebt. Ich habe einen schlechten Charakter, Papa. Ich bin streitsüchtig und mißtrauisch. Und auch noch eifersüchtig. Gequält hab ich ihn mit meiner Eifersucht. Besonders als Olenka geboren war. Was haben wir uns gestritten. Mir schien es, als ob er auf seine Tochter und auf mich pfiff ... Oh, ich hab ihm das Leben zur Hölle gemacht. Er ist absichtlich länger auf seiner Arbeitsstelle geblieben, nur um meine Nörgeleien nicht hören zu müssen. Später hat er sich dann eine Freundin angeschafft, ist nachts nicht nach Hause gekommen ... Ich hab ihm schon übel mitgespielt, darf gar nicht daran denken. Aus irgendeinem Grund hab ich geglaubt, mich kann man nicht verlassen, ich bin besser als alle anderen. So eine Närrin war ich. Ich hab ihm den heißen Teekessel ins Gesicht geschleudert ... O weh, du hättest ihn sehen sollen. Ganz voller Tee war er, wie ein Clown. Und ich hab gelacht wie eine Irre. Er hat gesagt, es sei aus zwischen uns. Das war es denn auch. Er hat seine Sachen gepackt – und adieu ... Oletschka aber liebt er, kommt jede Woche aus Charkow zu ihr. Kauft ihr alles. Sie kommt in diesem Jahr in die Schule.«

»Vielleicht versöhnst du dich noch mit deinem Mann?«

»Nein, Papa. Zweimal steigt man nicht in denselben Fluß. Ich würde schon wollen, aber die andere Frau paßt besser zu ihm.

Ich hab mit ihr gesprochen. Sie ist Erzieherin in einem Kindergarten. Auch mit ihm gibt sie sich ab wie mit einem kleinen Kind. Ich hab geglaubt, er ist ein Mann, aber er braucht es, daß man ihn verhätschelt wie ein Baby.«

»Das brauchen alle.«

Ihre Augen begannen verdächtig zu glänzen.

»Jetzt weiß ich das auch ... Ich sag doch, ich habe vieles zu spät begriffen. Aber das läßt sich nicht wieder gutmachen.«

»Du liebst ihn auch jetzt noch ...«

»Wahrscheinlich. Ich habe einen Freund, das ist ein richtiger Supermann. Bei ihm fühlt man sich geborgen. Aber leben werde ich nicht mit ihm. Olenka hat Angst vor ihm. Und Pa ... und Papa ist nicht dafür ... Komisch, auf einmal hab ich zwei Väter, dafür aber keinen einzigen Mann. Mit Wolodja könnte ich hundert Jahre leben und würde nichts bereuen. Aber er kommt nicht zurück. Er hat die Frau gefunden, die zu ihm paßt. Sie wird ihn nie mit Tee verbrühen.«

»Wer kann das wissen.«

»Wovon sprichst du?«

»Männer sind oft ganz hingerissen von wütenden Frauen.«

»Für ihn gilt das nicht. Und ich bin auch nicht wütend, ich bin schlecht.«

Bald darauf kam der Kellner mit der Rechnung. Im Gehen überflog er sie argwöhnisch. Er hatte sich bei der Rechnung, wie ich es auch nicht anders erwartet hatte, ein wenig zu seinen Gunsten geirrt. Um drei Rubel. Ich teilte ihm das mit.

»Das kann nicht sein!« rief er theatralisch aus, als hätte ich ihm die Nachricht vom Tode eines nahen Verwandten gebracht, der noch heute morgen an diesem Tischchen sein Schaschlik verzehrt hatte.

»Rechnen Sie nach.«

Der Kellner holte ein riesiges Rechenbrett, setzte sich an das Kellnertischchen und begann, so laut, daß es der ganze Saal hören konnte, mit den Kugeln zu klappern, wobei er uns von Zeit zu Zeit vorwurfsvolle Blicke zuwarf.

»Er wird jetzt bis zum Jüngsten Gericht mit den Kugeln klappern wie ein Specht«, sagte ich zu Lena.

»Bist du sicher, daß er dich übers Ohr hauen wollte?«

»Natürlich. Das ist doch sein Geschäft.«

»Du redest, als hättest du Verständnis für ihn.«

»Du nicht?«

Lena wußte nicht, wie sie meine Worte auffassen sollte. Die Unschlüssigkeit spiegelte sich auf ihrem Gesichtchen als klägliche Grimasse wider. Sie verstand es nicht, ihre vorübergehenden Stimmungen zu verbergen – ein untrügliches Zeichen für Aufrichtigkeit.

»Ich hasse alle, die stehlen. Sie sind so unverfroren. Sieh dir bloß mal den an, was für eine Visage. Glotzt, als hätten wir ihm etwas getan. Wir wollen ihm überhaupt nichts bezahlen.«

»Wie?«

»Wir machen uns heimlich aus dem Staub, das ist alles.«

Mein Blut, dachte ich gerührt. Ich strich ihr und mir je ein Butterbrot mit Kaviar, kratzte die letzten Kaviarkörnchen aus dem Schälchen heraus.

»Würdest du es wirklich fertigbringen, dich heimlich aus dem Staub zu machen, ohne zu bezahlen?«

»Ohne weiteres ... Du kennst mich nicht, Papachen! Wolodja hat immer gesagt, an mir sei eine große Abenteurerin verlorengegangen. Im allgemeinen bin ich ein Angsthase. Wenn du nur gesehen hättest, wie komisch er mit dem braunen Bart aus Tee gewirkt hat.«

»Wie viele Jahre ist es her, daß ihr euch getrennt habt?«

»Viereinhalb.«

In ihrer Stimme, die auf einmal ganz tief geworden war, und in ihren Augen, in denen fortwährend erschrockene Lichtreflexe aufflammten, machte sich die ständige nervliche Anspannung bemerkbar, und man brauchte kein Psychiater zu sein, um den Grund zu erraten. Die zerrüttete Ehe hatte mein Töchterchen anscheinend arg mitgenommen. Sie hatte ihr Selbstvertrauen verloren. Das ist auch für einen Mann gefährlich, für eine Frau hingegen doppelt. Eine Frau, die den Glauben an ihre Reize verloren hat, kann ganz schnell fallen. Sie wird man auch am Rande des Abgrunds nicht zurückhalten können. Ich verspürte eine leichte Unruhe.

»Und dein Freund, den du als Supermann bezeichnet hast, wie verhält er sich zu dir?«

»Wie zu einer Geliebten«, sagte sie unbekümmert.

Der tödlich beleidigte Kellner nahte.

»Ja, ich habe mich geirrt«, erklärte er stolz. »Aber nicht um drei Rubel, sondern um zwei Rubel und siebenundvierzig Kopeken. Möchten Sie es nachprüfen?«

»Sie haben ein so ehrliches Gesicht. Sie haben sich bestimmt zum ersten Mal geirrt?«

Der Kellner blickte Lena von der Seite an, seufzte und legte die Rechnung, die vollgekritzelt war wie der Aufsatz eines schlechten Schülers, vor mich hin. »Der Tag heute ist irgendwie verkorkst«, klagte er. »Alles fällt mir aus den Händen. Ich wollte um Urlaub bitten, aber wer soll für mich einspringen? Wir haben eine verteufelt schwere Arbeit, wer ist schon so dumm! Diese Hitze! Das Hirn ist einem zusammengebacken.«

»Sie müssen uns schon verzeihen«, sagte ich.

Der Kellner winkte hoffnungslos ab.

»Meinetwegen, ich versteh ja. Von uns denkt man schlecht. Aber kann man denn alle über einen Kamm scheren?«

»Wie recht Sie haben ...«

Unweit des Schaschlikrestaurants, wo wir uns auf einer Bank niederließen, erlitt ich einen kleinen Schwächeanfall. Ich wurde schlaff wie ein Sack, der Schweiß brach mir aus, und meine Füße starben ab.

»Du bist blaß, Papa«, beunruhigte sich Lena. »Das Herz?«

Ich erklärte ihr, wie das ist, wenn man auf einmal Todesangst bekommt, wenn einem schwindlig wird und die Gedärme anschwellen. Wie vergeblich in diesen Minuten alle Bemühungen sind. Sie hörte mit aufmerksamem Gesicht zu. Liebe Augen hatte sie. Gern hätte ich ihre rosige Wange geküßt, ihr über das Köpfchen gestrichen. Das war mein Mädchen, mein Kind, jetzt wußte ich es genau. Doch warum war sie so spät zu mir gekommen?

»Du mußt dich richtig erholen«, bemerkte sie. »Das ist die beste Medizin.«

»Ich tue ja nichts anderes, als mich zu erholen.«

»Du mußt dich nicht einfach erholen, du mußt dich umstellen. Die Umgebung wechseln, die Lebensweise ändern. Von der Vergangenheit loskommen.«

»Von der Vergangenheit kommt man nicht los, Kleines.«

Lena seufzte und nahm meine Hand in ihre etwas rauhen Händchen.

Und sagte wie nebenbei:

»Laß uns nach Swansk fahren, Papa.«

»Was?«

»Worüber wunderst du dich? Unsere Luft wird dir gut tun. Bald gibt es Aprikosen, Pflaumen, Kirschen – das alles ist gut fürs Herz. Bei uns ist es nicht heiß, und wir haben den Fluß. Wir werden zusammen baden ... Wohnen kannst du bei meiner Freundin. Sie ist für den ganzen Sommer weggefahren, sie hat eine so nette kleine Wohnung, und in der Nähe ist ein Park. Vor allem, nichts wird dich ... an Bedrückendes erinnern.«

Aus irgendeinem Grund erschrak ich. Meine Tochter riet mir, von der Vergangenheit loszukommen, dabei rief sie mich, während sie freundlich und unschuldig dreinschaute, selbst in die Vergangenheit zurück. Sie war nicht zufällig hergekommen. Wer hatte sie geschickt? Wirklich Ljuda? Einen Augenblick lang schien es mir, als wolle man mich in irgendein unnatürliches grausames Spiel hineinziehen.

»Das meinst du doch nicht ernst, Kindchen.«

»Sehr ernst«, widersprach Lena. »Du kannst dir nicht einmal vorstellen, wie schön das sein wird.«

»Die Ärzte werden mich nicht fortlassen«, sagte ich, als sähe ich keine anderen Gründe, die wunderliche Einladung abzulehnen.

»Man muß sie zu Rate ziehen«, Lena lächelte herablassend. »Aber sie werden dich nicht fortlassen, ich weiß. Ich bin ja selbst Ärztin, wenn auch Kinderärztin.«

Erst wenige Stunden waren vergangen, seit ich von der Existenz dieser jungen Frau mit dem runden sommersprossigen Gesicht, meiner leiblichen Tochter, erfahren hatte, doch diese erstaunliche Tatsache war jetzt schon alltäglich geworden, und hinter ihr zeichneten sich neue Silhouetten ab, denen ich keineswegs zustrebte. Ich hatte nicht vor, ewig zu leben. Ich hatte eine Datscha gekauft und würde bald Großvater werden. Das waren große Eindrücke, sie reichten aus, um die Leere auszufüllen, damit das Leben einen Sinn hatte. Dort, wohin mich Lena lockte, aber konnte nichts Gutes sein. Dort gab es ein Wiedersehen mit Verlusten. Eine Rückkehr in die Jugend, dachte ich, ist nicht nur absurd, sondern äußerst gefährlich. Geburt und Tod bewegen sich in einem geschlossenen Kreis und vereinigen sich gerade in jenem engen Raum, wo du, wie verzaubert, ein Wunder zu finden hoffst. Mit dem Verstand begriff ich das sehr gut. Doch der Verstand kapituliert stets vor der Torheit der Gefühle.

»Laß uns zu mir gehen, du wirst deinen Bruder kennenlernen.« Endlich hatte ich meine Hand aus dem zärtlichen Fangeisen ihrer Händchen befreit.

»Ein andermal«, sagte sie.

Wir verabschiedeten uns voneinander, ich weiß nicht mehr wo. Ich schleppte mich nach Hause, müde, erschöpft, und in der dichter werdenden Abendluft nahm ich einen schwachen Modergeruch wahr, und ich hörte Stimmengewirr – längst verhallter Stimmen. Ich wußte, daß ich Ljuda Komarowa bestimmt bald wiedersehen würde.

2

Viele Male habe ich die Absicht gehabt, irgend etwas Bedeutendes, Großangelegtes zu schreiben, aber bei diesen meinen Absichten keinen Erfolg gehabt. Das ist kränkend und, ehrlich gesagt, etwas beschämend. Die Tatsache, daß man – in der Arbeit, in der Liebe, hinsichtlich seiner Pläne – so wenig zustande gebracht hat, hat das bedrückende Gefühl zur Folge, im Leben zu kurz gekommen zu sein. Als sei man bis ins hohe Alter in kurzen Hosen durchs Leben gelaufen. Als habe man sein ganzes Leben lang jemanden mit Verheißungen und Versprechungen getäuscht, aber, wie sich dann herausstellt, letzten Endes sich selbst betrogen. Und niemand ist da, dem man die Schuld daran zuschreiben könnte. Also hat man nicht stark genug gewünscht, zu träge gehofft. Oder zu wenig Kraft aufgewandt. Doch woher kommen in meiner Brust die jugendliche Unruhe und das Warten auf Veränderungen, als ob meine Tage nicht schon gezählt seien?

Am Morgen erwachte ich verwirrt und konnte nicht gleich begreifen, wo ich mich befand und wer ich war. Bei irgend jemandem habe ich gelesen, daß das geschieht, wenn die Seele noch auf nächtlichen Wanderungen umherschwebt und es nicht schafft, rechtzeitig in den Körper zurückzukehren. Diese Erklärung erscheint mir durchaus vernünftig. Dennoch gehört sie zu jenen vernünftigen Erklärungen, die man seinen Nächsten besser nicht mitteilt, will man nicht ins Irrenhaus gesteckt werden. Ich freue mich, daß ich ernstlich über das Mystische, über das Jenseitige nachdenken kann, denn derartige Gedanken, besonders, wenn sie von anderen geäußert wurden, riefen früher bei mir doch nur Spott hervor. Ich bin natürlich Materialist, aber irgend etwas in mir ist, seit Mascha tot ist, ins Wanken geraten und hat dann angefangen, diese Wohnung mit undeutlichen Geräuschen zu besuchen. An diesem Morgen war sie nicht im Zimmer. Beruhigt dehnte und streckte ich mich genüßlich, daß es knackte und knirschte. Lange schon hatte ich mich nicht so gesund gefühlt. Am liebsten hätte ich auf der Stelle meine Tochter angerufen und ihr meinen Entschluß mitgeteilt. Ja, ich hatte den Beschluß gefaßt, nach Swansk zu fahren, war bereit dazu, doch zuerst mußte ich den Arzt aufsuchen. Waleri Michailowitsch Susman, ein sehr sympathischer Mann, würde mich verstehen und mein Vorhaben billigen. Er hatte selbst zwei Infarkte überstanden, obwohl er kaum die Fünfzig überschritten hatte. Er war ein gescheiter, tatkräftiger und feinfühliger Arzt, doch, was mir an ihm gefiel, war etwas anderes. Sympathisch machte ihn mir die Unbekümmertheit, mit der er das Leben meisterte. Er hatte viele sterben sehen und aufgehört, an seinen eigenen Tod zu glauben. Als ich nach meinem Sanatoriumsaufenthalt bei ihm vorbeischaute, hatte ich nichts Besseres gefunden, als ihm die traditionelle Flasche Kognak zu überreichen. Diese Flasche hatte er direkt im Sprechzimmer entkorkt und im Handumdrehen zwei Meßbecher bis zum Rand gefüllt. Ich hatte dankend abgelehnt, er hingegen seinen Becher bis auf den Grund geleert und genüßlich Gebäck dazu gegessen, daß es nur so krachte.

»In unserer Lage, lieber Pjotr Jewdokimowitsch, kommt es vor allem darauf an, das Gefühl für die eigene Würde zu wahren. Verstehen Sie? Das heißt, seinen Gewohnheiten in nichts untreu zu werden. Alles übrige hängt nicht von Ihnen und mir ab.«

»Alles übrige liegt in Gottes Hand«, hatte ich, wie ich mich erinnerte, ihm beigepflichtet. Ein solcher Mensch würde mir ganz bestimmt eine Reise zu der ewig Geliebten empfehlen.

Meine Tochter konnte ich nicht anrufen, weil ich den Brief mit der Telefonnummer verlegt hatte. Das dämpfte meinen Eifer etwas, und zum Frühstück ging ich in melancholischer Stimmung.

Die beiden Turteltauben, Andrej und Anetschka, saßen in gezwungenen Posen und mit verschlossenen Gesichtern da. Man brauchte keinen besonderen Scharfsinn zu besitzen, um zu begreifen: Sie hatten sich gezankt. Mich grüßten sie übertrieben liebenswürdig.

»Oh, frischer Toast! Und mein geliebter Haferbrei! Ausgezeichnet ... Andrej, aber warum bist du nicht im Institut? Ach ja, ihr seid ja in den Flitterwochen ... Nun, und wohin werdet ihr fahren? Ihr macht doch sicher eine Weltreise?«

Andrej warf mir einen mißmutigen Blick zu, dafür lächelte Anetschka säuerlich, um mir zu verstehen zu geben, daß ihr mein Humor angenehm sei.

Ich schenkte mir Tee ein und bestrich eine Scheibe Toast mit Butter. Darauf plazierte ich ein Scheibchen Schinken. Der Tee hatte ein vorzügliches Aroma.

»Du verstehst dich aufs Teeaufbrühen, Anetschka. Mein Taugenichts nicht. Der trinkt Tee, bei dem der Satz schon eine Woche alt ist. Stimmt's Söhnchen?«

»Vater, könntest du eine Minute lang ernst sein?«

»Von mir aus auch zwei.«

»Stell dir vor, was sich dieses Mädchen ausgedacht hat. Sie will ein Urlaubssemester nehmen und zu ihren Eltern in die finsterste Provinz fahren. Dort würde sie leichter entbinden. Sie hat die Absicht, unter Mamachens Aufsicht zu gebären.«

»Ist das wahr, Anetschka?«

»Ich ... Ich ... Er verdreht alles.« Tapfer blies sie auf das Schälchen mit dem Tee, doch über ihre Wangen liefen unter der Brille hervor große Tränen, zu groß, meiner Meinung nach, für so ein schmächtiges Gesichtchen.

»Du brauchst nicht zu weinen«, sagte ich. »Ich verstehe dich, Anetschka. Mein Sprößling bringt jeden zum Weinen. Er ist lebensuntüchtig, verlangt aber fortwährend irgend etwas von anderen. Ich vergrabe mich nachts selbst ins Kissen und weine um ihn.«

»Vater! Es handelt sich nicht um Bagatellen!«

Komisch war es, mein nicht um Bagatellen besorgtes Treibhauskind zu sehen. Seine Lippen hatten sich zu einer launenhaften Grimasse verzogen, wie in der Kindheit, wenn man ihm eine Süßigkeit verweigerte. Aber ich räumte ein, Anetschka konnte diese Miene als der Ausdruck rauhen männlichen Zorns erscheinen. Er kam sich ja auch selbst wie ein ganz reifer Mann vor.

»Bis zur Entbindung ist es noch lange hin«, bemerkte ich versöhnlich. »Wir haben noch Zeit, alles zu besprechen.«

Anetschka schluchzte auf. »Er will mich umbringen«, sagte sie. »Er will, daß ich sterbe. Ich habe ihn nicht gebeten, mich zu heiraten. Das war seine Initiative.«

»Was blieb mir anderes übrig, wenn du schwanger bist«, gab er tiefsinnig zur Antwort.

Anetschka sprang, ihren Tee verschüttend, auf und rannte aus der Küche, wobei sie mich mit ihrem spitzen Ellenbogen am Ohr streifte. Mit Appetit verspeiste ich ein Butterbrot.

»Es ist nicht schön, sich so zu benehmen, Andrjuscha. Sie ist so zart und schwach, und du bist so ein Stier. Und dann – sie ist eine Frau.«

»Eine dumme Gans ist sie. Hab ich es nötig, mich so ins Unglück zu stürzen.«

»Meiner Meinung nach ist Anetschka ein gutes Mädchen. Bloß ein bißchen unansehnlich. Aber was meinst du, wenn du sagst ›ins Unglück zu stürzen‹?«

»Dir geht's nicht schlecht, Papa, was? Alles ist bei dir in Schubladen verteilt. Und auch über sie hast du dir sofort eine Meinung gebildet. Doch was weißt du von ihr? Sie scheint nachgiebig zu sein, aber das ist keine Frau, sondern ein Rätsel der Psychologie.«

»Sie alle scheinen uns anfangs Rätsel zu sein.«

»Weißt du, warum sie zu ihren Eltern will?«

»Warum?«

»Weil ich sie gezwungen habe, Gymnastik zu machen, Morgengymnastik, verstehst du? Ich sag zu ihr: Du bist zwanzig, aber einen Atem hast du wie eine hundertjährige Greisin. Aber sie sagt: Von Gymnastik werden die Beine krumm. Kannst du dir das vorstellen? Und das meint sie ernst. Nun, ich hab ihr erklärt: Deine Beine, hab ich gesagt, sind ohnehin schon krumm, was hast du zu befürchten? Da ist sie wütend geworden.«

»Man darf Frauen nicht sagen, daß sie krumme Beine haben«, bemerkte ich autoritär. »Das kränkt sie.«

»Ach«, Andrej verzog das Gesicht, »für dich ist alles nur ein Scherz, aber wie ich denke... In ihrem Kurs hüten sich ja viele sogar, mit ihr zu sprechen. Sie nimmt alles für bare Münze. Keine Spur von Humor. Doch in unserer Zeit ist ein Mensch ohne Humor ein lebender Leichnam. Er bleibt sowieso nicht am Leben. Du kannst dir nicht einmal vorstellen, was für Unsinn sie im Kopf hat. Wo hat sie das her, daß von Gymnastik die Beine krumm werden? Was ist denn das?! Sie betet alle Götter an. Ich kann ihr nicht mal was erklären. Sagt man ihr, schwarz ist weiß, glaubt sie das. Und sag ich's umgekehrt – glaubt sie's auch. Sie wird sofort das eine wie das andere glauben... Du denkst, sie nimmt sich dort im Zimmer die Sache jetzt zu Herzen, ja?«

»Natürlich. Der erste Ehekrach...«

»Da bist du schief gewickelt, Papachen!«

Die Bestätigung dafür, daß ich im Irrtum war, kam überraschend schnell. Anetschka stürmte, schallend lachend, in die Küche, ein Buch in der Hand. Es waren »Die Abenteuer des braven Soldaten Schwejk«.

»Hört bloß mal...« Nur mühsam das Lachen unterdrückend, las sie einen langen Auszug vor, wie Schwejk im Lazarett lag. Angenehm anzuschauen war sie, mit glühenden Wangen und ganz außer Atem vor Freude. Andrej hat Glück mit seiner Frau gehabt, dachte ich.

»Wißt ihr was, meine Kinder? Der Tag ist sonnig und heiter. Nehmt mal die Schlüssel und fahrt zur Datscha. Wozu sollt ihr hier die Wände anstarren. Ich würde ja mitkommen, aber ich habe in Moskau zu tun.«

Eine halbe Stunde später waren sie bereits fort. Und schon rief Lena an, als hätte sie nur gewartet, bis ich allein war. Es habe sich so ergeben, daß sie noch heute abend abreisen müsse. Sie werde nicht einmal Zeit haben, mich noch einmal zu sehen.

»Das macht nichts«, sagte ich. »Wir werden uns bald in Swansk wiedersehen.«

»Du hast dich entschlossen?« fragte sie, nicht im geringsten verwundert.

»Natürlich. Du hast recht. Ich muß die Umgebung wechseln. Sonst versauere ich noch ganz. Wird sich deine Mutter freuen, was glaubst du?«

»Und ob!«

Wieder wurde mir einen Augenblick lang angst und bange. Seltsamerweise war der dreißigjährige Zeitabstand irgendwohin verschwunden. Das konnte nicht sein – ich mußte träumen. Zweifelnd fragte ich:

»Lenotschka, machen wir beide da auch nichts verkehrt?«

»Soll ich dir die Wahrheit sagen?«

»Ja.«

»Früher habe ich manches verkehrt gemacht. Jetzt mache ich alles richtig.«

»Wovon sprichst du, Kleines?«

»Das ist nicht wichtig.«

Es war sehr wichtig, aber ich wollte sie nicht ausfragen, bestand nicht auf einer Antwort. Auch mit der halben Antwort war mir schon vollkommen gedient. Mir wäre jede Anspielung recht gewesen, die ich so deuten konnte, daß mir leichter ums Herz wurde. Schlecht war nur, daß ich, wenn ich wegfuhr, Mascha, meine verstorbene Frau, verließ. Vielleicht würde sich, wenn ich zurück war, in dieser Wohnung alles verändert haben. Die Dinge würden mich nicht wiedererkennen, und ich würde nicht wagen, sie zu berühren. In dem langen Leben, das ich gelebt habe, hat es viele Irrtümer gegeben, aber immer nur in bezug auf die Lebenden, nicht auf die Toten. Wenn ich in den Süden fuhr, verriet ich Mascha. Ich hatte sie auch früher verraten, zum Beispiel mit Tamara, doch das zählte nicht. Jetzt war es etwas anderes. Das, was zwischen Mascha und mir war, trat hinter der Vergangenheit zurück, in die ich zurückzukehren gedachte. Und die Stimme im Telefonhörer war das Signal eines anderen Schicksals.

»Ich werde wirklich in den nächsten Tagen kommen«, sagte ich in den Hörer.

»Ich freue mich so, Papa!«

Waleri Michailowitsch empfing mich wie immer freundlich und mit einer gewissen Verwunderung. Seine Verwunderung konnte man so oder so auffassen. Entweder hatte er schon gar nicht mehr damit gerechnet, mich im Diesseits wiederzusehen, oder er konnte sich keinen Reim darauf machen, warum zum Teufel ich, der ich so vor Gesundheit strotzte, hergekommen war. Er selbst sah nicht besonders gut aus: Ringe unter den Augen, graue Gesichtsfarbe, ein mattes Lächeln. Und dennoch tat es wohl, mit einem Menschen zu sprechen, der zwei Infarkte überstanden hatte und seelenruhig weiterarbeitete. Die Krankenschwester machte gleich im Arztzimmer ein Kardiogramm von mir.

»Von Arhythmie keine Spur«, rief ich aus, obwohl ich natürlich nicht das geringste von diesen Spitzen und Linien verstand.

»Nichts haben Sie, ein Simulant sind Sie, und was für einer«, entgegnete Susman. »Sie sind bestimmt gekommen, um sich gesund schreiben zu lassen? Haben Gewissensbisse bekommen. Macht nichts, Sie werden dem Staat noch ein halbes Jährchen auf der Tasche liegen. Der hat schon ganz andere Lasten verkraftet.«

Ich erklärte den Zweck meines Besuches. Ohne Einzelheiten natürlich.

»In der Sonne braten sollten Sie trotzdem lieber nicht«, sagte Susman traurig und dachte über irgend etwas nach. Die Krankenschwester, ein heiratsfähiges Mädchen, schaute gelangweilt zum Fenster hinaus, ich war uninteressant für sie. Im Sprechzimmer roch es nach Karbol.

»Aber warum sehen Sie so erregt aus?« fragte Susman plötzlich.

»Ich rege mich immer auf, wenn ich zu Ihnen gehe.«

»Alpträume quälen Sie nachts nicht?«

»Ich glaube nicht.«

»Wissen Sie, ich würde selbst aus dieser verfluchten Stadt wegfahren, irgendwohin. Würde mit Freuden wegfahren. Aber es ergibt sich nie die Gelegenheit dazu. Nicht einmal in Urlaub kann ich gehen.« Er warf der Krankenschwester einen raschen Blick zu, und die fuhr auf, zog irgendein Heft heran und begann schnell darin zu schreiben.

»Fahren wir doch gemeinsam«, schlug ich vor.

»Ich fürchte«, sagte er traurig und kniff die Augen zu einem schmalen Spalt zusammen, aus denen es tintenblau hervorblitzte. »Ich fürchte, ich würde zurückkehren, und auf meinem Platz säße schon so ein Schnösel mit einem Metallkolben an Stelle eines Herzens. Das, wissen Sie, kommt bei uns vor.«

»Es kommt vor, wenn auch selten«, pflichtete ich ihm bei.

Am liebsten hätte ich dieses Zimmer nicht verlassen, auch wenn es hier nach Karbol roch. Für mich, wie augenscheinlich auch für den Doktor, war das der sicherste Ort auf der Welt. Doch vor der Tür ›schmorten‹ noch fünf oder sechs Leute, die danach lechzten, an die Reihe zu kommen. Widerwillig erhob ich mich.

»Wenn Sie zurück sind, schauen Sie unbedingt bei mir vorbei«, gab mir Susman mit auf den Weg.

»Direkt vom Bahnhof werde ich bei Ihnen vorbeischauen«, erwiderte ich.

Auszüge aus meinem Buch: ›Wie sie lesen‹

Freiwillig lesen Frauen ausschließlich zu ihrem Vergnügen und wohl auch noch deshalb, weil es in einem kultivierten Milieu so üblich ist. Im Verlaufe des Lesens erwerben sie keinerlei Informationserfahrung. Ausnahmen bestätigen hier wie gewöhnlich die Regel, und diesbezüglich werde ich im folgenden keinen Vorbehalt machen. Ein Buch für eine Frau erinnert zunächst, der Leser möge mir den Vergleich verzeihen, an die Brille für den berüchtigten Affen, später wird es zum Gegenstand der gewohnten Zerstreuung, wie ein Bummel durch die Geschäfte (nicht, um Lebensmittel einzuholen, sondern nur so, um sich die Waren anzuschauen) oder ein Film, doch kaum jemals wird es zu einem dringenden Bedürfnis. Das Lesen gibt ihr die Möglichkeit, sich für kurze Zeit von der Vielzahl der sie quälenden Alltagsprobleme ablenken zu lassen, doch wenn sie kein Buch zur Hand hat, wird sie dafür mühelos in irgendeiner anderen nicht beschwerlichen Tätigkeit, zum Beispiel in einer Häkelarbeit, Ersatz finden. Eine Frau weiß, nebenbei gesagt, für sich stets, daß die Häkelarbeit mehr Nutzen bringt als das Lesen, doch sie wird sich hüten, das jemandem zu verraten. Eine Frau sagt im allgemeinen selten bewußt etwas, das der allgemeingültigen Meinung zuwiderläuft. Heutzutage ist die Einstellung zum Buch als ein Attribut der Kultur hinreichend respektvoll, daher ist die Frau hier besonders auf der Hut.

Eine Frau ist gewöhnlich sehr wenig selbstbewußt, wenn sie selbständig ein Buch auszuwählen hat. In diesem Moment durchlebt sie einen gewaltigen emotionalen Streß. Furchtsam fragt sie: ›Ist das ein interessantes Buch?‹ – und ihr Gesicht hat einen Ausdruck beunruhigten Nachdenkens, wie bei einem Menschen, der in eine nicht für ihn bestimmte Falle getappt ist. Bei erfahrenen Leserinnen ist natürlich eine Art von Stereotyp des Auswählens ausgebildet: Romane, Literatur mit einer spannenden Handlung. Erzählungen wie überhaupt kurze Sachen verschmähen sie in der Regel ebenso, wie eine normale Frau aus eigenem Antrieb nicht nach Liebesbeziehungen von nur kurzer Dauer strebt, da das ihrer Natur widerspricht. Doch wie bei allem anderen sind die Frauen auch beim Lesen der Mode unterworfen und haben es in erster Linie auf die Bücher abgesehen, deren Titel in aller Munde sind. Und wenn ein Buch modern genug ist, wird eine Frau auch an einer philosophischen Abhandlung Vergnügen finden, obwohl sie absolut nichts davon versteht, und vielleicht launisch bemerken: ›Was für einen Unsinn man doch druckt!‹ Das ist einer ihrer angeborenen und unbedingten Charakterzüge, ein gewisses Merkmal ihres Geschlechts: das, was ihnen persönlich unverständlich ist oder nicht gefällt, als schlecht und ihrer Aufmerksamkeit unwürdig anzusehen.

Frauen lesen flüchtig, selbst wenn sie nur mit Mühe lesen. Handelt es sich um Belletristik, dann entspricht ein solches Lesen dieser Lektüre vollkommen. Stoßen sie jedoch auf ernste Werke, dann kapitulieren die Frauen. Das heißt sie begreifen die Handlung und erfassen, wie seltsam das auf den ersten Blick auch scheinen mag, tatsächlich sogar logisch und mühelos künstlerische Nuancen, doch der tiefere Sinn des Gelesenen, die verallgemeinernde und allegorische Kraft des Werkes lassen sie gleichgültig.

Die gewandteste Leserin, die ich in meinem Leben kannte, war Natalja K., ihrer Ausbildung nach Biologin. Sie las abwechselnd fünf, sechs Bücher und trennte sich vom Buch weder beim Essen noch, glaube ich, im Badezimmer. Natalja K. las alles, was ihr in die Finger kam: ›dicke‹ Zeitschriften, Romane, Abhandlungen über Kunst und Gedichtbände. Der Prozeß des Lesens selbst schien sie zu bezaubern und wie ein Betäubungsmittel zu wirken. Doch wenn man es wagte, sie nach einer Woche auf ein Buch hin anzusprechen, das sie gelesen hatte, dann stellte sich heraus, daß sie sich an fast nichts erinnern konnte. Das hinderte sie nicht, sich über den Schriftsteller oder das Sujet ein Urteil anzumaßen, und die Tatsache, daß sie Handlung und Helden erbarmungslos verwechselte und Gott weiß woher neue einbezog, verlieh ihren Ansichten eine besonders pikante Note. Es handelt sich hier nicht um das Gedächtnis, sondern gerade um die Flüchtigkeit des Lesens. Das Gedächtnis ist bei Frauen nicht schlechter als bei Männern, das *visuelle Gedächtnis gewöhnlich sogar besser (dazu im Kapitel »Der stichprobenartige Charakter des Gedächtnisses«). Ein einziger Vorbehalt: Der Verfasser hat nicht die Absicht, auf irgendeiner Schlußfolgerung in diesem Buch kategorisch zu bestehen, und betrachtet seine ganze Arbeit eher als Anstoß zu weiterem, aber bereits wissenschaftlich fundiertem Nachdenken . . .*

3

Aus Moskau abzureisen, erwies sich als gar nicht so einfach. Nach meiner Rückkehr vom Arzt aß ich zu Mittag und legte mich aufs Ohr, da ich vorhatte, etwas später zur Kasse des *Metropol* zu gehen und eine Karte zu kaufen, doch das fortwährende Klingeln des Telefons ließ mich nicht einschlafen. Erstens rief Gned zweimal an, dessen Verstand die enge Bekanntschaft mit der betörenden Nina Petrowna ein wenig geschadet zu haben schien. Zuerst brummte sich Boris Sacharowitsch etwas von seinen Urlaubsplänen in den Bart, dann erkundigte er sich haarklein danach, ob ich nicht die Absicht hätte, zur Datscha zu fahren, und wenn ich nicht heute fahren wollte, ob ich dann gedächte, mich morgen dorthin zu begeben. Ich beruhigte ihn, indem ich sagte, ich würde zu Hause bleiben, teilte aber auch mit, daß Andrej mit seiner jungen Frau auf der Datscha sei. Nach einer Pause fragte Gned gekränkt, wozu sie dorthin gefahren wären. Ich erwiderte, daß ich es nicht wüßte. Nachdem er ein Weilchen in den Hörer geschnauft hatte, erkundigte Gned sich angelegentlich, ob Andrej über Nacht dort bleiben würde. Das konnte ich ihm beim besten Willen nicht sagen. Ich riet ihm indessen, sich nicht zu genieren, weil Andrej eine hohe Meinung von ihm habe und nichts Schlechtes argwöhnen würde, selbst wenn er, Gned, in Begleitung eines Zigeunerchors auf der Datscha erscheinen sollte. Gned bemerkte gereizt, das sei gar nicht komisch, und hängte den Hörer ein. An und für sich hätte mich dieses Gespräch nicht um den Verstand meines Freundes fürchten lassen, hätte es nicht haargenau das vorhergehende wiederholt, das vierzig Minuten früher stattgefunden hatte. Das heißt beide Male sprachen wir über ein und dasselbe und fast in denselben Ausdrücken. Ich wollte ihn sogar noch einmal anrufen und mich nach seinem Befinden erkundigen, doch da war Tamara am Apparat. Ihre Stimme klang freudig. Ich aber konnte mich partout nicht erinnern, in welchen Beziehungen wir zueinander standen. Hatten wir uns getrennt, oder liebten wir einander noch? Doch das war, wie sich herausstellte, nicht aktuell. Sie konnte mit einer guten Nachricht aufwarten: Sie hatte zwei Karten fürs Majakowski-Theater ergattert.

»Hör mal, Tamara«, unterbrach ich ihr liebliches Gezwitscher. »Ich kann nicht ins Theater gehen, ich verreise.«

»Wohin?«

»Nach Swansk. Das liegt in der Ukraine. Eine dringende Angelegenheit ruft mich dorthin.«

»Eine dringende Angelegenheit? Und was für eine?«

Ich hätte ihr mit Vergnügen erzählt, daß ich auf einmal eine erwachsene Tochter und neue Hoffnungen hatte, aber das war denn doch nichts, was man am Telefon besprach.

»Nichts ist geschehen. Es hat sich einfach die Notwendigkeit ergeben, für ein paar Tage zu verreisen.«

»Wann fährst du?«

»In zwei, drei Tagen, denke ich. Sobald ich eine Fahrkarte habe.«

»Aber die Theatervorstellung ist doch morgen. Wir würden noch Zeit dafür haben.«

»Mir ist jetzt nicht nach Theater zumute. Lade dir irgend jemand anderen ein.«

Jetzt hätte ich den Hörer auflegen können, aber ich tat es nicht, weil ich ihr für ihre verzweifelten und hoffnungslosen Bemühungen dankbar war.

»Wage es nicht, so mit mir zu sprechen!« forderte sie.

»Wie?«

»Ich weiß selbst, wen ich einlade. Ich dränge mich nicht auf. Also hast du dir wieder irgendeine Gemeinheit ausgedacht.«

»Nichts hab ich mir ausgedacht. Ich verreise auf eine sehr wichtige Aufforderung hin. Ich werde dir später alles erklären.«

Und hier nun fand Tamara Worte, die mich lebhaft interessierten.

»Du bist ein Schurke«, sagte sie kühl. »Aber komisch ist etwas anderes. Du weißt, daß du ein Schurke bist, und ergötzt dich an dir selbst. Dir gefällt dein Schurkentum. Und das ist ja so erbärmlich, Petja.«

»Wie kommst du darauf, daß ich ein Schurke bin? Ich bin krank, aber du willst das nicht wahrhaben. Wo bleibt dein weiblicher Edelmut?«

Mein versteckter Vorwurf rührte sie wenig, doch immerhin verabschiedeten wir uns mehr oder weniger normal, nachdem wir ausgemacht hatten, uns vor meiner Abreise noch einmal zu sehen. Ich wollte Tamara nicht so für nichts und wieder nichts verlieren. Wer weiß, was dort weiter werden würde, gegenwärtig war sie jedenfalls das einzige Wesen, das mir aufrichtig zugetan war. Das so einfach aufzugeben, wäre töricht, in meinem Alter macht man so etwas nicht. Ich bin absolut sicher: Der stolzeste Mensch, der hochmütigste Sieger, wirkt nur solange wie ein Adler, solange er noch die Hoffnung hat, in der schicksalhaften Stunde wenigstens einen mitfühlenden Atem neben sich zu hören. Nimm ihm diese Hoffnung, und der Adler wird augenblicklich aussehen wie ein gerupftes Huhn ...

Kurz nach fünf, als ich mich, ganz benommen vom Telefonieren, im Korridor zu schaffen machte, im Begriff, die Fahrkarte zu holen, erschien ein unerwarteter Gast – mein teurer Chef Tichon Kuprijanowitsch Semlemerow, eine Leuchte der vaterländischen Soziologie, Doktor der Wissenschaften, Professor. Eine Ewigkeit hatte ich ihn nicht gesehen und nicht gehört, doch als ich ihn nun so unerwartet auf meiner Schwelle sah, begriff ich, wie ich mich nach ihm gesehnt hatte.

Natürlich war das eher ein triumphaler Einzug als eine Ankunft. Semlemerow trug seinen bäuerlich massigen Körper und sein gutmütiges Gesicht mit den breiten Backenknochen feierlich in die Wohnung, brummte ein gutmütiges »Guten Tag, Pjotr Jewdokimowitsch, mein Lieber!« und füllte den Raum sofort mit unseren langjährigen Streitigkeiten, Zwistigkeiten und Verbrüderungen, mit den großen Versprechungen und der stümperhaften dienstlichen Plackerei. Er schleifte eine lange Schleppe aus jener Welt hinter sich her, wo ich so lange – ein ganzes Leben! – triumphiert, nicht schlecht gelebt und mir oft genug eine blutige Nase geholt hatte. Ich freute mich über sein Kommen, obwohl mir klar war, daß dieser Mann nichts aus einer bloßen Laune heraus tat, dafür hatte er einen zu hohen Preis für seine jetzige Stellung bezahlt, war er zu lange und mühsam nach oben geklettert. Er gehörte zu jenen, denen nichts geschenkt wird, die das Schicksal in die Schranken weisen. Ich mochte ihn wegen seiner ungekünstelten Begabung, im Alltag unbeugsam zu bleiben, während er mir, dem Erb-Intellektuellen, der, seiner Meinung nach, vom Schicksal verwöhnt war, ein gewisses skeptisches Mißtrauen entgegenbrachte, wenn er das auch selten offen erkennen ließ. Er war vorsichtig, doch, wenn nötig, wurde er beredt und gefährlich, hatte er plötzlich eine scharfe Zunge, und kaum jemand konnte ihm im direkten Duell standhalten. Mitunter auch ich nicht ...

Ich nötigte den Gast in einen bequemen Sessel. »Ich bin geschmeichelt, sehr geschmeichelt«, sagte ich. »Bei deinen staatlichen Sorgen, Tichon Kuprijanowitsch, hast du nach nur einem halben Jahr die Zeit gefunden, einen im Sterben liegenden Mitarbeiter zu besuchen. Ich bin aufrichtig geschmeichelt.«

»Mit einem Sterbenden hast du nicht allzuviel Ähnlichkeit«, brummte Semlemerow in tiefem Baß, wurde aber dennoch verlegen. »Du weißt doch, Pjotr Jewdokimowitsch, ich war zwei Monate in Polen. Und dann bin ich in Urlaub gefahren.«

»Ich sag ja auch – ich bin geschmeichelt. Aber du hast doch nicht ohne Grund einen Abstecher in eine solche Ferne gemacht?«

Semlemerow kratzte sich den Wirbel am Hinterkopf – eine Gebärde, die, wie anzunehmen war, noch aus seiner Studentenzeit stammte, und die er nicht abgelegt hatte, als er nach Moskau gekommen war und den Einfaltspinsel vom Lande gespielt hatte. Bei seiner heutigen Imposantheit eine besonders beeindruckende Gebärde.

»Du hast es immer verstanden, Pjotr Jewdokimowitsch, um dich herum eine solche Nervosität zu schaffen«, bemerkte er gutmütig. »An aufrichtige menschliche Regungen glaubst du wohl überhaupt nicht mehr. Und du hältst es nicht für möglich, daß ich einfach so gekommen sein könnte, dem Gebot meines Herzens folgend?«

»Wo sind dann die Apfelsinen?«

»Was für Apfelsinen?«

»Wenn man dem Gebot seines Herzens folgt, ist es Brauch, dem Kranken ein Geschenk mitzubringen. Dafür ist es sogar üblich, zusammenzulegen und pro Nase einen Rubel springen zu lassen. Oder hast du beschlossen, das Geld selbst einzustreichen?«

Semlemerow schien mein schalkhafter Ton fehl am Platze zu sein, und er runzelte leicht die Stirn. Er hat ein rosiges wohlgenährtes Gesicht und klare aufmerksame Augen, doch wenn er finster dreinschaut, legen sich die etwas mehr als sechzig Jahre, die er auf dem Buckel hat, wie ein grauer Schatten auf sein Antlitz. Er ist etwas älter als ich an Jahren, an Geist aber natürlich jünger und gesünder. Er hat es noch nicht geschafft, sich an etwas zu übersättigen. Und wann hätte er das auch tun können. Vermutlich für finstere und große Leidenschaften geboren, hat er sein ganzes Leben darauf verwandt, seinen Intellekt zu sättigen und zu bilden, und auf die sogenannte Stellung in der Gesellschaft hingearbeitet. Für anderes ist ihm keine Zeit geblieben.

»Du hast recht, ich habe ein kleines Anliegen an dich. Aber erzähl doch erst mal, wie es dir geht?«

In seiner Stimme schwang Anteilnahme mit, und sein Blick wurde wärmer.

»Was kann es bei uns jetzt schon Gutes geben, Tichon. Wir sind nun mal in die Jahre gekommen, wo man sich schon freut, wenn man noch lebt. Jeden Tag horcht man vom Morgen an in sich hinein und wartet, wo es noch anfangen könnte wehzutun.«

»Und das Herz, wie steht's mit dem Herzen?«

»Etwas besser, Tichon, etwas besser. Ich habe sogar vor, eine kleine Reise zu unternehmen.«

»Eine Reise? Was für eine?«

Wenn ich dir erzählen würde, was für eine, dachte ich, würdest du dich wundern.

»Die Ärzte haben mir empfohlen, die Umgebung zu wechseln. Ich fahre für eine Woche zu Verwandten ... Aber genug davon. Eine langweilige Materie. Gehn wir mal in die Küche, Tichon Kuprijanowitsch, ich werde dir Tee kochen.«

Beim Tee teilte mir Semlemerow Eindrücke von seiner Auslandsreise mit. Er begann widerstrebend, ließ sich dann aber fortreißen. Öffentlich erlaubt er sich das selten. Wenn er es sich aber erlaubt, wird er ungewöhnlich nett und treuherzig und einem großen sibirischen Kater ähnlich, der auf dem Erdaufwurf vor dem Haus schnurrt. Wer ihn so gesehen hat, der versteht, warum ihn die Frauen lieben. Und die Frauen lieben ihn, das weiß ich genau. Ihnen gegenüber ist er auf der Hut, und seine Zuneigung zu ihnen ist, soviel ich mich erinnere, nie über unbeholfene, blumige Komplimente hinausgegangen. Aber weiß der Teufel. Der innere Aufpasser, der ihn nicht offen sein läßt, ist in ihm übermächtig. Um so reizender klingen mitunter seine unheilverkündenden Anspielungen. Er sagte, er habe die ganzen beiden Monate schreckliche

Sehnsucht nach der Heimat, nach Moskau gehabt und könne nicht verstehen, warum gewisse kluge Leute wie ich so darauf versessen seien, ins Ausland zu kommen. Dort gebe es nichts Angenehmes für das russische Herz. Nein, nahm er meine Frage vorweg, ihm persönlich gegenüber habe sich niemand feindselig verhalten, und nicht darum handele es sich. Sondern darum, daß er sich als Vertreter einer Großmacht befangen gefühlt habe und gezwungen gewesen sei, jedes Wort auf die Goldwaage zu legen. Das sei anstrengend. Und dann sei es eine Sache, wenn wir hier, zu Hause, untereinander auf unsere eigene Ordnung schimpften, eine ganz andere aber, wenn das Fremde täten und man als Antwort darauf nur liebenswürdig nicken dürfe. Besonders kränkend sei es, wenn die Fremden in diesem und jenem recht hätten. Er sagte, daß der Horizont der polnischen Intelligenz, selbst ihrer namhaftesten Vertreter, seiner Meinung nach, starr auf die eigene Wohnung beschränkt sei, wenn man das im übertragenen Sinne deute. Einerseits sei das verständlich, andererseits könne ein solcher Zustand der Gemüter in Anbetracht der bedrohlichen Lage in der Welt die gefährlichsten Folgen haben, denn die Selbstisolierung eines Staates im Zentrum Europas sei einfach ein Ding der Unmöglichkeit. Wir stritten ein wenig. Ich bat ihn, zu präzisieren, was er unter Selbstisolierung verstehe; er hingegen riet mir, unversehens in Rage geratend, mir das Programm der ›Wremja‹ aufmerksamer anzuschauen.

Sein Rat war mir nicht von Nutzen. Selbst die Zeitungen überflog ich in der letzten Zeit nur, mehr aus Gewohnheit als um mich zu informieren. Ich langweilte mich, doch woher kam diese Langeweile? Höchstwahrscheinlich bewahrte ich instinktiv das Bewußtsein der auf dem ganzen Planeten herrschenden Kriegspsychose. Mir ist klar, daß eine solche Haltung nicht eben edelmütig wirkt. In den Augen eines ehrlichen Staatsbürgers, wie es Semlemerow zweifellos ist, ist sie ganz verurteilungswürdig, daher sagte ich ihm auch nicht, daß ich aufgehört hatte, Zeitungen zu lesen, Radio zu hören und fernzusehen.

»Wir haben uns genug wegen Nichtigkeiten gezankt«, bemerkte ich versöhnlich. »Erzähl lieber, was es Neues bei der Arbeit gibt. Laß uns ein bißchen klatschen, wie es sich für alte Männer gehört.«

»Alte Weiber klatschen, nicht alte Männer. Und das sind keine Nichtigkeiten, Pjotr. Das weißt du genauso gut wie ich.« Semlemerow verstand es nicht, plötzlich von einem Thema zum anderen überzugehen. »Du fragst, was es Neues bei der Arbeit gibt. Wann hast du selbst denn die Absicht, zurückzukehren?«

»Deshalb bist du überhaupt gekommen, nicht wahr?« erriet ich.

Er schenkte sich eine Tasse ein, trank aber nicht und blieb mir auch die Antwort auf die Frage schuldig.

»Ach, Pjotr Jewdokimowitsch, alles mögliche hat es zwischen uns gegeben, was soll das jetzt. Aber Feinde sind wir nie gewesen, stimmt's? Ich habe eine hohe Meinung von dir als Mitarbeiter und respektiere deine Überzeugungen. Daß ich nicht immer mit allem einverstanden war, das ist ganz natürlich. Nicht jeder ist ja darauf versessen, mir dir zu arbeiten, Petja, das weißt du selbst. Du hast einen schwierigen Charakter, gehst immer gleich hoch, in jede Sache bringst du viele persönliche Emotionen ein, und das ist nicht immer von Nutzen. Obwohl, was soll's, noch schlimmer ist Gleichgültigkeit. Meiner Meinung nach ist es besser, Mist zu bauen, sich hundertmal zu irren, aber mit Feuer, mit dem Herzen, mit Leidenschaftlichkeit dabei zu sein. Die Leidenschaftlichkeit liebe ich an dir, Pjotr! Ich bin selbst ein leidenschaftlicher Mensch, nur gewohnt, mich im Zaum zu halten. Solche wie ich dürfen sich nicht gehenlassen.«

»Warum, Tichon? Ich möchte wirklich wissen, warum? Warum benimmst du dich immer so, als seist du umzingelt und der Feind bedränge dich von allen Seiten?«

Er sah mich mit teuflischem Lächeln an. Ja, wirklich mit teuflischem. In den langen Jahren hatte es alles mögliche zwischen uns gegeben, zuweilen haßte ich ihn ingrimmig – wegen seines Konservatismus, oder weil er mir unverhofft Knüppel zwischen die Beine warf, – doch wenn er so lächelte, hatte ich stets nachgegeben. Auch ohne seine Erklärungen ahnte ich, warum solche wie er sich nicht gehenlassen dürfen.

»Würde ich mich gehenlassen, Kollege, würden keine Tannenzapfen fliegen, sondern Köpfe. Und meiner vielleicht als erster. Wie ist es, lüge ich?«

Nein, er log nicht. Das war es ja gerade, daß er nicht log. Und ich möchte nicht der Mensch sein, der ihn so weit bringt, daß er auf einmal den ihn hemmenden hauchdünnen Stahlpanzer der Intelligenz von sich abwirft wie Zunder und aus voller Kraft zum Schlag ausholt. Im übrigen wird ihm so etwas wohl kaum jemals passieren, wenn es ihm nicht früher passiert ist.

»Warum verrätst du mir denn nicht, Petja, wann du die Absicht hast, wieder zur Arbeit zu kommen?«

»Wird es Zeit?«

Semlemerow kratzte sich zum zweitenmal den Wirbel.

»Folgende Situation ist entstanden. Dem Stellenplan zufolge bist du so etwas wie mein Stellvertreter, wenn du auch selbständig arbeitest. Richtig?«

»Du blickst da besser durch.«

»Stellvertreter, na schön. Wen geht das etwas an. Aber deine Planstelle, siehst du, ist eingefroren. Und nun stell dir vor, irgend jemand da oben, ich werde keinen Namen nennen, hat den glorreichen Einfall gehabt, daß es an der Zeit sei, mir auf diese Planstelle einen von seinen Leuten an die Seite zu stellen. Wie findest du das?«

»Und was ist das für einer?«

»Ein schlechter Mensch, Petja. Und unsere Wissenschaft ist ihm zu nichts nütze, – nur Schall und Rauch, und unbegreiflich dazu. Doch auf deinem Posten könnte er sitzen, solange es nötig ist, und brauchte sich darüber keine grauen Haare wachsen zu lassen. Und, allem nach zu urteilen, hat er gerade ein großes Bedürfnis nach längerem Sitzen. Weißt du, wie Diebe Schmiere stehen?«

Wie Diebe Schmiere stehen, wußte ich nicht, doch die Situation war mir klar.

»Bist du etwa schon mit ihm zusammengetroffen?«

»Es ließ sich nicht umgehen. Ich hab auch Auskünfte auf meinen eigenen Kanälen eingeholt. Es gibt solche rätselhaften Persönlichkeiten, die auf jeder Arbeitsstelle, wohin das Schicksal sie auch verschlägt, nach einer bestimmten Zeit in hohem Bogen hinausfliegen. Es stänkert und qualmt ein bißchen, und schon sind sie nicht mehr da. Scheinen verschwunden zu sein. Aber bald, siehst du, tauchen sie wieder auf und ganz bestimmt eine Sprosse höher. Du wunderst dich, wahrhaftig. Als ob der Teufel mit ihnen im Bunde ist.«

Wer mit ihnen im Bunde war, ahnten wir beide.

»Wie kann ich dir helfen, Tichon Kuprijanowitsch?«

»Nicht mir, sondern dem ganzen Kollektiv. Der Wissenschaft letztendlich. Du weißt, ich bin kein Freund von schönen Worten, aber anders kann man es nicht ausdrücken. Man muß die Wissenschaft vor schlechten Menschen schützen, die sie nur benutzen. In ihr gibt es ohnehin schon Schmutz genug.«

»Sag konkret, was soll ich tun?«

»Eine Kleinigkeit. Du verfaßt ein an mich gerichtetes Schreiben, daß du vollkommen gesund bist und in einem, höchstens zwei Monaten wieder zur Arbeit kommst. Das wäre alles. Füg dort noch irgendwelche Schnörkel hinsichtlich der neuen Thematik hinzu, an der du unbedingt mitarbeiten müßtest.«

»Aber das ist doch alles Schwindel. Für Dummköpfe.«

»Macht nichts, Petja. Ich muß Zeit gewinnen, und da kommt mir jeder Vorwand gelegen. Diesem Lackaffen brennt, soviel ich begriffen habe, der Boden unter den Füßen. Er hat keine Zeit.«

Semlemerow lächelte selbstgefällig und streckte sich würdevoll auf der Couch aus, wie ein Feldherr, der unteren Dienstgraden den Generalplan einer bevorstehenden Schlacht dargelegt hat. Ich mochte ihn jetzt mehr als je zuvor, verachtete und bedauerte ihn aber auch ein wenig. Wozu spielte er Komödie? Welche Wissenschaft wollte er schützen? Wollte er überhaupt die Wissenschaft schützen? Nicht etwa sich selbst? Jener Mann würde, so, wie er ihn beschrieben hatte, im Handumdrehen gegen ihn intrigieren. Tichon Kuprijanowitsch war in das Übergangsalter gekommen – zwischen Reifezeit und Rente. In diesem Alter straucheln selbst die Erfahrensten auf glattem Parkett. Und doch verhielt sich Semlemerow bei all seiner berüchtigten Flexibilität stets recht unabhängig und hatte sich zum Teil auch deshalb weder einen berühmten Namen gemacht noch große Beziehungen angeknüpft. Es konnte durchaus sein, daß er in der bevorstehenden Auseinandersetzung mutterseelenallein dastand.

»Ich werde die Erklärung schreiben«, sagte ich. »Obwohl du natürlich einen Hanswurst aus mir machst.«

»Warum?«

»Tichon, ist dir noch nie in den Sinn gekommen, daß wir das Leben für Nichtigkeiten verschwendet haben? Zum Beispiel auch jetzt. Worüber zerbrechen wir uns den Kopf? Ich hab mich nach dem Infarkt kaum erholt, hab meine Frau beerdigt. Du bist auch kein Junge mehr. Für uns ist es an der Zeit, an unsere Seele zu denken, und was tun wir – erörtern leidenschaftlich das Verhalten irgendeines Karrieristen ... Ich will dieses Schreiben nicht abfassen. Ich kann nicht mehr an diesen abscheulichen Vorhaben teilnehmen. Ich hab's satt, Tichon!«

»Aber du hast doch gerade eingewilligt?«

»Ich werd's ja auch schreiben. Aber unter Druck.«

»Die Krankheit ist dir aufs Hirn geschlagen, Pjotr«, bemerkte Semlemerow besorgt. »Das kommt vor.«

Sein müder Blick war beredter als seine Worte.

»Hast du keine Angst vor dem Tod?« fragte ich. »Du verstehst, Tichon Kuprijanowitsch, daß wir nicht mehr sehr lange zu leben haben?«

Bald nach dieser Frage wollte er gehen. Schwer keuchend kroch er in sein Jackett und überprüfte, ob bei ihm alles an Ort und Stelle sei. Er zog ein dickes Notizbuch im Kunstledereinband, zwei Füller, ein Taschentuch, ein Portemonnaie sowie ein Päckchen Kaugummi heraus, breitete das alles vor sich auf dem Tisch aus, betrachtete es aufmerksam und steckte es wieder in die Taschen.

»Bist du mir böse, Tichon?«

»Müde geworden bin ich in der letzten Zeit. Du hast recht, die Jahre. Von der Arbeit müde geworden, und auch davon, daß um mich herum zu viele dumme und exaltierte Leute sind. Wie verstehen wir uns doch darauf, Pjotr Jewdokimowitsch, leere Phrasen zu dreschen und uns dahinter zu verstecken. Etwas tun muß man, etwas tun. Das halbe Leben vergeuden wir mit Worten, und danach ist es an der Zeit loszuheulen. Ich hab keine Angst vor dem Tod, Petja. Vor einem Leben, wie du es vorschlägst, habe ich Angst.«

»Ich schlage nichts vor.«

»Du tust es, mein Lieber, du tust es. Dich zu begreifen ist nicht schwer. Du träumst davon, auf den Mond zu gelangen. Auf der Erde ist es dir zu schlecht, zu schmutzig. Hier spielen die Musiker bunt durcheinander, beleidigen dein erhabenes Ohr. Mir aber gefällt es, stell dir vor, es gefällt mir. Ich könnte diese Musik noch hundert Jahre lang hören. Sie ist lebendig.«

Ich hatte es fertiggebracht, den Alten aufzuschrecken, hatte ihn nervös gemacht. Doch auch er hatte meine Eigenliebe mit billigen Allegorien verletzt. Sieh mal an, wie schön er losgeträllert hat, der heisere Kanarienvogel!

»Du gibst mir zu verstehen, daß ich ein Moralprediger bin, du aber ein wahrer Wissenschaftler? Von mir aus kannst du das ruhig denken, wenn es dir Spaß macht. Doch das ist unwesentlich. Welche Arbeiten werden wir hinterlassen? Das ist interessant. Wird es nicht so kommen, Tichon, daß sowohl du, der wahre Wissenschaftler, als auch ich, ein Mensch, der schwere Arbeit verabscheut, nichts hinterlassen werden? Wir haben uns schließlich unser Leben lang mit der Situation beschäftigt, Tichon, und unsere ganze geliebte Soziologie, die du so fieberhaft vor wer weiß wem verteidigst, haben wir nach und nach in eine Dienerin des Augenblicks, nicht aber der Ewigkeit verwandelt. Welche Schlußfolgerungen werden der Prüfung durch die Zeit standhalten? Nenne sie mir, wenn du kannst, direkt hier, solange dich niemand hört. Nenne sie!«

Er wurde nicht wütend, sah mich nur mit kränkendem Bedauern an.

»Für dich ist es wirklich Zeit, an die Seele zu denken, wenn du bis jetzt nicht klüger geworden bist.«

»Klär mich doch, bitte, auf!«

»Wir haben uns nicht mit der Situation beschäftigt, sondern mit dringenden Tagesfragen. Und wenn wir ehrlich waren, dann haben wir auch Nutzen gebracht.«

»Zu unsicher, Tichon. Was ist denn das für ein Nutzen, den man nicht genau formulieren kann? Das ist Selbstbetrug, Kollege.«

»Du bist aufgeregt«, sagte er. »Das schadet dir. Ich werde gehen. Schicke die Erklärung mit der Post, das wird das beste sein. Aber schieb es, bitte, nicht auf die lange Bank. Schick sie gleich morgen ab.«

Wir trennten uns schlechter, als wir uns begrüßt hatten. Das mangelnde Einvernehmen hatte einen Keil zwischen uns getrieben, und gerade deshalb fiel unser Händedruck zum Abschied besonders liebenswürdig aus. Nun ja, dieses unheilschwangere mangelnde Einvernehmen zwischen uns bestand schon eine Ewigkeit und konnte uns, ehe man sich's versah, vergiften. Vielleicht würde es uns auch nicht vergiften. Mann und Frau, Mutter und Sohn verstehen sich oft nicht und sind dabei mitunter doch ganz glücklich, was soll man da erst von zwei Menschen verlangen, die das Schicksal bei der gemeinsamen Arbeit eng zusammengeführt hat. Sie tun ja nichts, was sie zu bereuen hätten – und das ist gut. Zuweilen veranlaßt freilich gewöhnliche menschliche Neugier Semlemerow und mich zu solchen peinlichen Klarstellungen, bei denen jeder bemüht ist, dem anderen ins Herz zu schauen, doch immer sind wir, wütend aufeinander, mitunter auch, nachdem wir einander empfindlich gekränkt hatten, auseinandergegangen.

Diesmal war Semlemerow vermutlich der Ansicht, daß ich ihn absichtlich gereizt hatte oder infolge der Krankheit wirklich stark abgefallen war. Höchstwahrscheinlich dachte er das zweite, weil er nicht aufbrauste, obwohl meine poetischen Gefühlsduseleien, vermischt mit Sticheleien, seiner tätigen Natur immer fremd gewesen waren. Er glaubte nicht an ihre Aufrichtigkeit und hatte auf seine Weise recht. Wenn ein schon älterer Neurastheniker einen normalen Menschen fragt, ob der keine Angst vor dem Tode habe, verbirgt sich dahinter bestimmt eine Haltung, die höchstens in Beziehungen zu einer Frau angebracht ist. Gewisse Frauen sind geradezu versessen auf derartige Ergüsse. Anspielungen auf das Grab erregen sie und machen sie bereit für ein Rendezvous. Ich kannte eine Dame . . . Ach, was soll das jetzt . . .

Um Fahrkarten zu holen, war es schon zu spät, und so entschloß ich mich, einen Spaziergang zu unternehmen und bei der Gelegenheit gleich Milch und saure Sahne einzukaufen. Zum Abendessen hatte ich vor, einen Kürbis in saurer Sahne zu dünsten. Mascha hatte dieses Gericht einst sehr lecker zubereitet, mir gelang es nicht so gut. Sie trieb Mißbrauch mit Butter und scharfen Gewürzen, dafür schreckte sie nicht vor komplizierten kulinarischen Verbindungen zurück und bereitete mitunter Gerichte zu, um die sie die Köche aus den besten Restaurants hätten beneiden können. Ich pflegte diese Gerichte gierig zu verschlingen und sie dann dafür zu schelten, daß ich ihretwegen vor der Zeit dick würde. Und sie, die Ärmste, lebte, ständig gescholten, besonders in den letzten Jahren, neben mir. Täglich fand ich hundert nichtige Vorwände, um sie grob in die Schranken zu weisen, und wegen des geringsten Versäumnisses bezichtigte ich sie sämtlicher Todsünden, wo sie doch Zärtlichkeit so liebte. Ein gelegentliches gutes Wort ließ sie furchtsam zusammenzucken, und dann lächelte sie übers ganze Gesicht, ein breites seliges Lächeln, als hätte man ihr einen Brillanten geschenkt. O ja, sie träumte davon, sich einen Brillantring zu kaufen, und sei es der billigste.

Natürlich hätte ich die Möglichkeit gehabt, ihr einen Brillantring zu schenken, aber ich hielt das für eine Grille. Einmal gingen wir in ein Juweliergeschäft und nörgelten zum Scherz an einem Platinring mit mikroskopisch kleinem Stein herum – er kostete fünfhundert Rubel. Wie hatte ihr bleiches Gesichtchen gestrahlt, als sie das teure Kleinod an den Finger steckte. Aber wir kauften es nicht. Jetzt war Mascha tot, und ich hatte eine Datscha erworben.

Im Geschäft kam ich fünfzehn Minuten vor Ladenschluß an, doch eine massige Dame im weißen Kittel versperrte mit ihrer Brust bereits den Durchgang. Widerwillig ließ sie die hinaus, die sich im Laden befanden. Ich sagte, daß ich saure Sahne und ein Kaviarbrot kaufen wolle.

»Es ist geschlossen, bist du etwa blind?« entgegnete die Dame mit verräucherter Baßstimme.

»Aber es sind doch noch fünfzehn Minuten ...«

»Ja. Und siehst du, wie viele Leute da sind?«

»Aber ich brauche bloß saure Sahne«, wiederholte ich. »Ich will einen Kürbis dünsten.«

Sie versperrte den Durchgang, hinter ihrem Rücken murrten die schon Abgefertigten, die hinausgehen wollten. Doch sie wich und wankte nicht, anscheinend aus der Befürchtung heraus, ich würde, wenn sie auch nur einen Augenblick zurücktrat, an ihr vorbeischlüpfen. Sie hatte ein nachdenkliches Gesicht.

»Sie verstehen doch«, versuchte ich sie zu überzeugen, »einen Kürbis muß man unbedingt mit saurer Sahne dünsten, sonst kriegt er nicht den richtigen Geschmack.«

»Ich werd gleich den Milizionär rufen, Flegel!« Sie schrie schwach auf, offenbar hatte ihr jemand einen Puff in den Rücken versetzt.

»Lassen Sie uns doch endlich durch!« ertönte eine kräftige Männerstimme.

Der Frau blieb nichts anderes übrig, als zur Seite zu treten, und schon schossen vier – fünf Leute aus dem Geschäft hinaus. Ein etwas älterer Mann bemerkte, an mich gewandt:

»Feine Zustände sind das!«

»Gibt es saure Sahne?«

»Ja, lose. Und frischen Kefir.«

Diese Mitteilung verlieh mir Kräfte. Irgendwie wollte es mir nicht in den Kopf, daß dort, hinter der Tür, genug saure Sahne war, während ich nichts hatte, um den Kürbis zu dünsten.

»Haben Sie ein Herz?« fragte ich die Frau, die mir plötzlich entgegenschoß wie ein Torwart aus dem Tor.

»Ich hab doch gesagt, es ist geschlossen!«

»Aber es sind ja noch fünfzehn Minuten.«

»Es waren fünfzehn Minuten!« bemerkte die Frau schadenfroh. »Jetzt sind es keine sieben mehr.«

»Ich werde mich beschweren.«

»Dann beschwerst du dich eben ... Leute, die sich beschweren, gibt es Tausende, aber steh du mal Tag und Nacht hinter dem Ladentisch.«

»Arbeiten Sie denn Tag und Nacht?«

Und da geschah ein Wunder. Ein ziemlich kleiner und flinker wohlgenährter Mann mit fröhlichem rotwangigem Gesicht stieß die Frau von hinten leicht beiseite. Ich erkannte ihn, es war der

Verkäufer aus der Fleischabteilung. Im Gehen ließ er ein nachlässiges »Liska!« fallen – und machte ein unverständliches Zeichen; so ähnlich schnipst man einem Hündchen mit den Fingern. Die Frau eilte ihm, ohne mir noch die geringste Beachtung zu schenken, wie hypnotisiert nach. Ich stand wie vom Donner gerührt da. Der Fleischer erklärte ihr im Gehen irgend etwas, während sie, mit ihrem riesigen Busen über ihn gebeugt und mit jeder Bewegung eine übernatürliche Ergebenheit zum Ausdruck bringend, neben ihm her trippelte. Verständnislos schüttelte ich den Kopf, betrat den leeren Laden, kaufte saure Sahne, Kefir und ein Kuchenbrötchen und war buchstäblich zwei Minuten später wieder auf der Straße. Das ausländische beigefarbene Hemd des Fleischers entschwebte zur Bushaltestelle, während sich meine Beleidigerin wie in Trance zurückschleppte – ihr Gesicht war voller Seligkeit.

»Danke für Ihre Güte«, sagte ich boshaft.

»Beehren Sie uns bald wieder«, entgegnete sie, ohne mich wiederzuerkennen, und schenkte mir ein bezauberndes Lächeln.

Nach Hause zurückgekehrt, nahm ich mich des Abendessens an. Zu dem Kürbis erfand ich eine vorzügliche Würze: Ich schnitt Tomaten und milden Paprika klein, rieb Knoblauch und vermengte alles mit saurer Sahne und Mayonnaise. Ich fügte einen Löffel Rotwein hinzu, übergoß damit den in hauchdünne Scheibchen geschnittenen Kürbis und stellte den Kochtopf für zehn Minuten in die Backröhre. Das Gericht sah verlockend aus, trotzdem, das muß ich unumwunden zugeben, war es Mascha immer besser, aromatischer und zarter gelungen. Dennoch aß ich mit Appetit zu abend und trank zwei Tassen Tee mit Johannisbeerkonfitüre.

Dann klingelte das Telefon. Ich dachte, das sei bestimmt Tamara, aber ich hatte mich geirrt. Wer mich da anrief, war Nina Petrowna. Ich hatte nicht die geringste Lust, mich mit ihr zu unterhalten, noch dazu spätabends, und auf ihren witzig-koketten Gruß knurrte ich mürrisch:

»Ach, Sie sind das, guten Tag!« und gähnte in den Hörer.

»Sie schlafen schon, Pjotr Jewdokimowitsch?«

»Beinahe.«

»Entschuldigen Sie. Ich hätte nicht gedacht, daß Sie so früh zu Bett gehen. Ha-ha! So also schont ein Mann seine Gesundheit. Und wofür schonen Sie sie, Pjotr Jewdokimowitsch?«

»Für alle Fälle«, gab ich in noch unzufriedenerem Ton zur Antwort. »Haben Sie irgendein Anliegen an mich?«

Sie gab ein nun schon ganz zweideutiges Lachen von sich, wovon ich eine Gänsehaut bekam...

»Wie unähnlich Sie doch Ihrem Freund sind. Wissen Sie, er ist so zügellos, geradezu beängstigend. Sie hingegen sind schüchtern und bescheiden, ich würde sagen, so gar nicht zeitgemäß. Doch mir scheint, Sie unterdrücken Ihr Temperament. Geben Sie zu, daß Sie es unterdrücken? Sie fürchten sich ein wenig vor mir, stimmt's?«

Ich gähnte zum zweitenmal in den Hörer.

»Sagen Sie nichts. Aber ich gebe es zu. Ich fürchte mich vor Ihnen. Sie schauen manchmal so – oh! Ich stelle mir vor, wie viele Frauen Sie um den Verstand gebracht haben.«

»Nina Petrowna, ich muß wirklich meinen Tagesablauf einhalten...«

»Verzeihen Sie, verzeihen Sie, ich vergaß... Ich habe Ihnen nur einen kleinen Vorschlag zu machen. Seien Sie unbesorgt, er ist ganz harmlos. Übermorgen wird in der ›Manege‹ eine umwerfende Ausstellung eröffnet, ich habe zwei Karten dafür. Ich mache Sie darauf aufmerksam: Es ist unmöglich, Karten zu bekommen. Nun, wie ist es, werden Sie mit mir hingehen?«

»Warum ich? Haben Sie denn sonst niemanden?«

»Sie spielen ganz entzückend den Flegel, Pjotr Jewdokimowitsch. Das gefällt mir an Ihnen am meisten.«

Ich hätte sie gern einiges gefragt, doch hatte ich Angst, ich würde die Nerven verlieren und dann nicht einschlafen können.

»Haben Sie vielen Dank, Nina. Ich würde mit Vergnügen auf die Ausstellung gehen, aber höchstwahrscheinlich werde ich übermorgen nicht mehr in Moskau sein.«

»Sie verreisen? Für lange?«

»Für eine Woche, denke ich.«

»Wie schade«, sie seufzte unnachahmlich aufrichtig. »Wie schade, Ehrenwort, ich will nichts von Ihnen. Sie interessieren mich einfach als Mensch. Glauben Sie mir?«

»Ich glaube Ihnen. Auch Sie interessieren mich als Mensch.«

Wir verabschiedeten uns herzlich, fast freundschaftlich. Du Wölfin, dachte ich. Was für eine Intrige heckst du noch in deinem kleinen raubgierigen Köpfchen aus? Von welcher Seite willst du zubeißen?

Vor dem Schlafengehen las ich ein Weilchen Akutagawu, seine mystischen halben Phantastereien fanden Widerhall in meiner Seele. Ich las *Das Leben eines Idioten* von neuem. Einen seltsamen Zauber strahlt dieses Werk aus. Als ob da ein Mensch, der das Verborgene, für das es keinen Namen gibt, erkannt hat, verkündigte und vergebens versuchte, uns, den gewöhnlichen Passanten, sein kostbares Geheimnis mitzuteilen. Er, dieser leidende Mensch, hat »sein Leben in ewiger Dämmerung verbracht. Es ist, als stütze er sich auf ein dünnes Schwert mit zerbrochener Klinge«. Wie rührend und wie schön! Wie fern und zugleich wie nah unserer slawischen Natur.

In der Wohnung war es still, so daß jedes Geräusch darin widerhallte wie in einem Winterwald. Wo sich bloß meine Jungverheirateten herumtreiben? dachte ich im Einschlafen.

4

Fünf Tage später reiste ich nach Swansk ab. In Moskau fiel feiner Nieselregen, im Zug aber herrschte von Anfang an eine schreckliche Schwüle. Die erste Einzelheit: Ich kann mich überhaupt nicht an meine Reisegefährten erinnern. Ich lag, glaube ich, den ganzen Tag und die ganze Nacht auf meinem Liegeplatz, ohne mich mit jemandem zu unterhalten oder aufzustehen.

Vorgestern hatte ich die Erklärung an meine Arbeitsstelle geschickt und mich telefonisch mit Semlemerow unterhalten. Ich hatte das Gefühl, als sprächen wir zum letztenmal miteinander. Es war überhaupt, als ob ich mich von allen, denen ich in diesen Tagen begegnete, verabschiedete. Mich beherrschte ein bedrückendes, versöhnliches Gefühl. Traurig bemühte ich mich, mir die Bäume neben dem Haus, die Silhouetten der wohlvertrauten Straßen und das Taubenchaos über den Plätzen im Gedächtnis einzuprägen. Ich ging umher wie ein Mondsüchtiger, und an den unerwartetsten Stellen drohte mir das Herz stillzustehen. Die Liebe zu Moskau überkam mich mit besonderer Macht. Ich kann Menschen, die ihr Leben lang Sehnsucht nach heimatlichen Winkeln, die sie verlassen haben, empfinden, nach irgendeinem Dörfchen, einem Fluß, einem Kiefernwäldchen, den Kletten neben der Gartenpforte, mit anderen Worten nach der ursprünglichen Natur und dem Schönsten, was diese in des Menschen Seele pflanzt, gut verstehen. Doch kaum jemand dürfte mich verstehen, der ich mit jeder Faser meines Herzens an einer Großstadt hänge, wie es sie schöner auf der Welt nicht gibt. Die ständige Berührung mit dem verrückten imposanten Großstadttreiben wühlt das Bewußtsein auf. Die Stadt ist ihren schwächsten Kindern gegenüber feinfühlig, sie schenkt ihnen gleichsam keine Beachtung. Und das führt zu dem Gefühl irrealer Einsamkeit inmitten der Menge. Nichts ist absoluter als die Einsamkeit unter Hunderten deinesgleichen. An einem Waldrand ist die Seele frei und fühlt sich im Einvernehmen mit der Welt, im Getümmel der Stadt aber gibt es keinen Augenblick, in dem der Mensch nicht einen quälenden Kampf für die Erhaltung irgendwelcher eigener geheimer seelischer Tiefen führen würde.

Doch wie ist es möglich, all das zu lieben? Wie sich herausstellt, ist es möglich, noch dazu mit ungeheurer, ungestillter Sehnsucht. Leider hat mir Gott nicht das Talent gegeben, diese Liebe und diese Sehnsucht in Worte zu fassen ...

Am Tag vor meiner Abreise hatte ich noch Gned gesehen. Er war ohne vorherige Ankündigung angerannt gekommen und hatte sich ziemlich flegelhaft aufgeführt. Er irrte in der Wohnung umher, entdeckte in der Hausbar eine angebrochene Flasche Likör, schenkte sich, ohne um Erlaubnis zu fragen, ein halbes Glas ein und trank es aus, als wäre es Kwaß. Ich ahnte, warum er so zerzaust und matt aussah. Meine Vermutung bestätigte sich.

»Ninka hat mir den Rest gegeben«, sagte er und blickte mich hilflos an. »Oh, diese hinterlistige Schlange. Irgend etwas hat sie mit mir gemacht, Petja. Ich durchschaue sie bis ins Innerste, aber es zieht mich immer wieder zu ihr hin. Du kannst dir nicht vorstellen, wie es mich zu ihr zieht. So etwas ist mir schon eine Ewigkeit nicht mehr passiert.«

So etwas war ihm erst vor einem halben Jahr passiert, erinnerte ich mich und nannte Namen und Adresse der Frau, die das bei ihm bewirkt hatte.

»Du hast gut lachen, Petja, weil du vor der Zeit alt geworden bist ... Ein schrecklicher Widerspruch. Je mehr sie sich so richtig entpuppt – und dabei ist, das weißt du selbst, kein Ende abzusehen –, desto stärker zieht es mich zu ihr hin. Wie in einen Abgrund, weißt du, wenn du am Rand stehst und hinunterschaust.«

»Was für ein Widerspruch denn?! Gleich und gleich gesellt sich nun mal gern. Bist du mit ihr schon weit gekommen?«

»Ganz und gar nicht, das ist es ja eben. Sie spielt mit mir wie die Katze mit der Maus. Läßt mich am ausgestreckten Arm verhungern. Und ich hab mich doch wirklich nach ihr verzehrt, Petja. Aber sie würde doch an einer solchen Beute ersticken, nicht wahr?«

»Das würde sie nicht«, beruhigte ich ihn. »Von solchen heißt es ja gerade – Faß ohne Boden … Sag lieber, Boris, schämst du dich nicht, mir alles auszumalen?«

»In solcher Scham, Petja, liegt ja gerade die Wonne«, bemerkte er munter. »Du mußt das doch verstehen.«

»Warum gerade ich?«

Gned streckte die Hand nach einer neuen Ration Likör aus. Ich beneide ihn um seine eiserne Leber.

»Weil du, Petja, selbst so einer bist. Du und ich, wir beide naschen gern an angefaulten Erdbeeren.«

Er sagte das mit einer solchen Überzeugung, daß es mich kalt überlief. Ich habe auch früher mehr als einmal herumgerätselt, was Boris und mich verbindet, warum wir eigentlich befreundet sind. Viele Jahre lang befreundet sind, ohne besondere Sympathie, geschweige denn Achtung füreinander zu empfinden. Ich jedenfalls empfand sie nicht. Selbst wenn man berücksichtigt, daß das Wort Freundschaft in unserem Alter ein relativer Begriff ist, war es doch seltsam. Die einzige Erklärung, die denkbar schien, war das Beharrungsvermögen der menschlichen Beziehungen überhaupt. Das heißt, es gibt da einen Freund, mit dem man sich gern die Zeit vertreibt, und das ist alles. Gned kannte, wie sich nun herausstellte, noch einen anderen Grund: Wir naschten beide gern angefaulte Erdbeeren. Das klang eindrucksvoll, aber kränkend, weil hier eine gewisse fragwürdige Wahrheit nicht zu leugnen war.

Und schon setzte mir Gned seinen Gedanken auseinander:

»Die Sache ist die, daß wir selbst wurmstichig sind. Du willst freilich immer als der Gute dastehen, vor dir selbst und anderen, ich hingegen habe über diesen ganzen Unsinn längst ein Kreuz gemacht. Du und ich, Petro, sind, gebe es Gott, selbst Raubtiere. Nur passive. Ninka aber ist ein aktives Raubtier. Das ist der ganze Unterschied. Es ist noch nicht heraus, wer schlimmer ist. Und das laß dir sagen, Petro, alle Menschen sind in gewissem Sinne Raubtiere, die einen passive wie wir, die das Maul nicht umsonst aufreißen, und die anderen ganz eifrige, bei denen alle Zähne zu sehen sind.«

»Ach so? Eine armselige Philosophie ist das, sag ich dir. Aber du, Boris Sacharowitsch, bist bei all deinen Transfermachenschaften derart eitel und leichtsinnig geworden, daß es schon an seelische Räuberei grenzt, während ich keine dunklen Geschichten habe. Ich habe ein reines Gewissen.«

»Sieh mal an, Petro, sieh mal an! Ich spreche ja nicht von einer konkreten Situation, ich meine das grundsätzlich. Nimm wiederum die Frauen. Hand aufs Herz, kannst du sagen, daß irgendeine glücklich mit dir war? Ich nicht. Wenn ich aufrichtig bin, kann ich es nicht. Und warum ist das so? Weil wir sie wie Haremsdamen benutzt und ihnen nichts dafür gegeben haben. Eine Frau braucht Schutz, Fürsorge und Treue. Wir können ihr das nicht geben, wir haben eine andere Einstellung. Wir suchen selbst bei ihnen Fürsorge und Trost. Und stellt sie uns nicht zufrieden – ›mach, daß du fortkommst‹. Nun, nicht gerade mit diesen Worten, aber im Grunde genommen ist es so.«

Gned lehnte sich im Sessel zurück, sehr mit sich selbst zufrieden. Ich hatte mich schon beruhigt und maß seinen Offenbarungen keinerlei Bedeutung bei. Er hatte nun einmal die plebejische Angewohnheit, solchen gekünstelten Seelenstriptease zu machen. Das bereitete ihm Vergnügen.

»Warum sagst du denn nichts, Petro?«

»Trink keinen Likör mehr. Wenn du betrunken bist, schwitzt du deine ganze Scheußlichkeit aus.«

»Ha-ha«, er begann dröhnend zu lachen, gleichfalls gekünstelt. »Das hat gesessen! Na schön, du willst die Wahrheit nicht hören, dann eben nicht. Um die Wahrheit zu hören, braucht man viel Mut. Schon sie zu sagen, ist gefährlich, sie anzuhören – doppelt. Kannst du mir raten, was ich mit Ninka machen soll? Sie vielleicht mit einem teuren Geschenk ködern? Andererseits läßt das meine Eigenliebe nicht zu. Wieso? Ich bin ja an und für sich auch noch ein stattlicher Mann, sie ist es, die mir Geschenke machen sollte. Was meinst du, Petro?«

Ich antwortete ihm mit einem Schimpfwort, das ihm so gefiel, daß er es wohl zwei Minuten lang auf jede nur erdenkliche Weise wiederholte, es im Mund zergehen ließ wie ein Bonbon. Er verbrachte noch etwa eine Stunde bei mir und schwatzte eine Menge Unsinn zusammen; zum Schluß erging er sich in den fürchterlichen Einzelheiten seines Kurschattenverhältnisses mit einer Frau halbnegroider Abstammung. Als er endlich fort war, lüftete ich das Zimmer. Die Luft schien vom Likör und den Miasmen seines unzüchtigen Wortschwalles geschwängert zu sein. Es war an der Zeit, ihn abzuwimmeln, dachte ich erleichtert, völlig ausgerastet ist er, das Rindvieh!

Andrej und Anetschka brachten mich zum Zug. Mein Sohn hatte sich in diesen Flitterwochen wenig verändert, nur von Zeit zu Zeit verfiel er in eine für ihn nicht typische düstere Nachdenklichkeit, dafür war mit dem Mädchen eine seltsame Verwandlung vor sich gegangen. Sie schien noch mehr abgemagert zu sein, ihre Augen waren ganz rund geworden und hatten einen smaragdenen, unheilkündenden Glanz bekommen. Und meiner Meinung nach begann sie wirre Reden zu führen.

Aus irgendeinem Grund war sie hartnäckig der Ansicht, daß ich ins Ausland fahren würde, und gab mir etliche Ratschläge, wie man sich Ausländern gegenüber zu verhalten habe. Mein Sohn starb fast vor Lachen, mir hingegen war es ziemlich unheimlich. Ich verstand nicht, ob sie ihr Späßchen mit mir trieb oder es ernst meinte. Und wenn sie sich einen Spaß erlaubte, worin lag dann hier der Humor?

Auf dem Bahnhof, wo wir in Erwartung des Einsteigens im Erfrischungsraum Limonade tranken, hielt sie folgende Rede:

»Sie waren so gut zu mir, Pjotr Jewdokimowitsch. Sollte ich einen Sohn bekommen, werde ich ihn zu Ihren Ehren ganz bestimmt Petja nennen. Ich habe jetzt begriffen, wie wichtig es im

Leben ist, einen guten Mentor zu haben. Und ich beneide Andrjuscha sehr. Darf ich Sie Papa nennen?«

»Natürlich, ich würde mich freuen.«

Angemerkt sei hier, daß Anetschka mich auch vorher schon Papa genannt hatte.

Ihre Augen unter der Brille verschleierten sich verdächtig.

»Bringen Sie, bitte, einen Nuckel mit«, bat sie, »einen gewöhnlichen Schnuller. Sie haben dort ausgezeichnete Nuckel...«

Der Zug lief ein, und ausgerechnet jetzt fing es an zu tröpfeln. Ich bat Andrej und Anetschka zu gehen, aber sie wollten die Abfahrt des Zuges abwarten. Ohne Regenschirm und ohne Kopfbedeckung, so standen sie auf dem Bahnsteig, hatten sich bei den Händen gefaßt und lächelten mir zu, ohne auf das vom Himmel tröpfelnde Naß zu achten. Wahrscheinlich sind sie froh, dachte ich, daß sie an dem langen Moskauer Abend allein bleiben, die Wohnung ganz zu ihrer Verfügung haben und schalten und walten können, wie es ihnen beliebt.

Doch zwischen ihnen, die einander in ihrer Isolation von allen übrigen Menschen so nahe waren, erhob sich schon eine unsichtbare Mauer. Wenn sie lange lebten, würde diese Mauer wachsen und anschwellen, und ihre Hände würden sich eines Tages voneinander lösen. Und seine oder ihre Hand würde als erste anfangen, in wahnsinniger Hoffnung einen anderen Händedruck zu suchen, und die Seele würde von der Dämmerung des Verlustes überzogen werden. Doch der Augenblick der Einsicht würde kommen, da es einem von ihnen auf einmal dämmern würde, daß das nicht das Ende, sondern der Anfang war, und er würde versuchen, sich umzublicken und zu rufen, hinter dieser bis zum Himmel emporgewachsenen Mauer aber nicht mehr das liebe Gesicht sehen können. Ich wußte, wie bitter das ist, doch ihnen kam das alles jetzt nicht in den Sinn...

5

Das Hotel, in dem ich ein Einzelzimmer genommen hatte, ein vierstöckiges Gebäude der Barackenarchitektur, aber mit Säulen am Eingang, erhob sich irgendwie herausfordernd über dem mit Kopfsteinen gepflasterten Platz und hatte ein kokettes und gutmütiges Aussehen. Swansk selbst entmutigte mich etwas. Ich war ins Ungewisse, zu einem geheimnisvollen Wiedersehen gestrebt, schien aber nach Medwedkowo* geraten zu sein. Übrigens lag das Hotel in einem neuen Stadtbezirk.

Ich kam nachmittags in Swansk an und beschloß, bevor ich irgend etwas unternehmen würde, in aller Ruhe zu Mittag zu essen und mich anderthalb Stündchen aufs Ohr zu legen. Ich stieg zu dem im Erdgeschoß gelegenen Restaurant hinunter, das einem großen Bahnhofsbüfett glich, und wählte ein Tischchen am Fenster aus. Ich war irgendwie unruhig. Nichts tat mir weh, doch in meinem Kopf tuckerten noch immer die Räder der Eisenbahnwagen, und alles ringsum wirkte nicht allzu standfest. Ich ertappte mich dabei, daß ich mich mit beiden Händen an der Tischkante festhielt. Eine schon ältere Kellnerin brachte mir einen Teller Borschtsch-Suppe, Salat und eine Flasche Mineralwasser. Ich brach ein Stückchen von dem etwas feuchten grauen Brot ab und begann bedächtig den Borschtsch zu löffeln, ohne etwas zu schmecken. In mir war weder Ungeduld noch Verwirrung, ich schwebte irgendwohin und schwebte so, noch kauemd, zurück zu meinem Hotelzimmer, legte mich aufs Ohr und zog den leicht rauhen, knisternden Bettbezug bis zu den Augen hoch.

Alles liegt in meiner Macht, dachte ich, niemand weiß, daß ich hier bin. Wenn ich will, kann ich auf der Stelle nach Hause fahren. In der Brust schien ich warme Watte zu haben, die Luft schaukelte, und vor den Augen flatterten mir helle funkelnde Fäden.

* Vom russischen Wort für ›Bär‹ abgeleiteter Phantasiename.

Ich hatte einen ziemlich häßlichen Traum, der, wie ein Sprung, in einem einzigen Augenblick Platz fand, aber ein kompliziertes Sujet hatte. In einem großen Raum wartete ich auf die Operation. Mir sollte irgendein wichtiges Organ herausgeschnitten werden, die Leber, glaube ich. Es war unumgänglich. An meiner Leber fraßen die Würmer, sie war angeschwollen und aufgedunsen, und ich war hierher gekommen, um Hilfe zu finden. Doch das Warten war schrecklich. Endlich erschien ein Greis im langen weißen Kittel mit einem nur schwer erkennbaren halbdunklen Gesicht und teilte mit, daß alles bereit sei. Er nahm mich bei der Hand und führte mich. Losreißen konnte ich mich nicht, ja ich dachte nicht einmal daran, weil ich fühlte, daß die Kraft des Alten die meine bei weitem überstieg. Ich fragte nur, wer er sei, ein Arzt vielleicht, doch der Alte begann gemein zu lachen und blieb mir die Antwort schuldig. Wir passierten einen schmalen Korridor und stiegen ins Kellergeschoß hinunter. Mein Gott, ich erkannte diesen verdammten Ort sofort wieder. Ich hatte ihn vor sehr langer Zeit, in meinen Kinderjahren, im Traum gesehen, und das mehr als einmal, ich erinnerte mich an jeden Winkel hier, erinnerte mich sogar, wie der Putz mit knöchernem Geräusch von den feuchten Wänden rieselte. Ich entdeckte die mir wohlvertraute Werkbank in der einen Ecke, und an der Werkbank stand, mit dem Rücken zu mir, ein mir bekannter gebeugter Mann. Das Grauenvolle daran war, daß ich das Gesicht dieses Mannes nie zu sehen bekam, obwohl ich alle seine Bewegungen, den Hinterkopf mit den abstehenden Ohren, ja selbst das kurze karierte Jackett viele Male nicht im Traum, sondern im Wachen gesehen hatte. ›Wer bist du?‹ fragte ich mit erstarrten Lippen. ›Warum stehst du hier?‹ Ich wußte, daß mir hier niemand heraushelfen würde. Der Mann an der Werkbank bohrte schweigend und tief herabgebeugt irgend etwas Metallisches und Spitzes aus. Wenn er mit seiner Arbeit fertig wäre und sich umdrehen würde, wäre das Ende da. Retten konnte mich nur das Aufwachen. In der Kindheit war ich mühelos aufgewacht, jetzt aber führten meine kläglichen Anstrengungen, die zusammengeklebten Lider zu öffnen, zu nichts. Ich war völlig entkräftet und hielt mit Zittern und Zagen das schwach flackernde Pünktchen meines Bewußtseins fest. Auf einmal waren der Alte, der Mann an der Werkbank und der Kellerraum verschwunden – in grauenhafter Leere, mutterseelenallein klammerte ich mich an mein Leben, versuchte ich, zur Oberfläche aufzutauchen. Und plötzlich, in einem unfaßbaren Augenblick, gelang mir das, und mit großer Erleichterung spürte ich, daß der erwachte Körper mir wieder gehorchte. Die rechte Seite war freilich noch immer wie abgestorben. Ich hob die Arme, verschränkte die Finger und betrachtete durch dieses lebendige Gitter lächelnd die abgeschmackte, ärmliche Leuchte an der Decke. Wieder folgte mir jemand – gewaltig und unerschütterlich –, und zum wer weiß wievielten Male wich ich dem Schicksal aus ...

In dem winzigen, scheinbar auf ein Kind zugeschnittenen Bad lief heißes Wasser, und mit Vergnügen nahm ich eine Dusche. Dann machte ich mich auf den Weg in die Stadt. Langsam schlenderte ich die Straße entlang und sah mir die Vorübergehenden genau an. Würde ich Ljudmilla erkennen, wenn ich ihr plötzlich von Angesicht zu Angesicht gegenüberstünde? Wohl kaum, dachte ich. Und ich wünschte mir ein solches Zusammentreffen auch gar nicht.

Das Städtchen, durch das ich spazierenging, irgendwann einmal nachlässig zusammengezimmert, mit eng aneinander stehenden Häusern, schmalen Bürgersteigen und verstaubten Schaufenstern im Erdgeschoß – hinterließ dennoch den Eindruck der Originalität. Diese Stadt wollte niemanden nachahmen. Irgendwie ganz besonders brach sich die Abendsonne an ihren rechteckigen Mauern, die Luft war mit dem Duft der nahen Gärten getränkt, vor allem aber war in den Blicken der Menschen, die mir entgegenkamen und gleich mir nirgendwohin eilten, ein träumerisches Wohlwollen zu lesen, als habe dieser warme Abend ihnen allen, den Alten wie den Jungen, beispiellose Erfolge verheißen und als sei jeder bereit, diese dem einsamen Passanten mitzuteilen. Ich hielt einen Mann etwa meines Alters an, der einen grauen Anzug trug und einen Strohhut auf dem Kopf hatte.

»Verzeihen Sie, Genosse, sind Sie von hier?«

»Und ob«, gab der Mann bereitwillig zur Antwort. »Fünfzehn Jahre hab ich in der Fabrik gerackert. Man kann schon sagen, daß ich von hier bin. Davor hab ich allerdings in Charkow gelebt. Was haben Sie für ein Anliegen?«

»Aber nein, ich frage einfach so. Ich sehe, alle gehen so schön angezogen, sind freundlich. Vielleicht, denke ich, ist irgendein Fest?«

»Was für ein Fest denn«, lächelte der Mann. »Bis zum Lohntag sind es noch ganze vier Tage ... Und woher kommen Sie, wenn's kein Geheimnis ist? Nicht aus Charkow?«

»Aus Moskau.«

»Sieh mal an! Dann natürlich. Das ist ein triftiger Grund.«

Ich begriff nicht, was für einen Grund er meinte.

»In meiner Jugend bin ich einmal in dieser Stadt gewesen. Und nun bin ich hergekommen und erkenne nichts wieder. Es hat sich alles so verändert. Hier war doch früher ein Fluß, stimmt's?«

Der Mann zog geschickt eine Packung *Stolitschnyje* aus der Tasche und reichte sie mir.

»Danke, ich rauche nicht.«

»Pjotr Iwanowitsch«, stellte er sich vor, und wir drückten einander die Hand.

»Und ich heiße Pjotr Jewdokimowitsch.«

Das war für ihn eine gute Nachricht. Er machte erstaunt ›hm‹ und steckte die Zigaretten, ohne sich eine angezündet zu haben, wieder in die Tasche:

»Dann machen wir's so, Petja. Einen Fluß haben wir, und du und ich können etwas später hingehen. Dem Fluß ist nichts geschehen und wird in absehbarer Zukunft auch nichts geschehen. Gehn wir doch einstweilen zu mir. Es ist ganz in der Nähe. Meine Frau macht gerade Kohlrouladen. Wir sitzen gemütlich beisammen, erzählen dir alles. Nun, wie ist es, einverstanden?«

Seine Augen strahlten eine so selbstlose Gastfreundschaft aus, daß es eine Schande gewesen wäre, abzulehnen, und doch lehnte ich ab. Ich bereute schon, den gutmütigen Mann angehalten zu haben.

»Danke«, sagte ich so herzlich wie nur möglich. »Aber ich habe in einer Stunde eine Verabredung. Ein andermal.«

Mein Namensvetter holte ein Notizbuch aus der Brusttasche, riß, ohne hinzusehen, ein Blättchen heraus und schrieb seine Adresse und Telefonnummer darauf.

»Das wär's, Punktum. Ich erwarte dich jederzeit, Tag und Nacht. Sei unbesorgt, Petja, wir werden dich wie einen Bruder aufnehmen.«

Etwas verdutzt setzte ich meinen Weg fort, doch ich hatte noch keine zehn Schritte zurückgelegt, als er mir nachrief:

»Hör mal, Petja, zum Fluß halte dich weiter rechts!«

Seinen Rat befolgend, bog ich in die erste Querstraße rechts ein, schlug ein paar Haken und fand mich bald am Stadtrand wieder. Die Stadt aus Stein endete hier, nun kamen – ziemlich saubere und ordentliche – Holzhäuschen mit blühenden Vorgärten. Die Chaussee wurde immer schlechter und hatte sich bald in einen ausgefahrenen Weg mit tiefen Wagenspuren verwandelt. Neben den Zäunen saßen hier und da Frauen auf einer Bank, knackten Sonnenblumenkerne und starrten mich mit purer ländlicher Neugier an. Wider Willen beschleunigte ich meine Schritte. Vor mehr als einer Stunde hatte ich das Hotel verlassen, war aber noch nicht im geringsten müde. Hinter jeder Wegbiegung schien mir etwas Verheißungsvolles zu liegen. Ich sagte mir, daß es Zeit sei, umzukehren, und töricht, so einfach ins Blaue zu gehen, doch eine Vorahnung trieb mich vorwärts. Und nun hatte ich den Fluß erreicht und war mir sofort sicher, daß gerade das jene Plätze waren, wo ich jung und glücklich gewesen, von denen in meiner Seele ein quälender Nachhall zurückgeblieben war. Das Ufer des Flusses, der sich zwischen flachen Ufern hinschlängelte, war menschenleer. Ich suchte mir ein trockenes Plätzchen aus, stieg vorsichtig zum Wasser hinunter und sah ein Weilchen mit Vergnügen den kleinen Fischen zu, die im seichten Wasser hin und her flitzten. Das gegenüberliegende Ufer war dicht mit Buschwerk bewachsen, und dort hatten sich von mir zunächst nicht bemerkte Angler niedergelassen. Die Sonne ging hinter dem Horizont unter, und die Umrisse von Himmel und Erde nahmen einen plumpen Reliefcharakter an.

Wie betäubt stand ich an dem märchenhaften Ufer. Was für Worte hatte mir Ljuda in jener weit zurückliegenden Nacht nur zugeflüstert, denn irgend etwas hatte sie doch gesagt? Ich fragte mich wieder, ob es nicht besser sei, nach Moskau zurückzukehren, bevor es zu spät sei und alles zu lassen, wie es war, wie es nicht in Erfüllung gegangen war...

Tags darauf rief ich, nachdem ich gefrühstückt hatte, die Nummer an, die mir Jelena dagelassen hatte, und vernahm im Hörer sofort ihre sympathische Stimme.

»Papa!« rief sie aus. »Du bist angekommen? O wie schön!«

»Ja, siehst du, ich hab mich entschlossen ...«

»Wo bist du, auf dem Bahnhof?«

Ich teilte ihr mit, ich sei im Hotel abgestiegen. Sie sagte, sie werde kurz zu ihrer Arbeitsstelle hinüberlaufen, sich freinehmen und sofort zu mir eilen. Ich solle mich nicht von der Stelle rühren.

Ich schob einen Stuhl ans Fenster, setzte mich und wartete. Vom Fenster aus konnte man den Platz und die Bushaltestelle gut überblicken – hier würde sie höchstwahrscheinlich auch aussteigen. Auf dem Platz wurde an einem Verkaufsstand mit Kirschen gehandelt. Ich wollte schon dorthin gehen, damit ich etwas hätte, das ich den Gästen anbieten konnte. Aus irgendeinem Grund schien es mir, als würde Jelena ganz bestimmt ihre Mutter anrufen, als würden sie zu zweit herkommen. Ich war nicht aufgeregt, aber irgend etwas kribbelte und brannte doch in meiner Brust, wie in meiner Jugend vor Prüfungen. Für alle Fälle tröpfelte ich dreißig Tropfen Korwalol ins Glas und nahm sie vorbeugend ein. Dann räumte ich das Fläschchen fort. Schließlich wollte ich in Ljudmillas Augen nicht als altes Wrack dastehen. Der Handspiegel zeigte mir ein breites, ein wenig aufgedunsenes Gesicht, überzogen mit rosiger, noch recht glatter Haut, eine hohe Stirn mit Geheimratsecken, einen harten fest zusammengepreßten Mund und Augen mit gelblichen Augäpfeln, die traurig und streng blickten. Nichts Besonderes, aber auch nichts, was sofort Abscheu hervorrufen konnte. Vielleicht sollte ich mir die Koteletten etwas höher abrasieren und das schon recht spärliche Haar über der Stirn ein wenig hochkämmen.

Um mein Äußeres besorgt, verpaßte ich die Ankunft meiner Tochter dann doch. Ohne daß angeklopft worden wäre, wurde hinter meinem Rücken die Tür aufgestoßen, und Jelena stürmte ins Zimmer, stürzte, einen schwachen Schrei ausstoßend, zu mir, schmiegte sich an mich und küßte mich auf beide Wangen. Auch ich drückte ihr ungeschickt einen Kuß auf die Stirn. Sie trug ein leichtes grünliches Baumwollkleid, ihr Haar war im Nacken straff zusammengezogen und von einem Band gehalten. Ganz nah und freudig leuchteten ihre Augen, ihre Sommersprossen, ihre Zähne.

»Papa, warum bist du bloß nicht zu mir gekommen, warum?!« sagte sie gekränkt und verzog, komisch schmollend, den Mund.

Das war nicht das Mädchen, mit dem ich durch Moskau spaziert war und im Gorki-Park Schaschlik gegessen hatte. Sie war ein Gast gewesen, immer auf der Hut und verwirrt, und die hier war eine Gastgeberin. Während der Tage, in denen wir uns nicht gesehen hatten, waren mit uns beiden große Veränderungen vorgegangen: Jedenfalls gab es zwischen uns keine Gezwungenheit und Befangenheit mehr.

»Wie konnte ich zu dir kommen?« brummte ich. »Überleg doch selbst. Und ich hab's im Hotel auch bequemer.«

»Ach, du hast es bequemer! Aber sag, du gibst zu, daß ich deine Tochter bin?« Sie blickte schelmisch, doch in ihren Worten schwangen ernste Untertöne mit. Mir war schon in Moskau aufgefallen: Manchmal, wenn sie sprach, hörte es sich an, als werfe man Steinchen in einen Sumpf.

»Ich gebe zu, daß du meine Tochter bist, Jelena«, sagte ich mit Nachdruck. »Um so mehr, als das, wie ich glaube, keine Konsequenzen mehr für mich hat.«

»Dann überleg dir mal, wie sich eine Tochter fühlt, wenn sich der Vater, obwohl er zu ihr zu Besuch kommt, ein Zimmer im Hotel nimmt? Wie?«

»Setz dich, Lena. Laß uns ruhig darüber reden. Meine Lage ist, wie du selbst weißt, nicht die einfachste. Ich bin sehr froh, daß du dich als ein so guter Mensch erwiesen hast. Ehrenwort, ich fasse unsere Begegnung als ein Geschenk des Schicksals auf, das ich nicht verdient habe. Aber ich habe deine Mutter ja noch nicht gesehen, habe sie dreißig Jahre lang nicht gesehen. Wie wird sie zu meinem Kommen stehen? In ihren Augen bin ich, und das ist ganz natürlich, in gewisser Weise ein Verräter.«

Lena wandte sich ab und wurde traurig.

»Wenn Mutter dich für einen Verräter hielte, hätte ich dich nicht gebeten, herzukommen, Vater«, sagte sie mit einem seltsamen Ausdruck, als bäte sie mich für irgend etwas um Verzeihung.

»Wir haben ein Leben lang getrennt gelebt, das ist kein Mißverständnis, sondern eine traurige Realität. Und daran läßt sich nichts ändern.«

Sie setzte sich aufs Bett und breitete ihren Rock glockenförmig aus.

»Rede, Papa, rede, ich höre dir zu.«

»Ich habe nichts zu sagen. Weiß deine Mutter, daß ich hier bin?«

»Noch nicht.«

»Daß ich ihr nur keine unnötigen Scherereien bereite.«

»Sie wird sich freuen.«

»Warum glaubst du das?«

Lena warf mir einen schnellen mißtrauischen Blick zu, der mich in Verwirrung brachte. Ihr Blick lüftete gleichsam ein wenig den Vorhang über irgendeinem schändlichen Geheimnis, das sie mir nicht zu enthüllen wagte. Ich erriet fast, worin ihr Geheimnis bestand. Ich hatte es schon in Moskau geahnt, darum war ich auch hergekommen, doch jetzt, da ich des Rätsels Lösung so nahe war, wurde mir beklommen ums Herz. Ich bekam Angst, doch nur einen Augenblick lang.

»Warum wird sie sich freuen?« wiederholte ich besorgt.

»Ich weiß es ... Aber lieber später, später ...«

Da fragte ich behutsam:

»Ist deine Mutter unglücklich?«

Oh, wie sich ihr Gesicht da veränderte! Mit den Händen preßte sie fest die Knie zusammen.

»Mußt du das unbedingt wissen, Papa?«

»Entschuldige, wahrscheinlich habe ich auch dazu kein Recht.«

Ein unehrlicher Zug von meiner Seite, aber ich tat ihn. Und Lenotschka beeilte sich, mich zu trösten.

»Du hast ein Recht dazu, Papa! ... Ich habe dir schon alles über ... Vater erzählt. Das ist ein Mensch, mit dem keine Frau glücklich sein kann. Höchstens eine Frau mit sehr seltenen Eigenschaften. Mama aber ... Sie ist gut und treu, jedoch eine ganz gewöhnliche Frau. Ihr hat ihr Leben lang Liebe gefehlt. Habe ich deine Frage beantwortet, Papa?«

»Vollkommen, Jolotschka. Glaub nur nicht, daß müßige Neugier an mir nagt. Ich bin schließlich in einer zweideutigen Lage. Wie stellst du dir zum Beispiel meine Begegnung mit deiner Mutter vor? Wird sie ins Hotel kommen? Oder fahren du und ich zu ihr?«

Jelena lächelte verständnisvoll. Sie war eine Frau, und eine solche Situation mußte ihr, was immer man sagen mochte, einfach einen Nervenkitzel bereiten.

»Wir fahren jetzt zu mir, Papa. Unterwegs schauen wir, wenn du willst, auf einen Sprung im Kindergarten vorbei, und du kannst dir deine Enkeltochter ansehen. Du möchtest deine Enkelin doch sehen?«

Offen gestanden, ich hatte die Existenz meiner Enkeltochter völlig vergessen.

»Wie alt ist sie?«

»Olenka wird sieben, Papachen, sieben. Sie ist schon ein großes Mädchen, du wirst sehen.«

»Und wie wirst du mich vorstellen?«

»Wie hättest du es denn gern?« Dämonische Fünkchen leuchteten in ihren Brillengläsern auf.

»Ich glaube, ein Kind in diesem Alter braucht keine Einzelheiten«, murmelte ich verwirrt. »Daß wir ihr nur keine seelische Erschütterung zufügen ...«

»Ei-ei!« Jelena schüttelte bekümmert den Kopf. »Nun, dann wirst du der Onkel Petja sein. Einverstanden?«

Im Grunde genommen war es mir gleichgültig, wie sich die siebenjährige Olenka zu mir stellen würde, mehr als das, mir war nicht ganz klar, wozu wir zu ihr in den Kindergarten fahren sollten, aber eine Sache mußte ich klären, bevor wir dieses Zimmer verließen. Ich seufzte und fragte dann:

»Sag bitte, Lena, weiß dein Vater, daß du nicht seine leibliche Tochter bist?«

Sie errötete augenblicklich. »Nein«, entgegnete sie. »Nein, er weiß nichts.«

»Bist du sicher?«

Meine Tochter antwortete mit einem prüfenden Blick, in dem eine strenge, ihrem Wesen nicht eigene Konzentration zu erkennen war. Irgendwie widerwillig sagte sie:

»Wenn es sich um Juri Leonidowitsch handelt, kann man in nichts sicher sein, Papa!«

Was erwartete sie von mir? Ich war ja nicht der Erlöser, sondern nur ein kranker Mensch, der sich einer verhängnisvollen Grenze näherte. Bemüht, meinem Gesicht einen völlig sorglosen Ausdruck zu verleihen, rief ich munter aus:

»Fahren wir hin, Jolotschka, fahren wir hin und lernen wir unsere Enkeltochter kennen!«

Auszüge aus dem Buch: ›Die Charaktere‹

Es existiert die Meinung, weibliche Charaktere seien recht verschiedenartig. Meiner Ansicht nach ist das ein großer Irrtum, und den Grund dafür hat man in einer gewissen Verschwommenheit der weiblichen Physiognomie zu suchen. Sehen wir einmal von mutanten Erscheinungen ab, so können wir mühelos drei Grund- bzw. Haupttypen von Frauen bestimmen, nennen wir sie so: dominanter, sich unterordnender und Zwischentyp. Alle drei Typen besitzen indessen einen gemeinsamen Wesenszug, der es nicht zuläßt, eine deutliche Trennungslinie zwischen ihnen zu ziehen – es ist dies der beständige, überdies nicht immer bewußte Drang jeder normalen Frau nach Situationsstabilität, ihr ewiger ›Nestbautrieb‹, den Wohnbereich abzugrenzen, ihn nach Möglichkeit durch dauerhafte materielle und geistige Marksteine zu ›markieren‹. Diese Neigung nimmt nicht selten die Symptome einer schizophrenen Idee an. Ich sage sicher nichts Neues, wenn ich noch eine Eigenschaft erwähne, die für das schwache Geschlecht charakteristisch ist und die es erschwert, einen Typ anhand von systemhaften Gradmessern genau vom anderen abzugrenzen – das ist die ungewöhnliche weibliche Fähigkeit zur Mimikry, die Fähigkeit, sich, wenn nötig, so in jede geeignete Maske hineinzuleben, daß sie das wahre Gesicht zu sein scheint . . .

Ich kann nicht auf ein Beispiel verzichten. Eine junge Frau, Tamara N., die zu beobachten ich eine Sommersaison das nicht eben einfache Vergnügen hatte, machte den Eindruck eines verfeinerten Prototyps des ›dominanten‹ Typs. Sie behandelte ihren Mann demonstrativ schlecht, kommandierte ihre Nächsten herum wie ein Sergeant auf dem Exerzierplatz, und wenn sie auf den geringsten Widerstand stieß, dann fiel sie augenblicklich mit hysterischer Wut über den Betreffenden her. Von sich selbst hatte sie die höchste Meinung, liebte sich, kann man sagen, selbstvergessen und verhielt sich ihren eigenen Mängeln, ja selbst Unebenheiten in ihrem Äußeren gegenüber ebenso nachsichtig, wie sie Fehler und physische Defekte anderer mit vernichtender Kritik bedachte. Ebenso aggressiv und anspruchsvoll wie bei Tisch benahm sie sich vermutlich auch im Bett. Ihre Lieblingssätze waren: »Ich will nicht!«., »Ich langweile mich mit euch« und »Ich habe genug von euch!«. Mit anderen Worten, Tamara war eine Strafe Gottes, wie er sie sorglosen Erdenkindern schickt, damit sie im Diesseits nicht zu sehr verzärtelt werden. Das Schicksal, muß man sagen, begünstigte ihre Neigungen. Sie wuchs in einer wohlhabenden Familie auf als verzogenes Kind eines hochgestellten Vaters und wurde später an einen liebevollen Ehemann weitergereicht, einen Menschen von vielleicht schätzenswerten Eigenschaften, der aber in ihrer Gegenwart völlig farblos wirkte. Die Aureole des Märtyrers, die über ihm schwebte, bewirkte bei den Menschen seiner Umgebung eine mitfühlend-spöttische Einstellung zu ihm, allerdings dürfte er aufgrund seiner Jugend wohl kaum fähig gewesen sein, das zu bemerken. Auf seine Weise war er glücklich, gebar ihm seine Ehefrau doch liebenswürdigerweise einen gesunden Stammhalter. Mit einem Wort, die Zugehörigkeit Tamaras zum ›dominanten‹ Typ, das heißt zur Kategorie der Frauen, vor denen, wie wir wissen, schon Petschorin floh wie vor der Pest, würde keinerlei Zweifel hervorgerufen haben, wäre da nicht ein gewisser stutzig machender hektischer Glanz in ihren Augen gewesen, der von Zeit zu Zeit auftauchte und ihr Gesicht auf anziehende Weise vermenschlichte; übrigens kann dieser traurige Glanz auch ein Anzeichen für den derartigen Charakteren eigenen ›Willensmagnetismus‹ gewesen sein.

Doch wie groß war mein Erstaunen, als ich ihr zwei Jahre später zufällig begegnete und in der stillen, schüchternen Frau nur mit Mühe die frühere wütende Haustyrannin wiedererkannte. Wir gingen ins nächste Café und kamen ins Plaudern. Ich schickte sie zum Büfett, um Streichhölzer zu holen, eine Bitte, die sie früher als Zumutung empfunden hätte. Die Sache ist nämlich die, daß eine Frau des ›dominanten‹ Typs ihre Mitmenschen selbst in Kleinigkeiten instinktiv als Dienstboten benutzt, auch das ist ein charakteristisches Merkmal. Doch Tamara begab sich gehorsam zum Büfett und kehrte auf halbem Wege sogar noch einmal um, um sich zu erkundigen, ob sie bei dieser Gelegenheit nicht auch Zigaretten kaufen solle. Eine erstaunliche Verwandlung, meine Neugier war geweckt. Selbstverständlich war in ihrem Leben etwas Dramatisches geschehen, dennoch ändert sich der ›dominante‹ Typ nicht in Abhängigkeit von den Umständen, und eine Umgestaltung ist nicht charakteristisch für ihn; im Falle einer psychischen Überanstrengung zerbricht er einfach ein für allemal, ohne jede Hoffnung, zur Norm zurückzukehren. Doch das kommt selten vor. Gerade die dominante Frau besitzt beneidenswerte Reserven an Lebenstüchtigkeit, und Erschütterungen aller Art brechen ihren Mut nicht, sondern stärken ihn nur. Die heutige Tamara, die ohne zu murren eine unverfrorene Bitte erfüllte, gehörte allen Anzeichen nach zum ›sich unterordnenden‹ Typ, auch vor zwei Jahren hatte sie schon dazu gehört, doch hatte ich das, verwirrt durch ihre aggressive Verhaltensweise, nicht erkannt und außer acht gelassen, daß der ›sich unterordnende‹ Typ der ›spielerischste‹ Typ des weiblichen Charakters ist. Bekanntlich sind stille Wasser ja tief. Eine unterwürfige, nachgiebige Frau begeht oft im stillen so wunderliche Streiche und wandelt auf so seltsamen Wegen durch das Leben, daß man ihr mit dem Verstand nicht folgen kann, während eine dominante Person es in den meisten Situationen vorzieht, einfach drauflos zu handeln und im Grunde genommen offen ist wie eine Zielscheibe für einen erfahrenen Schützen. Der Unterschied zwischen ihnen besteht darin, daß die unterwürfige Frau dadurch, daß sie einen raffinierten Intellekt besitzt, stets errät, was man von ihr erwartet und wie man sie sehen möchte, und dementsprechend handelt – das ist eine Tarnung eigener Art; hingegen setzt die Frau der aggressiven Richtung mit stumpfem, angeborenem Starrsinn immer ihre Linie durch und handelt den Wünschen selbst der Menschen, die ihr am nächsten stehen, zuwider.

Die Frau des ›dominanten‹ Typs ist zur Liebe im klassischen Sinne nicht fähig, weil ihr Selbstaufopferung ein Buch mit sieben Siegeln ist. Es ist dies eine selbstgenügsame Natur. Ersatz für die Liebe bietet ihr gewöhnlich eine starke erotische Leidenschaft, ihren Partner schont sie nicht, sondern ›verschlingt‹ ihn energisch, doch bringt ihr das kein Glück. Sie ist ständig unzufrieden mit ihrem Schicksal, innerlich verwüstet und immer auf der Hut und verbrennt sich gewöhnlich schon an einem sehr schwachen Feuer völlig, an dem der ›sich unterordnende‹ Typ und der ›Zwischentyp‹ sich höchstens die Flügelchen ansengen würde. In der Regel hat sie nicht allzulange zu leben. Gelingt es ihr jedoch, unbeschadet eine bestimmte Altersgrenze zu überschreiten (die verhängnisvolle Grenze sind 40–50 Jahre), kann sie wer weiß wie lange leben und sich in eine grausame Alte verwandeln, die argwöhnisch und rachsüchtig ist und Tränen und Haß um sich her sät. Wem das bittere Los zuteil geworden ist, seine Tage neben einem solchen Geschöpf fristen zu müssen, wird die Traurigkeit dieser Zeilen begreifen.

Jeden Typus des weiblichen Charakters habe ich mich in den folgenden Kapiteln eingehender zu untersuchen bemüht, hier aber möchte ich zum Schluß nur noch dies sagen. Die Charaktere der Frauen sind, wie auch ihre Kleider, Frisuren, Manieren usw. der Mode unterworfen. Das ist ein seltsames Detail, doch entspricht es, wie mir scheint, vollkommen der Struktur der weiblichen Psyche. Gleich allen übrigen Moden bürgert sich die ›Charaktermode‹ gewöhnlich mit Hilfe aller möglichen Kommunikationsmittel ein – besonders spürbar ist hier der Einfluß von

Film und Fernsehen –, verbreitet sich aber dennoch langsamer als die Kleidermode. Erinnern wir uns, wie lange die Mode des sentimental-zärtlich-unterwürfigen Charakters triumphierte – in Nachahmung der Hollywoodfilmstars der 30er Jahre oder (bei uns) des kokett-gebieterischen Prototyps der Ljubow Orlowa. Eine große Rolle bei der Pseudopopularität des ›dominanten‹ Typs spielte die allgemeine Emanzipation, die dem schwachen Geschlecht viel Leid brachte, da sie die Frauen häufig zwang, sich einem ihnen völlig fremden Verhaltensstereotyp anzupassen, was wiederum zu einer Vielzahl nicht wiedergutzumachender Mißverständnisse und Dramen führte.

6

Alles änderte sich von dem Augenblick an, als ich Ljudmilla Anatoljewna Komarowa wiedersah. Lena und ich saßen in ihrem gemütlichen Zimmerchen, tranken schon Tee, aßen runde Hefekuchen dazu und erzählten uns alles mögliche, als eine wohlproportionierte, etwas füllige Frau im mittleren Alter eintrat und von der Schwelle aus – wobei sie mich so ansah, daß es mir kalt über den Rücken lief – lässig sagte:

»Guten Tag, Petja! Da wärst du also.«

Das war sie. Es war, als habe sich das ganze Leben in diesem Augenblick irgendwohin verflüchtigt, als seien wir plötzlich ans Ufer des Flusses versetzt worden, wo ich gestern in einsamer Melancholie gestanden hatte. Die Vergangenheit war spurlos verschwunden. Das war ihr liebes Gesicht, das einzige auf der Welt. Daß sie gealtert war und müde aussah, war ohne Belang. Ich würde sie überall sofort erkannt haben – im Wald ebenso wie inmitten einer Menschenmenge. Daran zweifelte ich nicht. Und bei uns war unsere Tochter.

»Guten Tag, Ljuda«, sagte ich, während ich aufzustehen versuchte, und dann war ich aufgestanden und ging ihr entgegen, wer weiß warum.

Der lichte Augenblick – wie eine Erleuchtung war es gewesen – war vorüber, an seine Stelle traten Verlegenheit und das bedrükkende Gefühl, daß das, was geschah, nicht ganz ernst zu nehmen und unnötig war. Es war, als hätten wir voller Begeisterung irgendeine Theaterszene zu spielen begonnen, seien aber sogleich von Kräften gekommen, ja hätten sogar den Text vergessen. Ich war Ljudmilla gegenüber befangen, fuchtelte unsinnig mit den Händen herum und gab unartikulierte Laute von mir. Sie bog um mich herum, als sei ich ein Baum, der da mitten im Zimmer emporgewachsen sei.

»Petja, wie unbeholfen du doch bist«, sagte sie, und an die Tochter gewandt. »Na, wie gefällt dir dein neuer Papa?«

»Ein guter Papa ist er«, gab Lena zur Antwort. »Gut und einfach. Aber du hast ihn erschreckt.«

Ich drückte mich noch ein Weilchen neben der Tür herum und kehrte dann mit entmutigter Miene an den Tisch zurück.

»Ja, Ljuda«, sagte ich. »So lange haben wir uns nicht gesehen, da bin ich natürlich etwas verwirrt. Aber du, wie ich sehe, gar nicht?«

»Und du brauchst auch nicht den Kopf zu verlieren. Wozu soll das jetzt noch gut sein? Jetzt ist es zu spät, den Kopf zu verlieren ... Schenk mir mal Tee ein, Töchterchen, recht starken. Nanu, habt ihr für einen solchen Anlaß keinen Wein?«

»Papa darf nicht.«

»Wenn er schon nicht darf, dann hätten wenigstens wir auf sein Wohl trinken können.«

Sie war völlig Herrin der Situation. Gierig, und ohne einen Hehl daraus zu machen, betrachtete ich ihr Gesicht. Vieles darin war mir vertraut, und dennoch bemerkte ich, als die Euphorie des ersten blitzartigen Wiedererkennens verflogen war, offen gestanden deutlich die matt gewordenen Züge ihres für mich neuen Gesichts. Es überlief mich eiskalt. Sollte ich, krank, wie ich war, wirklich umsonst halb Rußland Hals über Kopf durchquert haben? Stumm lächelten, nickten wir einander freundlich zu und würden einem Unbeteiligten wahrscheinlich das Bild eines recht seltsamen Paares geboten haben. Wäre Jelena nicht dabei gewesen, mir wäre, glaube ich, schon etwas eingefallen, wonach ich hätte fragen können, doch die Stunde der eigentlichen Erklärung war noch nicht gekommen. Es ist durchaus möglich, dachte ich, daß ich Ljuda, wenn sie noch ein halbes Stündchen so hingebungsvoll Konfekt knabbert, überhaupt nichts mehr fragen möchte. O Gott, dachte ich, wozu das alles?

»Wir waren auf einen Sprung bei Olenka im Kindergarten«, knüpfte ich eine Unterhaltung an. »Was für ein bezauberndes Kind. Ich kann es kaum glauben, Ljudmilla, daß das deine und meine Enkelin ist!«

Sie prustete los wie ein kleines Mädchen, was ihr ganz und gar nicht stand.

»Aber vielleicht ist sie gar nicht deine Enkelin.«

»Wie ist das?« Allmählich wurde ich wütend.

»Sie ist es, Petja, sie ist es, reg dich nicht auf. Ich hab bloß einen Scherz gemacht. Also, sie hat dir auf den ersten Blick gefallen?«

»Warum redest du so mit mir, Ljuda?« fragte ich argwöhnisch.

»Ich rede, wie ich es verstehe. Wir führen eine ganz gewöhnliche Unterhaltung, wie sie auf dem Lande üblich ist. Bist du etwa zu Herzoginnen gefahren? Früher warst auch du einfacher. Bevor du dir in der Stadt Bildung zugelegt hattest.«

Ihre Worte waren böse und unecht, und auch sie selbst benahm sich gekünstelt, obwohl sie es sich bequem gemacht und die Ellbogen auf den Tisch gestützt hatte, als sei sie zu Hause; selbst den Tee trank sie schluckweise mit gespieltem Vergnügen. Von ihrem häßlichen gelben Kleid flimmerte es mir vor den Augen. Was soll denn das? dachte ich und sah hilflos Jelena an. Die saß da, als wäre nichts geschehen, und auf ihrem Gesicht war ein Ausdruck idiotischer Seligkeit erstarrt.

»Nun, und wie steht es bei dir mit der Gesundheit, Petja?« erkundigte Ljudmilla sich liebenswürdig. »Woran leidest du? Du siehst doch ganz gesund aus. Stimmt's, Töchterchen?«

»Papa hatte einen Infarkt, ich hab's dir doch gesagt.«

»Ach ja, ich erinnere mich. Also das Herz macht dir zu schaffen. Das, Petja, kommt von der falschen Lebensweise. Mir hat's Klawa erklärt, meine Nachbarin. Eine erfahrene Frau, und gebildet dazu. Alle Krankheiten rühren von einer falschen Lebensweise her. Du, Petja, gehst sicher zu wenig im Freien spazieren. Hast dir wahrscheinlich das Autofahren angewöhnt. Hast du ein Auto?«

»Ein Auto hab ich nicht«, sagte ich. »Aber eine Datscha hab ich mir gekauft.«

»Das ist gut. Wühlst demnach manchmal ein bißchen in der Erde. Das ist am heilsamsten. Und eine Frau hast du jetzt also nicht? Ist sie gestorben?«

»Ja«, entgegnete ich.

»Das ist schlecht. In deinem Alter ohne Frau zu sein, Petja, ist, als hätte man keine Hände. Du kannst dir wahrscheinlich nicht mal eine Suppe kochen?«

»Doch, kann ich.«

»Aber das ist ja kein Beinbruch. Alleinstehende Frauen gibt es heutzutage viele, und dich würde jede nehmen, bei deinem Reichtum.«

»Was hab ich für einen Reichtum? Geld hatte ich mal – das ist für die Datscha draufgegangen. Ich habe einen erwachsenen Sohn, er hat vor kurzem geheiratet, dem muß ich unter die Arme greifen. Woher soll da der Reichtum kommen?«

»So ist das?« Sie mimte mitfühlende Verwunderung. »Aber ein hohes Gehalt hast du doch?«

»Zum Leben reicht es.«

Ljudmilla dachte nach, während sie würdevoll die dritte Tasse leerte. Es trat Stille ein. Der Zustand milder Gerührtheit, in den ich versunken war, erinnerte an eine leichte Ohnmacht. Ich empfand keine Gereiztheit mehr. Diese Frau hatte in allem recht, durfte ich mir ein Urteil über sie anmaßen? Von ihren entblößten, glatten, sonnengebräunten Armen ging gleichsam Güte aus, Güte, die ich früher an ihr nicht gekannt hatte und die sich sowohl auf mich als auch auf Jelena, ja auf die ganze weite Welt erstreckte.

»Das macht nichts«, sagte sie, als hätte sie bei sich etwas Wichtiges beschlossen. »Das macht nichts, Petja, daß du keinen Reichtum hast. Also hat Gott ihn dir nicht gegeben. Dafür bist du nicht gerade häßlich, bist kein Krüppel und hast obendrein noch eine Datscha. Darauf ist heutzutage jede scharf.«

»Ich bin Invalide zweiter Klasse«, dämpfte ich Ljudmillas Euphorie.

»Wegen des Herzens etwa?«

»Ja.«

»Nun, das kommt schon wieder in Ordnung ... Trotzdem sollten wir ein Fläschchen zum Wiedersehen trinken, was, Töchterchen? Du könntest mal einen Sprung in den Laden machen. Das Geld geb ich dir.«

Jelena, die für eine Weile wie in den Hintergrund getreten war, brummte:

»Na, sag mal, Mama, du brennst ja geradezu darauf.«

»So ist nun mal der Brauch.«

»Geh schon Lena«, pflichtete ich ihr bei. »Kauf Sekt. Daß ich Dummkopf nicht darauf gekommen bin.«

Jelena erhob sich, wirbelte durchs Zimmer und lief davon.

Wir blieben allein zurück.

Meine ewige Geliebte starrte vor sich hin auf einen Punkt, ihre Hände zuckten und blieben dann erschlafft auf der weißen Tischdecke liegen. Ihr Gesicht war unbeweglich und ausdruckslos.

»Warum spielst du Komödie, Ljuda?« fragte ich wütend. »Du siehst doch, mir geht es nicht gut. Darum bin ich ja hergekommen.«

»Hättest auch nicht zu kommen brauchen.«

»Ich habe nicht mehr lange zu leben, da bin ich hergekommen. Früher konnte ich nicht.«

»Was soll man da machen, bist eben gekommen.«

»Das ist sehr wichtig für mich. Laß doch dieses Getue. Ich muß mich erst an dich gewöhnen.«

Sie hob die Hände vom Tisch und legte sie sich auf die Knie. Mir schien es, als wollte sie mich berühren.

»Hörst du, ich muß mich an dich gewöhnen.«

»Warum, Petja?« Ihre Stimme klang gepreßt, von der gekünstelten Munterkeit, die sie eben noch zur Schau getragen hatte, war keine Spur mehr geblieben.

»Du weißt sehr gut warum. Sonst hättest du nicht unsere Tochter zu mir geschickt.«

»Was redest du da, hast du den Verstand verloren? Nicht im Traum hab ich daran gedacht, Lena zu dir zu schicken.«

»Hör auf! Eines laß uns gleich ausmachen: Entweder wir sind uns nahe, oder ich reise morgen ab. Und noch etwas: Ich fühle mich dir gegenüber frei von Schuld. Auch das sollst du wissen. An meiner verstorbenen Frau habe ich mich schuldig gemacht, nicht an dir. Und ich habe nicht die Absicht, hier bei dir den Hanswurst zu spielen.«

Sie schlug die Augen nieder. »Fahr weg«, sagte sie.

Ich nahm ihre Hand und streichelte sie.

»Ich habe damit keine Eile. Ein, zwei Tage werde ich schon noch bleiben.«

Ihre Hand war warm und hatte Schwielen. Sie zog sie nicht weg.

»Ich habe dich ganz anders in Erinnerung gehabt, Petja!«

»Dreißig Jahre sind vergangen. Du hast dich auch ein bißchen verändert.«

»Aber du hast mich trotzdem sofort wiedererkannt.«

»Du hast mich ganz schön aus der Fassung gebracht.«

»Hast du gedacht, bei mir sei eine Schraube locker!«

»Ich habe gedacht, daß ich umsonst hergekommen bin.«

»Und jetzt denkst du das nicht mehr?«

Die Unterhaltung plätscherte, immer wieder von Pausen unterbrochen, langsam dahin. Draußen war es dunkel geworden. Doch niemand stand auf, um Licht anzumachen. Die Dämmerung kam uns zupaß, in der Dunkelheit sahen wir einander besser. Und die Kluft, die uns trennte, schien nicht mehr so tief zu sein. Unablässig streichelte ich ihre Hand, bis sie sie mir mit einer jähen Bewegung entzog.

»Soll ich dir erzählen, wie ich geheiratet habe?«

»Lieber ein andermal. Was hast du da für eine Narbe über der Schläfe?«

»Meinem Mann ist die Hand ausgerutscht. Hat sich zu sehr ereifert.«

»Aber Lenotschka hat gesagt, er rührt euch nicht an.«

»Das hat er mir mal im Suff verpaßt. Lenotschka war noch nicht geboren, ich lief mit einem dicken Bauch rum. Schade, daß er mich nicht totgeschlagen hat.«

»Mach dir nichts draus«, sagte ich unsicher. »Jetzt wird alles gut. Wir fangen noch einmal ganz von vorn an.«

Sie wunderte sich nicht über meine Worte, lächelte nur weise.

»Ein komischer Kauz bist du, Petja. Gleich als ich dich sah, hab ich begriffen: ein komischer Kauz. Schon in deiner Jugend warst du so, aber nun, auf deine alten Tage, bist du anscheinend völlig übergeschnappt... Deswegen hab ich mich ja auch in dich verliebt. Du warst nicht so wie alle anderen.«

»Und ich weiß nicht, warum ich mich in dich verliebt habe. Später ist mir so etwas nicht wieder passiert. Und dir?«

»Frag nicht, Petja.«

»Ich habe mich im Leben des öfteren verliebt, doch so ist es nie gewesen. Das Glück war nicht dabei, Ljuda. So, wie ich damals berauscht war, so bin ich es bis heute. Ich weiß, man kann die Vergangenheit nicht zurückholen, aber glauben will ich es nicht.«

Und dann machte ich einen Fehler: Ich erhob mich halb von

meinem Sitz und streckte die Hand nach ihr aus, um sie zu umarmen, eine teuflische Versuchung trieb mich, doch da war ich bei ihr an die falsche Adresse geraten.

»So siehst du aus«, sagte sie böse und wich mir aus. »Hör auf nach mir zu grapschen.«

Die barsche Fremdheit ihres Tons verletzte, aber entmutigte mich nicht. Natürlich, dachte ich, dreißig Jahre kann man nicht durch einen Augenblick der Zärtlichkeit ungeschehen machen. Es hat keinen Zweck, in den Wolken zu schweben.

»Wir haben ein bißchen Unsinn geredet, und das reicht«, fuhr sie fort und senkte die Stimme, als sie sah, wie ich mich gehorsam auf meinen Platz sinken ließ. »Hast du dir tatsächlich eingebildet, du kommst her, nimmst mich in den Arm, und ab ins Bett? So, ja?«

»Ich bin ein bißchen nervös«, sagte ich, »entschuldige.«

»Du hast hier angefangen, alle möglichen Bedingungen zu stellen. Entweder sind wir uns nahe oder wir sind Fremde, sagst du. Wie kannst du es wagen, mir Bedingungen zu stellen! Fremde sind wir, Petja, Fremde. Fremder geht es nicht. Du weißt nichts von meinem Leben, ich nichts von deinem. Und ich möchte auch gar nichts wissen ... Ich wollte dich sehen – das stimmt. Wen reizt es nicht, sich noch einmal in die Zeit zurückzuversetzen, wo es schön war? Was hat das schon zu besagen? Eine Weiberlaune, nichts weiter. Die Dummheiten schlag dir lieber gleich aus dem Kopf ... Du liebe Güte, das ist doch zum Lachen! Wir haben Enkel, Petja! Und dein Kopf ist fast kahl, was willst du von mir, was?!«

Sie saß, mir halb zugewandt, in gekrümmter Haltung da, ihre dunklen Augen unter den schwarzen Brauen blitzten, ihre Brust wogte wild – gerade in diesem Augenblick, nicht früher, nicht später, begehrte ich sie, und ich gewann endgültig die Überzeugung: Wir werden und müssen zusammensein. Wir werden das Schicksal überlisten.

Nur gut, daß Lena zurückkehrte und uns eine Atempause verschaffte. Schon von der Schwelle aus betätigte sie den Lichtschalter, das Zimmer nahm reale Umrisse an, und wir waren in ihm nicht mehr die, die wir vor einer Stunde gewesen waren. Jelena hatte Sekt und eine Tüte Schokoladenkonfekt mitgebracht... Unter flotten Sprüchen, die mir wer weiß woher in den Sinn kamen, entkorkte ich die Flasche und füllte die Gläser. Die Frauen tranken mit Vergnügen, nachdem sie der Reihe nach hatten husten müssen. Auch ich trank zum erstenmal nach dem Krankenhausaufenthalt ein Schlückchen.

Jelena, rasch beschwipst vom Sekt, sagte:

»Du, Papa, gehst mir nicht mehr ins Hotel. Du bleibst bei mir. In diesem Bett da wirst du schlafen. Ich schlafe in der Küche. Und keine Widerrede. Stimmt's, Mama?«

»Man kann den Ärzten nicht trauen.« Ljudmilla hatte sich unmerklich wieder in ein dickes, ein wenig einfältiges Dorfweib verwandelt. »Den Mann von meiner Nachbarin, Klawa – und die Frau weiß, wovon sie redet – haben sie durch falsche Behandlung ins Grab gebracht. Gesund hat er sich hingelegt, die aber haben ihn zum Sterben nach Hause entlassen.«

»Warum hat er sich denn hingelegt, wenn er gesund war?« erkundigte ich mich.

»Hingelegt hat er sich, weil er überschlau war. So wie du, Petetschka. Er hatte Ärger auf der Arbeit, da ist er weggelaufen, ins Krankenhaus. Klawa hat versucht, ihm das auszureden, aber er wollte nicht hören. Behandeln lassen will ich mich – und fertig. Zweimal haben sie ihn dort operiert und ihn dann Klawa zurückgebracht. Aber denkste! Nach einem Monat hatte er sich zu Tode gequält. Ein Kerl wie ein Baum, und saufen konnte er – wie ein Loch. Einen Eimer vom Selbstgebrannten schaffte er und war dabei kein bißchen betrunken. Vor dem Tode hat er seine Schuld eingestanden. Recht hast du gehabt, Klawa, sagt er, lieber ins Gefängnis als ins Krankenhaus.«

»Du bindest mir einen ganz schönen Bären auf, Ljudmilla!«

»Was verstehst du schon.« Launisch preßte sie die Lippen aufeinander, und wieder konnte ich nicht klug daraus werden, ob sie in vollem Ernst sprach oder scherzte. Und wenn sie nicht scherzte, was dann? »Von Demka Suchorukow weiß die ganze Stadt, frag meinetwegen deine Tochter«, fuhr Ljudmilla fort. »Wo der gearbeitet hat, dort hat er auch lange Finger gemacht. Ob im Depot oder auf der Geflügelfarm. Von überall hat er was nach Hause geschleppt, mächtig wirtschaftlich war er. Wie oft haben sich die Staatsorgane für ihn interessiert. Klawa und er lebten wie Gott in Frankreich, alles, was recht ist, bis er auf die Schnapsidee kam, im Krankenhaus unterzutauchen. Aber das Lügen, Petja, haben wir nicht gelernt.«

Ich beschloß, wenigstens eine Geschichte völlig zu entwirren.

»Schön, angenommen, euer Demka ist gesund ins Krankenhaus gegangen. Und dann kommt er so mir nichts dir nichts auf den Operationstisch? Wie kann das sein? Irgend etwas reimt sich da nicht zusammen.«

Ljudmilla sah mich mit verächtlicher Grimasse an.

»Wer hat dir denn gesagt, daß er gleich auf den Tisch gekommen ist? Zuerst haben sie ihm Blut abgenommen und so weiter und dann erst die Operation angeordnet. Eine Menge Steine haben sie, glaube ich, bei ihm entdeckt.«

»Er hatte Krebs, Mama«, mischte sich schließlich Jelena ein und sah ihre Mutter dabei mit einem mich befremdenden Entzücken an, wie man ein Kind ansieht, das ein Märchen ans andere reiht, sich in ihnen verheddert hat, aber bezaubernd in seiner Starrköpfigkeit ist.

»Was für ein Krebs, Gott behüte! Das ist jetzt in Mode gekommen, einander mit Krebs Angst einzujagen. Wer hat ihn denn gesehen, diesen Krebs? Demka hat ja noch einen Tag vor der Operation einen Liter Selbstgebrannten getrunken, Klawa hatte ihm den gebracht. Und eine halbe Gans auf einmal hat er verdrückt. Und da soll er Krebs gehabt haben? Mit so einem Krebs werden die Leute hundert Jahre alt. Etwas anderes ist es, daß sie gedroht haben, ihn vor Gericht zu bringen. Vielleicht ist er vor Schreck gestorben. Ich geb den Ärzten auch nicht die ganze Schuld. Ihre Arbeit ist kein Zuckerlecken. Die Krankheit schickt Gott, was können sie da schon tun. Müssen den Leuten Sand in die Augen streuen. Aber was Demka betrifft, da mach ich ihnen keinen Vorwurf. Vielleicht ist er vor Angst abgekratzt, vielleicht hat ihn das Gewissen geplagt. Soviel fremdes Gut, wie der in seinem Leben zusammengeschleppt hat, soviel können du, Petja, und ich nicht auf drei Lastwagen fortschaffen. Na und da hat er sich eben überanstrengt. Klawa ist selber bis heute im Zweifel. Sie hat ihm schon in den letzten Jahren zugeredet, nicht mehr so viel mitgehen zu lassen. Aber er hatte nun mal so eine Natur, die kann man nicht umkrempeln. Aber geizig war er gar nicht, das letzte Hemd hätte er hergegeben, wenn's sein mußte. Weißt du noch, Lenotschka, wie er uns mal vor einem Feiertag ein Fäßchen Schmalz auf den Hof gebracht hat?«

»Ich erinnere mich, Mama. Vater hat ihm das Fäßchen zurückgebracht und geschimpft wie ein Rohrspatz. Die Leute sind nur so zusammengelaufen. Ich erinnere mich!«

Jelena besann sich plötzlich und preßte die kleine Faust an den Mund, aber es war zu spät. Ich schaute von ihr zu Ljudmilla hinüber und bemerkte gerade noch, wie in ihren Augen etwas aufblitzte, was sich mit Worten nicht beschreiben läßt. Verzweiflung, Schmerz – und Triumph, alles auf einmal. Sie schauderte irgendwie zusammen, schlug den Kragen ihres Kleides hoch und wollte auf der Stelle nach Hause. »Es ist Zeit, es ist Zeit«, murmelte sie schuldbewußt. »Verzeih, Petja, ich muß gehen. Wir sehen uns noch. Schön haben wir beisammen gesessen, stimmt's? Hab auch du Dank, Töchterchen ... Nun, ich gehe, ich geh schon.«

Ich erbot mich, sie zu begleiten.

»Nicht nötig«, sagte Ljudmilla. »Es ist wirklich nicht nötig. Ringsum sind viele Augen, und bei uns in Swansk kennt jeder jeden. Wozu die Leute unnütz aufregen?«

So sagte sie es: Wozu die Leute unnütz aufregen. Lena ging mit ihr, und ich blieb allein am Tisch zurück. Mechanisch führte ich das Glas zum Munde und trank den Sekt aus. Irgend etwas in meiner Brust brannte. Ich bedeckte die Augen mit der Hand und lehnte mich zurück an die Sofarolle. Undeutlich reifte das Gefühl, daß Unheil bevorstand. Ich hatte Schmerzen in der linken Schulter und unterhalb des Halses. Dann muß ich wohl eingeschlummert sein. Aus der Dunkelheit tauchten irgendwelche Fratzen auf, unter meinen Augenlidern schwollen feurige Klumpen an. Ich begriff, daß ich mich hinlegen mußte, wenigstens ein halbes Stündchen lang, doch jeden Augenblick konnte Lena zurückkehren, und ich wollte nicht ihr erschrockenes: »Was ist mit dir, Papa?!« hören. Von diesen Worten schüttelte es mich schon im voraus. Ich war nicht krank, sondern einfach verteufelt müde. Ich rief Mascha, und sie kam. ›Da siehst du, Liebes‹, sagte ich zu ihr, ›du brauchst diese Frau nicht zu fürchten. Sie ist dir sogar irgendwie ähnlich.‹ In dem nebelhaften Antlitz meiner Frau war kein Vorwurf, doch sah sie wie gewöhnlich beunruhigt aus. ›Mach, was du willst‹, brummte sie. ›Wer bin ich schon für dich? Nur ein Dienstmädchen‹. ›Das stimmt nicht‹, widersprach ich heftig. ›Du sollst nicht so reden. Du siehst doch, wie schlecht es mir ohne dich geht . . .‹ Verdrießlich verzog sie das Gesicht. ›Was habe ich damit zu tun. Dir geht es schlecht, weil du unersättlich bist.‹ Wir hatten diese Unterhaltung auch früher schon Hunderte von Malen geführt, und nie hatte ich ihr erklären können, daß ich nicht ihr Feind sei, sondern sie liebte. Doch selbst zuhören mochte sie diesmal nicht lange, sie plusterte sich auf und löste sich in purpurrote Flekken auf.

Ein schrilles Geräusch brachte mich wieder zur Besinnung. Die Tür fiel ins Schloß, und Jelena trat ins Zimmer. Ich konnte mich gerade noch aufrichten.

Sie kam näher und nahm mir gegenüber Platz.

»Bist du zufrieden, Papa?«

»Deine Mutter ist mir ein wenig seltsam vorgekommen.«

»Denk nicht darüber nach. Es kommt schon alles ins rechte Gleis. Hauptsache, ihr habt euch getroffen. Sie ist doch immer noch schön, nicht wahr?«

Sie wollte so sehr, daß ich das bejahte, wollte zärtliche Erregung bei mir spüren, doch ich hatte schon begriffen, daß ihre Sorge nicht mir galt, sondern ihrer Mutter, die, völlig gebrochen, in irgendwelchen unbekannten Wunschträumen lebte. Die Tochter, Ljudmillas und meine Tochter, hatte alle ihre Kräfte angestrengt, um die Scherben der Vergangenheit zu sammeln und zusammenzukitten. Wenn ich ihr nicht dabei half, würde sie sich wahrscheinlich voller Verachtung abwenden und meine Existenz bald überhaupt vergessen haben. Ich achtete sie dafür. Nicht jeder Mensch ist fähig, sich Unmögliches vorzunehmen und zu versuchen, das auch in die Tat umzusetzen. Für ein solches Unternehmen muß man eine reiche Phantasie und in gewissem Sinne eine erhabene Seele besitzen. Es kommt nicht darauf an, daß Anstrengungen, die darauf gerichtet sind, erloschene Gefühle neu zu beleben, größtenteils vergeblich sind; wunderbar ist, daß sich von Zeit zu Zeit ganz bestimmt irgendein Tor findet, der bereit ist, sich dessen anzunehmen, obwohl er kaum Aussicht auf Erfolg hat.

»Ich habe gewisse Pläne«, sagte ich mit einer Bedeutung, die mir selbst unverständlich war, »aber es ist noch zu früh, darüber zu sprechen. Ich muß mich erst zurechtfinden.«

»Oh!« Sie erschrak. »Wir brauchen keine Pläne, Papa. Auch so ist alles gut. Pläne sind nicht nötig.«

»Reg dich nicht auf, mein Kind. Ich werde deiner Mutter nichts zuleide tun.«

Sie machte eine Bewegung auf mich zu und ging in ihrer Verwirrung plötzlich zum ›Sie‹ über.

»Natürlich, natürlich ... Sie sind ein sehr kluger und guter Mensch, sonst hätte ich ... Aber Mama ist so verletzlich, so abgequält. Sie wissen vieles nicht. Und das kann man auch nicht erzählen. Ich habe Angst. Man braucht sie nur ein bißchen zu verletzen – und sie kann sterben.«

»Das ist schön, daß du deine Mutter so liebst.«

Sie holte tief Luft wie vor dem Tauchen.

»Sie müssen die Wahrheit wissen ... Ich liebe auch ihn!«

»Auch das ist schön, mein Kind ... Doch jetzt werde ich wohl lieber zum Hotel fahren. Sei mir nicht böse, Kleines, aber ich habe es dort bequemer.«

»Dir hat es nicht gefallen, wie ich über... ihn gesprochen habe?«

»Ich bin müde, ich möchte allein sein.«

»Aber habe ich dich auch wirklich nicht verstimmt?«

»Wo denkst du hin, Töchterchen.«

Mit Augen, die nichts sahen, streifte sie das Zimmer, dann begann sie die Gläser umzustellen.

»Weißt du, Papa, mir kommt es manchmal so vor, als ob alle Menschen verkehrt lebten. Und ich am verkehrtesten von allen. Das heißt nicht verkehrt, sondern umsonst. Umsonst hab ich geliebt, umsonst studiert, umsonst mir ein Töchterchen angeschafft. Nichts davon scheint es wirklich zu geben. Nach wie vor klammere ich mich voller Hoffnung an Mamas Rockzipfel. Aber dann schaue ich sie an und sehe, wie alt sie geworden ist. Und ich habe auch schon fast das halbe Leben hinter mir. Das ist so schrecklich, Papa, so schrecklich! Ich kann es nicht mal erklären.«

»Ich verstehe dich. Mir kommt es mitunter auch so vor, als ob ich bloß ein rotznasiger Bengel bin und man mich bestimmt bald wegen irgendeines Vergehens verprügeln wird.«

»Meinst du das ernst?«

»Und ob! Und so wartet man ständig, wo man sich vor der Strafe verstecken könnte. Aber du hast recht, Mädchen. Die Menschen leben tatsächlich falsch. Und weißt du warum? Gerade deshalb, weil sie zu schnell vergessen, was für Kinder sie im Grunde genommen sind.«

»Wie schön du das gesagt hast!«

»Begleite mich nicht, einverstanden?«

In der Tür, als wir uns verabschiedeten, küßte ich sie auf die Stirn, sie mich direkt auf den Mund.

Schon lange hatte ich nicht mehr einen so unruhigen Abend erlebt. Vor dem Schlafengehen nahm ich eine Menge der verschiedensten Medikamente und quälte mich dann die halbe Nacht mit Sodbrennen herum.

7

Doch auch der Morgen war ein ganz besonderer. Ich frühstückte auf meinem Zimmer. In aller Herrgottsfrühe war ich in einen Laden gegangen, wo ich wunderbaren offenen Quark kaufte, wie es ihn in Moskau nur auf dem Markt und hin und wieder in einem Spezialitätenladen auf dem Lomonossowprospekt gibt. Der Quark ist so, daß er einem im Mund zergeht, fett und mit einem leichten bitteren Geschmack. Ich hatte noch ein Gläschen Honig und ein frisches Brötchen gekauft. In der Porzellanteekanne, die ich von zu Hause mitgebracht hatte, erhitzte ich nun mit dem Tauchsieder Wasser, brühte Tee auf und langte herzhaft zu. Mit dem Honig und dem duftenden Brötchen verspeiste ich wahrhaftig mindestens ein Pfund Quark. Während ich aß, überlegte ich, was ich als nächstes tun würde. Jelena arbeitete heute bis zwei, wir hatten abgemacht, daß sie danach zu mir kommen würde. Meine Stimmung war ausgezeichnet: Ich hatte keine Eile und wußte zugleich nicht, wo mir der Kopf stand vor lauter, wenn auch nicht allzu beschwerlichen, Sorgen. Doch als erstes mußte ich zum Telegraphenamt gehen, in Moskau anrufen und in Erfahrung bringen, wie es den Jungvermählten ging.

Mein friedliches Idyll wurde durch das Eintreten der Reinemachefrau, einer schon älteren Frau im Arbeitskittel, gestört. Sie erschien völlig überraschend, ohne anzuklopfen, und ging irgendwie gebeugt, da sie einen Gummischlauch hinter sich her schleifte. Als ich sie ansah, lief es mir kalt über den Rücken. Der untere Teil des Gesichts dieser Frau war durch eine alte Brandwunde entstellt, der schmale Mund verzerrt, unterhalb der niedrigen gefurchten Stirn standen, Knöpfchen gleich, kleine stechende Augen hervor. Die Ärmste, dachte ich mitfühlend.

Meine Anwesenheit in dem Zimmer schien die Frau zu überraschen, sie warf den Schlauch vor ihre Füße, richtete sich auf und streckte die Arme aus, als hätte sie die Absicht, jemanden zu fangen. Doch nicht etwa mich?

»Nanu«, sagte sie unzufrieden, »ist es vielleicht zu früh zum Saubermachen?«

»Warum zu früh?« gab ich entgegenkommend zur Antwort. »Gerade die richtige Zeit, um aufzuräumen. Und wenn ich Sie störe, dann gehe ich gleich weg.«

»Wohin man auch kommt, überall sind Menschen«, sagte sie nachdenklich. »Und uns treibt man deswegen an.«

»Weswegen treibt man Sie an?« Ich verstand nicht.

»Damit wir nicht auf der faulen Haut liegen.«

Aus früherer Erfahrung wußte ich, daß man sich im Hotel wie auch im Krankenhaus auf jeden Fall mit dem Personal auf allen Ebenen gut stellen muß. Doch, obwohl ich eine Unterhaltung anknüpfte, war ich dennoch bemüht, diese Frau nicht allzu aufmerksam anzusehen.

»Verzeihen Sie, wie heißen Sie?«

»Wozu müssen Sie das wissen? Nun, Nadja. Nadeshda Wassiljewna.«

»Ich will gerade auf den Markt, Nadeshda Wassiljewna. Können Sie mir nicht sagen, wie ich dorthin komme?«

»Also sind Sie das erste Mal bei uns?«

»Scheint so.«

»Aha. Dann ist es verständlich. Wir haben mehrere Märkte.

Einen oben, hinter dem Bahnübergang, den anderen – da muß man durch den Park gehen, dann stößt man darauf.«

»Und welcher ist besser?«

Nadeshda Wassiljewna wurde plötzlich lustig und bedachte mich mit einem koketten Blick, von dem mir grauste.

»Was heißt hier besser? Beide Märkte sind, wie Märkte eben sind. Oh, haben Sie mich zum Lachen gebracht! Auf beiden wird gehandelt und gefeilscht ... Ha-ha-ha!«

Ich erhob mich vorsichtig, warf mir das Jackett über und steuerte auf den Ausgang zu. Ich wollte um die Frau herumgehen, die aber wich zurück, noch dazu so flink, daß sie schon vor mir aus dem Zimmer war. Im Korridor starrten wir einander verlegen an.

»Was haben Sie, Nadja?«

»Was schon, man muß eben auf der Hut sein.«

Im Korridor war niemand außer uns. Der unheildrohende Schlauch gehörte, wie sich herausstellte, zu einem sperrigen Ungetüm von Staubsauger.

»Sind Sie denn wirklich vor mir erschrocken?«

»Was einem Mann so in den Sinn kommt, das wissen wir nicht. Sich in acht zu nehmen ist immer sicherer.«

Aus der Nähe war ihr Gesicht nicht häßlich, und wäre nicht die verflixte Brandverletzung gewesen, sie hätte vielleicht ganz anziehend wirken können. Die Fältchen um die Knopfaugen herum, die plumpe Gestalt hatten etwas kindlich Hilfloses.

»Es ist nicht recht, daß Sie so etwas denken, Nadja«, sagte ich fröhlich. »Wenn wir uns erst näher kennengelernt haben, werden Sie das verstehen. Ich habe mein Lebtag keiner Fliege etwas zuleide getan.«

»Wozu sollten wir uns näher kennenlernen«, gab sie würdevoll zur Antwort. »Erst recht nicht, wenn ich beim Saubermachen bin ...«

Der Markt hatte es mir sofort angetan. Hier gab es alles, was das Herz begehrte, und, verglichen mit Moskau, alles zu erschwinglichen Preisen. Natürlich mit Ausnahme der verschiedenen exotischen Früchte und Gewürze, die die Gäste aus den südlichen Republiken verkauften. Die hielten jedem internationalen Vergleich stand.

Auf dem Markt konnte ich nicht so lange verweilen, wie ich gern gewollt hätte. Es war ein heißer Tag, ein echter Junitag, die Sonne brannte unbarmherzig, und schon nach ein paar Minuten schwitzte ich in meinem Jackett wie im Dampfbad. Ohne zu feilschen, kaufte ich fünf gelbrote Frühbirnen sowie ein halbes Kilo Weintrauben und machte, daß ich in den Schatten kam. Bis zum Kindergarten ging ich zu Fuß. Ich fand mich schon ganz leidlich in der Stadt zurecht. Olenkas Gruppe tollte ausgelassen auf dem Kinderspielplatz herum. Die grell bunt angezogenen Mädchen und Jungen liefen hin und her, kreischten, hauten einander, lärmten, weinten, lachten – und auf dieses ganze quicklebendige junge Gemüse versuchte ein hochgewachsenes Mädchen im weißen Kittel, ihre Erzieherin, selbst fast noch ein Kind, aufzupassen. Sie hatte ein konzentriertes Gesicht, ein Gesicht, wie es ein Mensch hat, der den festen Entschluß gefaßt hat, ungeheuerlichen Umständen zum Trotz, nicht den Verstand zu verlieren und wenigstens noch ein Stündchen durchzuhalten.

Nachdem ich über den Zaun hinweg diesem munteren Treiben ein Weilchen zugesehen hatte, trat ich durch die Pforte, kauerte mich in einiger Entfernung unter einem Schutzdach nieder und rätselte hin und her, wie Olenka mein Kommen aufnehmen würde. Sie hatte mir schon mehrmals einen flüchtigen Blick zugeworfen, mich aber anscheinend nicht erkannt und war gerade damit beschäftigt, sich an einen drolligen, äußerst beweglichen Kleinen im rosa Overall heranzuschleichen und zu versuchen, ihn mit einer Holzschaufel auf den Rücken zu schlagen. Zwei Versuche waren ihr schon fehlgeschlagen, der vom Schicksal beschützte Knirps war stets in letzter Sekunde ausgewichen.

»Olenka!« rief ich.

Olenka schaute unzufrieden in meine Richtung, blickte dem Reißaus nehmenden Knirps bedauernd nach und schleuderte ihm verdrießlich ihre Schaufel hinterher, dann schüttelte sie ihr Röckchen ordentlich ab und kam gesittet auf mich zu.

»Hast du mich wiedererkannt?« fragte ich schmeichlerisch, als sie herangekommen war und den fordernden Blick ihrer leuchtend orangefarbenen Augen auf mich richtete.

In ihrem schmächtigen, vor Energie strotzenden Gesichtchen und in dem feinen, in einem kurzen Sarafan steckenden Figürchen war der ganze Liebreiz der Welt eingeschlossen.

»Ich habe dich wiedererkannt«, gab sie würdevoll zur Antwort. »Du bist Onkel Petja.«

»Und wer ist dieser rosa Knirps?«

»Das ist Saschka Bykow. Er ist mein Feind.«

Mir wurde wehmütig ums Herz. Gestern hatte ich sie nicht eingehend betrachtet. Aber so war sie: Setz sie auf die flache Hand, blase – und sie fliegt davon. Mein unbekanntes Blutströpfchen.

»Setz dich ein Weilchen zu mir, Olenka. Da hab ich dir Weintrauben und Birnen mitgebracht. Du magst doch Weintrauben? Iß.«

»Die sind ja ungewaschen«, meinte sie zweifelnd und sah sich nach der Erzieherin um. Die Zischlaute sprach sie nicht sehr deutlich aus.

»Na, sag mal, Olenka, kannst du etwa noch nicht alle Buchstaben sprechen? Hast du das noch nicht gelernt?« fragte ich in widerwärtig schmeichlerischem Ton.

»Ich spreche gut«, antwortete das Mädchen beleidigt. »Saschka Bykow lispelt, und den hänselt man auch. Ich werde ihn sowieso umbringen.«

Ich nahm sie auf den Arm und ließ sie auf die Bank niedergleiten, holte ein sauberes Tuch aus der Tasche, rieb die schönste Birne blank und reichte sie ihr. Sie rutschte hin und her, um sich bequemer hinzusetzen, nahm die Birne und biß sie sofort an. Von der Seite sah ich ihre langen drolligen Wimpern und das winzige Ohr, das sich im flachsblonden Haar verheddert hatte. Echte Zärtlichkeit stieg in mir auf, und am liebsten hätte ich so, ohne mich zu rühren, bis ans Ende meiner Tage mir ihr dagesessen. Und ich wünschte, sie möge ewig gedankenlos und schmatzend an der süßen Birne kauen und den Saft mit der Spitze ihrer rosigen kleinen Zunge ablecken.

Trotzdem konnte ich es nicht lassen, mich mit der für Erwachsene charakteristischen Grausamkeit ihrer Erziehung anzunehmen.

»Olenka, ich glaube, um einen Menschen umzubringen, muß man gewichtige Gründe haben. Und überhaupt ist das nicht schön. Was hat er dir denn getan, dieser Saschka Bykow? Meiner Meinung nach ist er ein prächtiger Junge und, wie es aussieht, schwächer als du.«

»Er ist ein Speichellecker und Angeber. Er darf nicht leben«, gab Olenka unbeirrt zur Antwort.

»Aber wieso denn ...«

»Du, Onkel Petja, kennst ihn nicht. Er hat Njuschka den Rock zerrissen. Was soll ich jetzt machen?«

»Und wer ist das – Njuschka?«

»Meine Puppe. Großvater hat sie mir geschenkt.«

»Hast du deinen Großvater lieb?«

»Sehr. Ich hab alle lieb. Nur Onkel Serka, den mag ich nicht.«

»Und wer ist Onkel Serka?«

»Großvaters Freund. Mama sagt, er ist ein Säufer.«

Olenka hatte sich bis über die Ohren mit der Birne beschmiert und hielt mir nun gehorsam ihr Frätzchen hin, damit ich ihr die Wangen abwischte. Zu uns gesellte sich ein junger Mann in Jeans und einem T-Shirt, auf dem irgendeine Rockgruppe abgebildet war.

»Wanetschka, Wanetschka! Willst du eine Birne?!« begann

Olenka zu schreien, nachdem sie sich aus meinen Händen losgerissen hatte und von der Bank geglitten war.

»Guten Tag«, grüßte mich der junge Mann. Olenka hängte sich an ihn, und er hielt sie mit widerwilliger Grimasse ein Weilchen an den Ellenbogen in der Schwebe, aber sie schob ihm trotzdem die nicht zu Ende gegessene Birne in den Mund. Der Bursche riß sich das Mädchen vom Hals, spuckte lange und sagte drohend:

»Wenn du Unfug treibst, du Ratte, verdresch ich dich.«

»Machst du ja doch nicht! Machst du ja doch nicht!« begann Olenka, auf einem Bein hüpfend, glücklich zu kreischen.

»Und wer sind Sie?« fragte er mich.

»In gewisser Weise bin ich ihr Onkel. Aus Moskau.«

»Hör ich zum erstenmal. Wir haben keinen Onkel in Moskau.«

»Es hat sich erst vor kurzem herausgestellt, daß ich ihr Onkel bin«, erklärte ich.

Wie sonderbar es auch scheinen mag, ihn stellte das zufrieden. Nicht einmal ein Funke von Neugier blitzte in seinen Augen auf. Ein selten selbstbeherrschter junger Mann.

Olenka schaute mich herablassend an, wie schöne Mädchen einen linkischen Kavalier anschauen. Wenn es meine Absicht gewesen wäre, ihre Sympathie mit Birnen und Weintrauben zu erkaufen, hätte ich mich jedenfalls gründlich verrechnet. Gewiß, sie hatte es mir mit königinnenhafter Gnade vergolten, ein Weilchen neben mir auf der Bank gesessen und mich ihr Gesichtchen abwischen lassen, doch das Auftauchen des finsteren Burschen hatte die Illusion der zwischen uns entstandenen Vertraulichkeit sofort zerstört.

»Dann holen vielleicht Sie Olka am Abend vom Kindergarten ab?«

»Ich?«

»Nun, warum nicht? Wenn Sie nun mal ihr Onkel sind. Schleppen Sie sie irgendwohin, von mir aus zur Großmutter. Lenka hatte mich gebeten, aber das durchkreuzt meine Pläne.«

»Wanka!« sagte Olenka aufbrausend. »Wenn du so bist, dann werd ich's dir zeigen.«

»Halt die Klappe, du Mücke. Was kannst du mir schon machen.«

»Ich werd alles Großvater sagen!«

»Was redest du da für einen Stuß?«

Iwan stutzte augenscheinlich. Neugierig betrachtete ich ihn. Äußerlich hatte er weder mit Ljudmilla noch mit Lena etwas gemein. Dunkelhaarig war er, hatte ein grob gemeißeltes Gesicht und kleine, tiefliegende Augen – kurzum, fremdes Blut. Und dennoch lag in seiner apathisch-mürrischen, bedächtigen Art und Weise, sich zu geben, eine gewisse sympathische Besonderheit. Von diesem Burschen mochte man sich nicht so rasch trennen, dieses Gefühl hatte ich jedenfalls. Sein Geplänkel mit der Nichte war unterdessen weit gediehen, und sie schenkte mir nun überhaupt keine Beachtung mehr. Iwan suchte trotzdem herauszubekommen, welche für ihn kompromittierenden Mitteilungen Olenka dem Vater machen könnte. Wie sich herausstellte, trug er ohne Erlaubnis Großvaters Pullover und stahl ihm Zigaretten. Schlimmer noch, sie hatte gesehen, wie Wanka betrunken unter dem Zaun gelegen hatte. Die unsinnige Erklärung versetzte den unerschütterlichen jungen Mann in äußerstes Erstaunen.

»Aber das lügst du doch alles, du Ratte!«

»Großvater wird schon schlau daraus werden«, versicherte die junge Erpresserin Wanja. »Versuch's mal, mich nicht vom Kindergarten abzuholen. Dann wirst du ja sehen, was dir blüht.«

»Ertränken muß man dich, wie einen feindlichen Agenten. Es gibt keinen anderen Ausweg«, verhieß Iwan.

»Und wo wirst du mich ertränken?«

Iwan warf einen Blick auf die Uhr und hatte es auf einmal sehr eilig.

»Teufel, die Mittagspause ist gleich um ... Dann holen Sie dieses schwierige Kind also ab?«

»Leider kann ich nicht.«

»Prost Mahlzeit ... Dann warte bis um sieben auf mich. Hörst du, du Balg?«

»Ich hör schon, bin ja nicht taub.«

Ich wollte ihn nicht in dieser Stimmung gehen lassen.

»Nehmen Sie ein paar Weintrauben«, schlug ich vor. »Sie sind wahrscheinlich nicht zum Mittagessen gekommen?«

Ich reichte ihm die Tüte, er brach von einer Traube höflich eine Beere ab, schob sie in den Mund, verzog das Gesicht und schluckte sie hinunter.

»Wo arbeiten Sie, Wanja?«

»Auf einer Baustelle. Als Montagearbeiter.«

»Lernen Sie nirgends?«

In seinen Augen blitzte ein kluges Lächeln auf.

»Vorläufig lerne ich vom Leben ... Wie heißen Sie?«

»Pjotr Jewdokimowitsch.«

»Und als was arbeiten Sie?«

»Vorläufig bin ich Invalide.«

»Eine nützliche Beschäftigung. Bei uns ist heutzutage jeder zweite Invalide ... Olka, hörst du, ich komme um sieben. Daß du mir nicht heulst ...«

Bald verabschiedete auch ich mich von dem Mädchen. Ich ließ Olenka die Birnen und Weintrauben da, damit sie die übrigen Kleinen damit bewirtete. Ich bemerkte, mit welch verliebtem Blick sie Iwan nachsah, während er, wie zum Trotz, statt zur Pforte zu gehen, mit einem Satz über den niedrigen Zaun sprang.

Die Energie, die meine Kräfte viele Tage lang aufgepeitscht hatte, begann plötzlich zu versiegen. Gerade hier, im Kindergarten, strömte sie auf einmal aus mir heraus wie Wasser aus einem schadhaft gewordenen Gefäß, und ich fühlte mich entmutigt und hilflos. Was, dachte ich, hab ich, ein kranker, törichter, älterer Mann, in dieser Stadt zu suchen? Welches Verlangen will ich stillen? Die ewige Unzufriedenheit und Unersättlichkeit der menschlichen Wünsche schwebt wie ein schwarzer Schatten drohend über den Schicksalen, und vielleicht verkörpert sich in ihr, in dieser schmachvollen Unersättlichkeit, mein Geschick. Nie habe ich jemandem bewußt Schmerz zufügen wollen, nicht einmal meinen Feinden, doch jeder meiner Erfolge – ob bei den Frauen oder in der Arbeit – hat bestimmt irgend jemanden verletzt; und genau so ist mir, wenn ein Rivale als Sieger hervorging, stets schlecht und übel gewesen, als hätte man mir ein Stück Kuchen, das ich gerade verschlingen wollte, aus den Händen gerissen. Aber war ich tatsächlich so hungrig, um mir das zu Herzen zu nehmen? Sind alle jene Menschen hungrig und durstig, die ein falsches Spiel treiben, sich drehen und wenden, um irgendwelcher kleiner Privilegien im Alltag oder selbst um hoher Ziele willen rücksichtslos drauflosgehen, ihre Ellenbogen gebrauchen und es allesamt darauf abgesehen haben, einander an den Rand zu drängen? Es ist doch komisch: Gerade der, der reinen Herzens ist, hoch und heilig an die Ursprünglichkeit des Guten glaubt und unfähig zu Kompromissen ist, sät auf seinem Weg am meisten Unglück. Dafür gibt es schreckliche Beispiele. Hier ein Fall, von dem man mir vor kurzem erzählt hat. Ein Durchschnittsmensch, Ingenieur, fleißig, mit Familie – einer Frau und einem dreizehnjährigen Sohn. Sie lebten friedlich, sparten wie viele auf ein Auto, fuhren zusammen in Urlaub, und das ging so lange, bis sich dieser Ingenieur in eine junge Frau verliebte, mit der er im Institut zusammenarbeitete. Die junge Frau erwiderte seine Zuneigung, und er entbrannte in so heißer Liebe zu ihr und war derart unfähig zu einem Doppelleben, daß er bald darauf, völlig zermürbt, das Haus verließ und eine neue Familie gründete. Er war wie üblich der Ansicht, daß es so für alle am besten und am ehrlichsten sei. Vielleicht hatte er sogar recht, aber das Unglück wollte es, daß sein Sohn, der anscheinend sehr an seinem Vater hing und sich überdies in der Pubertät befand, den Verrat nicht ertrug und sich kurzerhand mit seinem Gürtel im Badezimmer erhängte. Die erste Frau des Ingenieurs verlor bald darauf den Verstand und wurde als hoffnungsloser Fall zur Behandlung in ein psychiatrisches Krankenhaus geschickt.

Ich maße mir kein Urteil darüber an, wer in dieser Geschichte die Schuld hat. Das ist das Leben, auch so etwas kommt vor. Alles kann man nicht vorhersehen. Aber sagen Sie mir, wann und wo hätte, bei Lichte besehen, das persönliche Glück irgendeines Menschen nicht eine Menge von Zerstörungen, wenn auch vielleicht nicht so beeindruckende, zur Folge gehabt? Nachdem ich meine Frau beerdigt hatte, hätte ich, so könnte man meinen, möglichst ohne irgend jemanden zu stören, mein Leben ruhig beschließen sollen, doch stattdessen war ich, kaum daß mir ein wenig leichter ums Herz geworden war, mit neuem Eifer Trugbildern nachgejagt und versuchte nun mit grimmiger Verbissenheit, wie ein zügelloser Maurer, ein Gebäude zu errichten, in dem ich gemütlich leben könnte, und benutzte dazu die Trümmerteile fremder Schicksale. Und all das nur, um mich von der Melancholie der Einsamkeit zu befreien, in der vielleicht die einzige Rettung für die Seele liegt ... Leider hat man keinen Nutzen von diesen Gedanken. Es ist dies lediglich eine verspätete Reflexion persönlicher Art, für die, der *Literaturnaja Gasjeta* nach zu urteilen, die heutigen Kritiker nicht viel übrig haben. Hin und wieder, wenn auch nicht oft, habe ich diese Artikelchen gelesen und bin stets gerührt gewesen, wie gut sich darin alles zusammenreimt. Man könnte die Verfasser beneiden, sie wußten über das Leben offensichtlich noch weniger, als sie sagten. Ich hatte immer den Eindruck, daß sie, wenn sie einmal selbst – selten genug, im Leben in irgendeine Klemme gerieten, die nicht in das Schema des sozialen Handelns hineinpaßte, diese argwöhnisch aufnahmen, wie ein hünenhaft gebauter Mensch einen Schnupfen aufnimmt.

Ich ging zur Post, hockte mich auf die Kante eines Stuhls und kritzelte mit einem staatlichen Federhalter mit eingesetzter Feder eine Botschaft an Sohn und Schwiegertochter. Ich forderte sie auf, in der Familie Frieden und Ruhe zu wahren, und versprach, bald zurückzukehren.

Zu Mittag aß ich im Hotelrestaurant. Diesmal waren viele Leute hier, und, nachdem ich mich umgesehen hatte, setzte ich mich zu zwei jungen Mädchen an den Tisch, die darauf warteten, ihre Bestellung aufzugeben, und sich sichtlich langweilten. Die Mädchen hatten vielleicht auf einen angenehmeren Tischnachbarn gehofft und plapperten nun, kaum daß ich mich an ihren Tisch gesetzt hatte, sofort munter drauflos, um damit zu zeigen, daß ich Luft für sie sei. Sie erörterten ziemlich freimütig und eingehend die Vorzüge irgendeines Paschkas, der ihnen beiden gefiel, leider jedoch ein Trottel war; danach gingen sie zum aktuellen Thema der Mode über. Es stellte sich heraus, daß die eine die Absicht hatte, ein Minikleid zu tragen, während die andere beschlossen hatte, sich ein umwerfendes, bis zu den Fersen reichendes Kleid machen zu lassen, von dem Paschka hingerissen sein würde. In den zehn Minuten, die wir auf den Kellner warteten, warfen die Mädchen nicht einmal einen flüchtigen Blick in meine Richtung. Das kränkte mich. Dem Anschein nach stellten die Mädchen nichts Besonderes dar. Interessant an ihnen war, daß sie in einem Restaurant zu Mittag aßen, wo die Preise immerhin nicht die erschwinglichsten waren. Als der Kellner nahte, bestellten sie sich, ohne auf die Speisekarte zu sehen, Hühnersuppe, Salat, Roastbeef sowie je eine Portion Kaviar und baten obendrein, ihnen eine Flasche kalten georgischen Weins zu bringen. Ich kam zu der Ansicht, daß das höchstwahrscheinlich Verkäuferinnen waren. Die ›erste Geige‹ spielte am Tisch die üppige Blondine mit den pfirsichfarbenen rundlichen Wangen. Sie rasselte die Bestellung nur so herunter, unbekümmert darum, ob der Kellner mit dem Notieren nachkam, und ich neigte nun zu der Annahme, daß sie nicht einfach Verkäuferin sei, sondern eine leitende Funktion habe. Die Mädchen hatten weder mit Lehrerinnen noch mit Krankenschwestern, weder mit Textilarbeiterinnen noch mit Hausangestellten Ähnlichkeit. Als der Kellner sich an mich wandte, bat ich, mir einen Teller Buchweizengrütze mit Milch, eine Portion Käse, zwei Tomaten und eine Gurke, aber nicht in einem Salat, sondern roh, eine Flasche Mineralwasser und zum Nachtisch ein Glas Tee mit einem süßen Brötchen zu bringen. Da endlich würdigten mich die Mädchen, etwas erschrocken sogar, eines Blickes. Der Kellner, seinen Notizblock in der Hand, trat unschlüssig von einem Bein aufs andere, weil ich eine strenge, sachliche Miene machte; ich konnte ja wer weiß wer sein, selbst ein Mitarbeiter der Milizabteilung für den Kampf gegen Diebstahl sozialistischen Eigentums und Spekulation.

»Wenn Sie nichts von alledem haben«, sagte ich kaltblütig, »erübrigt sich jedes weitere Wort. Dann bringen Sie mir dasselbe wie den Damen, nur ohne Kaviar und ohne Wein. Von Kaviar bekomme ich Sodbrennen.«

Der Kellner entfernte sich schweigend, und ich drehte mich zu den Freundinnen um.

»Sie brauchen gar nicht zu lächeln, meine Damen. Kaviar, besonders der schwarze, wird schon längst aus Erdöl gemacht. Einer meiner Bekannten hat unbedacht zwei Portionen hinuntergeschlungen – und Feierabend.«

»Was Feierabend?«

»Nichts Besonderes. Noch zur selben Stunde hat er den Löffel abgegeben. Lähmung von Nieren und Leber. Völliger Pulsausfall. Ja, meine Lieben.«

Die Größere von beiden sagte:

»Der denkt, wir kommen vom Dorf.«

»Sie kommen nicht vom Dorf, sondern aus dem Handel. Was auch sonderbar ist. Bei so einem gebildeten Beruf könnten Sie wirklich auf dem laufenden sein.«

Die Mädchen stutzten.

»Woher wissen Sie, wo wir arbeiten?«

»Ich errate es. Das ist nicht schwer, wenn man Übung darin hat. Sagen Sie mir lieber, meine Damen, gibt es in Swansk Nachtbars?«

Die Damen wurden lebhaft, nun hatte ich doch ihr Interesse geweckt.

»Woher sollen hier Bars kommen! Dieses Restaurant ist bis vierundzwanzig Uhr geöffnet, und in der Stadt gibt es noch ... Aber wozu wollen Sie das wissen?«

»Wo kann man denn nachts kultiviert die Zeit verbringen?«

»Bei uns, Onkelchen, verbringt man die Zeit kultiviert auf dem Milizrevier. Besonders solche Zugereisten, die sich in Restaurants herumdrücken.«

Die Freundinnen lachten herzlich über den schlichten Witz, ich aber tat betrübt.

»Still doch. Wie können Sie solche Institutionen bei Tisch erwähnen. Eine Sünde ist das.«

Als die Suppe gebracht wurde, war ich mit ihnen schon ganz warm geworden. Die Mädchen, die ein Geheimnis bei mir witterten, kokettierten, was das Zeug hielt. Es erwies sich, daß sie tatsächlich in einem Schuhgeschäft ganz in der Nähe arbeiteten und, bei beiderseitiger Achtung, die Möglichkeit hatten, den Kauf modischer Halbstiefel zu begünstigen. Darauf biß ich nicht an. Ich schnitt eine Fratze wie ein Spion und erklärte, ich hätte andere Probleme. Dann fragte ich, ob sie in der Stadt nicht jemanden wüßten, der sich für Gold und Edelsteine interessiere. Danach trat in unserer Runde eine bedrückende Pause ein, und ich aß meine warme Hühnersuppe seelenruhig zu Ende. Die Mädchen verglich ich aus irgendeinem Grund mit Ljuda, als sie jung war, und der Vergleich fiel nicht zu Gunsten der Mädchen aus. Dann dachte ich noch wehmütig, warum es immer mehr Menschen gibt, junge wie ältere, die, wie diese netten Mädchen, eine solche Frage nach Gold und Edelsteinen zwar stutzig machen kann, denen sie aber nicht im geringsten verurteilungswürdig erscheint. Von modischen Halbstiefeln gar nicht erst zu reden. Das Debattieren darüber, was man wo und wie auftreiben kann, ist zu einem alltäglichen Thema geworden. Wenigstens in Moskau. Allenthalben wird auf Teufel komm raus gekauft und verkauft, ob das nun Autos, Wohnungen, Medikamente oder dringend benötigte Dinge betrifft. Diese schreckliche Seuche hat sich ausgebreitet und das öffentliche Bewußtsein von oben nach unten betäubt. Wem haben wir das zu verdanken? Wer steht hinter diesem verbrecherischen Treiben? Es ist sehr gefährlich, wenn plebejische Handelsinstinkte anscheinend zur Norm der Beziehungen werden, und hier kommt man nicht mit oberflächlichen Artikelchen über die unheilvolle Wirkung des Sachkults oder mit geistreichen Vorschlägen über die Beseitigung der Versorgungsengpässe jeder Art weiter. Auch nicht mit erhabenen Aufrufen, öfter ins Theater oder Konzert zu gehen. Im Theater findet heutzutage gleichfalls eine ungeklärte Plunderparade statt, und wiederum geht es dabei nicht um den Kleiderkram. Sich gut und schön anziehen muß man. Und es ist auch nicht schlecht, wohlschmeckendes, abwechslungsreiches Essen auf dem Tisch zu haben. Bedauerlich ist, daß die Kriterien verschoben sind. Wir alle verwandeln uns nach und nach in kleine Beschaffer. Wir freuen uns nicht einfach, wenn wir einen schicken Gegenstand auftreiben können, den andere nicht haben, wir sind es gewohnt, darauf stolz zu sein wie auf eine Heldentat. Eine Schande ist das! Wer den Preis für jede beliebige Ware kennt, mit dem erübrigt es sich, über die Seele zu sprechen. Ich bin schließlich kein Junge mehr, ich kenne den Namen dieses die Welt beherrschenden Molochs, der, gierig die Zähne fletschend, geistige Bedürfnisse nach Rubeln und Kopeken mißt. Doch warum hat er eine solche Macht über uns erlangt, daß wir bald lernen werden, selbst die Luft gegen eine bestimmte Bezahlung abzugeben?

Nicht zum erstenmal quälten mich diese Gedanken, zu alledem war das Roastbeef zäher als eine Schuhsohle, und ich wollte schon nach Hause, als sich die Mädchen in Erinnerung brachten. Die Blondine sagte:

»Ich habe einen Bekannten, der Zahnarzt ist. Mit dem könnte ich reden. Haben Sie viel Gold?«

»Gold habe ich eine Menge«, entgegnete ich. »Aber zu leben habe ich nicht mehr lange. Es lohnt wohl nicht, ein Risiko einzugehen. Ich werde alles mit ins Grab nehmen.«

»Von uns haben Sie nichts zu befürchten«, bemerkte die, die etwas bescheidener und anscheinend auch aufgeweckter war, und ihre Augen blitzten übermütig. »Wir werden Sie nicht verraten.«

»Bei Ihrer Arbeit geht Ehrlichkeit über alles«, sagte ich überzeugt. »Geben Sie mir Ihre Telefonnummer, ich überleg mir's und rufe Sie später an.«

Die Blonde wechselte einen Blick mit ihrer Freundin, kritzelte dann die Telefonnummer auf eine Serviette und gab sie mir mit schüchternem Lächeln, als übergebe sie mir ihre Mädchenehre zur Aufbewahrung.

Im Vestibül wartete Lena. Sie saß in dem einzigen Sessel, dem Büro des Empfangschefs gegenüber, und sah niedergeschlagen aus.

»Papa«, sagte sie und erhob sich. »Mit ihr stimmt etwas nicht!«

»Gehen wir zu mir und sprechen wir darüber.«

Wir stiegen zu meinem Zimmer hinauf. Ich entschuldigte mich und suchte kurz die Toilette auf.

»Ich habe gerade im Restaurant zu Mittag gegessen. Und dabei zwei Verkäuferinnen aus einem Schuhgeschäft kennengelernt. Brauchst du keine Schuhe?«

»Papa«, ihrem Gesicht war die Anspannung, ja Angst anzumerken, »sie will, daß du abreist.«

Ich trat ans Fenster und öffnete es ganz weit.

»Und wann hat sie dir das gesagt?«

»Morgens am Telefon. Es scheint ihr ernst damit zu sein.«

»Natürlich ist es ihr ernst. Und ich habe nicht mal eine Fahrkarte.«

Meine Tochter und ich verstanden einander schon recht gut und nahmen selbst halbe Töne wahr, obwohl wir uns kaum kannten, aber vielleicht gerade deshalb. Lange Nähe entfernt Väter von den Kindern.

»So erzähl doch, erzähl ausführlich, Jolotschka, was hat sie zu dir gesagt?«

»Oh, sie hat eine Stimme wie eine Kranke. Ich habe gefragt: ›Mamachen hast du dich vielleicht erkältet?‹ Sie aber sagt: ›Er soll abreisen.‹ Ich frage: ›Was ist denn geschehen?‹ Und sie darauf: ›Nichts ist geschehen, aber er soll abreisen ...‹ Richtig verbohrt ist sie. Wenn sie halsstarrig ist, kann man sie durch nichts umstimmen ... Und jetzt werde ich wieder an allem schuld sein. Wie schon so oft. Ob ich vielleicht so ein Schicksal habe? Nichts als Unannehmlichkeiten hat man durch mich. Aber warum?«

Sie hatte sich selbst in Tränen hineingesteigert, die nun ihre Augen mit einem durchsichtigen Schleier überzogen und ihr als zwei kleine graue Bäche über die Wangen liefen. Ich aber hatte nicht den Mut, die Hände auszustrecken und ihr unglückliches Köpfchen an mich zu drücken.

»Weine nicht, Jolotschka. Sie hat wahrscheinlich alles ihrem Mann erzählt, und der hat angeordnet, daß ich abzureisen habe.«

»Was sagst du da?!«

»Natürlich. Doch ich werde nicht abreisen. Oder nur mit ihr zusammen. Übrigens, wo arbeitet deine Mutter?«

»In einem keramischen Werk, in der Abteilung für technische Kontrolle ... Aber was hast du dir da ausgedacht?«

»Was ist daran Besonderes? Wir werden nach Moskau fahren. Deine Mutter wird auf andere Gedanken kommen. War sie mal irgendwann in Moskau?«

»Nirgends ist sie gewesen.«

»Da siehst du es! Na, wisch dir die Tränen ab. Bist du etwa dagegen?«

Ich sprach mit ihr, wie man mit einem Kind spricht, das wegen einer Bagatelle in Verzweiflung geraten ist. Sie beruhigte sich und lächelte verträumt. Durch das offene Fenster drang Fliederduft herein.

»Du verstehst nicht, Papa ... Sie wird nirgends hinfahren. Und wozu willst du das?«

»Nicht um mich handelt es sich«, sagte ich listig.

»Wenn Mama es ihm erzählt hat ... dann solltest du wirklich besser schleunigst abreisen.«

Ich stand auf und ging im Zimmer auf und ab, als ob ich etwas Wichtiges überlegte. In Wirklichkeit war mein Kreuz gefühllos geworden.

»Warum habt ihr alle eine solche Angst vor ihm? Was ist er – eine Bestie? Soll ich mal selbst mit ihm reden? Wir tun ja schließlich nichts Anstößiges. Und dann ...«

Ich drehte mich zu ihr um und zuckte zusammen. Lena war augenblicklich gleichsam abgemagert und häßlich geworden, in ihren Augen stand das blanke Entsetzen.

»Wage es nicht!« sagte sie in tragischem Flüsterton. »Hörst du, wage es nicht, das zu tun!«

»Lenotschka, Lenotschka, was redest du denn da! Ich verspreche dir, nichts ohne deine Zustimmung zu tun.«

Sie bedeckte das Gesicht mit den Händen und schaukelte sich, die Füße gegen den Boden gestemmt, auf dem Stuhl hin und her wie eine große Puppe (jenes absurde Bild rief bei mir ein Gefühl hervor, das an Abscheu grenzte). Ich hätte doch nicht in diese Stadt fahren sollen. Wenn nun wirklich etwas Schlimmes dabei herauskam?

»Allein reise ich nicht ab«, wiederholte ich. »Ich, Töchterchen, fahre nirgends mehr allein hin.«

Aus dem Buch: ›Die Charaktere‹ (Fortsetzung)

Der sich unterordnende Frauentyp in seiner ursprünglichen, echten Form ist wohl noch weniger verbreitet als der gebieterische Charakter. Doch gerade in diesem Typ ist die weibliche Psyche am prägnantesten und allumfassendsten vertreten, insbesondere auch deshalb, weil hinter ihm historische Prärogative stehen. Er wurde sorgsam großgezogen, gehegt und gepflegt, gelobt und unterdrückt, wie man eine seltene Pflanze aufzieht, und das schon in den Steinhöhlen an der Schwelle der Zivilisation. Die übrigen Typen sind Mutanten, während der sich unterordnende Typ die reinblütige weibliche Urmutter ist. Sie kann unterschiedliche Namen haben: Eva, Lilith und dergleichen mehr, doch das Wesen ist einheitlich und durch die biologische Zweckbestimmung der Frau bedingt, die in der Fortpflanzung der menschlichen Art besteht. Der sich unterordnende Typ – das ist die Norm. Alle anderen Wesenszüge und Eigenschaften, die im weiblichen Charakter vorhanden sind und häufig die Erfüllung ihrer zentralen Funktion – des Kindergebärens – stören, sind nicht mehr als durch diese oder jene sozialen Bedingungen hervorgerufene Abweichungen von der Norm, und daher dürfte die Vermutung erlaubt sein, daß sie vorübergehender Natur sind. Eine interessante Bestätigung dafür ist die Intuition der Künstler. So ist zum Beispiel der Typ der sich unterordnenden Frau vielfach und nachhaltig als ein gewisser Prototyp in der Literatur widergespiegelt und legitimiert worden (die prägnantesten Vorbilder der Klassik sind: Ophelia bei Shakespeare und Duschetschka bei Tschechow), dem Zwischentyp und besonders dem dominanten Typ wenden sich die Schriftsteller hingegen recht selten zu und stellen ihn fast immer in karikierter Form dar.

Der sich unterordnende Frauentyp ist äußerst lebensfähig, imstande, kolossale psychische Belastungen zu ertragen, und besitzt eine seltene Anpassungsfähigkeit sowie die Fähigkeit, in ausweglosen Situationen geschickt zu manövrieren. Es ist dies bei weitem kein Engelstyp, und wer einen derartigen Standpunkt vertritt, begeht einen schweren Irrtum. Auf seine Weise ist dieser Typ explosionsgefährdet. Wenn er auch nur eine leichte Willensanstrengung am eigenen Leibe erfährt, zieht er sich, wie eine Sprungfeder, auf mikroskopische Ausmaße zusammen, biegt sich aber immer früher oder später wieder gerade, und es ist unmöglich, vorherzusehen, in welche Richtung. In diesem für sein Wesen charakteristischen Prozeß des ›Sichzusammenziehens‹ und ›Sichgeradebiegens‹, das dem natürlichen Prozeß des Atmens vergleichbar ist, besteht eines der Geheimnisse für seine Unverwundbarkeit. Ein derartiges Sichzusammenziehen und Sichgeradebiegen ist zuweilen mit den unvorstellbarsten Verästelungen realer Schicksale verknüpft.

Oft entsteht der Eindruck, die gesamte Lebenskraft einer sich unterordnenden Frau sei allein darauf gerichtet, jemandem zu gefallen, doch gerade dieser, sanft und liebevoll behandelte ›Jemand‹ zieht stets den kürzeren, wenn er nicht rechtzeitig begreift, daß eine Frau des sich unterordnenden Typs stets nur ihrem Kindergebärinstinkt folgt und der Mann bei diesem ihrem unbedingten Trieb als notwendiges, aber dennoch recht zweitrangiges Element erscheint. Wehe dem, der es wagen sollte, der Richtung ihrer tief im Inneren verborgenen Energie grob oder auch nur unmerklich zu widersprechen, der versuchen sollte, sie seinen Launen unterzuordnen. Die unterwürfige Frau wird Tausende von Mitteln finden, ihn loszuwerden, spitzfindige und indirekte, doch stets vernichtende Mittel.

Ich habe Männer gekannt, die ihr Schicksal mit solchen Frauen verbanden und lange Zeit herrlich und in Freuden lebten und restlos von ihren Lebensgefährtinnen überzeugt waren, die aber später, beim geringsten Fehler, völlig scheiterten. Solche Männer bieten besonders deshalb ein klägliches Schauspiel, weil sie bis ans Ende ihrer Tage nicht begreifen können, was für ein Unglück da über ihren friedlichen häuslichen Herd hereingebrochen ist. Sie suchen Erklärungen, appellieren an den gesunden Menschenverstand und sind darum blind, doch das ist eine verzeihliche Blindheit. Man kann eine Frau des dominanten oder Zwischentemperaments mitreißen und moralisch umorientieren, obwohl auch das eine Aufgabe von großer Schwierigkeit ist, die bestimmte

Fertigkeiten erfordert, aber an einem unterwürfigen Charakter kann man nichts ändern, da sich eine solche Frau nicht menschlichen Gesetzen, sondern Geboten höherer Art, die durch die Natur selbst vorbestimmt sind, unterordnet.

Dritter Teil

1

Freuden vergangener Jahre bedrücken das Herz mehr als Kümmernisse. So ist der Mensch nun einmal beschaffen. Keine Erinnerung ist derart niederschmetternd wie die Erinnerung an vergangenes unwiederbringliches Glück. Die Spuren früherer glücklicher Augenblicke schmerzen, den Narben alter Wunden gleich, ewig in der Seele.

Als mein Vater starb, fühlte ich die Endgültigkeit seines Todes nicht, empfand sogar eine gewisse Erleichterung, zu lange war er ja krank gewesen. Fesseln waren abgefallen, und das Trugbild völliger Freiheit leuchtete in der Ferne auf. Mein Gott, welcher Freiheit, Freiheit wovon? Von der Bevormundung, von Vorschriften, von der Gefahr jenes moralischen Urteils, das uns droht, solange die von uns geliebten Eltern am Leben sind? Aber verurteilen wir sie etwa nicht, habe ich nicht Vater und Mutter verurteilt, wie mich jetzt Andrej mit der ganzen verständnislosen Leidenschaftlichkeit jugendlicher Voreingenommenheit verurteilt?

Wie gern – und wie verspätet! – würde ich jetzt meinen Vater sehen, um ihm zu gestehen, daß mir nun, da ich durch Leiden Lebenserfahrung erlangt habe, die Abhängigkeit von ihm nur zu willkommen wäre, und ihm durch dieses Geständnis vielleicht die Hoffnungslosigkeit des Todes zu erleichtern.

Er war fast vier Jahre lang an der Front und kehrte verwundet und krank zurück. Ärgerlich und zornig sagte er oft, er habe im Krieg nicht nur seine Gesundheit, sondern auch den Glauben an die Menschen verloren, und das sei am schrecklichsten. Jung, wie ich war, nahm ich an, Vaters Verstand habe ein wenig gelitten, denn wo, wenn nicht im Krieg, entfalten sich Menschen im ganzen Glanz der Selbstaufopferung. Später konnte sich Vater keinen Kriegsfilm bis zu Ende ansehen, er wurde nervös und war den Tränen nahe, und Bücher über den Krieg las er gar nicht erst. Ich begegnete dieser seiner Schwäche mit Nachsicht, da ich einsah, daß es nicht jedem gegeben ist, ein Held zu sein, und daß der Krieg in furchtsamen Seelen natürlich nicht wiedergutzumachende Verwüstungen anrichten muß. Sehr klug und gerecht kam ich mir damals vor. Heute habe ich, glaube ich, begriffen, was Vater meinte, als er sagte, er sei von den Menschen enttäuscht. Er hatte sich davon überzeugt, wie leicht sie lernen, einander zu töten, und beginnen, das ohne besonderen Widerwillen zu tun wie eine nicht allzu angenehme, aber notwendige Arbeit. Man bezeichnet diese ja denn auch mit einer eigentümlichen Pietät als Kampfarbeit. Er hatte das alles gesehen und daran teilgenommen, und er hatte darüber fast den Verstand verloren. Durfte ich mir ein Urteil darüber anmaßen, ob er schwach war oder stark. Ich hätte mich an ihn schmiegen sollen und ihm in die Augen blicken, an deren Ausdruck ich mich nicht erinnern kann, doch in ihnen war, glaube ich, viel Unausgesprochenes, Schweres zu lesen, das er mit ins Grab nahm, da er niemanden mit seinen schrecklichen Erfahrungen belasten wollte.

Erstaunlich ist: Mein Vater starb, als er die Fünfzig noch nicht erreicht hatte, er war jünger, als ich jetzt bin. Warum kommt es mir dann so vor, als sei er hundertmal klüger gewesen? Doch nicht nur, weil er im Krieg gewesen ist und ich nicht. Mir und meinen Altersgenossen mangelt es vielleicht an Solidarität – in Ansichten wie in Taten –, und doch sind wir schon ältere Menschen. Obwohl wir Kenntnisse und Fertigkeiten erwerben, von denen unsere Vorgänger bloß träumen konnten, wachsen wir trotzdem nur mühsam und gleichsam widerstrebend heran und benehmen uns bis ins hohe Alter recht kindisch. Und auch das ist genaugenommen ein Zeichen der Zeit. Sie war für uns nicht günstig, wir froren und hungerten zuweilen, Unsicherheit gab es und alle möglichen Krisen, doch der Maßstab all dessen war schon ein anderer. Kein alternativer Maßstab sozusagen. Und das wohl bis in die jüngste Zeit, als sich über der Welt die Gefahr der nuklearen Vernichtung erhob. In einer Art von unheilschwangerer Selbstberauschung und Panik rafften wir viel von dem zusammen, was unseren Vätern und Großvätern versagt blieb, und sahen so das Heranrücken dieser Gefahr nicht, und als wir dann endlich mit eigenen Augen ihre unerbittliche Realität wahrnahmen, gingen wir sofort daran, anzuklagen, zu verkündigen und Schuld zu suchen – bei anderen, ganz gleich wo, nur nicht in uns selbst. Aufs Anklagen verstehen wir uns und aufs Prophezeien auch, doch zu leben, bei Gott, das haben wir nicht richtig gelernt, nicht so, wie es sich für Menschen gehört. Was sind wir dann? In früheren – ärmlichen, mitunter blutigen und grausamen – Zeiten lebten die Menschen, die nicht so allwissend waren wie wir und geistig nicht so beweglich, würdiger und lauterer als wir. Nicht Neid sprach aus mir, nicht altersbedingte Sehnsucht nach der Vergangenheit, sondern bittere Kränkung. Wenn wir nicht zu leben gelernt haben, haben wir folglich nichts gelernt. Ich kann mich natürlich nicht für alle verbürgen, aber für viele. Ehrlich gearbeitet haben wir – das ja. Doch in Maßen. Und das ist zu wenig, wie sich nun herausstellt. Erklären kann man alles, rechtfertigen nicht. Für unsere Generation wird es kein Pardon geben. Man hat uns ein Leben ohne besondere Stürme zu leben gegeben, wir haben geistige Reife erlangt und hätten die Möglichkeit gehabt, in uns zu gehen und skeptisch zu sein, auf unserem Planeten aber ist unterdessen die Energie für eine letzte höllische Explosion aufgespeichert worden. Fortwährend haben wir über Kompliziertes gesprochen, uns in luftige Höhen erhoben und uns eingebildet, Eingeweihte zu sein – und was wird jetzt aus unseren Kindern? Wie wird es ihnen ergehen? Es kann ja sein, daß sie bald keine Luft zum Atmen mehr haben werden, geschweige denn ihren Geist bilden und zarte Gefühle entwickeln können.

Es ist an der Zeit, vor den Kindern auf die Knie zu fallen und endlich um Verzeihung zu bitten. Für uns ist es schon zu spät, irgend etwas zu ändern, und die, die heute dreißig oder vierzig sind, können sich aufgrund ihrer biologischen Unverbrauchtheit die Ausmaße der Katastrophe noch nicht richtig vorstellen. Mit dem Verstand können sie das, doch es empfinden – nein. Ihnen fällt es auch deshalb schwerer, weil der vergangene Krieg für sie nur eine traurige historische Erfahrung ist, die sie versengt, aber nicht verbrannt hat.

Und was ich auch tun mag, ist das nicht einfach eine Flucht vor der eigentlichen Wahrheit, vor der man sowieso nicht davonlaufen kann? Im übrigen ist mein innerer Kleinmut in Beziehungen zu anderen Menschen wohl kaum bemerkbar, im Gegenteil, ich mache den Eindruck eines selbstbewußten Mannes, der es faustdick hinter den Ohren hat. Doch ich empfinde auch keine Furcht vor Menschen, meistens interessieren sie mich, manchmal langweilen sie mich. Keine Furcht empfand ich auch an jenem Abend – es war schon gegen elf Uhr, und ich wollte mich gerade schlafen legen –, als es plötzlich an der Tür klopfte und ich einen mürrischen Mann ungefähr meines Alters auf der Schwelle erblickte: mühelos erriet ich, wer mein später Gast war. Sein Äußeres hatte nichts Furchterregendes, er war einfach ein baumstarker Mann mit einem wenig bemerkenswerten Gesicht, doch gleichzeitig war etwas in seiner Erscheinung, das an ein großes Raubtier, einen tolpatschigen Bären vielleicht, erinnerte. Möglicherweise entstand diese Gedankenverbindung bei mir infolge seines überraschend späten Kommens. »Möchten Sie zu mir?« fragte ich für alle Fälle.

Juri Leonidowitsch Prokudow, Ljudmillas Mann, lächelte irgendwie linkisch, schob mich mit der Schulter beiseite und trat ins Zimmer. Dort ließ er sich in einem Sessel nieder, der unter ihm aufschluchzte wie ein Kind, und schaute mich völlig ausdruckslos an. Mir war sofort klar, daß er, sollte er mit einer verbrecherischen Absicht hierher gekommen sein, leichtes Spiel mit mir hätte, so als ob er einem Küken den Hals umdrehen würde. Doch auch dieser Gedanke verursachte keine Furcht. Und das obwohl physische Gewalt eines jener weltlichen Übel war, die mich von klein auf an hatten erstarren lassen.

»Ich höre«, sagte ich von der Tür aus.

»Komm ruhig näher, hab keine Angst.« Er hatte die tiefe Stimme eines starken Rauchers. »Ich tu dir nichts.«

Irgend etwas verstand ich nicht an dieser Szene. Mit dem Auftauchen dieses Mannes entstand bei mir das törichte Gefühl einer gewissen abstrakten Weltverschiebung. Genauer kann ich es nicht erklären. Es ist, als ob man sich ein Bild anschaut und sieht, daß sich dort die Breitenkreise aus irgendeinem Grund nicht mit den Längenkreisen kreuzen, im übrigen aber alles in Ordnung und alles an seinem Platz ist, sogar in einer gewölbteren perspektivischen Verkürzung. Ich schloß die Tür, schlurfte zum Bett, setzte mich. Und murmelte:

»Wozu sollten wir einander etwas tun. Wir sind keine Feinde.«

In seinen Augen blitzte ein schnelles nachlässiges Lächeln auf, und ich begriff, daß ich mich geirrt hatte, was meinen ersten Eindruck von seinem Äußeren betraf. Er hatte ein ganz einfaches Gesicht, ja, doch das war eine Einfachheit von der Art, wie sie gewissen russischen Landschaften eigen ist, die unmerklich am Blick vorüberziehen, einem danach aber noch lange das Herz schwer machen. Seine Züge strahlten eine bittere Kraft aus.

»Warum bist du so blaß?« fragte er mitfühlend. »Quälst dich mit dem Herzen herum, Petja?«

Ich wunderte mich nicht darüber, daß er mich mit dem Vornamen anredete und duzte.

»Ja, Jura. Einen Infarkt hatte ich. Wär beinah abgekratzt.«

»Zu früh für dich ... Willst du vielleicht eine Pepsi Cola? Ich habe welche mitgebracht.«

»Wär nicht schlecht auf die Nacht.«

Er zog eine Flasche aus der Tasche, entfernte mit einem Schlüssel den Kronkorken, schob die Gläser heran, die neben der Karaffe mit Wasser auf einem Tablett standen, und goß Cola in jedes. Aus einer anderen Tasche holte er einen rotbackigen Apfel mittlerer Größe hervor, legte ihn auf die flache Hand, schlug mit der anderen darauf, und der Apfel zerfiel in zwei gleich große saftige Stücke.

Wie verzaubert verfolgte ich seine Bewegungen.

»Dann wollen wir mal, Petja. Also darauf, daß wir uns kennengelernt haben. Symbolisch.«

Wir lächelten einander zu, ohne Groll und Vorwurf.

»Ich hab dein Söhnchen gesehn, Wanja«, sagte ich.

»Ich weiß.«

»Ein guter Bursche.«

»Ja ... Nun, das wär's, ich werd mal wieder gehen. Entschuldige die Störung.«

Juri Leonidowitsch erhob sich mühelos und machte einen Knopf an seinem Jackett zu.

»Wohin willst du?« fragte ich erstaunt. »Wir könnten noch ein Weilchen beisammensitzen. Nur Kinder gehn jetzt schlafen.«

»Leg dich hin, Petja. Das Herz muß man schonen.«

Ganz erstaunt und mit dem Gefühl, einen Verlust erlitten zu haben, brachte ich ihn zur Tür. Zum Abschied sagte er dies:

»Du bist doch gekommen, um Ljudmilla zu holen? Nimm sie mit, wenn sie einverstanden ist. Ich habe nichts dagegen.«

»Aber ich ...«

»Macht nichts, macht nichts, sowas kommt alle Tage vor ...«

Er drückte mir die Hand – ein behutsamer und doch furchteinflößender Händedruck – und ging. Die Tür warf er selbst hinter sich zu.

Alles war so schnell gegangen, daß sich sein Kommen meinem verlangsamt arbeitenden Verstand als eine gewisse phantomhafte

Vision einprägte. Doch auf dem Tisch lagen die beiden Apfelhälften, die wir nicht angerührt hatten, stand die nur halb ausgetrunkene Flasche Pepsi.

Ich wußte, ich hatte eine Niederlage erlitten, begriff aber nicht, worin. Ohne zu zögern, löschte ich das Licht, kroch unter die Bettdecke und war augenblicklich eingeschlafen.

2

Das Vernünftigste wäre gewesen, eine Fahrkarte zu kaufen und nach Moskau zurückzukehren. Was war nur in mich gefahren? Was wollte ich von Ljudmilla, und wieso ließ ich mich auf ein unmögliches Abenteuer ein? Es konnte wohl nur eine einzige Antwort geben: Ich war es leid, in einer Welt zu leben, wo mich niemand so brauchte, daß das Dasein einen Sinn hatte. Andrej ganz gewiß nicht. Ich hatte mich als Paria gefühlt, und der Selbsterhaltungstrieb hatte mich nach Swansk geführt. Daß Jelena gerade in dem Augenblick nach Moskau gekommen war, da ich nicht mehr ein noch aus wußte und Angst hatte, mich unversehens in einen Idioten zu verwandeln, war mir als willkommenes Vorzeichen erschienen. Ich hatte verlorenen Hoffnungen nachgetrauert und mich eifrig bemüht, neue zu finden. Aber ich hatte sie nicht gefunden ... Und jetzt war es am vernünftigsten abzureisen. Letzten Endes war mir ja mein Sohn geblieben, und in nicht allzu ferner Zukunft würde sich ja auch ein Enkelchen hinzugesellen, und da waren auch noch Tamara, die mich um mindestens vierzig Jahre überleben würde, und die neue schöne Datscha – oh, das war nicht wenig, es sei denn, man kriegte aus Gewohnheit den Rachen nicht voll genug ...

Diese Gedanken tauchten, schwankenden Schatten gleich, auf, als ich die Augen noch nicht geöffnet hatte, doch in Wirklichkeit spürte ich in mir eine längst vergessene jugendliche Frische. Die

Welt, die sich gestern nur für einen Augenblick verschoben hatte, hatte sich über Nacht endgültig verschoben, unwiderruflich kreuzten sich in ihr die Längenkreise nicht mehr mit den Breitenkreisen, und in dieser neuen Welt mußte ich mich so schnell wie möglich eingewöhnen.

Lena und ich aßen in einer Diätgaststätte zu Mittag, und ich konnte auf Umwegen in Erfahrung bringen, wo Juri Leonidowitsch arbeitete – als Bauleiter auf einer Baustelle des neuen Mikrorayons. Auf ihre vernünftige Frage, wozu ich das wissen müsse, gab ich greisenhaft weise zur Antwort: »Für alle Fälle!«

»Für was für einen Fall, Papa?« In ihrer Stimme schwang, wie man so sagt, echte Besorgnis mit. Vielleicht war ihr eingefallen, daß ich beschlossen hatte, mich mit Juri Leonidowitsch auf einen offenen Zweikampf einzulassen.

Doch ich war nicht zu Erklärungen aufgelegt. Schulmeisterhaft, wie es sich für einen Vater gehört, vergewisserte ich mich lediglich, ob wir, wie abgemacht, zusammen zu Abend essen würden. Aus irgendeinem Grund erschreckte sie diese Frage noch mehr.

Anderthalb Stunden später war ich schon auf der Baustelle. Ich machte das Büro des Bauleiters ausfindig, traf Juri Leonidowitsch dort aber leider nicht an: Er sollte angeblich jede Minute kommen. Diese Minuten, aus denen schließlich eine Stunde wurde, verbrachte ich mit einem äußerst interessanten Menschen, der sich als Grischa Korjuschkin, Prokudows bester Freund, vorstellte und sofort vorschlug, schnell als Bote in den Laden zu laufen, ohne auf die ›Obrigkeit‹ zu warten. Als er begriffen hatte, daß er sich das diesmal sparen konnte, verwickelte er mich in ein Gespräch. Korjuschkin war ein fünfzigjähriger hagerer kraftstrotzender Mann in einer schmutzigen Wattejacke, mit finsterem Gesicht und scharfem Elsterblick. Er schien es nicht eilig zu haben, obwohl der Arbeitstag noch nicht vorüber war. Doch das überraschte mich nicht. Wir sind schon daran gewöhnt, daß sich bei uns an jedem beliebigen Ort zur Arbeitszeit Leute aufhalten, die keine Eile haben. Was mich überraschte, war der interessante und allumfassende Charakter seiner Äußerungen. Gastfreundlich ließ er mich auf einer schmutzigen Bank Platz nehmen und fragte zunächst, wozu ich Prokudow brauchte und ob er nicht für ihn einspringen könnte, wobei er durchblicken ließ, daß er in gewissen Fragen kompetenter sei als der Bauleiter. In was für Fragen, das war auch ohne Worte klar. Dann teilte er voller Bitterkeit mit, er habe den gestrigen Tag mit schlechten Menschen verbracht, die ihm einen Kronleuchter aus dem Haus stibitzt hätten, und jetzt sei er nicht sicher, ob ihn seine geliebte Frau verstehen werde, die ihn schon beim vorigen Mal nicht verstanden und gedroht hatte, die Scheidung einzureichen.

Hierauf wollte er wissen, ob ich an Parapsychologie glaube? Er sprach dieses Wort völlig richtig und ohne zu stocken aus und sah mich listig an. Ich sagte, daß ich daran glaube. Grischa Korjuschkin freute sich aufrichtig und erklärte, er selbst sei ein Medium und Mystiker, obwohl er in dieser Hinsicht Juri Leonidowitsch natürlich nicht das Wasser reichen könne. Seinen besten Freund nannte er nur beim Vor- und Vatersnamen.

»Ich habe eine halbe Begabung, keine ganze«, erläuterte Grischa Korjuschkin. »Hier hast du ein Beispiel, Pjotr Jewdokimowitsch. Ich kann immer nur den nächsten Verlauf von Ereignissen erraten. Angenommen, gleich wird Juri Leonidowitsch kommen, und ich werde zum Laden laufen. Stimmt's? Er, Prokudow, aber ist imstande, die Bewegung von Himmelskörpern vorherzusagen. Verstehst du?«

»Nicht ganz.«

»Das ist es ja eben. Nicht jeder versteht das völlig. Nehmen wir mal an, morgen ist eine Mondfinsternis, dann wird Juri Leonidowitsch dir das ohne jeden Kalender sagen. Sogar einen Monat im voraus. Ich hab's selbst nachgeprüft. Du brauchst mir nicht zu glauben, aber es stimmt. Juri Leonidowitsch ist ein großer Mann, nicht von dieser Welt. Das ist es ja eben. Nur begreifen das nicht alle. Und natürlich ist er der beste Bauleiter von der Welt, solche Bauleiter gibt es auch in Amerika nicht mehr, und die haben doch einen besonderen Ruf. Aber seine Bestimmung hat er nicht gefunden.«

Seltsam, aber ich hörte mir dieses ungereimte Zeug mit stillem Entzücken an.

»Sag mal, Grischa, ist es weit bis zum Laden?«

»Dort«, nervös hob er den Kopf. »Da, hinter dem Zaun.«

»Und in dem Zaun ist ein Loch?«

»Stimmt. Bist du etwa auch ein Medium?«

»Ein halbes.« Immer leichter und fröhlicher wurde mir ums Herz. Wahrscheinlich würde ich Ljudmilla doch nach Moskau mitnehmen. »Dann gehn wir doch hin, wenn wir sowieso nicht drum rumkommen, wie du sagst!«

Fünf Minuten später waren wir an Ort und Stelle. Mein neuer Kamerad war im Laden bestens bekannt, und in die Schlange (die in Anbetracht dessen, daß der Arbeitstag noch nicht vorüber war, aus irgendeinem Grund auch übermäßig lang war) reihte er sich gar nicht erst ein. Ich gab ihm zehn Rubel, und im Handumdrehen kehrte er mit einer Flasche Wodka zurück, die er in einer schmukken Papiertüte trug, die er fürsorglich an die Brust preßte. Er drückte mir das restliche Geld in die Hand, doch anscheinend quälte ihn noch irgendeine Sorge.

»Hör mal, Jewdokimytsch«, begann er in einem Ton, als wollte er mir die traurigste Erinnerung seines Lebens mitteilen, »offen gestanden, ich kann doch nicht voraussagen, wie sich Juri Leonidowitsch dazu stellen wird. Er billigt das ja nicht ... Aber ich, ob du's glaubst oder nicht, hab nach dem Kronleuchter gestern so ein flaues Gefühl in der Magengegend. Immerzu denk ich, was sind das bloß für Menschen? Wozu hat Gott uns Vernunft gegeben? Bin ich, denk ich, denn wirklich nur auf die Welt gekommen, um Geld zusammenzuraffen und es dann wieder zu versaufen? Um den Kronleuchter tut mir's nicht leid, versteh doch. Ich verfluche mich.«

»Was schlägst du vor?«

In seinen Augen stand ein stummer Vorwurf: Wirklich, sollte das heißen, warum stellst du dich so dumm, noch dazu an einem solchen Tag. Bist du etwa kein Russe?

»Quäl dich nicht, Grischa. Wir gehn jetzt zum Zaun, und da machst du die Flasche auf und trinkst, soviel du brauchst.«

»Und du?«

»Ohne was dazu zu beißen, werd ich wohl keinen nehmen. Bin's nicht mehr gewöhnt.«

Für ihn aber schien das ein grundsätzliches Moment zu sein.

»Nein, nein, so geht das nicht. Allein werd ich nicht trinken. Und was zu beißen hab ich auch, was denkst du. Konfekt hab ich.«

Wenn Semlemerow oder irgendein anderer meiner Moskauer Kollegen und Bekannten oder Andrjuscha hätte sehen können, wie wir da am Zaun standen, wie Grischa, mein Zechkumpan, gekonnt den Korken entfernte, wie er mir als erstem die Flasche reichte, wie ich, ohne zu zögern, aus dem Flaschenhals einen Schluck der brennenden Flüssigkeit in mich einsog und wie mir Grischa ein klebriges Bonbon zusteckte, an dem ich mit kindlichem Wohlbehagen zu knabbern begann. Wenn sie das hätten sehen können! Hörst du mich, Tichon Kuprijanowitsch? Was wissen wir voneinander, Kollege? Absolut nichts. Da haben wir uns alle möglichen intelligenten Verwicklungen ausgedacht, und doch sind wir Bauern, du und ich. Auch ich bin ein Bauer, obwohl du mir anscheinend eine geheime adlige Herkunft andichtest. Hörst du, du spitzfindiger Boris Sacharowitsch? Du, das weiß ich, müßtest genauso hier am Zaun stehen. Ich stelle mir vor, wie du dich genüßlich räuspern und was für ein Faß du aufmachen würdest... Und Arbeit Arbeit sein lassen würdest... Ein Tag war das – sonnig, würzig, süßer als das Bonbon, er ergoß sich als duftende Tropfen in meine jugendlichen Poren, ich verschlang es wie einen

Paradiesapfel, eben jenen... Grischa Korjuschkin nahm einen tüchtigen Schluck, ohne überflüssige Effekte, verkorkte die Flasche wieder fein säuberlich und vergewisserte sich, ob ihr Inhalt auch nicht merklich abgenommen hatte.

»Und was bezeichnend ist«, sagte Grischa, nachdem er tief Luft geholt und die Flasche wieder in der Tüte verstaut hatte, »niemand weiß, wozu er lebt. Nicht einmal die Parapsychologen. Obwohl viele so tun. Was bist du von Beruf?«

Ich zögerte. »Wissenschaftler...«

»Das ist es ja eben. Dann bist du erst recht nicht auf dem laufenden. Das ist eine spitzfindige Frage. Die Frage aller Fragen. In ihr liegt des Rätsels Lösung für einen freien Verstand. Juri Leonidowitsch und ich erörtern sie oft. Aber er weiß auch keine Antwort. Daher, daß wir nicht wissen, wozu wir leben, stammen alle unsere Qualen.«

Gierig sog er den Rauch ein, ohne auch nur ein bißchen davon zu vergeuden, und seine Elsteraugen überzogen sich mit einem feuchten Schleier.

»Man lebt und stirbt. Und was hat das für einen Sinn? Was für eine Gerechtigkeit gibt es hier? Wer auch nur einmal richtig darüber nachgedacht hat, mit dem ist es aus. Ob man will oder nicht. Da hab ich gestern vor lauter Langeweile mal nachgerechnet. In meinem ganzen Leben hätt' ich tausend Kronleuchter kaufen können, wenn ich ordentlich geschuftet hätte. Oder sonst etwas. Im großen und ganzen, im Rahmen dieser Summe. Das übrige geht für's Fressen drauf, für dies und das. Für eine Kleinigkeit für die Kinder. Aber was für einen Sinn hat das? Es gibt einfach keinen Sinn!«

Ich begriff, was er zu sagen versuchte, und war heilfroh, daß er, mein Zufallskamerad, gerade darüber sprach.

»Warte, Grischa, du übertreibst wirklich. Der Mensch lebt schließlich in seinen Taten weiter, in eben jenen Kindern. Aber damit nicht genug. Im Guten lebt er weiter wie auch im Bösen.«

Mit einer instinktiven Bewegung streckte Grischa Korjuschkin die Hand nach der Tüte aus, zügelte sich aber streng.

»Eben«, sagte er feindselig. »Ich sag ja, wenn du ein gelehrter Mensch bist, dann wirst du absolut nichts kapieren. Dein Verstand steckt gewissermaßen in einem Kummet. Du wühlst in Büchern herum. Das kann ich auch. Rede du mit Juri Leonidowitsch, ich hab keine Kraft mehr. Gehen wir.«

Wir krochen durch das bewußte Loch im Zaun, kehrten zum Büro zurück und kamen gerade zum Ende der Schicht zurück. Das kleine Büro faßte nicht alle, viele saßen auf Balken, auf Steinen. Grischa gab mir das Paket und hieß mich warten. Er verschwand im Büro und blieb ziemlich lange aus.

Während ich auf ihn wartete, stand ich da und lächelte. Ich wirkte sicher befremdlich inmitten dieser geräuschvollen erschöpften Menschen in ihrer Arbeitskleidung, müßig, anständig angezogen, mit meinen wohlgeformten Geheimratsecken. Niemand wandte sich an mich; man schaute mißbilligend in meine Richtung – was ist da für ein komischer Vogel auf der Baustelle aufgetaucht, dachten sie wohl; doch ich selbst fühlte mich erstaunlicherweise gar nicht fehl am Platze. Ich glaube, in meiner damaligen Verfassung würde ich mich überall am Platze gefühlt haben, und sei es in einem Eisloch. Mein Interesse für alles, was mich umgab, war naiv, heiter und nicht durch Besonnenheit getrübt. Zugleich aber war es auch heftig und freudig, als sähe ich eine solche Baustelle, solche Arbeiter – und vorher Straßen, Stadt, Geschäft und Zaun – zum erstenmal, das heißt hätte früher dergleichen nie zu Gesicht bekommen. Ich begriff, daß diese Euphorie durch irgendwelche chemischen Prozesse im Organismus hervorgerufen wurde, doch die Empfindungen wurden dadurch nicht weniger angenehm. Im Grunde genommen, dachte ich ohne Bitterkeit, ist auch unser Leben nichts anderes als eine vorübergehende chemische Mutation.

Während ich neben dem Büro stand und sorglos lächelte, vergingen irgendwo in einer anderen Welt Jahrhunderte, irgendwo vielleicht nur kurze Augenblicke. Und dieses Zeitphänomen konstatierte ich mit Befriedigung.

Bald würde ich abreisen und noch später sterben müssen oder umgekehrt: erst sterben und dann abreisen müssen, doch wenigstens wußte ich jetzt, daß mich keine zufällige Laune nach Swansk, der Stadt eines längst vergangenen glücklichen Sommers, geführt hatte. Und zum Teil war ich stolz auf dieses Wissen. Nie darf man klein beigeben, dachte ich, dann wird sich früher oder später ein Impuls, gleich einer Erleuchtung, einstellen, und die Seele wird wieder Auftrieb bekommen und bereit sein zu neuem Leben. Wir verstehen nicht immer, was für eine Energie plötzliche Veränderungen in uns bewirkt, aber sie existiert, wie das Licht unsichtbarer Sterne, und wird uns zu unserem Wohl gegeben. Über sie spricht man selten direkt, höchstens im Märchen (vom ›Wasser des Lebens‹?), jene aber, die sich erkühnen, das doch zu tun, hält man gewöhnlich für Verrückte oder Narren in Christo. Verrückte haben ihre eigenen Bilder und ihre eigene Sprache, deren Code kompliziert und gefährlich ist. Wenn man lange versucht, ihn zu ergründen, vergeht man, bricht man zusammen. Doch den Sinn des Lebens gibt es tatsächlich nicht, wenn man ihn nur mit dem Verstand sucht. Er ist ganz tief verborgen – außerhalb und innerhalb unserer selbst. Der Sinn des Lebens liegt im Bestehen eines Geheimnisses.

Wenn ich wüßte, warum ich hier, am Ende der Welt, neben einem Büro stehe, dachte ich, könnte ich vielleicht die Frage beantworten, warum ich geboren worden bin.

Grischa Korjuschkin tauchte auf, munter und durch irgend etwas noch mehr aufgekratzt.

»Auf Baustelle drei ist er. Gehn wir dorthin. Hier können wir lange warten, bis Juri Leonidowitsch es denen dort besorgt hat.«

»Besorgt hat?«

»Das wirst du schon selbst sehen . . .«

Unterwegs gab Korjuschkin Erläuterungen wie ein waschechter Stadtführer. Er erzählte, daß Prokudow und er zusammen fast die halbe Stadt bebaut hätten, doch sei Juri Leonidowitsch ständig unzufrieden gewesen, und jetzt seien sie gerade dabei, ein Versuchshaus zu übergeben, ein ganz ungewöhnliches Haus mit Tiefgarage und ohne Erdgeschoß. Prokudow verbringe dort Tag und Nacht, und seine Stimmung sei normal. Er habe sogar die Absicht, das Rauchen aufzugeben, aber diese, noch nicht spruchreife, Angelegenheit solle man in seiner Gegenwart lieber nicht erwähnen.

»Aber ich billige das nicht«, sagte Korjuschkin nachdenklich, gerade in dem Augenblick, als ich mir die nächste Portion flüssigen Lehms in einen Halbstiefel füllte.

»Was billigst du nicht, Grischa?«

»Das eine Haus wird die Aufgabe nicht völlig lösen«, erklärte Korjuschkin tiefsinnig. »Wir bauen dieses Spielzeug, aber es ist noch die Frage, wer darin wohnen wird. Dir und mir wird man nie und nimmer eine Wohnung anbieten. Da werden sich schon andere Interessenten finden.«

Das Haus, zu dem wir endlich gelangten, nachdem wir, Seiltänzern gleich, auf sich durchbiegenden Bohlen den wer weiß wievielten Graben überwunden hatten, sah wirklich ungewöhnlich und imposant aus. Zehngeschossig, aus Ziegeln gebaut, sich auf sich nach unten zweiteilende Seitenkeile stützend, mit abgerundeten Treppenhäusern, erinnerte das Haus von weitem an ein prähistorisches Ungeheuer, das sich aus dem Dunkel der Zeiten herausgearbeitet hatte, um sich die weite Welt anzusehen. Ja, das architektonische Denken schlief in Swansk nicht.

Im Inneren des Hauses waren die Ausbauarbeiten in vollem Gange. Prokudow entdeckten wir in einer im dritten Stock gelegenen Wohnung, die von der Größe her einem Kinosaal glich. Prokudow hielt den Ausbauarbeitern eine Rede; Grischa und mich, die wir uns ganz leise von hinten dazugesellt hatten, bemerkte er nicht. Er schwang eine Maurerkelle wie einen Zeigestock, doch nach einigen Sätzen ließ er sie zu Boden sinken und setzte somit einen Punkt. Zehn Männer mochten es sein, die ihm da zuhörten wie einem beliebten Schauspieler. Die Luft war vom giftigen Geruch der Ölfarbe getränkt.

»Wenn du stirbst, Mitjajew, werden die Einwohner des fünften und sechsten Mikrorayons zu deiner Beerdigung kommen. Aber Blumen werden sie dir nicht aufs Grab legen, mach dir keine falschen Hoffnungen!« Während Prokudow dies sagte, sah er unablässig ein unscheinbares Männchen in Wattejacke an, das sich mit gelangweilter Miene zum Fenster abgewandt hatte. »Sie werden kommen, um sich zu vergewissern, daß du, Mitjajew, tatsächlich abgekratzt bist und keine Pfuscharbeit mehr machen wirst. Mir ist es peinlich, davon zu sprechen, weil ich mich erinnere, was für ein Fachmann du mal warst. Kein schlechterer Fachmann als ich warst du.«

»Es handelt sich nicht um mich allein, Jura«, gab Mitjajew nicht im geringsten gekränkt zur Antwort.

»Um wen denn sonst?« erkundigte Prokudow sich giftig. »Auf wen spielst du an, Mitjajew? Vielleicht haben statt deiner Saboteure diese krummen und schiefen Wände gespachtelt? Mach keinen Waisenknaben aus dir, Mitjajew, das ist am leichtesten. Daran sind wir gewöhnt...« Seine schroffe, drohende Stimme wurde ruhiger, ja traurig. »Einem Menschen kann man alles nehmen, Mitjajew, das stimmt, seine Frau, die Freiheit, aber die Scham für seine Pfuscharbeit verliert er selbst, nur er selbst. Ich habe dir das früher schon gesagt, jetzt aber wiederhole ich es hier vor allen. Du, Mitjajew, hast unser Arbeitergewissen nicht erst gestern vertrunken. Und auch nicht erst vorgestern. Jetzt aber, bei Gott, wird dir, wenn du sterben solltest, kaum jemand eine Träne nachweinen. Ich auch nicht. Gott sei Dank, werd ich sagen, ein Pfuscher weniger. Geschieht ihm ganz recht.«

»Du, Jura, solltest«, Mitjajew schnaufte, als sei er erkältet, »mit deinen Beleidigungen doch etwas vorsichtiger sein. Dazu hast du kein Recht.«

»Beleidigungen?« wunderte sich Prokudow aufrichtig. »Glaubst du, Mitjajew, dich kann man noch beleidigen? Das ist gut. Wenn du dich beleidigt fühlst, ist also noch nicht Hopfen und Malz verloren. Recht so!«

Prokudow schleuderte die Maurerkelle fort, ging in eine Ecke, wo Eimer standen und Malerzubehör aufgehäuft war, wählte einen langen handlichen Pinsel und probierte ihn aus, indem er ihn ein Weilchen in der Schwebe hielt. Er war wie umgewandelt, seine Bewegungen waren elastisch und sparsam geworden. Seine Gestalt hatte auf einmal etwas Verwegenes, raubtierhaft Zielstrebiges. Ich kann das nicht erklären, doch als er, nachdem er ein Weilchen im Eimer herumgerührt hatte, den Pinsel schwang und mit exakten, leichten Strichen Streifen um Streifen auf die Decke aufzutragen begann, verschlug es mir den Atem, und ich hatte plötzlich den Eindruck, bei irgendeinem fesselnden Schauspiel zugegen zu sein. Auch die übrigen schienen Ähnliches zu empfinden, weil im Zimmer Totenstille herrschte. Nur das silberhelle Geräusch des Pinsels und das schwere Atmen Prokudows störten sie.

Die Arbeiter verließen einer nach dem anderen das Zimmer, und als schließlich nur noch Korjuschkin und ich übriggeblieben waren, warf Prokudow den Pinsel hin und drehte sich zu uns um.

»Bist also gekommen, Petja?« fragte er freundlich, als ob nichts gewesen wäre. »Ich hab mir schon gedacht, daß du kommen würdest.«

Er zog die Windjacke aus und präsentierte sich nun in einem gewöhnlichen grauen, dezent karierten Anzug, der ganz gediegen war, sich an seiner massigen Gestalt aber ausnahm wie ein Sack. Und der Schlips baumelte ihm wie eine schmale blaue Schlinge um den Hals. Aus der Seitentasche ragte ein Notizblock heraus, aus der Brusttasche – ein paar dicke Bleistifte. In seinem

Blick lag eine gebieterische Sicherheit. Wahrscheinlich mußte ein Macher vom Bau so aussehen. Mich aber konnte sein Äußeres nicht mehr täuschen.

»Natürlich«, lächelte ich. »Wohin sollte ich in dieser Stadt sonst gehen? Zu dir und zu Ljudmilla.«

»Du hättest auch zu ihr gehen können. Das hab ich schon gesagt.«

»Nein. Zu ihr geh ich später. Laß uns irgendwo ein Weilchen zusammensitzen, ja? Dein Freund und ich haben uns schon versorgt...«

Freund Grischa hatte sich irgendwie hinter Prokudows Rücken verzogen und sich unsichtbar gemacht.

»Zusammensitzen, das könnte man«, sagte Juri Leonidowitsch. »Hier in der Nähe ist eine Pelmenistube. Du hast doch nichts dagegen?«

»Wo, ist mir gleich.«

In der Pelmenistube war es brechend voll, doch, wie schon im Laden, brauchten wir uns auch hier nicht anzustellen. Prokudow kannte den Geschäftsführer persönlich; er erschien augenblicklich und mit so strahlender Miene, als sei unverhofft eine Deputiertenkommission zu ihm gekommen. Ja, Prokudow hatte so ein gewisses Etwas. Er war eine bemerkenswerte Persönlichkeit. Zum erstenmal dachte ich so über ihn. Ich bin in meinem Leben natürlich vielen ungewöhnlichen Menschen begegnet, doch die habe ich immer sofort einschätzen können. Der eine ist klug, der andere handwerklich geschickt, jener außerordentlich stark, dieser kann ihm nicht das Wasser reichen. Eine Begabung drückt einem Menschen oft einen Stempel eigener Art auf, doch zu bestimmen, was das Ungewöhnliche an Prokudow ausmachte, war schwierig, ich verlor mich in Vermutungen, kam aber zu keinem Schluß. Im übrigen hatte es keine Eile damit. Prokudow war eine bemerkenswerte Persönlichkeit, neben ihm brauchte man sich nicht zu schämen, seine eigene Nichtigkeit und Schwäche zu empfinden. Vorläufig ging mir dieses Verständnis allerdings völlig ab.

Der Geschäftsführer, ein Dickerchen mit rosigen Wangen, führte uns, wie teure Gäste, hinter einen Wandschirm, wo ein mit grellem Wachstuch bedecktes Diensttischchen stand. In einer Vase thronte ein etwas verwelkter Strauß roter Nelken. Die Nelken und der stickige Qualm der Pelmenistube bildeten einen rührenden Kontrast. Beim Anblick dieser unglücklichen Blumen traten mir Tränen in die Augen.

Tänzelnd und sich die Hände reibend, nötigte uns der Direktor, dort Platz zu nehmen, und sprach dabei vor sich hin:

»Was denn, Juri Leonidowitsch, was denn, mein Lieber, bist wohl ganz stolz geworden? Gleich werd ich für jeden von euch einen guten Salat auftreiben. Fisch gibt es, na und Pelmeni – 1a ... Du hast doch unsere Pelmeni nicht vergessen, Jura?«

»Wie könnte ich.«

Prokudow benahm sich etwas verwirrt und mit imposanter Einfachheit. Er nahm diesen ganzen Rummel um seine Person als etwas ihm Gebührendes hin, freute sich aber nicht. An den Augen konnte man ihm ansehen – nein, dieser Mann freute sich nicht über die ihm erwiesene Ehre. Er schaute mich von der Seite an, und seine Mundwinkel zuckten in dem mir schon vertrauten, schon lieb gewordenen Lächeln. Was bilde ich mir denn ein, du liebe Güte, dachte ich, welche Frau wird schon einen solchen Mann verlassen? Sie müßte ja närrisch sein. Wäre es möglich, daß Ljudmilla ihn verläßt? Warum sollte sie?

Der Geschäftsführer wartete auf eine günstige Gelegenheit, sich zu uns an den Tisch zu setzen, aber Prokudow forderte ihn nicht dazu auf. Der Direktor war jedoch nicht beleidigt, er verstand das richtig, tätschelte noch einmal zärtlich die wie gegossene Schulter des Bauleiters – und schon war er verschwunden.

»Uff!« Grischa Korjuschkin atmete erleichtert auf. »Alle mögen die Taube, aber sie fliegt zu langsam.«

»Spar dir deinen Spott«, wies ihn Prokudow ohne Zorn in die Schranke. »Der Mann breitet seine Seele vor dir aus – würdige das gefälligst.«

»Hat er denn eine Seele, Jura?« stichelte Grischa Korjuschkin zur Probe. »Hat er dort nicht Watte stecken anstelle der Seele?«

»Alle haben eine Seele.«

»Alle? Und der, der im Suff einen Säugling mit der Axt erschlagen hat, hat der auch eine?«

»Alle haben eine Seele«, wiederholte Prokudow. »Du. Und diese Blume. Und jener Verbrecher. Bei den einen triumphiert sie, bei den anderen ist sie gebunden und verdüstert – das ist der ganze Unterschied. Der, bei dem sie verdüstert ist, ist schlimmer dran.«

Mit einer solchen Note begann denn auch unsere wunderliche Tafelrunde. Bald darauf stellte die Serviererin, eine Frau mit ausladenden Hüften, die Prokudow mit betontem Respekt grüßte und die Grischa sofort in die Seite kneifen mußte, wovon jene in gespieltem Zorn auffuhr, den Tisch mit kalten Vorspeisen und Mineralwasserflaschen voll. Dabei setzte sie sich erfolgreich gegen Grischas zudringliche Pranken zur Wehr und suchte einen Blick von Prokudow zu erhaschen. Ob sie ihm auch alles recht mache, schienen ihre Augen zu fragen, und ob er nicht noch etwas oder etwas anders wünsche.

»Danke, Vera, danke«, brummte Prokudow mit immer derselben Grimasse der Unbehaglichkeit.

»Und wie steht's mit den Pelmeni, Juri Leonidowitsch? Soll ich sie gleich servieren oder noch etwas warten?«

Eine leibliche Schwester könnte nicht zartfühlender fragen.

»Her damit, Vera, wozu warten. Werden sonst bloß kalt«, sagte Prokudow, ohne uns gefragt zu haben. Man konnte meinen, er hätte längst vergessen, wie das ist – sich mit jemandem zu beraten – und worüber man sich mit jemandem beraten kann. Seine auch in Kleinigkeiten gezeigte Selbstsicherheit war wie ein Felsen, noch nie hatte sie ihn verlassen. Aber immerhin war ich für ihn einer aus der Hauptstadt, und er hätte, so dachte ich, auch Rücksicht darauf nehmen können.

Dafür erkundigte sich Grischa ehrerbietig:

»Soll ich dir ein bißchen einschenken, Juri Leonidowitsch?«

»Gieß dir was ein, wenn du's nicht erwarten kannst«, lächelte Prokudow. »Wir dürfen nicht. Wir werden Mineralwasser trinken. Stimmt's, Petja?«

Allein begann Korjuschkin denn doch nicht zu trinken, war deswegen aber nicht sonderlich bekümmert. Ich fragte Prokudow:

»Da redest du, Jura, bald über die Seele, bald hast du dich zu unpassender Zeit an Gott erinnert. Glaubst du denn an ihn?«

Prokudow biß mit seltenem Appetit in ein Radieschen, daß es krachte.

»Irgend jemand hat mir die Kraft gegeben. Doch nicht du und nicht er da.«

»Was für eine Kraft, Jura?«

Er blickte mir in die Augen – irgendwohin ganz tief. Als schöbe er etwas beiseite.

»Warum wirst du nervös, Petja? Du weißt schon, was für eine. Die Kraft, zu überwinden. Alles zu überwinden.«

Mir wurde unheimlich zumute, doch nur für einen Augenblick. In aller Ruhe verzehrten wir die Vorspeisen, dann brachte die üppige Kellnerin Vera tiefe Teller und eine riesige Kasserolle mit Pelmeni, während Butter und saure Sahne schon längst in Kristallschälchen auf dem Tisch warteten. Ich gabelte eine Pelmeni auf, schob sie in den Mund, biß hinein – und süßer, herber, scharfer Fleischsaft verbrannte mir die Kehle. Natürlich waren das keine einfachen Pelmeni – bestimmt enthielten sie mindestens drei Sorten Fleisch, Gewürze... Zum letztenmal dachte ich voller Sorge an mein Herz und begann hierauf beim Essen und Trinken mit den Kameraden mitzuhalten – schließlich bog sich der Tisch nicht umsonst unter den Speisen. Dann erklärte Grischa Korjuschkin, der wie auf Nadeln saß, plötzlich, er müsse sich für ein paar Minuten entfernen. Wir blieben allein.

»Du quälst dich, Petja«, sagte der Bauleiter mitfühlend. »Das brauchst du nicht, laß gut sein. Ljuda hat mir längst von ihrer Jugendsünde erzählt, und daß die Tochter nicht von mir ist, hab ich immer gewußt. Ein Irrtum war da nicht möglich.«

Mein Gott, wie konnte ich etwas anderes glauben? Wie hatte ich das gestern nicht begreifen können? Ich war bewegt und gerührt.

»Aber Lena hat keine Ahnung, daß du es weißt.«

»Warum sollte sie. Alles zu seiner Zeit.«

»Und warum gibst du deine Frau so leicht auf, Jura?«

Hier nun blieb er mir zum erstenmal die Antwort schuldig, die Freundlichkeit seines Blicks erlosch, und es kam mir so vor, als ob seine Wangen einfielen und an den Backenknochen anklebten.

»Wie kommst du drauf, daß es mir leicht fällt ... Aber sie wird nicht mit dir gehen. Das hab ich im Gefühl. Ihr Lebtag hat sie gelitten. Dauern kann sie einen. Wenn du es schaffst, daß sie mitgeht, dann nimm sie. Du würdest so doch ein bißchen Sonnenschein in ihr Leben bringen. Sie hat gesagt, dir sei die Frau gestorben ...«

»Warum hat sie denn mit dir gelitten?«

»Siehst du das nicht?« Sein robustes Gesicht verzog sich schmerzlich. »Ich lebe in mir, für mich. Niemandem gefällt es mit mir. Die Erde lastet auf mir. Du hast nach Gott gefragt? Es muß ihn geben, sollte man meinen. Doch in mir ist er nicht. Ich lebe ohne Gott. Was für schreckliche Gedanken mir manchmal kommen, das brauchst du nicht zu wissen. Von Jugend auf bin ich es gewohnt, mich zusammenzureißen, aber mir scheint, wenn ich es zufällig einmal vergesse, können unheimliche Dinge geschehen.«

»Was für Dinge, Jura?«

Mir war es peinlich, ihn das zu fragen, weil ich sah, wie schwer es ihm fiel zu antworten. Doch ich glaubte ihm jedes Wort, und in jedem Wort offenbarte sich mir ein gewisser rettender Sinn.

»Von Geburt an bin ich ein geschlagenes Wesen, was immer ich in Angriff nahm, ich habe es zerstört. Die reinste Zerstörungswut hab ich in mir, Petja. Wenn ich mir mal Luft mache, verschone ich nichts, was mir unter die Finger kommt. Die Kränkungen vieler Menschen trage ich in mir allein. Soviel hab ich davon aufgestaut, daß sie mich ersticken werden, ehe man sich's versieht ... Ich spreche mit dir, du reist morgen ab, einem anderen würde ich es nicht sagen. Aber frag nicht mehr.«

So einer war das also, der da vor mir saß. Ein potentieller Stenka Rasin. Der Mensch gewordene Aufruhr. Und wieviel Stolz mußte in ihm sein, wenn er kein einziges Mal die Selbstbeherrschung verloren hatte. Augenscheinlich hatte es keinen Anlaß gegeben, sich kein Feind gefunden. Wegen Nichtigkeiten würde sich wohl kaum jemand mit einem solchen Mann anlegen. Er war denn auch unversehrt und am Leben geblieben. Jeder geht auf seine Weise zugrunde oder bleibt auf seine Weise am Leben. Nicht nur das Schicksal hat hier seine Hand im Spiel.

Die Worte meiner Tochter verstand ich jetzt sehr gut, verstand auch, warum sich Ljudmilla dadurch, daß sie ihr Leben an seiner Seite verbrachte, so verändert hatte. Auch ich würde mich verändert haben. Dennoch fühlte ich mich unwiderstehlich zu ihm hingezogen, wie Grischa Korjuschkin, wie der Geschäftsführer der Pelmenistube, wie viele andere, wen immer ich auch traf. Wir fühlten uns zu ihm hingezogen, weil uns in unserem eigenen Leben gerade eine solche Stärke – die Stärke eines Adlers – fehlte ... So einem hatte ich also die mir vom Schicksal bestimmte Braut überlassen.

»Sie wird nicht mit mir gehen«, sagte ich. »Du hast recht.«

»Ja, sie wird nicht mitgehen«, pflichtete Prokudow mir, nun schon mit einem liebenswürdigen Lächeln hinter den Brillengläsern, bei.

»Aber ich habe mein Seelenheil bei ihr gesucht.«

»Vielleicht wirst du es auch finden.«

»Ach, Jura, warum nur ist die Welt so eingerichtet? Einer wird als Riese geboren, der andere als Zwerg. Und sie leben nebeneinander. Und dem einen wie dem anderen ist es unangenehm und unbehaglich zumute.«

»Ich bin kein Riese«, erklärte Prokudow gnädig. »Ich hab doch gesagt, Gott ist nicht in mir, darum ist meine Kraft auch verkümmert. Doch in dir ist Gott. Darum suchst du Erlösung. Ich aber suche sie nicht. Ich brauche sie nicht.«

»Das fehlte noch. Du bist selbst ein Erlöser.«

Er freute sich, lächelte breit, und das so gewinnend, daß in meiner Brust davon, daß ich ihm aus dem Herzen gesprochen hatte, gleichsam ein Eisklumpen schmolz.

»Das hast du richtig bemerkt, Petja. Hab Dank. Ein Erlöser bin ich. Nur ist noch niemand darauf gekommen.«

»Du hast viele schon dadurch gerettet, daß du sie nicht angerührt hast.«

»Auch das stimmt. Alle Achtung! Nur Ljudka weiß das nicht.«

Korjuschkin kehrte zurück, selbstgefällig.

»Na, Freunde! Unsereins muß arbeiten – ihr könnt euch ausruhen. Habt ihr euch auch nicht gelangweilt ohne mich?«

»Buh, hast dich wieder vollaufenlassen«, warf ihm Prokudow gutmütig vor. »Das wär's, Jungs, machen wir Schluß . . . Hör mal, Petja, kommst du allein ins Hotel? Sonst bringt Grigori dich hin. Er hat sowieso nichts zu tun.«

»Ich bin ein Medium«, widersprach Korjuschkin. »Für mich gibt es immer etwas zu tun. Das hättest du nicht sagen sollen, Juri Leonidowitsch.«

Er wollte auch bedauert werden. Aber wir taten ihm den Gefallen nicht.

»Mich braucht niemand zu begleiten«, sagte ich. »Sehen wir uns noch, Jura?«

»Natürlich sehen wir uns noch. Das Leben ist kurz.«

»Schön haben wir beisammengesessen.«

»Sehr schön, Petja. Leb wohl!«

Wieder spürte ich seinen behutsamen Händedruck, und dann kam es bei mir zum ersten Blackout. Nach einer Weile fand ich mich auf einer Bank in einer Grünanlage, direkt in der Sonnenglut, mutterseelenallein vor mich hindösend, wieder. Mir tat nichts weh, und in meinen Ohren klang eine zarte Melodie. Ich sprang auf und steuerte voller Zuversicht auf das Haus zu, wo ich vor hundert Jahren glücklich gewesen war. Ich fand mich ausgezeichnet zurecht, brauchte nicht nach dem Weg zu fragen, und was hätte ich auch fragen sollen? Die Hochhäuser verschwanden, die Neubauten traten zur Seite, und im Sonnendunst verkleinerte sich die Stadt auf ihre früheren Ausmaße. Auch der Pfad war derselbe, auf dem ich einst, von Ungeduld zermalmt wie von einer Dampfwalze, gegangen war – so leicht war es, diesen Pfad inmitten von Vorgärten und kleinen Häusern entlangzueilen, so schön, so gar nicht anstrengend ...

3

Aus dem Buch: ›Wie sie nachdenken‹

Mit diesem von dem Wort ›Denken, Gedanke‹ abgeleiteten Wort bezeichnen wir logische, folgerichtige Prozesse, die in der Großhirnrinde vor sich gehen und in deren Ergebnis man zu einem gewissen offensichtlichen Schluß kommt. Nachdenken stützt sich auf eine reale oder abstrakte Situation oder auf ein theoretisches Postulat als Ausgangspunkt. In einer von der ›Basis‹ isolierten Form kann es aller Wahrscheinlichkeit nach nicht existieren, selbst wenn man die Kategorie des Hirngespinstes zum Gebiet des Nachdenkens rechnet, denn auch in einem Hirngespinst läßt sich eine Art von logischer Struktur ausgliedern. Doch all das trifft nur zu, wenn es sich um die Denkaktivität von Männern handelt, und verliert jeden Sinn, wenn es die Frauen anbelangt. Konzentriertes, allseitiges Bedenken irgendeiner allgemeinen Idee geht, so wage ich zu behaupten, überhaupt über den weiblichen Verstand hinaus. Frauen haben nicht einmal eine sehr klare Vorstellung davon, was die Begriffe ›Nachdenken‹, ›Bedenken‹ bedeuten, obwohl ihnen diese selbst kein Rätsel sind und sie damit ebenso operieren wie die Männer, was denn auch einigermaßen verwirrend ist. Wir wundern uns nicht, wenn wir aus einem reizenden Mund Sätze hören wie: ›Ich muß überlegen‹ oder ›Hier muß man erst einmal nachdenken‹. Übrigens führt die Synonymie von Termini bei dem großen Unterschied der in sie hineingelegten Begriffe gerade auf geistigem Gebiet zu verhängnisvollen Mißverständnissen in den Beziehungen der Geschlechter.

Der Prozeß des Nachdenkens stellt bei einer Frau ein höllisches Mischmasch dar, ein Chaos von visuellen und sinnlichen Bildern, Erinnerungen und Vorahnungen, ein wenig durchdachtes, ja unkontrolliertes Lavieren zwischen früher angeeigneten Begriffsblöcken, mit deren Hilfe die Frau versucht, eine grundsätzlich neue Aufgabe zu lösen, all das zusammen führt mitunter zu so verblüffenden Syllogismen, daß diese gleichermaßen einen Hauch von Idiotismus und plötzlicher Erleuchtung haben. Deshalb entsteht denn auch der Eindruck, daß es so gut wie keine Frauen gibt, die einfach gescheit, sondern entweder solche, die selten begriffsstutzig oder aber solche, die zu scharfsinnig sind. Das eine wie das andere ist in Wirklichkeit eine Illusion, hervorgebracht von Männern, die die Vorzüge der geistigen Tätigkeit einer Frau mit eigenen Parametern messen. Das weibliche Denken hat ein anderes Wesen und ein eigenes technisches Instrumentarium. Weibliche Philosophen hat die Kulturgeschichte uns nicht überliefert, obwohl jeder schon glänzenden Polemikerinnen begegnet ist – besonders viele davon gibt es auf dem Gebiet der Literaturkritik. Die Sache ist hier die, daß eine Frau nur unter den Bedingungen gesprochener Rede nachdenkt, wenn sie Worte spricht oder hört, und sei es mit dem inneren Gehör. Der Klang der Worte regt ihr Denken an und ist für sie ebenso notwendig wie für einen Musiker sein

Instrument. Stummheit ist für sie gleichbedeutend mit Tod, sprechen – rettend und heilsam. Kaum eine Frau wird sich entschließen, auch nur ein neues Kleid zu kaufen, ohne zuvor mit irgend jemandem laut dessen Vorzüge erörtert zu haben. Das heißt nicht, daß sie in ihren Urteilen absolut abhängig ist, im Gegenteil, beim verbalen Austausch von Meinungen will sie sich lediglich in der Richtung ihrer eigenen bestätigt sehen, die sich in ihrer Phantasie bis dahin nur als undeutliche Silhouette abgezeichnet hat. Frauen verspüren zum Teil auch deshalb einen inneren Hang zur Mystik, weil es im Bereich des Irrealen keineswegs obligatorisch ist, sich im logischen Sinne nach der Decke zu strecken.

Kann man aus dem Gesagten den Schluß ziehen, daß der Intellekt der Frau dem des Mannes in irgend etwas nachsteht? Ich glaube nicht. Eine Frau, ich wiederhole es, denkt, wie sie auch lebt, nach ihren eigenen Gesetzen, die sich von den unseren unterscheiden und in irgendeiner Hinsicht vielleicht aussichtsreicher sind.

Wir bedauern vieles, am meisten aber wohl die verlorene Frische des Körpers und die nichtwiederzubelebende Energie der Muskeln. Wie göttlich fühlte ich mich, als ich mich Ljudas Häuschen näherte, mich, verjüngt und verwegen, nicht näherte, sondern federnd anschlich wie ein Raubtier, mit jedem Schritt wie in der Jugend die Freude an der Bewegung, deren elastische Zyklizität spürend.

Ich stieg die Außentreppe des Holzhäuschens hinauf und drückte auf den Klingelknopf neben der mit Kunstleder bezogenen Tür. Ljuda öffnete mir, aber hatte ich denn zweifeln können, daß es anders sein würde. Sie starrte mich mit ein wenig umflortem Blick an und sagte ganz alltäglich:

»A-ah, du bist das, Petja? Na, komm rein.«

Ich ging durch ein Zimmer und trat in ein anderes, in dem ein Fernsehgerät, ein großer Tisch und ein Sofa standen, und ließ mich hier nieder, ohne erst um Erlaubnis zu fragen. Es war schon sonderbar, den Ort zu sehen, wo sie viele Jahre mit Prokudow gelebt, einen Sohn und eine Tochter, meine Tochter, großgezogen hatte, doch am interessantesten war sie selbst, Ljudmilla, die mit seltsam versteinertem, ruhigem Gesicht mir gegenüber Platz genommen hatte. In ihrer Kittelschürze wirkte sie allzu füllig – das war mir beim ersten Mal nicht aufgefallen –, geradezu unanständig füllig. Doch sie hatte eine zarte, frische Haut ohne eine Spur von Fältchen, und ihre Augen schimmerten in jugendlichem grünlichem Glanz. Nein, die Zeit hatte ihr nicht allzuviel anhaben können, sie war immer noch schön, meine teure Geliebte, und als ich sie ansah, da stellte ich mir alles, was zwischen uns geschehen war, so deutlich, mit solchen verblüffenden Einzelheiten vor, als sei das erst gestern passiert.

»Hör mal, was ich mir ausgedacht habe, Ljuda«, begann ich vorsichtig. »Du und ich, wir sollten zusammen nach Moskau fahren. Du schaust dir an, wie ich lebe. Ich habe eine wunderschöne Datscha. Dort wird es dir gefallen. Du wirst dich erholen, auf andere Gedanken kommen. Warst du mal in Moskau?«

»Wozu soll das gut sein. Fahr allein.« Ihre Stimme klang leidenschaftslos.

»Willst du mich wirklich loswerden?«

Es gelang mir, ihren Blick zu erhaschen, der gleichgültig war und matt, so, als ob eine Lampe nur mit halber Leuchtkraft brannte, in ihm konnte ich unschwer mein Urteil lesen, aber ich fand mich nicht damit ab.

»Du glaubst wahrscheinlich, ich schlage dir irgend etwas Anrüchiges vor. Ganz und gar nicht. Ich habe mit deinem Mann gesprochen. Er hat nichts dagegen, daß du fährst. Er rät dir sogar zu.«

Auch diese Mitteilung riß sie nicht aus ihrer Lethargie.

»Ich fahre nirgendwohin, Petja.«

»Versteh doch, ich hoffe nicht, daß du dich aufs neue in mich verliebst. Das ist unmöglich. Und meine Schuld dir gegenüber kann ich durch nichts sühnen. Und dann ... ich begreife, du liebst

Jura, ihn muß man einfach lieben... Aber dir könnte es nicht schaden, dich ein wenig zu zerstreuen. Dich zu zerstreuen, nichts weiter. Man braucht nicht immer alles zu komplizieren. Schließlich und endlich hast du doch ein Recht auf ein Abenteuer, auf Reisen, auf Erholung. Ich sehe ja, wie erschöpft du bist.«

»Wenn du's wissen willst, Petja, ich habe meinen Mann nie geliebt«, sagte sie plötzlich und sah mich interessiert von der Seite an, mit Augen, in denen immer noch das heimliche Urteil stand.

»Du hast ihn nicht geliebt? Prokudow hast du nicht geliebt? Aber wieso denn nicht? Warum hast du ihn dann geheiratet? Aus gekränktem Stolz?«

»Nein, Petja, nicht aus Kränkung. Ich war dir nicht böse, dazu habe ich dich viel zu sehr geliebt. Und daß du weggefahren bist, das habe ich verstanden. Anders hättest du nicht gekonnt. Wenn ich auch noch ein halbes Kind war, das hab ich begriffen... Aber Jura habe ich nicht geliebt. Er hat mich mit Gewalt genommen.«

»Mit Gewalt?! Was sagst du da?«

»Nun ja, mit Gewalt. Er hat mich nach dem Kino nach Hause gebracht, und dort neben der Gartenpforte hat er mich dann genommen. Hat mich zu Boden geworfen und genommen. Nicht mal schreien hab ich können. Solchen Schreck hab ich bekommen. Und danach wußte ich nicht mehr, wohin.

Ich hab ihm gesagt, daß ich schwanger bin. Daß er sich, hab ich gesagt, mit einer schwangeren Frau eingelassen hat. Er aber hat darauf geantwortet: ›Macht nichts. Schwanger oder nicht, du gehörst mir.‹ So hat er's gesagt. Wo hätte ich sonst bleiben sollen? Hab ihn also geheiratet. Wie kann da von Liebe die Rede sein. Und gibt es sie, die Liebe, überhaupt auf der Welt?«

»Warte mal. Aber du hast doch selbst gesagt, mich hättest du geliebt.«

»Gesagt hab ich es. Ein anderes Wort kenne ich nicht. Ich hab mich zu dir hingezogen gefühlt. Und wie! Mit jeder Faser. Ich war so jung, da hat's mich eben erwischt, wem passiert das nicht mal. Später hat es dann nachgelassen.«

Ich glaubte ihr kein einziges Wort.

»Daß er dich vergewaltigt hat, das lügst du.«

»Niemand sagt: vergewaltigt. Mit Gewalt genommen. Das ist ganz etwas anderes. Gewissermaßen rumgekriegt hat er mich. Hat mich zu Boden geworfen und rumgekriegt. Du, Petja, kannst das nicht verstehen.«

»Du bringst mich noch um den Verstand, Ljudmilla!«

Ein wenig aus der Fassung gebracht saßen wir da, in mir kochte es, und am liebsten wäre ich weggelaufen, irgendwohin, und wiederum auch gern der Sache auf den Grund gegangen, sie aber – das sah ich deutlich – belustigte die Szene. Zuerst hatte sie dagesessen wie ein Ölgötze, jetzt aber lebte sie ordentlich wieder auf. So lebt der Zuschauer auf, wenn in einem langweiligen Film plötzlich eine ausdrucksvolle Szene auftaucht. O Gott, was war nur aus ihr geworden?!

»Hast du nicht etwas zu trinken?« fragte ich.

»Du darfst doch nicht, Petja? Aber ich sehe ja, du bist schon beschwipst hergekommen. Wirst dir doch nicht mit dem meinen einen genehmigt haben?«

»Nein, nicht mit dem deinen.«

Sie brachte eine angebrochene Flasche billigen mit Spiritus verschnittenen Wein und stellte eine geflochtene Schale mit Äpfeln auf den Tisch. Weiße Kläräpfel, aber von einer besonderen Sorte, jeder Apfel so groß wie Prokudows Faust.

»Du hast doch gesagt, du trinkst nicht?«

»Jetzt schon.«

»Soll ich dir was zu essen geben, Petja? Ich hab ein Huhn in der Backröhre.«

»Danke. Ich habe zu Mittag gegessen.«

Wir tranken von dem Wein, der mir bitter vorkam wie ein Kräuteraufguß.

»Du hast ihn also nicht aus Liebe geheiratet«, fuhr ich nach einer Pause fort. »Nun, und später?«

»Was – später? Später war's wie bei allen. Wir haben eben gelebt.«

Der Wein hatte ein neues Feuer in mir entfacht.

»Ljudotschka!« sagte ich so zärtlich und überzeugend wie nur möglich. »Pfeif doch auf alles. Komm mit mir. Ich werd dich ja nicht kränken. Wir werden uns an unsere Jugend erinnern. Du wirst es nicht bereuen, bei Gott! In deiner Seele ist es dunkel und verworren, mit meiner steht es nicht besser. Zusammen wird es leichter für uns sein. Du wirst sehen. Nun, was hält dich hier? Die Tochter ist erwachsen, der Sohn ist erwachsen, der Mann läßt dich gehen.«

Sie schaute mich an, als sei sie taub. Selbst die Neugier in ihren Augen war erloschen. Doch ich war sicher, daß, wenn ich sie nur für einen Augenblick aufrüttelte, wenn ich ihr wenigstens einen Teil dessen deutlich machen konnte, was ich selbst empfand, mir wie ihr besser sein würde. Viel besser. Ganz sacht streichelte ich ihre Hand.

»Warum bist du so launenhaft, Ljuda? Wir sind doch keine zwanzig mehr.«

»Zu spät bist du zurückgekommen, Petetschka, zu spät. Geheiratet hab ich nicht aus Liebe, das stimmt. Was macht das schon? Jura werd ich nie verlassen, solange er selbst mich nicht in den Abgrund stößt.«

»In was für einen Abgrund, Liebes? Was redest du da für einen Unsinn? Auch Lena hat Angst um dich. Du mußt die Umgebung wechseln. Fahr mit mir. Ich werde dich guten Ärzten vorstellen. Ist mit deinem Kopf alles in Ordnung?«

Die Frage war mir entschlüpft, ohne daß ich es wollte.

»Mit meinem Kopf ist alles in Ordnung«, sagte sie spöttisch. »Und Lena macht sich umsonst Sorgen. Ich hab ihr nichts von dir gesagt, sie hat die Briefe selbst ausgegraben ... Sie ist noch jung.

Glaubt, im Leben könnte man, wie in einem Buch, alles durch Küsse wiedergutmachen. Wenn es doch so wäre. Der Mensch ist wie ein Baum – nur an einer Stelle schlägt er Wurzeln. Aber das weißt du wohl genausogut wie ich.«

»Wozu hast du denn alle diese Jahre über meine Briefe aufbewahrt?«

»Zuerst hab ich sie aufbewahrt, später hab ich sie vergessen.«

Wieder diese unheilvolle Erstarrung. Leer und einsam wurde es in meinem Herzen. Wie ein Bettler war ich, auf einer Landstraße, wo niemand ihn bemerken will. Vergeblich ist alles Flehen. Hätte man doch eine Brotrinde.

Ringsum verdichtete sich, nur mir bemerkbar, die zu früh hereinbrechende Dämmerung.

»Alles, was wir jetzt sagen, sind Dummheiten«, nur mit Mühe beherrschte ich mich. »Das ist nicht die Hauptsache, Ljuda. Ich bin ja auch vor kurzem aufgewacht. Gestern erst. Versuch zu verstehen – das ist sehr wichtig für uns beide. Ich habe mich mein Leben lang schuldig gefühlt. Ständig benimmt mir etwas den Atem, so kann ich nicht weiterleben. Es ist zu schwer. Meinen Eltern und meiner Frau gegenüber kann ich nichts wiedergutmachen, dort hat der Tod das letzte Wort gesprochen. Du und ich, wir können einiges wiedergutmachen, Ljuda. Aber du verhinderst es. Warum? Das ist doch dumm. Du benimmst dich wie eine dumme Kuh.«

»Ich bin auch eine Kuh. Eine gewöhnliche Dorfkuh.«

»Verzeih, Ljuda. Du hast wieder nicht verstanden. Ich flehe dich um Rettung an. Rette mich, und ich werde dich retten. Und das Dunkel wird sich lichten. Wir leben ja nur einmal. Irgendwann müssen wir doch Menschen werden.«

Meine Gesprächigkeit rief bei ihr ein böses Lächeln hervor.

»Sieh mal einer an, wie es dich erwischt hat. Bis ans Ende der Welt bist du gelaufen, um Verzeihung zu erflehen. Aber du hast dich umsonst bemüht, Petja.«

»Warum?«

Hoffnungsvoll suchte ich in ihren Augen das Aufblitzen eines Gedankens zu erhaschen. Was mir dieser Gedanke auch bringen mochte, alles war besser als ihre Erstarrung. Noch einen Augenblick – und unsere Unterhaltung würde vom toten Punkt wegkommen.

»Du, Petja, hast dir da was in den Kopf gesetzt. Aber wozu? Ich kann nicht mit dir Schritt halten. Fahr mit Gott nach Hause. Brauchst du auf deine alten Tage eine Amme? Ich werde nicht die Amme für dich spielen. Ich bin eine verheiratete Frau. Ich werde Jura bemuttern und ihn dereinst beweinen, wenn er tot ist. Oder er mich. Du aber hast hier nichts verloren. Geh, woher du gekommen bist. Du mußt viel Unheil angerichtet haben, wenn du's so weit gebracht hast. Macht nichts, Petja, du bist ein starker Mann, wirst schon noch zeigen, was in dir steckt.«

Sie wollte nicht verstehen.

»Verflucht sollst du sein«, sagte ich im Aufstehen. »Und seid ihr alle verflucht. Wer eine Hand, die um Hilfe fleht, zurückstößt, der wird immer verflucht sein.«

Ich ging auf die Tür zu, erreichte sie aber nicht mehr. Ich wankte. Und Ljuda holte mich ein. Ganz dicht kam sie heran. Ihre Augen sprühten Funken, wütende Funken. Ich hatte sie also doch aufgerüttelt. Nicht durch Bitten, sondern durch Verwünschung.

»Wenn du so bist, dann will auch ich dir was verraten, Petetschka«, stieß sie hervor, ihre linke Wange verzerrte sich dabei auf seltsame Weise, als wachse ihr noch eine Wange. »Ich hasse dich! Ich liebe vielleicht niemanden, aber dich hasse ich. Ich hasse dich so – daß es mir selbst unheimlich ist!«

»Du lügst!«

»Ich lüge nicht, Petetschka. Würde ich mit dir fahren, ich würde dich noch im Zug vergiften. Oder dich, wenn du betrunken bist, mit einem Kissen ersticken. Du bist doch manchmal betrunken, Petetschka? Das ist am allereinfachsten, mit einem Betrunkenen. Ich würde dich mit solcher Wonne ersticken ...«

Aufgerüttelt hatte ich sie, aufgerüttelt, mehr war nicht möglich.

In diesem Augenblick setzte mein Herzschlag aus. Der Boden geriet ins Wanken und entschwand, und sacht glitt ich darauf nieder. Ich dachte: Das ist das Ende. Und lächelte, ohne Furcht zu empfinden. Mir fiel es leicht zu sterben. Ich kratzte mit den Nägeln an einem Dielenbrett, darauf verlor ich das Bewußtsein. Dann trug mich jemand auf den Armen, mich in den Schlaf wiegend wie ein Kind und mir ein Wiegenlied ins Ohr singend. Und immerzu dachte ich, daß dies das Ende sei, und freute mich, wie einfach und schmerzlos und wie willkommen mir das doch war. Über meinem Kopf schloß sich ein Deckel und quetschte mir, kitzelnd, meinen Scheitel.

4

Ich erwachte in einem Krankenzimmer nach wer weiß wie langer Zeit. Am Fußende meines Bettes saß die verweinte Jelena. Wie sich bald herausstellte, war es der Abend desselben Tages. Mein Körper war bleischwer, als hätte ich Waggons entladen, bevor ich umfiel.

»Lena, was hab ich, wieder einen Infarkt?« fragte ich.

»Nein, Papa, nein. Keinen Infarkt. Eine Ohnmacht, einen Herzanfall ... Mein Gott, du benimmst dich wie ein dummer Junge. Warum mußtest du trinken, Papa? Sollst du denn trinken?«

Also, dachte ich, kann ich jetzt auch schon ohne Infarkt an jedem beliebigen Ort umfallen. Keine sehr erfreuliche Neuigkeit.

»Und wer hat mich hierher gebracht? Das ist doch ein Krankenhaus?«

»Mama hat die Erste Hilfe gerufen. Oh, wie du uns erschreckt hast.«

Mit dem Kissen wollte sie mich ersticken, aber die Erste Hilfe hat sie gerufen, dachte ich. Nun ja, wie sollte es auch anders sein? Ljuda, Ljuda, du meine Arme. Aber kannst du denn wissen, was das ist – richtiger Haß? Können Frauen denn hassen?

»Wie fühlst du dich, Papa? Was tut dir weh?«

»Nichts tut mir weh ... Verzeih mir, daß ich dich im Stich gelassen habe.«

»Wovon sprichst du, Papa, wovon? Ich fühle mich so elend, so elend. Ich bin an allem schuld.«

Im Krankenzimmer standen noch zwei Betten, beide nicht belegt. Der Arzt kam, ein finster dreinschauender Mann in mittlerem Alter, und begann mich zu betasten und abzuklopfen. Mit Jelena wechselte er Bemerkungen wie mit einer guten Bekannten.

»Moskauer Gäste haben uns gerade noch gefehlt«, sagte er scherzhaft zu ihr.

»Oh, Shenja, rede nicht so.« Shenja aber war weit über vierzig. Mit der Untersuchung war er zufrieden.

»Alles in Ordnung, aber eine Nacht wird dein Verwandter hier schon noch verbringen müssen, und morgen kann er von mir aus zum Nordpol.«

»Danke, Shenja.«

An mich wandte sich dieser Shenja überhaupt nicht, als sei ich ein Ausstellungsgegenstand.

»Zur Nacht, Lena, verpaß ihm eine kräftige Injektion, damit er sich ordentlich ausruht.«

»Wird gemacht.«

Als er gegangen war, stolz und unnahbar, bemerkte ich beifällig:

»Was für ein netter Mensch.«

»Früher hat er mir den Hof gemacht«, seufzte Lena. »Aber ich hab ihn abblitzen lassen.«

»Warum denn?«

»Er ist verheiratet, Papa. Und hat zwei Kinder.«

»Meiner Meinung nach schreckt das heutzutage niemanden mehr ab.«

»Mich schon ... Sag, worüber hast du mit Mama gesprochen?«

»Deine Mama und ich haben uns an alte Zeiten erinnert. Das war so schön. Und dann der Herzanfall, als ob man mir ein Bein gestellt hätte. Im glücklichsten Augenblick, als ich sie fast schon überredet hatte, mit nach Moskau zu kommen.«

»Du scherzt«, bemerkte Lena traurig. »Mama hat mir alles erzählt. Sie hat dich fortgejagt.«

Ich lachte laut auf:

»Das ist ihr bloß so vorgekommen, glaub mir. In Wirklichkeit will sie fahren. Aber sie kann sich nicht entschließen. Versteh doch, das ist ja nicht so einfach. Besonders nicht für sie. Ihr Leben lang hat sie zu Hause gesessen, hat bald euch bemuttert, bald ihren Mann. Ihr erscheint eine solche Reise anscheinend als Weltuntergang. Das ist nicht so wie bei dir und mir – wir setzen uns in den Zug, und ab geht's. Sie hat Angst vor ihrem Mann, und euch gegenüber ist es ihr peinlich. Aber das sind falsche Ängste, ich schlage doch nichts Anstößiges vor. Eine ganz gewöhnliche Vergnügungsreise. Hat sich deine Mutter in so vielen Jahren denn nicht wirklich Erholung verdient?«

»Du tust mir so leid«, ihre Augen füllten sich aufs neue mit Tränen. »Du bist in eine schlimme Lage geraten. Und alles meinetwegen.«

»Vielleicht bin ich das wirklich, doch nicht heute und nicht gestern. Schon vor sehr langer Zeit. Aber du hast mir sehr geholfen, Lena. Welche Wendung die Sache auch nehmen mag, du hast mir unendlich geholfen. Brauchst dich also nicht zu grämen.«

»O weh, du solltest dich sehen ... Du liegst in diesem Bett geradezu wie ein Märtyrer. Und all das habe ich angerichtet.«

»Natürlich bin ich ein Märtyrer«, gab ich stolz zur Antwort. »Aber nicht aus dem Grund, den du vermutest. Wir alle, Töchterchen, werden zu Märtyrern, wenn wir ein bestimmtes Alter erreicht haben und unsere Vergänglichkeit spüren ... Doch mich betrifft das nun gerade nicht. Ich habe alles noch vor mir. Soll ich dir ein Geheimnis verraten, um dich zu beruhigen? Ich habe in Moskau eine Bekannte, Tamara ... Sie liebt mich. Eine sehr schöne Frau, ein bißchen älter als du. Und ich habe mir vorgenommen, wenn es mit deiner Mutter und mir nichts wird, heirate ich Tamara. Sie hofft sogar, daß wir ein Kind haben werden. Findest du das komisch? Stell dir bloß vor, wie viele neue Freuden mich in Zukunft noch erwarten ... Heute, als das passierte, habe ich geglaubt, ich sterbe. Und es war so leicht, so angenehm. Das Sterben ist, wie sich herausstellt, gar nicht schrecklich. Schrecklich ist nur das Warten darauf, der Tod selbst aber ist sogar angenehm ...«

»Hör auf, Papa!«

»Juri Leonidowitsch ist ein bemerkenswerter Mensch. Eine Persönlichkeit von seltener Stärke ... Erstaunlich, Lena, ich habe euch alle liebgewonnen. Ihn, dich, Olenka, sogar Iwan, obwohl ich ihn ganze fünf Minuten gesehen habe. So viele Menschen auf einmal in meinem Alter liebzugewinnen, das ist eine große seelische Erschütterung. Da hat's mich denn eben umgehaun. Es hätte auch schlimmer kommen können. Vor Glück kann man ebenso sterben wie vor Unglück.«

Sie hörte mir zu und weinte, und mir war das ganz recht. Ich wollte, daß jemand, ein mir teurer, stiller Mensch, neben mir saß und weinte.

»Was meinst du, ob deine Mutter mich besuchen kommt?«

»Ich weiß nicht. Würde dir das nicht schaden?«

»Nichts wird mir schaden. Das ist es ja eben. Alles, was mir schaden könnte, habe ich hinter mir gelassen. Soll sie ruhig kommen, wenn sie möchte. Richtest du ihr das aus?«

»Ich werd sie schon überreden.«

»Nein, überreden sollst du sie nicht. Mag sie sich aus freien Stücken entschließen. Wenn sie nicht kommt, nehm ich's ihr nicht übel. Ich verstehe – es fällt ihr schwer. Sie ist nach strengen Grundsätzen erzogen worden, und hier ist soviel auf einmal auf sie eingestürmt. Mit ihr muß man Mitleid haben. Ihr Leben lang hat ihr das gefehlt, daß man Mitleid mit ihr hat. Uns allen fehlt das. Der Mensch hat nicht genug Mitgefühl, Lena. In alten Zeiten hat man das gut verstanden, wir aber haben es vergessen. Selbst Tiere bemitleiden einander. Bist du meiner Meinung?«

»Bestimmt, Papa. Wenn mein Mann damals Mitleid mit mir gehabt hätte, wäre ich glücklich. Auch ich hab kein Mitleid mit ihm gehabt. Ich habe ihm mit meinem Eigensinn den Rest gegeben.«

Dann gab sie mir Tee zu trinken. Mit einer Hand stützte sie mich im Rücken, mit der anderen schob sie mir Löffel um Löffel des aromatischen, starken Tees mit Himbeerkonfitüre in den Mund. Ich hätte das durchaus allein schaffen können, aber es war so wunderschön, rief solche angenehmen Erinnerungen wach. Wenn diese grüne Tasse doch ewig randvoll sein könnte. Nachdem Lena mir zu trinken gegeben hatte, sagte sie, es sei nun Zeit zum Schlafen, und sie werde mir gleich eine Injektion machen. Die Prozedur war nicht sehr unangenehm, aber langwierig. Und ein bißchen peinlich. Doch das machte nichts. Das ›Fest‹ ging weiter. Gleich nach der Injektion tat ich so, als ob ich einschliefe, ich wollte ihr die Möglichkeit geben, ruhig fortzugehen. Sie ging denn auch bald darauf, nachdem sie zuvor das Kissen zurechtgerückt und mit den Lippen ganz sacht meine Wange berührt hatte. Und ich konnte noch mit dem Arzt Shenja reden, der weiß der Teufel wie auf einmal im Zimmer stand.

»Sie sollten Lena nicht links liegenlassen«, sagte ich streng zu ihm. »Sie findet Sie sympathisch.«

»Bleiben Sie mir mit ihr vom Leibe«, knurrte der Arzt. »Eine Verrückte.«

»Und wenn schon. Ihr Herz verzehrt sich vor Sehnsucht, lechzt nach einem Wunder.«

»Wunder gibt es nicht, mein Lieber.« Er verschwamm vor mir schon zu einem grauen Fleck, der von den Umrissen her an einen

Haifischrachen erinnerte. Ich erkannte bei diesem grauen Fleck bzw. Arzt viele kleine hervorstehende Zähne. »Gebe Gott, daß man den Tag bis zum Abend heruntertrommelt.«

»Vorsicht in den Kurven, Trommler«, sagte ich, während ich mühsam gegen den ersten Traum ankämpfte, der sich auf mich herabsenkte...

5

Früh am Morgen, noch vor dem Frühstück, tauchte Iwan im Krankenzimmer auf. In der Hand hielt er ein Einkaufsnetz, das vor Tüten und Büchsen zu unglaublichen Ausmaßen angeschwollen war. Er grüßte zurückhaltend, ich aber freute mich über sein Kommen.

»Schickt dich deine Mutter?«

»Hm.«

»Wird sie selbst herkommen?«

»Davon hat sie nichts gesagt.«

Ich war ein wenig verstimmt. Bevor Wanja kam, hatte ich versucht, auszurechnen, was für ein Tag heute war. Es hatte sich der Sonntag ergeben, doch da war der Freitag völlig aus meinem Gedächtnis verschwunden. Wahrscheinlich waren auch früher schon Wochen, ja ganze Jahre aus meinem Leben herausgefallen, als hätte es sie nie gegeben, doch aus irgendeinem Grund regte mich dieser verlorengegangene Tag besonders auf. Er war nicht spurlos verlorengegangen, irgend etwas hatte er aus mir herausgezogen und mit sich fortgenommen.

Iwan trat in der Mitte des Krankenzimmers von einem Fuß auf den anderen und wußte nicht, was er tun sollte.

»Setz dich ein wenig zu mir«, bat ich. »Es ist hier so langweilig. Du bist doch nicht in Eile?«

Er setzte sich auf einen Stuhl und sagte, daß er es nicht eilig habe.

»Was für einen Tag haben wir heute, Wanja, kannst du mir das nicht sagen?«

»Sonntag.«

»Das hab ich mir auch gedacht. Also ist wirklich ein ganzer Tag irgendwohin verschwunden. Passiert dir das auch manchmal, Wanja?«

»Nein, das passiert mir nicht.«

Er sprach kühl, aber doch recht höflich. Er ähnelte seinem Vater – die gleichen Backenknochen, der gleiche gerade Mund, das gleiche einfache und energische Gesicht.

»Das dort, in der Tasche, ist das alles für mich?«

»Ja. Lassen Sie es mich in den Nachttisch legen. Mutter hat da einiges zurechtgemacht. Ein Huhn, Kuchen, Konfitüre...«

»Wozu? Ich brauche nichts! Man wird mich heute noch entlassen.«

»Man wird Sie nicht entlassen. Lenka hat gesagt, so an die drei Tage müssen Sie sich hier schon noch rumwälzen.«

»Hat sie genau dieses Wort gebraucht: ›rumwälzen‹?«

Und da zeigte sich nun das mütterliche Erbteil. Sein Blick offenbarte eine erstaunliche Gleichgültigkeit allem gegenüber. Ein nach innen gerichteter Blick. Ein untrüglicher Beweis für einen verschlossenen, selbstversunkenen Charakter oder einen schwach entwickelten Intellekt.

»Ich weiß nicht mehr, wie sie's gesagt hat. Ist das nicht gleich?«

»In der Tat... Erzähl mir von dir, Wanja. Was hast du für Pläne für dein weiteres Leben? Du hast doch nicht etwa vor, schon zu heiraten?«

Er grinste geringschätzig, und zwar so, daß man die Geringschätzigkeit sowohl auf die Frage als auch auf denjenigen beziehen konnte, der fähig war, so unnütze Fragen zu stellen. Mit ganz demselben Ausdruck grinst auch Andrej.

»Vorläufig hab ich nicht die Absicht, zu heiraten.«

»Recht so. Damit sollte man sich Zeit lassen. Frühe Ehen sind nicht von langer Dauer. In Deutschland ist es im allgemeinen üblich, erst nach dem dreißigsten Lebensjahr zu heiraten. Und das aus gutem Grund. Zuerst muß der Mensch selbständig werden und die Möglichkeit haben, für den Unterhalt einer Familie zu sorgen. Sonst wird nichts daraus. Mein Sohn hat vor kurzem geheiratet, ein Student. Und was ist daran gut? Auf der Tasche wird er mir liegen. Aber nicht einmal darum geht es. Wie kann eine Frau Achtung vor ihrem Ehemann haben, wenn er jede Kopeke irgend jemandem abbetteln muß? Stimmst du mir zu?«

»Ich komme bei der Montage immer auf etwa dreihundert.«

»Ach ja? Alle Achtung. Aber sag mal, Wanja, hast du irgendeinen Traum? Irgendein Ziel im Leben?«

»Hab ich. Ein Flugzeug will ich kaufen.«

»Wie das?«

»Warum wundern Sie sich?« Er wurde etwas lebhafter. »Es stimmt, Flugzeuge werden bei uns vorläufig noch nicht verkauft, aber in Amerika – bitte sehr. Kannst sogar ein Düsenflugzeug kaufen, wenn du das nötige Kleingeld hast.«

»Und wozu brauchst du ein Flugzeug, Wanja?«

An die Stelle der vorübergehenden Belebung trat bei ihm Langeweile. Er beantwortete die Frage mit einer Gegenfrage:

»Haben Sie ein Auto?«

»Nein.«

»Und eine Datscha?«

»Eine Datscha hab ich. Eine wunderschöne Datscha, sag ich dir, geradezu feudal. Besuch mich mal.«

»Und wozu brauchen Sie eine Datscha?«

»Nun, du hast nicht ganz recht, Wanja. Auf einer Datscha gibt es Luft, Natur. Und man kann irgend etwas anbauen. Und nicht zuletzt – man kann dort leben.«

»Und mit einem Flugzeug kann man fliegen.«

Er machte sich keineswegs lustig über mich. Er versuchte, mir etwas zu erklären, sah aber ein, daß das unmöglich war, und zog sich wieder in sich selbst zurück. Am liebsten wäre er sicher so schnell wie möglich fortgegangen. Seine Ungeduld zeigte sich sogar darin, daß er sich störrisch kerzengerade auf dem Stuhl aufrichtete.

»Ich lasse Ihnen die ganze Tasche da, Sie werden sich schon selbst darin zurechtfinden.«

»Sag, Wanja, und mit dem Vater kommt ihr gut aus?«

Verwundert zog er die Augenbrauen hoch.

»Warum denn nicht? Er ist ein ruhiger Mann, nörgelt nicht wegen Kleinigkeiten an einem rum. Und ich bin auch nicht gleich auf der Palme... Warum fragen Sie? Hat sich vielleicht meine Mutter bei Ihnen beklagt?«

»Wo denkst du hin, niemand hat sich beklagt. Es ist mir einfach so vorgekommen, als ob dein Vater keinen einfachen, sondern einen ziemlich schwierigen Charakter habe.«

Er grinste, nun schon hochmütig.

»Wenn man ihm nicht in die Quere kommt, ist er auch nicht schwierig.«

»Und wen liebst du mehr, Wanja? Vater oder Mutter?«

Er erhob sich vom Stuhl.

»Warum reden Sie mit mir wie mit einem kleinen Kind? Ich geh dann mal, entschuldigen Sie.«

»Aber du wirst mich doch noch besuchen, Wanja?«

»Ich werd Ihnen Olka schicken. Das wird interessanter für Sie sein.«

Ein meisterhafter Seitenhieb, um so mehr, als er das in mitfühlendem Ton sagte.

»Hab ich dich durch irgend etwas gekränkt, Wanja?«

Er schaute mich von oben herab an, wie die Jugend einen hinfälligen Greis anschaut. Und mir machte es Vergnügen, diese seine Grimasse zu sehen. Er lehnte mich nicht ab, er bemitleidete mich.

»Werden Sie gesund, wirklich...«

»Sollte ich in Moskau hören, daß man mit Flugzeugen handelt, werd ich's dich wissen lassen, Wanja.«

Er murmelte etwas Unverständliches, vielleicht ›danke‹, vielleicht aber auch ›scher dich zum Teufel‹, ging zur Tür, geschmeidig und schlank, und nahm, wie jener verlorengegangene Tag, etwas für mich Wichtiges mit, etwas das nicht Wirklichkeit geworden war. Das Gefühl, etwas verloren zu haben, war so stark, daß ich aufstöhnte, als ich mich im Bett ausstreckte. Die Veränderungen, die nach der ersten Begegnung mit Prokudow in mir vorgegangen waren, hatte der unerwartete Herzanfall nur vertieft, und eine der Folgen dieser Veränderungen war, daß jede Kleinigkeit, jeder Gedanke, mochten sie auch noch so unbedeutend sein, eine heftige, tiefe Erregung bei mir hervorriefen. Meine Seele eilte irgendwohin. Ich malte mir aus, wie ich nach Moskau zurückkehren, wie ich Andrej, Anetschka, Tamara und Boris Sacharowitsch wiedersehen, wie ich alle gütig behandeln und trösten und es vielleicht durch irgendwelche bedeutenden Taten und Worte fertigbringen würde, den schlechten Eindruck von mir, sollte er denn bei ihnen entstanden sein, noch zu korrigieren.

Das Frühstück – Perlgrütze mit einem Stück Kabeljau und Quark – brachte die Krankenschwester, die mir zuvor Fieber gemessen hatte. Mit Appetit verzehrte ich alles, was man mir gab, die Tasche mit den Mitbringseln aber rührte ich nicht an. Nach dem Frühstück ging ich, ohne jemanden zu fragen, selbständig zur Toilette. Die Beine trugen mich leidlich, und überhaupt schien von der gestrigen Unpäßlichkeit, dieser Herzgeschichte, auch nicht die leiseste Spur zurückgeblieben zu sein. Aber es war schon einzusehen, daß ich sicherheitshalber wahrscheinlich noch einen Tag das Bett würde hüten müssen. Ich versuchte, in den Zeitschriften zu blättern, die Lena vorsorglich dagelassen hatte, schlummerte aber bald darüber ein und erwachte erst am Vormittag, als Lena mit Olenka kam. Wir verbrachten die Zeit recht angenehm. Olenka benahm sich anfangs zurückhaltend, wurde dann aber sehr ausgelassen und stellte im Krankenzimmer alles auf den Kopf. Sie brachte es fertig, sich in den nicht belegten Betten umherzuwälzen, und erklärte, sie werde, wie Großvater, bald sterben. Auf die Zurechtweisungen und Klapse ihrer Mutter reagierte sie nicht. Lena gab uns zu essen (sie hatte in einer Kasserolle frischen Borschtsch mitgebracht) und aß selbst mit uns. Olenka, die zum Schein die Rolle der Schwerkranken weiterspielte, war launenhaft und behauptete, ihr ›Bäuchlein knarre‹, doch dann begann sie so herzhaft zuzulangen, daß es eine Freude war, ihr zuzusehen. Über ernste Dinge sprachen wir nicht. Zwischen Lena und mir hatte sich eine vertrauensvolle, verwandtschaftliche Atmosphäre herausgebildet. Manchmal fing ich ihren auf mich gerichteten Blick voll gespannter Aufmerksamkeit auf und beantwortete ihn mit einem beruhigenden Lächeln. Ich wollte, daß sich Olenka an mich gewöhnte.

Es ging schon auf fünf Uhr zu, als sie aufbrachen.

»Ich komme später noch mal bei dir vorbei«, versprach Lena.

»Ich möchte dich bitten, Lenotschka, mir für Dienstag eine Fahrkarte zu besorgen.«

Ich reichte ihr fünfundzwanzig Rubel. Nach einigem Zögern nahm sie das Geld. Sehr leise und irgendwie zaghaft sagte sie:

»Bis Dienstag bist du noch nicht wieder auf dem Damm.«

»Ich bin schon jetzt gesund. Es war eine gewöhnliche Ohnmacht.«

Als sie gegangen waren, empfand ich meine Einsamkeit noch schmerzlicher. Und das lag nicht etwa daran, daß ich in einer fremden Stadt, in einem Krankenzimmer allein geblieben war. Diese Einsamkeit hatte weit zurückreichende Wurzeln. Sie, diese verfluchte, hatte mich stets durch das Leben gejagt wie einen Hasen und mich gezwungen, widersinnige Dinge zu tun und absurde Beziehungen anzuknüpfen. Schrecklich ist Einsamkeit deshalb, weil man in ihr immer das gleiche und unbeirrte Nahen des Todes spürt. Milde gestimmt und erschöpft lag ich auf dem Rücken und starrte zur Decke, an der ich helle kreuzförmige Figuren erkannte. Eine Anwandlung von Einsamkeit erzeugt viele seltsame und unverständliche visuelle Eindrücke, diesmal waren es eben die wunderlichen Muster an der Decke, aus ihren Umrissen glaubte ich eine vage Verhöhnung herauszulesen. Wer hatte sie dort hingemalt, um mich zu erschrecken? Bis zu diesem Augenblick hatte es sie nicht gegeben, und es würde sie auch später nicht mehr geben. Jetzt aber zermürbten mir die heimtückischen Flecken und Zickzacklinien die Seele. Ich brauchte nur die Augen zu schließen, und sie sanken bis direkt zu meinem Gesicht herab, so daß ich am liebsten die Hand ausgestreckt und sie berührt hätte, um zu wissen, wie sie sich anfaßten. So fühlt sich wahrscheinlich ein Mensch an der Schwelle des Säuferwahnsinns, wenn er kleine Teufel zu sehen glaubt, die erschreckend lebendig sind, aber noch nicht so sehr Besitz von seinem Bewußtsein ergriffen haben, als daß er endgültig an ihre Realität glauben könnte. Über alledem schwebte das Gespenst der Einsamkeit. Die verhängnisvollen Schriftzeichen an der Decke waren seine gellende Stimme, die nur ich zu hören vermochte. Die Risse in der Decke konnten sich in lebendige Gesichter verwandeln, allerlei gedämpfte Unterhaltungen würden beginnen, und dann war ungewiß, auf dem Grunde welchen weit offenen Grabes ich erwachen würde. Diesmal aber empfand ich, als ich zu mir kam, sogar eine gewisse physische Erleichterung, wie nach einer Scharko-Gesundheitsdusche. Und das war gleichfalls ein wohltuendes Zeichen für die in mir vor sich gehenden Prozesse.

Abends besuchte mich Prokudow. Die Tür öffnete sich geräuschlos und fiel dann von allein hinter ihm ins Schloß. Er drückte mir die Hand.

»Schau mal«, bat ich. »Ist da nichts an der Decke? Keine Muster?«

»Du redest ein bißchen wie im Fieber, Petja«, gab er mitfühlend zur Antwort. »Aber erinnere dich, ich habe dir nicht zugeraten, zu Ljudka zu gehen.«

»Hast du gewußt, daß sie nicht fahren würde?«

»Nicht gerade gewußt, aber geahnt. Sie ist nun mal eine Frau. Wo die sich mal häuslich niedergelassen hat, dort wird sie auch sterben. Kaum eine in diesem Alter fängt an, sich in der Welt rumzutreiben. Höchstens wenn es sie mächtig erwischt hat. Das heißt bis auf die Knochen. Aber bei ihr brennt es nirgendwo besonders. Macht nichts, du hast es probiert, na schön. Was wirst du jetzt tun?«

»Nach Hause fahren.«

Wir schwiegen eine Weile.

»Du bist mir doch nicht böse?«

»Wo denkst du hin, Jura. Ich bin dir dankbar. Ich vermag es nicht zu erklären, aber du kannst mir glauben, du hast mir viel Gutes getan. Ich sehe die Welt jetzt mit ganz anderen Augen. Wir sterben ja nicht dann, wenn wir alt, sondern wenn wir lebensüberdrüssig sind. Ich aber möchte noch einmal ganz von vorn anfangen. Ich habe da eine Frau in Moskau. Ich glaube, ich werde sie heiraten. Du solltest mal zu Besuch kommen, Jura.«

»Wenn du mich einlädst, komme ich.«

Seine Worte waren kein leeres Versprechen. Dieser Mann konnte sich – was selten genug vorkam – nicht verstellen. Er hatte es nicht nötig. Jeder von uns lügt gelegentlich und macht Ausflüchte, er nicht. Anderen Menschen gegenüber gab er sich einfach. Tränen traten mir in die Augen, so traurig war ich, so ungern trennte ich mich von ihm.

»Du wirst uns ein besonders teurer Gast sein«, sagte ich und meinte es ehrlich.

»Einsam ist dir zumute, Petja, das seh ich«, und er nickte. »Aber treib trotzdem keinen Raubbau mit deiner Gesundheit. Daß du heiraten willst, das ist gut. Doch als erstes mußt du zusehen, daß du wieder gesund wirst. Du weißt ja selbst, was für eine Gesundheit man bei einer Frau braucht. Du bist schon von einer einzigen Unterhaltung umgekippt, aber dann wirst du auch etwas tun müssen. Überstürze nichts, Petja. Für einen älteren Mann ist es, wie für ein Raubtier, bequemer, sich allein durchzuschlagen. Man muß sich nur ein wenig gedulden, sich allmählich gewöhnen. Ich glaube, so bis an die Siebzig muß man sich gedulden, danach verläuft es reibungslos, wird es ruhiger. Dich hat jetzt die Sehnsucht ganz verdreht gemacht und läßt dich nicht zur Ruhe kommen, aber das ist halb so schlimm. Wenn man sich darauf einstellt, kann man auch damit leben.«

Er, der Bauleiter, lehrte mich, einen Wissenschaftler, Verstand und Vernunft, lehrte mich, wie man leben muß, und ich freute mich über seine Lehre. Wichtig war nicht, daß sie für mich wenig geeignet war, wichtig war, daß wir uns in dem abendlichen, spärlich beleuchteten Krankenzimmer so, richtig freundschaftlich, unterhalten konnten. Ich war nahe daran, ihn zu fragen, ob Ljuda die Wahrheit gesagt, ob er sie wirklich mit Gewalt genommen hatte. Ich glaubte ihr nicht. Prokudow war nicht so ein Mann, daß es einer Frau, obwohl er diese mit der wunderlichsten und zärtlichsten Fürsorge umgab, trotzdem so vorkommen konnte, als nähme er sie mit Gewalt. Zum wer weiß wievielten Male erriet er, woran ich dachte, und das wunderte mich schon nicht mehr.

»Vergiß Ljudkas Worte«, sagte er hastig. »Eine Weiberzunge sagt nicht die Wahrheit. Aus ihr spricht die momentane Kränkung. Bestimmt hat sie auch über mich irgendwelchen Unsinn geschwatzt. Glaub ihr nicht. Ich habe sie nicht gekränkt und werde es auch nicht. Darum mach dir keine Sorge. Und daß das Leben mit mir nicht das reinste Zuckerschlecken für sie ist, da kann man nichts machen. Ich hab dir's erklärt. Meine Natur ist stärker als ich.«

»Nimm die Äpfel, Jura. Das da hat mir deine Ljudmilla geschickt. Iwan hat es gebracht. Ein interessanter Bursche, hat es sich in den Kopf gesetzt, ein Flugzeug zu kaufen. In seinem Alter haben wir von neuen Hosen geträumt, er träumt von einem Flugzeug. Auch ein Symptom der Zeit. Warum studiert er nirgends?«

Prokudow nahm einen Apfel, roch daran und legte ihn auf den Nachttisch.

»Hast du Kinder?«

»Einen Sohn. Fast im selben Alter wie deiner. Er wird bald das Institut beenden. Kurz bevor ich hierher fuhr, hat er mir eine Frau ins Haus gebracht. Ob du's glaubst oder nicht, Jura, er hat irgendsoein Mädelchen angeschleppt, nicht gerade eine Schönheit, fast etwas bucklig, auch eine Studentin. Kaum daß er sie mit mir bekanntgemacht hat, teilt sie mir auch schon mit, daß ich bald Großvater werde. Das heißt, daß sie schwanger ist.«

»Daran ist nichts verwunderlich.«

»Verwunderlich ist daran natürlich nichts, und das Mädchen hat mir später auch gefallen, trotzdem ist es seltsam. Irgendwie werden sie, hab ich bemerkt, jetzt immer erst schwanger, und danach heiraten sie.«

»Das war schon immer so, bloß hat man das früher verheimlicht.«

»Früher hat man sich für vieles geschämt, wofür man sich heutzutage nicht mehr schämt. Mehr als das, man scheint jetzt sogar stolz darauf zu sein.«

»Scham wird vererbt. Soviel Scham, wie wir weitergeben, soviel haben sie auch. Nicht mehr und nicht weniger. Deiner hat wenigstens geheiratet...«

Die Unterhaltung, die wir führten, war greisenhaft und behaglich. Eine harmlose Unterhaltung. Ich kann nicht behaupten, daß ich völlig aufrichtig war, ich redete Prokudow nach dem Munde, suchte solche Wendungen, die ganz nach seinem Geschmack sein würden, doch das tat dem Wohlbehagen keinen Abbruch. Das war noch ein zufälliges Geschenk des Schicksals. Endlich konnte ich einmal gedankenlos vor mich hinbrummen und dabei sicher sein, daß ich auf Verständnis und Mitgefühl stoßen würde. Ich merkte, daß auch er mir nach dem Munde redete und den Mitfühlenden spielte, in Wirklichkeit urteilte er wahrscheinlich anders über seinen Sohn und die Frauen, nicht so eindeutig, vielleicht hundertmal härter, doch auch dieses gegenseitige Sich-einschmeicheln hatte einen besonderen, von Hochachtung geprägten Reiz. Wozu sollten wir uns schließlich gegenseitig auf die Nerven gehen. Diese so gar nicht beschwerliche Unterhaltung lenkte am besten von der Ursehnsucht ab. Von jener Sehnsucht, die man nicht einmal seiner leiblichen Mutter, geschweige denn einem Kameraden mitteilt. Und unsere Mütter waren ja auch nicht mehr auf der Welt. Im Alter verwaist zu sein, ist noch schwerer, als das in der Kindheit ist, das wußten wir beide.

Daß ich unvorsichtigerweise gefragt hatte, warum sein Sohn nirgends studiere, und danach gleichsam mit meinem, dem Studenten, geprahlt hatte, war nicht schön, war taktlos. Daher blieb mir Prokudow denn auch die Antwort schuldig, und ich nahm seinen stummen Vorwurf als verdient an. Schade, daß ich jetzt nie mehr genau erfahren würde, unter welchen Umständen Ljudmilla und er geheiratet hatten. Aber das konnte mir ja auch egal sein. Sie hatte mich abgewiesen. Recht geschah mir.

»Tamara werde ich trotzdem heiraten«, sagte ich nach einer gewissen Pause. »Und ich lade dich dann zur Hochzeit ein. Du wirst sie dir ansehen und mir sagen, ob ich ein Dummkopf bin oder nicht. Kommst mit der ganzen Familie. Hochzeit, das sag ich bloß so, um der schönen Worte willen. Was für eine Hochzeit kann das schon sein? Wir werden gemütlich beisammensitzen. Schließlich sind wir uns ja nicht mehr fremd.«

»Und was ist sie, deine Tamara, als was arbeitet sie?«

»Sie arbeitet gerade auf dem richtigen Gebiet. Als Krankenschwester. Wird statt der Ersten Hilfe bei mir sein. Immer mit der Spritze in Bereitschaft. Das ist doch sehr bequem.«

»Dann ist es etwas anderes. Du heiratest demnach nicht, sondern dingst dir gewissermaßen eine Krankenpflegerin, die dich nichts kostet ...«

Ich glaube, wenn Tamara uns gehört hätte, sie wäre nicht ärgerlich geworden. Wir rissen harmlose Witze auf ihre Kosten, doch, als Prokudow gegangen war – zuvor hatte er noch versprochen, tags darauf vorbeizukommen –, da stellte ich mir plötzlich ihr liebes Gesicht vor und empfand zum erstenmal Sehnsucht nach ihr. Wozu sollte ich mich verstellen, ich brauchte Tamara wirklich. Vielleicht hatte ich mich gerade, weil ich insgeheim ein wachsendes Bedürfnis nach ihrer Gegenwart verspürte, in letzter Zeit besonders flegelhaft ihr gegenüber benommen. Dort, in Moskau, war mir schon allein der Gedanke, ich könnte mein ganzes Herz an sie verlieren und von ihr abhängig werden, absurd erschienen. Doch in meiner gegenwärtigen Verfassung hinderte mich nichts, die Dinge objektiv und nüchtern zu betrachten. Als ich vor meinem inneren Auge die mir lieben Gesichter – gar zu viele waren es nicht – vorüberziehen ließ, fand ich niemanden, der bei mir das Gefühl einer so gleichmäßigen wohltuenden Herzlichkeit hervorgerufen hätte. Ihr einziger Mangel war, daß sie zu jung war, doch vielleicht würde ich ja das Zeitliche segnen, bevor dieser Mangel in irgendwelchen konkreten Handlungen zutage treten konnte. Sie liebte mich aufrichtig, ich weiß wirklich nicht warum, und nahm um dieser Liebe willen sogar Demütigungen in Kauf. Und daher mußte ich, wenn ich an die Zukunft dachte, in erster Linie natürlich an sie denken. Die Erinnerung an unsere Umarmung auf der Datscha entzückte mich bis heute. Das war doch etwas wert. Ich mußte endlich begreifen, daß die Zeit gekommen war, da man wirklich vom Guten nicht das Gute sucht, wie armselig dieses Sprichwort auch klingen mag.

Lena ließ sich an diesem Abend aus irgendeinem Grund nicht blicken, obwohl sie es versprochen hatte. Dafür tauchte in letzter Minute, als ich mich schon bereitmachte, die heilsame Injektion zu empfangen, im Krankenhaus, wie das Teufelchen aus der Tabakdose, Grischa Korjuschkin, das Medium auf. Die Krankenschwester hatte sich entfernt, um Arznei zu holen, ich lag in Erwartung der Dinge, die da kommen sollten, auf dem Bauch, die Tür hatte nicht geknarrt, der Vorhang sich nicht bewegt, und doch war er, Grischa, schon da, direkt vor meinen Augen. Er war alkoholisiert, doch in nachdenklicher Stimmung.

»Du bist also nicht gestorben, Petja?« fragte er besorgt. »Das ist schön. Juri Leonidowitsch hat mir so die Leviten gelesen, als hätte ich dir das Zeug mit Gewalt eingeflößt. Und dabei warst du doch damit einverstanden, stimmt's?«

»Und wie geht es dir selbst?«

Grischa ließ sich ungeschickt auf der Kante eines Stuhls nieder, um ein Haar hätte er sich danebengesetzt.

»Wie's mir geht? Schlecht. Meine Alte ist völlig übergeschnappt. Will partout den Kronleuchter wiederhaben. Weiter will sie nichts hören. Wo soll ich einen Kronleuchter für sie auftreiben? Geh, sagt sie, such ihn. Komm mir nicht ohne Kronleuchter wieder. Droht auch noch, die Miliz zu rufen. Und sie wird sie rufen. Um sich auszutoben, braucht sie mindestens drei Tage. Ich kenne ihren miesen Charakter. Aber das alles ist Unsinn. Hauptsache, dir geht es wieder besser. Ich hab mir das mit dir so zu Herzen genommen. Dachte, er wird doch wohl nicht abgekratzt sein? Ich hatte mir das schon so ausgemalt: Wärst du gestorben, hätte ich dich in deine Heimat gebracht, damit du dort beerdigt wirst. Hätte bei der Gelegenheit auch gleich unser Mütterchen Hauptstadt wiedergesehen. Bin schon ziemlich lange nicht mehr dort gewesen. Muß man nachholen.«

»Wo würdest du denn übernachten?«

»Kein Problem. Es ist Sommer. Im Winter würde ich unter einem Zaun verrecken. So hat sie's denn auch gesagt: ›Verrecke lieber unter einem Zaun, als daß du mir Stück für Stück die Einrichtung wegschleppst.‹ Spielt sich auf, das Luder. Nützt meine

Liebe aus. Das ist ja gerade das Schlimme, daß ich sie so liebe. Und sie weiß das. Ich hab's ihr selbst gesagt. Liebst du deine Frau?«

»Ich hab sie mal geliebt.«

Die Krankenschwester, die mir die Injektion geben sollte, blieb lange aus, und so drehte ich mich auf den Rücken, um mich bequemer unterhalten zu können. Ich freute mich über Grischas Besuch.

»Nein, nein, ich lieb sie auch jetzt noch. Wie in der Jugend. Das heißt mit dem Verstand begreife ich: Es gibt gar keinen Grund, sie zu lieben. Ein Weib wie andere Weiber auch, davon gibt's so viele wie Sand am Meer. Ein Luder, und kann den Rachen nie voll genug kriegen. Aber ich liebe sie. Liebe sie schrecklich. Sie ist meine erste, und ich war auch ihr erster. Als sie mich eines Tages küßte, da war's um mich geschehen. Das, Petja, ist auch ein Rätsel für einen klugen Menschen. Diese Liebe. Du hast an eine dein Herz verloren, und Schluß, – quäl dich, bis du in die Grube fährst. Später hab ich dann noch andere Frauen gehabt, und schönere als sie, das Leben ist hart, aber nie war es so wie mit ihr. Da war eine – Katka, Verkäuferin aus einem Kaufhaus, zärtlich, fügsam, üppige Figur. Wenn man sie bloß berührte, wurde sie schon ganz wild. Und geliebt hat sie mich, bis zum Geht-Nicht-Mehr. Jedes Staubkörnchen hat sie mir fortgepustet, goldene Berge in der Zukunft versprochen, na und ich bin vielleicht auf sie abgefahren. Ich darf gar nicht dran denken, wie toll sie und ich es getrieben haben. Als es dann aber ernst wurde, hab ich mich verdünnisiert. Bin in den Schoß der Familie zurückgekehrt, heil und unversehrt. Die meine hat Gott sei Dank keinen Wind davon bekommen. Vielleicht ja doch, aber anmerken lassen hat sie sich's damals nicht. Schlauer als eine Kobra ist sie ... Warum ist das so, Petja? Die eine schlägt dich, verunstaltet dich, und du bildest dir noch was drauf ein, wenn du sie bekommst. Die andere hat Mitleid mit dir, verhätschelt dich, dich aber ödet sie an. Oder gibt es hier auch sowas wie Bestimmung?«

Die Krankenschwester erschien und warf Grischa achtkantig hinaus. Nun war er doch nicht dazu gekommen, sein Märchen von der Liebe zu Ende zu erzählen. Und ich hatte ihn mit nichts trösten können. Doch er hatte mir, dem drohenden »Jetzt lungern die Säufer auch schon nachts hier herum!« zum Trotz, versichert, er werde etwas später telepathische Verbindung zu mir aufnehmen. Und so glücklich hatte er von der Schwelle aus gelächelt, der im buchstäblichen Sinne von dort vertrieben worden war. Ein unglücklicher verlorener Mensch. Mein Bruder im Geiste.

Ljudmilla war auch an diesem Tag nicht bei mir vorbeigekommen, dafür träumte ich von ihr. Lange schon hatte ich nicht mehr solche unschuldigen, langen Träume gehabt. Zuerst saß ich mit ihr im Foyer eines Theaters oder eines ungewöhnlich großen Restaurants mit vielen Räumen. Wir mußten uns verstecken, weil mich jemand suchte, Semlemerow, glaube ich. Er wollte, daß ich noch ein wichtiges Schriftstück unterschrieb. Ljudmilla schirmte mich eifrig von allen ab, die vorübergingen. Doch bald stellte sich heraus, daß nicht Semlemerow mich suchte, sondern ein Mann, der mir von früher her gut bekannt, ja sogar angenehm war, doch leider konnte ich mich partout nicht erinnern, wer er war. Ljudmilla und ich lachten darüber, daß ich das Gedächtnis verloren hatte. Und dieser Mann in der Lederjacke stand neben uns und lachte ebenfalls. Er hatte die Absicht, mir etwas Wichtiges mitzuteilen, unter vier Augen. Aber Ljudmilla hielt mich an der Hand fest und wollte nicht, daß ich fortging. Ich hatte auch gar nicht vor, irgendwohin zu gehen, fort von ihr, es war so schön, ihre zärtliche Hand zu spüren. Dann brachen wir doch zu dritt auf, unterwegs gesellten sich noch andere, fröhliche und sorglose, Leute zu uns. Lange irrten wir in Zimmern umher, die mit eleganten Möbeln vollgestellt waren, und stiegen schließlich in den Keller hinunter, wo eine lange Tafel gedeckt war. Hier bekam ich es einen Augenblick lang mit der Angst, doch Ljudmilla schmiegte sich enger an mich, und die Angst verschwand. Es war ein mehrstufiger Traum, mit qualvollem Umherirren und Wiederholungen ein und derselben Posen, doch nicht um das Sujet ging es. Dieser Traum war voller Zärtlichkeit und reich an wunderschöner Erhabenheit. Mit Worten kann man das nicht wiedergeben. Der Traum war beinahe eine Vision, wo alles deutlich vor sich ging, wie im Wachzustand. Im Traum gelangte ich zu der Überzeugung, daß Ljudmilla mich nicht hassen konnte, daß sie gelogen hatte. Im Gegenteil, das, was uns in der Vergangenheit verbunden hatte, war nirgendwohin entschwunden, sondern hatte, ausgehöhlt von der Zeit, nur andere Umrisse angenommen. Ich schlief in einem Krankenzimmer, sie wachte irgendwo nicht weit von hier und sandte geheimnisvolle Impulse aus, um mich vor der seelischen Qual zu retten. Als ich am Morgen erwachte, war ich davon ebenso überzeugt wie im Traum und konnte mich lange nicht entschließen, die Augen aufzuschlagen, da ich den Wunsch hatte, ihre mystische Gegenwart so lange wie möglich zu verlängern.

Die Krankenschwester trat ein, steckte mir das Fieberthermometer in den Hintern und fragte mit heiserer Stimme:

»Wie fühlen Sie sich, Kranker?«

»Mehr als gut«, gab ich enthusiastisch zur Antwort.

6

Über Kleopatra (Auszüge aus dem Buch)

Es gibt Frauen, deren Macht über unsere Phantasie jahrhundertelang erhalten bleibt. Ihre wunderbaren Gesichter, die Laute ihrer wahnwitzigen Reden, der Abglanz längst vergangener Schicksale scheinen unsichtbar in der Welt zugegen zu sein und sie auf ihre Weise zu beseelen.

Eine der hervorragendsten Gestalten dieser Art ist die legendäre Königin Kleopatra. Ist es Zufall, daß Dichter und kaltblütige Phi-

losophen ihre Blicke gerade auf sie richteten?! Und wenn man sich einen solchen Zufall vorstellen kann, worin besteht dann sein Geheimnis? Was ist es – etwas, das der Mensch anscheinend dringend braucht –, das ihre unvergänglichen Züge in sich bergen?

Handelt es sich hier denn nur darum, daß sie eine königliche Kokotte war und ihre Taten unsere niedrige Neugier aufs heftigste anstacheln? Oder darum, daß das Schicksal ihren Namen mit den berühmtesten Namen der Epoche verknüpft hat? Wäre es nur das, dann wäre sie vermutlich längst in den Bereich der unzähligen historischen Anekdoten entrückt.

Nein, hier ist etwas anderes im Spiel. In unsere Gedanken an sie mischt sich sowohl Begeisterung als auch bitteres Bedauern über eigene nicht in Erfüllung gegangene Hoffnungen. Doch so muß man sich ja etwas Erhabenem, Idealem gegenüber verhalten. Was aber sind wir dann selbst, wenn uns an der Gestalt der majestätisch umgekommenen Kleopatra der Magnetismus der weiblichen Natur so sehr verzaubert – erschreckt und anzieht? Wäre es möglich, daß das raffinierte, kultivierte Laster doch anziehender ist als unbeugsame Tugend? Wider Willen gerät man in einen wonnevollen Rausch, wenn man beobachtet, wie eine Frau voller Reiz und Geist um des Dienstes an der einen ihrer Natur entsprechenden, für sie organischen Idee willen unerschrocken gegen alle Gebote verstößt und selbst einer Gottheit ähnlich wird, wenigstens in ihren Ansprüchen. Lasterhaft bis ins Mark, bekommt sie in unseren Augen auf einmal die Aureole der Unschuld, wie eine ewige Braut.

Einmal, als ich gerade von ihr geträumt hatte, ging ich in den Hof hinunter zu den Männern, die dort Domino spielten, und brachte – ich paßte eine günstige Gelegenheit ab – das Gespräch auf Kleopatra. Ich erzählte ihnen eine der vielen Legenden, die verführerischste vielleicht, jene, wo sie, ihrer Liebhaber überdrüssig geworden, diese ermorden läßt. Die Domino spielenden Männer erinnerten sich an Kleopatra nur aufgrund von Erzählungen, begriffen aber sehr gut, wovon die Rede war. Interessant für mich war ihre Reaktion.

Der Schlosser K., etwa 50–55 Jahre alt, bemerkte bekümmert: »Das kommt davon, wenn man den Weibern ihren Willen läßt. Ach, wie sie unsereinen hassen.« Ihm widersprach ein Rentner: »Nichts verstehst du, Bursche. Das war eine Frau, wie es sie nur ganz selten gibt. Wenn ich so eine nur einmal streicheln könnte, tät's mir nicht leid zu sterben.«

In seinen greisenhaft matten Augen blitzte für einen Moment jugendliche Verwegenheit auf. In ihm lebte also, wie auch in vielen anderen, unabhängig von ihrer Bildung und sozialen Lage, die Sehnsucht nach Kleopatra, nach ihrer Liebesekstase, die an und für sich ein Analogon des Todes ist. Darum ist ihr Zauber in Jahrhunderten auch nicht vergangen, sondern hat sich nur in Hunderten moderner Kleopatras aufgelöst, die nicht so schön und bei weitem nicht in königliche Gewänder gekleidet sind, sondern vielleicht in abgetragene Jeans und ein verschossenes T-Shirt, die aber an demselben Liebeswahn leiden, Gerechtigkeit fordern und in Krämpfen der Leidenschaften vergehen. Und das Erstaunlichste: Sie alle gehören der Klassifizierung nach zum sich unterordnenden Typ, obwohl Gott sie mit einer maßlosen Macht über die Menschen ausgestattet hat.

Leider wird dieses ach so kurze Kapitelchen wohl kaum für das Buch taugen.

7

Am Dienstag reiste ich mit dem Nachtzug ab. Am Tage war ich aus dem Krankenhaus entlassen worden und hatte mich ins Hotel begeben, doch hatte, wie sich herausstellte, Lena mein Gepäck zu sich geschafft und das Zimmer aufgegeben – um, wie sie erklärte, das Geld nicht zum Fenster hinauszuwerfen. Sie war völlig aufrichtig in allem, was nicht ihre Mutter oder Juri Leonidowitsch betraf – kam die Rede auf jene, wurde sie verschlossen, ja verschwieg irgend etwas. Sie schämte sich wegen dieser Dinge, die sie für sich behielt, und wurde rot. Ich hatte sie vielleicht nicht weniger liebgewonnen, als wenn sie vor meinen Augen aufgewachsen wäre. Ein treuherziges, harmloses Geschöpf war sie – meine Jelena. Nach wem mochte sie bloß geraten sein?

Fast den ganzen gestrigen Tag hatte sie bei mir im Krankenhaus verbracht, und wir hatten über vieles sprechen können. Ich suchte sie zu überreden, nach Moskau zu übersiedeln, und versprach, alles zu regeln, was Wohnung und Arbeit betraf. Ich weiß selbst nicht, was ich beabsichtigte. Hier, im Krankenzimmer, als ich mich am Anblick ihres feinen, guten Gesichts erfreute und die belebende Kraft ihres fürsorglichen Blicks in mich aufnahm, schienen mir alle organisatorischen Schwierigkeiten freilich leicht überwindbar zu sein. Ich wollte sie auf keinen Fall verlieren.

»Olenka wird in Moskau zur Schule gehen«, sagte ich, »dort gibt es ausgezeichnete Schulen. Sie wird eine richtige Bildung erhalten. Auch mit dem Studium wird es später leichter sein. Vor allem aber wirst du selbst, Jolotschka, dich als ein ganz anderer Mensch fühlen. Wirst all dein Unglück vergessen. In Swansk kennt dich jeder Straßenköter, du lebst wie auf dem Präsentierteller. Es ist vernünftiger, sich ein neues Leben an einem neuen Ort aufzubauen, wo nichts an die Vergangenheit erinnert. Du wirst einen Mann kennenlernen, der deiner würdig ist, und ihn liebgewinnen. Du hast alles noch vor dir. Hier aber schwebt deine unglückliche Ehe über dir wie ein Damoklesschwert. Das ist sehr gefährlich für die Psyche, Lena, das zerstört sie. Du mußt dein Selbstvertrauen wiedergewinnen. Dort, wo dich jede Gasse an dein Unglück denken läßt, kannst du nicht glücklich sein. Davon mußt du loskommen. Olenka braucht einen Vater, auch das solltest du nicht vergessen.«

»Und was ist mit Mama?«

»Was soll mit ihr sein? Wozu braucht sie dich? Sie hat einen Sohn und einen Mann. Sie hat ihr eigenes Leben. Ich verstehe, du wirst ihr fehlen, besonders in der ersten Zeit. Aber wie wird sie sich dafür freuen, wenn sie dich besucht und sieht, wie gut du es getroffen hast.«

Ganz traurig geworden, schien Lena mich zum ersten Mal nicht mit einsilbigen Antworten abspeisen zu wollen, als die Rede auf ihre Mutter kam.

»Sie freut sich über niemanden, Papa. Das ist ja das Schlimme. Etwas ist in ihr erloschen. Sie lebt, als wäre sie Gras. Manchmal hat man direkt Angst, mit ihr zu sprechen. Es ist, als ob man mit einer Tauben redet. Sie hört einen nicht. Schwatzt allen möglichen Unsinn zusammen. Aber du hast es ja selbst erlebt.«

»Was ist denn nur mit ihr geschehen?«

»Wahrscheinlich ist sie zerbrochen. Innerlich zerbrochen. Du hättest sehen sollen, wie sie früher war. Noch vor fünf Jahren. Fröhlich, neugierig. Keinen neuen Film hat sie sich entgehen lassen. Und jetzt kann ich mich schon gar nicht mehr erinnern, wann sie das letzte Mal im Kino war. Dabei ist sie so gern ins Kino gegangen. Geweint hat sie und gelacht. So laut gelacht, daß ich ihr Vorhaltungen gemacht und mich geniert habe, weil alle zu uns hinsahen. Eine Närrin war ich, eine absolute Närrin. Jetzt würde ich alles dafür geben, um sie noch einmal richtig lachen zu hören ... Selbst die Worte sind irgendwie nicht die ihren. Es ist nicht immer leicht zu begreifen, wovon sie spricht.«

»Und du erinnerst dich nicht, womit das angefangen hat?«

Lena schüttelte gereizt den Kopf.

»Womit das angefangen hat, mit ihm natürlich. Er hat sie durch sein Schweigen vernichtet.«

»Durch sein Schweigen?«

»Natürlich. Er bringt es fertig, monatelang zu schweigen und mit niemandem ein Wort zu wechseln. Sitzt in seiner Ecke wie ein Ölgötze, verschanzt sich hinter einem Buch, und eisige Wellen gehen von ihm aus. Man könnte direkt die Lebensmittel neben ihn legen, damit sie nicht verderben. Ein Kühlschrank ist überflüssig.«

»Nein, so was. Mit mir hat er sich ganz normal unterhalten«, bemerkte ich mit einem Anflug von Triumph.

»Mit dir vielleicht. Von dir hat er noch nicht genug. Mutter aber sieht er nicht als Menschen an. Er sieht niemanden als Menschen an, niemanden außer sich selbst.«

»Iwan auch nicht?«

»Den erst recht nicht. Er demütigt ihn so ... Schrecklich! Hält ihn für einen ausgemachten Dummkopf. Weißt du, wie er es versteht, einen besonders zu demütigen? Er streitet nicht, wird nicht böse. Nein, er schaut angewidert, lächelt spöttisch, brummt sich irgend etwas in den Bart und zieht sich zurück. Als hätte er eine Wanze zerquetscht.«

»Aber mir ist es so vorgekommen, als ob Wanja ihn gern hat?«

»Gern hat?« Sie wandte sich ab, damit ich ihr Gesicht nicht sah. Doch ich konnte es ohnehin kaum noch sehen. Während wir uns unterhielten, war die Dämmerung dichter geworden, wir aber machten kein Licht an. »Ja, er hat ihn gern. Darum ist er auch zu den Montagearbeitern gegangen. Um seinem Vater zu gleichen ... Soll ich dir etwas gestehen, Papa? Ich habe ihn auch gern. Das ist die Wahrheit. Wenn es mir auch selbst sonderbar vorkommt. Er ist ja so verschlossen. Mich hat er in seinem ganzen Leben keine zwei Male geküßt. Aber ich liebe ihn. Fürchte ihn und liebe ihn. Das sollst du wissen.«

»Ich weiß es, mein Kind ... Juri Leonidowitsch ist unglücklicher als wir. Welche Qual er in sich trägt, das geht über unseren Horizont.«

»Wahrscheinlich«, gab Lena traurig zur Antwort. »Doch wenn er ein bißchen sanfter und gütiger wäre, wenigstens zu Hause, könnten wir ihm dann nicht helfen?«

»Ihm kann man nicht helfen.«

»Wie schnell du ihn verstanden hast ... Mama hat ihn auch geliebt. Mehr als uns hat sie ihn geliebt. Daran ist sie ja auch zerbrochen. Ein lebendiger Mensch kann nun mal keinen Stein lieben.«

Hoffnungslose Müdigkeit sprach aus ihren Worten.

»Was wissen wir über die Liebe, Lena?« fragte ich. »Man kann einen Stein lieben, man kann eine Schildkröte lieben. Und seine Reue kann man lieben. Die Liebe hat viele Gesichter, jeder hat seine eigene Liebe. Wir aber pressen sie in den gewohnten Rahmen, wo sie keine Luft bekommt und zugrunde geht ... Manchmal erfahren wir zu spät von der eigenen Liebe. So ist es mir ergangen.«

»Sprichst du von Mama?«

»Von deiner Mutter und von meiner verstorbenen Frau, Mascha ... Doch warum reden wir immerzu von traurigen Dingen. Nun schalte mal das Licht an, und laß uns Tee trinken.«

Sie erwärmte sich zusehends für den Gedanken, nach Moskau überzusiedeln, trotzdem war das so eine Art Spiel zwischen uns. Wir schmiedeten verheißungsvolle Pläne, besprachen Einzelheiten, gingen so weit, daß wir uns ausmalten, was für üppige Pakete sie nach Hause schicken würde. Besonderes Vergnügen bereitete es uns, Olenkas Zukunft zu erörtern. Ich träumte laut davon, wie ich Olenka in einer Musik- oder irgendeiner anderen Spezialschule, einer Sprachschule zum Beispiel, unterbringen würde, wo die Kleine sicher solche Fähigkeiten zeigte, daß eine gewisse Berühmtheit (ich ließ durchblicken, daß ich eine solche im Auge hätte) auf sie aufmerksam werden und sich für sie interessieren würde, und dann sollte es doch mit dem Teufel zugehen, wenn man Olenka nicht die Hauptrolle in irgendeinem Kinderfilm geben würde. Das ganze Land würde sie kennenlernen, Ljudmilla und alle anderen würden sie auf der Leinwand sehen. Wenn das kein Erfolg, wenn das kein Glück war?! Ich faselte diesen ganzen Unsinn mit dem einzigen Ziel zusammen, Lenas mütterlichen Ehrgeiz anzustacheln. Sie hörte mit fröhlichem Interesse zu, doch ihre eigenen Ambitionen waren viel bescheidener. Eitler Ruhm reizte sie nicht, das einzige, was sie ihrer Tochter wünschte, war, daß sie unter klugen, guten Menschen, die sie liebten, aufwuchs und erzogen wurde. Ich gab zu, daß ihr Wunsch vernünftig sei, und versicherte, gerade in Moskau werde sich das Mädchen in dem für ihre Erziehung günstigsten Milieu befinden. »Das Milieu ist der allerwichtigste Faktor«, bemerkte ich autoritativ, ohne auch nur im geringsten an dieses antiquierte methodologische Postulat zu glauben, ebensowenig wie übrigens an Hunderte anderer, ihm ähnlicher. Genauer gesagt, die meisten derartigen Aussprüche haben für mich längst jeden Sinn verloren und sind für mein Ohr nur noch Wortgeklingel. Nicht unerwähnt bleiben sollte, daß mir gerade während dieser Unterhaltung, ich erinnere mich nicht mehr, in welchem Zusammenhang, ein Gedanke kam, der mich dann die halbe Nacht quälte. Ein ganz gewöhnlicher Gedanke, doch schrecklich in seiner entlarvenden Einfachheit. Wie hatte ich, ein älterer Mann, der seine Angehörigen dreißig Jahre nicht gesehen hatte, es wagen können, ohne jedes, und sei es das nichtigste, Geschenk aus Moskau hierher zu kommen? Woran hatte ich gedacht, als ich die Reise antrat? Man weiß schon, woran: wie gewöhnlich nur an mich selbst. Das ist er, der äußerste Grad an Egoismus, der schon einer Krankheit gleicht – wenn sich der Mensch auf nichts anderes konzentrieren kann als auf sein eigenes Wohlergehen. Ich war mir selbst zuwider. Da ist so ein Draufgänger aus der Hauptstadt angereist gekommen, in den Zustand tiefster Rührung geraten, hat Reue empfunden – jauchzet, Bürger! Aber dachte ich, wer braucht dich, Petja, mit deiner widerlichen Reue? Wärst du wenigstens darauf gekommen, dem Mädchen ein schmuckes Röckchen mitzubringen, dann hätte ja vielleicht wenigstens jemand eine Freude gehabt. Die halbe Nacht quälte und ärgerte ich mich, wälzte ich mich von einer Seite auf die andere, bis ich begriff, die Sache ließ sich noch wiedergutmachen. Mir waren noch etwa hundert Rubel geblieben.

Nachdem ich am Dienstag aus dem Krankenhaus entlassen worden war und erfahren hatte, daß Jelena mein Gepäck mitgenommen hatte, unternahm ich einen Streifzug durch die Läden. Ich machte mir keine besonderen Hoffnungen, schließlich hatte Swansk weder ein ZUM noch ein GUM*. Dafür gab es ein neues zweigeschossiges Kaufhaus mit dem seltsamen Namen »Solnetschny«**, und dort entdeckte ich, als ich mich der Parfümerieabteilung näherte, mit geübtem Blick französisches Parfüm auf einem Regal, zwanzig Rubel der Flakon. Das war ein Glücksfall. Ich kaufte je einen Flakon für Lena und für Ljudmilla. Mit dem Geschenk für Olenka war es schon schwieriger. Ich hatte gehofft, irgend etwas zu finden, das ihre Phantasie beflügeln und eine unauslöschliche Spur in ihrem Gedächtnis hinterlassen würde, doch die Ladentische des Kaufhauses bogen sich unter Waren, die höchstens die Phantasie eines müßigen Ökonomen beflügeln konnten, der es übernehmen wollte, zu überschlagen, für wen das alles produziert worden war und wohin es kommen würde, wenn es die entsprechende Zeit im Geschäft gelegen hatte. Obendrein hatte das Kaufhaus keine spezielle Kinderabteilung, wo Spielzeug verkauft worden wäre, ja in der ganzen Stadt gab es, wie ich herausfand, kein Kindergeschäft. Betrübt trat ich auf die Straße und schlenderte sie vom Zentrum aus hinunter, und da hatte ich zum zweitenmal Glück. Ich stieß auf ein Sportartikel-Geschäft und ging aufs Geratewohl hinein. An der Wand stand ein schickes blaues Tretauto mit Pedalen, als hätte es nur auf mich gewartet. Mein Herzschlag drohte auszusetzen, ich stürzte darauf zu, als befürchtete ich irgendeine Falle, und legte die Hand darauf.

»Was ist damit, ist es defekt?« fragte ich den Verkäufer.

»Wieso defekt? Es funktioniert«, gab der mürrisch zur Antwort.

»Und wieviel kostet es?« erkundigte ich mich, obwohl mir das

* »Zentrales Kaufhaus« und »Staatliches Kaufhaus« in Moskau.

** »Der Sonnige«.

Preisschild in die Augen sprang und 39 Rubel darauf geschrieben stand.

»Neununddreißig«, sagte der Verkäufer in einem Ton, als hätte ich ihn persönlich beleidigt.

Ich probierte das Auto aus, indem ich es auf dem Boden hin und her rollte: Es bewegte sich und ließ sich sogar steuern. Der Kunststoffsitz war sehr hart, und Olenka würde sich wohl ihren schmächtigen kleinen Popo darauf wundscheuern.

»Schreiben Sie es auf«, verlangte ich.

»Gehen Sie zur Kasse ...«

Ich hob das Auto gar nicht erst auf, um mich nicht gleich zu überanstrengen, sondern ließ es mit eigener Kraft aus dem Geschäft rollen und steuerte es dann an den Rand des Bürgersteiges. Das war der Tag der kleinen Erfolge. Und schon bremste neben mir ein grüner *Shiguli*, und ein forscher privater Taxifahrer steckte seinen Lockenkopf heraus.

»Haben Sie's weit, Väterchen?«

Ich nannte die Adresse.

»Werden wir uns für drei Rubel einig?«

Noch keine fünf Minuten waren vergangen, als ich, beladen mit meinen Geschenken, vor dem Haus ausstieg, in dem Lena wohnte. Lena selbst war freilich noch auf ihrer Arbeitsstelle, sie hatte mich gegen Mittag abholen wollen, ich war vorzeitig entlassen worden. Ich rief sie von einer Telefonzelle aus an, sagte, ich stünde schon neben ihrem Haus, und fragte, ob sie nicht gleich Olenka aus dem Kindergarten herbringen könnte.

»Was ist denn los, Papa?«

»Ich habe eine Überraschung für sie.«

Das Auto bugsierte ich in den Hauseingang und spazierte an die vierzig Minuten neben dem Haus auf und ab, dann sah ich, wie sie, sich an den Händen haltend, aus der Grünanlage auftauchten. Olenka lief hüpfend auf mich zu, sprang hoch, und schon hing sie an meinem Hals. Irgend etwas stach mich schmerzhaft und zart in der Herzgegend. Woher kam plötzlich eine solche Freude? Oder war das einfach kindliche Unbefangenheit? Behutsam drückte ich das leichte Körperchen an mich, bemüht, nicht in das lachende Gesichtchen zu atmen.

»Im Hauseingang steht etwas für dich, Kleines.«

Sie machte sich frei, blickte mir in die Augen, glitt herunter wie von einem Baum und schritt würdevoll in den Hauseingang.

Unterdessen war Lena herangekommen.

»Du hättest auch warten können, wie wir's abgemacht hatten«, brummte sie unzufrieden.

»Verzeih, es hat sich so ergeben.«

In diesem Augenblick tauchte Olenka aus dem Hauseingang auf, ihr Gesichtsausdruck war etwas dümmlich.

»Ist das meins?« fragte sie launisch.

»Deins, Kindchen, deins.«

Schweigend verschwand Olenka im Hauseingang. Von dort kam sie mit dem Auto herausgefahren, ohne uns zu beachten, wendete und fuhr den abschüssigen Bürgersteig hinab, wobei sie sofort eine übermäßige Geschwindigkeit entwickelte. Glücksgefühl und Schreck benahmen mir den Atem. Lena stürzte ihr mit dem Schrei nach:

»Halt, Olja, halt! Halt an, hörst du!«

Im nächsten Augenblick waren beide um die Hausecke verschwunden. Ich schlenderte langsam hinter ihnen her. Das Bild, das sich meinen Augen bot, war traurig. Olenka hatte einen Prellstein aus Beton gerammt. Jetzt stand sie neben dem Auto, brüllte aus vollem Halse, ihre Mutter hielt sie mit zorniger Miene an der Schulter fest und hob bald die Hand, bald ließ sie sie wieder sinken, offenbar unschlüssig, ob sie ihr ein paar Klapse verabreichen solle oder nicht. O Gott, wie kurz währt doch die Freude in dieser Welt!

Das Komischste war: Gerade dieses Auto hatte Olenka schon den zweiten Monat vergebens von ihrer Mutter zu erbetteln versucht. Das gleiche Auto hatte irgendein Wowka aus ihrem Haus, der ein Dummkopf und ein Geizkragen war und niemanden damit fahren ließ. Doch die Mutter hatte um keinen Preis in den Kauf einwilligen wollen, weil sie Olenkas unbezähmbaren Charakter kannte und nicht in ständiger Unruhe um ihr Leben schweben wollte, und außerdem, weil sie keine Millionärin war wie Wowkas Eltern, die in einer Kooperative arbeiteten. All das legte sie dar, nachdem sie das unglückselige Kind losgelassen hatte.

»Ach, das habe ich ja nicht gewußt, verzeih!« Ich war nicht im geringsten bekümmert, sah ich doch das verschmitzte, leidenschaftliche Funkeln von Olenkas Augen. Sie war im siebenten Himmel. Sie kletterte wieder ins Auto, doch nachdem sie mit der Stoßstange den Prellstein gerammt hatte, konnte sie nicht abfahren und saß, gleichsam für immer am Steuer festgebannt, wie ein Ölgötze darin.

Um das Wölkchen zu zerstreuen, zog ich das Parfüm aus der Tasche.

»Das ist für dich, Jelena, und das gibst du deiner Mutter von mir.«

Lena errötete und entfaltete das Papier.

»Oh, französisches! Weißt du, schon ewig hat mir niemand etwas geschenkt. Ich danke dir!«

Sie stellte sich auf die Zehenspitzen und küßte mich auf die Wange. Olenka kletterte aus dem Auto heraus und versuchte mit den Worten: »Gib her!« sich des Flakons zu bemächtigen.

»Nichtsnutziges Mädchen!« brummte Lena. »Du hast dich nicht mal bei Großvater bedankt.«

»Ich will auch Parfüm!« verlangte Olenka.

»Wegen deinem ewigen ›ich will‹ wird dir gleich der Kopf platzen.«

Bewegt und gerührt traten wir den Heimweg an. Ich hielt Olenkas eine Hand, Lena die andere, während das Mädchen im

Auto saß und zornig in die Pedale trat. Ich hatte das Gefühl, als ob ich meine Familie nach Hause, zu mir nach Hause, führte.

Bis zu meiner Abreise blieb noch eine Unmenge Zeit, und nachdem wir Tee getrunken hatten, schlug Lena plötzlich vor, ins Kino zu gehen.

»Weißt du«, sagte ich verwundert, im selben Tonfall wie vorhin sie, »mich hat schon ewig niemand ins Kino eingeladen. Natürlich gehen wir. Und was meinst du, Olenka?«

Aber Olenka meinte nichts, sie hatte sich ein komisches Strohhütchen auf das Köpfchen gestülpt und stand schon in voller Bereitschaft an der Tür. Sie schlug nur vor, mit dem Auto zum Kino zu fahren, und versicherte, wir würden alle drei darin Platz haben, wenn wir ein bißchen zusammenrückten, doch ihr Vorschlag wurde als unsinnig abgelehnt.

Wir saßen im Kino und sahen uns irgendein sentimentales Melodram aus dem westlichen Leben an, und zu meiner Verwunderung führte ich fortwährend das Taschentuch an die Augen und wurde mir bitter der Tatsache bewußt, daß ich alt geworden, ja ins Greisenalter gekommen war, wo man die Tränen nicht mehr zurückhalten kann, doch auch Lena schluchzte laut. Nur Olenka ließ die Heranführung an die Massenkultur völlig gleichgültig, woraus man schließen konnte, daß siebenjährige Mädchen einen ausgeprägten Instinkt für wahre Kunst besitzen. Wo gerät der später bloß hin? Anfangs dachte ich, Olenka begreife nicht, was da auf der Leinwand vor sich ging, doch da erklärte sie auch schon gewichtig, dieser Onkel dort wolle jene Tante heiraten und der andere Onkel werde ihn bestimmt um die Ecke bringen, weil er schlecht sei und eine Pistole in der Brusttasche habe. Bei einem solchen Scharfsinn war es für sie natürlich langweilig, sich den Film anzusehen, um so mehr, als sich ihre Prognosen vollauf bestätigten. Wenn man einmal davon absah, daß der schlechte Onkel zum Schluß auch umgebracht wurde. Und wiederum bedauerte ihn nur Olenka.

Die übrigen Zuschauer triumphierten, ihnen schien es, daß die Gerechtigkeit gesiegt hatte.

Wie soll ich bloß ohne diesen Krümel leben? dachte ich bekümmert.

Sie brachten mich zu zweit zum Zug. Ich hatte mich weder von Prokudow noch von Ljudmilla verabschiedet. Ich fragte, ob sie wüßten, daß ich abreiste. Lena bejahte das, aber sie habe es ihnen ausgeredet, auf den Bahnhof zu kommen. Sie glaube, so sei es das beste. Und ich mußte ihr recht geben. Alles, was ich in dieser Stadt hatte anrichten können, hatte ich schon angerichtet. Mehr war nicht nötig.

Doch ich hatte nicht das Gefühl, mich für immer zu verabschieden. Selbst als der Zug sich schon in Bewegung setzte und ich, den Kopf an die Fensterscheibe gedrückt, versuchte, auf dem sich entfernenden Bahnsteig Olenka zu erkennen, glaubte ich nicht, daß das für immer sei.

In dem Zweierabteil war ich allein. Ich lehnte mich zurück und schloß die Augen, und im selben Moment strömten unter meinen geschwollenen Lidern die Tränen nur so hervor. Ich weinte, als würde ich neu geboren. In diesen Tränen zog an meinem inneren Auge die Vergangenheit vorüber – die Qualen ebenso wie die Verluste, und in ihnen entstand dennoch Hoffnung auf eine Zukunft, in der ich nicht mehr so widersinnige Fehler begehen würde.

Vierter Teil

1

Ich ging auf mein Zimmer, um das Gespräch mit meinem Sohn, den ich erst am zweiten Tag nach meiner Ankunft zu Gesicht bekommen hatte, sofort zu Papier zu bringen. Die Nacht hatte er irgendwo außer Haus verbracht. Auch Anetschka war nicht da, und nichts sprach dafür, daß sie hier wohnte: weder Sachen noch irgendein Zettelchen. Ich war spät angekommen, war müde von der Reise gewesen, hatte mich früh zu Bett begeben, die Nacht über gut geschlafen und sogar kein einziges Mal aufstehen müssen, um zur Toilette zu gehen. Am Morgen aber wurde ich doch unruhig. Natürlich konnten die Kinder auf der Datscha geblieben – das war in Anbetracht des schönen Wetters durchaus wahrscheinlich – und von dort aus gleich zum Institut gefahren sein. Aber irgend etwas sagte mir, daß es nicht so war. Ich neige nicht dazu, Vorahnungen nachzugeben, doch manchmal überkommen sie mich mit so unüberwindlicher Gewalt, daß sie zu einer Gewißheit werden, der man sich nicht widersetzen kann. So war es auch diesmal.

Noch vor ein paar Tagen hätte mich die Verstimmung zwischen den Jungvermählten vermutlich nur amüsiert, jetzt aber rief schon allein der Gedanke daran eine tiefe, unklare innere Unruhe hervor. Glücklicherweise erschien mein Sohn bald, es war noch nicht zwölf. Als er mich sah, freute er sich zwar nicht gerade, wurde aber auch nicht traurig. Ich wäre gern auf ihn zugegangen, hätte ihn umarmt, berührt, doch leider war das zwischen uns nicht üblich.

»Und wo ist Anetschka?« fragte ich so sorglos wie möglich.

Andrej machte ›hm‹ und verzog geringschätzig den Mund.

»Anetschka ist fortgegangen. Sie ist nicht mehr da.«

»Wieso nicht mehr da?«

Ich saß in der Küche, auf der Couch, er stand am Herd, mit dem Rücken zu mir, und kümmerte sich um den Kaffee.

»Wir haben uns getrennt, aus den Wolken schien der Mond so hell«, sang er ziemlich falsch. »Fort ist sie, Papa, fort. Was regst du dich auf?«

»Warum ist sie weggegangen? Wohin?«

»Ins Wohnheim, nehme ich an. Wohin könnte sie sonst gehen? Alles ist wieder beim alten.«

»Aber warum?«

Er drehte sich um, und sonderbar: In seinem Gesicht war weder Unruhe noch Besorgtheit. Nur Verdruß, den man so deuten konnte: Da bin ich mit einer wichtigen Arbeit beschäftigt, ich koche mir das Essen, aber man belästigt mich mit Kleinigkeiten.

»Warum gehen Frauen fort, Papa, weißt du das etwa nicht?«

»Antworte mir, bitte, ernsthaft.«

»Interessiert dich das wirklich? Nun, ich hatte sie satt, satt. Streitsüchtig ist sie und dumm, verlangt dauernd irgendwas. Ich will nicht mit ihr leben. Hab mich geirrt. Wer irrt sich nicht mal? Ich bin nicht der erste.«

»Aber ihr werdet doch ein Kind haben.«

»Ich werde Alimente zahlen. Das ist nicht wichtig.«

Er drehte sich wieder zum Herd um und zerschlug über der Pfanne drei Eier, die Schalen tat er fein säuberlich in den Mülleimer. Wie gebannt verfolgte ich seine Bewegungen.

»Du meinst also, ein Kind – das ist nicht wichtig?«

Er setzte sich an den Tisch und legte die zu Fäusten geballten Hände vor sich. Sagte gereizt: »Was willst du von mir?«

»Aber wie kann das denn sein, Andrjuscha? Es muß doch Gründe geben. Nehmen wir mal an, ihr hattet Streit. Aber sie ist doch ein schwaches, schwangeres Mädchen. Wie kann man nur? Du hast sie also fortgejagt?«

»Solche wie Anka gehen Gott sei Dank von allein. Die muß man nicht wegjagen. Sie haben ein feines Gespür für die eigene Würde. So nennen sie ihre Weiberlaunen.«

»Du bist grausam, Sohn!«

»Das hab ich von dir, Papa.«

In seinem Blick lag die wohlbekannte dreiste Herausforderung, aber ich nahm sie nicht an. Mir war nicht danach zumute.

»Du hast recht. Auch ich bin oft grausam gewesen. Sogar öfter, als du glaubst. Doch das spielt jetzt keine Rolle. Es handelt sich nicht um dich und nicht um mich. Was ist mit Anja? Wo ist sie?«

Auf seinem Gesicht erschien ein ironischer Ausdruck. Ironisch in bezug auf mich und alle meine Worte. Das war seine Auffassung der Situation. Er glaubte nicht, daß ich mich ernstlich für Anja interessieren konnte und nicht für seine eigene Person, und versuchte zu begreifen, was für eine Falle ich ihm stellte, indem ich ihn so hartnäckig über Anetschka ausfragte. Die gewohnte unzerstörbare Wand stand zwischen uns. Mein Herz war ermattet von der Berührung mit dieser Wand.

»Andrjuscha, ich bitte dich, wir wollen nicht persönlich werden. Lassen wir unsere Eigenliebe beiseite. Du bist ein erwachsener Mensch. Du hast eine junge Frau ins Haus gebracht, hast sie deine Frau genannt. Auf den ersten Blick hat sie mir, ehrlich gesagt, nicht allzusehr gefallen. Aber dann habe ich erkannt, was für ein sympathischer, hilfloser Mensch das ist. Und jetzt ist sie auf einmal nicht mehr da. Das will mir nicht in den Kopf. Es gibt Bande, die aus einer Laune, einer Grille heraus zu zerstören verbrecherisch ist. Und mir scheint, gerade das hast du vor. Solche Handlungen gehen nicht spurlos an einem vorüber, Sohn. Sie verkrüppeln die Seele, die des Beleidigten ebenso wie die des Beleidigers.«

»Da wärst du ja wieder in deine Lieblingsrolle geschlüpft.«

»Was für eine Rolle?«

»Die des allwissenden Richters. Du weißt doch weder über mich noch über sie etwas, ziehst aber sofort kosmische Schlüsse. Nun ja, so ist es schließlich effektvoller. So läßt sich gut im allgemeinen, grundsätzlich moralisieren. Das ist bequem. An allgemeinem Gerede ist nicht zu rütteln. Die Lieblingshaltung eurer Generation.«

»Ich weiß wirklich nichts über Anetschka. Darum bitte ich dich ja: Erzähl mir von ihr. Erzähle einfach, ohne Hochmut.«

»Wozu? Du wirst mich ja sowieso nicht verstehen.«

»Ich werd mich bemühen.«

Irgend etwas in meinem Ton schien ihn dennoch stutzig gemacht und die Grimasse mutwilliger Ironie von seinem Gesicht vertrieben zu haben. Er war sogar ein bißchen müde geworden.

»Das Omelett«, sagte ich. »Das Omelett wird verbrennen, Andrjuscha.«

Er drehte das Gas aus, nahm die Pfanne vom Herd, tat das Essen auf den Teller und säbelte vom Weißbrot eine ordentliche Scheibe ab. Ich hatte ihm nie beibringen können, das Brot dünn zu schneiden.

»Du bist doch nicht krank, Papa?«

»Nein, ich bin gesund.«

»Entschuldige, ich kann nicht über sie sprechen. Ich kriege Zahnschmerzen davon. Willst du was vom Omelett abhaben?«

»Nein ... Schön, gib mir die Adresse des Wohnheims.«

»Wozu? Willst du etwa zu ihr fahren?«

»Ja.«

Er stopfte sich ein riesiges Stück in den Mund und begann zu kauen, während er mit abwesendem Blick an mir vorbeischaute. Ich aber sah ihn mitleidig an. Er hat ein hageres, schön geformtes Gesicht – nicht von mir hat er das, sondern von der Mutter –, und an der Schläfe tritt, wenn er die Backenknochen bewegt, deutlich ein blaues Äderchen hervor. Gebe Gott, daß er hundert Jahre lebt und sich an dieser Welt satt sieht, sich an ihr sättigt und irgend etwas in ihr begreift, so daß er ohne Angst sterben kann. Etwas, das ich nicht begriffen habe.

»Ich kann dich nur bitten«, sagte er. »Fahr nicht. Das führt doch zu nichts, aber für mich ist es demütigend.«

»Wodurch, Andrjuscha?«

»Sie wird denken, ich hätte dich geschickt.«

»Soll sie es denken. Ihr wird davon leichter ums Herz sein. Was für eine Demütigung ist das schon?«

»Du bist heute sonderbar. Bei dir ist doch nichts passiert? Hattest du eine normale Reise?«

»Ich kann nicht klagen. Ich werde dir später davon erzählen.«

»Aha.«

Mit ganz demselben gleichgültigen ›aha‹ würde er, glaube ich, auch reagiert haben, wenn ich ihm mitgeteilt hätte, daß er plötzlich eine Schwester bekommen hatte. Am liebsten hätte ich das auf der Stelle nachgeprüft, doch ich beherrschte mich. Es würde noch Zeit sein, den Sohn neu kennenzulernen. Man durfte nicht alles in einen Topf werfen.

»Trotzdem, was für eine Demütigung siehst du darin, daß ich zu Anetschka fahre? Sie ist wahrscheinlich in einer entsetzlichen Verfassung. Wie muß man sich fühlen, wenn man in einer solchen Lage im Stich gelassen wird.«

»Sie ist keine, die im Stich gelassen worden ist, sondern eine, die im Stich gelassen hat.«

»Das sind nur Worte.«

Er kaute ohne jeden Appetit an seinem Omelett herum, und ich bedauerte, daß ich ihn nicht ruhig hatte essen lassen. Ich hätte ihm auch hinterher die Leviten lesen können.

»Dem Aussehen nach ist sie sanft, o ja. So ein graues Mäuschen. Darauf bin ich ja auch reingefallen. Aber sie ist ganz schön eingebildet. Danke dem Schicksal, Papachen, daß sie verschwunden ist. Im vorigen Jahr hat man sie zur Kurssprecherin gewählt. Man hatte sie auch für eine ganz Stille gehalten. Später hat man dann nicht gewußt, wohin man sich vor ihr verkriechen sollte.« Mein Sohn wurde, seiner finsteren Miene zum Trotz, lebhaft und warf die Gabel hin. »Allein mit ihrem Heft, wo die Abwesenden eingetragen werden, hat sie allen den Rest gegeben. Versuch mal, zu spät zu kommen oder dich vor einer Vorlesung zu drücken. Nein, intrigiert hat sie nicht, nein. Sie setzt dir mit diesem Büchlein derart zu, daß es dir lieber ist, wenn man dich ins Dekanat zitiert. Du kannst dir nicht vorstellen, wie sie das versteht, mit so einer weinerlichen Miene – ›da-da-da!‹ – als hätte sie eine persönliche Tragödie. Ich hab's mir selbst nicht vorstellen können, bis ich damit konfrontiert wurde. Wegen irgendeiner Kleinigkeit saugt sie sich an einem fest wie eine Zecke. Man wird sie nicht wieder los. Und sie gibt lauter richtige Worte von sich, wie du, Worte aus der Zeitung. Bei uns dort hat mal einer über sie gesagt: ›Sie ist ein verantwortungsvoller Mensch.‹ Unsinn! Sie ist eine verantwortungsvolle dumme Gans. Eine Museumsreliquie. Und ich hab sie bedauert. Ehrenwort. Wie wir uns kennengelernt haben? Steht da so ein Mauerblümchen im Korridor an einem Fenster, die Stirn an die Scheibe gepreßt, und zittert und schluchzt. Der Teufel hat mich geritten, daß ich zu ihr gegangen bin. Ich seh, daß das eine dumme Gans ist, und bin doch hingegangen. Hab sie natürlich getröstet. Sie hat es gern, wenn man sie tröstet. Na, und da ist es eben mit mir durchgegangen. Es tut gut, sich als Tröster zu fühlen. Alle kränken das Waisenkind, du aber stehst mit Leib und Seele für sie ein. Die öffentliche Meinung macht dir nichts aus. Du bist so etwas wie ein Held. In Wirklichkeit aber stellt sich raus – seelische Schlacke. Eine Art Selbstbestätigung auf fremde Kosten ... Es reicht. Ich hab's satt. Ich hab geglaubt, sie braucht Unterstützung, Kameradschaft. Hab geglaubt, wir passen zusammen. Aber sie braucht nichts, wenn sie sich nur an irgend jemandem festsaugen und Blut trinken kann.«

»Du redest schlecht über sie. Sie wird bald die Mutter deines Kindes sein. Aber ich verstehe, aus dir spricht die Kränkung.«

»Unsinn! Ich liebe sie nicht. Und sie liebt mich nicht. Aus der Traum.«

Ich merkte, daß er bitter, auf kindliche Weise, gekränkt war, und fühlte mit ihm. Er hatte Anetschka geheiratet, weil er spürte, daß sie litt, und weil er selbst einsam war, jetzt aber blies er sich auf und versuchte zu beweisen, daß er im Recht war. Wem? Sich selbst? Er wußte noch nicht, daß darin, daß man seine eigene Einsamkeit mit einer fremden multipliziert, keine Rettung liegt. Doch von welchen giftigen Säften nährte er seine Erregung. Aber war ich in seinem Alter denn so vernünftig gewesen?

»Alles wird sich noch hundertmal ändern«, sagte ich tröstend. »Ihr werdet über dieses Zerwürfnis noch zusammen lachen.«

Seine Augen funkelten plötzlich in bösem Feuer.

»Es ist nicht nötig, daß sich das ändert. Eure Generation ist es gewohnt, jeden Irrtum jahrzehntelang hinzuziehen, bis euch endgültig die Puste ausgeht. Dafür fallt ihr später mit der Tür ins Haus und seht den Wald vor lauter Bäumen nicht.«

»Was hat unsere Generation schon wieder damit zu schaffen?«

»Alles. Ihr habt eure Irrtümer so gehätschelt, die persönlichen wie die politischen, habt euch so damit beschäftigt, sie so von allen Seiten durchgekaut, daß sie auch in uns Fuß fassen konnten. Sie sind jetzt in unserem Blut, wie Krebs. Überall sind solche Anjutkas aufgewachsen, vollgestopft mit fertigen Rezepten wie Vogeljunge mit unverdautem Futter. Aus ihnen ragen, wie aus kranken Bäumen, von Kindheit an faule Zweige empor. Das sind die Spuren eures behutsamen begeisterten Herangehens an den Menschen. Des vergesellschafteten Herangehens, möchte ich sagen.«

»Sieh mal an! Und ihr seid also anders?«

»Wir *müssen* anders sein.«

In seiner Stimme klang plötzlich eine Leidenschaft an, straff wie eine Bogensehne, eine Leidenschaft, deren Bedeutung ich nicht begriff, und ich gab klein bei. Ich schleppte mich ins Schlafzimmer, da ich mich völlig am Ende meiner Kraft, zugleich aber auch seltsam beruhigt fühlte. Ich brachte diese Unterhaltung sofort zu Papier, um später in aller Ruhe darüber nachzudenken und zu begreifen, wie sie entstanden war und was sie bedeutete.

2

Eine Stunde später raffte ich mich auf und fuhr zu Anetschka. Die Adresse des Wohnheims hatte ich im Dekanat telefonisch in Erfahrung gebracht, und ihr Zimmer zu finden kostete überhaupt keine Mühe. Ich kannte ihren Mädchennamen zwar nicht, doch die Etagenfrau im ersten Stock, eine sympathische junge Person, begriff sofort, wen ich suchte.

»Aha, Sie möchten Anja Komelkowa sprechen, stimmt's? Weshalb sie wohl bloß so kurz verheiratet war?«

Sympathische ewige weibliche Neugier.

Ich hatte Glück: Anetschka war allein im Zimmer. Als ich eintrat – vorher hatte ich angeklopft und ein kaum hörbares: »Herein!« vernommen –, saß sie in einer Ecke und strickte. Das Zimmer war groß und hell, für drei Personen bestimmt, mit staatlichem, aber ziemlich reichhaltigem Mobiliar, mit Bücherregalen an den Wänden und einem riesigen Nußbaumtisch in der Mitte – oh, dieses Zimmer unterschied sich wohltuend von jenen Studentenbuden, wo ich seinerzeit herrlich und in Freuden gelebt hatte. Aber Anetschka hatte sich im dunkelsten Winkel, zwischen einer Bettlehne und einem Nachttisch, niedergelassen, sich gleichsam verkrochen wie ein Tierchen. Als sie mich erblickte, benahm sie sich eigenartig. Das heißt, sie strickte weiter, als wäre nichts gewesen, in krummer Haltung, mit dem Rücken fast in die Wand hineingedrückt. Sie sah sehr unglücklich aus.

»Hast du mich erkannt, Anetschka?« fragte ich für alle Fälle.

»Hab ich, Pjotr Jewdokimowitsch. Guten Tag.«

Sie schaute nicht auf, ich sah nur ihren flaumigen leidenden

Nacken und die Brille. Ich ließ mich auf einem Stuhl nieder, meine Beine waren ein wenig steif geworden, und redete munter drauflos: »Das ist vielleicht ein Elend, man kann euch junge Leute nicht ein paar Tage ohne Aufsicht lassen ... Hör doch mit dem Stricken auf, Anetschka. Laß uns alles ganz ruhig besprechen.«

Gehorsam legte sie das Strickzeug weg. »Es gibt nichts zu besprechen, Pjotr Jewdokimowitsch«, sagte sie dann und starrte dabei auf ihre Knie. Ich hatte den Eindruck, daß sie halb schlief.

»Wenn es nichts zu besprechen gibt, dann mach dich fertig und komm mit nach Hause. Wir werden deinen Prinzen im Handumdrehen zur Vernunft bringen.«

»Ich fahre zu meiner Mutter«, sagte sie. »Morgen werden sie meinen Antrag auf akademischen Urlaub genehmigen, dann fahre ich. Ich hab schon alle Bescheinigungen hingebracht.«

Aus ihrer Haltung, ihrem Tonfall, aus der Tatsache, daß sie mir nicht in die Augen sehen wollte, sprach eine grenzenlose Müdigkeit. Es gibt eine Art von seelischer Müdigkeit, die schrecklicher ist als Enttäuschung und Krankheit – das eine wie das andere ist vorübergehend, so eine Müdigkeit aber nistet sich auf dem Grunde des Bewußtseins ein wie ein Totenwurm, und nie mehr wird dieser, träge saugende und schmatzende, Wurm einen die Welt in hellem Sonnenlicht sehen lassen. Wäre es möglich, daß ein solches Unglück das Mädchen schon erwartete, da es noch ganz am Anfang seines Lebens stand? Aber worüber soll man sich da besonders wundern, dachte ich. Die Spannkraft der Seele hat ihre Zeit, die selten mit der biologischen übereinstimmt. Der Müdigkeit der Gefühle, wie auch der Liebe, sind alle Altersstufen untertan. Wenn das Bewußtsein frühzeitig den Vorrat an Licht verbreitender Energie erschöpft, dann wird der Mensch einem lächelnden Toten ähnlich, und seinem Wesen wird der Stempel hoffnungsloser Weltfremdheit aufgedrückt. Ich dachte darüber nach und hatte auf einmal keine Lust mehr, mich mit Ermahnungen abzugeben.

»Liebst du meinen Sohn?« fragte ich.

Anetschka nahm aus irgendeinem Grund die Brille ab und begann die Gläser sorgfältig mit einem Eckchen ihres Strickzeugs zu putzen. Zum erstenmal schaute sie zu mir auf, und ich sah: Ihre Augen waren leer.

»Was hat das jetzt noch zu sagen«, seufzte sie. »Ich werde ein Kind zur Welt bringen und es großziehen. Das machen heute viele so. Daran ist nichts Anstößiges.«

»Aber sag mir doch wenigstens du, was ist geschehen? Was ist konkret zwischen euch vorgefallen?«

»Nichts Besonders. Er hat mir bloß zu verstehen gegeben, daß ich für ihn eine Null bin. Und eine Null war und immer eine Null sein werde. Aber das macht nichts, das hätte ich ertragen, ich bin es gewohnt, eine Null zu sein. Man hat mich oft herumgestoßen, obwohl ich niemandem etwas zuleide getan hatte.« Dennoch brach ein dumpfes inneres Schluchzen aus ihr hervor, sie zuckte krampfhaft wie in einer schwachen Konvulsion. »Aber dann hat er gesagt, daß ich ihn zu leben hindere. Daß ich sein Blut trinke. Da bin ich gegangen. Das ist alles.«

»Aber es muß doch irgendeinen Anlaß gegeben haben?«

»Hat es auch. Er hat mich gezwungen, im Teich zu baden. Und dort ist das Wasser kalt – brr! Ich hatte Angst. Er hat gesagt, ich sei eine Memme und eine Null.«

»War das alles?«

»Ja. Dann bin ich gegangen.«

Ich sah sie verblüfft an, und sie versuchte zu lächeln. Ihr Versuch, normal zu lächeln, hatte etwas ganz Rührendes.

»Also, Anetschka«, ich kämpfte vorläufig noch gegen meine Enttäuschung an, »also, meine Liebe. Genug Trübsal geblasen, mach dich fertig, und wir fahren. Ich sage dir noch einmal: Wir werden diesen Badewütigen im Handumdrehen wieder zur Vernunft bringen. Verlaß dich ganz auf mich. Nackt in ein Eisloch werden wir ihn stoßen. Wir werden ihm schon aufspielen.«

»Aber jetzt ist Sommer, Pjotr Jewdokimowitsch. Was für Eislöcher gibt es jetzt?«

»Wir werden schon ein Eisloch für ihn finden, das werden wir... In den Kühlschrank werden wir ihn setzen... Na, was stehst du noch da, mach dich fertig!«

Meiner ungeschickten Koketterie erlag sie dann doch. Sie kam aus ihrer Ecke hervor und begann mit besorgter Miene im Zimmer auf und ab zu gehen, wobei sie zuerst gegen einen Stuhl, dann gegen ein Bett stieß. Plötzlich drehte sie sich jäh zu mir um: »Er hat Sie geschickt, nicht wahr?«

»Willst du mich nicht mehr Papa nennen?«

»Ich will nicht, nein. Und ich kann nicht.«

»Du glaubst, ich stecke mit ihm unter einer Decke?«

»Ich weiß nicht. Mir ist ganz elend zumute.« Sie hatte die Absicht, das sinnlose Im-Zimmer-Umherwandern fortzusetzen, aber ich erhaschte ihre Hand und drückte sie auf einen Stuhl nieder.

»Hör mir mal zu, Anetschka«, sagte ich, »dort, wohin ich gefahren bin, ist etwas mit mir vorgegangen, was ich nicht einmal beschreiben kann. Ich habe einen außergewöhnlichen Mann getroffen und vieles begriffen... Du sagst, dir sei elend zumute? Nicht nur dir. Auch Andrjuscha. Du glaubst, er triumphiert jetzt, aber das stimmt nicht. Er leidet nicht weniger als du... Wir alle leben schlecht. Man kränkt uns – und als Antwort darauf beeilen wir uns, dem anderen auch eine Kränkung zuzufügen. So vegetieren wir denn auch dahin, indem wir uns gegenseitig kränken. Dem Menschen ist die große Gabe des Verzeihens eigen, wir aber haben das vergessen. Uns scheint, wenn wir dem verzeihen, der uns gekränkt hat, verletzt das unseren Stolz. Das ist falsch. Der Stolz hat nichts damit zu tun. Die Fähigkeit, seinem Nächsten zu verzeihen, mit dem Herzen zu verzeihen und sich dessen nicht zu schämen – das ist die Hauptbedingung für einen normalen menschlichen Umgang.«

»Tolstoianertum«, bemerkte Anja mit einem Anflug von Überlegenheit.

»Mach dich nicht mit Worten verrückt, Anetschka. Lew Nikolajewitsch war nicht dümmer als du und ich.«

»Es gibt Dinge, die kann man nicht verzeihen.«

»Solche Dinge gibt es nicht«, sagte ich mit voller Überzeugung. »Etwas anderes ist es, daß es Menschen gibt, die der Verzeihung unwürdig sind. Aber das ist bei uns doch nicht der Fall, stimmt's?«

Anetschka wurde nachdenklich, in ihren Augen tauchte der Abglanz eines lebendigen Gefühls auf. Ihre Wangen aber waren totenbleich, und die Schultern schob sie vor wie zwei spitze Ekken. Sie war so zart, fast körperlos, und es war kaum zu glauben, daß sie meinen Enkel in ihrem Leib trug. Was würde das für ein Enkel werden?

Sie sagte:

»Aber was soll man machen, wenn jemand deine Verzeihung nicht braucht? Wenn er überhaupt nicht will, daß du neben ihm bist?«

Nun kam es darauf an, nicht zu zögern, den kaum zwischen uns hergestellten Kontakt nicht wieder zu zerstören.

»Der Mensch versteht selten, was er braucht«, bemerkte ich belehrend. »Hier irrt er meistens. Besonders in der Jugend ... Wie viele bin auch ich selbst, Anetschka, mein Leben lang Trugbildern nachgejagt und habe das, was neben mir und vor meinen Augen war, nicht zu schätzen gewußt. Ich hatte eine wunderbare Frau, sie hieß Mascha, Maria Andrejewna. Sie hat mich geliebt, wie mich niemand geliebt hat. Ich aber habe sie als eine Art Last empfunden. Wie habe ich sie tyrannisiert, ich darf gar nicht daran denken. Vor der Zeit ins Grab hab ich sie gebracht. Die, die wir lieben, bringen wir am liebsten um, merk dir das, Anetschka. Jetzt kommt sie jede Nacht zu mir, und das ist entsetzlich quälend. Doch sie kommt nicht, um mich zu quälen. Sie will auch im Jenseits nicht ohne mich sein. Stell dir vor, was für unheimliche Visionen wir haben.«

»Sagen Sie die Wahrheit?«

»Ich will nicht, daß sich so etwas mit meinem Sohn wiederholt.«

»Ich habe Angst, Pjotr Jewdokimowitsch.«

»Natürlich, mein Kind, ist das schrecklich. Aber schau mich nicht an, als wäre ich verrückt. Ich war nie so normal wie heute.«

»Und Sie möchten, daß ich zu Andrej zurückkehre?«

»Ja.«

Wie ein Vogel flog sie von ihrem Stuhl auf, warf Taschenspiegel, Puderdose und noch irgendwelchen Krimskrams in die Handtasche, stürzte zur Kommode, stülpte sich ein komisches weißes Hütchen auf den Kopf und schminkte sich die Lippen.

»Ich bin fertig!«

»Nicht ganz, Anetschka. Statt des Morgenrocks solltest du dir lieber irgendein Kleid anziehen. Immerhin werden wir durch die Stadt gehen. Es wäre doch peinlich.«

Verwirrt rief sie »ach!« und bat mich plötzlich geziert, einen Augenblick hinauszugehen und im Korridor auf sie zu warten. Sie war richtig aufgelebt, also war ich nicht umsonst hergekommen.

Ohne weitere Zwischenfälle kamen wir wohlbehalten zu Hause an, unterwegs plauderten wir über alle möglichen Nichtigkeiten. Im Bus hielt ich sie hartnäckig am Ellbogen fest, um sie nicht zu verlieren. Das bereitete mir Vergnügen. Ich fühlte mich sicher, als ich ihren schmächtigen Ellbogen, wie ein warmes Holzklötzchen, in meiner Hand spürte. Sie ist eine vorzügliche Gesprächspartnerin, wenn sie ruhig ist, dachte ich. Auf jedes Wort hin spiegeln sich in ihren Augen sofort Mitgefühl und Verständnis. Das ist wahrscheinlich einer der Gründe, warum Andrej eine Zuneigung zu ihr gefaßt hat. Eine Frau, die zuhören kann, ist eine große Seltenheit. Für einen ehrgeizigen Mann, besonders wenn er noch jung ist, hat schon allein die bloße Anwesenheit einer solchen Frau etwas Heilsames.

Wir trafen Andrej neben dem Haus, in Jeans und einer Sportjacke, mit der modischen Tasche über der Schulter sah er sehr effektvoll aus. So ein richtiger flotter Typ von der Titelseite einer Illustrierten. Anetschkas Arm überlief ein Zittern, und sie stand auf einmal kerzengerade da wie ein disziplinierter Soldat beim Erscheinen des Kommandeurs.

»Nanu! Bist also da?!« bemerkte er, halb spöttisch, halb vorwurfsvoll.

»Und wohin willst du?« fragte ich in so natürlichem Ton wie nur möglich.

»Ins Institut, wohin sonst.«

Er machte Anstalten, um uns herumzugehen. Ich sagte zu Anja: »Warte einen Augenblick!« und nahm Andrej zur Seite.

»Ich bitte dich inständig, mach keine Szene, Söhnchen. Hast du verstanden?«

»Wer hat dich gebeten, sie herzubringen?«

»Das ist meine Wohnung. Ich bringe her, wen ich will.«

»Aha, na schön.«

Gott sei Dank, dachte ich, er ist wenigstens nicht wütend. Vielleicht wird noch alles gut.

»Sie liebt dich, Andrej. Sie hat es mir selbst gesagt.«

Ein verächtliches Lächeln erschien auf seinen Lippen, wie eine Schramme.

»Was für vorsintflutliche Auffassungen du doch hast, Vater. Ehrlich gesagt, ich beneide dich um deinen angeborenen Optimismus.«

»Mir gegenüber kannst du dich flegelhaft benehmen, soviel du willst, aber nicht ihr gegenüber. Abgemacht?«

Er zuckte mit den Achseln und stiefelte davon, ohne sich noch einmal umzudrehen. Ich kehrte zu Anetschka zurück, die in der Sonnenglut fröstelnd zusammenschauerte und mit gleichgültiger Miene zum Horizont schaute.

»Alles in Ordnung«, sagte ich. »Er freut sich.«

»Ich sehe es«, gab Anetschka zur Antwort. »Beinahe über den Haufen gerannt hätte er mich.«

»Er geniert sich, seine wahren Gefühle zu zeigen. Das haben verwöhnte junge Burschen so an sich.«

»Und was hat er gesagt?«

»›Danke, Papa!‹ hat er gesagt.«

»Wirklich?« Sie zuckte zusammen.

O Gott, wie glücklich sie aussah.

»Ich bin nicht mehr in dem Alter, daß ich dir etwas vormachen würde.«

Sollte ihr irgend etwas Schlimmes zustoßen, so wird diese Schuld auch auf mich fallen.

3

Auszüge aus dem Buch: ›In welchem Maße sie informiert sind‹ Eine Frau ist fähig, eine unglaubliche Menge von Druckerzeugnissen jeder Sorte zu verschlingen, das Hauptinformationsmittel aber bleibt für sie doch das gesprochene Wort, das heißt Rundfunk, Fernsehen und, in noch größerem Maße, alle möglichen Klatschereien und Gerüchte – in den Einkaufsschlangen, in den Bussen und im Dienst. Da diese Quellen einander oft widersprechen, erscheint die Welt in der weiblichen Phantasie in den merkwürdigsten und unvorstellbarsten Umrissen.

Die meisten Frauen schalten, wenn sie die Möglichkeit haben, schon frühmorgens das Radio ein, mit einer unwillkürlichen Bewegung, so wie ein starker Raucher, kaum daß er aufgewacht ist, zur Zigarette greift. Das bedeutet nicht, daß eine Frau Informationshunger verspürt, ihr kommt es im Grunde genommen nicht darauf an, was für eine Sendung sie hört: wenn es die Neuigkeiten vom Lande sind, dann sind es eben die Neuigkeiten vom Lande, oder auch ein Hörspiel, ein Konzert – alles ist ihr recht. Sie braucht einfach Leute, die menschliche Sprache oder Musik, um so schnell wie möglich ein gewisses Vakuum auszufüllen, das über Nacht in ihr entstanden ist. Sie hört ebenso zu, wie sie Bücher liest – zerstreut, oberflächlich. Aus der Informationsflut siebt sie mit einer Art von Instinkt nur das aus, was irgendeinen Bezug auf ihre eigene kleine Welt hat und in irgendeinem Sinne für den Alltagsgebrauch geeignet ist. Das sind gewöhnlich Informationen solcher Art, die Verstand und Gefühle in gleichem Maße bereichern. Die schrecklichsten, aber entfernten Ereignisse, die auf dem Planeten vor sich gehen, interessieren sie nur, wenn in ihnen etwas Sensationelles enthalten ist, das für sie attraktiv ist (so wird sie zum Beispiel die Meldung über die Invasion amerikanischer Geheimdienste in Nicaragua überhören, sich dafür aber mit Vergnügen den Bericht über die Transplantation eines Affenherzens bei einem Menschen anhören und ihn sich einprägen, um ihn später auf der Arbeit oder schlimmstenfalls mit ihrem Mann zu erörtern). Bei Fernsehsendungen, die sich eine Frau anschaut, trifft sie schon eine Auswahl, und der Grund dafür ist ganz alltäglicher Natur. Während man Radio hören und sich dabei gleichzeitig mit anderen Hausarbeiten beschäftigen kann, bietet das Fernsehen diese Möglichkeit nicht, sondern erfordert konzentrierte visuelle Aufmerksamkeit.

Mit Freuden, mit ihrem ganzen Wesen hört sich eine Frau nur die Informationen an, die sie unmittelbar von einer anderen Person erhält, das heißt die sogenannten Gerüchte.

Der Prozeß des visuellen Austauschs aktueller Neuigkeiten versetzt die Frau in eine Art von Rausch, der einem Starrkrampf vergleichbar ist. In solchen Augenblicken ist ihr Intellekt aufs äußerste angespannt, und sie hört auf, die Zeit zu kontrollieren. Das scheint ein auf seine Weise raffinierter Genuß zu sein, und sei es nur deshalb, weil er keine Analoga kennt. Wer hat nicht schon zwei, drei Frauen in einem Laden beobachtet, wie sie, hochrot im Gesicht, aus der Schlange herausgetreten sind und heftig gestikulieren. Ein Außenstehender könnte annehmen, daß sie Fragen zu entscheiden haben, bei denen es wenigstens um Leben und Tod einer von ihnen geht. Doch weit gefehlt! Höchstwahrscheinlich ist ihre schreckliche Aufregung durch das Durcheinander in den intimen Beziehungen des Schauspielers N. zur Schauspielerin K. oder durch die Klärung der Gründe für die zweiwöchige Abwesenheit eines in derselben Etage wohnenden Nachbarn hervorgerufen worden. Die Meinungen sind stets extrem entgegengesetzt und lassen sich nicht einmal unter einem einzigen logischen Gesichtspunkt unterbringen: Die eine ist der Ansicht, der Nachbar sei weggefahren, um sich auf einen Raumflug vorzubereiten, die zweite nimmt aufgrund einer Reihe von Anzeichen an, er sei wieder einmal zu fünfzehn Tagen Knast verdonnert worden.

Der Überfluß und die Widersprüchlichkeit der Informationen, die eine Frau über Rundfunk und Fernsehen, aus Zeitungen und privaten Gesprächen erhält, drohen sie glücklicherweise nicht streßhaft zu überfordern. Die Informationsblöcke bleiben nicht allzu lange in ihrem Gedächtnis und bilden keine Ansammlungen und Anhäufungen, sondern verdrängen sich gegenseitig, verwischen sich wie Zeichnungen auf einer Schiefertafel. Gewisse Informationen nisten sich aus einem unbegreiflichen Grund freilich dennoch in irgendwelchen entfernten Zellen des Gedächtnisses ein, leider ohne jedes System und jede Auswahl. Eine Frau, die eine über die Norm hinausgehende Fähigkeit zu einer derartigen Fixierung chaotischer Informationen hat, macht denn auch oft gerade den Eindruck einer hochgebildeten und geistreichen Gesprächspartnerin. Sie besitzt die spaßige Gabe, auf irgendeinen unverständlichen Impuls hin, aus ihrem Gedächtnis scheinbar längst totes Wissen hervorzuzaubern, ob es nun angebracht ist oder nicht. In einem solchen Fall sind ihre Gedankenverbindungen bezaubernd, die Vergleiche glänzend, und der Gegenstand der Unterhaltung selbst wird plötzlich von einem bizarren Licht erhellt. Keine gekünstelte Konversation von Männern kann es mit dem ungezügelten, sonnigen, paradoxen Strom weiblichen Geplauders aufnehmen, wo ein einziges treffendes, unglaubliches Bonmot, das wer weiß woher stammt, dieselbe verblüffende Wirkung hat wie ein Schuß.

Solche Frauen werden selten geliebt, aber man respektiert und fürchtet sie. Und nicht umsonst. Wie ein Kind, das mit Streichhölzern spielt, so ist eine Frau, die die Gabe besitzt, andere durch das, was sie sagt, zu fesseln, fähig, um der Neugier, um des Spieleffekts willen einen ernsthaften Brand zu legen, in dem sie auch selbst zu verbrennen riskiert . . .

Ich gab Anetschka Tee zu trinken und ließ sie sich im Wohnzimmer hinlegen, um auszuruhen – sie war im Nu eingeschlafen –, während ich selbst in der Wohnung auf und ab wanderte, von der Küche ins Schlafzimmer und zurück, und mich partout nicht beruhigen konnte. In Gedanken war ich immer noch in Swansk, zu deutlich stand mir das, was dort vor sich gegangen war, vor Augen, und das Gefühl einer gewissen inneren Zwiespältigkeit war unangenehm. Ich wollte schon versuchen, einen Brief an meine Tochter zu beginnen, doch dabei kam nichts heraus. Die Worte, mit denen ich mich ihr hätte verständlich machen können, wanderten noch irgendwo in einiger Entfernung umher, obwohl ich von Zeit zu Zeit deutlich ihr näherkommendes Stimmengewirr hörte. Das bedrückende Gefühl, daß ich nicht einmal jemanden hatte, mit dem ich über mein Mißgeschick reden konnte (Gned kam ja schließlich nicht in Frage!), entstand in mir wie ein Schnupfen. Völlig niedergeschlagen ließ ich meine Bekannten vor meinem inneren Auge vorüberziehen und erinnerte mich plötzlich an Iwan Timofejewitsch Swjaginzew, der vor fünf Jahren in Rente gegangen war. Aber der Alte hatte kein Telefon, und gegen Abend unangemeldet bei ihm aufzukreuzen, bedeutete, eine große Taktlosigkeit zu begehen. Swjaginzew hatte einen ›schlechten Charakter‹, das war einer der Gründe, aus denen er, kaum daß er das entsprechende Alter erreicht hatte, in den verdienten Ruhestand ›verabschiedet‹ worden war. Aus demselben Grund hatte er sich von allen seinen Verwandten zurückgezogen und wollte sein Leben als sein eigener Herr in einer Einzimmerwohnung beschließen, in einer Gegend, wo sich die Hasen und Füchse gute Nacht sagen. Tatsächlich hatte sich der streitsüchtige Alte, der leidenschaftliche Verkünder einer ihm allein bekannten Mutter Wahrheit, mit allen überworfen, mit denen das nur möglich war. Seine Pensionierung hatte fast die Form eines Volksfestes angenommen. Mitleidslos, mit einer boshaften Zunge, niemanden fürchtend, hatte er, glaube ich, in seinem ganzen Leben an keinem ein gutes Haar gelassen. Mir aber war er aus irgendeinem Grund sympathisch, obwohl ich mich ebenfalls oft genug gründlich mit ihm herumgestritten hatte. So kann ich ihm zum Beispiel bis heute nicht verzeihen, wie er mich auf einer Versammlung mir nichts dir nichts, einfach so nebenbei, als ›gelehrte Spinne im Glaskolben‹ beschimpft hatte. Als er dann aber fort war, war ich aufrichtig betrübt und hatte in der ersten Zeit immer die Absicht gehabt, ihn zu besuchen, mich aber doch nie dazu aufraffen können. Auch vielen seiner ›Feinde‹ fehlte bald etwas. Und jetzt, da es not tat, fiel er mir wieder ein...

Ich rief Tamara auf ihrer Arbeitsstelle an, doch ständig war besetzt. Anetschka schlief friedlich im Wohnzimmer. Ich konnte es nicht länger aushalten. Die Stadt Swansk mit allen ihren Bewohnern schlich schon den Korridor entlang und steckte ihren Kopf mit den vielen Gesichtern ins Schlafzimmer. Was versuchte sie mir zu erzählen? Da ich nicht wußte, wie ich mich von der beunruhigenden Sinnestäuschung befreien sollte, wählte ich Gneds Nummer. Der war zu Hause und freute sich außerordentlich.

»Gut, daß du wieder da bist, Petja! Hier gehen Dinge vor sich... Ich komm gleich zu dir.«

»Nicht nötig, Borja. Ich bin müde, sag es mir lieber am Telefon.«

»Ich kann nicht. Hier ist mir meine bessere Hälfte im Wege... Petja, wir müssen dringend mit dir reden. Ich komm nur auf einen

Sprung vorbei, für ein halbes Stündchen. Mach solange ein Nikkerchen. Das wär's, ciao!«

Er hängte den Hörer ein. Hatte ich das denn nötig, dachte ich, da hab ich mir ja was Schönes eingebrockt. Was ich am allerwenigsten wollte, war, Gned zu sehen. Das kurze Telefongespräch hatte ausgereicht, daß ich aufs neue fühlte, wie eitel dieser Mensch doch war. Neben ihm fiel selbst das Atmen schwer, wenn man es nicht gewohnt war. Ich hatte mich freilich längst an ihn gewöhnt. Aber er paßte ganz und gar nicht zu meinem derzeitigen Befinden. Düster wünschte ich, ihn möge unterwegs ein Bus überfahren, doch genau nach vierzig Minuten erschien er, gesund und munter, mit seiner ewigen schwarzen Aktentasche. Und natürlich mußte er mich, irgend etwas Ungereimtes von unserem langersehnten Wiedersehen murmelnd, umarmen.

»Still, du Bär. Dort schläft Anetschka.«

»Was für eine Anetschka? Was redest du da?« legte er los, ohne im geringsten die Stimme zu senken. »Ich werde dir jetzt etwas erzählen, da wirst du alle Anetschkas vergessen.«

Ich führte ihn in die Küche, ließ ihn Platz nehmen und stellte den Teekessel aufs Feuer. Mir rätselhafte Blicke nachsendend, holte er eine Schachtel mit einer Torte aus der Aktentasche.

»Welchem freudigen Anlaß habe ich denn das zu verdanken?« fragte ich.

»Sei still, Petro, sei still. Ich bin ein einfacher Mensch, auf Feinheiten versteh ich mich nicht. Was brauch ich schon? Saure Kohlsuppe ...«

Er biß einen halben Apfel ab, daß es nur so krachte, begann schmatzend zu essen, schlang den Apfel geradezu hinunter, wischte sich die Lippen mit der flachen Hand ab und fuhr fort, mich mit seinem unsteten Blick zu hypnotisieren.

»Los, rück schon raus, rück schon raus mit deinen ungewöhnlichen Neuigkeiten. Hast du beschlossen, wieder mal zu heiraten?«

»Machst du dich über mich lustig? ... Mir ist nicht zum Lachen zumute, Petja. Geknechtet hat mich Ninka, völlig geknechtet. Ihr gegenüber habe ich meinen Willen verloren wie ein herrenloser junger Hund. So ein Luder ist das, Bruder, so ein Luder, das haben du und ich uns nicht träumen lassen.«

»Von welcher Ninka sprichst du?«

»Na, von welcher wohl. Von Nina Petrowna, der Besitzerin der Datscha. Von ihr selbst. Oh, wenn du wüßtest, was sie mit mir gemacht hat! Und trotzdem bin ich ihr dankbar. Richtig jung geworden bin ich, Petja. Mindestens zwanzig Jahre hab ich abgeworfen. Renne herum wie ein Besessener, spür meine Beine nicht mehr. Wohin sie befiehlt, dorthin lauf ich prompt. Ich Dummkopf hab mich ihr ja sofort erklärt. Ich hätte schlauer sein sollen, aber jetzt hat sie mich in der Hand. Bin ihr auf den Leim gegangen. Mit Versprechungen führt sie mich an der Nase herum wie einen Esel. Und was sie erst verlangt, Petja, was sie verlangt. Das ist ja der ganze Trick ...«

Seine schamlosen Ergüsse anzuhören, zu sehen, wie ihm fast der Schaum von den fetten Lippen flog war widerlich. Ich beschloß, mich noch etwa zehn Minuten lang zu gedulden und ihn dann zum Teufel zu jagen. Aber es kam noch besser. Wie sich herausstellte, plante Nina Petrowna eine globale Aktion gegen ihren Mann. Ob nun als Rache für den eigenmächtigen Verkauf der Datscha oder aus einem anderen Grund, jedenfalls beabsichtigte sie nicht mehr und nicht weniger, als ihren Gatten in eine psychiatrische Klinik zu stecken oder ihn zur Zwangsbehandlung gegen Alkoholismus zu schicken. Für dieses große und interessante Vorhaben brauchte sie zuverlässige Zeugen. Mit den Zeugen schien sie, und das ist begreiflich, gewisse Schwierigkeiten zu haben, und so hatte sie denn meinem liederlichen Freund ohne Umschweife die Komplizenschaft angeboten. Als Entschädigung für seinen Ritterdienst waren ihm königliche Zärtlichkeiten verheißen worden. Die Bedingungen des Geschäfts hatte Nina Petrowna Gned, dessen Worten zufolge, offen und aufrichtig dargelegt und ihren Mann dabei nicht anders als »dieses wilde Tier« genannt.

»Na und?« fragte ich. »Ein verlockender Vorschlag. Du bist natürlich darauf eingegangen?«

Gned streckte die Hand nach einer Tasse mit Tee aus und gab mit einer für ihn nicht charakteristischen Niedergeschlagenheit zur Antwort:

»Unterjocht hat sie mich, Petja. Du wirst das wohl kaum verstehen. Endgültig unterjocht. Wenn ich nur an sie denke, läuft es mir kalt den Rücken hinunter, zittern mir die Hände. Wie eine Krankheit ist das, bei Gott.«

»Und was beabsichtigst du zu bezeugen, wenn es kein Geheimnis ist?«

Er fuhr zusammen und warf mir einen argwöhnischen Blick zu.

»Spiel nur um Gottes willen nicht den Tugendhaften, Petro. Scheinheiligkeit steht dir nicht ... Mir ist jetzt nicht nach Moralpredigten zumute. Du hast eine Fischnatur, Petro. Du kannst dich nicht begeistern. Ich aber fühle, ich brenne lichterloh. Nichts ist mir mehr heilig.«

»Du brennst doch nicht zum erstenmal lichterloh ... Übrigens, was hat meine Natur damit zu schaffen, was hat Scheinheiligkeit damit zu tun? Ich frage, was du konkret gegen den Ehemann der reizenden Nina Petrowna zu bezeugen gedenkst?«

Die Tasse in seiner Hand zitterte.

»Natürlich hast du recht. Tatsachen gibt es nicht. Und wenn Ninka mich in diese Geschichte hineinzieht, werde ich mich bis über beide Ohren mit Schmutz besudeln. Aber dafür ... Aber ist dir dieser ihr Fjodor Innokentjewitsch denn normal vorgekommen? Würde ein normaler Mensch eine solche Datscha etwa derart überstürzt und, ehrlich gesagt, zu einem Spottpreis verkauft haben? Er ist nicht ganz bei Trost. Es könnte ihm gar nicht schaden, sich ärztlich behandeln zu lassen.«

Allmählich stieg Wut in mir hoch. Gned und ich hatten uns nie im üblichen Sinne des Wortes gestritten. Das war auch gar nicht möglich, seine dauernde Selbstbeweihräucherung schützte ihn wie einen Panzer. Mitunter hatte sein eingefleischter Egoismus, wenn er mit meiner Eigenliebe, die von etwas anderer Art, aber gleichfalls reinster Sorte war, in Berührung kam, helle Funken geschlagen, und manchmal, im Falle irgendeines alltäglichen Mißverständnisses oder wenn jeder von uns mit dem anderen unzufrieden war, hatten wir zwei, drei Monate lang nicht miteinander telefoniert. Doch damit war die Sache dann auch abgetan gewesen. Jetzt verspürte ich zum erstenmal das dringende Bedürfnis, ihm alles zu sagen, was ich über ihn dachte, um nie mehr sein munteres Gesicht sehen, nie mehr sein wollüstiges Schmatzen hören zu müssen. Die Wut, die in mir hochstieg, hatte weit zurückreichende Wurzeln, in ihr war vieles, was nicht nur Gned und mich betraf, in ihr schwang die Bitterkeit vieler früherer Enttäuschungen mit, die vom Bewußtsein gespeichert worden waren und sich in ihm aufgelöst hatten, und sie, diese ungewöhnliche Wut, hatte nur auf ein günstiges Zusammentreffen von Umständen gewartet, um sich als reinigendes Gewitter zu entladen.

»Mag sein, daß er nicht ganz normal ist«, sagte ich sanft. »Ihn kann man verstehen. Er hat mit Nina Petrowna so viele Jahre gelebt und Kinder gezeugt. Du kennst sie erst eine Woche und bist schon übergeschnappt.«

Er grinste mit einem Anflug von Selbstgefälligkeit.

»Ich bin nicht übergeschnappt, Petro. Ich gehe bewußt auf ein gestecktes Ziel zu ... Hör mal, du bist doch nicht etwa krank?«

»Warum fragst du?«

»Dein Gesicht ist ein bißchen geschwollen, und du redest so seltsam.«

»Wozu bist du überhaupt zu mir gekommen, Borja?«

»Was heißt wozu? Ich bin gekommen, um mich mit dir zu beraten.«

Meine Wut war mir glücklich schon bis an die Kehle gestiegen.

»Ach, nun ja«, bemerkte ich besänftigt. »Du bist zu einem Busenfreund gekommen, um dir Rat zu holen, wie ihr, diese Hündin und du, den unglücklichen Mann am besten in die Klapsmühle stecken könnt? Stimmt's?«

Vor Verwunderung mußte Gned husten. Er trank einen Schluck Tee. Dann sagte er matt: »Du bist wirklich krank, Petro. Ich nehme dir das nicht übel. Du mußt dich erst mal richtig von der Reise ausschlafen.«

»Und dann noch, was unsere Freundschaft betrifft. Da bist du wieder auf dem Holzweg. Du und ich, wir kennen uns schon viele Jahre, das stimmt, aber wir sind keine Freunde. Wenn ich nur einen Augenblick lang glauben würde, daß du mein Freund bist, wenn ich einen solchen Unsinn annehmen müßte, würde ich mich aus dem Fenster stürzen. Ich hätte keinen anderen Ausweg.«

»Was redest du für ungereimtes Zeug, Petro?! Nimm Vernunft an.«

Mit großem Vergnügen beobachtete ich, wie der bornierte Dünkel von seinem Gesicht verschwand, wie darunter auf seinem rosigen Antlitz ganz gewöhnliche menschliche Züge zum Vorschein kamen. Er wurde einem rundlichen, ausgelassenen kleinen Jungen ähnlich, einem Wildfang, der einen unerwarteten Nasenstüber erhalten hat, schmollt und den Tränen nahe ist. Ich bekam auf einmal Herzstiche – es war, als wollte mich der Schmerz warnen. Doch ich konnte jetzt nicht mehr zurück.

»Dieses geile Weibchen hat einen würdigen Partner gefunden, da kann sie von Glück sagen. Aber es wird euch wohl kaum gelingen, mit ihrem Mann abzurechnen. Schade. Es wäre doch komisch gewesen, zuzusehen, wer von euch den anderen auffrißt. Du sie oder sie dich. Die Chancen stehen bei euch etwa fifty-fifty.«

Gned fuhr sich mit der Hand übers Gesicht, als wollte er eine Sinnestäuschung verscheuchen, stand dann schweigend auf und steuerte auf den Ausgang zu. Ich ergriff die Schachtel, die auf dem Tisch lag, und stürzte ihm nach.

»Nimm die Torte mit, Borja. Kannst bei Gelegenheit deine Komplizin damit vergiften.«

Er machte sich an meinem tückischen Türschloß zu schaffen und konnte es partout nicht öffnen.

»Richte deiner Dame aus, Borja: Sollte sie auf den Gedanken kommen, dich irgendwohin zu stecken, werde ich mit Vergnügen dabei mitwirken. Für die falsche Aussage werde ich Geld nehmen. Einen Fünfziger – und zwar sofort ... Brich dir nicht den Nagel ab, Borja, laß dir helfen.«

Endlich hatte er die Tür aufbekommen. Drehte sich um:

»Wenn es dir einmal leid tun sollte, ruf an.«

Ich hatte mich, nachdem Borja gegangen war, noch nicht wieder beruhigen können, als das Telefon klingelte. Ich nahm den Hörer ab und sagte: »Hallo!« Unter der Membran war gepreßtes Atmen zu spüren – und kein Laut. Ich wiederholte mehrmals: »Hallo, hallo!« Das Atmen war so deutlich zu hören, als käme der Anruf aus dem Nebenzimmer. Vielleicht atmete da ein Kind, das erschrocken war, als es die fremde Stimme vernahm, und darum schwieg. Ich sagte: »Rufen Sie, bitte, noch einmal an!« und legte behutsam den Hörer auf die Gabel, mit dem unnatürlichen Gefühl, durch eine jähe Bewegung irgend jemandem Schaden zufügen zu können.

4

Der Abend kam. Anetschka und ich saßen vor dem Fernseher und tranken Tee. Von Zeit zu Zeit ging ich ins Schlafzimmer, von wo aus ich Tamara anrief. Als Antwort hörte ich nur das lange Freizeichen und begann allmählich nervös zu werden. Es gehörte nicht zu ihren Gewohnheiten, sich nach der Arbeit irgendwo länger aufzuhalten.

Es war kurz nach acht, doch auch Andrej hatte sich bis jetzt noch nicht blicken lassen, und so nahm Anetschkas und mein Teetrinken denn einen immer gezwungenen Charakter an, vieles, was wir dachten, blieb unausgesprochen, und unsere Unruhe wuchs. Wie zwei Einsiedler in einer Höhle reagierten wir feinfühlig auf jedes Geräusch von außen: auf das Zuschlagen von Türen, auf laute Stimmen, die plötzlich an unser Ohr drangen, ob sie nun von den Nachbarn kamen oder aus der Hölle – und wir wechselten Blicke mit einem Ausdruck, der keineswegs dem gleichmäßigen Fluß unseres Gesprächs entsprach. Anetschka hüllte sich fröstelnd in eine Decke, der Tee konnte sie nicht wärmen. Ich schloß die Lüftungsklappe, obwohl es im Zimmer sommerlich schwül war. Auf dem Bildschirm flimmerte die neueste Folge irgendeines dürftigen Produktionsfilms, des ungeschminkten Zwillings Dutzender anderer, die ich früher gesehen hatte, und das trug, wie sonderbar es auch scheinen mag, eine gewisse Beruhigung in die Seele: Einen so rätselhaften Einfluß übt in manchen traurigen Augenblicken ein Schauspiel aus, das vielleicht nicht allzu angenehm, dafür aber konstant ist, bei dem man keine überraschenden Wendungen zu erwarten braucht. »Ich liebe nur das, woran ich längst bin gewöhnt« habe ich einmal in einem Lied gehört. Das ist richtig bemerkt. Das Unerwartete ist dem müden Herzen und dem zaghaften Geist feindselig gesonnen. Das bis ins kleinste ausgefeilte Ritual der Alltäglichkeit, zu dem sowohl die Ernährungsweise als auch die Einnahme von kleinen Dosen der Massenkunst gehört – das ist das Unterpfand für ein langes Leben. Wahrscheinlich ist das eine Weisheit für schwache Naturen, doch für stark halten sich selbst bloß Ignoranten, und auch das in der Regel nur bis zu einem gewissen Alter, und zwar bis zu dem Augenblick, da sie das zerstörerische Werk spüren, das die Zeit methodisch und unbeirrt in ihrem Organismus ausführt. Diese Gedanken Anetschka mitzuteilen, hütete ich mich indessen, um nicht ihre poetischen Ansichten zu verletzen. Eben erst hatte sie mir voller Begeisterung und Entzücken von ihren Eltern erzählt. Aus ihren Worten ging hervor, daß das Heilige sein mußten. Ihr Vater hatte sein Leben lang kein derbes Wort gesagt und nicht mehr als zwei Gläser Wodka getrunken. Und als er diese verfluchten zwei Gläser auf irgend jemandes Hochzeit dann doch getrunken hatte, da hatte er es hinterher eine Woche lang bereut und sich für einen verkommenen Menschen gehalten. Von seiten der Mutter, einer gebürtigen Tambower Bäuerin, wurde überhaupt irgendeine biblische Dynastie aufgestellt. Ich bin idyllischen Übertreibungen bei Frauen gegenüber voreingenommen und wittere dahinter stets Hysterie und Unaufrichtigkeit des Charakters, doch an Anetschkas Aufrichtigkeit zweifelte ich aus irgendeinem Grunde nicht. Auch bei ihr selbst entdeckte ich nach und nach etwas, das nicht in meine Vorstellung von einer Frau hineinpaßte. Nicht daß sie nicht von dieser Welt gewesen wäre, aber es schien, als ob sie sich in dieser Welt nicht sehr wohl fühlte. Ich würde vielleicht alles geglaubt haben, was sie über ihre Eltern sagte, wäre ich nicht absolut überzeugt gewesen, daß unsere Epoche die Existenz eines uneigennützigen Reparaturschlossers aus einem Kraftfahrzeugpark, der sich in der Sprache Tjutschews verständigt, und einer ganzen Bauernfamilie, die heiße Tränen über einen vor Kälte gestorbenen Star vergießt, nicht für möglich hält.

Meine Zweifel behielt ich natürlich für mich, laut äußerte ich lediglich Bedauern, daß ich ihre Eltern bis jetzt nicht kannte.

»Oh, sie würden Ihnen gefallen!« rief sie aus und fügte verwirrt hinzu: »Sie sind Ihnen irgendwie ähnlich.«

Ihr jugendlicher Enthusiasmus ließ den Rest des unguten Gefühls in mir schmelzen, das nach Gneds Weggang noch nicht verschwunden war.

Ich erlag ihrem Liebreiz, und so sagte ich denn, was ich einen Augenblick früher keineswegs hatte sagen wollen:

»Du bist ein gutes Mädchen, Anja. Mit Andrej und dir wird alles in Ordnung kommen, verlaß dich auf meine Erfahrung.«

Sie zuckte zusammen, wie vor Schreck, und senkte tief den

Kopf. Armes Ding, in eine Decke gehüllter zarter Kokon – jedes Lüftchen konnte ihr gefährlich werden. Mich selbst wegen meiner seelischen Grausamkeit scheltend, begab ich mich ins Schlafzimmer, um noch ein einziges Mal Tamara anzurufen. Der Wunsch, mit ihr zu sprechen, war in mir schon übermächtig geworden. Die Zeit schlug, die Minuten abzählend, in meiner Ungeduld immer neue Breschen, die juckten wie Wespenstiche. Ich rief mir einen kleinen Traum ins Gedächtnis zurück, einen von vielen, den ich in Swansk, im Krankenhaus, in der Nacht nach meinem Herzanfall, gehabt hatte. Ein flüchtiger, aber böser Traum. Mich mußte wohl der Durst geplagt haben, weil ich im Traum zu einem Wasserhahn ging und ein Glas unter den prallen kalten Strahl hielt. Dann führte ich es zum Mund und begann zu schlucken, doch das Glas war, wie sich erwies, leer. Es war leer, obwohl ich genau gesehen hatte, wie die kristallenen Spritzer vom Anprall des Wasserstrahls gegen seine Wände zerstoben. Das wiederholte sich ein paarmal. Ich hielt das Glas unter den Wasserstrahl, warf den Kopf zurück und machte eine gierige krampfhafte Schluckbewegung, spürte in der Kehle aber nur heiße rauhe Luft. Etwa ebenso fühlte ich mich, als ich immer wieder Tamaras Nummer wählte. Obendrein hatte ich den vagen Verdacht, daß irgendein Fremder spöttisch meine vergeblichen Anstrengungen beobachtete. Doch diesmal hatte ich Glück – Tamara war zu Hause. Ich freute mich so, als ich ihre Stimme hörte, daß ich irgend etwas ganz Ungereimtes in den Hörer murmelte. So etwa wie, daß ich vielleicht im Sterben läge, sie aber geruhe, sich irgendwo herumzutreiben. Nachdem sie sich meine Tirade angehört hatte, sagte sie ruhig:

»Du bist das, Petja? Da wärst du also wieder.«

In diesen Worten war nichts Besonderes, geschweige denn Kränkendes, aber sie paßten so wenig zu jener freudigen Erregung, die ich in mir spürte, daß ich einen Augenblick lang ganz verwirrt war.

»Tomotschka, ich muß dringend mit dir reden.«

»Rede.«

»Ich komme jetzt gleich zu dir, einverstanden?«

Nach einer kurzen Pause erwiderte sie:

»Du brauchst nicht zu mir zu kommen, Petja.«

»Warum nicht?«

»Ich bin müde. Und will früh zu Bett gehen.«

Was war denn das nur?! Ihre Stimme hatte nicht ein einziges Mal gezittert, kein lebendiger Funke war darin gewesen. Wahrscheinlich wußte ich gar nicht, daß sie so eine mechanische Stimme auf Lager hatte. Hastig suchte ich mir ins Gedächtnis zu rufen, womit ich sie vor meiner Abreise gekränkt haben könnte. Mit nichts, wie es schien.

»Toma, bitte, sag nicht nein. Bei mir ist so viel passiert. Ich muß dich unbedingt sehen.«

»Na, meinetwegen, komm her«, sagte sie.

Ich erklärte Anetschka, daß ich wegen einer unaufschiebbaren Angelegenheit für kurze Zeit weggehen müßte. Es tat mir leid, sie allein zu lassen, und ich hätte das auch nicht tun sollen, ich sah das an ihrem auf einmal grau gewordenen Gesichtchen, doch die Ungeduld, die übermächtig in mir geworden war, trieb mich fort.

Im Taxi erfaßte mich Jubel, der etwas von einer Narkose hatte. Im Kopf gingen mir die wunderschönen Sätze herum, die ich mir für Tamara zurechtgelegt hatte, jeder traf genau ins Ziel. Auf den Fahrer muß ich einen furchterregenden Eindruck gemacht haben, jedenfalls zählte er die zwanzig Kopeken, die ich auf meinen Rubel herauszubekommen hatte, genau ab. In das Stockwerk, in dem Tamara wohnte, stürmte ich mit solcher Vehemenz hinauf, als hätte ich noch nie etwas von Infarkten gehört, die Menschen von Zeit zu Zeit erleiden können. Sie öffnete, ich stürzte über die Schwelle, schloß sie kurzerhand in die Arme und begann ihr liebes, zartes Gesicht mit Küssen zu bedecken und ihre Schultern zusammenzupressen, ohne zu merken, daß ihre Lippen stumm waren und ihr Körper gleichgültig meinen neurasthenischen

Liebkosungen gegenüber. Als ich es dann merkte, maß ich dem keine Bedeutung bei, faßte sie unter, führte sie ins Zimmer und ließ sie auf der Liege Platz nehmen.

»Tomotschka, mein Gott! Mir kommt es so vor, als hätte ich dich eine Ewigkeit nicht gesehen. Du bist traurig? Ist irgendwas auf der Arbeit? Oh, das hat jetzt nichts zu bedeuten, mein Liebes! Ich bin hergekommen, um dir zu sagen, daß für dich und mich ein neues Leben beginnt. Gleich morgen gehen wir aufs Standesamt. Ich will, daß du meine Frau wirst. Bist du einverstanden?«

Wenn sie einverstanden war, so ließ sie es sich jedenfalls nicht anmerken. Im Gegenteil, sie schlug ein unangenehm schepperndes Lachen an. Doch auch das machte mich nicht stutzig.

»Versuch, mich zu verstehen, Toma! In diesen Tagen bin ich ein ganz anderer Mensch geworden. Ich bin jetzt nicht mehr der, den du gekannt hast. Nie mehr werde ich dich kränken ... Ich werde es dir später ausführlich erzählen. Aber in zwei Worten nur das. Ich war am Rande des Abgrundes, und ich habe diesen Abgrund überwunden und fühle mich wie neugeboren. Bin, wie Iwanuschka aus dem Märchen, aus dem siedenden Kessel aufgetaucht. Mein ganzes früheres Leben habe ich hinter mir gelassen. Nur dich brauche ich jetzt und sonst niemanden. Du wirst es nicht bereuen, wenn du mich heiratest. Ich werde es dir in allem recht machen. Alle deine Tränen werde ich trocknen. Glaubst du mir?«

Ich schien mich überzeugend ausgedrückt zu haben, die eigenen Worte rührten mich, und es begann mich süß in der Kehle zu kitzeln. Tamara aber saß teilnahmslos und fremd da, und nach wie vor war in ihren Augen keine Spur von innerer Bewegung zu erkennen.

»Du glaubst wahrscheinlich, Petja, ich müßte dir die Hände dafür küssen?« sagte sie müde. »Vielleicht hätte ich das früher auch getan. Doch jetzt ist es zu spät.«

»Was heißt ›zu spät‹?«

»Das heißt, was es heißt, Petja. Hast du gedacht, ich sei für immer dazu verdammt, das Dienstmädchen für dich zu spielen? Nein, Petetschka. Meine Liebe ist ausgebrannt. Du selbst hast sie gelöscht.«

»Rede keinen Unsinn«, bat ich.

Sie war sehr schön in diesem Augenblick. Das rätselhafte Licht der blauen Augen, das strenge Oval der Wangen, die träumerisch geschwungene Linie der geschlossenen Lippen – irgend etwas Erhabenes und Weises sprach aus ihrem Gesicht. Eine ungute Vorahnung regte sich in mir. Ich betrachtete sie, als sähe ich sie zum erstenmal. Und das, was ich da sah, verhieß keinen Frieden.

»Das ist kein Unsinn, Petja. Du bist es gewohnt, mich zurechtzuweisen. Alles, was ich auch sage, ist für dich – Unsinn. Aber das ist kein Unsinn. Versteh auch du mich.«

»Und was soll ich verstehen?«

»Ich muß mein Leben in Ordnung bringen. Bin ja schließlich keine Unterlage für Männer. Ich hab mich schon so oft geirrt, und immer hat man sich über mich lustig gemacht. Ich will nicht mehr, ich will nicht. Inwiefern bin ich schlechter als andere? Ich bin eine ganz normale Frau. Ich brauche eine Familie, mein eigenes Heim, und ein Kind möchte ich auch haben. Was verlange ich denn so Maßloses vom Leben? Nichts.«

»Davon ist ja die Rede!« schrie ich auf, in Rage gebracht durch ihre Begriffsstutzigkeit. »Was ist, hörst du nicht? Das sage ich dir doch gerade. Wir werden heiraten und leben wie andere Leute auch. Es besteht ein Altersunterschied zwischen uns, das soll dich nicht stören. Ich fühle solche Kräfte in mir – ohoho! Du und ich werden noch tolle Streiche machen. Den Elbrus werden wir besteigen. Von morgen an wird trainiert.«

»Zu spät, Petja!«

»Aber warum zu spät? Was versteifst du dich so auf dieses ›zu spät‹? Zu spät – das ist, wenn man im Sarg liegt. Und selbst dann nicht immer.«

Sie sah mich mitfühlend an.

»Ich werde dir sagen, warum es zu spät ist. Ein Mann hat mir einen Heiratsantrag gemacht, und ich habe ihn angenommen. Er ist ein guter Mensch und liebt mich schon lange.«

»Wer ist das?«

»Ein Arzt. Wir arbeiten zusammen. Er ist einsam. Seine Frau hat ihn vor zwei Jahren verlassen. Ein sehr guter Mensch, einfach, gutmütig. Er ist nicht schön und holt mir nicht die Sterne vom Himmel, dafür macht er kein großes Aufhebens von sich. Mit ihm werde ich ein ruhiges Leben haben. Und mehr brauche ich nicht. Ich werde ihm eine fürsorgliche, treue Frau sein.«

»Gott sei Dank!« rief ich aus, da ich wirklich eine große Erleichterung empfand. »Das ist also des Rätsels Lösung. Einen Liebhaber hast du dir zugelegt. Nun, das ist etwas ganz Alltägliches. Ha-ha! Erschreck mich nicht mehr, Tomotschka, Liebes. Du weißt doch, ich habe ein schwaches Herz. Ja, nebenbei gesagt. Ich hätte doch dort, in diesem Swansk, beinahe ins Gras gebissen. Es hatte mich so schlimm erwischt, daß ich ins Krankenhaus mußte. Du mußt dich also beeilen, wenn du dir ein Kind anschaffen willst.«

»Unverbesserlich«, sie lächelte schwach, es klang, als schluchzte sie auf; sie lebte richtig auf. »Du bist und bleibst unverbesserlich. Geh nach Hause, Petja, ich bin heute wirklich ziemlich fertig.«

»Mein Zuhause ist hier«, sagte ich, ohne meinen Blick von ihr abzuwenden, meinen, wie ich hoffte, zärtlichen und demütigen Blick. »Ich ziehe jetzt bei dir ein.«

Über ihre Wangen huschte ein undeutlicher Schatten, sie schob meine Hände beiseite und erhob sich. Ich streichelte ihre Hüften, die mir in Augenhöhe gekommen waren.

»Das ist überflüssig.«

Sie begab sich entschlossen in die Küche. Doch das Läuten des Telefons holte sie zurück. Sie zögerte, den Hörer abzunehmen, ihr mir zugewandtes Gesicht hatte einen flehentlichen Ausdruck. Sie wollte, daß ich verschwand.

»Schön, ich gehe auf die Toilette«, sagte ich gutmütig. »Es interessiert mich nicht, zu hören, wie du mit deinem Liebhaber turtelst. Grüß ihn von mir.«

Im Korridor schlug ich die Toilettentür zu und zog sogar die Toilettenspülung, dann schlich ich mich zurück und lehnte mich an den Türpfosten. Tamara sprach leise, trotzdem konnte ich sie gut hören. »... nein, Viktor Petrowitsch, morgen kann ich es nicht versprechen ... Oh, aber wozu ist das nötig, sollen sie doch selbst klug daraus werden ... Danke! Haben Sie vielen Dank! ...« Hier hörte sie lange zu, flocht nur dann und wann ein einsilbiges »Ja«, »Nein«, »Wo denken Sie hin!« ein – und einmal lachte sie kurz und erregt, wovon es mich kalt überlief. »Für Sie wird das schädlich sein, Viktor. Lieber allmählich beginnen ... Oh, ich war eine Ewigkeit nicht da. Mit Vergnügen würde ich hingehen ... Ja, ich bin ein wenig erkältet ...« Wieder sein langer Monolog. »Ganz bestimmt werde ich das tun. Ja, ja, ich merke es mir ... Keinesfalls sollten Sie herkommen, keinesfalls!«

Hier platzte mir der Kragen. Ich tauchte aus der Tür auf wie der Teufel aus den Kulissen. In ihrem Gesicht zeigte sich Schreck, der sich dunkel auf die helle Haut legte wie Schminke; sie stand da und verschanzte sich hinter dem Telefonhörer wie hinter einem Schild. All das konnte ich registrieren, weil ich mich im Schneckentempo heranschlich, dann nahm ich ihr den Hörer aus der Hand, den sie widerstandslos hergab, und hielt ihn ans Ohr. Im Hörer girrte ein zärtlich-heiserer Bariton, doch die Worte konnte ich nicht verstehen. Vorwurfsvoll sagte ich:

»Genug Süßholz geraspelt, Verehrtester! Warum rufen Sie auch zu so später Stunde an? Wir sind schon im Begriff, schlafen zu gehen.« Ich knallte den Hörer auf die Gabel und sah Tamara siegesbewußt an. »Nun, meine Liebe, das mit dem guten Menschen, das wäre erledigt. Er wird uns nicht mehr stören.«

»Schuft!« schrie sie und gab mir eine Ohrfeige. Doch das war für sie eine so unsinnige Handlung (jedenfalls in bezug auf mich), daß sich ihre Hand wie bei einer Zeitrafferaufnahme zu meinem Gesicht hob und nicht zuschlug, sondern sich nur sanft eingrub. Ich drückte die Hand an die Lippen und begann die kalten dicken Fingerchen zu küssen. Tamara wurde zugänglicher und ließ sich auf der Liege nieder. Ich setzte mich neben sie, ohne ihre Hand loszulassen, die Beine in den Knien eingeknickt, in der Pose eines Ritters von Gravuren des Mittelalters.

»Was hast du angerichtet, Petja? Wie konntest du nur? In dir ist keine Spur von Anständigkeit.«

»Und wozu setzt du mir Hörner auf?«

»Wer bist du denn für mich?«

»Wer ich bin? Ich bin fast dein Mann.«

»Nie hätte ich geglaubt, daß du zu so etwas fähig bist. Wie brutal das ist, Petja! Du kennst diesen Mann doch gar nicht. Er ist unglücklich. Er hat soviel durchgemacht. Was soll ich jetzt tun, was soll ich bloß tun!«

»Und ich bin deiner Meinung nach also nicht unglücklich?«

»Du bist deinetwegen unglücklich, wegen deiner Bosheit. Dich hat niemand unglücklich gemacht. Oh, was soll ich nur tun?!«

Vor lauter Niedergeschlagenheit ging sie nach und nach zu einer ungesunden Exaltation über, begann grundlos zusammenzuzucken und am Gürtel ihres Kittels zu zerren. Sie ließ den Blick von einem Gegenstand zum anderen wandern, als suchte sie etwas. Ich erkannte in ihr die frühere Tamara, die mich geliebt hatte, gehorsam und zutraulich gewesen war, nicht wieder. Doch auch ich war nicht als der zu ihr gekommen, als den sie mich gekannt hatte, und man kann nicht sagen, daß sich unsere neue Vertrautheit gütlich gestaltete.

»Genug gejammert«, sagte ich. »Damit änderst du nichts. Ich versichere dir, wenn er dich liebt, dann wird er dir verzeihen.«

»Geh, Petja, ich bitte dich!«

»Du willst ihn anrufen?«

»Ja, ich werde ihn anrufen und mich entschuldigen, werd mir irgendwas ausdenken.«

»Du wirst ihm also irgend etwas vorlügen? Laß uns zusammen lügen. Soll ich ihm sagen, daß ich dein Großvater bin?«

»Geh, ich kann dich nicht mehr sehen!«

Ich glaubte ihr das ohne weiteres, mir war es selbst unerträglich, ihre unnatürliche schelmische Stimme zu hören. Früher war ich mit Anstand aus ganz anderen Situationen herausgekommen, jetzt aber scheiterte ich, wie an einer Wand, an einem simplen alltäglichen Bilderrätsel. Das tat weh.

»Ich habe Schmerzen, Tamara«, beklagte ich mich. »Ich glaube, wenn ich dich verliere, sterbe ich. Jag mich nicht fort.«

Das war die Wahrheit, und sie verstand sie, streckte plötzlich mit der früheren, geschmeidigen und zärtlichen, Bewegung die Hand nach mir aus und lehnte sich mit ihrer Stirn an meine Schulter.

»Petja, Petja, was ist das bloß? Als ich dich so brauchte, warst du nicht da. Nie bist du bei mir gewesen, und ich habe aufgehört zu hoffen. Und jetzt kommst du und bittest um etwas, wie ein kleiner Junge ... Wozu das alles?«

»Ich weiß nicht.«

»Ich glaube nichts mehr ... Ich bin ganz leer, als hätte man aus mir die Luft rausgelassen ... Petja, Petja!«

Meine Schulter wurde unter dem Hemd naß von ihren Tränen. Ganz sacht streichelte ich ihren zuckenden Rücken, murmelte Worte des Trostes. Ich brauchte nirgendwohin zu eilen, das war mein letzter Hafen. Gut wäre es, dachte ich, wenn jemand das elektrische Licht ausschalten würde. Das Licht des Kronleuchters wühlte unter meinen Lidern wie ein Splitter. In der Dunkelheit würden wir wahrscheinlich noch ein bißchen geweint und bis zum Morgen geschlafen haben. Nichts ist süßer als unverhoffter Schlaf.

Ein Telefonanruf zerriß die Stille, so, wie ein scharfes Messer den Wanst eines Wildschweines auftrennt, man möge mir den banalen Vergleich verzeihen. Tamara zuvorkommend, ergriff ich den Hörer und sagte drohend: »Hallo!« Am anderen Ende der Leitung herrschte beredtes Schweigen. Ich hängte den Hörer ein. In Tamaras Augen stand Entsetzen.

»Der Dreckskerl!« sagte ich gefühlvoll. »Was für ein Dreckskerl er doch ist, dein guter Mensch. Warum ist er so aufdringlich?«

»Liebster, ich bitte dich, geh. Ich rufe dich morgen an. Morgen besprechen wir alles ... Du siehst doch.«

Schwerfällig erhob ich mich, warf einen Blick auf das Büchergestell, einen auf die Anrichte mit dem dürftigen Kristall. Dort stand auch mein Geschenk – jenes Schälchen dort für zwanzig Rubel. Ein Geburtstagsgeschenk. Tamara anzusehen, vermied ich. Ich wußte, daß ich wohl kaum noch einmal hierher kommen würde. Ich zwang mich, mich herabzubeugen, küßte sie auf die Wange und sage höflich: »Gute Nacht, Liebes!« Dann begab ich mich zur Tür. Gott allein weiß, wieviel Kraft mich das alles kostete.

5

Den ganzen Juni über herrschte prächtiges Wetter, trocken, sonnig, aber nicht zu heiß, und es gab zwei oder drei Gewitter, die sich gleich Anfang des Monats entluden, heftige, grelle Gewitter. Moskau nahm sie dankbar entgegen, wie rituelle Waschungen. Dafür hatte sich der Himmel an diesem Tag, als ich zur Datscha fahren wollte, schon am frühen Morgen verfinstert und zugezogen, ein lang anhaltender, ekelhafter Graupelschauer, der eher zu einem Herbstunwetter gepaßt hätte, ging auf die Erde nieder, und die Luft, die durch die Lüftungsklappe hereinströmte, roch sofort nach feuchten Lumpen.

Andrej war schon in aller Frühe verschwunden, und so hatte ich nicht mit ihm reden können. Anetschka war noch nicht aus ihrem Zimmer herausgekommen – wahrscheinlich schlief sie. Ob sie sich ausgesprochen hatten, wußte ich nicht, und aus irgendeinem Grund interessierte mich das auch nicht mehr sonderlich. Die gestrige Zusammenkunft mit Tamara war gleichfalls irgendwohin entrückt und hatte ihre Spannung eingebüßt. Ich saß in der Küche, trank Tee und sah von Zeit zu Zeit zum Fenster hinaus auf die von der Nässe angeschwollene, grau gewordene städtische Landschaft. Wehmütig dachte ich daran, daß ich noch den ganzen Tag vor mir hatte, während ich schon jetzt erschöpft war. Nach der mehrtägigen Aufregung war eine natürliche physiologische Flaute eingetreten, mit der sich daraus ergebenden abscheulichen Stimmung. Das jetzige Versinken in Schwermut, dem ich mich nicht widersetzte, bereitete mir ein gewisses Vergnügen, als hätte ich es fertiggebracht, mich auf irgendeine Weise über die Vergeblichkeit von Bestrebungen zu erheben. Dieselben Gefühle mag ein Läufer haben, der eine lange Strecke zurücklegt, sich völlig verausgabt hat und nicht mehr an Sieg denkt. Nachdem er bestürzt zurückgeschaut hat, versucht er nur zu begreifen, wohin er überhaupt gelaufen ist und ob sein verzweifeltes Laufen wenigstens irgendeinen Sinn gehabt hat.

Und dann dachte ich noch, wie unendlich weit in die Vergangenheit doch der Tag entrückt war, als Mascha und ich das Teeservice gekauft hatten, von dem heute nur noch diese eine Tasse mit dem abgeblätterten Rand und ein paar Untertassen übriggeblieben waren. Ich versuchte, mich zu erinnern, wie wir damals gewesen waren. Ich hatte eine große Prämie erhalten, ich weiß nicht mehr wofür, und Mascha ihr Gehalt, und wir besaßen auf einmal eine Menge Geld. Und so beschlossen wir denn beim Morgentee, uns auf die Suche nach einem Service zu begeben, weil es sich für Krösusse nicht schickte, Tee aus Gläsern zu schlürfen, mochten diese auch in noch so geschmackvollen Aluminiumuntersätzen stecken. Sie zog sich ihr einziges Ausgehkleid – es war blau mit weißen Tupfen – an, während ich in einem eleganten dreiteiligen grauen Anzug, der im Vergleich zu den heutigen Preisen spottbillig gewesen war, die Straße entlangspazierte. Ich musterte jeden, der uns entgegenkam, besonders die ganz jungen Frauen, mit ironischem besitzerstolzem Blick, Mascha aber hing an meinem Arm und plapperte unbekümmert drauflos. Worüber wir beide, glücklich und verliebt, wie wir waren, damals wohl redeten? Wahrscheinlich über irgendwelche schönen Nichtigkeiten. Als wir am Schaufenster eines Schuhgeschäftes vorüberkamen, fragte sie, glaube ich: »Schau mal, Petetschka, würden mir solche Pumps stehen?« – »Und ob!« hatte ich bereitwillig erwidert. Damals stand ihr alles, bedeutend später erst, nachdem sie krank geworden war, war sie aufgedunsen und einer geschäftigen Glucke ähnlich geworden. Ich hatte versprochen, ihr die Schuhe gleich vom ersten Gehalt zu kaufen, mein Versprechen aber nicht gehalten. Jede große Täuschung, die ich beging, begann mit solchen kleinen Unwahrheiten, die zufällig herauskamen. Ich hatte ihr nie etwas gekauft, obwohl ich mein Gehalt natürlich pünktlich ablieferte, anfangs vollständig, später behielt ich einen Teil davon stillschweigend für mich. Aber vielleicht wäre es ihr lieb gewesen, wenn ich selbst ihr diese unglückseligen Pumps oder irgendeine andere Kleinigkeit gekauft hätte. Sie war gestorben, ohne Geschenke von mir bekommen zu haben.

Anetschka erschien in der Küche, in dieselbe braune Decke eingehüllt, in der ich sie gestern zurückgelassen hatte. Mir kam der Verdacht, daß sie so, ohne sich zu entkleiden und hinzulegen, auch die ganze Nacht dagesessen hatte. Doch zu fragen genierte ich mich. Sie nahm auf einer Kante der Couch Platz und sah mich mit traurigen Augen an. Die Brille mit der runden Fassung verlieh ihrem Blick eine Spur von Altersschwachsinn.

»Nun, wie steht's?« fragte ich munter.

»Er spricht nicht mit mir.«

»Gar nicht?«

»Gar nicht. Er hat gestern gesagt: Lebe, wie du willst, aber mich laß in Ruhe.«

»Aber irgend etwas habt ihr abends doch gemacht?«

»Er ist spät gekommen, kurz vor Ihnen. Und hat sich gleich hingelegt. Ich hab ihn gefragt: Willst du vielleicht was zum Abendbrot essen? Er schweigt. Und ist eingeschlafen. Ich habe die ganze Nacht lang geweint... Wozu haben Sie mich hergebracht?«

»Es war schon richtig, daß ich dich hergebracht habe. Er wird noch ein bißchen bocken und dann Vernunft annehmen. Wir müssen uns noch ein klein wenig gedulden.«

Ich zündete das Gas an und stellte den Teekessel auf, obwohl das Wasser darin eben erst gekocht hatte. Ihr Blick versengte mir den Rücken.

»Ich habe vor, zur Datscha zu fahren. Komm doch mit!« schlug ich vor.

»Ich will nicht. Ich will überhaupt nichts.«

Genau so hatte gestern Tamara mit mir gesprochen. Aber die Frauen machen sich selbst etwas vor, wenn sie so sprechen. Aus ihrem Munde bedeutet das nur, daß sie eine Veränderung zum Besseren wünschen.

»Hör mal, Anetschka. Bist du bereit, mir blind zu gehorchen?«

»Warum fragen Sie?«

»Ja oder nein?«

»Ich bin bereit.«

»Dann mach folgendes. Jetzt wäschst du dich, dann ißt du, dann rufst du eine Freundin an, und ihr geht ins Kino. Zerstreu dich und vor allem, versuch, dir alle dummen Gedanken aus dem Kopf zu schlagen. Hast du Geld?«

»Geld hab ich, eine Freundin nicht.«

»Warum hast du keine Freundin?«

Die Frage hatte ich mechanisch gestellt.

»Ich hatte eine Freundin, ein gutes Mädchen, aber sie meinte, mit mir könne man nicht befreundet sein. Ich sei zu prinzipienfest. Ich kann wirklich viele Dinge nicht akzeptieren.«

»Ist schon recht. Du bist eine Persönlichkeit und nicht vom Fließband.«

»Regen Sie sich nicht auf, Pjotr Jewdokimowitsch, ich werde alles so machen, wie Sie es wünschen. Kommen Sie spät zurück?«

»Ich glaube nicht ... Jetzt noch folgendes, Anetschka. Du mußt mir dein Wort geben, daß du nicht von hier wegläufst, bevor du dich mit mir beraten hast.«

»Ich verspreche es ... Haben Sie vielen Dank!«

Sie hatte das Hälschen aus ihrem braunen Kokon herausgestreckt und mir gedankt, wie eine alte Frau einem Vorübergehenden dankt, der ihr über die Fahrbahn geholfen hat. Ich begriff: Ich mußte machen, daß ich von hier fort kam. Zu ähnlich waren unsere Stimmungen. Schließlich konnte ich mich wirklich nicht so mit ihr abgeben, als wäre sie ein armer Krüppel.

Ich zog mich im Schlafzimmer um, holte aus dem Kleiderschrank einen alten, langen Regenmantel, den ich gern trug, und nahm den Regenschirm. Als ich einen Blick in die Küche warf, um mich zu verabschieden, saß Anetschka noch immer in derselben Haltung da.

»Wir beide sind Komplizen«, sagte ich. »Leg mich nicht herein, Mädchen!«

»Das werde ich nicht«, gab sie zur Antwort.

Auf dem Waldweg lebte ich richtig wieder auf, so als sei ich aufgewacht. Der graue Regen hatte aufgehört, am Himmel schien die Sonne, der Wald lächelte und schüttelte die letzten silbernen Tropfen von sich ab – und das alles verlieh mir neue Spannkraft und Frische. Wie sensibel unser Organismus mit den Jahren doch auf jede Naturerscheinung reagiert. Frohgemut schritt ich den unter den Stiefeln schmatzenden Pfad entlang und zertrat mit Genuß die Reste des dichten Morgennebels. Jetzt bedauerte ich, daß

Anetschka nicht mit mir gefahren war, ein solcher Spaziergang hätte ihr nicht geschadet.

Während ich mich meiner Datscha näherte, war ich aufs neue überrascht von ihrem fast theatralischen Zauber und konnte es einen Augenblick lang gar nicht fassen, daß all das mein war. Die schlanken silbrigen Kiefern, die auf jener Seite elegant den Zaun säumten, suggerierten an und für sich den Eindruck, daß sie überhaupt schwerlich jemandem gehören konnten. Und nichtsdestoweniger waren sie mein. Das imposante Haus, das geräumige Grundstück, die Obstbäume und die Erdbeerbeete – alles war mein. Selbst die reine, wohlriechende Luft über dieser ganzen Pracht konnte ich, wenn ich wollte, als mein Eigentum betrachten. Das war ein neues, wunderschönes Gefühl, doch ist es durchaus möglich, daß ich, ein Kind der Stadt, es in verzerrter Form empfand.

Ich schloß die Pforte auf und ging über den Kiesweg auf das Haus zu. Ich nahm auf der Außentreppe Platz, überblickte den Garten und verlängerte so die Augenblicke wundervoller Ruhe. Doch plötzlich ertönte aus dem Innern der Veranda ein Geräusch, das mich zusammenfahren und hastig aufstehen ließ. Es hatte Ähnlichkeit mit einem langgezogenen Stöhnen, das ebenso ein Mensch wie auch ein Tier ausgestoßen haben konnte. Jedenfalls war dort jemand, der durch die leuchtende Buntglasscheibe nicht zu erkennen war. Ich stieg die Außentreppe empor und stieß die schwere Tür auf. Das, was ich erblickte, gefiel mir nicht und verwirrte mich. In einem Korbsessel rekelte sich ein fetter Mann, der nur eine Turnhose anhatte. Auf dem fast kahlen Schädel standen Büschel von schwarzem Haar malerisch nach allen Seiten ab. In unnatürlicher Haltung lag er mehr da, als er saß, so daß die wie bei einer Frau runden und vollen Brüste den vorspringenden Hügel des Bauches überlagerten, und die kurzen Beine, die er von sich gestreckt hatte, ähnelten den Fortsätzen eines Tausendfüßlers. Nur mit Mühe erkannte ich in diesem rosaweißen Dickwanst Fjodor Innokentjewitsch, den ehemaligen Besitzer der Datscha. Vor ihm auf dem Tisch standen eine angebrochene Flasche Wodka und ein Glas. Auf mein Erscheinen reagierte er zunächst in keiner Weise, vielleicht bemerkte er mich überhaupt nicht, weil er seitwärts zur Tür saß und mit einer Art leidenschaftlichen Interesses auf die gegenüberliegende Wand blickte, an der nichts zu sehen war als ein ziemlich schief hängender Kalender. Ich räusperte mich etwas verwirrt und grüßte. Fjodor Innokentjewitsch drehte widerwillig den Kopf und starrte mich mit derselben brennenden Neugier an, mit der er bis dahin die Wand betrachtet hatte. Er führte den Finger an die Lippen und flüsterte: »Pst-pst!«

»Sind Sie betrunken?« fragte ich.

»Sie ist dort«, gab er, den Finger ernst zum Himmel hebend, zur Antwort. »Seien Sie mucksmäuschenstill. Sonst ist es aus mit Ihnen.«

»Wer ist ›sie‹? Ihre Frau?«

Er veränderte seine Haltung, setzte sich bequemer hin und plusterte sich auf. Natürlich war er betrunken, doch ich wollte herausbekommen, bis zu welchem Grad. Ich hatte schon begriffen, daß die Hoffnungen auf ruhige Erholung, die ich so nötig brauchte, zunichte geworden waren. Besonderen Verdruß empfand ich deswegen einstweilen jedoch nicht.

»Nina ist dort, oben«, wiederholte er, als forderte er mich auf, tief in die Alptraumhaftigkeit des Augenblicks einzudringen. »Jeden Moment kann sie sich materialisieren.«

»Erkennen Sie mich, Fjodor Innokentjewitsch?«

»Natürlich. Sie heißen, glaube ich, Pjotr Jewdokimowitsch? Das ist Ihre Datscha. Es war meine, jetzt ist es Ihre. Sehr angenehm. Möchten Sie ein Schlückchen Wodka?«

»Wo denken Sie hin! Am frühen Morgen.«

»Am frühen Morgen, mein Lieber, ist es sogar besser. Niemand schöpft Verdacht.«

Das ›mein Lieber‹ berührte mich unangenehm, wenn es indirekt auch von seiner aristokratischen Weltauffassung zeugte. Ich machte Anstalten, die ins Haus führende Tür zu öffnen.

»Ich flehe Sie an!« rief er erschrocken aus und richtete sich endgültig im Sessel auf. »Tun Sie das nicht, wenn Ihnen Ihre Freiheit lieb ist.«

»Erklären Sie mir, bitte, was hier vorgeht!« bat ich. »Warum fürchten Sie sich so vor ihr?«

»Ich fürchte mich vor niemandem«, gab er hochmütig zur Antwort. »Genauer gesagt, ich fürchte nicht für mich. Aber ihr Erscheinen bedeutet Unglück für das ganze Menschengeschlecht. Darunter auch für Sie. Meine Pflicht ist es, Wache zu stehen. Meine Worte mögen Ihnen als Hirngespinst erscheinen, doch wenn Sie sie begreifen, wird es zu spät sein. Ich rate Ihnen, doch etwas zu trinken, solange noch Zeit ist.«

»Und stehen Sie hier schon lange auf Wache?«

»Das spielt keine Rolle. Ich folge ihr überall wie ein Schatten und durchkreuze ihre teuflischen Pläne. Der Alkohol erhält meine Kraft. Aber manchmal schlafe ich trotzdem ein, leider. Der Mensch ist schwach. Gar nicht auszudenken, was sie dann anstellt.«

»Mit Ihrer Erlaubnis werde ich doch ins Haus gehen.«

Ich inspizierte das Untergeschoß, stand ein Weilchen in der Halle und genoß ihr kühles Halbdunkel, dann stieg ich die Wendeltreppe hinauf und schaute in die Zimmer – Nina war nicht da und auch keine Spur von ihr, wenn man einmal davon absah, daß die Zimmer steril leer waren. Soweit ich mich erinnerte, war beim vorigen Mal noch eine Menge von allem möglichen Plunder darin geblieben, darunter auch das denkwürdige Bett. Eines der Zimmer, ein Eckzimmer, kam mir gemütlicher vor als die anderen, von ihm aus bot sich mir ein wunderschöner Anblick: weites, unter der Sonne schlummerndes Feld, umrahmt von der Mauer des Waldes, eine typisch russische, besänftigende Landschaft – hier müßte ich mir ein Arbeitszimmer einrichten, dachte ich. In

Gedanken stellte ich mir vor, wie die Bücherregale und der Tisch anzuordnen wären und von wo das Licht einfallen müßte: Warme Füße zu haben war für mich die allerwichtigste Bedingung bei der Arbeit. An den unglückseligen Fjodor Innokentjewitsch verschwendete ich keinen Gedanken mehr, doch als ich nach unten ging, traf ich ihn in der früheren Haltung, den riesigen Bauch aus dem Sessel streckend, an. Der Wodka in der Flasche hatte merklich abgenommen.

»Dort ist niemand«, sagte ich. »Sie haben sich umsonst Sorgen gemacht.«

»Wozu sollte ich mir Sorgen machen, ich bin immer auf dem Posten. Aber daß sie nicht da ist, das kommt Ihnen bloß so vor. Das ist eine Illusion. Sie ist eine große Meisterin im Illusionenzaubern. Das muß man ihr lassen.«

Da ich keine Lust hatte, mir durch eine ungereimte Unterhaltung die Laune verderben zu lassen, ging ich raus ins Freie. Was geht mich das an, dachte ich. Er wird schließlich einschlafen oder wegfahren. Im Schuppen entdeckte ich zu meiner Freude einen großen Vorrat an Gartengeräten. Alle möglichen Spaten, Schaufeln, Sägen, Gartenmesser und anderes mehr – von vielem wußte ich nicht, wozu es verwendet wurde – waren in einer solchen Unordnung aufgehäuft, daß ich fast Angst hatte, näherzutreten. Unbedacht zog ich an einem Seil, das von oben herabbaumelte, der Eisenhaufen kam in bedrohliche Bewegung und hätte mir um ein Haar den Fuß zerschmettert. Meine erste Regung, die mir der Instinkt diktierte, war, alles zu lassen, wie es war, und fortzugehen, doch ich überwand mich. Sorgfältig und vorsichtig begann ich einen Gegenstand nach dem anderen herauszuziehen, trug ihn hinaus und breitete alles im Gras aus. Noch ein paarmal drohte mir die Verstümmelung, doch dann klappte die Sache. Völlig außer Atem rollte ich einen geeigneten Holzklotz aus dem Schuppen und ließ mich darauf nieder, um auszuruhen. Als ich in Gedanken den Umfang der Arbeiten, die allein schon für die Grundeinrichtung im Haus erforderlich waren, überschlug, begriff ich, daß ich allein nicht damit fertig werden würde. Es war deprimierend.

Fjodor Innokentjewitsch war unterdessen mit Mühe auf die Außentreppe hinausgelangt, stand ein Weilchen da, taumelte und steuerte dann auf mich zu. Sein Aussehen – die Haare, die ihm auf dem Kopf in Büscheln zu Berge standen, als wären es Hörner, der stiere Blick, die beleibte Gestalt, bei der die Schamgegend durch hellblaue, elegant gestreifte lange Turnhosen verdeckt wurde – war äußerst komisch. Komisch im Sinne des düsteren und kräftigen deutschen Humors. Als ob da ein riesiger rosaweißer Tintenfisch aus einer Höhle ans Tageslicht gekrochen sei. Doch zu meiner Verwunderung schien er, als er zu sprechen begann, völlig nüchtern zu sein.

»Sind Sie wirklich sicher, daß Ninka nicht da ist?« fragte er nachdenklich.

»Das bin ich ... Fjodor Innokentjewitsch, sagen Sie, bitte, gehört dieser ganze Reichtum da Ihnen oder habe ich ihn zusammen mit der Datscha erworben? Ich erinnere mich nicht, was wir ausgemacht haben.«

»Mir gehört hier nichts«, sagte er. »Alles ist Ihr's. Aber hat das denn irgendeine Bedeutung?«

»Aber nein, eine besondere Bedeutung hat es natürlich nicht. Doch, angenommen, ich schalte und walte hier, und plötzlich erheben Sie Ansprüche.«

Er sah sich suchend nach einer Sitzgelegenheit um, fand nichts und ließ sich ächzend direkt im Gras nieder, die Beine gekreuzt wie ein Türke. Zwischen den Zähnen qualmte eine schon halb aufgerauchte Zigarette.

»Ansprüche erhebt Ninka. Sie wird sie Ihnen schon bald darlegen. Übrigens«, er blinzelte schlau, »wollen Sie nicht eine Wette mit mir abschließen?«

»Welcher Art?«

»Sie behaupten, sie sei nicht da. Ich aber sage Ihnen, sie ist hier.

Ich bin bereit, um einen Kasten Bier zu wetten. Oder worum Sie wollen.«

»Sie sind ein bißchen betrunken, Fjodor Innokentjewitsch, Sie sollten sich lieber ein, zwei Stunden aufs Ohr legen.«

»Sie haben ein ehrliches Gesicht, Pjotr Jewdokimowitsch, Sie sind ein intelligenter Mensch, Sie gefallen mir sogar. Es würde mich interessieren, ob sie es schaffen wird, Sie in ihre teuflischen Netze hineinzuziehen. Oder ob sie sich diesmal ihre scharfen Zähnchen an Ihnen ausbeißen wird.«

Von ihm gingen ungesunde nervöse Ströme aus, wie sie von jedem betrunkenen und noch dazu seelisch überreizten Menschen ausgehen. Früher hätte ich ihn sofort von hier fortgeschickt. Doch jetzt rief er Mitgefühl in mir hervor. Seinen gegenwärtigen Reden und seinem gegenwärtigen Verhalten nach zu urteilen, würde es Nina Petrowna nicht allzu schwer fallen, ihn in eine Klapsmühle zu stecken oder zur Zwangsbehandlung zu schicken. Und wenn ihr mein spitzfindiger Freund Gned beistand, dann hatte, so konnte man annehmen, Fjodor Innokentjewitsch ausgespielt.

»Ihre Frau flößt mir, ehrlich gesagt, keine besondere Sympathie ein. Sie sollten sich wirklich vor ihr in acht nehmen. Trinken Sie viel?«

»Ich trinke. Na und?«

»Sie könnten leicht zum Säufer werden.«

»Das zu entscheiden, müssen Sie schon mir selbst überlassen ... Mit welchem Recht fragen Sie mich eigentlich aus?«

Ich bedauerte meine Unvorsichtigkeit bereits, als ich sah, wie er, so betrunken er war, sofort den Beleidigten spielte.

»Entschuldigen Sie, Fjodor Innokentjewitsch ... Es tut immer weh, wenn man mit ansehen muß, wie ein guter, begabter Mensch vor die Hunde geht.«

»Ob ich begabt bin oder nicht, auch das können Sie nicht wissen ... Sie weckt, sehen Sie, bei Ihnen keine Sympathie. Wie schnell wir doch mit einem abfälligen Urteil bei der Hand sind.

Ach, Menschen! ... Geben Sie mir Streichhölzer, ich bitte Sie. Meine Zigarette ist ausgegangen.«

»Ich habe keine Streichhölzer.«

»Wenn Sie es wissen wollen, nicht sie ist schlecht, sondern ich tauge nicht für sie. Zwischen uns besteht eine Nichtübereinstimmung der Biologien. Eine alltägliche Tragödie des Jahrhunderts. Nicht jeder wird das begreifen. Ihre Natur dürstet ewig, während ich bereit bin, mich mit dem Geringsten zu begnügen. Darin besteht das Drama und die Farce. Nicht am Wodka werde ich zugrunde gehen, sondern an der eigenen Bedeutungslosigkeit. Und sie an ihrer Unersättlichkeit. An ihrem maßlosen Appetit. Dem Gesetz der Gemeinheit zufolge ziehen sich Gegensätze immer an. Das ist sehr komisch, nicht wahr? Warum verstecken Sie die Streichhölzer? Haben Sie Angst, ich zünde Ihnen Ihre Datscha an?«

»Sie sollten schlafen gehen ...«

Er winkte ab, schaute in Richtung des Hauses, und auf einmal verzerrte sich sein Gesicht, die Unterlippe klappte traurig herab. Und er hatte allen Grund dazu. Auf der Außentreppe, als hätte sie sich tatsächlich aus Luft materialisiert, stand Nina Petrowna. Dieser Tag war tatsächlich ein Teufelstag. In Shorts, in einem giftgrünen Trikot und mit dem aschfarbenen Heiligenschein des Haars um den Kopf erinnerte sie an eine exotische Blume. Ihr üppiger, aufreizender Leib, bewaffnet mit einem unbekümmerten, strahlenden Lächeln, rückte, vulkanischer Lava gleich, von der Außentreppe drohend auf uns beide, uns friedliche Datschabewohner, zu.

»Tag, Männer!« rief sie aus, daß es nur so schallte.

Ich erhob mich vom Holzklotz und wollte in den Schuppen gehen, wurde mir aber noch rechtzeitig der Unsinnigkeit dieses Vorhabens bewußt. Fjodor Innokentjewitsch brachte mit Mühe die Unterlippe wieder in die Ausgangsstellung zurück und bemerkte düster:

»Ich hätte jetzt einen Kasten Bier, wenn Sie zum Wetten nicht zu feige gewesen wären.«

Er dachte noch an den Kasten Bier, der in den Sternen schwebende Phantast.

Nina Petrowna stieg die Außentreppe hinunter, genauer gesagt, glitt sie geschmeidig hinab, und kam auf uns zu.

»Na, du liegst, wie ich sehe, ganz in der Norm«, wandte sie sich angewidert an ihren Mann, ohne ihn anzublicken, bedachte dafür jedoch mich mit einem heimlichen Gruß. »Worüber können Sie nur mit ihm reden, Pjotr Jewdokimowitsch, mit diesem Weinschlauch?«

»Über Sie, Nina Petrowna.«

»Über mich? Interessant. Und was haben Sie denn über mich gesagt?«

»Ihr Mann hält Sie für einen Engel.«

»Seine Engel werden im Laden dutzendweise verkauft. Und nicht sehr teuer.«

Sie stand wohl fünf Schritte von ihrem Mann entfernt, doch ich hatte das Gefühl, als ob sie ihm bei diesen Worten mit ihrem feinen, in einem Sportschuh steckenden Fuß einen leichten Tritt in die Rippen versetzte und Fjodor Innokentjewitsch von diesem Fußtritt das Gesicht verzog und ächzte.

»Richtet nicht, auf daß ihr nicht gerichtet werdet«, knurrte er finster.

»Geh ins Haus.« Aus Nina Petrownas zartem Mund klang das wie »mach, daß du fortkommst!« »Ich habe einiges mit Pjotr Jewdokimowitsch zu besprechen.«

»Und in meiner Gegenwart kannst du das nicht?«

»In deiner Gegenwart kann ich das nicht.«

Fjodor Innokentjewitsch erhob sich mühsam und wälzte seine Leibesfülle zum Haus, wobei er sich niedergeschlagen irgend etwas in den Bart brummte. Es gelang ihm dennoch kein würdevoller Abgang. Er stolperte über eine Stufe und rammte mit seinem Wanst die Außentreppe, daß es nur so krachte. Lange machte er sich dort zu schaffen, in dem Bemühen, das Aussehen eines aufrechtgehenden Menschen anzunehmen, gab einen seltsamen, an das Pfeifen einer Lokomotive erinnernden Laut von sich und verschwand schließlich hinter der Tür.

Nina Petrowna lachte sich fast tot, lachte so, daß sie sich hinkauern mußte, und sagte dann traurig:

»Nun, jetzt haben Sie meine Schande selbst gesehen!«

»Aber was für eine besondere Schande ist das schon«, widersprach ich. »Das kann jedem passieren. Da kommen noch ganz andere Sachen vor. Unser gemeinsamer Freund Boris Sacharowitsch hat sich vor zwei Jahren eine Kommode gekauft. Die Möbelträger haben diese Kommode die Treppe raufgeschleppt, und er ist hinter ihnen hergegangen und hat ihnen gute Ratschläge gegeben. Da haben sie ihm die Kommode auf den Kopf fallen lassen. Wie in einem Raumanzug hat er in dieser Kommode ausgesehen. Ich habe das alles von oben beobachtet. Und Sie sagen – Schande. Das kann jedem passieren.«

Ihre so nahe Blöße reizte mich, ich wandte den Blick ab, um Nina Petrowna nicht zu irgendeiner Unbedachtheit zu veranlassen. Ihr forschender Blick war zu erfahren. Großer Gott, hatten denn wirklich auch auf mich einmal solche fixen Dämchen anziehend gewirkt?

»Lieber Pjotr Jewdokimowitsch«, bemerkte sie gelassen. »Glauben Sie nicht, daß Sie und ich ein nicht ganz ehrliches Spiel treiben?«

Ich heuchelte Verwunderung, die jedoch nur halb gespielt war.

»Was meinen Sie?«

Verführerisch lächelnd offenbarte mir Nina Petrowna, wobei sie das geschäftsmäßig herunterrasselte, etwas, wovon mir ganz übel wurde.

Sie eröffnete mir ihre weitreichenden Pläne, die schwärzer waren, als ich mit meinem schablonenhaften Verstand hatte vermuten können. Es stellte sich nämlich heraus, daß wir beide, sie und ich, angeblich nur zu gut wußten, daß der Verkauf der Datscha wegen der geistigen und psychischen Unzurechnungsfähigkeit ihres Mannes, der meinem verbrecherischen Druck zum Opfer gefallen sei, ein gesetzwidriges Geschäft sei. Wenn sie wolle, könne sie im Handumdrehen Einspruch gegen dieses Geschäft einlegen, sie habe sich schon bei einem bekannten Rechtsanwalt erkundigt, und das einzige, was sie davon abhalte, das sei ihre angeborene Gutherzigkeit, aber auch die Hoffnung, daß es vielleicht gelingen werde, die Angelegenheit gütlich beizulegen. Sie brachte das alles so fließend, resolut, schnell und fröhlich vor, daß ich ganz hingerissen war.

»Und was heißt ›gütlich‹?« fragte ich.

»Wenn Sie Zugeständnisse machen.«

»Welche?«

»Ich habe zwei kleine Bedingungen«, sagte sie und rückte mir so dicht auf den Leib, daß ich den matten, herben Duft ihrer Haut wahrnahm. »Erstens werden Sie Boris Sacharowitsch nicht gegen mich aufhetzen ... Ja, ja, ich sehe, daß ich es nicht verstanden habe, Ihnen zu gefallen, aber Ihr Freund hat sich in mich verliebt ... Warum müssen Sie sich da einmischen? Was haben Sie davon? Oder haben Sie doch heimliche Absichten auf mich? Los, geben Sie es schon zu!«

Sollte ihr Gned von unserer gestrigen Unterhaltung erzählt haben? dachte ich.

»Und die zweite Bedingung?«

»Die zweite Bedingung ist für Sie, glaube ich, eine ganze Kleinigkeit. Sie zahlen mir eine Abfindung ... Schauen Sie nicht so finster drein, mein Lieber. Ich will von Ihnen ganz wenig haben – nur fünftausend.«

Die von ihrem erhitzten Körper überspringenden teuflischen Funken und die Unwirklichkeit des Gesprächs ließen mich eine Handlung begehen, die von der moralischen Seite her zu beurteilen, ich nicht wage. Ich schob ihr geschickt die Hände unter die Achseln und preßte ihr die Brüste mit solcher Kraft zusammen, daß sie aufquiekte wie eine Maus. Doch das war ein Schmerzenslaut, keineswegs ein Laut der Verwunderung oder des Protestes. Man muß Nina Gerechtigkeit widerfahren lassen, sie schien immer auf eine solche Äußerung männlicher Gefühle gefaßt zu sein.

»Nicht so fest, Pjotr Jewdokimowitsch«, stammelte sie, mich mit einem strengen, schadenfroh-sieghaften Blick ermutigend und zugleich besänftigend. Ich nahm natürlich sofort meine Hände fort, doch, wie in einem Melodram üblich, war es schon zu spät. Auf der Außentreppe stand, hin und her schwankend, Fjodor Innokentjewitsch. Er hatte wahrscheinlich noch an seinem geliebten Nektar nippen können und, so blieb zu hoffen, nichts bemerkt.

»Also«, fragte mich Nina Petrowna, »nehmen Sie meine Bedingungen an?«

»Die zweite, die das Geld betrifft, übersteigt meine Möglichkeiten.«

»Sie können es mir in Raten geben.«

»Auch in Raten geht es wahrscheinlich über meine Kraft. Aber ich muß darüber nachdenken.«

»Tun Sie das, mein Lieber, denken Sie nach. Ich dränge Sie nicht zur Eile. Ich brauche das Geld übermorgen.«

Sie hatte den Biß einer Bulldogge. Arme Frau, wenn sie wüßte, mit wem sie es zu tun hat, würde sie es nicht so eilig haben zu triumphieren. Als ich das dachte, hatte ich nicht so sehr mich selbst, als vielmehr Gned im Auge. Nina Petrowna gehörte, meiner Auffassung nach, trotz allem nur zum Schlage der kleinen Raubtiere. Gned war im Vergleich zu ihr ein Faß ohne Boden. In seiner durch Ausbrüche eines animalischen Temperaments getarnten seelischen Verkommenheit würde sie untergehen und nicht merken wie. Sie hatten unterschiedliche Jagdreviere. Solche wie Nina jagen nur auf ihrem Gebiet, in einem kleinen Wald, erfolgreich. Haben sie einmal die Grenze überschritten und sind in eine andere Umgebung geraten, fallen sie dauernd herein. Für meinen Freund jedoch gibt es keine Grenzen, und nicht etwa, weil er einen unmäßigen Appetit hätte, sondern weil er alles frißt. Kleinere Raubtiere wie Nina haben immer ein bestimmtes Ziel vor Augen: Geld, Männer, ein feines Leben, und immer genügt ihnen das nicht. Gned aber kann, einer Laune seines sich langweilenden Herzens gehorchend, plötzlich ein Stück Putz abklauben, es auffressen und wird, wie sonderbar es auch scheinen mag, vollkommen glücklich sein. Diesen Zustand, dachte ich, kann Nina nie und nimmer begreifen, darum erwartet sie auch ein Fiasko.

Fjodor Innokentjewitsch stieg, vorsichtig wie ein Blinder, die Außentreppe hinunter, ging um uns herum und verschwand im dunklen Leib des Schuppens. Von dort kam er mit einer Axt heraus.

»Was hast du vor?« wunderte sich Nina Petrowna. »Was hast du dir wieder ausgedacht, unglückseliger Alkoholiker?«

Er würdigte sie keiner Antwort, sondern begab sich, die Axt in der ausgestreckten Hand tragend, in den Garten. Sein fetter Rükken glänzte vor Schweiß. Nina und ich folgten ihm langsam in einiger Entfernung. Fjodor Innokentjewitsch wählte anhand irgendeines Kennzeichens einen der Apfelbäume aus, kauerte sich bequem hin, spuckte in die linke Hand und schlug mit der Axt gegen den Stamm.

»Schuft!« schrie Nina, wagte aber nicht, sich ihrem Mann zu nähern. »Laß den Unfug! Hörst du, du Scheusal?! Die Miliz werd ich rufen.«

»Was ist los mit ihm?« fragte ich.

»Dreckskerl! Was für ein Dreckskerl das ist!« Und sie griff sich krampfhaft an die Wangen. »So halten Sie ihn doch zurück, Sie Mann! Das ist mein Lieblingsapfelbaum! Er hat solche kleinen süßen Äpfel. Ich koche eine himmlische Marmelade daraus.«

Fjodor Innokentjewitsch schlug sich lange mit dem Baum

herum, wurde schweißnaß und lief rot an vor Anstrengung, seine elegante lange Turnhose drohte fortwährend hinunterzurutschen, und er zerrte sie dann stets bis zur Mitte des Bauchs wieder hoch. Welchem Wunder er es verdankte, daß er sich nicht verletzte, ist mir unbegreiflich. Wir standen da und sahen zu. Der Apfelbaum widersetzte sich dem Gemetzel, wollte nicht zugrunde gehen und reagierte auf jeden Schlag mit entrüstetem Ächzen.

Nina brach in Tränen aus – es war ein wütendes unschönes Weinen.

»Barbar«, sagte sie und wischte sich die Tränen mit der Faust ab. »Mein Leben hat er zerstört, und jetzt verstümmelt er den Apfelbaum. Nehmen Sie ihm die Axt weg, ich bitte Sie. Ihr seid alle Barbaren.«

Der halbnackte Mann mit der Axt, der wie von Sinnen war, die umherfliegenden Späne, die in hoffnungslosem Weinen vergehende Frau und der vor Schmerz zusammenzuckende Baum – das war eine so jämmerliche, fatale Szene ... Nichts war aus meiner Erholung geworden, schlimmer hätte es gar nicht mehr kommen können. Ich wußte, ich konnte Fjodor Innokentjewitsch mühelos die Axt abnehmen, und er würde sich nicht widersetzen und mir nichts tun, verzichtete aber darauf, da ich der Meinung war, es sei vernünftiger, gewisse Ausbrüche menschlicher Hysterie auf natürliche Weise versiegen zu lassen. Ein Gefühl der Schuld, riesengroß wie der Himmel, bedrückte mich wie eine Last, die meine Kräfte überstieg. Es kam mir so vor, als ob jemand, der seit langem mein Todfeind war, dieses finstere Spektakel inszeniert hatte und jetzt ironisch beobachtete und sich zufrieden die Hände rieb. Ich fand tröstende Worte für Nina:

»Er liebt Sie, darum führt er sich wie ein Besessener auf.«

»Auf seine Liebe kann ich verzichten ...« Sie schimpfte unflätig. »Und Sie sind auch ein ... Ein Waschlappen!«

Sie drehte sich um und ging auf das Haus zu, vergaß dabei jedoch nicht, sich verführerisch in den Hüften zu wiegen. Ich bedauerte auch sie. Jetzt war gerade der Fall eingetreten, daß sie auf fremdes Gebiet geraten war, wo ihre üblichen Jagdmethoden nicht funktionierten. Man kann sich vorstellen, wie betroffen sie darüber war.

Bald darauf war der Mann als Sieger aus dem Zweikampf mit dem Baum hervorgegangen. Müde ächzte der Apfelbaum zum letztenmal und legte sich dann auf die Seite. Fjodor Innokentjewitsch schleuderte die Axt fort und warf sich mit seinem Körpergewicht gegen den Baum. Sein Gesicht war schrecklich anzusehen, gleichsam augenlos, grau und völlig aufgedunsen. An den Schläfen und am Hals waren ihm blaue Adern geschwollen. Ich wollte ihm helfen, doch er zischte wütend: »Gehen Sie weg, das geht Sie nichts an!«

Endlich war alles vorüber, der Apfelbaum lag am Boden, und aus der häßlichen Wunde, die ihm die Axt zugefügt hatte, ragten, zersplitterten Knochen gleich, weiße Späne hervor.

Fjodor Innokentjewitsch ließ sich schwerfällig auf dem Baumstumpf nieder und zog Zigaretten und Streichhölzer heraus, die er geschickt unter dem Gummizug seiner Turnhose versteckt hatte. Ich nahm neben ihm Platz.

»Einen sehr schönen Sommer haben wir in diesem Jahr«, sagte ich. »Ich kann mich gar nicht mehr an einen solchen Juni erinnern.«

»Das wär's. Punktum!« Er reckte sich erleichtert. »Drei Jahre hab ich mich mit ihm abgemüht und ihn trotzdem abgehauen. Das wär's!«

»Damit ändert man nichts. Und wenn man den ganzen Garten abholzt, nichts wird sich ändern.«

»Meinetwegen, soll sie sich's zu Herzen nehmen. Soll sie es fühlen.«

»Muß man Böses mit Bösem vergelten?«

»Das hat nichts damit zu tun. Wäre ich nicht von Anfang an ein Waschlappen gewesen, wäre auch sie nicht so geworden. Sie hat in mir nicht den Mann gesehen, da ist sie eben außer Rand und Band geraten ... Jetzt kann man wohl wirklich nichts mehr ändern. So wird sie sich wenigstens erinnern und es bedauern. Sie begreift: Wenn ich diesen Apfelbaum abgeholzt habe, kann ich ihr auch den Kopf abreißen. Wie einen Kohlkopf. Haben Sie gesehen, sie hatte Angst, sich mir zu nähern? Vielleicht werd ich ihn ihr auch abreißen. Als ich auf den Baum loshackte, war ich geradezu wie neugeboren, solche Kräfte verspürte ich in mir. Ich werde es noch mit ihr aufnehmen. Wir haben schließlich Kinder. Soll ich sie ihr etwa lassen, damit sie sie zerfleischt? Wozu würde sie sie erziehen?«

Er urteilte nüchtern und ganz vernünftig. Sein Gedankengang wies nur eine einzige Lücke auf. Er berücksichtigte nicht, daß es in jenem Kampf zwischen Mann und Frau, welchen er im Auge hatte, keine Sieger gibt. Und daß er für Kinder doppelt unheilvoll ist. Solche einfachen Wahrheiten werden gleichfalls erst mit zunehmendem Alter begriffen, er aber, der Unglückliche, der von Familienstreitigkeiten und dem Wodka Betäubte, war noch irgendwo in seinen Jugendjahren stehengeblieben. Säufer hinken immer irgendwie hinter ihren Jahren hinterher. Übrigens, nur sie? Wie stand es denn mit mir?

Ich kehrte zum Schuppen zurück, warf das im Gras ausgebreitete Inventar hinein und schloß mit Mühe das Hängeschloß ab. Dann ging ich ins Haus, um meinen Regenmantel zu holen. Nina, die inzwischen einen bunten Sarafan und ein weißes Jäckchen angezogen hatte, lag halb in einem Sessel und rauchte. Ihr Gesicht war verschlossen, zeigte aber keine Spuren des hysterischen Anfalls von vorhin. Sie fragte ganz alltäglich:

»Fahren Sie nach Moskau, Pjotr Jewdokimowitsch?«

»Ja.«

»Kann ich mit Ihnen fahren?«

»Lieber nicht.«

Trotzdem heftete sie sich an meine Fersen. Als wir durch den Garten gingen, saß Fjodor Innokentjewitsch nach wie vor auf dem gefällten Baum wie ein glücklicher Schütze auf dem ausgeweideten Körper des von ihm erlegten Bären.

»Nehmen Sie sich vor ihr in acht, Pjotr Jewdokimowitsch«, rief er. »Sie ist bissig!«

»Leben Sie wohl!« Ich winkte ihm freundlich zu.

»Unverschämter Kerl! Was für ein unverschämter Kerl!« sagte Nina.

6

Auszüge aus dem Buch: ›Ihr Selbstvertrauen‹

Es werden sich wohl nur wenige Männer finden, die nicht, und sei es auch bloß einmal im Leben, einer absoluten, fast fatalen weiblichen Überzeugung von irgendeiner Meinung auf den Leim gegangen wären und sich später nicht bittere Vorwürfe wegen ihrer Naivität und Willensschwäche gemacht hätten. Nicht auf den Leim zu gehen ist unmöglich. Hier eine typische alltägliche Szene. Sie gehen durch die Stadt zu irgendeinem Ort und kennen den Weg gut, doch plötzlich beginnt Ihre Begleiterin, als wäre es ihr wie Schuppen von den Augen gefallen, Sie beharrlich gerade in die entgegengesetzte Richtung zu drängen. Sie sträuben sich natürlich, aber die Frau gerät nach und nach in eine rätselhafte Ekstase von Starrsinn und Erregtheit. Zu guter Letzt bedenkt sie Sie mit einem verächtlichen Blick und kehrt Ihnen stolz den Rücken zu. Ihnen bleibt nur die Wahl, sie umzubringen oder ihr zu folgen. Eine oder auch zwei Stunden irren Sie in unbekannten Gassen umher und trösten sich damit, daß Sie doch recht gehabt haben. Doch umsonst erwarten Sie von Ihrer Freundin Reue oder Entschuldigungen. Hat sie die Überzeugung gewonnen, daß Sie sich endgültig verirrt haben, wird sie bestenfalls vorwurfsvoll bemerken: »Siehst du, du hättest eben von Anfang an dorthin gehen sollen, wohin ich zeigte!«

Das ist ein kleines alltägliches Beispiel. Ebenso legt eine Frau auch in komplizierten Fragen eine schlafwandlerische Sicherheit an den Tag, ob es sich um die Erziehung der Kinder oder um die Wahl des Mobiliars für die neue Wohnung handelt. Sie ist in allem bewandert und kennt sich in allem aus wie ein Profi, wobei sie sich derart selbstbewußt gebärdet, als ob ihr das Wissen direkt von Gott gesandt sei und nicht zur Diskussion stehe. Im Falle einer längeren Meinungsverschiedenheit wird sie unzurechnungsfähig. Fehler gibt eine Frau niemals zu.

Was stellt das Phänomen des weiblichen Selbstvertrauens dar? Worauf beruht es? Eine erschöpfende und einleuchtende Antwort auf diese Frage gibt es nicht und kann es anscheinend auch nicht geben, ebensowenig wie auf viele andere Fragen, die das weibliche Geschlecht betreffen. Ich neige zu der Annahme, daß das weibliche Selbstvertrauen, sei es nun aggressiv oder durch gute Manieren bemäntelt, nur eine der Masken ist, die sie in ihrem immerwährenden Kampf mit dem Mann anprobiert. In Wirklichkeit ist die Frau schwach und verletzlich in jeder ihrer Meinungen, mit welcher Leidenschaftlichkeit und Energie sie sie auch äußern mag. Vergleichen Sie damit das Verhalten eines Kindes, das häufig unter Geschrei und Weinen eine offenkundige Ungereimtheit verteidigt…

In dem Buch über die heutigen Frauen, das ich so eifrig zitiert habe, bin ich in der Mitte stehengeblieben, da ich, enttäuscht wie ich war, weder die Kraft noch den Wunsch hatte, auch nur noch eine einzige Zeile zu schreiben. Es hatte gar keinen Zweck, den Verstand anzutreiben, in dem Versuch, noch ein paar kränkliche und kokette Gedanken aus ihm herauszupressen. Ich verspürte einen Widerwillen gegen die von meiner eigenen Hand vollgeschmierten Blättchen und wunderte mich nur darüber, wie lange sich der sinnlose ›schöpferische‹ Prozeß diesmal hinzog. Noch ein Trugbild mehr, das spurlos verschwand, noch eine, ungeschickte und überflüssige, Arbeit mehr, die in einem ungeordneten Haufen vergilbten Papiers am Rande des Schreibtisches begraben wurde.

Man kann nicht sagen, daß ich den Mut verloren hätte. Irgendwo in der Tiefe meines Bewußtseins hatte ich mich schon längst mit der Nutzlosigkeit des Lebens, das hinter mir lag, abgefunden. In leichte, angenehme Mattigkeit versunken, saß ich am Schreibtisch und versuchte, auf andere Gedanken zu kommen. Vermutlich ist jeder Erfolg, wie auch jede zum Abschluß gebrachte Arbeit, in gewissem Sinne doch eine Sackgasse. Bedeutung und Sinn hat allein der Prozeß, und die höchsten Freuden lernt man nur in der Phantasie kennen. Die Vorfreude, ob es sich nun um schöpferische Arbeit oder um Ruhm handelt oder darum, eine Frau zu besitzen, ist immer bedeutsamer und vollständiger als das Ergebnis. Nun, sagen wir, fast immer. Und wenn es einen Sinn in der Bewegung gibt, dann müßte ich mich wahrhaftig schämen, mich zu beklagen. Viele Jahre lang habe ich mich nicht bloß bewegt, sondern bin geradezu Hals über Kopf gelaufen. Mascha, die mich jetzt von der Fotografie ansieht, hat mich oft gewarnt: »Beruhige dich, Liebster, wohin willst du so eilig?« sagte sie dann wohl. Sie begriff nicht, was sie da sagte. Das gewaltige überwältigende Beharrungsvermögen der Bewegung – wieviel Reiz doch darin liegt. Die Bewegung hin zum Unbekannten, von geheimnisvollen Schleiern Umhüllten – sie birgt die Rettung von zwei den Menschen ewig verzehrenden Leidenschaften: der zur schöpferischen Arbeit und der zum Zerstören. Sie birgt das Gefühl für die Verhältnismäßigkeit des Daseins. Vorwärts, vorwärts, wohin ist nicht so wichtig ... Dem Menschen eigen ist das Verlangen nach einem Ideal, doch sehen Sie bloß, mit welcher Wut er die Idole von gestern vernichtet, nur um sich in einer neuen Spiralwindung der Bewegung aufs neue vor ihnen zu verbeugen ...

Das Telefon riß mich aus meinen widersinnigen Träumen. Der da anrief, war Semlemerow, mein teurer Chef, ich hörte seine polternde, wohlwollende Stimme, und ich erriet sofort, daß die Unannehmlichkeiten, die der heutige Tag für mich bereithielt, noch nicht vorüber waren. Tichon Kuprijanowitsch erkundigte sich höflich nach meinem Befinden, und ich gab ihm ausführlich Antwort. Ich hatte keine Eile, niemand erwartete mich irgendwo. So friedlich war der bleiche Sonnenuntergang vor dem Fenster, daß unser Telefongespräch gleichsam an meinem Bewußtsein vorüberglitt. Am liebsten hätte ich den Hörer hingelegt und wäre ans Fenster getreten, um zuzusehen, wie der Asphalt dunkler wurde. Um ein Haar hätte ich zu ihm gesagt: Warte einen Augenblick, Tichon Kuprijanowitsch, besann mich aber noch rechtzeitig. Das hätte ihn kränken können.

»Was ich dir sagen wollte, Pjotr Jewdokimowitsch«, kam er schließlich zur Sache. »Jenen Schmarotzer hat man uns, wie's aussieht, nun doch aufgehalst.«

»Was für einen Schmarotzer?«

»Was ist los mit dir? Einen Stellvertreter hat man mir aufgehalst. Irgend jemand muß ihn mächtig protegieren. Ich kann nichts machen. Auch deine Erklärung hat nicht geholfen.«

»Na, dann Gott mit ihm, Tichon Kuprijanowitsch. Warum regst du dich so auf. Soll er arbeiten. Da haben wir schon ganz andere Hügel umgepflügt.«

Er seufzte und sagte nach einer Pause:

»Es gibt da noch eine andere Seite ... die dich betrifft ...«

»Ich höre, ich höre.«

»Es gibt die Meinung, daß es für dich vielleicht an der Zeit sei, in Rente zu gehen.«

Ich begriff nicht gleich, was für einen gewaltigen Schlag er mir da versetzt hatte. Ich nahm die Sache sogar scherzhaft.

»Für uns alle wäre es an der Zeit, in Rente zu gehen und noch irgendwohin weiter.«

Semlemerow schwieg. Und da begriff ich. Sie wollen mich loswerden, dachte ich, sie alle, Semlemerow nicht ausgenommen! Wie sie seinerzeit Swjaginzew losgeworden sind. Wie sie immer unbequeme Mitarbeiter loswerden, indem sie sich eine günstige Gelegenheit zunutze machen. Aber was habe ich mir zuschulden kommen lassen?

»Bin ich meinen Pflichten etwa nicht mehr gewachsen?« fragte ich.

»Ich werde mich hier auch nicht mehr lange halten können«, sagte Semlemerow.

»Das ist deine Sorge ... Hör mal, Semlemerow, mit welchem Recht eigentlich? Ich habe noch zwei Jahre bis zur Rente. Und jetzt bin ich arbeitsunfähig geschrieben. Bin in der wohlverdienten Erholung. Überlegst du dir wenigstens, was du da sagst?«

»Sei nicht dumm, Pjotr Jewdokimowitsch.«

Ich schob den Hörer weg und sah ihn voller Furcht an, als hätte ich aus Versehen einen Schlangenkopf in der Faust zusammengepreßt. Was war das nur? Eins nach dem anderen! Auf diese Weise würde es nicht mehr lange dauern, bis ich ins Gras biß. Wer hatte es darauf abgesehen, meine Seele so beängstigend methodisch in einem eisernen Mörser zu zermalmen?

»Erklär mir trotzdem, Tichon Kuprijanowitsch, woher der böse Wind weht?!«

Er machte ›hm‹, und ich sah deutlich sein gutmütiges, jetzt von einer wütenden Grimasse verzerrtes Gesicht vor mir. Es konnte doch nicht sein, daß man auch ihn zu Fall gebracht hatte. Er sagte nicht die ganze Wahrheit. Warum nicht?

»Was verschweigst du, Semlemerow?«

Ich fragte nicht nur ihn, sondern auch die anderen, die es verstanden, so lästerlich zu schweigen – meinen Sohn, Maschenka und Ljudmilla –, und noch viele Gesichter tauchten auf, nicht vor meinen Augen, sie verursachten mir ein fades quälendes Gefühl in der Brust.

»Es gibt keine bösen Winde, mein Lieber«, entgegnete Tichon Kuprijanowitsch. »Sondern einen ganz gewöhnlichen Generationswechsel. Die einen blühen und gedeihen, wie man so sagt, du und ich aber gehen in Fäulnis über.«

»Ich glaube nicht, daß das ein Anlaß zum Scherzen ist.«

»Das sollte es auch nicht sein, glaub das nicht. Ich hab doch vorher angerufen, um dich für alle Fälle auf das Schlimmste vorzubereiten. Und dann mag es werden, wie Gott will.«

»Man hat dir anscheinend ordentlich eins auf den Deckel gegeben, was? Hast dich immerhin an Gott erinnert.«

»Ich hab ihn nie vergessen ... Gut, Pjotr Jewdokimowitsch, hier sind Leute reingekommen. Laß mal wieder von dir hören, ruf an.«

»Ich werde anrufen, wenn ich dann noch nicht verfault bin.«

In diesem munteren Ton nahmen wir Abschied. Ich ging in die Küche, wo Anetschka sich mit dem Abendessen abmühte. Sie schmorte Fleisch, und zwar auf irgendeine besondere Weise, ein beißender, bitterer Geruch erfüllte die ganze Wohnung.

»Hat sich unser Vampir noch nicht blicken lassen?«

»Nein.«

»Vielleicht brauchen wir ihn nicht zu füttern?«

»Ach, was sagen Sie da! Ich fürchte, er wird sich von selbst weigern, zu essen, was ich koche.«

»Da wäre er schön dumm. Dem Duft nach zu urteilen, ist das etwas ganz Außergewöhnliches.«

Anetschka lächelte dankbar, doch ich konnte mich nicht lange mit ihr unterhalten. Zu deprimierend wirkte auf mich ihre niedergeschlagene Miene. Ich fühlte überhaupt, daß ich nicht länger in der Wohnung bleiben konnte, und überlegte fieberhaft, wohin ich mich aus dem Staub machen könnte. Sollte ich etwa Tamara anrufen? Nein, sie durfte ich nicht vor morgen anrufen. Sie hatte unsere letzte glückliche Begegnung noch nicht verdaut. Und da erinnerte ich mich, daß ich die Absicht gehabt hatte, zu Swjaginzew zu fahren. Nun ja, natürlich. Das würde mir heute abend helfen, die Zeit totzuschlagen. Ich sagte Anetschka, daß ich für zwei, drei Stunden weggehen würde, wenn sie nichts dagegen hätte. Sie hatte nichts dagegen. Sie wendete das brutzelnde Fleisch in der riesigen Pfanne um, ohne zu wissen, wer es essen würde. Das war unerträglich. Gewöhnlich kehrte ich mit einem Gefühl der Erleichterung in meine Wohnung zurück, jetzt aber verließ ich sie mit demselben Gefühl. Zum erstenmal seit Maschenkas Tod.

Um zu Swjaginzew zu kommen, brauchte ich mehr als eine Stunde, unterwegs ging ich in ein Geschäft und kaufte eine Schachtel Schokoladenkonfekt. Das Lämpchen im Treppenhaus brannte nicht, und Swjaginzew versuchte, als er die Tür geöffnet hatte, ohne die Kette fortzunehmen, durch den Türspalt zu erkennen, wer da zu ihm gekommen war. Ich nannte meinen Namen, doch er glaubte mir nicht.

»Was für ein Kalifornow bist du denn, lieber Mann?« sagte er, das für ihn charakteristische boshafte Spiel beginnend. »Kalifornow war größer und hatte einen Buckel. Und wer bist du?«

Später ließ er mich dann doch ein. Mein Gott, wie alt er geworden war! Der stattliche imposante Mann war binnen weniger Monate eingeschrumpft und hatte sich in ein verhutzeltes altes Männlein mit einem runzligen Gesichtchen verwandelt, in dem der große Mund gähnte wie ein schwarzes Loch. Obendrein hatte er sich eine zerrissene Pelzmütze mit zerfransten Ohrenklappen auf den Kopf gestülpt. Wäre nicht der frühere, kecke, glasige Blick gewesen, ich hätte in ihm ehrlich gesagt nicht den unermüdlichen Swjaginzew, den Schrecken der Abteilung, vielleicht auch des ganzen Instituts, wiedererkannt. Und natürlich hätte sich niemand außer ihm so blitzschnell den Satz ausdenken können, daß ich angeblich bucklig war. Das war er, wie er leibte und lebte.

»Ich habe Sie auch nicht gleich erkannt, Iwan Timofejewitsch. Sie sind gewissermaßen ein bißchen zusammengeschrumpft. Sind irgendwie jünger und schlanker geworden.«

»Ich kehre in die Eiszeit zurück«, bemerkte er mit einer gewissen Selbstgefälligkeit. »Und warum schneist du so unverhofft bei mir herein, Kalifornow? Um mich anzupumpen? Ich hab kein Geld. Ihr habt euch ja geniert, mir eine hohe Rente zu geben.«

Während wir in der Diele so stichelten, hatte ich schon begriffen, daß ich nicht umsonst gekommen war, daß ich gerade zu ihm hatte kommen müssen. Ringsum war der Hauch der frischen Naturkraft des Gewitters zu spüren. Etwas Reinigendes lag in seinem aggressiven mürrischen Wesen, der Umgang mit ihm erinnerte an eine psychologische Massage, wenn es diese denn gibt. Als er die Schachtel Konfekt erblickte, beruhigte er sich plötzlich und bat mich höflich ins Zimmer. Dieses Zimmer glich durch seine Sauberkeit und Ordentlichkeit, aber auch durch die Anspruchslosigkeit der Möblierung einem hellen Mädchenzimmer, wenn man einmal annahm, daß das Mädchen Vollwaise war. Ein paar Minuten verbrachten wir in angenehmem Gespräch und stellten uns gegenseitig die üblichen Fragen nach unserem Befinden. Als Iwan Timofejewitsch von meinem Herzleiden erfuhr, äußerte er sein Mitgefühl: »Ja, ja, das Herz, damit ist natürlich nicht zu spaßen«, doch seine Anteilnahme hielt nicht lange vor. Sobald ich erwähnte, daß ich wahrscheinlich auch bald in Rente gehen würde, verfiel er in eine gekünstelte, beleidigende Fröhlichkeit.

»Da zerbreche ich mir immerzu den Kopf, was dich wohl zu mir verschlagen hat, Kalifornow«, legte er los und hätte beinahe einen Freudentanz aufgeführt. »Und dabei hat man dir, wie sich rausstellt, auf den Schlips getreten. Feine Leute sind das, kriechende Krabben. Ist man also auch dir beigekommen, wo du doch immer so tatest, als könntest du kein Wässerchen trüben. Und du hast dir wohl eingebildet... Ho-ho! Na, die Krabben... Man braucht bloß den Kopf anders zu drehen, als sie wollen, schon verschlingen sie einen. Schmatzen und fressen einen auf. Ein alltäglicher Brauch. Aber warum dich, Petja? Du bist ja nicht gerade eine Leuchte und warst immer still und friedlich. Hast niemandem Knüppel zwischen die Beine geworfen, soviel ich mich erinnere.

So ein bezaubernder unermüdlicher Arbeiter. Mit wem hast du es dir denn verdorben?«

»Ich weiß selbst nicht.«

»Wirklich mit Semlemerow persönlich? Oh, das ist ein ganz gefährlicher, schlauer Bursche. Er hat einen verschlossenen Charakter. Leute, die sich aus kleinen Verhältnissen hochgearbeitet haben, das sind die geheimnisvollsten. Von eurer ganzen Bande konnte ich ihn am besten leiden, und weißt du weswegen? Er ist ein Seelenmörder. Einen Menschen zu verletzen, bedeutet ihm nicht mehr, als eine Fliege zu zerquetschen. Niemand von euch ist dazu fähig. Aber er ... Gott bewahre! Ich nehme an, er haut nachts in den Parks auf Passanten mit einem Schlagring ein. Glaubst du's nicht?«

»Meiner Meinung nach sind Sie, Iwan Timofejewitsch, auf dem Holzweg«, widersprach ich lächelnd.

In glücklicher Erregung riß er sich die komische Fellmütze mit den drei Klappen vom Kopf, und ich sah, daß er nicht nur alt, sondern auch ziemlich kahlköpfig geworden war. Auf diese Weise hatte er einen konvexen, länglichen Schädel bekommen, und durch diesen kahlen Schädel drang seine heimliche Einsamkeit bis zur Decke.

»Du bist ein ewiges Kind, Kalifornow. Auch deine Tricks sind kindisch. Du bist doch nicht gekommen, um bloß einen alten Mann zu besuchen und zu ehren. Nein, nicht deshalb. Und auch nicht, um dich über die Vorgesetzten zu beklagen. Dir ist noch eine Laus über die Leber gelaufen. Ich sehe es. Du suchst einen Lichtblick, darum bist du auch zu einem fernen Lichtschimmer hingelaufen. Doch selbst in diesem abscheulichen Gemütszustand, der mir gut bekannt ist, bist du blind und glaubst nicht, daß die Menschen Krabben sind und Semlemerow ein Seelenmörder ist. Du klammerst dich immer noch an bequeme Symbole und hast Angst, der Wahrheit ins Gesicht zu sehen. So wirst du denn auch als Kind sterben. Und das ist dein Glück. Ich habe mich sehr früh in der Welt umgetan und mich das ganze übrige Leben gelangweilt und Sehnsucht gehabt.«

»All das sind Worte, nichts als Worte«, sagte ich. »Die Menschen sind keine Krabben, und Sie wissen das genausogut wie ich. Und die Wahrheit, von der Sie sprechen, gibt es einfach nicht. Diese Wahrheit hat Ihnen Ihre Erbitterung eingegeben und Ihr schlechter Charakter. Jeder Mensch ist eine ganze Welt. Da soll einer klug daraus werden. Sie aber haben sich zum Trost eine Linie ausgedacht, und nun setzen Sie sie auch durch. Deshalb langweilen Sie sich auch.«

»Es wird dir nicht gelingen, mir Vorwürfe zu machen, Kalifornow. Du hast eine träge Seele wie ein Nilpferd. Ich aber, ja, ich habe eine böse, leidenschaftliche. Wir werden einander nicht verstehen. Du bist schon von einem lausigen Infarkt in Panik geraten, und an dein Leben, das niemand braucht, klammerst du dich wie an einen Schatz. Ich aber hab von solchen Infarkten zehn überstanden und nicht mit der Wimper gezuckt. Was haben du und ich uns noch zu sagen? Schluß, geh nach Hause, Kalifornow. Du hast dich ein bißchen ausgeruht, und nun geh. Wenn ich dich noch länger sehe, wird mir übel.«

Nachdem er mich so höflich hinauskomplimentiert hatte, saßen wir noch an die zwei Stunden zusammen, und ich begann ihn für den Gedanken zu gewinnen, daß wir Freundschaft schließen sollten. Ich sagte, daß ich in der Nähe von Moskau eine Datscha erworben hätte, wo man den Sommer nützlich verbringen könnte. Unter Nutzen verstand ich körperliche Arbeit an der frischen Luft. Swjaginzew zeigte plötzlich ein brennendes Interesse. Schief lächelnd gab er zu, daß wenn er im Leben jemanden beneidet habe, das die Bauern seien, die auf dem Markt handelten. Ihre Art zu leben sei ihm immer als eine Äußerung höchster Lebensweisheit erschienen. Und als ich dann gar noch mitteilte, daß die Erdbeeren schon reif würden, es aber niemanden gebe, der sich ihrer annehmen könne, war er vor Begeisterung nicht wiederzuerkennen. Selbst seine Stimme hatte sich verändert und einschmeichelnde Nuancen angenommen, auf seine Wangen war irgendwoher, anscheinend aus der Kinderzeit, ein etwas dümmliches gieriges Lächeln getreten, und zwei, dreimal preßte er schnell und heftig die Hände zusammen. Ich freute mich nicht weniger als er und stellte mir dabei aus irgendeinem Grunde vor, wie es wohl sein würde, wenn er mit Nina Petrowna zusammenträfe.

Seine Lebhaftigkeit war leider von ebenso kurzer Dauer wie das Aufblitzen der Sonne am herbstlichen Himmel des Nordens.

»Und warum bist du, Kalifornow, so freundlich zu mir?« fragte er.

»Reimt sich das nicht mit Ihrer Theorie von den Menschen, die Krabben sind, zusammen?«

»Willst du deine Schwermut mit mir zusammen vertreiben? Schwierig ist das... Und das Konfekt nimm wieder mit, ich brauche es nicht. Bewirte dein Liebchen damit. Du hast doch eins?«

»Und Sie?«

»Sei nicht böse, Kalifornow. Du bist mir sympathisch... Der russische Mensch ist in zwei Situationen groß: wenn er geduldig sein muß und beim Aufruhr. Dir ist zum Kotzen, und du bist bereit, dein letztes Hemd herzugeben, nur um dich zu retten. Aber es gibt keine Rettung, Kalifornow. Lauf nicht unnütz in einer fremden Wohnung umher. Verlorene Liebesmüh.«

Er wiederholte Worte, die nicht von ihm stammten, Worte, die ich vor kurzem gehört hatte, und fast mit demselben Nachdruck. Waren es nicht Prokudows Worte gewesen? Ich konnte mich partout nicht erinnern.

Er sagte die Wahrheit, der scharfsinnige Bösewicht. Mein Hin- und Herrennen rührte von innerer Unruhe her. Das Gebäude meines Lebens war bis auf das Fundament eingestürzt, und ich griff fieberhaft nach allem, was mir unter die Finger kam, in dem Bestreben, wenigstens irgendein Obdach zu errichten, das mir Schutz bieten konnte. Doch nicht Rettung suchte ich, nur Frieden. Ach was Frieden – ein ganz klein wenig Anteilnahme würde mir, glaube ich, genügt haben, um wieder Mut zu fassen. Anteilnahme ist eine sehr seltene Ware, in Läden wird sie nicht verkauft. Und je älter du bist, desto seltener wirst du sie finden.

Nach Hause kehrte ich gegen Mitternacht zurück, schleppte mich nur mit Mühe heim, doch dort erwartete mich noch eine Überraschung. Schon daran, wie mir Andrej, bleich und zerzaust, aus dem Badezimmer entgegengeschossen kam, erkannte ich, daß er eine Überraschung für mich parat hatte.

»Anetschka schläft schon?« fragte ich sorglos.

»Ich muß mit dir reden, Vater.«

»Also laß uns reden. Ich wasche mich nur schnell und leg mich hin, dann kannst du kommen.«

Ich machte mich auf eine heftige Auseinandersetzung, auf Vorwürfe gefaßt, nahm mir vor, nicht die Beherrschung zu verlieren, doch mein Sohn stellte mir einfach ein kleines Ultimatum. Er sagte, entweder würde ich mich verpflichten, mich nicht in seine Beziehungen zu Anetschka und in sein Privatleben einzumischen, oder er würde morgen von zu Hause weggehen.

»Geh«, stimmte ich zu.

Er stand in seiner für unsere abendlichen Unterhaltungen üblichen Pose, an den Türpfosten gelehnt, da und zuckte bei meiner Antwort zusammen, als hätte er mit der Hand eine nicht isolierte Steckdose berührt.

»Ich gehe für immer fort, Papa!«

»Ich habe dich verstanden, Andrej.«

Er sah mich mit einem unnachahmlichen Ausdruck von Verachtung und Mitgefühl an.

»Das wird dir noch leid tun, aber dann wird es zu spät sein, Papa.«

»Was wird mir noch leid tun?«

»Ich verstehe, du glaubst nicht, daß ich fortgehen könnte. Du denkst, dein Geld, deine Unterstützung werden mich zurückhalten. Ich warne dich zum letztenmal: Du irrst dich.«

Ich glaubte durchaus, daß er fortgehen würde. In diesem Augenblick wünschte ich sogar nichts sehnlicher, als daß er ging, als daß sein von Wut verzerrtes Gesicht verschwand wie ein Traum. Ein schreckliches Gefühl war das, verhüte Gott, daß ich das noch einmal erlebe. Mein Sohn erschien mir plötzlich wie ein Henker, der die Schlinge um meinen Hals immer fester zuzog. Um mir nicht anmerken zu lassen, wie mich das schmerzte und wie beklommen mir zumute war, drehte ich mich zur Wand um.

»Du sagst nichts mehr?« fragte er.

»Nein. Gute Nacht.«

Im Zimmer wurde es nach einiger Zeit hell. Der Mond war aufgegangen und verlieh dem elektrischen Halbdunkel eine bläuliche Schattierung. Lange lag ich schlaflos da und hatte immerzu die Absicht, ein Schlafmittel einzunehmen, doch dazu hätte ich aufstehen und in die Küche gehen müssen, um mir Wasser zu holen. Gewöhnlich stellte ich zur Nacht eine Tasse mit frischem Wasser neben das Kopfende, diesmal aber hatte ich es vergessen. Und es gab noch einen Grund, aus dem ich mich nicht mit einer Tablette betäuben wollte. Mir gefiel es, dazuliegen und gedankenlos die umherirrenden Schatten im Fenster zu verfolgen. Was für eine klare und beruhigende Äußerung schlummernden Lebens. Wir sind es gewohnt, diesen Wirrwarr von Tagen und Taten zu messen, doch um wieviel vollständiger ist es in dieser verschwimmenden, längst flimmernden Dunkelheit. In ihr gibt es nichts Bedrohliches, nur Geflüster und Vorfreude. Ich wartete auf Mascha, aber sie kam nicht in dieser Nacht.

»Liebes Töchterchen! Trotzdem will ich wieder und wieder versuchen Dich zu überzeugen, nach Moskau zu übersiedeln. Meine Beharrlichkeit ist, glaub mir, nicht nur von dem Wunsch diktiert,

Dich zu sehen, wenn es mir auch, ich verhehle es nicht, mitunter scheint, als könnte Deine und Olenkas Anwesenheit mein Leben, in dem ich viel verloren habe, mit Sinn erfüllen. Doch wenn allein das der Grund wäre, würde ich schon alles daransetzen, mich selbst zur Vernunft zu bringen. Es gibt wesentlichere Argumente. Abgesehen von dem, was ich über Olenkas Zukunft und darüber gesagt habe, daß es für Dich persönlich notwendig ist, die Umgebung zu wechseln – und das ist an und für sich schon sehr wichtig –, gibt es auch noch folgende Überlegung ... Nein, ich werde jetzt nicht näher darauf eingehen, sonst glaubst Du, Gott behüte, noch, ich versuchte, Dich zu bestechen.

Gut für Dich wäre es auch, Andrej näher kennenzulernen, schließlich ist er Dein Bruder. Andrej befindet sich, wie mir scheint, gegenwärtig in einer Art seelischer Krise, und Dein Einfluß wäre für ihn wohltuend ...«

Hier stellte ich verwundert fest, daß es nichts mehr gab, was ich hätte schreiben können. Mein, noch ungefestigtes und zaghaftes Gefühl für die Tochter ließ sich nicht auf dem Papier darlegen, nicht einmal in verschleierter Form. Mich aber auf stereotype Fragen zu beschränken, war mir irgendwie peinlich. Ärgerlich legte ich den Brief beiseite.

»Hallo, Tamara?«

»A-ah, guten Tag.«

»Tomotschka, kannst du nach der Arbeit zu mir kommen?«

»Wozu?«

»Morgen übersiedele ich auf die Datscha. Vielleicht für einen Tag, vielleicht für einen Monat. Ich würde dich vor der Abreise gern noch einmal sehen.«

»Wozu, Petja?«

Es war gegen fünf Uhr abends. Den dritten Tag schon verlebte ich allein. Ich hatte keine Ahnung, wo Anetschka und Andrej steckten. Die Zeit hatte ihre klaren Grenzen eingebüßt. Ich fühlte, daß ich zugrunde ging. Vor einer Stunde hatte Swjaginzew angerufen, und ich hatte ihn überredet, zusammen mit mir auf die Datscha zu übersiedeln. Wenn nichts dazwischenkam, würde ich mich morgen auf dem Bahnhof mit ihm treffen. Aber was konnte eigentlich dazwischenkommen?

Während ich mich mit Tamara unterhielt, war die Zeit ganz stehengeblieben. Absichtlich schaute ich unablässig auf die Uhr – der Sekundenzeiger bewegte sich nicht.

»Toma, alle haben mich verlassen, absolut alle. Sei so gut und mach mir eine Injektion.«

»Was für eine Injektion? Wovon redest du?«

»Toma, ich verlange nichts von dir, aber du mußt herkommen, wenigstens für eine halbe Stunde.«

»Wir haben doch schon über alles gesprochen ... Ich gehe heute ins Theater.«

»Mit dem guten Menschen?«

»Ja.«

»Du kommst noch zur rechten Zeit ins Theater, Tomotschka. Ich muß dir etwas für uns beide sehr Wichtiges sagen. Erinnere dich, ich habe dich nie um etwas gebeten ... Und in welches Theater wolltest du gehen?«

»Ins Majakowski-Theater.« Sie antwortete augenblicklich, denn sie hatte noch nicht gelernt, falsches Spiel mit mir zu treiben, besann sich aber sofort: »Wozu mußt du das wissen? Warum fragst du?«

»Du meine Liebe, was tätest du, wenn du es wüßtest!«

»Wir können uns morgen sehen.«

»Morgen fahre ich weg. Und übermorgen bin ich vielleicht schon tot. Heute ist die letzte Chance. Was ist, begreifst du nicht? Du bist eine Frau! Oder hast du statt des Herzens eine Schuhsohle? Wage es nicht, mich so zu demütigen! Komm auf der Stelle her.«

Das hatte sie nur gebraucht, daß ich zu diesem Ton überging.

Diesen Ton hatten wir uns beide seit langem zu eigen gemacht – oh, wie falsch ich gehandelt hatte.

»Endlich«, sagte sie erleichtert. »Und ich hab mich wirklich schon erschrocken. Nein, jetzt beherrschst du wieder dein altes Repertoire. Armer Petenka, man hat deine Eigenliebe verletzt. Du kannst nicht glauben, daß ich dir plötzlich nicht gehorche.«

»Du bist eine dumme Gans. Hast zwei Gehirnwindungen im Kopf und versuchst, es mit mir aufzunehmen.«

Ich sagte ihr nicht, daß gerade Leute mit zwei Gehirnwindungen, besonders Frauen, oft Weise und Helden besiegt haben. Ich hielt mich allerdings weder für einen Weisen noch für einen Helden.

»Wozu beschimpfst du mich, Petja?«

Ich legte den Hörer auf. Eine Stunde vor Beginn der Vorstellung fuhr ich ins Theater, um mir eine Karte zu kaufen. Mir war ganz egal, wohin ich fuhr: ins Theater oder zur Hölle. Aber ich mußte sie sehen und mit ihr sprechen. Mit den Karten klappte es nicht gleich. Nicht eine einzige gab es mehr. In der Kasse war auch kein Kassierer. Dort saß ein Mann in Wattejacke, der mir höflich die Sachlage auseinandersetzte.

»Was willst du, mein Lieber, was für Karten? Wir haben schon seit Pokrow* keine mehr. Bist zu spät gekommen, Kamerad.«

Er ahnte nicht, wie recht er hatte. Ich war zu spät gekommen, obwohl ich, wie die anderen auch, zu der mir bestimmten Stunde geboren worden war.

Ein einsamer Major verkaufte mir seine Karte. Seine Einsamkeit zeigte sich darin, wie er die vorübergehenden Frauen verstohlen betrachtete, vor allem aber darin, daß er die Karte trotzdem mir und nicht einer Frau verkaufte. Seine Einsamkeit war noch nicht ausgereift, war noch unklar. Meine hingegen hatte sich zu einem ganz bestimmten Ziel ausgeprägt. Ich verbarg mich hinter

* »Mariä Schutz und Fürbitte«, (1. Oktober) – Fest der russisch-orthodoxen Kirche.

einer Säule im Foyer und wartete auf Tamara und ihren neuen Auserwählten. Ich trug einen Wollpullover, ich geriet darin sofort ins Schwitzen und verspürte deshalb eine leichte Übelkeit. Wer war ich, an der Schwelle meiner nächsten widersinnigen Handlung? Von überall hatte man mich verjagt, das Leben schleppte mich am Kragen direkt zum Rand, wo es so eiskalt ist, und bereitete den letzten Fußtritt vor, ich aber klammerte mich wie ein Wickelkind immerzu an das gewohnte Spielzeug. Mir war es nicht gelungen, das Dasein zu begreifen. Oder es blieb mir versagt. Oder dem stand die ewige Furcht des schwachen Menschen im Wege: Und wenn ich nun begreife, und es stellt sich heraus, daß es sich nicht gelohnt hat zu leben. Und nicht nur für mich. Für niemanden. Ein heimtückisches Ding ist der Gedanke, viel verläßlicher ist der Instinkt. Er ist untrüglich. Dem Instinkt folgend, stand ich denn auch, abscheulich verschwitzt, hier hinter einer Theatersäule und wartete auf eine Frau, die ich in mich aufzunehmen lechzte, als wäre sie eine rettende Arznei.

Das Foyer füllte sich nach und nach mit Menschen, und es wurde unerträglich heiß. Endlich erblickte ich das Liebespaar. Tamaras Kavalier gefiel mir. Es war ein hagerer Herr in mittleren Jahren, auf seinem unschönen Gesicht hatte sich ein Ausdruck schmachtender Besorgtheit eingegraben. Aus der Entfernung hatte ich mir nur eine ungenaue Vorstellung von seinem Äußeren gebildet, doch als sie nun, Arm in Arm, vorübergingen, ohne mich zu bemerken, nahm ich flimmernde Lichtreflexe in seinen dunklen Augen wahr. Ich weiß, solche charakteristischen Lichtreflexe, die von Nervosität und Beunruhigung einer Natur zeugen, können Frauen fesseln und lähmen einige sogar wie grelles Licht eine Eule.

Tamara sah bleich, erschöpft und ganz und gar nicht so aus, wie eine Frau im Theater auszusehen hat. Sie war unruhig. Ich verfolgte, wie sie irgendwo in den ersten Reihen Platz nahmen, während sich mein Platz auf der Galerie befand, neben dem Major, der mir die überzählige Karte verkauft hatte. Er roch nach Schnaps. Ich erinnere mich nicht, was für ein Stück gespielt wurde, obwohl ich den ganzen ersten Akt über voller Interesse auf die Bühne schaute. Nicht weniger interessant war es, den Major zu beobachten. Besonders triumphierte er, als er die lebhafte Doronina erblickte. Sein Triumph kam beinahe dem bei der Verleihung einer Auszeichnung gleich. Obwohl er saß, stand er gewissermaßen stramm.

Über den Major hatte ich mir die Version zurechtgelegt, daß er ein Zugereister war, der durch irgendein Wunder Theaterkarten bekommen und vielleicht eine Dame, eine Zufallsbekanntschaft, eingeladen, diese ihn jedoch versetzt hatte, daß er deshalb aber nicht den Kopf verloren hatte. Was für ihn zählte, war, daß er in einem Moskauer Theater saß, Berühmtheiten sah und seiner Frau und den Regimentskameraden würde davon berichten können.

In der Pause lief ich, gleich einem Dieb, auf der Suche nach Tamara hastig inmitten der Menschenmenge hin und her, der zweite Akt ging schon über meine Kraft. Ich schaute im Erfrischungsraum und in der Garderobe nach. Nirgends fand ich sie. Dabei hatte ich gesehen, wie sie den Saal verließen. Die dumpfe Gereiztheit, die einen raschen Kräfteverfall ankündigte, rief bei mir ein verdächtiges Hautjucken hervor, und so kratzte ich mich fortwährend durch den von Schweiß aufgequollenen Pullover hindurch. Und dann wäre ich fast mit ihnen, die vor einer Schautafel mit Fotografien der Schauspieler standen, zusammengeprallt. Tamara drehte sich um, bemerkte mich, und in ihren Augen tauchte ein Ausdruck auf, den ich bis zu meiner Todesstunde nicht vergessen werde. Ich kann ihn ihr nicht verzeihen. Aber er ist schwer wiederzugeben. Sie blickte herablassend und verwundert und – gleichzeitig – wie auf ein Nichts. Und auch noch wie auf einen Menschen, der von den Toten auferstanden ist, blickte mit mitfühlendem Lächeln. Alles in einem.

»Oh, du bist das«, sagte ich. »Was für eine überraschende Begegnung.«

Der Mann wandte sich um. In seinem Blick war freundliches Erstaunen zu lesen. Er schaute Tamara an. Die schwieg. Die Pause dauerte länger, als es der gute Ton erlaubte.

»Na, wie gefällt euch das Stück?« fragte ich. »Meiner Meinung nach ist das Quatsch mit Soße.«

»Mir gefällt es«, sagte Tamara. »Nicht wahr, Witja? Das ist Pjotr Jewdokimowitsch, ich habe dir von ihm erzählt. Und das ist Viktor Pawlowitsch.«

Mich verblüffte die Selbstbeherrschung dieser Frau, die ich gewohnt war, für ein kleines Dummerchen zu halten. Dabei wußte sie sehr wohl, wie ausfällig ich werden konnte. Vielleicht erriet sie mit ihrem verfluchten weiblichen Instinkt, daß vor ihr ein Mensch stand, der keine Gewalt mehr über sie hatte und nie mehr über irgend jemanden Gewalt haben würde.

Viktor Pawlowitsch und ich drückten einander die Hand.

Ich hatte vergessen, warum ich sie gesucht hatte. Es war Zeit zu gehen.

»Ich fahre nach Hause«, sagte ich zu Tamara, als wären wir allein. »Es ist hier sehr schwül. Ich halte das nicht aus.«

»Natürlich, fahr nur. Du hättest überhaupt besser daran getan, zu Hause zu bleiben. Mit deinem Herzen.«

»Kann ich Ihnen irgendwie helfen?« erkundigte Viktor Pawlowitsch sich höflich.

»Helfen Sie sich lieber selbst«, riet ich ihm. »Sie haben noch viele Schwierigkeiten vor sich.«

Ich begab mich mit, wie mir schien, recht festem Schritt in Richtung Garderobe. Aber ich kam nicht dorthin. Plötzlich überzog sich das Licht des Kronleuchters mit einem Nebelschleier, und aus dem nahen Dunkel schwammen viele Gesichter auf mich zu: das bittere Gesicht meiner Mutter, Maschas teures Gesicht, das junge, reizende Gesicht Ljudmillas und die Gesichter von Männern, nicht sehr deutlich, aber alle vertraut, und über allen diesen Gesichtern und Grimassen wälzte sich, irgendwoher von der Seite und von oben, ein anderes Gesicht heran – eine abstoßende Maske – mit schiefem Mund und herausgequollenen Augen, das eine beängstigende Ähnlichkeit mit meinem eigenen hatte ...

Nach einem langen Blackout kam ich in meinem Zimmer, unter der Bettdecke, in meinem eigenen Bett wieder zu mir... Die Nachttischlampe flackerte, neben mir saß Tamara und hielt ihre Hand auf meiner Stirn.

»Bleibst du bei mir?« fragte ich.

»Ich bleibe«, antwortete sie.

Fünfter Teil

I

Vater gehört, wenn man so will, ins Museum. Mutter hat sich mit ihm abgequält, und jetzt kann ich es kaum noch mit ihm aushalten. Warum ist er so? Er ist nicht dumm, jedenfalls verglichen mit anderen. Aber er ist wie ein Überbleibsel auf einer Straße. Man kann von keiner Seite darum herumfahren. Der Grund dafür ist, glaube ich, gerade in dieser seiner relikthaften Nutzlosigkeit zu suchen. Er empfindet sie selbst sehr stark. Manchmal tut er mir so leid, daß ich weinen könnte, Ehrenwort. Er leidet auch unnütz, unnötig. Und es gibt nichts, womit man ihm helfen könnte. Niemand kann ihm helfen. In unserem energischen und ziemlich gemeinen Jahrhundert versucht er, in moralischen Kategorien des vorigen Jahrhunderts zu denken. Ich bin nicht gegen diese Kategorien, aber ich kann Durcheinander jeder Art nicht ausstehen. Beziehungen müssen klar sein, eine Weltanschauung muß wissenschaftlich eindeutig sein. Sonst weicht man automatisch hinter die Grenzen des Intellekts zurück. Vater aber ist so gesehen die Verworrenheit in Person. Er ist wie ein Wollknäuel, in das irgendein Dummkopf verschiedenartige und verschiedenfarbige Fäden eingeflochten hat. Der Anblick eines solchen Knäuels ruft bei mir Abscheu hervor. Aber es handelt sich hier ja nicht um Fäden, sondern um die ungeheure Disharmonie seiner seelischen und geistigen Bestrebungen. Als mir das, vor etwa fünf Jahren klar wurde, da habe ich vor Erstaunen Mund und Nase aufgerissen. Ich habe ihn immer geliebt und liebe ihn auch jetzt sehr. Noch mehr aber habe ich Mitleid mit ihm. Und wie gefällt Ihnen das, wenn man den leiblichen Vater bemitleidet, weil er, milde ausgedrückt, nicht mit dem

Leben zurechtkommt? Er lebt ja bis heute in dem Glauben, daß unsere Meinungsverschiedenheiten den Bereich meiner biologischen Entwicklung betreffen. Und von diesem Gedanken ist er nicht abzubringen.

Nicht Ankas und nicht seinetwegen bin ich aus dem Haus gegangen, sondern einfach, um wieder zu mir zu kommen, um ruhig arbeiten zu können. Meine Diplomarbeit muß glänzend ausfallen. Dafür werde ich schon sorgen. Doch Vater stört mich auch weiterhin, erreicht mich sogar aus der Ferne.

Gestern rufe ich doch bei ihm an, da ist irgendeine Frau am Apparat.

»Wer sind Sie?« frage ich.

Sie sagt:

»Wen wollen Sie denn sprechen?«

»Meinen leiblichen Vater.«

»Ach, Sie sind Andrej, ach ...«, und sie faselt ein tolles Zeug zusammen. Vater sei gestern im Theater schlecht geworden, man habe ihn sogar ins Krankenhaus einweisen wollen, jetzt aber gehe es ihm schon wieder besser, und er habe ein bißchen Brei gegessen. Was für ein Theater zum Teufel! Ich weiß doch, er kann modernes Theater nicht ausstehen.

»Und wer sind Sie, verzeihen Sie? Jemand von seiner Arbeitsstelle?«

»Ich bin Krankenschwester.«

Auch gut, dachte ich, das paßt.

»Ich komme gleich.«

Voller Bedauern räumte ich Papiere und Bücher vom Tisch und stapelte sie ordentlich in ›meinem‹ Fach auf. Diese beiden Tage logierte ich bei Ljocha Prochorow, seine Eltern waren verreist. Er selbst hielt sich kaum zu Hause auf, erschien meist erst spätabends und selten allein. Das Zimmer stand mir völlig zur Verfügung. In diesem Augenblick schlief Ljocha noch im Nebenzimmer, quer in dem riesigen Bett seiner Eltern liegend, Arme und Beine weit von sich gestreckt und ins Kissen schnaufend wie ein Dachs. Auf dem Nachttischchen stand eine geöffnete Flasche Bier. Ein nettes Früchtchen, mein Freund. Woran mochte er denken? Von Kindesbeinen an hatte er nur die Weiber im Kopf. Wie armselig! Ich rüttelte ihn wach und warnte ihn, daß ich ihm die Ohren abreißen würde, falls er irgend etwas in meinem Fach umstellen sollte. Ljocha schlug vor, einen auf die Lampe zu gießen, fragte dann aber erschrocken, wie spät es sei. Er fluchte lange, als er erfuhr, daß es auf Mittag zuging. Wie sich herausstellte, war ihm irgendeine wichtige geschäftliche Verabredung geplatzt. Ljocha, dachte ich, ist doch nicht so einfältig, wie es den Anschein hat, er hat es immer geschafft, neben seinen Bummel- und Sauftouren mit irgendeiner angesehenen Behörde wegen Arbeit zu verhandeln. Ljocha ist kein Karrierist und kein Opportunist. In gewissem Sinne ist er ein gewöhnlicher Dummkopf. Und wie jeder Dummkopf hat er einen ausgeprägten Selbsterhaltungstrieb. Ich kann mich nicht erinnern, daß er je in irgendeinen Konflikt verwickelt gewesen wäre. Immer ist er anderen Leuten gegenüber intuitiv wohlwollend. Doch das ist kein Wohlwollen, das von einem guten Herzen herrührt. Das ist ein Wohlwollen des Instinkts, der ihm sagt, daß die friedliche Koexistenz mit allen bei seinen Möglichkeiten die sicherste Art ist, über die Runden zu kommen. Es steht mir nicht zu, ihn zu verurteilen. Wenn ich an meine Zukunft denke, dann ist mir völlig klar, daß ich nennenswerte wissenschaftliche Resultate in der ersten Zeit auch nur werde erreichen können, wenn ich die Leuchten der Wissenschaft für mich einzunehmen vermag. Das heißt allerdings nicht, daß ich, wie Prochorow, sowohl einem Schuft als auch einem ehrlichen Menschen mit aufrichtiger Gutmütigkeit die Hand drücken könnte. Was ich nicht kann, das kann ich nicht. Eigentlich schade. Einen Feind besiegt man besser durch ein Manöver als durch einen Frontalzusammenstoß. Und das um so mehr, als Schufte, wie die Geschichte zeigt, viel härtere Köpfe haben.

Ich schloß die Wohnungstür mit meinem eigenen Schlüssel auf, und mir entgegen kam aus Vaters Schlafzimmer eine junge Frau, die beileibe nicht wie eine Krankenschwester gekleidet war. Sie trug ein langes Abendkleid, wie es die Divas in alten Filmen tragen.

»Wie geht es ihm?« fragte ich.

»Er ist eingeschlafen. Es geht ihm besser.«

Sie sah mich mit unbegreiflicher Neugier an. Nun ja, ich bin ein stattlicher Bursche. Und sie ist auch nicht übel, dachte ich, obwohl vielleicht ein bißchen zu alt für mich. Um die dreißig. Das Alter, in dem die Frauen scharf auf Männer sind, wenn man Ljocha glauben will. Aber gerade das kann man ihm glauben.

»Haben Sie etwa die ganze Nacht hier an seinem Bett gewacht?«

»Ja.«

»Hat er Sie selbst kommen lassen?«

»Ja.«

Nicht nur in ihrem Blick, sondern auch in ihrem Tonfall war etwas Unverständliches, das nicht der Situation entsprach. Sie schien ein Mädchen mit verträglichem Charakter zu sein. Ich ging zu Vater. Behutsam öffnete ich die Tür einen Spalt breit. Er schlief, doch mein Blick weckte ihn. Er hat ein erstaunlich gutentwickeltes Psychofeld, das habe ich früher schon bemerkt. Aber auf mich hat sich das nicht vererbt.

»Komm rein, Andrjuscha, komm rein, ich schlafe nicht.«

Der Alte ist ja mächtig klapprig geworden, dachte ich. Lächelt schmeichlerisch, ist bleich. So hat er nach dem Infarkt ausgesehen, als man mich das erste Mal zu ihm ließ. Man könnte meinen, er schämt sich seiner Krankheit.

»Was ist mit dir, Papa? Hat's dich wieder erwischt?«

»Das hat es, Söhnchen. Aber nicht sehr stark. Es läßt schon nach. Ich freue mich, daß du zurückgekommen bist.«

»Ich bin ja nirgends hingegangen. Glaub das nicht. Wohin sollte ich auch gehen. Alles leere Drohungen. Hab mir nur ein bißchen Abwechslung verschafft... Und du, hast du angefangen, in die Theater zu laufen?«

»Zu meinem Unglück bin ich hingegangen, hol's der Teufel.«

»Und wie war das Stück?«

»Ausgezeichnet... Ich bin mitten im Theater lang hingeschlagen. Hab meine eigene Komödie gespielt, aber gratis. So ist das, Söhnchen...«

Wir hatten, so glaubte ich, über alles gesprochen. Nicht über alles, wie sich herausstellte.

»Wie fühlt sich Anetschka?«

Dem allgemeinen Wirrwarr, der in Vaters Kopf herrschte, entsprach durchaus die methodische Systematik und Folgerichtigkeit in irgendwelchen Fragen, die ihn nicht das geringste angingen. Auf Anetschka schien er sich endgültig fixiert zu haben.

»Sie ist gesund und munter und läßt dich grüßen.«

Ich wußte nicht, was mit Anetschka war, und wollte es auch gar nicht wissen. Sie hatte gesagt, ein Intellektueller wie ich, der eine zu hohe Meinung von sich habe, werde sich früher oder später ganz bestimmt in einen Schuft verwandeln. Das ist ein geistreicher Gedanke. Aber möge sie daran ersticken. Meine Geduld hat auch Grenzen, dachte ich.

»Und wo ist sie?«

»Wer?«

»Anetschka.«

»Sie wird vorläufig im Studentenwohnheim wohnen. Das haben wir beide miteinander so ausgemacht.«

Er wandte sich zur Wand um und versank in Gedanken. Legte sich offenbar eine Moralpredigt zurecht. Ich muß so schnell wie möglich von hier verschwinden, dachte ich, um nicht auszuflippen und keine Gemeinheiten zusammenzureden. Mag er ruhig eine Weile das Bett hüten. Ich sagte neutral:

»Die Krankenschwester dort scheint mir ein bißchen beschränkt zu sein. Soll ich sie wegschicken? Ich bleibe jetzt zu Hause.«

»Das ist eine gute Bekannte von mir, Andrjuscha. Sei, bitte, ein bißchen freundlicher zu ihr.«

Was für eine Wendung!

»Entschuldige, das wußte ich nicht.«

»Und das mit Anetschka ist trotzdem nicht schön, Andrjuscha. Man müßte sie zurückholen. Bring sie zurück, wenigstens um meinetwillen. Aufregung schadet mir doch.«

»Ich kann nicht.«

»Warum nicht?«

»Sie ist von selbst gegangen. Ich habe sie nicht weggejagt. Und werde ihr nicht nachlaufen. Nicht einmal, damit du deine Ruhe hast.«

»Du hast nicht recht, Söhnchen. Zuerst bist du weggegangen, sie ist dir nur gefolgt. Erinnere dich.«

Aus, Punktum! Vater war schwachsinnig geworden. Das war zu erwarten, dachte ich. Aber das ist unerträglich ...

In der Küche saß, die Hände auf den Knien gefaltet, die ›gute Bekannte‹ in ihrem dummen Abendkleid und gab auf den Teekessel acht, in dem das Wasser gerade zu sieden begann. »Ihr Vater hat mich gebeten zu bleiben ... Ich störe Sie doch nicht?«

»Was meinen Sie?«

»Nun, dadurch, daß ich hier sitze.«

»Sitzen Sie, wo Sie wollen ... Was sind Sie von Beruf?«

»Ich bin Krankenschwester. Allerdings auf einem anderen Spezialgebiet.«

Interessant, dachte ich. Können Krankenschwestern Spezialgebiete haben? Diese hat sich wahrscheinlich auf ältere, materiell abgesicherte Männer spezialisiert.

»Ist irgend etwas Ernstes mit Vater?«

»Er hat ein schwaches Herz, das wissen Sie ja. Nach dem Infarkt. Und gestern hat er sich sehr aufgeregt.«

»Weswegen?« Weil ich weggegangen bin, vermutete ich.

»Meinetwegen«, gab sie ganz alltäglich zur Antwort, wie man Auskunft über das Wetter gibt.

Die gute Bekannte meines Vaters war zweifellos eine Idiotin, wenn sie annehmen konnte, daß so einer wie er wegen so einer wie ihr einen Herzanfall bekam. Ruhige und sanfte Idiotinnen wie diese dreißigjährige Hopfenstange rufen bei mir nichts hervor als Mitgefühl. Anders verhält es sich mit Anetschka, dachte ich. Ihr stiller Idiotismus ist aggressiv. Doch um das zu verstehen, muß man sie heiraten. Ich habe für diese Einsicht einen hohen Preis bezahlt. Wenn sie doch bloß nicht schwanger wäre. Jetzt aber werde ich, was ich auch tun mag, als Schuft dastehen. Mehr als das, ich werde mich auch so fühlen. Selbst wenn ich kusche. Aber da war auch noch etwas anderes. Nachdem ich mich von ihr getrennt hatte, spürte ich entsetzt, daß sie mir fehlte. Und das hatte schon sehr viel Ähnlichkeit mit Vaters atavistischen Reflexionen, gegen die sich mein ganzes Wesen empörte. Ich wollte nicht das alltägliche abscheuliche Spiel spielen, bei dem ein Mensch den anderen als Fußabtreter benutzt und bei dem wie auf Verabredung die Rollen getauscht werden. Ich habe keine große Erfahrung in Beziehungen zu Frauen, doch selbst diese reicht aus, um zu vermuten, daß die meisten Ehepaare genau so leben. Ich wollte nicht so leben. Ich habe aus Dummheit geheiratet, dachte ich, das ist es. Man muß der Wahrheit ins Gesicht sehen. Nur, wer braucht diese Wahrheit jetzt? Weder Anka noch ich. Es ist zu spät.

»Ach ja«, besann ich mich. »Er hat sich also Ihretwegen so aufgeregt? Und was ist zwischen ihm und Ihnen vorgefallen?«

»Ich weiß nicht, ob ich das Recht habe ...«

»Sie haben, Sie haben.«

Ich drehte das Gas unter dem Teekessel kleiner. Nahm ihr gegenüber Platz und zündete mir eine Zigarette an. Bot auch ihr eine an. Nach kurzem Zögern begann sie, tiefe Züge machend, draufloszuqualmen wie eine Kettenraucherin. Sie schien mir etwas Wichtiges mitteilen zu wollen, nervös verzog sich ihr recht sympathisches weißhäutiges Gesichtchen. Ich hätte sie beruhigen, hätte ihr sagen können, sie solle sich nicht unnütz aufregen, doch irgendwie gehorchte mir meine Zunge nicht.

»Schön, Andrej, wenn es so ist ... Sie müssen es sowieso erfahren ... Und falls ...«

»Nun?«

»Ihr Vater will mich heiraten. Und ich habe ihm einen Korb gegeben.«

Ich starrte sie entgeistert an. Sie lächelte mich schmeichlerisch an.

Mein Gott, dachte ich, sie ist keine Idiotin. Hier liegt der Fall ernster.

»Und warum haben Sie ihm einen Korb gegeben?« fragte ich sachlich, wobei ich mir nur mühsam das Lachen verbiß. Sie lief rosarot an.

»Verstehen Sie denn nicht, Andrej, was es hier alles zu berücksichtigen gilt? Was man über uns sagen wird. Und über ihn ... Sie selbst zum Beispiel, was würden Sie davon halten?«

»Wovon?«

»Nun, wenn ich einwilligen würde.«

Ich sagte ganz ehrlich:

»Ich würde mich freuen. Er braucht Fürsorge. Jemanden, der sich um ihn kümmert. Von mir hat er in dieser Hinsicht wenig Nutzen. Sagen Sie ja. Sie sind doch eine barmherzige Schwester.«

»Ich werd's mir noch ein Weilchen überlegen. Einstweilen aber – Sie haben doch nichts dagegen, wenn ich hierbleibe? Man darf ihn nicht allein lassen ...«

»Ich habe absolut nichts dagegen!«

Ich kehrte ins Wohnzimmer zurück und zerbrach mir den Kopf, wo sie wohl zu nächtigen gedachte: in der Küche, in diesem Zimmer, in dem ich saß, oder direkt in Vaters Schlafzimmer. In Mutters Schlafzimmer ... Teufel auch, ob ich Anka vielleicht wirklich zurückholen sollte, dachte ich. Aus rein sanitären Erwägungen heraus. Immerhin würde dann kein Fremder auf Vater achtgeben. Diese verführerische Krankenschwester könnte dem Alten bei ihrer geistigen Verfassung leicht Sublimat statt der Mixtur einflößen. Wozu hat er sie überhaupt ins Haus geholt? Wenn er eine Frau braucht, könnte er irgendeine Witwe um die fünfzig finden. Aber nein, er hat den ausgetretenen physiologischen Pfad betreten, wo das Alte unermüdlich und blind zum Jungen strebt... Mama, liebe Mama, dachte ich. Ich fürchtete diese Erinnerung, aber da war sie auch schon – schön und bedrückend in einem. Warum bist du so früh gestorben, wärst du doch noch ein Weilchen bei uns geblieben. Vater und ich wären schon wieder vernünftig geworden, wenn wir uns erst ausgetobt hätten. Niemand würde dich durch Nichtbeachtung gekränkt haben... Um nicht in Tränen auszubrechen, ging ich zum Bücherregal und lehnte mich mit der Stirn dagegen.

Ich war im Begriff, zum Institut zu fahren – mir stand eine wichtige Unterredung mit den Vertretern des Lehrstuhls bevor –, als das Telefon klingelte. Boris Sacharowitsch, Papas Busenfreund, war am Apparat. Immerhin, wenn man lange über verschiedene Kapriolen von Vater und insbesondere über seine Bekannten nachdenkt, dann kann man zu betrüblichen Schlußfolgerungen kommen. Da ist dieser Gned. Wer ist er? Ein Mensch oder ein Vorläufer des Menschen oder schon ein Produkt des Verfalls? Für mich ist er wohl letzteres. Als Menschen konnte ich ihn vor etwa zehn Jahren ansehen, als ich mich, Kind, das ich war, nur an äußeren Merkmalen orientierte. Seither ist viel Wasser den Berg hinabgeflossen. Jetzt sehe ich in ihm nicht den Menschen, nicht die Persönlichkeit, aber auch nicht den Vorläufer. Er ist ein Produkt des Verfalls, das einige besonders resistente Merkmale der Gattung Mensch bewahrt hat, unter denen nicht an letzter Stelle der Hang zum Konsumdenken jeder Art steht, das aber ganz und gar die wichtigste Eigenschaft des Menschen eingebüßt hat, die ich kurz als Streben nach einem geistigen Ideal formulieren möchte. Auf welcher Stufe ist nicht wichtig. Meinetwegen auf der des Höhlenmenschen. Aber – Streben. Gned fehlt diese Eigenschaft. Er ist kein Gotteslästerer und kein gläubiger Mensch, kein Säufer und kein Abstinenzler, kein fleißiger Arbeiter und kein Faulenzer. Er ist so etwas wie ein Mittelding, etwas, was dazwischenliegt, was als Bodensatz zurückbleibt. Er ist ein Körper, der sich selbst verschlingt und verwöhnt. Und im Grunde genommen ist er ein Trugbild. Früher einmal haben mir einige seiner Angewohnheiten gefallen, sie hatten den Beigeschmack von so einem vulgären Epikureertum, doch später bekam das alles einen schlechten Geruch, und jetzt wird mir übel, wenn ich ihn nur sehe. Übel von seinem ganzen Charakter. Er merkt das natürlich nicht. Ein Körper bemerkt entweder Nahrung oder Gefahr. Ich bin für ihn weder das eine noch das andere. Daher reagiert er auf mich auch fast wie auf einen toten Gegenstand. Wenn Vater, der ja Soziologe von Beruf ist, zu wissenschaftlichen Zwecken eine Bekanntschaft mit ihm unterhielte, wäre das verständlich. Aber er ist mit ihm befreundet. Wie sonst sollte man ihren langjährigen engen Umgang nennen? Und das ist eines der Rätsel, die ich nicht lösen kann, und wenn man mich totschlägt. Wie schwach und hysterisch Vater auch sein mag, wie wenig er auch einen Ausweg aus unkomplizierten Situationen weiß, mit Gned hat er trotzdem nichts gemein. Sie haben eine unterschiedliche Biologie, was soll man da machen ...

»Papa ist krank, Boris Sacharowitsch«, erklärte ich höflich. »Er kann nicht ans Telefon kommen. Soll ich ihm irgend etwas ausrichten?«

»Aber was ist denn mit ihm, Andrej?«

»Das Herz.«

»Das Herz? Verstehe ... Ach, wir schonen uns nicht. Du solltest aus unseren Fehlern lernen, solange du jung bist.«

Schweigend wartete ich, daß er weiterspräche. Nach Möglichkeit halte ich mich stets an die Regeln des guten Tons. Er hatte die Unterhaltung als erster begonnen, mochte er sie auch als erster beenden.

»Übermittele ihm also mein Mitgefühl ...«

»Gut.«

»Warte mal, was rede ich denn da, was für ein Mitgefühl! Richte ihm aus, er soll gesund werden. Ich hatte eine kleine Meinungsverschiedenheit mit ihm, verstehst du. Übrigens ... Hör zu, Andrej, könntest du mir nicht ein bißchen Zeit schenken?«

»Bitte, ich höre.«

»Du hast nicht verstanden. Nicht mir, sondern einer Dame ... Sie steht hier neben mir. Sie möchte sich sehr gern mit dir – he-e! – unterhalten.«

Das wurde ja immer besser.

»Geben Sie ihr den Hörer, Boris Sacharowitsch.«

»Du hast wieder nicht verstanden ... Wir sind hier ganz in der Nähe, zwei Haltestellen zu fahren. Könntest du nicht zu uns kommen? Wir sind in dem Café ...«

Das lag auf dem Weg zum Institut, und so willigte ich ein.

Boris Sacharowitsch empfing mich mit so freudigen Ausrufen, als wäre ich mindestens sein Stiefsohn. Für gewöhnlich grüßte er kaum. Also war er aufs höchste erregt durch die Anwesenheit dieser Superblondine, die da mit ihm am Tisch saß und durch einen Strohhalm einen Cocktail schlürfte. Ein interessantes Detail. Cocktail! Gned hatte die Spendierhosen an. Aber das Dämchen ist das wert, dachte ich. Sie ist, glaube ich, mal bei uns zu Hause gewesen. Sieht nicht übel aus. Und der blitzschnelle Blick unter den gesenkten Wimpern hervor. Nein, Papas Kumpel ist nicht zu beneiden, er zappelt am Haken.

Gned machte uns bekannt, wobei er die Frau bei Vor- und Vatersnamen nannte, aber sie berichtigte ihn: »Sie können einfach Nina sagen. So ist es kürzer, stimmt's?« Sie fragte, was ich trinken wolle.

»Ich habe sehr wenig Zeit«, sagte ich.

»Oh, was für ein tüchtiger junger Mann!« Diese Worte hatten einen verblüffenden Hintersinn, den ich nicht zu enträtseln vermochte. Im Befehlston schickte sie Gned einen Cocktail holen. »Sie sind Ihrem Vater sehr ähnlich, Andrej. Dieselbe Nase, derselbe Mund. Hat man Ihnen das schon gesagt?«

»Das höre ich zum erstenmal.«

»Oh, wie grob Sie sind ... Ich gefalle Ihnen nicht?«

»Sie gefallen mir. Sie ähneln Gned. Dieselben Augen, dieselben Ohren ... Haben Sie irgendein Anliegen an mich?«

»Andrjuschenka, sich einer Frau gegenüber rüpelhaft zu benehmen – das zeugt wirklich nicht von Charakterstärke.«

Ich hatte mich ohnehin schon innerlich wegen meines ungehörigen Ausfalls gescholten.

»Entschuldigen Sie. Ich habe es wirklich sehr eilig.«

Gned kehrte zurück und stellte ein Glas mit einem darin steckenden Strohhalm vor mich hin. Den Strohhalm warf ich weg, die goldgelbe Flüssigkeit aber trank ich in einem Zug aus. Ich war durstig.

»Ah!« sagte Gned, an Nina gewandt. »Wie sind die jungen Leute von heute? Vor denen muß man sich in acht nehmen. Willst du noch mehr, Andrej?«

»Danke, Boris Sacharowitsch. Ich möchte nicht.«

Die Frau sah mich mit klugem Lächeln an, und sie war mir, offen gestanden, nicht zuwider. Ich stellte mir Ljocha an meiner Stelle vor: Er hätte bestimmt auf Teufel komm raus geflirtet. Wie alt mag sie sein? dachte ich. In meinem Alter ist das ein wichtiges Moment, wenn es sich um eine Frau handelt. Selbst ein, zwei Jahre Altersunterschied sind von Belang. Wahrscheinlich ist sie dreißig, vierzig. Etwas zu gepflegt. Treibt sich offenbar ständig in Saunen und bei Masseusen herum. Sie Gned auszuspannen wäre wohltuend und lehrreich für uns beide gewesen, doch ich hatte weder den Wunsch noch die Zeit dazu. Im Institut wartete der Dozent Wladimow. Sollte die Unterhaltung dort einen günstigen Verlauf nehmen, dann war es durchaus möglich, daß ich am Lehrstuhl blieb, um bei ihm zu arbeiten. Ich wußte nicht, was für Fragen er an mich hatte, ich hatte nur eine einzige, wenn auch ziemlich unverschämte, an ihn, nämlich die, wieviel freie Zeit ich haben würde. Wenn er fragen sollte, wozu ich freie Zeit brauchte, würde unser Gespräch in die Sackgasse geraten. Doch er würde schwerlich fragen. Er würde entweder etwas versprechen oder mir eine abschlägige Antwort geben. Das eine wie das andere würde keine endgültige Entscheidung bedeuten. Alles kam auf die Nuancen an. Im Lehrstuhl drehte die eine Hälfte der Mitarbeiter Däumchen, die andere Hälfte hätte man längst zum Teufel jagen müssen. Wladimow wußte das genauso gut wie ich. Er war dabei, Karriere zu machen, wollte unbedingt Institutsdirektor werden und suchte sich beizeiten die entsprechenden Kader aus. Er war vorausschauend und nicht dumm, wenn auch unbegabt. So an die drei Jährchen würde ich bei ihm mit Vergnügen herumlungern, solange ich ein Fernstudium an der philosophischen Fakultät absolvierte. Von dieser meiner zusätzlichen Aufgabe durfte er nichts wissen. Niemand wußte davon – weder Vater noch Anetschka. Je weniger man über Pläne redet, desto besser. Zu dieser Erkenntnis bin ich nach langen Qualen gelangt, auf der Schulbank, als ich ein mitteilsames und schlagfertiges Kind war und darum auch oft genug in die Patsche geriet. In Gedanken versunken, hörte ich nicht gleich, daß man mich ansprach.

»Nun, Andrej, die Frage ist, offen gesagt, etwas heikel ... Doch um der Ruhe deines Vaters willen ... Du solltest eingeweiht sein.«

»Warten Sie, Boris«, fiel ihm die Frau ärgerlich ins Wort. »Ich erkläre es selbst ...« Ja, sie ist schön, dachte ich, und ein Lächeln hat sie ... Schön und erreichbar. Aber nicht für mich, nein. Für die nächsten Jahre bin ich, hoffe ich, mit Anka vollauf bedient. »Es handelt sich um die Datscha, Andrjuscha.«

»?«

»Und um meinen Mann. Als Ihr Vater die Datscha kaufte, wußte er nicht, daß mein armer Mann sozusagen nicht ganz zurechnungsfähig ist. Er ist leider nicht normal. Stimmt's, Boris Sacharowitsch?«

»Völlig richtig!« gab das halbe Tier begeistert zur Antwort und küßte der Dame das Händchen. »Sogar mehr als nicht normal. Du kannst mir schon glauben, Andrjuscha.«

»Normal oder nicht, was hat mein Vater damit zu schaffen?«

Ihr Gesicht wurde hart:

»Ihr Papa hat sich neulich selbst davon überzeugt ... Mein lieber Mann hat im Delirium den halben Garten abgeholzt. Können Sie sich das vorstellen?«

»Und warum?«

»Wie soll ich das erklären? ... Er ist ein Geisteskranker, Alkoholiker.«

»Das kannst du ruhig glauben, Andrjuscha«, brummte Gned, der von dem Cocktail, den er getrunken hatte, glänzte wie eine gekochte rote Rübe.

»Sie, Andrjuscha, sind doch auch schon auf dieser Datscha gewesen?«

»Bin ich.«

Ich hatte mich noch nicht an den Gedanken gewöhnt, daß mein Vater, und folglich in gewissem Sinne auch ich, ein geradezu königliches Anwesen besaß. Und ich wollte mich auch gar nicht daran gewöhnen. Das regte bloß auf, lenkte ab. Was kümmerten mich alle Datschas der Welt.

»Ich verstehe trotzdem nicht? ...«

Sie sahen einander an wie erfahrene Verschwörer. Nina sagte zu Gned: »Mir sträubt sich die Zunge, das zu erklären. Es ist so peinlich. Aber ich habe schließlich Kinder.«

Gned küßte ihr Händchen, als dankte er ihr dafür, daß sie Kinder hatte. Er setzte eine traurige Miene auf.

»Siehst du, Andrjuscha, dein Vater ... Du weißt, er ist mein bester Freund, ich hab ihn gern, aber in diesem Fall hat er nicht recht. Wir sollten alle zusammen irgendwie auf ihn einwirken. Auf dich hört er. In letzter Zeit hat er sich freilich verändert, die Nerven verloren. Verstehen kann man ihn, ein Unglück nach dem anderen. Der Tod von Mascha ...«

»Darüber brauchen wir nicht zu sprechen«, bat ich.

»Ich verstehe dich ... Nun denn, unsere gemeinsamen Bemühungen sind erforderlich, wohlwollende Bemühungen, wohlgemerkt, die gerichtet ...«

»Boris Sacharowitsch, sagen Sie mir klipp und klar, was wollen Sie von mir?«

Die Frau sog den Cocktail mit einem pfeifenden Geräusch ein, und Gned machte gleichsam einen Satz von einem Trampolin:

»Dein Vater muß fünftausend zusätzlich bezahlen. Andernfalls wird das Gericht das Geschäft für ungültig erklären. Begreifst du?«

Das Niederträchtige daran war nicht, daß man von meinem Vater fünftausend Rubel verlangte – das ist eine ganz alltägliche Sache,– sondern, daß Gned, der am Gängelband dieses eindrucksvollen Weibchens ging, hinter seinem Rücken intrigierte. Da ist er – der Körper, dachte ich. Hat einen Gewinn gewittert – und schon ist ihm nichts mehr heilig.

»Sie, Boris Sacharowitsch, sind verliebt«, sagte ich friedfertig, »in Ihrem Alter kommt das vor, aber Sie verraten einen Freund wegen der Reize einer Frau. Das hat noch nie zu etwas Gutem geführt.«

Gned zögerte mit der Antwort, er atmete schwer und spielte die gekränkte Leberwurst, doch die Frau warf mir einen Blick zu, in dem ich fast so etwas wie Bewunderung zu lesen glaubte.

»Eine Schuld zu bezahlen – das ist Ehrensache«, fuhr ich tiefsinnig fort. »Aber ich habe keine fünftausend und Vater, so viel ich weiß, ebenfalls nicht. Und wo sollte er sie jetzt auch hernehmen? Er ist doch krank. Ich habe eine Gegenbitte an Sie, Genossen. Sie gedulden sich, bis er wieder gesund ist. Nun, wenigstens einen Monat. Ich bitte Sie natürlich nicht, Mitleid mit ihm zu haben, das wäre töricht. Ich appelliere an Ihren gesunden Menschenverstand. Wenn Sie Vater jetzt mit dem Geld kommen, ihm einen Schreck einjagen, wird er einen neuen Infarkt haben. Oder überhaupt sterben. An wen wollen Sie sich dann halten?«

»Du bist ein Zyniker!« stieß Gned schließlich hervor. »Was für ein Zyniker du doch bist, Andrjuscha. Das hätte ich nicht geglaubt. Wie kann man so über seinen Vater reden. Das sind unsere Kinder! Nina! Sowas haben wir großgezogen!«

»Sie haben doch, glaube ich, niemanden großgezogen?« wunderte ich mich.

Bedingt durch seine Verliebtheit litt er anscheinend unter Halluzinationen. Das bestätigte er auch durch die folgende Erklärung: »Im höheren Sinne, Andrej, sind die ganze heranwachsende Generation – unsere Kinder. Wir sind der Zukunft gegenüber für sie verantwortlich.«

»Es reicht, Boris Sacharowitsch. Gott sei Dank haben Sie keine Zukunft. Sie persönlich nicht. So daß ich Ihnen auch keine Rechenschaft schuldig bin.«

Er begann wieder nach Atem zu ringen, und ich dachte, daß ich, sollte ihn jetzt vor Wut der Schlag treffen, diese Schuld gern auf mich nehmen würde. Aber ich war schon viel zu spät dran.

»Andrjuschenka!« rief die Dame aus. »Du hast etwas Dämonisches. Hat man dir das noch nicht gesagt?«

»Und Sie selbst, wie steht es mit Ihnen?« fragte ich. »Lassen Sie Vater eine Zeitlang in Ruhe?«

»Wir kommen noch darauf zurück, Andrej. Du wirst einer Dame doch nicht ein weiteres Rendezvous abschlagen. Oder hast du Angst?«

Man brauchte mir nicht erst des langen und breiten zu erklären, welcher Art das Rendezvous sein würde, das sie mir verhieß. Das stand auf Gneds herabhängender Unterlippe zu lesen. Ich mußte meinen Rivalen ganz schön aus dem Gleichgewicht gebracht haben.

»Ich fürchte mich«, sagte ich, »aber ich schlage es Ihnen nicht ab. Nur, lassen Sie Vater in Ruhe. Mir können Sie zusetzen, soviel Sie wollen. Wie Boris Sacharowitsch bin auch ich für intime Rendezvous wie geschaffen.«

»Sie sind ein gefährlicher junger Mann.«

»Es wird Zeit für mich, entschuldigen Sie.«

Gned hatte die Sprache wiedergefunden.

»Das werd ich dir nie vergessen, Andrjuscha!«

Auf die Drohung eines Mannes, selbst eines solchen Schlappschwanzes, wie Gned einer war, mußte ich einfach reagieren. Der Altersunterschied? Pah! Sie waren selbst zu weit gegangen. Sie hatten mich durch diese Unterhaltung, nach der ich mich nicht gerissen hatte, gedemütigt. Schon im Aufstehen sagte ich versöhnlich zu ihm: »Ich habe mit Ihnen wirklich ein Hühnchen zu rupfen. Sollte Vater durch Ihre Schuld, Boris Sacharowitsch, etwas zustoßen, werden auch Sie nicht mehr lange auf dieser Welt weilen. Sie können mir glauben, ich scherze nicht. Jedenfalls würden Sie den Rest Ihres Lebens nicht in Gesellschaft schöner Frauen verbringen können.«

»Grünschnabel!« schrie er und machte Miene, sich zu erheben.

Pustekuchen, er wußte nur zu gut, wieviel Zeit ich in Turnhallen verbrachte. Meine dressierten Muskeln begannen in unbegründeter Vorfreude zu zucken.

»Grünschnabel!« wiederholte er, gab die drohenden Versuche, aufzustehen, jedoch auf. »Wenn du nicht Pjotrs Sohn wärst ...«

»Einen schlechten Tänzer stört immer etwas.«

Er drehte sich um und ging. Ich kam viel zu spät. Von der Begegnung blieb in mir der Eindruck von etwas Widerwärtigem zurück. Doch die Frau war schön, besonders wenn man sie aus der Entfernung betrachtete.

2

So hatte denn mein Abschiednehmen begonnen. Vor fünf Jahren hatte ich Abschied von der Schule genommen, und bald würde ich mich vom Institut verabschieden. Selbst wenn ich am Lehrstuhl blieb, würde das nicht mehr das Institut sein, sondern meine Arbeitsstelle. Ich ging durch die vertrauten Korridore und betrachtete Wände, Türen und Schaukästen schon mit dem Blick eines Menschen, der sich etwas ins Gedächtnis einprägen möchte. Wenn ich einmal so alt bin wie mein Vater, werde ich wahrscheinlich alles ringsum mit ebensolchem Blick ansehen: die Stadt, das Land, die Vergangenheit. Zum erstenmal stellte ich mir vor, wie schwer das für Vater sein mußte. Mein Denken ist viel rationaler, ich bin noch ganz am Anfang des Weges, und dann: Man blickt ein Schrittchen voraus – und schon verschlägt quälende Wehmut einem den Atem.

Derartige Gedanken suchten wohl kaum den hellen Kopf des Dozenten Juri Jefimowitsch Wladimow heim. Allein der Anzug nach englischem Schnitt war etwas wert und deutete auf wer weiß was für kolossale Reserven an Lebensenergie hin. Um so einen Anzug zu ergattern, würde mancher sein halbes Leben verschwenden. Juri Jefimowitsch aber staffierte sich im Vorübergehen, irgendwo um die Ecke, heraus und ließ sich darüber keine grauen Haare wachsen. Früher einmal hatte ich gehofft, bei ihm zu Vernunft und Verstand zu kommen, war aber bald zu der Überzeugung gelangt, daß es nichts zu lernen gab. Wladimow, dachte ich, ist ungewöhnlich im Gewöhnlichen, doch das Suchen nach dem Absoluten ist ihm fremd. Er lebt allein dem Tag und Alltagswahrheiten, wenn er auf Neophyten auch den Eindruck eines Menschen der Idee macht, vielleicht hält er sich sogar selbst dafür. Sein Maßstab ist beschränkt. Er glaubt, unaufhörlich nach oben, bergauf zu gehen, wird aber bald an einen Zaun stoßen, an dem geschrieben steht: »Gehalt – vierhundert Rubel, Dienststellung –

Institutsdirektor.« Er ist jetzt etwas über vierzig. Ich kann diesen Zaun deutlich sehen.

»Kalifornow«, begrüßte er mich. »Mein junger Kollege. Sie sind doch nicht Einstein, daß Sie zwanzig Minuten zu spät kommen dürften.«

»Verzeihen Sie, Juri Jefimowitsch, es hat sich so ergeben.«

Er bekleidete noch nicht die Dienststellung eines Lehrstuhlleiters, verfügte aber schon über sein eigenes Arbeitszimmer, wo er sich gleichfalls auf englische Manier eingerichtet hatte. Selbst ein gewisses rätselhaftes Landschaftsgemälde, das nun wirklich gar nicht zur vaterländischen realistischen Schule gehörte, hatte er an die Wand gehängt.

»Also, wie ist es, Andrej? Wir haben wenig Zeit, laß uns gleich zur Sache kommen. Mein Angebot gilt nach wie vor. Gehalt hundertzehn. Der Rest ist dir bekannt.«

Mir war bekannt, daß ich meinen Wohltäter und Gönner vor mir hatte. Die Absolventen von unserer Fakultät wurden zwar im wesentlichen in Moskau eingesetzt, trotzdem wollte es schon etwas heißen, wenn man am Lehrstuhl bleiben durfte, besonders für einen Menschen, der vorhatte, ein Jünger der Wissenschaft zu werden. Unter günstigen Bedingungen konnte ich in drei bis vier Jahren meine Dissertation verteidigen. Solche Fälle waren schon vorgekommen. Meine Studienkameraden beneideten mich. Bis auf Ljocha Prochorow. Der hatte freimütig gesagt: »Sie werden dich verschlingen, während du dir eine Zigarette anzündest.«

Auch solche Fälle gab es. Da kamen eingebildete Fatzkes so wie ich an den Lehrstuhl, blieben ein, zwei Jährchen, größtenteils als Laufbursche, um dann auf Nimmerwiedersehen zu verschwinden. Es war, als ob sie starben. Niemand sah sie je irgendwo wieder. Vielleicht schickte man sie in eine besondere Reservation für gescheiterte Kandidaten. Das ist ein Geheimnis. Seine Enträtselung ist, wie ein Dichter schrieb, gleichbedeutend mit der Enträtselung des Lebens.

»Ich möchte trotzdem die Details präzisieren.«

»Bitte, Andrej. Dazu habe ich dich ja hergebeten. Mit der Diplomarbeit hast du keine Schwierigkeiten?«

»Petrenko ist mein Betreuer.«

»Dann kann es wirklich keine Schwierigkeiten geben.«

»Ich würde gern etwas mehr über die Arbeitsbedingungen erfahren.«

»Worüber konkret?«

Wladimow hatte mir noch nicht die Verspätung verziehen und sprach abgehackt, wie im Laufen. Und wennschon, gleich würde ich ihn ein wenig bremsen.

»Wenn ich in die Bibliothek muß, werde ich dann gehen können? Oder sonst wohin. Wen habe ich zu informieren? Offen gesagt, werde ich frei genug über meine Zeit verfügen können?«

»N-ja«, knurrte Wladimow. »Junge Generation – unbekannte Generation. Bist du sicher, Andrej, daß du am Lehrstuhl bleiben willst?«

»Und sind Sie sicher, daß Sie mich hier lassen wollen?«

Mein Verhältnis zu Wladimow, das sei bemerkt, hatte sich stets freundschaftlich gestaltet, nie hatte er mich seine Überlegenheit spüren lassen, weder was das Alter noch was die Dienststellung betraf, sich geräuschvoll über meine kleinen Erfolge gefreut, wenn es sie denn gab, und dabei immer in seinem geliebten Jargon gesagt: »Du hast einen hellen Kopf, Alter!« Und das war mir angenehm gewesen. Jetzt behandelte er mich zum erstenmal von offiziellen Positionen aus, und schon konnte ich mich nicht beherrschen und wurde ausfällig. Nicht einmal durch das, was ich sagte, sondern dadurch, daß ich eine Frage mit einer Gegenfrage beantwortete. Nun waren wir beide bestürzt.

»Eine sachliche Unterhaltung habe ich mir ein bißchen anders vorgestellt«, meinte Wladimow.

»Das ist für mich ein sehr wichtiger Augenblick. Ich mache ehrlich darauf aufmerksam.«

»Weißt du, Andrej, deine Unverschämtheit imponiert mir irgendwie. Ich war nicht so. Wir waren alle nicht so. Ich hatte Angst vor den Dozenten. Hatte lange Angst. Selbst dann noch, als ich schon einiges vorzuweisen hatte. Das war eine gute Schüchternheit. Sie rührte vom Respekt vor der Autorität in der Wissenschaft her. Für dich sind das leere Worte, stimmt's?«

»Ich habe keinen besonderen Respekt vor Autoritäten«, gab ich zu. »Ich habe Respekt vor der Sache selbst, vor der Arbeit.«

»Aber, soviel ich verstanden habe, hast du doch vor, dich gerade vor der Arbeit zu drücken?«

»Das habe ich nicht gesagt. Sie haben mich falsch verstanden, Juri Jefimowitsch.«

»Möglich ... Soll ich dir sagen, wie du denkst? Du denkst: Was für Idioten sie doch hier im Grunde genommen alle sind. Doch da ist nichts zu machen, ich habe nun mal mit ihnen zu tun. Um zu springen, braucht man jemanden, von dem man sich abstoßen kann. Und der Lehrstuhl ist ein gutes Trampolin. So denkst du doch?«

»Ungefähr so«, entgegnete ich. »Aber sehr ungefähr.«

Eine derart überraschende Wendung hatte unsere Unterhaltung also genommen, und jetzt schien es an der Zeit zu sein, seine Siebensachen zu packen und sich aus dem Staub zu machen. In Wladimows ganzem Wesen war, als er meinen hohlen Charakter so scharfsinnig enträtselte, eine gewisse Vergeistigung zum Vorschein gekommen, die keineswegs typisch für ihn war. Er hatte den Kopf irgendwie malerisch zurückgeworfen und betrachtete mich nun angelegentlich von vorn und von der Seite. Was wollte er erkennen? Und warum war ich so dumm gewesen, offen auszusprechen, was ich dachte? War es vielleicht eine verspätete Reaktion auf die Zusammenkunft mit Gned und seinem Dämchen? Aber nein, nicht nur das. Es gab auch vernünftige Gründe. Es ist langweilig und unproduktiv, das Unschuldslamm zu spielen. Mag er lieber gleich sehen, mit wem er es zu tun hat, dachte ich. Das ist einfacher, und man hat nicht das Gefühl, sich von oben bis unten mit Scheiße beschmiert zu haben, wie es oft ist, wenn man so tut, als wäre man nicht der, der man ist. Aber ich hatte mir wohl mächtig geschadet. Das ging aus der langen Pause hervor, die Wladimow machte. Doch dann sagte er plötzlich friedfertig: »Ich glaube, Andrej, freie Zeit wirst du haben. Jedenfalls werde ich dich nicht zu stark in Anspruch nehmen. Aber beantworte mir, bitte, ehrlich eine Frage. Wie stehst du zu mir persönlich? Das heißt – nun, du begreifst?«

Er hatte mich in die Enge getrieben. Eben erst hatte er den Satz fallen gelassen, er habe Angst vor den Dozenten gehabt, selbst dann noch, als er sich schon durch einiges einen Namen gemacht hatte. Wodurch hatte er sich eigentlich einen Namen machen können? Nur durch Eifer und Ausdauer und Beharrlichkeit. Viele Konkurrenten hatte er einfach dadurch aus dem Feld geschlagen, daß er mehr Sitzfleisch besaß. Schon zu meiner Zeit war er auf diese Weise zwei Leute mit mangelnder Anpassungsfähigkeit losgeworden, einer von ihnen hatte obendrein viel einstecken müssen. Aber beide waren begabte Leute gewesen. Wo mochten sie jetzt sein?

»Ich glaube, Juri Jefimowitsch, Sie sind ein guter Organisator. Ist das etwa wenig?«

»Für einen Wissenschaftler hältst du mich nicht?«

»Nein«, sagte ich.

Er rieb sich mit den Händen die Wangen, als massierte er dort Creme ein.

»Danke, Andrej. Du bist aufrichtig. Bestimmt wird es mir gut tun, so einen wie dich um mich zu haben. Für alle Fälle. Um nicht zu weit zu gehen, stimmt's?«

»Sie können das besser beurteilen.«

Als ich das Arbeitszimmer verließ, hatte ich das undeutliche Gefühl, daß entweder ich ihn oder er mich hereingelegt hatte. Aber sich zu ärgern, dazu war es ebenso zu früh, wie sich zu freuen. Die Frage, ob ich die Stelle am Lehrstuhl erhalten würde, hing noch in der Luft. Würde er mich nehmen, oder würde er mich doch nicht nehmen? Ich war nicht so naiv, um ihm aufs Wort zu glauben. Zu jenem Zeitpunkt hatte ich mich schon wiederholt davon überzeugen können, daß das Wort eines Administrators nicht von ihm selbst abhängt, sondern gleichsam fremdbestimmt ist, und er nicht immer schuld daran ist. Administratoren erklären freilich gern, die Umstände hätten einer Sache im Wege gestanden. Das ist erstunken und erlogen. Hinter dem Wörtchen ›Umstände‹ verstecken sie vieles, was seiner direkten Bedeutung überhaupt nicht entspricht. Ein Umstand ist für sie ein ganzes Sammelsurium von Schlußfolgerungen und Versionen, nur keine realen Bedingungen.

Anetschka saß in der Grünanlage des Instituts auf einer Bank und las. Sie war allein. Was hatte sie hier zu suchen? Ich erblickte sie ganz plötzlich, und ein heftiger Impuls durchzuckte mich vom Scheitel bis zur Sohle. Einen Augenblick lang war ich unschlüssig, ob ich zu ihr gehen sollte oder nicht. Sie machte einen ganz verlassenen Eindruck. Ich trat näher und setzte mich neben sie. Sie geriet keineswegs in Verwirrung, legte bloß widerwillig das Buch weg. Heuchlerin, wie gut sie sich doch verstellen kann, dachte ich. Und was für eine bequeme Rolle sie spielt. Sitzt da wie eine Dulderin – dünne Beinchen, traurige Äuglein – dieser und jener tritt zu ihr, bedauert sie, sie aber würde ihm – schnapp! – am liebsten an die Gurgel springen. Wie mir.

»Baden müßte man jetzt«, meinte ich. »Was für eine Affenhitze ... Quält dich die Hitze nicht?«

»Nein, die Hitze macht mir nichts aus. Ich bin hitzebeständig.«

Wenn sie die Witzige spielt, hätte ich früher schon am liebsten geheult, erst recht jetzt. Ich hätte mich nicht zu ihr setzen sollen. Dadurch, daß ich mich zu ihr setzte, war ich sofort in eine Situation geraten, die jeden Augenblick meiner Kontrolle entgleiten konnte. Die Elementarkraft der Emotionen zwingt auch mir oft ihre Regeln auf. Genauer gesagt, ein Spiel ohne Regeln. Ich schäme mich, das zuzugeben, aber es ist so. Nur mit Mühe unterdrückte ich den Wunsch, ihre schmächtige Schulter zu streicheln. Sie war mir nicht fremd, es hatte keinen Sinn, sich etwas vorzumachen. Sie war meine Frau und vielleicht zum Teil meine Tochter. Und zum Teil ein Feind, wie ich einen gefährlicheren nicht hatte.

»Wie kommst du hierher?« fragte ich.

»Ich habe die Formalitäten für das Freisemester erledigt«, gab sie ruhig zur Antwort.

»Und was dann?«

»Ich fahre nach Hause.«

»Warum?«

»Was soll ich denn jetzt noch in Moskau?«

Ich zündete mir eine Zigarette an und versuchte, mit dem warmen Rauch den Schmerz aus meinem Herzen zu vertreiben. Umsonst. Zu genau hatte sie ihren Schlag berechnet, zu gut mich studiert. Vor ihrem Schlag konnte ich mich nicht schützen. Aber ich probierte es.

»Hör zu, Anetschka ... Mir ist gerade ein glänzender Gedanke gekommen. Kein sehr origineller allerdings. Sollten wir uns nicht von dem Kind befreien, bevor es zu spät ist?«

»Sei kein Schuft«, sagte sie in demselben ruhigen Ton, in dem sie mitgeteilt hatte, daß sie aus Moskau abreisen werde. Sie schwieg ein Weilchen und fügte dann hinzu: »Es ist schon zu spät.«

Mir selbst war klar, daß es zu spät war. Und ich hatte das Kind auch gar nicht loswerden wollen. Hatte nur versucht, mich aus dem kraftlos machenden, Übelkeit erregenden Schlamm zu befreien, der Welle um Welle gegen mich heranwälzte. In diesem Schlamm drohte ich zu ersticken, er verdunkelte mir das Licht. Dieser Schlamm legte sich mir aufs Gehirn und saugte die vernünftigen Gedanken heraus. Ich hatte nur noch einen Wunsch: Anetschka auf den Arm zu nehmen und wie ein Kind zu wiegen, bis sie alles Unglück vergaß und für immer einschlief. Der Mensch geht in der Liebe zugrunde wie eine Fliege in einer fetten Suppe, gleichzeitig erstickend und sättigend, jetzt wußte ich das. Die Liebe ist eine zu große und unvernünftige Energieverschwendung. Und wo gibt es Rettung vor ihr? Aber, dachte ich, liebe ich dieses nicht eben hübsche, hilflose Wesen, das plötzlich einen verzweifelten Kampf gegen mich aufgenommen hat, denn?

»Vater geht es nicht gut«, sagte ich.

»Was ist mit ihm?« Sie sprang auf, bereit, ihm sofort zu Hilfe zu eilen. Ein komisches Kind.

»Wieder das Herz ... Irgendeine Frau hat er ins Haus geholt, eine junge. Meiner Meinung nach hat er sie direkt aus Ganuschki mitgebracht. Sie sagt, Vater wolle sie heiraten. Kannst du dir das vorstellen? Der Alte liegt im Bett, kann vor lauter Schwäche keine Hand rühren, zittert am ganzen Leib, und diese Frau in der Küche will mir einreden, er hätte ihr einen Heiratsantrag gemacht. Sie habe ihm einen Korb gegeben, und von diesem Unglück könne er jeden Augenblick abkratzen.«

In Anetschkas Augen war keine Verwunderung zu lesen, sondern ein gewisses ehrfurchtsvolles Entsetzen.

»Und was wird nun?« flüsterte sie.

»Nichts. Die Frau werde ich am Abend den Sanitätern übergeben und Vater irgendwie selbst gesund pflegen. Wenn sie die Wahrheit sagt und sie an der ganzen Sache schuld ist, werde ich irgendein anderes Weibchen für ihn auftreiben. Ich habe schon zwei im Auge.«

»Andrej«, sagte Anetschka, »irgendwann bringe ich dich um.«

»Dann würde das Kind als Waise zurückbleiben. Und dich würde man ins Gefängnis stecken.«

»Ich weiß nicht mal, wie ich deinen Zynismus definieren soll. Eine Art animalischer Zynismus ist das.«

»Gned und du, ihr denkt gleich. Eine interessante Übereinstimmung.«

»Gib zu, du hast dir das alles ausgedacht?«

Die weitere Entwicklung unserer Unterhaltung störte Grischa Peterson. Er kam aus dem Institut herausgerannt und steuerte auf uns zu, und ihm folgten als unsichtbare Reihe alle Pechvögel der Welt. Das Ende der Reihe verlor sich irgendwo hinter dem *Platz des Aufstandes*.

»Hallo«, sagte Peterson. »Ich freue mich, euch zu sehen, Kinderchen. Aber dieser Malzew, das sag ich dir, Andrej, ist doch ein absoluter Kretin. Ein absoluter.«

»Warum?«

Peterson blickte mit unstetem Blick um sich, ohne irgend etwas oder irgend jemanden zu bemerken. Er hatte immer viele Unannehmlichkeiten, große wie kleine, sie hinderten ihn, sich zu konzentrieren. Selten konnte er eine große von einer kleinen Unannehmlichkeit unterscheiden, obwohl er danach strebte. Er hoffte, seine Unannehmlichkeiten würden aufhören, wenn er das einmal gelernt hatte.

»Du hast Glück, daß du nicht Malzew in die Klauen geraten bist. Er hat heute erklärt, die Diplomarbeit sei in vier Exemplaren abzugeben, und jedes auf weißem festen Papier. Durchschläge würde er nicht annehmen. In allen anderen Seminargruppen sind je zwei Exemplare abzugeben. Was bildet er sich ein?«

»Hast du deine Diplomarbeit fertig?«

»Woher denn ... Ich werde wohl überhaupt kaum rechtzeitig fertig werden. Aber mich bringt die Art, wie er uns behandelt, auf die Palme. Was sind wir für ihn, daß er uns so schikanieren kann? Gesinde? Anja, sag du als Frau, ist Malzew ein Kretin oder nicht?«

»Ach, Grischa, ich weiß es nicht. Er hält bei uns doch keine Vorlesungen.«

»Hält er nicht?« fragte Peterson gekränkt zurück. »Wie gut ihr es doch alle getroffen habt. Mich aber wirft das Leben immer direkt in den größten Schlamassel. Es sollte mich nicht wundern, wenn man mich zu alledem auch noch am Ende der Welt einsetzt.«

Plötzlich starrte er mich vorwurfsvoll an: »Und was hab ich gehört, mein Lieber, du bleibst am Lehrstuhl kleben?«

»Bleibe ich«, bestätigte ich. »Aber ich fürchte, ich werde nicht klebenbleiben. Man wird mich mitsamt der Haut abreißen.«

Peterson erinnerte sich, daß er ein bezauberndes Äußeres hatte, und lächelte meiner Frau vielsagend zu.

»Dein Kalifornow hat mich immer verblüfft. Man kann nicht sagen, daß er ein Opportunist oder Macher ist, aber ihm sind stets die besten Bissen zugefallen. Ich beobachte ihn schon vom ersten Studienjahr an.«

»Was für Bissen meinst du?« fragte ich.

»Erinnerst du dich nicht, wie du ein halbes Jahr lang Leistungsstipendium bekommen hast, obwohl du zwei Dreien hattest?«

»Ich gebe zu, das war ein angenehmer Irrtum des Dekanats.«

»Warum passieren solche Irrtümer nicht mal mir? Mir passieren ganz andere.«

Peterson war ein gutherziger Bursche, wenn auch ein Dulder. Anetschka hatte sich in seiner Gegenwart beruhigt. Mich würdigte sie allerdings keines Blickes.

»Ich, Grischa, bin aus dem Holz von Siegern geschnitzt, du dagegen aus dem Holz von Beobachtern. Wir sind unter verschiedenen Sternbildern geboren worden, da liegt der Hase im Pfeffer.«

Peterson war noch mehr gekränkt.

»Du bist aus dem Holz von Glückspilzen und Angebern geschnitzt, auch wenn ich dir das in Gegenwart einer Dame eigentlich nicht sagen sollte. Aber irgendwann wirst auch du eins auf den Schädel bekommen.«

»Das wird außer mir niemand bemerken«, versicherte ich ihm.

Ich selbst war davon überzeugt. War sogar der Ansicht, in meinem jungen Leben schon mehr als einmal einen jener Schläge, auf die Peterson angespielt hatte, ertragen zu haben. Aber ich hatte es stets verstanden, meine Tränen zu verbergen. Das hatte mich mein Vater gelehrt. Durch sein negatives Vorbild. Er hatte nie einen

Hehl aus seinen Stimmungen gemacht und blaue Flecke, die er davontrug, gern Mutter und mir angelastet. Peterson war genauso. Wenn Grischa die Zigaretten naß geworden waren, verwünschte er den Regen, da er seine eigene Unvorsichtigkeit nicht eingestehen wollte. Solche Leute sind komisch und erbärmlich. Und von ihnen gab es massenweise. Die Unvollkommenheit der Welt beruht auf den Mängeln einzelner Menschen. Ich verurteile Peterson nicht, er ist eben so, wie er geboren wurde, eine Zeitlang waren wir befreundet, aber schon seit langem halte ich mich von ihm fern. Neurasthenie ist ansteckend wie Grippe. Mehr als das, diese heute weitverbreitete Krankheit hat etwas Verlockendes. An ihr möchte man manchmal direkt erkranken.

Anetschka erhob sich plötzlich und ging, ohne ein Sterbenswörtchen zu sagen, auf das Tor zu.

»Was hat sie denn?« erschrak Peterson. »Habe ich sie durch irgend etwas gekränkt?«

»Natürlich hast du das«, gab ich zur Antwort. »Du hast versucht, mich zu demütigen, und ich bin ja ihr Abgott. Was bist du doch für ein taktloser Mensch, Grigori.«

Ich holte meine bessere Hälfte auf der Straße ein, ging hinter ihr her und hoffte, daß sie sich umdrehen würde, aber sie drehte sich nicht um. Mein Stolz ist im Vergleich zu ihrem eine unreife Frucht.

»Anjuta«, ich zupfte sie am Ärmel. »Wohin willst du denn so eilig?«

»Zu dir.«

»Zu mir? Willst du Vater besuchen?«

»Ich möchte sehen, was für eine Frau dort ist. Worüber wunderst du dich? Dein Vater ist mir lieb und wert. Er behandelt mich besser als du. Hundertmal besser.«

»Natürlich. Du schreibst ihm ja auch nicht vor, wie er zu leben hat. Aber versuch's mal, dann wirst du schon sehen, wie er dich behandelt.«

»Ich schreibe auch dir nichts vor.«

»Ach nein? Vielleicht merkst du es gar nicht, weil du dumm bist. Doch alle deine Launen – das ist die reinste Diktatur. Wenn man Peterson in einen Weiberrock steckte, wäre er dein genaues Ebenbild.«

Sie blieb stehen. Sie konnte ernste Gespräche nun einmal nicht im Gehen führen. Ich kannte diese sympathische Angewohnheit, stehenzubleiben, wenn sie irgend etwas bestürzte, schon an ihr.

»Verachtest du Peterson?« Sie preßte unschön die Lippen zusammen. »Dabei ist er besser als du. Menschlicher, verstehst du? Du packst alles in Schubladen, überlegst dir jeden Schritt dreimal, er aber lebt einfach. Auch ich lebe einfach. Wir brauchen uns nicht zu schämen. Doch du wirst dich eines Tages sehr schämen.«

»Weswegen?«

»Weil du mit niemandem Mitgefühl hast. Nicht mal mit dir selbst. Auch mit sich selbst muß man Mitgefühl haben, Andrjuschenka.«

»Dafür bist du ja so eine mitfühlende Seele. Wie der Bär im Märchen.«

Stolz zog sie die schmächtigen Schultern hoch und wandte sich ab. Ein Kind, ein richtiges Kind. Und sowas wollte selbst ein Kind zur Welt bringen. Was sie wohl gebären würde? Einen kleinen Peterson?

»Anja«, sagte ich, »wir wollen uns wieder versöhnen. Soll Vater glauben, daß wir uns versöhnt haben. Laß uns in einen Laden gehen und irgendwas Leckeres kaufen.«

»Einverstanden«, willigte Anja ein.

Im Laden bekamen wir nichts, und so fuhren wir zum Zentralmarkt. Dort zählten wir unser Geld. Ich hatte ungefähr fünf Rubel, Anja drei und ein paar Kopeken. So kläglich betrachtete sie sie, diese Kopeken, daß es mir fast die Schamröte ins Gesicht trieb. Mir fiel, glaube ich, zum erstenmal ein, daß ich keine Ahnung hatte, wovon sie eigentlich lebte. Vom Stipendium? Unterstützten sie die Eltern? Irgendwie hatte mich das früher nicht interessiert. Dabei war sie doch meine Frau. Bevor wir unsere Auseinandersetzung geführt hatten, hatte ich mich gefälligst darum kümmern müssen, daß sie satt war und es ihr an nichts fehlte. So handeln anständige Menschen. Ich wandte mich ab, um meine Schamröte zu verbergen. Der Markt blühte in allen Farben des Südens. Ein totaler Überfluß an Obst und Gemüse, aber horrende Preise. Wir konnten ein Pfund Walnüsse, zwei riesige rotbackige Äpfel, wie es sie im Laden nicht gibt, und drei üppige blaue Weintrauben kaufen.

Als wir die Wohnung betraten, rief Vater laut aus dem Schlafzimmer:

»Bist du das, Andrej?«

Der Stimme nach zu urteilen, befand er sich augenscheinlich auf dem Wege der Besserung. Diese Frau, Tamara, steckte den Kopf aus der Küche. Über das Abendkleid hatte sie Mutters Kittelschürze gezogen.

»Ich dachte, er schläft«, sagte sie. »Er schläft viel. Das ist ein gutes Zeichen.«

Ich stellte ihr ganz offiziell meine Frau vor.

Dann gingen Anetschka und ich zu Vater hinein. Tamara wollte uns nach, blieb aber dann in der Mitte des Korridors zurück.

Vater sah auch wirklich besser aus als am Morgen, frischer. Anetschka stürzte zu ihm, beugte sich zu ihm nieder und küßte ihn auf die Wange. Ich kannte solche aufrichtigen Gefühlsregungen gar nicht an ihr. Sie ließ sich auf der Bettkante nieder, und sie sahen einander unablässig an, als teilten sie sich mit den Blicken etwas Geheimes mit. Diese Szene beunruhigte mich.

»Turtelt ihr hier nur«, sagte ich. »Ich kümmere mich inzwischen ums Abendessen. Ich hab einen Mordshunger, fall bald um. Anja biete Papa Weintrauben an.«

Es wurde Abend. Rechnete ich die Unterhaltung mit Wladimow nicht mit, so ergab sich, daß ich den ganzen Tag über auf der faulen Haut gelegen hatte. Das machte mich noch gereizter. Von Natur bin ich ein Faulpelz, nur die in den letzten beiden Jahren angenommene Gewohnheit, tagaus, tagein, auch sonn- und feiertags, mindestens drei, vier Stunden zu arbeiten, erlaubt mir, optimistisch in die Zukunft zu blicken. Der Mensch hat so wenig Lebenszeit, und so viel muß geschafft werden. Für Faulenzer und Schlafmützen ist in diesem schrecklichen Wettlauf kein Platz. Ihre müßigen Träume werden ganz bestimmt der Enttäuschung weichen. Oft finden sich unter ihnen nicht unbegabte Menschen, ihr Schicksal ist besonders lehrreich. Wie bedrückend muß es doch sein, irgendwo auf halbem Wege, so um die fünfunddreißig herum, zu begreifen, daß man nach wie vor eine absolute Null ist. Wozu erst lange nach einem Beispiel suchen? Mir scheint, einer der Gründe für Vaters seelische Labilität ist gerade, daß er zwar ein ganz schönes Alter erreicht, aber kaum ein Hundertstel der ihm von Natur aus gegebenen Möglichkeiten genutzt hat. Natürlich macht er jetzt Dummheiten. Es sollte mich nicht wundern, wenn er diese Krankenschwester tatsächlich heiratet. Seinen Platz an der Sonne hat er verspielt, und jetzt ist er der Panik der Gefühle erlegen, die in Gegensatz zur Vernunft geraten sind.

»Ist das Abendessen fertig, Tamara?« wandte ich mich ohne Umschweife an die Krankenschwester.

»Das Abendessen? Irgendwie hab ich noch gar nicht daran gedacht... Was soll ich kochen? Ich mach mich gleich dran.«

»Fleisch ist im Kühlschrank, Rinderlende. Kartoffeln sind im Schrank. Können Sie Kartoffeln braten?«

»Sie reden irgendwie seltsam mit mir, Andrej.«

»Achten Sie nicht darauf. Vater hat mich so erzogen. Ich bin ein bißchen ungehobelt, aber ehrlich. Wie steht es also mit dem Abendessen? Kümmern wir uns gemeinsam darum?«

»Wo denken Sie hin, das mach ich schon alles selbst. Glauben Sie, Pjotr Jewdokimowitsch darf Bratkartoffeln essen?«

»Für ihn kochen Sie Haferbrei. Das ist sein Lieblingsessen.«

Im Wohnzimmer klingelte das Telefon, ich ging hin und nahm den Hörer ab. Eine unbekannte schmachtende Frauenstimme:

»Wer ist am Apparat, Sie, Andrej?«

»Ja. Sind Sie das, Nina?«

»Wir haben am Morgen unsere Unterhaltung nicht beendet, Andrjuscha«, sagte sie mit einem Auflachen, das Ähnlichkeit mit Hühnergegacker hatte. Wollen Sie sie nicht fortsetzen?«

Es verschlug mir einen Augenblick lang den Atem, als ich mir ihre üppigen Formen und ihre gierigen, glänzenden Augen vorstellte.

»Ich will«, sagte ich. »Aber wo?«

»Kommen Sie zu mir. Notieren Sie sich die Adresse.«

»Und wer ist zu Hause?«

»Heute wird niemand weiter da sein.«

Während ich mir die Adresse aufschrieb, dachte ich: Raskolnikow hat die alte Wucherin erschlagen, ich werde mit diesem Luder schlafen. Ein Sittenverfall ist das!

Anja trat ins Zimmer, das Gesicht so ruhig und heiter wie nach der Beichte. Und die Brille hielt sie in der Hand, wodurch sie wie frisch gewaschen wirkte.

Ich fragte: »Habt ihr euch gut unterhalten?«

»Er hat sich verändert«, sagte sie mit komischem Schreck. »Ist so anders geworden ... Geh zu ihm, er bittet dich, zu kommen.«

»Warum?«

»Sei ein bißchen nett zu ihm, Andrjuscha. Ich bitte dich.«

»Und du sei, bitte, keine dumme Gans«, riet ich.

Anja war diesmal aus irgendeinem Grund nicht gekränkt, lächelte nur schief. Vater empfing mich geheimnisvoll.

»Setz dich, Söhnchen. Ich möchte dir etwas Wichtiges mitteilen.«

Schweigend setzte ich mich auf einen Stuhl.

»Vielen Dank, daß du Anetschka hergebracht hast. Ich bin dir sehr dankbar dafür.«

»Ich habe sie nicht hergebracht. Hab nur gesagt, daß du krank bist. Sie ist von allein angerannt gekommen.«

»Du brauchst dich guter Taten nicht zu schämen, Sohn. Es gelingt uns so selten, welche zu vollbringen.«

Er hatte sich tatsächlich verändert. Verschwunden war seine latente Spottlust, die so oft meine Eigenliebe verletzt hatte. Seine Augen hatten einen Ausdruck, als wäre er nicht von dieser Welt. Die Hände waren auf der Brust gefaltet wie bei einem Toten. Was war das, ein neues Spiel, oder schickte er sich wirklich an zu sterben? Wehmut erfüllte mein Herz.

»Ich höre, Papa.«

»Vielleicht wird dich das verstimmen, aber ich muß es sagen. Wer weiß, was alles geschehen kann ... Du hast eine Schwester, eine Halbschwester. Sie lebt in Swansk. Ich habe das selbst erst vor kurzem erfahren. Ihr Schicksal hat sich nicht allzu glücklich gestaltet. Aber du wirst sie liebgewinnen, daran zweifele ich nicht. Irgendwann werdet ihr einander brauchen. Sie ist deine nächste Verwandte.«

Die Neuigkeit rief bei mir keinerlei Emotionen hervor, nicht einmal Neugier. Doch ich sah, welche Reaktion Vater erwartete, und bemühte mich, seelische Erschütterung zu mimen.

»Das ... das ... will mir irgendwie nicht gleich in den Kopf ...«

»Verurteilst du mich?«

Nein, so was, soviel Aufregung wegen einer Kleinigkeit. Trotzdem, für ihn war das natürlich keine Kleinigkeit. Meine Schwester war folglich seine Tochter. Ein anderes Leben, das nicht stattgefunden hatte, zu dem er nun gereist war und in das er einen Blick getan hatte. Irgend etwas hatte man ihm dort angetan, und das hatte ihn umgehauen. Und das arme Dummchen in der Küche bildete sich ein, er sei durch ihre Schuld erkrankt. Innerlich zerbrochen war er bei der Begegnung mit der Vergangenheit.

»Wie heißt sie, Papa?«

»Lena. Jelena Prokudowa. Sie ist dreißig. Ihre Mutter war mir einmal sehr lieb. Und ist es bis heute. Es kränkt dich doch nicht, daß ich das sage?«

»Nein, Papa. Das ist eine gute Neuigkeit. Mama hätte dich verstanden.«

»Glaubst du?«

Er schaute so drein, daß ich erschrak. Sein Gesicht fing an zu glänzen wie von Tränen. Ich wußte nicht, wie ich ihm helfen sollte. Wenn man ihn nicht sofort beruhigte, würde alles mit einem neuen Anfall enden.

»Papa, laß uns jetzt nicht darüber sprechen. Verschieben wir's. Du mußt erst wieder zu Kräften kommen. Später ...«

»Schön, Söhnchen ... Es gibt auch nichts, wofür du mich verurteilen könntest. Ich habe diese Frau geliebt. Aber die Umstände waren so ...«

Wenn sie anders gewesen wären, dachte ich, dann wäre ich nicht auf der Welt.

Ich nahm seine Hand und fühlte ihm den Puls. Die Hand faßte sich unangenehm an, schwer und feucht, und der Puls war kaum zu hören und raste. Früher hätte ich mich nie dazu entschlossen, seine Hand in meine zu nehmen. Mein seltsamer Gefühlsausbruch verschaffte ihm Linderung. Er ließ den Kopf aufs Kissen zurücksinken und begann gleichmäßig zu atmen. Die Haut auf seinen Wangen glättete sich. Bestimmt hätte ich viel für ihn getan, wenn ich dazu in der Lage gewesen wäre. Ich spürte, wie, aus der Tiefe kommend, zähe Schichten zerreißend, ein qualvolles Gefühl in mir keimte, das ich für immer begraben geglaubt hatte. Das war die Liebe zu ihm. Sie hatte stets in mir gelebt, war aber von soviel Leerem, Gewöhnlichem und Bösem überlagert worden, daß sie nach und nach verkümmerte, ja verschwand. Ich hatte sie vergessen. Doch kaum war ein trauriger Augenblick gekommen, schon streckte sie wieder ganz lebhaft, erstaunt und verständnislos um sich blickend, ihr Köpfchen hervor.

Ich tröpfelte Korwalol in ein Glas, dreißig Tropfen.

»Trink aus, Papa. Bald werden wir Abendbrot essen. Tamara macht das Abendbrot.«

»Tamara? Kränke sie nicht, Sohn. Man hat sie schon oft gekränkt.«

Ich konnte es mir nicht verkneifen zu fragen: »Willst du sie wirklich heiraten?«

»Bist du dagegen?«

»Was redest du denn da. Wenn dir das nur nicht schadet. Sie ist ja jung, Papa.«

»Frauen haben kein Alter. Du weißt das noch nicht. Ein Alter haben wir, nicht sie.«

Ich widersprach gar nicht erst, sondern erhob mich und ging. Er sollte jetzt besser ein wenig allein sein. Im Wohnzimmer stürzte sich Anja auf mich.

»Hast du begriffen, Andrej, hast du begriffen?«

»Was – begriffen?«

»Ich habe Angst um ihn, Andrej. Er wird doch nicht sterben?«

Sieh mal einer an, wie es sie mitnimmt, die zwanzigjährige Psychopathin, dachte ich. Vater hat wohl recht. Sie haben kein Alter. Die Jahre lehren sie nichts. Anetschka wird in vierzig Jahren noch genau so sein wie jetzt. Ein törichtes, nicht eben hübsches Kind mit runder Brille. Sie alle haben mich heute ganz schön geschafft.

»Geh und hilf Tamara.«

»Weißt du, was er zu mir gesagt hat? Er hat gesagt, wir seien deshalb unglücklich, weil wir an Menschen, die uns lieb sind, ideale Maßstäbe anlegen, und das sei nicht nötig. Er hat mich gemeint. Aber ich mache das doch nicht aus Bosheit. Mit tut es so weh, wenn du schlecht – grob und dickhäutig – bist. Aber ich werde mich bemühen, dich so zu lieben, wie du bist. Willst du, Andrej?«

»Bemüh dich«, sagte ich und verzog wider Willen das Gesicht, als hätte ich eine Spritze bekommen. Die sabberige Sentimentalität, die sie manchmal überkam, reizte mich noch mehr als ihre pädagogischen Bemühungen. Ich fragte: »Und was hat er dir über Tamara gesagt?«

»Er möchte, daß wir Freundschaft schließen. Mir fällt das nicht schwer. Aber wird sie mit mir befreundet sein wollen?«

»Deine Nörgelei erträgt nicht jeder. Das stimmt.«

»Aber ich kann mich bessern, was meinst du?«

»Wohl kaum. Einen Buckligen bessert erst das Grab.«

Nachdem ich meine Frau auf diese Weise getröstet hatte, begab ich mich in die Küche und überzeugte mich, daß das Abendessen fast fertig war. Das Fleisch schmorte in der Pfanne und verbreitete einen süßlichen Duft. Der Haferbrei gluckste dumpf in der Kasserolle. Tamara, hochrot im Gesicht und mit zerzauster Frisur, war in der Küche an ihrem Platz wie die Kugel im Billardloch. Vater besaß eine erstaunliche Intuition. Er hatte nicht die erste beste ins Haus geholt, sondern genau die, die dort gebraucht wurde.

»Wie geht es ihm?« fragte sie besorgt.

»Er hat die Tropfen geschluckt. Jetzt wartet er auf den Brei.«

»Gleich werd ich ihm zu essen geben, sofort. Und wir essen später, nicht wahr, Andrej?«

»Kennen Sie ihn schon lange?«

Die Röte kam auf ihren Wangen als rosiger Schatten zum Vorschein. Wie ein junges Mädchen schlug sie die Augen nieder und sagte: »Zwei Jahre, Andrej.«

Also, als Mutter noch lebte, hatte er sich schon mit ihr getroffen. Gar nicht so naiv, diese Krankenschwester.

»Und warum wollen Sie ihn nicht heiraten?«

Tamara setzte sich auf einen Stuhl und sah mich, ohne zu blinzeln an. Ihre Augen hatten sich in zwei große prächtige Knöpfe verwandelt.

»Sie haben mich nicht verstanden. Ich würde ihn sehr gern heiraten. Aber er liebt mich nicht. Er liebt niemanden. Das wissen Sie doch selbst.«

Ich wußte es. Doch wie hatte sie das so schnell herausfinden können? Ich hatte für diese Entdeckung ein ganzes Leben gebraucht.

»Ist das nicht gleich, ob er Sie liebt oder nicht?! Er braucht Sie, das ist mehr als Liebe.«

»Eine Frau möchte immer, daß man sie liebt. Ihr das wenigstens sagt. Er braucht mich als Dienstmädchen. Wahrscheinlich war auch Ihre Mutter Dienstmädchen bei ihm.«

»Meine Mutter lassen wir besser aus dem Spiel.«

»Verzeihen Sie, Andrej ... Ich bin bereit, ihn zu bedienen, habe immer irgend jemanden bedient ... Aber ihn liebe ich wirklich. Darum fällt es mir schwer, einen Entschluß zu fassen.«

Hol der Teufel die weibliche Logik, dachte ich. Sie liebt ihn, darum weigert sie sich, ihn zu heiraten. Er liebt sie nicht, dafür ist sie bereit, ihn zu bedienen.

»Waren Sie schon mal verheiratet?«

Mir gefiel mein Ton, der streng war wie der eines Untersuchungsrichters, selbst nicht. Doch sie verletzte das nicht. Oder sie tat nur so, als ob sie mein plebejisches Ungestüm nicht kränkte. Nein, einfältig war sie nicht gerade. Aber sie gefiel mir. Sie hatte einen offenen Blick, und ihre Stimme war nicht laut, war ruhig und deutlich. Sie hatte ein angenehmes Gesicht, in dem es nichts zur Schau Getragenes gab. Nichts, das Beachtung durch die Männerwelt herausforderte. Vater würde ihrer bald überdrüssig werden, dafür jedoch keine Sorgen mehr kennen.

»Ich war verheiratet, Andrej. Aber unglücklich.«

»Nun, Tamara. Vater hat einen schwierigen Charakter. Dafür bin ich von Natur ein nachgiebiger Bursche. Sollten Sie bei uns bleiben, werde ich immer auf Ihrer Seite sein.«

»Danke, daß du das gesagt hast. Darf ich dich duzen?«

»Natürlich. Und ich werde auch ›du‹ zu dir sagen. Nur Mama werde ich dich nicht nennen. Abgemacht?«

Wir sahen einander noch einmal an, und beide mußten wir plötzlich lachen. Über ihr Gesicht huschten, als sie in Gelächter ausbrach, gleichsam Sonnenflecken, und es wurde rund wie der Mond. Lange schon hatte ich nicht mit solchem Vergnügen gelacht, immer war irgendwie keine Zeit dazu gewesen. Auf die Geräusche von Fröhlichkeit hin kam meine Frau Anetschka herbeigestakst. Beim Anblick ihres niedergeschlagenen Gesichts bog ich mich vor Lachen.

»Worüber lacht ihr? Erklärt es mir«, verlangte sie launisch und streng.

»Das kann man nicht erzählen«, sagte ich. »Das ist hier«, und ich deutete auf mein Herz.

3

Warum folgte ich Ninas Einladung so eilig? Wahrscheinlich hoffte ich, mit ihrer Hilfe einen gewissen Komplex zu überwinden, der sich bei mir in bezug auf die Frauen erhalten hatte. Ich dachte zuviel an sie. Das Gefühl, irgendwie unbefriedigt zu sein, unterdrückte die Vernunft und hinderte mich, mich völlig auf die Arbeit zu konzentrieren. Wider Willen ließ ich mich von allem möglichen Unsinn, von sündhaften Phantasien ablenken. Wie auch in anderen lebte in mir ein lüsternes Tierchen, das ständig heulte und mir ein Gefühl dumpfer Mattigkeit einflößte. Durch sein Geheul erniedrigte es meine Menschenwürde. Aber ich wußte nicht, wie ich mich von ihm befreien sollte. Ich glaubte, das Tierchen würde sich, wenn ich mich wenigstens ein einziges Mal der offenen weiblichen Schamlosigkeit völlig hingab, bis zum Bersten satt fressen und sich für lange Zeit beruhigen oder ganz krepieren. Nina Petrowna war, so glaubte ich, bestens für dieses Experiment geeignet. Das Laster hatte sich in ihr ausgebreitet wie Butter in einem Brei. Von ihm war jeder ihrer Blicke durchdrungen, jede Bewegung, die auf Berührung anspielte, und jedes Wort. Es kostete sie große Mühe, sich in Schranken zu halten. Die Niederträchtigkeit seelischer Bestrebungen verband sich bei ihr anscheinend perfekt mit dem maniakalischen Zustand ihres Körpers. All das stand ihr auf der Stirn geschrieben. Aber sie rief keinen Abscheu hervor. Auf ihre Weise war sie schutzlos. Das lüsterne Tierchen, das in mir lebte, begann, unter den Einfluß ihres Energiefeldes geraten, vor Freude zu brüllen.

Sie trug einen langen bunten Morgenrock, der an einen Kimono erinnerte. Flüchtig blickte ich in ihre aufgeregten Augen, die in dem bleichen Gesicht glühten wie zwei Feuer, und verlor keine Zeit. Gleich hier, im Korridor, zog, ja preßte ich sie an mich und saugte mich an ihren Lippen fest. Der schwere herbe Geruch ihrer mit Parfüm getränkten Haut benebelte mir die Sinne. Fünf Minuten wohl ließ ich sie nicht aus den Armen, bis sie sich losmachte. Dann fragte ich: »Bist du allein?«

»Ja, Liebster«, hauchte sie.

Das Weitere geschah unverzüglich und ohne jedes Wort. Danach fühlte ich mich so, als hätte man mir gut die Hälfte meines Blutes abgezapft.

»Du bist ein Gangster«, girrte sie und streckte die Arme nach mir aus. »Du bist einfach ein Gangster. Wie alt bist du, Liebster?«

Ich schob ihre Hände fort, zog eine Zigarette heraus und zündete sie an.

»Für mich wird's Zeit zu gehen«, sagte ich. »Ich bin ja nur auf einen Sprung hergekommen.«

Bleich, wie sie war, erbleichte sie noch mehr.

»Bist du bei Trost, Andrej?«

»Was ist denn?«

Sie stand auf, schüttelte sich wie eine Katze nach dem Baden und ging aus dem Zimmer. Zu hören war das Plätschern von Wasser, das nur so aus dem Hahn lief, dann – Stille. Ich konnte mich auf keine Weise zwingen, mich von der Couch zu erheben. Irgend etwas hielt mich noch hier zurück.

Nina kehrte zurück, ein Tablett mit Obst und Konfekt in den

Händen. Sie stellte das Tablett auf ein niedriges Tischchen und rollte es zur Couch. Aus der Hausbar in der jugoslawischen Schrankwand nahm sie zwei Gläser und eine Flasche teuren Kognak. Sie setzte sich neben mich und füllte die Gläser.

»Trink, Andrej!«

»Ich trinke nicht. Ich muß nachts noch arbeiten.«

Sie schluckte ihren Kognak hinunter, verzog das Gesicht und begann an einer Apfelsinenscheibe zu kauen. Ich ließ meinen Blick umherschweifen, suchend, wo ich den Zigarettenstummel ausdrücken könnte. Nina streckte die Hand hinter meinem Rükken aus und stellte, wie ein Zauberkünstler, eine Muschel auf das Tischchen.

»Also wirklich, Andrej, wofür hältst du mich? Was bin ich, deiner Meinung nach?«

»Vermutlich eine Nutte, was sonst.«

Sie brach in ein bezauberndes, etwas heiseres Lachen aus.

»Frechdachs! Mein Gott, was für ein Frechdachs. Bist du noch bei Verstand?«

»Bin ich«, versicherte ich. »Mein Verstand ist freilich nicht groß. Kein Verstand, sondern ein Verständchen. Aber meiner.«

»Und du hast keine Angst, daß ich dir die Visage blutig schlage?«

»Mich darf man nicht schlagen, ich bin nervös.«

»Wärst du fähig, eine Frau zu schlagen?«

»Und wie, Ninotschka. Du beurteilst den Edelmut von Männern nach Büchern. Das ist schon merkwürdig. Du solltest sie doch wirklich in natura, ohne Schminke studiert haben.«

Hastig füllte sie ihr Glas. Ihr Blick verschleierte sich. Sie gab klein bei.

»Mit mir ist man noch nie so umgesprungen ... Was habe ich dir getan?«

»Du verlangst von meinem Vater Geld. Aber er darf sich nicht aufregen.«

»Wenn ich verspreche, mit dem Geld noch etwas zu warten, trinkst du dann mit mir?«

»Dann ja«, sagte ich und kippte sofort mein Glas hinunter.

Der Kognak versengte mir die Kehle wie kochendes Wasser. Ich bekam einen Hustenanfall. Nina steckte mir fürsorglich eine Praline in den Mund. Ich mußte gehen, sonst würde sie mich kirre machen. Aber von der Seite her flimmerte so gemütlich das bläuliche Licht der Stehlampe, die Wanduhr tickte so monoton und beruhigend, und Ninas Augen leuchteten plötzlich in so unterwürfiger Erwartung auf, daß mir schien, ich würde nicht genug Kraft haben, aufzustehen. Und auch das Tierchen, das für kurze Zeit verstummt war, begann sich wieder in mir zu regen.

»Warum bist du so böse, Andrej? So jung und so böse. Das ist mir unbegreiflich. Ich bin böse, doch ich habe Gründe. Was ich dir von meinem Mann erzählt habe, ist nicht gelogen. Er ist ein Säufer und ein Kretin. Aber wir haben Kinder. Ja, ich bin auch kein Engel. Aber würdest du in meiner Haut stecken, dann wollte ich dich einmal sehen.«

»Jeder fühlt sich in seiner eigenen Haut wohl. Zieh dir nur nicht ein Schafsfell an. Das paßt nicht zu dir.«

»Du kannst wohl nicht anders, als einen zu beleidigen, was?«

Die Uhr zeigte kurz nach neun. Anja hatte ich gesagt, ich führe zu Ljocha, um meine Lehrbücher zu holen. Und damit einen Fehler gemacht. Ich erzählte ihr nie, wohin ich ging. Sie war stutzig geworden und hatte sich zaghaft erkundigt: »Bist du bald zurück?« Ich hatte gesagt, ich wüßte es nicht. Gewissensbisse quälten mich nicht, obwohl es das erste Mal war, daß ich sie betrog. Gewöhnlich bemühte ich mich, mich nicht einmal bei Kleinigkeiten bis zur Lüge zu erniedrigen. Doch als ich am Vormittag diese Frau sah, begriff ich gleich: Alles, was mit ihr zusammenhing, war von zügelloser Lüge umgarnt. Sie selbst war ein Lügenknäuel ... Jeder ihrer Sätze, mochte er auch aufrichtig sein, war geschickt mit Lüge gewürzt wie mit einer Sauce. Wenn sie ihren Mann als Säufer und Kretin bezeichnete, dann konnte es durchaus sein, daß er kein Heiliger war. Ich freute mich im stillen, daß es ihr nicht gelingen würde, mich hereinzulegen. Aber ich freute mich zu früh. Selbst die Luft hier war von quälender Lüge geschwängert, sie betäubte wie ein Narkotikum. In diesem Zimmer würde jedes Verbrechen nur als ein komisches Mißverständnis erscheinen. Ich war aus freien Stücken hierher gekommen, saß wie verzaubert da und riskierte dabei, fest einzuschlafen. Ich merkte nicht, wie sie den Kassettenrekorder einschaltete, und schon wurde alles von der traurigen Stimme Aznavours eingelullt. Das Klingeln des Telefons störte das Idyll. Nina sagte streng in den Hörer:

»Nein, Boris Sacharowitsch, nein, aber nicht heute. Ich bin sehr beschäftigt.«

»Sag, daß du dich auf ein Referat vorbereitest«, soufflierte ich. Sie nickte mir erfreut zu, wartete eine Pause ab und sagte dann:

»Nein, nein, ich bereite mich auf ein Referat zu einem wichtigen Thema vor. Wo das ist? Wieso? Ach, du glaubst mir nicht? Man hat mich gebeten, vor Mitarbeitern der Kommunalen Wohnungsverwaltung zu sprechen. Dir kommt das seltsam vor? Dann haben wir uns überhaupt nichts mehr zu sagen.«

Lange blubberte er irgend etwas in den Hörer. Lachend drückte ihn Nina an mein Ohr.

»... noch ein bißchen, und ich verliere den Verstand. Willst du das, meine Liebe? Ich bin zu jedem Zugeständnis bereit, hab ich das etwa nicht bewiesen?! Aber du darfst nicht so grausam sein. Es sei denn ...«

Sie hörte nicht zu Ende, sondern schnitt ihrem Liebsten das Wort ab: »Das wär's, Borja. Es klingelt an der Tür. Auf Wiedersehen ...«

Triumphierend und beifallheischend schleuderte sie den Hörer auf die Gabel. Und rief aus: »Der alte Sünder! Immerhin hab ich ihm tüchtig den Kopf verdreht. Er hat sich richtig verliebt.«

»Stell ihn doch auf die Probe.«

»Wie?«

»Bitte ihn um diese fünftausend Rubel. Wenn er dich liebt, wird er keine Kosten scheuen.«

Sie sah mich über das Kognakglas hinweg nachdenklich an.

»Was würde ich darum geben, daß auch du dich in mich verliebst, Andrejtschik. Dann würde ich mich für alle deine Beleidigungen rächen ... Aber nein, nein, Liebster, ich würde deine gehorsame Sklavin sein. Du willst das, du willst das doch? Gib es schon zu!«

Mit einer einzigen geschmeidigen Bewegung war sie mir in die Arme gesunken und preßte ihre Lippen auf meinen Mund, biß mich fast. Nur mit Mühe konnte ich sie beiseite schieben.

»Ich werde jetzt gehen«, sagte ich. »Hab mich ein bißchen zu lange bei dir aufgehalten.«

»Bleib. Wohin gehst du? Es ist schon Nacht. Ruf an, sag Bescheid. Oder wirst du so streng gehalten?!«

Zerzaust, mit über das Kinn verschmiertem Lippenstift, mit trüben, flackernden Augen wirkte sie wenig anziehend. Das Geräusch ihrer Stimme erinnerte an Zugluft. Davon erstarrten mir die Schultern.

»Du hast etwas von einer Hexe. In der guten alten Zeit hätte man dich auf dem Scheiterhaufen verbrannt.«

»Ich fresse kleine Kinder. Und dich werde ich so verhexen, daß du hier bleibst.«

»Das kommt der Wahrheit nahe.«

»Du willst doch gar nicht nach Hause, das sehe ich doch«, sagte sie mit glücklichem, spöttischem Lächeln. »Aber du hast Angst ... Wovor hast du Angst, Andrjuschenka? Ich bin eine Frau und fürchte mich vor nichts. Habe mich nie gefürchtet. Ich lebe frei wie ein Vogel.«

Sie frotzelte. Und das gefiel mir.

»Spiel nicht die Carmen«, riet ich. »Deine Freiheit reicht von der Schwelle bis zum Zaun.«

»Ja?«

»Dein heißgeliebter Gned ist noch freier als du. Er tummelt sich auf seiner Wiese und glaubt, die ganze Welt liege ihm zu Füßen.«

Nina rückte näher an mich heran. Doch nicht etwa mit verbrecherischer Absicht?

»Schön, Gned ist ein Tier, und ich bin ein Tier. Aber warum bist du, ein Mensch, dann zu mir gekommen?«

»In mir gibt es auch ein tierisches Element. Aber ich kämpfe dagegen an.«

Nina kletterte mit den Füßen auf die Couch und schmiegte sich an mich. Friedfertig sagte sie:

»Lieber Junge. Irgend etwas hast du mit mir angestellt... Du beleidigst mich, aber mir tut das nicht weh. Es ist sogar angenehm. Soll ich Gned anrufen und ihm sagen, daß er ein Trottel und ein Rindvieh ist?«

Ich begriff: Wenn ich jetzt nicht ging, dann konnte es sein, daß ich für lange Zeit blieb. Das paßte nicht in meine Pläne. Meine Pläne waren wie immer tadellos.

Ich küßte sie auf die Stirn, preßte zum Abschied behutsam ihre geschmeidigen Schultern zusammen und stand auf.

»Sei nicht traurig, Ninotschka. Wir sehen uns noch.«

»Wann? Morgen?«

»Wenn du kommst, um die fünftausend zu erpressen.«

Damit entfernte ich mich. Sie brachte mich nicht zur Tür. Doch während ich vor dem Fahrstuhl stand, hörte ich das Türschloß einschnappen. An einem gefährlichen Ort bin ich gewesen, dachte ich. Hab mich nur wie durch ein Wunder losgerissen. Es fehlte nicht viel, und sie hätte mich aufgefressen.

4

Wie sehr ich mich verstrickt hatte, begriff ich erst am Morgen. Ich erwachte, und an meiner Schulter schnarchte Anetschka. Ihr seliger vertrauensvoller Schlaf erfüllte das Zimmer mit Stille. Sie ahnte nicht, wieviel Schmutz ich gestern in die Wohnung geschleppt hatte. An den Treulosen geschmiegt, schlief sie wie im Paradies. Die Last ihres schmächtigen Ärmchens zerschnitt mir die Brust. Ich wälzte mich ein wenig hin und her, um sie zu wekken. Sie schlug die gar nicht schläfrigen, klaren Augen auf und sagte erfreut:

»Guten Morgen, Andrjuscha!«

»Hallo, Madame. Ich kann mich gar nicht erinnern, daß wir zusammen ins Bett gegangen sind.«

»Ich bin später gekommen. Du hast so fest geschlafen, und du hast nach Schnaps gerochen.«

»Und wo ist Tamara?«

»Sie hat sich in der Küche das Bett gemacht.«

Anetschka erwartete andere Worte und hauchte mir zart ins Ohr. Doch mich zu ihr umzudrehen und sie zu umarmen ging über meine Kraft. Der gestrige Sündenfall stand mir zu deutlich vor Augen. Ich fürchtete, mich durch ein unbedachtes Wort zu verraten. Mit der Schulter nach vorn wechselte ich ungeschickt zum Kopfende der Liege hinüber, setzte mich auf und machte ein paar Atemübungen. Dann kroch ich über Anetschkas Füße hinweg und zog mich hastig an.

»Hab gestern den ganzen Tag auf der faulen Haut gelegen. So geht das nicht weiter. Heute hab ich eine Menge nachzuholen.«

»Willst du irgendwohin?«

»Ich fahre zur Bibliothek und von dort zu Ljocha.«

»Du warst doch gestern bei ihm.«

»Ja. Na und? Kann ich, deiner Meinung nach, hier arbeiten?«

»Sei nicht böse, Andrjuscha. Ich sage doch gar nichts.«

Das Läuten des Telefons ging mir durch und durch. Aus irgendeinem Grund glaubte ich, so früh am Morgen könne nur Nina anrufen. Aber sie war es nicht. Eine Männerstimme, heiser und streng.

»Ist Kalifornow zu sprechen?«

»Welcher Kalifornow?«

»Wieso welcher? Pjotr Jewdokimowitsch. Seid ihr dort vielleicht zehn Kalifornows?«

»Wer sind Sie eigentlich?«

»Ich bin Swjaginzew... Los, ruf ihn schon an den Apparat.«

»Vater schläft. Er ist krank«, entgegnete ich, da ich nicht wußte, wie ich auf einen so unverblümten Ton reagieren sollte. Was für ein Swjaginzew war das?

»Krank? Gestern war er gesund, und heute ist er krank? Du bist sein Sohn? Sag ehrlich, hat sich der Alte besoffen?«

»Aber nein, er ist schon den zweiten Tag völlig nüchtern.«

Ich lächelte Anja zu, deutete auf den Hörer und machte mit dem Finger eine kreisende Bewegung an der Schläfe. Sie wollte zu mir laufen, genierte sich aber. Sie geniert sich, vor mir aufzustehen, sogar im Nachthemd. Dabei hat sie eine gute Figur, wenn auch mager. Sie geniert sich grundlos. Nackt sieht sie besser aus als angezogen. Wahrscheinlich weiß das niemand außer mir.

»Na, dann weck ihn doch!«

»Ich werd ihm ausrichten, daß Sie angerufen haben.«

»Sinnlos, ich hab kein Telefon... Verstehst du, mein Guter... Wir hatten abgemacht, daß wir zu ihm auf die Datscha fahren, aber er ist nicht gekommen. Ich hab gewartet. Wie findest du das?«

»Er hatte einen Herzanfall. Sie müssen schon entschuldigen.«

»Einen Anfall? Aber vorläufig ist er noch nicht tot? Die jungen Leute heutzutage wollen gleich ins Gras beißen. Ist natürlich auch besser, man hat weniger Scherereien mit ihnen. Man verscharrt sie, und damit basta.«

Mir gefiel sein optimistischer Ton, doch ich hatte nicht die Absicht, das Gespräch fortzusetzen.

»Ich werd's ihm ausrichten. Auf Wiedersehen.«

»Warte. Wenn ich schon mal rausgekrochen bin ... Sag, wo liegt er. Ich fahr gleich hin und besuche ihn.«

Automatisch nannte ich die Adresse, und der seltsame Unbekannte hängte, nachdem er »danke« geknurrt hatte, den Hörer ein.

»Wer war das?«

»Danach zu urteilen, was er gesagt hat, ein Krimineller. Und er kommt gleich selbst her.«

»Wozu?«

»Woher soll ich das wissen, er ist ein Freund von Vater. Man muß das Silber verstecken.«

Tamara gab Vater Tee zu trinken. Er saß in den Kissen wie in einem Graben und lächelte gerührt.

»Ich wollte aufstehn, Toma hat's nicht erlaubt«, teilte er mit. »Dabei bin ich schon wieder völlig gesund.«

»Wenn der Arzt da war, dann kannst du aufstehen«, bemerkte die Krankenschwester streng.

Daß sie Vater duzte, wurmte mich mächtig.

»Irgendein Swjaginzew hat angerufen.«

»Iwan Timofejewitsch? Ach du mein Gott. Ich hab ihn so aufsitzen lassen. Er hat geflucht, wie?«

»Er wollte nicht glauben, daß du krank bist. Meint, du hättest dich vollaufen lassen. Und hat versprochen, herzukommen.«

Aus irgendeinem Grund geriet Vater in heftige Erregung und schob die nicht ganz ausgetrunkene Tasse weg. Ich trat ans Fenster und zog die Vorhänge auf. Der sonnige Morgen ergoß sich mit reichen gelb-violetten Farben ins Zimmer, die Blumen auf den Tapeten glänzten, als wären sie mit einer Fettschicht überzogen.

»Hörst du, Andrej? Ein erstaunlicher Mensch, dieser Swjaginzew. Ein Wahrheitsfanatiker und Freidenker. Und ein Flegel, wie ihn die Welt noch nicht gesehen hat. Bei ihm muß man auf der Hut sein. Sollte er irgendwas Unpassendes sagen, nimm es ihm nicht übel. Er ist alt. Aber er hat ein gutes Herz.«

»Du regst dich unnütz auf«, beruhigte ich meinen Vater. »Ich frühstücke, und dann verschwinde ich. Er wird nicht dazu kommen, mir etwas Unpassendes zu sagen.«

Wie um meine Worte Lügen zu strafen, läutete es an der Tür. Doch das war nicht Swjaginzew, sondern Boris Sacharowitsch. Dabei war es noch nicht einmal zehn Uhr. Die Tür öffnete ihm Anja, ich stand hinter ihr.

»Wenn Sie wegen des Geldes kommen«, sagte ich, ihm den Weg versperrend, »dann gehen Sie besser gleich wieder.«

»Andrej!« rief Anetschka aus.

»Sie sind seine Frau«, erriet Gned galant. »Ich freue mich, Ihre Bekanntschaft zu machen. Erlauben Sie, daß ich Ihnen das Händchen ... Ihr Mann ist leider unverschämt geworden, aber ich messe dem keine Bedeutung bei. Und Sie sollten das auch nicht tun. Grünschnäbel haben nun mal eine Zeit, wo sie den wilden Mann spielen. Was soll man machen ... Nein, Andrej, ich bin nicht wegen des Geldes gekommen.«

»Dann treten Sie näher.«

»Gestatten Sie, daß ich Ihrem Mann ein paar Worte unter vier Augen sage?« wandte er sich mit ausgesuchter Höflichkeit an Anja.

Sie nickte, sah mich erschrocken an und zog sich ins Wohnzimmer zurück. Gned aber hakte sich bei mir ein und führte mich in die Küche.

»Laß uns unseren kleinen Wortwechsel vergessen, Andrej«, sagte er eindringlich und fast mit Tränen in den Augen. »Du hattest wahrscheinlich recht. Diese Frau hat sich als Luder entpuppt.«

»Ich habe nicht gesagt, daß sie ein Luder ist.«

»Aber gedacht hast du es ... Sie und ich sind befreundet. Genauer gesagt, bis heute habe ich gedacht, daß wir Freunde sind. Ich habe viel für sie getan. Und weißt du, womit sie mir das vergolten hat?«

»Hat sie fünftausend verlangt?«

»Hm, wie kommst du ... Na ja, etwas in der Art. Verlangt hat sie was. Aber nicht fünftausend. Sie hat mir etwas gesagt, wonach es mir unmöglich geworden ist, weiter mit ihr zu verkehren.«

»Hat sie das heute morgen gesagt?«

»Ja, vorhin. Am Telefon. Mehr werde ich nicht erklären, aber ich bitte dich um eins: vergiß sie. Und glaub mir, ich habe meinen Leichtsinn vollauf gebüßt.«

Er sah unerträglich tragisch aus wie ein hungriger Menschenfresser.

»Nein, so was«, sagte ich. »Dabei scheint sie ein Dummerchen zu sein. Und hat einen so klugen Mann um den Finger gewickelt.«

»Wir sind alle kluge Leute, Andrej, bis wir auf einer Bananenschale ausrutschen ... Wie geht es unserem Kranken dort?«

»Er ist auf dem Wege der Genesung. Sind Sie sicher, daß Sie zu ihm hineingehen müssen?«

»Ich werde ihm etwas sagen, das ihn freuen wird, Andrjuscha.«

Ich hielt Gned freudiger Nachrichten nicht für fähig, sofern sie nicht ihn persönlich betrafen. In diesem Augenblick hatte ich auf einmal das Gefühl, als ob sich in der Wohnung Gewitterwolken zusammenbrauten. Tamara kam mit dem leeren Teller zurück. Gned und sie begrüßten sich wie alte Bekannte.

»Er hat alles aufgegessen«, erklärte Tamara selbstgefällig. »Dabei hatte ich ihm einen ganzen Berg draufgetan.«

»Appetit ist ein sicheres Zeichen für Gesundheit«, bemerkte Gned. »Ich werde zu ihm gehen. Nach dem Essen muß er guter Laune sein.«

Wir frühstückten zu dritt: Anetschka, Tamara und ich. Beide Frauen umwarben mich um die Wette. Wir aßen eine große Pirogge mit Kohlfüllung, die Tamara wer weiß wann gebacken hatte, und tranken Tee. Das war eine stille Familienszene, und ich würde mich beruhigt haben, hätte mir nicht fortwährend Ninas mit leichtem Schweiß bedecktes Gesicht über die Schulter in meinen Teller geschaut. Als im Wohnzimmer das Telefon klingelte, spürte ich, daß das sie war. Und sie war es.

»Ich sehne mich nach dir«, sagte sie wehmütig. »Kannst du heute tagsüber auf einen Sprung bei mir vorbeischauen? Meine Familie ist erst spät zurück.«

»Ich werde überhaupt nicht mehr zu dir kommen.«

»Warum denn nicht, Liebster? Habe ich dir nicht gefallen?«

Wut packte mich, große, düstere Wut.

»Fordere mich nicht zur Offenheit heraus. Ich will dich nicht beleidigen.«

»Ich werde nicht beleidigt sein, Liebster.«

Ihr zärtliches einschmeichelndes Wesen lullte mein Gehirn ein, und um mit einem Schlag damit Schluß zu machen, sagte ich ihr eine unheimliche Gemeinheit.

»Du, Ninotschka, bist eine zum einmaligen Gebrauch bestimmte Frau«, erklärte ich. »Ich würde meine Selbstachtung verlieren, wenn ich mich ernsthaft mit dir einließe.«

Nach diesen Worten hätte sie eigentlich den Hörer auflegen müssen. Aber sie begann nur vorwurfsvoll zu schnaufen.

»Entschuldige, ich wollte das nicht sagen. Du selbst hast mich dazu gezwungen.«

»Irgendwann wird dir das noch leid tun, Andrjuscha. Wer so mit einer Frau umspringt, wird später ganz bestimmt dafür büßen.«

»Meinetwegen, dann büße ich eben. Leb wohl!«

»Warte...« Sie zögerte und fuhr in verändertem, gebieterischem Ton fort: »Ich erwarte dich in einer Stunde, Andrej. Wenn du nicht kommst, wird deine Frau alles erfahren. Und dein Vater auch.«

»Was hättest du davon?«

»Ich bin doch schlecht, schmutzig – zum einmaligen Gebrauch bestimmt. Worüber wunderst du dich da?«

Die Vergeltung schien viel schneller näherzurücken, als das zu erwarten gewesen war. Wahrscheinlich lag Nina jetzt auf der Couch von gestern, zusammengerollt wie eine Schlange vor dem Sprung. Sie hat durchsichtige, glasige Augen voller Unvernunft.

»Nina, mich kannst du dadurch nicht erschüttern, die anderen aber wirst du bloß beunruhigen. Ich kann nicht kommen, Vater ist krank. Und ich muß arbeiten. Laß mich dich morgen anrufen.«

Sie glaubte, ich hätte mich ihr auf Gnade und Ungnade ergeben. Aber sie irrte. Ich wollte nur Zeit gewinnen.

»Schön«, sie lachte auf. »Ich werde mich bis morgen gedulden, lieber Freund. Aber versprich mir, daß du dich nicht mehr flegelhaft benehmen wirst.«

»Lieber würde ich mir die Zunge abbeißen.«

»Mit dir und mir war es doch wunderschön, stimmt es etwa nicht?«

»Es stimmt, Nina.«

»Was bist du doch für ein Kind ... Auf Wiedersehen, Liebster.«

»Auf Wiedersehen, Nina.«

Ich atmete erleichtert auf und ging die Tür öffnen. Dort versuchte sich schon der nächste Gast mit Gewalt Eintritt zu verschaffen. Mit Gewalt – anders kann man es nicht nennen –, aus irgendeinem Grund drückte er nicht auf den Klingelknopf, sondern hämmerte gegen die Tür. Ich öffnete und erblickte einen hageren Greis in gestrickter Skimütze und langem Jackett von militärischem Schnitt. Wortlos drängte sich der Alte an mir vorbei.

»Wer sind Sie?« fragte ich.

»Swjaginzew. Und wer bist du?« Er bedachte mich mit einem unheilverkündenden finsteren Blick. »Der langen Leitung nach zu urteilen, Petjas Söhnchen.«

Ich nickte. Ein vielversprechender Anfang.

»Sie kommen wahrscheinlich direkt von einem Skikursus zu uns?« fragte ich ehrerbietig. »Vater erwartet Sie.«

Der Alte stand wie angewurzelt da und fuhr fort, mich zu studieren.

»Von was für einem Skikursus redest du?«

»Sie haben da so ein Sportmützchen . . .«

»Du, mein Junge, solltest das Spotten lieber lassen. Wer mich verspottet, lebt nicht lange. Hat dich dein Vater denn nicht gewarnt?«

Dieser Mensch gefiel mir auf den ersten Blick. Er gehörte zu den Ungebändigten. Solche sind heutzutage selten. Sie sind im vorigen Jahrhundert ausgestorben wie die Dinosaurier.

»Dort, bei Vater, sitzt schon ein Gast«, sagte ich. »Auch ein Sportler. Aber mehr in puncto Frauen. Wollen Sie vielleicht solange Tee trinken?«

»Ja. Gibt es auch Eingemachtes? Ich trinke ihn gern mit eingekochten Früchten.«

Das Erscheinen Swjaginzews in der Küche war triumphal. Den Frauen teilte er als Begrüßung etwas Unartikuliertes über das Wetter mit und ließ sich geschickt auf einen bequemen Platz am Fenster fallen. Die Wollmütze hatte er gar nicht erst abgenommen. Ich stellte ihn vor.

»Das ist ein Freund von Vater, Genosse Swjaginzew. Ein berühmter alpiner Skiläufer. Gebt ihm, bitte, Tee mit Eingemachtem zu trinken, ihr Frauen.«

Die Frauen begannen geschäftig hin und her zu laufen. Swjaginzew beobachtete sie mit angewiderter Miene. Ich nahm ihm gegenüber Platz und trank einen Schluck aus meiner Tasse mit dem kalt gewordenen Tee.

»Wer hat dich angerufen?« erkundigte sich Anetschka.

»Ein Freund. Du kennst ihn nicht.«

»Und wer sind Sie, etwa seine Frau?« fragte Swjaginzew verwundert. Gerade hatte Anetschka einen Teller mit gerösteten Brotschnitten vor ihn hingestellt. »Sie haben Pech mit Ihrem Mann, Mädchen. Ich gratuliere.«

»Warum Pech? Meinen Sie das ernst?«

»Ich, Töchterchen, rede nicht in den Wind. Er ist ein erstklassiger Lügner. Im Eheleben ist das wie ein Geschwür. Er hat dir auch jetzt, wie gewöhnlich, etwas vorgelogen. Nicht ein Freund hat ihn angerufen, sondern höchstwahrscheinlich eine Frau. Und einen Blick hat er, unstet wie bei einem Dieb.«

Es lief mir kalt über den Rücken, aber ich hatte genügend Verstand, mich nicht zu rechtfertigen.

»Sportler haben einen derben Humor«, sagte ich. »Auf der Stufe ihres Intellekts.«

Zufrieden, daß er mich verletzt hatte – und das begriff er sehr gut –, wandte sich Swjaginzew zu Tamara um.

»Und wer sind Sie, Mädchen?«

»Das ist Vaters Freundin«, gab ich aus irgendeinem Grund an ihrer Statt zur Antwort.

»Da haben Sie Glück gehabt«, bemerkte belehrend der Gast, der anscheinend beschlossen hatte, sich mit allen Anwesenden auf einmal anzulegen. »Pjotr Jewdokimowitsch steht, allem nach zu urteilen, schon mit einem Bein im Grab. Wenn er tot ist, bleibt Ihnen die Datscha. Natürlich nur, falls dieser Schafskopf hier sie Ihnen nicht wegschnappt.«

Sogar ich war verwirrt. Was für eine Plage hatte denn da unser Haus heimgesucht? Dafür entgegnete Tamara dem boshaften Gast würdevoll: »Daß Sie sich nicht schämen, so zu reden. Sie sind doch selbst ein alter Mensch.«

»Ich bin nur von außen betrachtet alt. Ich habe eine junge Seele. Die ist erst siebzehn.«

Munter spießte er mit der Gabel ein Stück Wurst auf und beförderte es in den Mund. Er kaute konzentriert und gründlich. Und würdigte niemanden mehr eines Blickes. Es war, als hätte er jegliches Interesse an uns verloren. Den Tee trank er in großen Schlukken, geräuschvoll und schlürfend. Ich kroch hinter dem Tisch hervor und ging zu Vater, um mich bei ihm zu beklagen. Dort irrte Gned im Zimmer umher wie ein Tier im Käfig. Mit den Armen fuchtelnd, erklärte er irgend etwas, verstummte aber, als ich eintrat.

»Na, Vater, ein Ungeheuer ist zu dir gekommen, dieser Swjaginzew. Der reinste Höhlenmensch.«

Vater fuhr zusammen. »Und wo ist er?«

»In der Küche, er geruht zu frühstücken. Alle hat er schon beleidigt – mich, Anetschka, Tamara. Wer ist er überhaupt? Ist er vielleicht von der Miliz?«

Vater lächelte verzaubert.

»Ein höchst sympathischer Mensch. Ein Kämpfer ... So ruf ihn doch her. Ich werde ihn mit Gned bekanntmachen.«

Boris Sacharowitsch schien mühelos Absolution erhalten zu haben, weil er mich gönnerhaft ansah. Wenn Nina ihm auch am Morgen in aller Eile den Laufpaß gegeben hatte, so fielen ihm doch, das muß man sagen, vor Kummer nicht die Zähne aus.

»Ruf ihn, Andrej, es war nicht schön ... Ich muß mich so schnell wie möglich bei ihm entschuldigen.«

Wieder klangen in seiner Stimme eigensinnige Untertöne an. Vater, was geht nur mit dir vor? Aus welcher Quelle hast du berauschendes Naß getrunken?

Swjaginzew brauchte nicht erst geholt zu werden, er erschien von allein, im Gehen noch zu Ende kauend. Und dies waren seine Begrüßungsworte: »Liegst wohl im Sterben, Petja? Aber das ist keine Entschuldigung für dich. Wenn man sich verabredet hat, muß man auch kommen. Schlecht, Petja. Das kann man mit Fahnenflucht gleichsetzen.«

Erniedrigend war es zu sehen, mit was für einem törichten, einschmeichelnden Lächeln Vater sich bei diesem Dämon anbiederte.

»Verzeih, Iwan Timofejewitsch, verzeih. Es hat mich umgeworfen, siehst es ja selbst. Aber ich fühle mich dir gegenüber schuldig. Hätte dich irgendwie benachrichtigen können. Verzeih, bitte.«

Zu seinem Unglück beschloß Gned in diesem Augenblick, seine freundschaftliche Zuneigung zu Vater unter Beweis zu stellen. Fast drohend warf er Swjaginzew vor: »Sie, Verehrtester, reden in einem unzulässigen Ton mit einem kranken Menschen. Sie sollten ein bißchen rücksichtsvoller sein.«

Swjaginzew richtete einen verwunderten Blick auf ihn.

»Wer ist das, Kalifornow?«

»Darf ich vorstellen: das ist Boris Sacharowitsch, mein alter Freund. Und das ist ...«

»Für einen Sterbenden lebst du nicht schlecht«, fiel ihm Swjaginzew ins Wort. »Freunde, Frauen. Hast dir alles mögliche Pack ins Haus geholt. Eine Spelunke aufgemacht. Solche Freunde werden dich gerade am schnellsten unter die Erde bringen. Um später von deinem Hab und Gut die fettesten Brocken zu ergattern. Solche durchtriebenen Gauner hab ich genug gesehen. Sei auf der Hut, Pjotr Jewdokimowitsch ...«

Gneds Schnaufen ging in eine Art Röcheln über. Er hatte heute kein Glück. »Wie können Sie es wagen!« sagte er hitzig, womit er Swjaginzew zum Lachen brachte.

»Funkele mich nicht so an, junger Mann. Solche wie dich wittere ich schon von weitem. Zudringlich bist du, das sieht doch ein Blinder.«

Natürlich war die Szene phantasmagorisch, aus dem Nichts entstanden, und dieser Swjaginzew ein erstklassiger Grobian. Doch seine Grobheit hatte einen einnehmenden Charme. Vater nahm Gned vorsichtig in Schutz.

»Du hast unrecht, Iwan Timofejewitsch. Borja ist ein guter Mensch. Solche Absichten, wie du sie ihm unterstellst, kann er nicht haben.«

»Wir alle sind bis zu einer bestimmten Zeit gut«, bemerkte der Ankläger traurig. »Solange man uns nicht auf den Schwanz tritt ... Für dich, Kalifornow, wäre es Zeit, an die Seele zu denken, du aber gibst lauter intellektuellen Blödsinn von dir. Ach, unser Rußland, Mütterchen Rußland! Durch nichts kann man deinen Menschen den Sklavengeist austreiben.«

Gned nahm all seinen Mut zusammen und bemerkte verächtlich: »Bei Ihnen, Verehrtester, ist die Psyche nicht in Ordnung. Darum können Sie von mir aus soviel dummes Zeug zusammenreden, wie Sie wollen. Ich werde es Ihnen nicht übelnehmen.«

»Was schert es mich, ob du was übelnimmst. Was denn noch! ... Na, wie ist es, Kalifornow, hast du die Absicht, dich lange in deiner Höhle einzuigeln? Ein Wetterchen ist das – gerade richtig. Wir buddeln ein bißchen in der Erde – und schon sind alle Krankheiten wie weggeblasen.«

Vater erwiderte mit eiliger Dienstfertigkeit: »Vielleicht stehe ich morgen auf? Vielleicht fahren wir morgen los, wie?«

Seine Unterwürfigkeit und seine kindliche Ergebenheit waren mir unerträglich, und so verließ ich das Schlafzimmer. Warf, glaube ich, sogar die Tür hinter mir zu.

In der Küche stritten sich die Frauen laut über irgend etwas. Also hatten sie eine gemeinsame Sprache gefunden. Das gab mir aus irgendeinem Grund endgültig den Rest. Ninas unheilverkündender Schatten tauchte auf der Schwelle auf. Alle sind sie gleich, dachte ich. Vergebens sucht man in ihrem Leben einen höheren Sinn. Und der, der ihre Existenz ernst nimmt, der sich lange mit ihnen abgibt wie mein Vater, wird bald selbst zu so einer Pflanze werden. Ich konnte nicht länger in dieser gemütlichen Hölle bleiben. Ich stahl mich zur Eingangstür, öffnete sie ganz leise und schlüpfte aus der Wohnung wie ein Dieb.

5

Der vertrackte Morgen, die Tatsache, daß hier ständig Leute hereinschneiten – all das hatte mich aus dem Gleichgewicht gebracht, und mir war nicht ganz klar, warum ich mich plötzlich auf der Straße befand und wohin ich wollte. Es war ein schöner Tag, am heiteren Himmel strahlte die Sonne, und nur ein einziges schneeweißes Wölkchen mit scharfen Rändern schaukelte sich im Südwesten. Lange sah ich zu, wie es sich auflöste, verging und dabei versuchte, sich schraubenförmig zusammenzudrehen. Ein leises Gefühl des Mitleids empfand ich, als ich seine vergeblichen Anstrengungen, heil zu bleiben, beobachtete ... Vielleicht sollte ich zu Prochorow fahren, um meine Lehrbücher zu holen. Das tat ich denn auch, doch im Bus fiel mir ein, daß ich meinen Taschenrechner auf der Datscha gelassen und schon ein paar Tage lang die Absicht gehabt hatte, ihn zu holen. Kurz entschlossen setzte ich mich in die Metro, fuhr bis zum Bahnhof und stieg in die Vorortbahn. Als vor dem Fenster die prachtvollen Wälder der Moskauer Umgebung vorüberglitten, wurde mir leichter ums Herz. Den Kopf an die dröhnende Wagenwand gelehnt, schlummerte ich ein. Im Traum sah ich mit Rasen bedeckte Höhlen, die Höhlen im Baltikum, wo ich vor zwei Jahren gewesen war. In einer der Grotten lag ich auf einem warmen Lager aus Gras mit einer schönen begehrenswerten Frau, die ich nicht erkannte. Sie verbarg ihr Gesicht. Von den Wänden sickerte Harz, durch das düstere Felsengewölbe brachen sich wie durch ein Wunder Sonnenstrahlen Bahn. Die Frau schwieg, um sich nicht durch die Stimme zu verraten. Ihre Finten reizten mich zum Lachen. Ich berührte ihre Schulter, die fest war wie Holz, dann drehte ich sie abrupt zu mir um. Das hätte ich besser nicht getan. Es war nicht Nina und nicht Anja, keine von denen, die ich früher gekannt hatte. In dem runzligen schmalen Gesichtchen funkelten wütende, böse Äuglein, und aus dem schwarzen Mund ragten weiße krumme Hauer heraus. Verzweifelt versuchte ich, meine Hand zurückzuziehen und zur Seite zu rücken, vermochte es aber nicht. Die Hand blieb an ihrer Schulter haften, und die Frau preßte sich, einen gutturalen Freudenschrei ausstoßend, mit ihrer knochigen Brust an mich. »Du bist doch hier, Liebster!« Ihre Stimme erschütterte mich. In ihr klangen geheime, ferne, aus der Kindheit herrührende Töne an, Töne, wie sie meine Mutter von sich gegeben hatte. Entsetzen packte mich wie mit einer fest zugreifenden Krebsschere an der Gurgel. Ich wollte aufschreien, zuckte zusammen, stieß mit der Stirn gegen den Fensterpfosten – und kam Gott sei Dank zu mir. Mir gegenüber ein altes Mütterchen, das sich mit den Ellbogen auf einen Korb stützte, mit vom Wagenrütteln zitterndem Kopf, ein Halbwüchsiger, der sich in ein Buch vertieft hatte, das gleichmäßige Dahingleiten der Vorortbahn inmitten smaragdgrüner Felder... Oh, dachte ich, wie herrlich ist das Leben doch in wachem Zustand!

Ich trat auf die Endbühne hinaus und rauchte zwei Zigaretten hintereinander. Ich dachte darüber nach, daß mein Leben plötzlich seltsam aus den Fugen geraten war, als sei ich in einer steilen Kurve hinausgeschleudert worden. Heute war ich nicht mehr derselbe wie gestern. Andere Gedanken beschäftigten mich: die Krankheit des Vaters, das Wölkchen am Himmel, das sich aufgelöst hatte. Ninas wollüstiges Stöhnen, die Neurasthenie meiner Frau – alles verschmolz gleichsam zu Kohlendunst, der mir den Atem nahm. Irgendwie hatte ich mich vergaloppiert und mich sogleich von den trügerischen, aber festen Fäden halber Gefühle, halber Einsichten, halber Freuden und halber Tränen umgarnt gefunden. Ich hatte mich gewissermaßen im eigenen Stall verlaufen...

Auf der Datschaparzelle grub ein korpulenter Mann in Shorts mit einem Spaten in der Erde. Ich sah ihn erst, als ich die Pforte hinter mir zugemacht hatte, und einen Augenblick lang kamen mir Zweifel; ich glaubte schon, mich vielleicht in der Adresse geirrt zu haben. Der Mann schleuderte den Spaten fort und steuerte auf mich zu. Er hatte einen watschelnden Gang wie eine Ente.

»Wer sind Sie?« fragte ich.

»Ich bin der frühere Besitzer dieser Datscha«, gab der Mann zur Antwort. »Und Sie sind vermutlich Pjotr Jewdokimowitschs Sohn?«

»Ja... Andrej...«, stellte ich mich vor; mir war nicht gleich klar, daß ich Ninas Mann persönlich vor mir hatte. Als ich es dann begriffen hatte, spürte ich ein verräterisches Frösteln. Wenn er hier war, dann konnte auch sie nicht weit sein. Trotzdem, warum fing ich an zu zittern? Dieser dicke, kahlköpfige Säugling würde mich ja nicht totschlagen. Aus irgendeinem Grund dachte ich genau so über ihn: kahlköpfiger Säugling.

Der frühere Besitzer nannte seinen Vor- und Vatersnamen und erklärte höflich: »Wir hatten mit Ihrem Papa eine Abmachung – ein Zimmer sollte gewissermaßen uns verbleiben.«

»Eine Abmachung ist mehr wert als Geld. Ich habe hier einen Taschenrechner vergessen...«

»Dann ist das Ihr Taschenrechner? Ich habe ihn, verzeihen Sie, ein wenig benutzt.«

Sollte er Nägel damit eingeschlagen haben? dachte ich. Wenn man Nina glauben will... Aber wie kann man ihr glauben? Da steht ein normaler, etwas verlegener Mann in Shorts. Und nüchtern, wie's aussieht.

»Sind Sie allein hier?« fragte ich.

»Ja«, bestätigte er erstaunt.

»Nur so... Ist dort offen?«

»Ja.«

Ich trat ins Haus. Der aus dem Futteral herausgenommene Taschenrechner lag auf einem Fensterbrett, heil und unversehrt, wie es schien. Ich steckte ihn ins Futteral und ging in das Zimmer im Obergeschoß, wo Anetschka und ich übernachtet hatten. Damals hatte hier ein altes Bett gestanden, jetzt herrschte gähnende Leere im Zimmer. Wo war das Bett hingekommen? Vielleicht hatte es der frühere Besitzer zu Kleinholz zerhackt? So war denn also auch unsere glückliche Nacht irgendwohin entschwunden, dem Bett hinterdrein ...

Als ich nach unten ging, saß Fjodor Innokentjewitsch schon auf der Veranda und trank Bier. Vor ihm standen fünf Flaschen *Shigulewskoje*. Mysteriös verhalten sich die Gegenstände auf dieser Datscha, dachte ich. Woher kommt dieses Bier? Der frühere Besitzer hatte sich inzwischen einen Trainingsanzug übergestreift, der ihm so eng saß wie ein Gummischlauch.

Ich setzte mich zu ihm an den Tisch. »Ich kenne Ihre Gattin«, sagte ich. Anscheinend hatte Nina endlich einmal nicht gelogen: Er war Alkoholiker. Ein ausgemachter sogar, soviel ich davon verstand.

»Sie kennen Nina Petrowna? Nun ja, gratulieren kann ich Ihnen dazu nicht. Ich kenne sie auch.«

»Hat sie Ihnen nichts von ihren Plänen gesagt?«

»Von was für Plänen?«

»Sie verlangt von meinem Vater zusätzlich fünftausend für die Datscha. Sie droht, sonst das Geschäft gerichtlich anzufechten.«

Fjodor Innokentjewitsch bekam vor Erstaunen den Schluckauf.

»Wie will sie das anfechten?«

»Sie sagt, Sie seien infolge Ihres Alkoholismus nicht für Ihre Handlungen verantwortlich.«

Er beugte sein Gesicht zum Tisch nieder und versank in tiefes Nachdenken. Seine Haltung drückte die Bereitschaft aus, mit der Stirn auf die Tischplatte zu schlagen oder, ganz im Gegenteil, aufzuspringen und sich auf mich zu stürzen, um mich zu erwürgen. Für alle Fälle rückte ich ein bißchen zur Seite.

»Sie wird auch Sie nicht verschonen«, bemerkte ich mitfühlend. »Ihr hat mißfallen, daß Sie den Garten abgeholzt haben.«

»Über fremdes Unglück sollte man sich nicht lustig machen«, murmelte er dumpf. »Das ist unfair. Aber Sie sind noch zu jung.«

»Mir tut Vater leid. Er hat ein krankes Herz. Er darf sich nicht aufregen. Ihre Gattin ist eine Frau, die sich nicht beirren läßt. Sie wird ihm mit diesen fünftausend den Rest geben. Er hat kein Geld.«

Endlich schaute Fjodor Innokentjewitsch zu mir auf, mit umflortem Blick, in dem viel Traurigkeit lag.

»Als ich in Ihrem Alter war, sind mir alle Frauen wunderschön vorgekommen ... Und Nina gar als die reinste Göttin. Sie ist auch heute noch schön, damals aber ... Obendrein ist sie klug und zärtlich. Und sie hat mich geliebt, lächeln Sie nicht so, sie hat mich sehr geliebt. Jedenfalls habe ich an ihre Liebe geglaubt. Ich weiß nicht, warum ich Ihnen das sage.«

»Ich weiß es auch nicht.«

»Wohl ... um mich auszusprechen ... egal mit wem. Der Betrunkene redet auch mit der Flasche. Aber ein Mensch aus Fleisch und Blut ist doch besser ... Bis heute habe ich nicht begriffen, was sie ist – eine Hexe oder eine Heilige. Alle ihre Laster sind mir bekannt. Aber sie hat mir Kinder geboren – das darf man nicht vergessen. Natürlich hat sie schnell ihr Hexenwesen an den Tag gelegt, und ich habe angefangen zu trinken. Nina hat sich manchmal so tolle Stückchen geleistet, daß ich sie hätte umbringen können. Das Gericht würde mich freigesprochen haben. Doch ich habe sie nicht umgebracht, diesem Teufelstrank sei Dank. Dafür hat sie mich völlig unterjocht. Sie werden das nicht begreifen, wie eine Frau, ein Weibchen, einen gesunden, hoffnungsvollen und kraftstrotzenden Mann unterjochen kann. Hier ist schwarze Magie im Spiel. Es kommt der Tag, wo man entsetzt feststellt: Alle Gehirnzellen, alle Poren sind von dieser Frau verseucht, man ist völlig von ihr durchdrungen.« Er gönnte sich eine Verschnaufpause und spülte die Tirade mit einem Glas *Shigulewskoje* hinunter. »Ich hab versucht, sie aus mir zu vertreiben. Hab alles mögliche versucht. Später hab ich begriffen: Sie loszuwerden bleibt mir versagt. Und sie totzuschlagen – dazu fehlt mir der Mut. Was würde das auch nützen. Sie würde mich auch noch als Tote fertigmachen. Ich hab klein beigegeben. Bewahre Gott jeden vor einer solchen Demütigung. Aber ich habe mich nicht versprochen, als ich sie eine Heilige nannte. In ihr sind unvereinbare Charakterzüge zusammengekommen. Sie ist, stellen Sie sich das vor, der Selbstaufopferung fähig. Sie sollten sie einmal in lichten Momenten sehen. Dann ist sie die Weiblichkeit in Person, nachgiebig und leichtgläubig. Jedes Kind kann sie übers Ohr hauen, wenn sie so ist.«

Der arme Dulder rollte mit den Augen, mir aber wurde ganz übel. Ich begriff: Für diesen Menschen gibt es wirklich keine Rettung. Liebe und Alkohol werden ihr Zerstörungswerk bei ihm schon vollenden. Durch das Spiel der Phantasie hat er sich in eine Welt versetzt, in der gewöhnliche Menschenstimmen nicht zu hören sind. Dort ist alles Verzagtheit und Hirngespinst. Und das hat Nina Petrowna aus ihm gemacht, eine gierige, zärtliche Frau, die sich noch vor kurzer Zeit wie eine Eidechse in meinen Armen gewunden hat. Mir war hundeelend zumute.

»Und warum wollten Sie den Garten abholzen?« fragte ich müde.

Er wunderte sich nicht im geringsten.

»Ein hysterischer Anfall. Der verspätete Wunsch, irgend etwas zu beweisen. Aber ich wollte ja nicht den ganzen Garten abholzen, sondern nur ihren Lieblingsapfelbaum ... Dort, im Schränkchen, sind Papier und Kugelschreiber, geben Sie sie mir bitte.«

Ich warf einen Blick in das Schränkchen; dort lagen ein Stoß Schreibpapier und mehrere Kugelschreiber. Ich legte ein Blatt Papier vor ihn hin. Vorsichtig schob er die Flasche beiseite, kratzte sich hinter dem Ohr und beugte sich in Gedanken versunken über den Tisch.

»Wollen Sie Ihr Testament aufsetzen?« erkundigte ich mich.

Fjodor Innokentjewitsch antwortete nicht. Er zögerte noch ein wenig, dann kritzelte er schnell, mit wütendem Gesichtsausdruck, fast zähneknirschend, ein paar Zeilen hin und setzte schwungvoll seine Unterschrift darunter.

»Da«, sagte er und reichte mir das Papier. »Vielleicht wird das wirken.«

Mit hüpfenden schiefen Buchstaben stand dort folgendes geschrieben: »Ich, Michailow, F. I., mache, bei nüchternem Verstand und Erinnerungsvermögen, keinerlei Ansprüche betreffs des Verkaufs der Datscha geltend. Sollten solche Ansprüche von meiner Gemahlin, Michailowa, N. P. erhoben werden, so bitte ich, diese als Beweis einer persönlichen, eigennützigen Abrechnung mit mir anzusehen.« Darunter Datum und Unterschrift.

»Zeigen Sie das Ihrem Vater. Wenn es nötig sein sollte, lasse ich das gleich morgen beim Notar beglaubigen. Ich werde jedes Schriftstück, mit dem Ihnen gedient ist, verfassen und beglaubigen lassen. Und richten Sie ihm auch noch aus: Ich schäme mich – für meine Frau und für mich selbst.«

»Hier gibt es nichts, dessen Sie sich schämen müßten«, tröstete ich ihn. »Nur ganz gewöhnliche alltägliche Mißverständnisse.«

Merklich erleichtert lehnte er sich in seinen Stuhl zurück, nippte am Bier und versuchte, ein unverfängliches Gespräch anzuknüpfen. Er sah aus wie jemand, der eine wichtige Angelegenheit erledigt und sich eine Atempause verdient hat.

»Studieren Sie, Andrej?«

»Ja. Am Institut für Elektronik.«

»Oh, da sind wir ja fast Kollegen. Ich bin auch ...«

Er verstummte auf merkwürdige Weise, den leeren Blick auf den Tisch gerichtet. Du auch, dachte ich mit einem Gefühl der Überlegenheit. Nichts bist du auch. Von einem schlechten Weib hast du dich auffressen lassen, das ist dein ganzes ›auch‹.

»Schwach bin ich gewesen, kraftlos.« Er schien meine Gedanken erraten zu haben. »Aber verurteilen Sie mich nicht, Andrej.

Verurteilen ist leicht. Eine Frau ist eine schreckliche Macht. Wir suchen bei ihr Trost, doch sie hat keinen. Nur Verwünschung für unser Geschlecht. Sie werden noch damit konfrontiert werden. Zeigen Sie sich dem gewachsen, halten Sie stand, dann verurteilen Sie. Einen Rat erlaube ich mir, Ihnen zu geben: Heiraten Sie nicht voreilig, heiraten Sie nicht, selbst wenn Sie vor Liebe sterben sollten.«

»Warum bin ich Ihnen nicht früher begegnet, Fjodor Innokentjewitsch? Jetzt ist es schon zu spät...«

Er lächelte unfroh: »Ja, dem Schicksal stellt man kein Bein. Und ist es schon lange her, daß Sie auf die unglückliche Idee verfallen sind, zu heiraten?«

»Zwei Wochen. Seitdem achte ich nicht mehr auf die Zeit.«

Mit verteufeltem Scharfsinn bemerkte er: »Aha, zwei Wochen. Und schon hat es Sie gepackt. Schon haben Sie den Rechner auf der Datscha vergessen. Das ist es ja eben.«

Ich verspürte plötzlich ebenfalls das Verlangen, aufrichtig zu ihm zu sein.

»Bei mir liegt der Fall anders. Meine Frau ist still wie ein Mäuschen, ihre Zähne sind allerdings ziemlich scharf.«

»Aus Mäuschen können Haifische werden.« Er neigte sich mit mitfühlendem Lächeln mir zu, wie zu einem Bruder im Unglück. »Ach, Andrej, lassen Sie bloß die Finger vom Schnaps. Das ist eine zu gefährliche Medizin.«

Wie jedem Menschen, der ins Unglück geraten ist, schien es ihm, als könne es nichts Schrecklicheres geben als gerade dieses Unglück. Er lebte schon doppelt so lange auf der Welt wie ich und bildete sich daher ein, ein erfahrener Mann zu sein. Mit dieser Illusion würde man ihn denn auch in die Trinkerheilanstalt schicken.

Als ich die Datscha – nachdem ich dem Dulder zum Abschied die Hand gedrückt hatte – verlassen hatte und schon munter über den Waldweg schritt, da bedauerte ich ihn auf einmal. Das war noch ein Mensch, der sein Leben unsinnig und unnütz vergeudet hatte. Wahrscheinlich kein schlechter, ja ein gutmütiger Mensch. Ein denkender sogar. Im Grunde genommen eine rein physiologische Erscheinung, die keinerlei Wert für die Gattung insgesamt darstellte. Was für eine ungeheuer große Ausfallquote die Menschheit doch hat, dachte ich, wie viele Samen, die voller Hoffnung großgezogen worden sind, ganz sinnlos zu Unkraut werden. Gar nicht auszudenken. Wahrscheinlich gibt es ein besonderes, von der Wissenschaft nicht erkanntes Gesetz, dem zufolge die Natur mit der kalten Grausamkeit des Inquisitors die Reproduktion der zu produktiver Tätigkeit fähigen Vernunft kontrolliert. Warum ist sie so verschwenderisch und nachlässig, daß sie von Hunderten, ja Tausenden menschlicher Individuen nur einzelnen einen lebendigen Funken, den aufrichtigen Drang nach dem Erkennen von Wahrheiten und das Streben nach einem Ideal einhauchen kann? Wo liegt hier des Rätsels Lösung?

Mir wurde schwer ums Herz von diesen Gedanken, und unwillkürlich verlangsamte ich meine Schritte. Und dann ließ ich mich sogar auf einem von der Sonne erhitzten Baumstumpf am Wegrand nieder, um ruhig eine Zigarette zu rauchen.

Und dann geschah es mit mir in jenem Augenblick. Unwiderstehlich, abscheulich zog es mich zu Nina Petrowna hin. Zu ihrem zurückgeworfenen Kopf mit dem Gesicht, das nichts ausdrückte als animalische Leidenschaft, zu ihrem Stöhnen, ihrem Flüstern. So heftig atmete ich den Tabakqualm ein, daß ich ein krampfhaftes, einem Flügelschlag ähnliches Zittern der Lungen verspürte. Ich bekam einen Hustenanfall und spuckte mir gelben, giftigen Speichel vor die Füße. Sollte denn auch ich dem schwarzen, wütenden Druck des Subkortex nicht standhalten und verschwinden wie ein Hund, der fehlgetreten und in einen Sumpf geraten ist?

»Stirb nicht, Vater«, flehte ich laut und erbebte von diesen Worten. »Stirb, bitte, nie!«

6

Aber das ging vorüber, wie Magenkrämpfe vergehen. Auf der Rückfahrt in der Vorortbahn – ich hatte die Augen geschlossen – begann ich mir aufgrund irgendeiner unklaren Gedankenverkettung jene weit zurückliegende Zeit ins Gedächtnis zurückzurufen, da die Welt verschwommen gewesen war, da ihre unklaren Konturen Furcht in mir hervorgerufen hatten und ich, den Kopf im Kissen vergraben, nachts oft geweint und mit den Tränen irgendeinem unbekannten Kummer Ausdruck verliehen hatte. Doch davon wußte niemand. Bis zur sechsten Klasse war ich ein mittelmäßiger Schüler gewesen, hatte die Schule gehaßt und viele Kränkungen von Lehrern und Eltern erduldet. Aber voller Dankbarkeit möchte ich bemerken: Vater hat nie meine Menschenwürde verletzt. Wie aufgebracht er über eine Vier oder einen Tadel im Tagebuch auch sein mochte, jedes erzieherische Gespräch begann er stets mit dem Satz: ›Andrjuscha, du Dummkopf, das Ärgerlichste ist ja, daß du ein begabter Junge bist. Du bist ein sehr begabter Junge!‹ Hab Dank, Papa, du kannst dir nicht einmal vorstellen, wie viel diese deine unausbleibliche ergänzende Bemerkung beim strengsten Rüffel für mich bedeutet hat.

Ich glaube, die Bücher sind es, die aus dem feuchten Lehm meines Wesens die Konturen einer Persönlichkeit modelliert haben, noch dazu in kurzer Zeit, während der drei Sommermonate nach der sechsten Klasse, die wie ein feuriger Komet auftauchten, doch bis heute in heimlichen Winkeln meines Gedächtnisses fortleben. Wie viele meiner Altersgenossen bin auch ich ein Kind der Bücher. Und ich bedaure das nicht.

Nachdem ich einmal begonnen hatte, mit Hingabe zu lesen, kam ich bald dahinter, daß der Mensch in einer gespaltenen Realität lebt. Die eine, die von den Massenmedien deklariert und aufgedrängt wird, stimmt ganz und gar nicht mit der anderen, der natürlichen, ihren Erscheinungsformen nach oft armseligen und faden

Realität überein. Der Mensch gewöhnt sich nach und nach an die Zwiespältigkeit, doch das ist ein ungesunder Zustand. Die Wahrhaftigkeit und Harmonie des Seins kann man, scheint mir, nur empfinden, wenn man sich ganz in die großen Bücher vertieft, die von Künstlern und Weisen vieler Zeiten geschaffen worden sind. Vielleicht war es immer so. Das heißt immer, seitdem gewisse Titanen, beginnend mit Homer, Werke schufen, in denen das Bild einer Welt, die dem Menschen recht ist, auf ewig festgehalten wurde. Später entstanden nur alle möglichen Varianten. In rückständigen Epochen, als das Buch noch keine Macht hatte, war es die Religion, die die geistige Begründung des Lebens mit Hilfe einer naiven, aber allumfassenden Symbolik lieferte. Das darf man nicht vergessen. Die Bücher haben den Glauben zurückgedrängt, weil sie dem freien Denken unbegrenzten Spielraum sicherten, doch, als die menschliche Vernunft genügend erstarkt war, wurde ihr auch das zu wenig. Und nun erlebte die Wissenschaft, ebenfalls eine eigentümliche Art des Einsiedlerlebens und der Flucht vor der verheerenden Zwiespältigkeit der Welt, einen stürmischen Aufschwung. Aber die Wissenschaft ist gefährlich, sie verändert die Natur auf lästerliche Weise und kündigt Katastrophen an, die nicht wiedergutzumachen sind. Leider läßt sich die Entwicklung der Wissenschaft nicht kontrollieren und man kann sie nicht zumachen, wie man eine Schachtel mit verdorbener Ware zumacht. Augenblicklich erinnert sie an den berüchtigten Dschin, der aus der Flasche fuhr und obendrein durch die lange Gefangenschaft fuchsteufelswild geworden ist. Die Moral der Wissenschaft überhaupt – das ist eine der tückischsten Fragen der Epoche, die nie vorher so prekär war, und unsere Generation wird sie lösen. Und dennoch ... Hätte ich wenigstens ein bißchen Talent gehabt, so wäre ich Schriftsteller geworden. Aber ich besaß keins. Und so hatte ich die Wissenschaft gewählt. Denn unter einer Vielzahl von Illusionen ist das die gründlichste ...

Auf dem Bahnhof ging ich in die Imbißstube, trank ein Täßchen Kaffee und aß ein trockenes Sandwich mit Käse. Mittag war längst vorüber, und ich wußte immer noch nicht, was ich mit mir anfangen sollte. Ringsum sättigten sich in aller Eile geschäftige Menschen, die ich nichts anging, wie auch sie mich nichts angingen. Die Vorortbahn hatte, wie sich herausstellte, den Wunsch, Nina Petrowna wiederzusehen, nicht aus mir herausgeschüttelt. Es kam mir so vor, als könnte sie plötzlich aus der Menschenmenge auftauchen, zu mir treten und mich bei der Hand nehmen. Als könnte sie ihre Hexenaugen zusammenkneifen und flüstern: »Gehen wir, Liebster, du willst es ja!«

Weil ich das wirklich wollte, begann es mich im Kopf irgendwie seltsam zu jucken, als sei eine geschäftige Kriebelmücke dort eingedrungen.

Neben mir hatte sich ein Mann mit zwei Koffern und einer Medaille am Revers des ziemlich alten, sorgfältig gebügelten Jacketts aufgebaut. Er fragte: »Ist hier frei?« – und ich nickte ihm freundschaftlich zu. Der Gast der Hauptstadt war dem Anschein nach weit über fünfzig. Er machte ein Gesicht wie sieben Tage Regenwetter; komisch wirkte darin der bürstenförmige graue Schnurrbart. Er bückte sich unter den Tisch und kramte lange in einem der Koffer herum. Dann legte er seinen Reiseproviant auf das Tischchen: mehrere Eier, ein paar Salzgurken und eine ordentliche Scheibe gekochtes Fleisch.

»Brot hab ich keins«, sagte er zu mir. »Wissen Sie nicht, ob man hier in der Imbißstube welches bekommt?«

»Ich denke schon.«

»Könnten Sie wohl auf mein Gepäck aufpassen, während ich Brot hole?«

»Warum denn nicht?«

Auf der Suche nach zwei Kopeken fischte ich mechanisch Kleingeld aus meinem Portemonnaie, und mir wurde klar, daß dieser Tag nicht gut enden würde. Es war wirklich komisch: Nur ein Schritt zur Seite – und schon geriet ich in Gefahr. Wie in ein Vakuum wurde ich dort hineingezogen, ich hatte keine Kraft, Widerstand zu leisten. Der Sog war zu stark. Schon jetzt konnte ich mich nicht mehr achten wie vorher, was aber würde erst werden, wenn ich die begehrten zwei Kopeken in den Schlitz des Münzfernsprechers eingeworfen hatte?

Nina, dachte ich, was hast du mit mir gemacht?

Der Mann kehrte zurück, eine Flasche Kefir und ein paar Schwarzbrotscheiben in den Händen. Ohne zu fragen, füllte er zwei Gläser und deutete mit dem Kopf auf den übrigen Proviant: »Greif zu, Brüderchen.« Bereitwillig nahm ich ein Ei, klopfte es an der steinernen Tischplatte auf und begann es abzupellen. Unter der schneeweißen Schale zeigte sich, appetitanregend, die bläuliche Wölbung des Eis.

»Kommen Sie von weit her?« erkundigte ich mich höflich.

»Aus Woronesh.« Er biß eine halbe Gurke ab und sog mit Genuß den Saft ein. »Aber, wie's scheint, bin ich umsonst hergekommen.«

»Wieso?«

»Hab meinen Bruder nicht angetroffen. Ich bin zum Geburtstag zu ihm gefahren. Fünfzig ist er geworden. Ich hatte ihm nicht geschrieben, daß ich komme, wollte ihn überraschen. Bin auf gut Glück losgefahren, hab noch eine Woche Überstunden abzufeiern. Fünf Jahre habe ich meinen leiblichen Bruder nicht mehr gesehen, kannst du dir das vorstellen?! Ich bin also hin zu ihm, aber er ist nicht da. Ist in dieser Woche in Urlaub gefahren, ins Sanatorium. Mit Frau und Kindern. Die Frau aus der Nachbarwohnung hat's mir erzählt. Ärgerlich, bei Gott.«

»Und ob ... Waren Sie früher schon mal in Moskau?«

»War ich, auf der Durchreise ... Wollte mir diesmal auch Moskau anschauen. Ach, was fang ich jetzt bloß an!«

Ich hatte das Ei aufgegessen und nicht gemerkt, wie. Der Mann schob mir sofort ein zweites zu.

»Du, mein Lieber, wenn du hungrig bist … genier dich nicht. Ich hab eine Wurst im Koffer. Soll ich sie rausholen?«

»Danke, ich esse nur so, zur Gesellschaft.«

»Nimm Gurken und Brot. Stärk dich … Aber was die Hauptsache ist, man hat mir die Fahrkarte gegen eine für zwei Uhr nachts umgetauscht. Da heißt's jetzt auf dem Bahnhof hocken.«

»Und außer Ihrem Bruder haben Sie hier keine Bekannten?«

»Woher denn! Wir sind Woronesher. Mein jüngerer Bruder ist auch erst vor kürzerer Zeit hierher übergesiedelt, vor sieben Jahren. Er stellt jetzt was vor. Gib nichts drauf, daß ich ein einfacher Mann bin. Wowka – ja der, der hat's weit gebracht – im Staatsapparat. Ins Ministerium haben sie ihn versetzt und ihm eine Wohnung gegeben. Verstehst du? In unserer Familie ist sowas noch nicht dagewesen. Aufgestiegen ist er, und wie. Da kann man nur den Hut ziehen.«

Er sagte das voller Stolz und wartete auf eine Antwort, wartete, ob ich das würdigen würde. Ich tat es: »Ins Ministerium versetzt man nicht den ersten besten. Also hat er einen Kopf auf den Schultern.«

»Das hat er, einen Kopf und keinen Kürbis. Du und ich müßten so einen haben.« Der Mann sprudelte die Worte nur so hervor und strahlte vor kindlicher Begeisterung. »Auch eine ungewöhnliche Frau hat er sich genommen, eine Generalstochter. So ein Kreuz, hab ich gedacht. Ich hab ihm wirklich nicht zugeraten, hatte Angst um ihn. Wonach greifst du, hab ich gedacht, wenn du auch ein gelehrter Mann bist. Um so mehr, als seine erste Frau das reinste Luder war. Was hat er sich mit ihr abgeplagt. Beim Theater arbeitet sie, ist Schauspielerin. Pfui, so ein Luder! Nicht allein, daß sie mannstoll ist, sie hat ihn so verhöhnt, hat ihm keinen Augenblick Ruhe gegönnt. Aus dem Haus hat sie ein Hotel gemacht. Einen Umschlagplatz. Wann man auch vorbeikam – immer ging es hoch her. Lenotschka, ihr Töchterchen, hat sie in einer Art Rumpelkammer schlafen gelegt. Später haben wir das Kind dann zu uns genommen. Und daß sie wie andere Frauen Wäsche gewaschen oder Essen gekocht hätte – gar nicht dran zu denken! Als hätte sie blaues Blut. Na, Wowka hat sich in Geduld gefaßt und sein Unglück ertragen, bis er's eines Tages nicht mehr ausgehalten hat. Hat ihr eins in die Visage gegeben und ist zu mir gezogen. Ein halbes Jahr hat er bei mir gewohnt, bis die Scheidung rechtskräftig war. Und war auch noch traurig wegen dem Luder. Nur gut, daß sie ihm die Tochter gelassen haben. Wozu braucht sie eine Tochter? Hör mal, Brüderchen, soll ich uns vielleicht Kaffee holen? Was meinst du?«

Er hatte es nicht eilig, ich ebensowenig. Er lief zum Büfett und besorgte, ohne sich erst anzustellen, schnell Kaffee. Aus dem Koffer förderte er einen Ring geräucherter Wurst zutage. Mit einem Federmesser schnitt er sie in große Stücke. Er brannte darauf, noch mehr von seinem Bruder zu erzählen. Ich aber dachte, was für ein großartiger Ausweg aus verwickelten Situationen es doch sei, jemandem eins mit der Faust in die Visage zu geben.

»Bist du selbst Moskauer?«

»Ur-Moskauer.«

»Siehst gar nicht danach aus. Die Moskauer, sagt man, sind eingebildet und streitsüchtig, du aber bist, wie ich merke, ein aufrichtiger Bursche... Nimm dir von der Wurst, genier dich nicht. Wie heißt du?«

Wir stellten uns vor. Er hieß Grischa. Grigori Iwanowitsch. Arbeitete als Mechaniker in einem Werk. Und er hatte drei Kinder. Als er seine Familienverhältnisse und seine gesellschaftliche Stellung kurz geschildert hatte, kam er wieder auf seinen Bruder zu sprechen.

»Danach hat er lange allein gelebt und sein Töchterchen großgezogen. Was die Weiber betrifft, von denen wollte er nichts mehr wissen. Er hätte nicht die Ader dafür, meinte er, um sein persönliches Glück zu organisieren. War natürlich Blödsinn. Die Mädchen sind ihm in Scharen nachgelaufen, er ist ein stattlicher Mann und stellt was vor. Doch nach der Ehe mit der Schauspielerin ist er vor ihnen zurückgeschreckt wie vor der Pest. Als er dann schon im Kombinat arbeitete, da hat er diese, diese Generalstochter kennengelernt. Ich sag dir offen, ich hab mir große Sorgen um ihn gemacht. Meiner Meinung nach ist es ganz egal, ob Schauspielerin oder Generalstochter. Sowas brauchen wir nicht. Für uns ist es besser, nicht so große Rosinen im Kopf zu haben. Er aber, seh ich, klammert sich direkt an sie, an Natalja. Schenkt ihr Blumen, kauft sich gleich zwei neue Anzüge auf einmal. Ist richtig aufgeblüht, als wär er wieder jung geworden. Ich warne ihn, er aber lacht bloß. Dann, eines Tages hat er sie vorgestellt, ist mit ihr zu mir zu Besuch gekommen. Wie ich sie gesehen hab, hab ich die halbe Nacht nicht schlafen können und sogar die Meine angeschnauzt. Die aber mosert rum: Steck deine Nase, meint sie, nicht in fremde Angelegenheiten, reg dich wieder ab ... Und diese Natalja, stell dir das mal vor, Bursche, ist die reinste Prinzessin. Schön ist sie – geradezu beängstigend. Zehn Jahre jünger als mein Bruder. Und sagt Wowtschik zu ihm. Als ich dieses ›Wowtschik‹ hörte, war ich ganz platt. Na, denk ich, da ist er zum zweitenmal reingefallen. Die betrügt ihn bestimmt, tut ihm Schande an und bringt ihn vielleicht noch ins Grab. Wir Merkurjews sind nun mal aus solchem Holz geschnitzt, müssen alles bis auf den Grund auskosten. Mein Großvater war ein Draufgänger, im Jahre zwanzig hat er dran glauben müssen, und mein Vater hat drei Ruhmesorden bekommen, bis sie ihn bei Prag umgebracht haben. Ein kerniger Menschenschlag. Unserer Meinung nach gehen Liebe und Tod Hand in Hand ...«

Grigori Iwanowitsch versank in Gedanken, während er durchs Fenster auf den von Menschen überfluteten Bahnhofsvorplatz hinaussah. Das hatte er schön gesagt, daß Liebe und Tod, seiner Meinung nach, Hand in Hand gehen. Ich hätte es nicht so ausdrücken können.

»Und was weiter, Grigori Iwanowitsch?«

»Nichts weiter. Wowtschik hat keinen Fehlgriff getan. Diese Generalstochter hat sich als eine so prächtige Frau entpuppt, wie wir uns das nicht hätten träumen lassen. Und vor allem, sie scheut sich vor keiner Arbeit. Den Haushalt hat sie so richtig in Schuß gebracht. Und die Wohnung schön eingerichtet. Alles geht ihr glatt von der Hand, egal, was es ist. Und nach einem Jahr – da hat sie einen strammen Bengel zur Welt gebracht. Nach zwei Jahren – noch einen. Mein Bruder geht jetzt immer wie aus dem Ei gepellt, und die Kinderchen sind bei ihr in den besten Händen, die gibt sie nicht in Krippen und Kindergärten, wird selbst mit allem fertig. Eine wahre Freude ist es, das zu sehen. Und immer freundlich und höflich und nachgiebig. Ich hab mich einmal nicht beherrschen können und zu der Meinen gesagt: ›Nimm dir ein Beispiel daran, wie die Frau von einem kultivierten Mann zu sein hat.‹ Und die Meine darauf: ›Ja, von einem kultivierten.‹ Nein, ich kann mich nicht beklagen, mein Frauchen ist auch nicht übel. Aber Natalja kann sie nicht das Wasser reichen. Der Generalsschick fehlt ihr. Einen Borschtsch kocht die Natalja – da leckt man sich alle Finger ab. Und wenn sie sich ans Klavier setzt und zu singen anfängt, dann überläuft's einen kalt, und man weiß nicht, wie einem geschieht. Und über jedes beliebige Thema kann sie sprechen – da schaltet man glatt den Fernseher ab ... Warum ißt du denn nicht, Andrej? Wollen wir uns einen genehmigen? Ich bin in so einer Stimmung, weißt du. Hab schließlich sozusagen meinen Bruder besucht.«

»Und was wollten Sie sich in Moskau ansehen?«

»Na ja.« Er wurde ein bißchen verlegen. Aber sein Gesicht, so schien mir, sah nicht mehr aus wie sieben Tage Regenwetter. In seinen blaßblauen Augen blitzte minutenlang ein verwegenes Lächeln auf wie ein Kurzschluß, und unwillkürlich wandte ich den Blick ab. »Na ja doch. Gibt's etwa nichts zu sehen? Ihr habt doch Museen und alle möglichen Theater. Seid ein Zentrum der Kultur, wie man so sagt.«

Hinterlistig lächelte der Mechaniker mir zu, grinste schlau.

»Wahrscheinlich sollen Sie auch eine Menge Besorgungen machen?« fragte ich.

»Ohne das geht's nicht ab«, gab er finster zur Antwort. »Schließlich kommen wir nicht alle Tage hierher. Und was wird jetzt aus den Besorgungen? Ohne meinen Bruder find ich mich in den Läden nicht zurecht. Ich hatte auf meine Natalja gehofft. Ich selber werd fuchsteufelswild, wenn ich anstehn muß. Und ich weiß auch gar nicht, wo sie sind, diese eure Läden.«

»Was sollen Sie denn kaufen?«

»Eine ganze Menge. Aber vor allem hab ich meiner Tochter, meiner Jüngsten, versprochen, ihr eine Jeans mitzubringen. Hab mein Wort gegeben. Sie ist in diesem Jahr an die Uni gekommen. Köpfchen hat sie, sag ich dir... Laß ihr Zeit, dann überholt sie noch meinen Bruder... Ganz versessen sind sie alle auf diese Jeans. Mir könnte man damit gestohlen bleiben.«

»Und wissen Sie, wieviel sie kosten sollen?«

»Mindestens hundertfünfzig, sagt sie. Ist natürlich Eigensinn bei dem Mädchen. Obwohl, wenn alle welche tragen...«

»Hundertachtzig.«

»Ich würde auch zweihundert bezahlen, hab's nun mal versprochen.«

»Warten Sie hier, ich werde versuchen, bei jemandem anzurufen... Welche Größe hat sie?«

»Die zweiundvierzig soll ich nehmen, hat sie gesagt.«

Ich ging Prochorow anrufen, warf die Zweikopekenmünze, die ich so gehütet hatte, in den Münzfernsprecher.

»Ljocha, du Teufelsspekulant, hast du Jeans am Lager?«

»Was willst du damit, dir passen sie nicht.«

»Ich bring gleich jemanden mit, der braucht ganz dringend Jeans. Größe zweiundvierzig. Was für welche hast du?«

»In zweiundvierzig hab ich welche. Superdinger! Die hat Nadka sich gekauft. War ganz scharf darauf. Aber jetzt...«

»Hör mal, du Schürzenjäger. Den Mann, den ich herbringen werde, darfst du nicht übers Ohr hauen. Nadka hat sie für hundertvierzig bekommen, dafür gibst du sie auch her. Kapiert?«

Wie nicht anders zu erwarten, war Prochorow sofort auf der Palme:

»Was kommandierst du hier rum? Ist das vielleicht meine Hose? Nadka hat gesagt – zwei große Lappen, nicht weniger. Einen Zehner krieg ich – für das Risiko.«

»Wird deine verrückte Schwester an zwei Lappen nicht erstikken?«

Ich hörte mir gar nicht erst sein Gejammer an, sondern hängte den Hörer ein. Eine halbe Stunde später waren wir schon unterwegs zu Ljocha. Die Koffer hatten wir in der Gepäckaufbewahrung gelassen. Im Taxi war Grigori Iwanowitsch ganz niedergeschlagen und wäre bei jedem Laden am liebsten aus dem Auto gesprungen, um sich mit Spirituosen einzudecken. Wie sich herausstellte, wollte er nicht mit leeren Händen in ein fremdes Haus kommen. Ich erklärte ihm, daß das kein fremdes Haus sei, sondern fast mein eigenes. Ljocha, der die Tür öffnete, sah zerzaust und müde aus. Ich stellte ihm Grigori Iwanowitsch als entfernten Verwandten von mir vor. Ljocha kostete es Überwindung, zu lächeln. Es stand ihm im Gesicht geschrieben, daß mein Besuch ihm ungelegen kam. Er ließ durchblicken, daß es eine Schande sei, wenn ich meine eigenen kleinen Geschäfte mit meinen Verwandten auf seine, Ljochas, Kosten deichselte. Und er hatte recht. Aber ich hatte schon lange eine Wut auf ihn – wegen seines ausschweifenden Lebens, wegen seiner Charakterlosigkeit und weil sich seine Schwester Nadka ein Beispiel an ihm nahm. Dabei drückte diese Rotznase noch die Schulbank – sie ging in die zehnte Klasse.

Grigori Iwanowitsch fühlte sich offenbar unbehaglich in der Moskauer Wohnung, in der Gesellschaft junger Leute, die ihm verdächtig vorkommen mußten. Ich hatte ihn am Tisch Platz nehmen lassen, und da war er denn auch in demütiger Haltung erstarrt.

Ljocha drückte sich an der Tür herum und versuchte, mich durch Blicke zu einer privaten Unterhaltung hinauszulocken, doch ich gab nicht nach. Schwer atmend ging er fort und war im Handumdrehen mit einer Plastiktüte zurück, durch die auf dem dunkelblauen Jeanshintergrund strahlend wie Sterne die Firmenetiketten leuchteten.

»Da«, sagte Ljocha traurig. »Superklasse. Ausschließlich für Verwandte.«

Er reichte die Tüte dem Mechaniker. Der zog mit verlegener Miene die Hose aus der Verpackung, spannte sie aus.

»Ohne Anprobe läßt sich schlecht was sagen. Was für eine Größe ist das?«

»Für Sie sind sie zu klein«, meinte Ljocha, abschätzend, mit letzter Hoffnung.

»Die Größe, die Sie haben wollten, zweiundvierzig«, sagte ich.

Grigori Iwanowitsch zerknüllte den Stoff in den Fingern und schüttelte vorwurfsvoll den Kopf, als wolle er den Himmel zum Zeugen anrufen, daß er sich nicht aus freien Stücken an diesem Abenteuer beteiligte, dann legte er die Jeans ordentlich zusammen und steckte sie wieder in die Tüte.

»Danke, Jungs. Wieviel bin ich euch schuldig?«

»Hundertvierzig«, antwortete ich.

Ljocha schniefte beleidigt. Und hier kam es nun zu einem kleinen Mißverständnis.

»Hundertvierzig?« wunderte sich der Mechaniker. »Meine Tochter hat gesagt, sie kosten mindestens hundertachtzig ... Was ist denn das, zweite Wahl?«

»Geh mal und such so eine zweite Wahl«, Ljocha erbleichte vor Verdruß. »Das ist ein Freundschaftspreis. Auf dem schwarzen Markt reißen sie mir das für zwei große Lappen aus den Händen.«

Grigori Iwanowitsch war verlegen.

»Das, Kinderchen, ist nicht nötig. Ich bin nicht arm. Wenn sie zweihundert kostet, dann kostet sie eben zweihundert.«

Man mußte Ljochas Gesicht in diesem Augenblick gesehen haben. Er hatte jetzt Ähnlichkeit mit Hamlet, wenn er den berühmten Monolog über den Sinn des Daseins vorträgt. Endgültig einigten sie sich auf hundertsechzig, unter der Bedingung, daß Ljocha auf der Stelle einen Sprung in den Laden machte. Ljocha, der einen Fünfundzwanzigrubelschein erhalten hatte, damit wir die Hose ›begießen‹ konnten, war sogar schneller verschwunden, als ich erwartet hatte. Und wieder zurück, bevor der Mechaniker und ich die Hose ein zweitesmal gründlich hatten in Augenschein nehmen können. Er hatte eine Flasche Kognak, eine Flasche Sekt und eine Schachtel Pralinen geholt. Man konnte meinen, der nächste Laden befinde sich gleich neben dem Fahrstuhl. Das restliche Geld – zusammengerollte Rubelscheine und Kleingeld – reichte er dem Mechaniker, der aber nahm es nicht. Ljocha beschloß auf einmal, zu zeigen, daß auch er seinen Stolz hatte; er wurde nervös und steckte die Rubelscheine ungeschickt Grigori Iwanowitsch unter den Ellbogen, doch der bemerkte fest: »Sei nicht albern, Alexej. Kaufst deinem Mädchen ein Eis dafür.«

Das war eine geistreiche Bemerkung. Ljochas Mädchen zogen, soviel ich wußte, einen guten Schluck Rotwein allen Delikatessen vor. Ljocha nannte sie ›Bräute ohne Mitgift‹ und suchte kein anderes Glück.

Das ›Begießen‹ der Hose ging in flottem Tempo voran. Ich beschränkte mich auf Kaffee, der Mechaniker nippte zum Schein, Prochorow aber wurde schon vom ersten Glas betrunken und gefiel sich in peinlicher Selbstbeschuldigung.

»Schluß, Freunde, das ist das letzte Mal, daß ich mir einen ansaufe. Ich werde vernünftig. Es wird Zeit, höchste Zeit. Wie du will ich werden, Andrjuscha... Er ist für uns, Grigori Iwanowitsch, ein leuchtendes Vorbild. Ein Asket. Künftiger Nobelpreisträger. Hockt nicht mit Freunden zusammen, hat nichts mit

Mädchen. Hat sicherheitshalber sogar geheiratet ... Und ich ... Was hatte ich gestern in diesem Schlangennest verloren? Ob du's glaubst oder nicht, Andrjuscha, Verka hat mich in diese Gesellschaft gelockt. Irgendwohin ans Ende der Welt sind wir gelaufen, und waren bloß lauter Debile. Irgendsoeine völlig verkommene Hütte. An die hundert Leute waren da auf einem Haufen. Ein Tonbandgerät plärrt. Die Mädels sind ausgeflippt. Die Kerle hetzen sich gegeneinander auf. Und die Jungs, das sag ich dir, alles Limitschiki*, solche Schränke! Keine Ahnung, wo die alle hergekommen sind. Einer davon – eine Visage wie ein Backstein – wollte was von mir. Meint, Verka wär seine Braut. Hält mir die Faust unter die Nase. Gehn wir ins Treppenhaus, sagt er, eine rauchen. Hab natürlich abgelehnt, ich rauche nicht, hab ich gesagt, danke. Und zerbrach mir den Kopf, wie ich lebend von hier wegkomme. Ich bin der Sohn gebildeter Eltern und im Geiste Tolstois erzogen worden, aber diese Fresse läßt mich nicht in Ruhe. Ich sag zu ihm: ›Willst du Verka? Dann nimm sie, ich wein ihr keine Träne nach. Nimm alle. Aber bleib cool.‹ Er denkt, daß das eine Beleidigung war, ist noch wütender geworden, und plötzlich packt er mich beim Kragen. Da guck mal, wie der mir den Knopf abgerissen hat!«

An Ljochas nagelneuem Hemd fehlte tatsächlich der oberste Knopf.

»Und vor allem, Verka macht sich wichtig. Statt daß sie uns auseinanderbringt, hetzt sie uns noch auf. Alle sind sie so – verfluchte Weiber. Sie haben es gern, wenn ihretwegen Blut fließt. Außer deiner, Andrjuscha, außer deiner. Deine ist ein Engel, deine ...«

»Komm nicht vom Thema ab«, sagte ich.

Grigori Iwanowitsch hörte sich Ljochas Unsinn mit einer Art ungesunder Neugier an. Mißbilligend blickte er mich an, als ich

* Bürger mit zeitlich begrenzter Aufenthaltsgenehmigung für die Hauptstadt. Das Aufenthaltsrecht ist mit schwerer körperlicher Arbeit verbunden.

Ljocha ins Wort fiel. Vielleicht schöpfte er aus dessen Erzählung die begehrten Informationen über das Leben der hauptstädtischen Jugend, die seine eigene Meinung bestätigten. Schade, dachte ich. Er wird sich ein falsches Bild machen. Ljocha ist auch nicht der, für den er sich ausgibt. Leider ist es Menschen unterschiedlicher Generationen nicht gegeben, einander zu verstehen, weder von weitem noch in der Nähe. Wir sehen einander verzerrt: die Älteren – vorwurfsvoll und voreingenommen, die Jüngeren – mit jugendlicher Hochnäsigkeit. Wir leben dicht beieinander, doch jeder rudert in seine Richtung. Hieraus ergibt sich ein mächtiges Durcheinander. Vater wird bald sterben, aber habe ich auch nur ein einziges Mal richtig mit ihm reden können?

Für alle Fälle rief ich zu Hause an und sprach mit Anja. Vater scheine in Ordnung zu sein, aber die Wohnung sei noch immer voller Gäste. Gned sei dort und dieser Alte mit seiner Entlarvungsmarotte. Anjutas Stimme klang verwirrt. Aber wann klang sie bei ihr eigentlich anders? Ich stellte sie mir neben Nina vor und empfand Wut und Mitleid in einem.

»Wann kommst du, Andrjuscha?«

»Wenn ich mich freimachen kann. Bald.«

Ich legte den Hörer auf, damit mir nicht noch irgendeine Gemeinheit rausrutschte. Saß noch ein Weilchen still da, den Kopf mit den Händen zusammenpressend schaukelte ich auf dem Stuhl hin und her wie in einem Boot. Die große Mattigkeit, die mich wer weiß wieso übermannt hatte, ließ mich schwanken. Ich ging in den Korridor, lauschte. Aus der Küche drang Ljochas selbstgefällige Stimme an mein Ohr.

»... da hab ich ihn mir vorgeknöpft, diesen Jämmerling. Was ist, sag ich, bist du lebensmüde? Verka aber brüllt vom Balkon her. Gib's ihm, schreit sie, hau ihn. Die Frauen, Grigori Iwanowitsch, sind von Natur alle Sadistinnen. Und hinterhältig dazu, merken Sie sich das. Wenn ein Mann in die Klemme gerät, wird die Frau ihn ganz bestimmt verraten. Ohne Varianten ...«

Noch länger zuzuhören ging über meine Kraft. Wie schon am Morgen zu Hause stahl ich mich heimlich aus der Wohnung.

7

Dieser Tag lullte das Bewußtsein ein wie Seifenschaum ... Alles an ihm war schlecht. Selbst die Sonne über den Häusern schnitt abscheuliche Fratzen. Ich begriff, der Grund dafür war in mir selbst zu suchen. Seit gestern abend war ich Millionen von Durchschnittsmenschen ähnlich geworden. Um mich weniger geschwollen auszudrücken, ich hatte mich als ganz gewöhnlicher Schuft entpuppt. Urinstinkte hatten mich, einmal freigesetzt, im Handumdrehen um den Verstand gebracht. Nein, Gewissensbisse quälten mich nicht, was mich in Rage brachte, war, daß ich nichts dagegen tun konnte, daß es mich – schändlich genug – unwiderstehlich zu Nina zog. Als was für eine trügerische Hülle hatten sich doch die ethischen Grundsätze erwiesen, die ich beinahe für das Kernstück meines Charakters gehalten hatte, das in mir genetisch gespeichert und durch die Logik ausgereifter Vorstellungen vom Leben gefestigt war. Ich betrachtete die Telefonzellen mit der gleichen stumpfsinnigen Begeisterung, mit der ein Wanderer, der sich in der Wüste verirrt hat, die Fatamorgana eines Brunnens anstarrt.

Ich rief sie mit einem Zehnkopekenstück vom nächsten Münzfernsprecher aus an.

Sie ließ weder Verwunderung noch Freude erkennen. Sagte nur ein bißchen gereizt: »Wenn du dich vor einer halben Stunde gemeldet hättest, hätten wir uns heute sehen können.«

»Ich habe nicht die Absicht, mich mit dir zu treffen, Nina.«

»Nein? Interessant ...« In ihrer Stimme war keine Spur von Spott. Sie sprach, als koste es sie Überwindung. »Du bläst dich umsonst so auf, mein Lieber. Willst du die Wahrheit wissen?«

»Was für eine?«

»Über dich und mich. Ich sage selten die Wahrheit, das hast du wahrscheinlich bemerkt. Aber das verrate ich nur dir. Du kannst dich beruhigen, mein Lieber, ich brauche dich nicht. Am Morgen hab ich mich ein bißchen ereifert. Du bist so blutjung und so eingebildet wie ein aufgeblasener Truthahn, da wollte ich dich ein bißchen Mores lehren. Jetzt sind wir quitt, stimmt's?«

Ein Lastwagen bog um die Ecke und bremste seltsamerweise mitten auf der Straße, wodurch er mir den Blick auf den Kai versperrte. Ich verspürte eine unüberwindliche Müdigkeit. Einen heftigen, wohlgezielten Schlag hatte sie der ungeschützten Stelle versetzt, wo meine Eigenliebe verborgen war.

»Was ist denn vor einer halben Stunde passiert?« fragte ich. »Du hast doch gesagt, daß du mich bis dahin sehen wolltest.«

»So habe ich es nicht gesagt. Aber das spielt keine Rolle. Entschuldige Andrjuscha, ich habe Kopfschmerzen. Ruf ein andermal an.«

»Ich habe heute deinen Mann kennengelernt, Nina«, sagte ich, obwohl ich kaum die Zunge in meinem ausgetrockneten Mund bewegen konnte. »Ich war auf der Datscha und habe ihn kennengelernt. Ein sehr sympathischer Mensch, obwohl du recht hast – er ist Alkoholiker.«

»Ich habe immer in allem recht, mein Lieber.«

»Darin sind wir beide uns ähnlich«, versuchte ich mich einzuschmeicheln.

»Nun, das wär's, Andrej. Auf Wiedersehen. Ich muß jetzt eine Analgintablette nehmen.«

Sie hatte es eilig, das Gespräch zu beenden, und das gab mir Antrieb.

»Analgin wird dir nicht helfen«, sagte ich, Atem holend. »Du solltest lieber Vitriol nehmen.«

»Ja?«

»Natürlich. Warum sollst du leben? Wozu? Gute Menschen

haben von dir nichts als Schaden. Du bist das reinste Krebsgeschwür.«

»Danke, mein Lieber. Ciao!«

Ein Weilchen hörte ich mir das kurze Besetztzeichen an. Dann verließ ich die Telefonzelle. Die Sonne brannte unbarmherzig. Aus dem Lastwagen, der den Fahrdamm versperrte, stieg langsam, wie in einer Zeitrafferaufnahme, ein schon älterer Mann in einem Militärhemd, erdfarben, wie die Wahrheit.

Sie hat mich abserviert, dachte ich ohne Bitterkeit. Sie hat mich so leicht abserviert, als hätte sie sich die Hände unter einem Wasserhahn abgespült.

8

»Zu leben lohnt, um des Lebens selbst willen«, sagte mein Vater.

Ich dachte nach und widersprach: »Kommt darauf an, was man darunter versteht. Das Leben an sich ist sinnlos. Bedeutung hat nur das Ziel, nach dem man gestrebt hat. Dieser Meinung bist du doch selbst immer gewesen.«

Aus Vaters Lächeln sprach absolute Ruhe.

»Wahrscheinlich habe ich mich geirrt, Söhnchen. Ein Ziel denken wir uns manchmal aus, um uns selbst zu beruhigen, um uns selbst zu rechtfertigen. Ein Ziel kann man verändern. Das Leben aber – davon haben wir nur eines, das können wir nicht ändern. Das Leben ist schön an und für sich. Aber wir verderben, wir beschmutzen es, Söhnchen, durch kleinliche Handlungen und unlautere Absichten. Da bin ich nun dabei, Bilanz zu ziehen. Und was stellt sich heraus? Große Verbrechen gegen das Gewissen habe ich nicht begangen, aber ziemlich viel verdorben. Und zwar durch alle möglichen niederträchtigen Kleinigkeiten, ständige Kompromisse und Intoleranz meinen Mitmenschen gegenüber. Man muß lernen, rechtschaffen zu leben, so, als wäre jeder Tag ein

Feiertag, doch die Zeit fehlt. Wir haben es eilig, uns zu Richtern aufzuschwingen, das ist verlockend, aber versetz dich mal in die Lage eines Angeklagten. Schlüpf in die Haut eines Halunken. Begreif dich als gewöhnlichen Lügner, als moralische Null. Hier tut sich ein Abgrund auf, hieraus erwächst alles Unglück der Welt. Und in jedem von uns ist das. In jedem ist Licht und Dunkel. Wenn man das Dunkel in sich nicht bemerkt, dann wird auch das Licht bald erlöschen. Glaubst du, Heilige und Helden waren ohne Sünde? Glaubst du, sie hätten von vornherein Eigenschaften besessen, die sie von allen anderen unterschieden? Aber nein doch. Sie haben es nur verstanden, richtig zu leben.«

»Und worin kam das bei Helden und Heiligen zum Ausdruck?«

»In der Liebe, Andrjuscha. Soviel Liebe, wie du deinen Nächsten schenkst, soviel Gutes ist auch in dir selbst.«

Er sagte nichts Neues, nichts Außergewöhnliches, und zu anderer Zeit hätte mich sein ständiger Hang zur Didaktik vermutlich nur unangenehm berührt; doch während der letzten beiden Tage hatte sich in meinem Herzen soviel Schmutz angehäuft, daß ich seine Worte als Läuterung meiner Seele empfand. Wir saßen im Halbdunkel da, ohne Licht zu machen. Genauer gesagt, mein Vater lag in den hoch aufgetürmten Kissen, und ich hatte mich am Fußende seines Bettes hingehockt. Wir beide fühlten uns wohl miteinander. Selten hatten wir uns so unterhalten, ohne Heftigkeit und Hast. Das übrige Publikum – Anetschka, Tamara und Gned – machte sich in der Küche mit dem Abendessen zu schaffen. Der ungestüme Wahrheitssucher Swjaginzew hatte sich nach Hause begeben. Ich war, als ich heimkam, in der Tür mit ihm zusammengestoßen. Giftig hatte er mir mitgeteilt, mein Vater sei kindisch geworden, und mir geraten, ihm zur Zerstreuung einen Baukasten zu kaufen.

Vielleicht war Vater infolge seines Herzleidens wirklich in eine anhaltende sentimentale Euphorie verfallen, aber mich beunruhigte das nicht mehr. Natürlich war mir immer klar gewesen, daß mir kein Mensch näher stand als Vater, nicht einmal Mutter hatte mir so nahe gestanden, doch wie hatte ich nicht bemerken können, wieviel echte, ruhige Würde sich hinter seinem gewöhnlich linkischen Wesen und seiner Zerstreutheit verbarg. Jetzt hatte er sich besonnen, war er zu sich gekommen und der geworden, der er immer gewesen war. Er war zu einem wahren Wickelkind geworden, das an gewisse mystische Ideale glaubt. Dieser Glaube hatte das unruhige Funkeln seiner Augen gedämpft, seine beleidigende Streitsucht gemildert und ihm inneren Frieden gebracht.

Ich bin ganz anders, dachte ich, aber in mir fließt sein Blut.

Ich verstehe ihn und er ist mir unendlich lieb.

Ich bin bereit, ihm meine eigenen Zweifel und Kränkungen mitzuteilen, mich bei ihm über meine Schwäche zu beklagen, doch blödsinnige Scham hat mich stets davon abgehalten. Man kann sich eben nicht so schnell einem Menschen anvertrauen, gegen den man viele Jahre lang einen geheimen Kampf geführt hat.

Mir komische Einzelheiten ausdenkend, erzählte ich ihm trotzdem kurz von der Begegnung mit Nina, von dem Geld, das sie verlangte, und davon, wie ich zur Datscha gefahren war und Fjodor Innokentjewitsch kennengelernt hatte. Den gestrigen Abend verschwieg ich natürlich. Ich knipste die Stehlampe an und gab ihm den Zettel, auf dem der unglückliche Säufer schwor, er sei bei gesundem Verstand und Erinnerungsvermögen. Vater überflog den Zettel.

»Du hättest dich da besser nicht eingemischt, Söhnchen«, sagte er. »Das eben sind die abscheulichen Kleinigkeiten, mit denen wir unser Leben besudeln.«

»Ich hab mich nicht von allein eingemischt. Man hat mich hineingezogen.«

Plötzlich ertappte ich mich dabei, daß ich mich rechtfertigte. Auch das war neu. Nie hatte ich mich vor Vater gerechtfertigt, mich im Gegenteil immer bemüht, anzuklagen. Oft ungeschickt und im stillen. Warum? Was für ein Sinn hatte darin gelegen? Keiner. Und das um so weniger, als die seltenen Siege, die ich über ihn errungen zu haben glaubte, mir keine Freude brachten.

»Kann ich dich um etwas bitten, Andrej?«

»Ja, Papa.«

»Wenn wir schon einmal auf die Datscha zu sprechen gekommen sind ... Ich möchte, daß du es richtig verstehst. Falls mir etwas zustoßen sollte ... Es ist möglich, daß Lena, deine Schwester, herkommt, mit Olenka. Olenka ist deine Nichte ... Ich habe ihnen zugeredet, nach Moskau zu übersiedeln, aber jetzt ...«

»Papa, was redest du denn da, wirklich. Andere Leute überstehen drei Infarkte, und es macht ihnen nichts aus. Sie werden nur gesünder.«

»Ja, ja, gewiß. Aber für alle Fälle«, seine Nachgiebigkeit hatte etwas Kränkliches, Unverständliches. »Ich habe durchaus nicht vor, zu sterben. Im Gegenteil. Ich habe große Pläne. Wenn du es wissen willst, ich beabsichtige ...«

»Zu heiraten?«

»Auch das.« Er lachte erleichtert auf. »Früher, weißt du, gab es einen Brauch. Selbst wenn jemand nur eine kleine Reise machte, hinterließ er ein Testament. Warum sollte ich nicht auch etwas in dieser Art tun? Um so mehr, als mein Testament nur aus einem einzigen Punkt besteht. Ich will, daß die Datscha dir und Lena gehört. Daß ihr sie gemeinsam nutzt. Du bist doch nicht gekränkt?«

»Nein, Papa.«

Er tätschelte mir ganz sacht die Hand.

»Du mußt verstehen, Andrej, sie ist deine Schwester.«

»Ich verstehe es, Papa ...«

In diesem Augenblick wäre ich am liebsten am anderen Ende der Welt gewesen, irgendwo auf einer unbewohnten Insel. Er kennt mich noch schlechter als ich ihn, dachte ich. Und das ist nicht wiedergutzumachen.

»Vater, ich pfeife auf alle Datschas. Reg dich wegen einer Kleinigkeit nicht so auf.«

»Das ist keine Kleinigkeit, Söhnchen. Für mich ist das keine Kleinigkeit.« Tränen traten ihm in die Augen. Ich hielt es nicht länger aus, stand auf und ging hinaus. Doch die Vorahnung eines baldigen und nicht wiedergutzumachenden Unglücks war nicht in mir, daran habe ich mich später immer wieder erinnert.

In der Küche roch es – wie ich es nun schon gewohnt war – angebrannt. Anetschka und Tamara saßen nebeneinander auf der Liege. Gned stand am Herd und raspelte Süßholz, machte auf gewohnte Weise dem schönen Geschlecht den Hof.

»Tamara«, sagte ich, »gib Vater ein paar Tropfen Baldrian.«

»Was ist mit ihm?«

»Alles in Ordnung. Er hat sich bloß ein bißchen aufgeregt. Hat beschlossen, das Erbe aufzuteilen.«

Tamara, deren Gesicht sich auf einmal mit roten Flecken bedeckt hatte, stürzte davon. Ich ließ mich auf ihrem Platz nieder, streckte die Beine aus und holte eine Zigarette hervor. Anetschka schmiegte sich an meine Schulter. Gned irrte in der Küche umher und setzte sich dann an den Tisch. Ob er wohl die Absicht hat, bei uns zu wohnen? dachte ich.

»Andrjuscha.« Sein tomatenförmiges Gesicht hatte einen Ausdruck angenommen, als wolle er über staatswichtige Dinge sprechen. »Ich bin ein bißchen in Verlegenheit. Mir sind Gerüchte zu Ohren gekommen ...«

»Ja?«

»Naja, wir sind hier ganz unter uns und können offen reden. Will dein Vater wirklich diese Dummheit begehen?«

»Was für eine?«

»Diese Dame zu heiraten?«

Anetschka schnaufte zornig. Das muß man ihr lassen. Jede Äußerung von Unverschämtheit nimmt sie augenblicklich wahr und reagiert scharf darauf.

»Fragen Sie ihn doch selbst, Boris Sacharowitsch«, riet ich.

»Es ist mir irgendwie peinlich, weißt du. Sie sind ganz unnötig böse auf mich, Anetschka. Ich habe nichts gegen diese Frau. Mag sein, daß sie vorzügliche Eigenschaften besitzt und eine gute Krankenpflegerin ist. Aber für Petja in seinem Zustand ... das ist doch absurd. Das kann ihn umbringen. Sie verstehen, was ich meine?«

»Wie immer die Physiologie«, gab ich zur Antwort. »Aber Vater ist völlig gesund. Sein Infarkt – das hat nichts weiter zu bedeuten, das ist eine Episode, ein Zusammentreffen unangenehmer Umstände. Doch Sie, Boris Sacharowitsch, sollten sich schonen. Sie haben mit allen Mitgefühl, wollen sich alle Nöte der Welt auf Ihre Schultern laden, und das ist gefährlich. Leute mit Ihrer Fettleibigkeit sterben schon vom ersten Schlaganfall wie die Murmeltiere. Machen Sie sich nicht solche Sorgen um andere, denken Sie lieber an sich. Und nicht zuletzt, denken Sie an Nina.«

Gned dachte nach, aber nicht über sich, sondern über meine Worte. Und fand, daß sie beleidigend seien.

»Ihr Mann benimmt sich mir gegenüber schon den zweiten Tag aus irgendeinem Grund flegelhaft«, wandte er sich an Anetschka. »Und was hat Nina damit zu schaffen? Warum kommt sie dir in den Sinn?«

»Eine beeindruckende Frau. Ich habe mich gestern mit ihr getroffen.«

»Wir haben uns alle zusammen getroffen«, präzisierte Gned.

»Zuerst zusammen, dann ich mit ihr allein.«

Gned füllte sich mit Argwohn wie eine Zecke mit Blut. Anetschka hinderte ihn, sich näher auf dieses Thema einzulassen. Widersprüchliche Leidenschaften quälten ihn. Er geriet plötzlich in Schweiß, und seine Finger huschten unruhig über den Tisch, als suchten sie etwas. Er schien wirklich kurz vor einem Schlaganfall zu stehen. Mir war das schnuppe. Ich wollte, daß er unsere Wohnung verließ und sich nie wieder hier blicken ließ. Mit ihm würde die Siegerin Nina Petrowna schneller aus meinem Gedächtnis verschwinden. Meine Stimmung schlug wieder mit ungeheurer Inkonsequenz um. Es fehlte nicht viel, und ich wäre in zynisches Gelächter ausgebrochen, mitten in Gneds feuerrote Visage hinein, und hätte an Anetschkas Schulter gleichzeitig losgeheult, so weh war mir ums Herz. Es war, als kehrte mich der Teufel mit der Innenseite nach außen.

Gned hatte es bald satt, die gekränkte Leberwurst zu spielen, und er ging zu Vater.

»Anjuta, was würdest du davon halten, wenn ich dir untreu gewesen wäre?«

»Wann?«

»Du hast es erst gefragt, dann bist du mir untreu gewesen, und jetzt fragst du wieder. Ich verstehe nicht, was für eine Antwort du erwartest?«

Sie rückte ein wenig von mir ab, nahm die Brille ab und hauchte auf die Gläser, bevor sie sie blankrieb. Wenn sie beabsichtigte, mir mit ihren Worten den Rest zu geben, dann hatte sie sich geirrt. Den Rest gab sie mir durch ihr Herumhantieren mit der Brille.

»Woher weißt du es?« fragte ich.

»Ich weiß alles über dich. Du bist an eine schlimme Frau geraten, nicht wahr?«

»Schlimmer, als du glaubst.«

»Und was gedenkst du nun zu tun?«

»Mit wem? Mit ihr?«

»Mit mir.«

Ächzend erhob ich mich und schleuderte den Zigarettenstummel in die Spüle. Aber aus der Küche konnte ich nirgends hingehen. Und mitten in der Küche zu stehen und auf ein Zeichen zu warten war mir auch zu dumm. Auf einmal hatte ich einen Kloß im Hals. Ich schluckte ihn hinunter.

»Die Frau ist abscheulich«, sagte ich. »Sie hat mich richtig behext. Ich war auch früher schon verdorben, jetzt bin ich es doppelt.«

»Du liebst sie?«

»Frag nicht, Kleines. Ich bin ein Schuft. Und es ist auch eine Schuftigkeit, daß ich dir das jetzt alles sage. Irgendwie ist es schon komisch, zu begreifen, daß man ein Schuft ist. Das bringt einen ein bißchen aus dem Gleis.«

»Du bist so grausam, Andrjuscha. Aber ich liebe dich trotzdem. Und werde dich wahrscheinlich immer lieben.«

Ich atmete ein wenig auf.

»Das glaubst du jetzt. Später wirst du dich trotzdem rächen.«

»Wie könnte ich mich an dir rächen, was redest du da?!«

Tamara kehrte zurück. Sie strahlte vor Freude und lächelte vage, während sie mit den Fingern über die Knöpfe von Mutters Morgenrock strich.

»Pjotr Jewdokimowitsch scheint wieder ganz gesund zu sein. Wirklich, wirklich... Er hat eben so gelacht. Ich hab ihm eine Anekdote erzählt, ach, eine unanständige, euch kann ich sie nicht erzählen... Und ich weiß: Wer lacht, der ist auch wieder gesund...«

»Und warum hockt Gned immerzu dort?« fragte ich.

Tamara band sich geschickt Mutters Schürze mit den blauen Hähnen am Saum um. Sie hatte vor, Frikadellen zu braten.

»Er ist komisch – dieser Boris Sacharowitsch. Und so dick. Er hat sich ans Fenster gesetzt und gemeint: ›Könnten Sie uns nicht allein lassen, Tamarotschka?!‹ Petja aber sagt zu ihm: ›Wozu denn, Borja, rede nur. Ich habe keine Geheimnisse vor ihr‹.«

Ihre Freude war zu naiv, als daß ich sie hätte ertragen können.

»Anja, gehen wir, ich will dir etwas zeigen.«

Sie rührte sich nicht.

»Später, Andrej. Ich helfe Tamara mit dem Abendessen.«

In meinem Zimmer legte ich mich aufs Sofa und hob die Beine auf die Sofarolle. Ich dachte: Von nun an bin ich Gast in dieser

Wohnung. Mehr Gast als der rastlose Gned. Das ist Vaters Wohnung, den ich, wie sich herausgestellt hat, zärtlich liebe, doch für mich ist darin kein Platz. Irgendwann werde ich hierher zurückkehren, wiederhergestellt, frisch und munter, und wir werden in der zitternden Dämmerung des Schlafzimmers meiner Eltern wieder ganz offen zueinander sein. Wir werden uns bestimmt verstehen, und von der häßlichen, gespenstischen Mauer zwischen uns, die seine und meine Hände errichtet haben, wird nichts übriggeblieben sein. Auf der Datscha werden wir eine ungewöhnliche Sorte Erdbeeren züchten. Es ist schön, daß ich eine Schwester und eine Nichte habe. Meiner Nichte werde ich eine Ausbildung vermitteln und ihr einen Charakter anerziehen, der Anetschkas ähnlich ist. Auch ein eigenes Kind werde ich haben, mit dem ich mich bestimmt recht viel beschäftigen werde. Von Anfang an will ich meinem Sohn auf die Seele binden, daß es noch andere Menschen auf der Welt gibt. Es ist wichtig, das so früh wie möglich zu begreifen. Anetschka, dachte ich, liebe gute Anetschka.

Ich schleppte mich in die Küche und sah, daß die Frauen, statt das Abendessen zuzubereiten, auf der Liege hockend einen Plausch hielten. Ich sagte: »Entschuldigt!«, nahm Anetschka bei der Hand und führte sie fort. In ihrer leichten Hand war soviel demütige Wärme. Ich setzte sie in einen Sessel und hüllte sie ein, in eine Decke, damit sie nicht zitterte.

»Anetschka«, sagte ich. »Wahrscheinlich werden wir uns für eine gewisse Zeit trennen müssen, aber das hat nichts zu bedeuten. Verstehst du?!«

»Ich verstehe.« Doch ihre geweiteten Pupillen verrieten Nicht-Verstehen, schwarz wie ein tiefer See.

»Du verstehst nicht alles, Anja. Wir werden uns nicht für lange Zeit trennen. Wir werden einen Sohn oder eine Tochter haben, daran müssen wir denken. Doch was für ein Vater bin ich jetzt. Ich verachte mich. Aber ich will nicht, daß du mich verachtest. Oder mein Sohn irgendwann anfängt, mich zu verachten. Ich muß allein leben, muß mir über einiges klarwerden. Irgend jemand hat geschrieben, er hätte sich, nachdem er das irdische Leben bis zur Hälfte zurückgelegt hatte, im dunklen Wald verirrt. Ich aber habe mich schon am Anfang verirrt. Was soll man machen, ich habe mich selbst verirrt, ich werde mich auch selbst wieder herausfinden. Sonst bin ich keinen Pfifferling wert.«

»Und was wird aus mir?« fragte Anja.

»Du wirst vorläufig bei Vater leben. Hast du es denn schlecht bei ihm?«

Der Gedanke, fortzugehen, mit dem ich früher nur gespielt hatte, hatte nun schon völlig von mir Besitz ergriffen. Deutlich stellte ich mir ein halbdunkles Stübchen mit verblichenen Tapeten vor, eine Matratze in der Ecke, einen Schreibtisch mit einer matten Lampe und ewige Stille. Dort würde ich viel nachdenken und arbeiten können. Die gräßlichen, absurden Nichtigkeiten des Alltags würden aufhören, mein Herz zu quälen und mein Bewußtsein zu martern wie auf der Folterbank, das Dunkel würde sich lichten, und ich würde sehend werden für ein anderes, von Vernunft und Güte erfülltes Leben.

»Mir scheint, du denkst dir da was aus, Andrjuscha. Wozu das alles?« Erst jetzt bemerkte ich, daß in ihrer Stimme die gewohnte energische Note fehlte, die Anklage voraussetzt. Im Sessel zusammengekrümmt erinnerte sie an eine gramgebeugte alte Frau. »Wenn du dir das alles wegen jener Frau hast einfallen lassen, so habe ich dir schon verziehen. Ehrenwort, das habe ich. Ich nehme es dir nicht mal übel. Wem kann das nicht passieren? Ich weiß doch, ich bin keine Schönheit.«

Zum wer weiß wievielten Male überzeugte ich mich voller Bitterkeit, daß ich ihr nichts begreiflich machen konnte. Sie urteilte mit der Klugheit einer Amöbe.

»Es handelt sich nicht um die Frau. Es hat keine Frau gegeben. Ich habe einfach erkannt, wie schwach ich bin ... Schön, lassen wir das vorläufig, ich gehe ja noch nicht heute weg.«

»Wann denn?«

»Nun, morgen. Oder übermorgen. Wir werden sehen. Ich muß mir erst eine Bleibe suchen. Bei Ljocha möchte ich nicht wohnen. Ich will allein sein.«

Jetzt schien alles gesagt zu sein, doch sie sah mich mit solchen Augen an, als hätte sie mich gar nicht gehört. Behutsam legte ich ihr den Arm um die Schultern und drückte ihren Kopf an meine Brust.

»Du bist die mir vom Schicksal Bestimmte«, flüsterte ich in das kleine Ohr. »Denk nichts Schlechtes. Wir werden noch so viele Jahre zusammen verbringen.«

9

Wir aßen in der Küche zu Abend, zu viert. Vater hatte nicht gewollt, daß man ihm das Essen ans Bett brachte. Er gestand, sich nur krank gestellt zu haben, mit der einzigen Absicht, Tamara zu erweichen. Gned war Gott sei Dank verschwunden. Die Frikadellen, die Tamara zubereitet hatte, waren prächtig, saftig und fett und hatten eine zarte knusprige Kruste. Und dazu gab es, in gleichmäßigen Scheibchen, Bratkartoffeln und Salat. Obendrein hatte Tamara in der Bratröhre wunderbare Brotschnitten mit Pilzen überbacken. Ohne es zu merken, verdrückte ich ein paar Teller voll Kartoffeln und eine Schüssel Salat. Vater aß gleichfalls mit Appetit. Tamara umsorgte ihn wie ein kleines Kind. Einmal fing sie sogar geschickt einen Krümel, der ihm unversehens aus dem Mund gefallen war, im Fallen auf. Nur Anja stocherte gelangweilt mit der Gabel in einer angebissenen Frikadelle herum. Aber sie war nie eine gute Esserin gewesen. Gaumenfreuden waren ihr fremd. Wenn man sowas als Zeichen für eine erhabene Natur ansah, dann war sie die Personifizierung eines verfeinerten Geistes. Um satt zu werden, genügte es ihr, nebenbei einen Zwieback zu knabbern und ihn mit einem Glas Tee hinunterzuspülen. Deswegen war sie auch mager wie ein Spätzchen. Dafür sah sie gern zu, wie andere Leute aßen.

Vater schien sich geradezu verjüngt zu haben. Lange schon hatte ich ihn nicht mehr so lebhaft gesehen. Man konnte meinen, der Herzanfall und die anschließende Krankheit hätten ihm zum Nutzen gereicht. In seinem raschen, lebhaften Blick glänzten Neugierfünkchen, die mich an so vieles erinnerten. So hatte er Mutter angesehen, als sie jung gewesen war und ich, der ich mit dem Kopf kaum bis an die Tischkante reichte, neben ihren Knien gestanden und vergebens versucht hatte, zu begreifen, worüber sie sprachen und worüber sie lachten.

Wie hatte sich alles verändert. Mutter war tot, ich längst erwachsen, und neben Vater saß eine andere Frau, die ohne einen Hehl aus ihrer Bewunderung zu machen, seinen Blick zu erhaschen suchte und glücklich seinen harmlosen Scherzen lauschte. Doch wieder, wie schon in der Kindheit, konnte ich nicht begreifen, was diese seine leidenschaftliche Neugier zu bedeuten hatte, die auf mich, auf Anetschka, auf alles in der Welt, auf im Grunde genommen einfachste Dinge gerichtet war. Welches Geheimnis wurde er noch immer nicht müde, zu enträtseln?

Das Gefühl aufregender Vertraulichkeit, das so plötzlich zwischen uns entstanden war, tauchte die alltägliche Tischrunde in ein festliches Licht. Jede Bewegung, jedes Wort bekam auf einmal einen ganz besonderen Sinn. Jeder, namentlich die Frauen, war bemüht, dem anderen gefällig zu sein, indem er ihm mit äußerster Zuvorkommenheit Messer, Brot oder Zucker reichte. Im großen und ganzen sprachen wir an diesem Abend nur über Belangloses. Wir erinnerten uns auch an Gned. Ich bemerkte, die Lebensfreude dieses Menschen übersteige um vieles seine Möglichkeiten. Vater wurde ernst und zeigte Verständnis für den Freund: »Boris Sacharowitsch ist ein zutiefst unglücklicher Mensch.«

»Warum, Papa?«

»Wie sonderbar dir das auch vorkommen mag, aber Boris hat in seiner Jugend auch nach irgendwelchen Idealen gestrebt und sich große Aufgaben gestellt. Mag sein, daß seine Ideale vom Standpunkt der Intelligenz aus nicht einwandfrei waren. Aber er hat Ideale gehabt.«

»Seine Ideale kenne ich.«

»Nicht so voreilig, Andrej. Ja, bestimmt hat er von einem schönen Leben geträumt, von Wohlstand, von irgendeinem besonderen Posten. Das sind alles lebendige, menschliche Sehnsüchte und Hoffnungen, sie darf man nicht unbedacht verurteilen. Das Verlangen nach irdischen Gütern liegt durchaus in der menschlichen Natur, wichtig ist, welche Formen es annimmt. Man kann sich Ruhm und Reichtum wünschen und dabei doch viele gute Taten vollbringen, man kann aber natürlich auch in ein ungezügeltes Kleinbürgertum abrutschen. Das hängt von vielem ab.«

»Trotzdem, worin besteht Gneds Unglück?«

»Sehr einfach. Er hat sich in nichts verwirklicht. Hat nichts Gutes getan, niemandem im Leben geholfen, ist aber auch nicht bis zu primitiver spießerhafter Selbstbeschwichtigung herabgesunken. Stell dir einen Menschen vor, der ständig hungrig ist und sich kein einziges Mal sattgegessen hat. Ist das etwa kein Unglück?«

Armer Papa, dachte ich. Oder macht er sich bewußt selbst etwas vor? Es ist erstaunlich, er spricht über Gned so, wie er über sich selbst sprechen könnte. Wie vermutlich Millionen von Menschen, die einander gleichen wie ein Ei dem anderen, über sich selbst sprechen könnten. Die Sache ist jedoch gerade die, daß der Hunger, der sie quält, keineswegs geistiger Natur ist.

»Ich will mich nicht streiten, Papa«, sagte ich. »Aber Gned ist kein unglücklicher Mensch. Natürlich auch kein glücklicher. Er ist überhaupt kein Mensch. Seinen Hunger kann er deshalb nicht stillen, weil er in eine Wüste geraten ist, wo es nichts zu essen gibt, und weil er ein Nimmersatt ist.«

Vater lächelte gönnerhaft.

»Ich sehe, worüber du nachgedacht hast, Sohn. Ja, wir sind alle ein bißchen wie Gned und ein bißchen wie Pferde ... Laß uns lieber die Frauen fragen. Sie sind klüger als wir, weil sie sich von ihrer Intuition leiten lassen. Entscheidet ihr, meine reizenden Damen, was für ein Mensch Boris Sacharowitsch ist! Ein guter oder ein böser?«

»Er ist überhaupt kein Mensch«, sagte Anetschka rasch, mit einem Blick meinen Beifall heischend.

»Er ist komisch«, bemerkte Tamara etwas verwirrt. »Also ein guter Mensch. Alle komischen Menschen sind gutherzig.«

Ein geradezu philosophischer Disput unter Einbeziehung der öffentlichen Meinung. Vater und ich machten irgendwie gleichzeitig ›hm‹, die reizenden Damen aber sahen sich gekränkt an.

»Dann hättet ihr auch nicht zu fragen brauchen«, sagte Tamara, »wenn wir in euren Augen so dumm sind.«

Etwas später rief Nina Petrowna an, die Urheberin meiner Schande. Ich war ihr nicht mehr böse. Seit meiner letzten Unterhaltung mit ihr schienen Jahrhunderte vergangen zu sein.

»Warum hast du Gned das von uns erzählt?« fragte sie drohend.

»Nein, so was«, wunderte ich mich. »Eben erst haben wir von ihm gesprochen. Dein Geliebter, Ninotschka, wird geradezu zu einer symbolischen Persönlichkeit.«

»Beantworte meine Frage.«

»Nichts hab ich ihm gesagt. Und werde ihm auch nie etwas sagen. Er ist doch nicht ganz normal. Man will ihn aus Gutmütigkeit warnen, er aber jagt einem ein Messer in den Bauch. Und was hätte ich ihm auch erzählen können? Zwischen dir und mir war ja nichts Ernstes.«

»Glaubst du wirklich, ich werde dir das so einfach verzeihen?«

Ich wußte, sie würde es mir nicht verzeihen. Diese Geschichte konnte nicht gut enden. Aber irgendeinen Schluß mußte sie doch haben.

»Hör mal, Nina, führ dich nicht auf wie eine Besessene. Laß uns

Abschied nehmen, wie es sich für kultivierte Menschen gehört. Ich bin dir für alles dankbar, Ehrenwort. Aber wir müssen ein Ende machen. Unsere Begegnung hat sich ein bißchen zu sehr in die Länge gezogen.«

Ihre Stimme hatte etwas vom Knirschen einer Feile.

»So also denkst du, du Grünschnabel. Müßtest du mich nicht um Verzeihung bitten?«

Hier fuhr sie plötzlich aus der Haut und überschüttete mich mit einem Wasserfall von Verwünschungen, vermischt mit obszönen Ausdrücken. Ich hatte auch schon früher gehört, wie junge Frauen fluchen, noch vor ganz kurzer Zeit war das eine Art Mode gewesen, die alle mitmachten, doch für gewöhnlich kam das bei ihnen recht dilettantisch heraus. Um Ninas Gekeif aber hätte sie jeder Trunkenbold beneiden können, der statt Interjektionen gewohnheitsmäßig ein Schimpfwort einflicht. Es war offensichtlich, daß ihr dadurch, daß sie so ausgesucht fluchte, leichter ums Herz wurde.

»Da hätten wir uns also ausgesprochen«, bemerkte ich erleichtert, als ihr die Puste ausgegangen war. »Schade, daß ich nicht deine lose Zunge besitze. Adieu, Madame!«

Ich legte den Hörer auf. Wie nett wir uns ausgesprochen hatten. Nina war auf ihre Weise eine integere Natur, aber aus einer anderen Welt. Nicht aus meiner. Wieder klingelte das Telefon. Ich zog den Stecker raus. Sie hatte sich noch nicht ausgeschimpft, die Ärmste.

Die Gesellschaft in der Küche war in meiner Abwesenheit darauf verfallen, Karten zu spielen. Schafskopf. Tamara hatte eine schmucke Decke über den Tisch gebreitet. Hatte gesagt, das Wachstuch ruiniere die Karten. Sie war eine erfahrene Spielerin. Mit Vater als Partner gewann sie drei Partien hintereinander, gegen Anetschka und mich. Anetschka hatte keine blasse Ahnung von Karten und fragte alle Augenblicke, was für Trümpfe jetzt auszuspielen seien. Niemand war ihr böse, niemand außer mir.

Ich bemerkte beherrscht, daß es für eine werdende Mutter doch beschämend sei, so begriffsstutzig zu sein. Nach jedem mißglückten Ausspielen sah sie mich liebesdienerisch an, wie eine Schülerin, die sich etwas hat zuschulden kommen lassen, einen vergötterten Lehrer ansieht. Die Tatsache, daß wir ständig verloren, brachte uns dennoch nicht auseinander. Ich liebte sie an diesem Abend, war sie doch sanft und folgsam wie nie vorher. Ich liebte sie, weil sie es, so hilflos und wenig hübsch sie war, trotzdem auf irgendeine Weise fertiggebracht hatte, zwanzig Jahre alt zu werden, im Grunde genommen nur auf sich selbst bauend. Und Vater vergötterte ich dafür, daß er sorglos lächelte und unbeschwerter Stimmung war, obwohl er erst vor ganz kurzer Zeit in einen Abgrund geblickt hatte, für den es nicht einmal einen genauen Namen gab. Weil das Wort ›Tod‹ nur Idioten etwas erklärt. Auch für Tamara empfand ich tiefe Sympathie, weil sie es verstand, die Karten mit einer Hand auszuteilen, und auch noch, weil sie, wenn sie lachte, sich kokett die Hand vor den Mund hielt. Ich mußte daran denken, daß ich bald von ihnen fortgehen und sie für lange Zeit allein lassen würde, und bemühte mich, mir jede Kleinigkeit, jeden Laut einzuprägen. Aber konnte ich denn wissen, daß es nicht einmal mehr Stunden dauern würde, bis ich endgültig Abschied von Vater nahm? Und wenn ich es gewußt hätte, was dann?

Als Anetschka und ich das erste Mal gewannen, wurde sie ganz stolz und begann, selbstvergessen, irgendeine flotte Operettenmelodie falsch vor sich hin zu trällern. Das war so rührend, daß ich es nicht aushielt und ihr die Hand küßte.

Dann sagte Vater, er sei ein bißchen müde geworden und nicht abgeneigt, so an die zehn Stündchen zu schlafen.

Er winkte mir, ihm zu folgen, und in seinem Zimmer setzte er sich aufs Bett. Sein Blick verschleierte sich.

»Ich höre dir zu, Papa«, ich lächelte ihm ermutigend zu.

»Siehst du, Söhnchen ... Du hast doch nichts dagegen, wenn

sich Tamara hier schlafen legt? Verstehst du, falls ich nachts plötzlich Hilfe brauchen sollte ...«

O Gott, dachte ich, was für ein klägliches Gesicht er macht. Wie ein Verbrecher, der die Hoffnung aufgegeben hat, begnadigt zu werden. Wie ein Bettler.

»Reg dich nicht auf, Papa. Wenn Tamara dir hilft, bin ich glücklich.«

»Ist das wahr?«

Wohl eine halbe Minute lang sahen wir einander stumm an, dann trennten wir uns. Er machte noch eine zaghafte Bewegung auf mich zu, als wollte er besser luftholen. Nie werde ich das vergessen. Wir hatten uns für immer voneinander getrennt.

Viktorija Tokarjewa im Diogenes Verlag

Happy-End

Erzählung. Aus dem Russischen
von Angelika Schneider. Leinen

Aus purem Trotz heiratet Elja viel zu früh den sie naiv vergötternden Tolik und zieht mit ihm zu seinen Eltern in ein russisches Provinznest. Als sie an der Langeweile des Kleinstadtlebens zu ersticken droht, verliebt sich Elja in den Schauspieler Igor, der so wunderschön Lermontow rezitiert. Sie zieht mit ihm nach Moskau. Aber Igor ist Alkoholiker und hat seit Jahren keine guten Rollen mehr gespielt…

»Die große Kunst der Viktorija Tokarjewa besteht im äußerst sparsamen Gebrauch der erzählerischen Mittel. Überflüssige Details zu vermeiden und auf kürzestem Weg ins Herz der Dinge und der Menschen vorzudringen ist die Maxime der Autorin. Ihre Erzählungen sind von geradezu elementarer Wucht. Sie ist eine Meisterin.« *Frankfurter Allgemeine Zeitung*

Mara

Roman. Deutsch
von Angelika Schneider
Leinen

Die ehrgeizige Mara hat nur zwei Ziele: Macht und Geld. Da sie beides mangels Ausbildung auf direktem Wege nicht erreichen kann, geht sie den Umweg über Männer.
In *Mara* entwirft die Autorin das psychologisch feinfühlig gezeichnete tragikomische Bild einer modernen russischen ›femme fatale‹.

»Ihre Erzählungen führen sehr direkt an das Wesen der Menschen heran. Was sie sagt, sagt sie in äußerst ge-

drängter Form. Eine ›Vaterschaft‹ Čechovs scheint vor allem im Umgang mit der Sprache, in der Beobachtungsgabe und im manchmal fast melancholischen Humor durchzuschlagen. Und obwohl Viktorija Tokarjewa in der Sowjetära lebt, sind ihre Figuren zeitlos, sieht man von den wenigen Tönen des Zeitkolorits ab. Wieviel klingt da mit.«
Regula Heusser/Neue Zürcher Zeitung

Zickzack der Liebe

Erzählungen. Deutsch von
Monika Tantzscher. detebe 21859

Die Menschen der Viktorija Tokarjewa rebellieren gegen ein Leben, das mit der Regelmäßigkeit eines Uhrwerks abläuft und keinen Raum für spontanes Glück läßt. Sie träumen vom Überschwang des Herzens und von leidenschaftlicher Liebe – zu deren Unbedingtheit sie sich dann doch nicht entscheiden können. Das Leben zu zweit erscheint wie ein spannender Kampf »zwischen Wahrheit und Lüge«.
Ironisch und mit Herzblut erzählt eine selbstbewußte Autorin von den Partnerschaftsnöten emanzipierter sowjetischer Frauen.

»Viktorija Tokarjewa schreibt keine tendenziöse Frauenprosa; die Frauen kommen nicht besser weg als die Männer, mögen sie auch völlig anders sein. Mit kinematographisch geschultem Blick beobachtet sie – Absolventin des Leningrader Filminstituts und Verfasserin zahlreicher Drehbücher – Menschen in ihrem privaten und beruflichen Alltag, sensibel und doch auf Distanz, wie ihr Vorbild Čechov.«
Ilma Rakusa/Neue Zürcher Zeitung